遥知王气归辽海　不战中原自倒戈

清太宗皇太极

（上）

孙同星　著

山西出版传媒集团　山西人民出版社

图书在版编目（CIP）数据

清太宗皇太极 / 孙同星著. —太原：山西人民出版社，2020.9

ISBN 978-7-203-11447-5

Ⅰ.①清… Ⅱ.①孙… Ⅲ.①长篇历史小说 – 中国 – 当代 Ⅳ.①I247.5

中国版本图书馆 CIP 数据核字（2020）第 105060 号

清太宗皇太极

著　　者：孙同星
责任编辑：孙宇欣
复　　审：贺　权
终　　审：孔庆萍
装帧设计：子不语

出 版 者：山西出版传媒集团·山西人民出版社
地　　址：太原市建设南路 21 号
邮　　编：030012
发行营销：0351-4922220　4955996　4956039　4922127（传真）
天猫官网：https://sxrmcbs.tmall.com　电　　话：0351-4922159
E－mail：sxskcb@163.com　发行部
　　　　　sxskcb@126.com　总编室
网　　址：www.sxskcb.com

经 销 者：山西出版传媒集团·山西人民出版社
承 印 厂：天津画中画印刷有限公司

开　　本：710mm×1000mm　1/16
印　　张：40.25
字　　数：740 千字
印　　数：1—5000 套
版　　次：2020 年 9 月　第 1 版
印　　次：2020 年 9 月　第 1 次印刷
书　　号：ISBN 978-7-203-11447-5
定　　价：89.00 元（上、下）

如有印装质量问题请与本社联系调换

铁血柔肠的开国皇帝

自古英雄多磨难。皇太极在 12 岁的时候，母亲叶赫那拉氏病亡。正所谓，挫折于懦弱者会磨损意志，于坚强者反而会愈挫愈奋。少年丧母，使皇太极在生活中遇到过多的艰难与困苦，磨炼了他的独立性格与刚毅坚忍的意志；没有母亲呵护，没有同母兄弟姐妹，使皇太极格外势孤力单，这养成了他慎言少语的性格，锻炼了他沟通与协调的能力。因他的舅父同自己家族有世仇并长期冤冤相报，使皇太极在家族中处于不利地位，这促成他长于心计、通达世情的品格。因此，努尔哈赤死后，皇太极在既没有父汗遗命，又在四大贝勒中座次和年龄均不占优势的情况下，能够登上后金汗国最高首领的宝座，废除与三大贝勒并坐制，改为"南面独坐"，成为最大赢家，这一切是同他挫折中长智慧、困厄中磨意志的特殊家庭环境和人生经历分不开的。

如果说努尔哈赤是清朝的奠基者，那么皇太极便是大清王朝的开国皇帝。他一生勤于政事，长于计谋，勇于战阵，诸多军国大事，事必躬亲。他极富开拓精神，又有强烈的民族意识。他积极吸收汉族文化，兴利除弊，优礼汉官，建立八旗蒙、汉诸军，运用新兵器，灵活用兵，并仿照明朝官制，确立了封建农奴制，使满族进入封建社会。他堪称"上承太祖开国之绪业，下启清代一统之宏图"的创业之君。

皇太极即位后，改革并废除努尔哈赤时的弊政，巩固并扩大努尔哈赤朝的成果，用不到十年的时间，统一了整个东北，并继承了明朝在这一地区的全部版图。随后，皇太极两次用兵朝鲜，不仅确立了清同朝鲜的"君臣之盟"，得到了来自朝鲜的物资供应，还解除了南攻明朝时的"东顾之忧"；皇太极向北用兵，兵锋直指黑龙江地域，使贝加尔湖以东、外兴安岭以南、乌苏里江至鄂霍次克海的广阔地域归属于清；向西用兵，三征蒙古，将广阔的漠南蒙古收于麾下；五次大规模入中原，蹂躏宣府、大同与京畿重地，掳掠中州，陷落济南，不仅得到了物资上的补充，而且还从心理上极大地震慑了明朝。

后金天聪九年（1635 年），皇太极将女真族名改为满洲。第二年四月，

清太宗皇太极

皇太极在盛京称帝，改国号为"清"，年号为"崇德"，建立起一统东北的大清帝国，从而为大清皇朝兴旺发达、迁鼎北京、平定中原、统一华夏创造了有利条件。

《清史稿·太宗本纪》评价皇太极说："允文允武，内修政事，外勤讨伐，用兵如神，所向有功。"的确如此，皇太极不仅像努尔哈赤一样骁勇善战，而且在谋略上又高出父亲一筹。为了铲除袁崇焕这个自己入关通道上的"拦路虎"，皇太极先是借袁崇焕之剑斩杀影响其后方稳定的毛文龙，随后又借崇祯之刀杀掉袁崇焕，使得崇祯帝"自毁长城"。《明史·袁崇焕传》说："自崇焕死，边事益无人，明亡征决矣！"皇太极心机之深、谋略之高、手段之辣，令人叹为观止。

然而，就在清军入关处于"万事俱备，只欠东风"之时，皇太极最宠爱的宸妃海兰珠病亡，延缓了八旗铁蹄入关的步伐。

其实早在宸妃病危时，皇太极正率军在松锦打仗，这是一场决定双方生死存亡的大战，然而，作为三军统帅的皇太极在得知爱妃病危后，全然不顾战局，毅然决定返京探望心爱的宸妃。他马不停蹄，刚入盛京城，却就传来宸妃去世的噩耗！未能与心爱之人诀别，出现在他面前的只是宸妃那香消玉殒的遗体。此时的皇太极悲痛万分，泪如雨下。

尽管皇太极有所谓"崇德五宫"与元妃、继妃、侧妃等，且在这众多后妃中，天生丽质者不乏其人，可皇太极唯独钟爱海兰珠，在她的身上倾注了夫妻间的全部感情。宸妃之死，使皇太极"饮食顿减，圣躬违和"，以致害了一场大病，并且再也没有重返松锦战场，结束了40余年的戎马生涯。对海兰珠魂牵梦萦的思念与忧伤使皇太极难以自拔，以致他的身体日渐衰弱，甚至连日常朝政也"难以躬亲办理"，在海兰珠去世两年之后，52岁的皇太极也病逝于清宁宫，最终无缘紫禁城的皇帝宝座，未能实现定鼎北京的梦想。

一个在骑射和战火中成长起来的刚毅少年，一个以武功见著、驰骋疆场的开国皇帝，竟然有如此纯挚的似水柔情，如此魂魄荡漾的肝胆胸襟，实在令人耳目一新。相信每一位读过《清太宗皇太极》的人，都会发自肺腑盛赞曰：皇太极，真乃集铁血和柔肠于一身的开国皇帝也！

目 录

第一章　欲谋抚顺卫　精心定妙计

1

明朝万历年间，一天清早，首辅大臣方从哲捧着从辽东发来的战报，跑到万历的寝宫等候。老太监何世良告诉他皇上中午才能起身，要他到朝房等候。

万历皇帝九岁登基，从明穆宗手里接过大位，这年已五十四岁了。一开始，宰相（明朝不设相位，以首辅大学士执掌内阁，位置相当于古时的宰相）张居正替他掌着权，叫作辅政。张居正励精图治，下令丈量全国土地，实行"一条鞭"法，并治理年年泛滥的黄河。使政治逐年清明，大多处地方百姓能够安居乐业。张居正死后就不行了，太监和权臣互相倾轧，及至他成年亲政，大局已经乱糟糟了。他曾想整顿吏治，干一番事业，可是面前的太监和权臣横加阻遏，他看看没有办法，也就冷下心来，蹲在宫里两耳不闻宫外事了。如果真是这样倒还好些，可是他有个癖好，就是大肆营建陵墓、宫苑、园林，到处开工，耗费巨大。张居正时期的一点积存也被他挥霍净尽了！

这样的皇帝没有钱是不行的，他令大臣们去给他弄钱，那些书生出身的臣僚不仅不听，还反过来磨破嘴唇地对他一再劝谏，弄得他烦厌难耐。于是万历听从太监们的撺掇，给了他们"税监""矿监"的头衔，让太监们到地方上为他大肆搜刮。这样，钱是弄到了，太监们也一个个脑满肠肥，成了横行不法的恶霸，百姓苦不堪言！

万历的另一癖好就是贪恋女色。他已经册封了皇后、贵妃、淑妃、玉嫔等几十人，可是，上有所好，下必奉焉。那些看着皇上脸色行事的太监臣僚怎不为他大肆搜罗？最近他又迷恋上一个小姑娘，她才十七岁，生得天仙似的，弄得万历神魂颠倒。于是几天之内，就给她加了一系列的头衔。到底万历对她封了些什么，连她自己也忘记了。宫里的人叫她娇妃。

他早早地就和娇妃在寝宫里睡下了。

方从哲起初坐着，后来再也坐不住了，他就在朝堂里走来走去，不住地搓着手。老太监给他送来了茶，劝他少安毋躁。何世良说："皇上不到中午是不会起身的，没有人敢去打扰他。如果有要紧的事，可以先去办理。"

"啊，老公公，哪有比这件事更要紧的事呀！"

"方大人，您是说……辽东那边的事吧？"

"是呀，是呀，努尔哈赤已经夺了抚顺城，前去追剿的几营也全军覆没了呀！"

老太监也知道事情紧急了，他把拂尘一甩，说："那，我再去看看，再去看看……"

方从哲无奈地叹着气，他仿佛又看到了抚顺城军民浴血奋战的场景……

天命三年（1618年）四月十五日黎明，抚顺城的居民大多是被人的嚷叫和马的嘶鸣给惊醒的。他们听到的声音是那么的响亮、稠密，好像织成一片巨大的浓云，覆盖在城市的上空，缭绕不散。

这时，圆圆的月亮还留恋在西方城墙的塔楼上，它那金黄的余晖勾画出锯齿形的雉堞和巡逻士兵黑黑的剪影。天空中，几点稀朗朗的星盏又大又润，像在眨动着不干的泪眼。虽已是四月中旬，关外的寒风却还能够吹透棉衣，然而人们的心里已是明媚的暖春了。

居民们记得今天是什么日子，怀着满心兴奋起床了。接着就起炊做饭……

抚顺城的最高军政长官名叫李永芳，是明朝任命的游击将军。他像过去一样早早地就起身了，仗剑在中庭走了几趟后，浑身已有些汗水津津。他坐在廊前的竹椅上，屏息敛气，双手合十，微闭两眼，打算做一遍十几年来一以贯之的吸纳功夫。他认为这是极好的健身之法。

前庭传来呼喝声和熙攘的喧闹声，那是他手下的几个把总、千总按照他的命令在安排巡逻和岗哨。

抚顺城位于辽东边墙东部，浑河北岸，是关外民族进入边内的交通要道。很早以前，朝廷就在这里设立了卫所，总辖防守。从他任职以来，周围还算安静。当然，逐渐强大的女真部族每每前来骚扰，可是，他认为并无大碍，不过是疥癣之疾而已。

半个时辰后，他的功课做完了，并站起身来揉揉眼睛，向飘着几块红云彩的东方看了一眼，就拾级而上……

他要回房里去洗漱、吃饭，再在夫人、仆妇的服侍下换上纱帽、官服，就要到前庭坐堂视事了。

此时的李永芳，看上去四十几岁，高个儿，有点佝偻。黄瘦的长脸，一双暴眼，在上唇留了一抹黑黑的一字胡，一行一动有些威严。他原是明朝辽东主将李成梁的部下，因为作战有功、处事谨慎并广有谋略，升为抚顺游击将军。这职务在明朝虽然无定员、无定衔，可是许多声势赫赫的军事大员都是从这台阶上发达的。现在，他在这位子上已经六七年了，却没得到升迁，每每和友人说起来言辞间常常愤愤不已，可是他从没敢懈怠自己的公务。几年来他督导军民修缮城堡、挖掘战壕，周围构筑了几道防线，真正做到了城高池深、固若金汤。

其实从洪武年间（1368—1398 年）起，这里就设立了集市。二百年来，这集市越来越大，成为山海关内外所有商品的集散地。居住在东北辽阔疆域上的女真人、蒙古人把他们积存的山货如人参、毛皮、山果、木料、药材……还有马匹、牛羊运到这里。关内的商人也千里迢迢地把关外人需要的如布匹、绸缎、家具、粮食、成衣、土特产和工艺品……运来进行贸易交换，双方的商品有上千种。朝廷认为这是笼络关外民族的有力手段，周围群众也觉得这是对双方大有好处的事。

这个时候，正房一旁的东耳房也亮起了灯烛，跳动的烛影在窗子上描绘出几个女孩子的身影，这就是说小姐已经起来了。她被一群丫头围绕着，正有条不紊地洗漱、梳头、化妆……

小姐名叫容俏，刚满十七岁，生得身材婀娜，容貌秀丽，是李永芳的掌上明珠。虽说她还有一个年仅几岁的小弟，可好像并不占什么位置，父母的宠爱还没有来得及从她身上移开，她就长大了。小姐生性泼辣大度，不太遵守"女儿经"上的那一套，常常做些连男孩子都心怵的事。李将军呢，不仅不难为她，还教她些使枪弄棒的本领。没承想容俏却入了迷，几年下来，她的骑马、射箭及别的武行本领竟不在将军的几个把总之下。有时，为了羞辱那些笨脚蟹一样的侍卫、军官，将军还有意让容俏下场演练给他们看。于是，她的名声远播，边塞一带都知道李将军有一位年轻貌美武艺超群的"梁红玉"了。

李将军容许女儿在抚顺城里、将军府里为所欲为。可是遇到北京朝廷、巡抚衙门来人，他总嘱咐容俏守在后堂，千万不要出来，生怕她那没遮没拦的脾气惹出事端。

比如说去年，朝廷派了一位姓刘的兵部主事来视察。李永芳慌得不得了，不仅事先一再地检查守备、演练兵丁，还和夫人不惮繁累地商议接待事宜。容俏笑着说："父亲，你紧张什么？怕丢差事吗？放心，没事儿的，他们谁也不愿到这抚顺城来！"

李永芳听女儿这样说话，一下子想到还没有嘱咐这个不管不顾的姑娘，就说："你呀，还是和母亲守在后堂，一步也不准离开！"

"我才不愿去见那没用的主事呢！"

"怎么是没用的呢？"

"要是有用的话，他为什么不来边关镇守呢？"

一句话问住了将军，他叹口气挥挥手叫她走开。

刘主事来了，李永芳设家宴给他接风洗尘，李夫人当然要出席作陪。席间，那主事忽然问起来："听说将军家有位如花似玉、武艺高超、亚赛梁红玉的千金，何不请出来见一见呢？"

将军"嗯啊"了一会儿，还是支使丫头去请小姐。

不一会儿，就听到一个女孩儿嚷道："你们只管吃喝就是了，叫我出来干什么？"

接着，一个十几岁的姑娘大大咧咧地从门外走了进来，也不看客人，径直对着自己的父母说："人家在后面用绳儿套麻雀呢……"

夫人皱皱眉头："瞧，没一点规矩……"

父亲也觉得颜面无光，对她喝道："张狂什么，还不快给刘大人磕头！"

女孩并没有照父亲吩咐的那样下跪、磕头，而只是弯腰揖了一揖，就满面不快地走到一边去了。

李永芳搭讪着对主事老爷说："惹大人见笑，小女久在边外，下官又没工夫训导她，使她没有家教不知礼数，真变得像个乡姑村妇！"

刘主事没有回答李将军的话，仍直直地看着容俏，直到觉得冷场了才猛地回过神来，挤着他那双小小的三角眼叹道："啊，天籁，率真！又俊美得似大地芳草、高山灵芝！老夫从喧闹的市井走来，在她面前便显得遍身污秽了！"

听到刘大人的这样一番话，将军夫妇放下心来。李永芳连忙说："刘大人可不要谬奖，您那样一说，她更不知天高地厚了！"

"李将军，我是个直率人，怎会在您面前说假话呢？"直到这时，刘老爷才回过头来，"老夫斗胆打听一句：您这位女公子还没……名花有主吧？"

"没有……"拘谨的将军夫人说。她不愿意一个外人这样肆无忌惮地谈论她的女儿。"谁家愿意要这样的野丫头呢!"

看看要谈到女儿不该听的事了,李将军对容俏喝道:"还不回后面去,在这里待着做什么?"

容俏竟不以为意,连眉头也没皱一下,就又向刘老爷轻轻一揖,拉着一个侍女姗姗地走了。

"不,不,不!"刘主事摇着他瘦骨伶仃的手说,"容老夫说句不够正经的话,如今的世道是家有窈窕美女,强似黄金万两!等您回京时,带着您这位千金在那些当道老爷面前一晃,您何愁有什么大事不谐呀!……"他知道将军巴望着"奉调回京"的心情。

听了刘老爷的话,夫人局促得手足无措,李永芳也红了脸。

将军虽对主事的话并没有十分看重,但从那时起,他还真就把希望寄托在容俏身上了。

李永芳掀帘进房,夫人迎接着他,几个丫头正在饭桌上布菜。

夫人还不到四十,容貌端庄,尚有几分姿色,是家乡一个小财主的女儿。多年来她跟着将军栉风沐雨、受尽辛劳。将军对她是敬重的、感激的,所以他没有像别的官僚那样,还没弄出什么名堂就已经三妻四妾了。

"老爷还要带人去巡防吗?"夫人蹙着眉头问。

游击将军带兵巡防,本是家常便饭。可是,一看到丈夫一身戎装地离家,她就忍不住提心吊胆。

"怎能不去呢?"永芳说,"今天是集市……"

夫人仍望着他。

"施心,没事的……"永芳说。夫人等的就是这句话,好像他一说这话,一切就万事大吉了。

"嘱咐容俏,别让她到集市上去撒野!"说着,将军就往盥洗室走去。

2

东耳房里,几个女孩儿正吵嚷得热闹。

"不知前面给我预备的是轿还是马?"容俏问。

她说的"前面",是指衙前分管庶务的听差。他们的头儿叫书办。

"大概是轿子吧……"身后正给她梳头的丫头金环说,"夫人不准……在集市上抛头露面。"

"那不把人给憋死呀!"容俏嚷道,"还不如坐车呢!"

"是呀,是呀!"一旁捧着菱花镜的丫头银凤说,"再说,坐轿起码要跟着八个轿夫,多别扭呀,我可不愿和那些歪头斜眼的臭男人在一起!"

"银凤,快到前边的庶务去,要他们给咱们备车!"容俏晃了晃身子说。

"是!"银凤给小姐的后鬓别一支金簪后跑出去了。

丫头春颖赶紧接手继续给小姐盘头。

容俏望望面前的大梳妆镜里的春颖,对着她那双俏眼说:"春颖,你说我穿什么衣服呢?"

春颖抬眼看看一旁的金环,没敢说话。

金环是夫人送给女儿的大丫头。从某种意义上说,她有点代表夫人的权力,连小姐也敬她三分。在日常生活方面还是她说了算,但她是个随和的姑娘,并不难为小姐的。

"还是穿过年时新做的衣裙吧,雍容华贵……"

"那多别扭呀,长裙宽袖,松松垮垮,拖泥带水的。"小姐撒娇地噘起小嘴。

"小姐是爱穿旗装的。"春颖说,"那就在里面套上紧身的旗装。你说呢,姐?"

"小姐只要愿意,那也没有什么不可以,现在虽说是春天了。天气还有些凉,多套点衣服总是好的。"

在小姐的三个丫头中,金环年龄最大、脾气中和,银凤性格有点倔,好认死理。春颖最小也最刁,谁也估不透她有多少心眼子,可是容俏和她更好些,容俏从小习武,李将军给她找了两个陪练,就是银凤和春颖。银凤有点笨,可是她吃得了苦。春颖呢,好动脑,一边练习一边琢磨,成绩竟好过银凤。那时候,金环已经在小姐身边了,可是她决不下场舞枪弄棒,说是自己年龄大了,骨头硬了。她的口风紧,决不会在姑娘和夫人之间搬弄是非。

梳妆好以后,就开始给小姐试装。正在忙着,银凤回来了。她说:"庶务也觉得坐车好些,集市上人多,车比轿能冲开路,好走些。"

"选好马了吗?"容俏问。

"选好了。"金环说,"我还会忘记这件事吗?今天夫人不出门,好马尽着咱们挑。老爷骑走了白龙马,我把乌锥和火驹占下了!"

"给咱们赶车的呢?"

"是那山东人老齐。"

"好。那汉子是把好手。"小姐说着已经穿好了紧身的旗人箭衣，又问，"今日……不知'辫子客'来得多不多?"

"一个刚刚回来的巡逻千总说，从寅时起'辫子客'就挤满了跑马场，他们赶来了上千匹关东马……"

她们说的"辫子客"，指的是那些来赶市的女真人，他们的男人把头顶剃得光光，却在脑后留着一根长长的辫子。她们跟着老爷刚来关东时，看到漫山遍野的留辫子男人，十分好笑，久而久之，就习以为常，反觉得辫子使粗犷的女真汉子有几分俊逸了。

将军的职务使他经常与女真人打交道，一些女真头头也常常跑到游击衙门来。一次，他们还在家里招待过建州女真的大头目努尔哈赤呢。

万历四十一年（1613 年），努尔哈赤已经羽翼丰满、势力很强大了。他不顾明朝的反对，出兵灭掉了乌拉部落。接着就准备向另一女真部落进军。

明朝对关外的女真一直实行分而治之，决不允许他们相互吞并、以至其中的一部过于强大。所以知道努尔哈赤的意向后，便下令坚决制止。并郑重地告诫说："如果擅自行动，便是无视朝廷体统。"那时，努尔哈赤尽管实力已经很强，但他仍不愿和朝廷公开对抗。他在接受朝廷的命令的同时上书自辩，并亲自到抚顺卫投递奏书。

李永芳虽然是游击将军，代表朝廷辖制地方，可是他的实际官衔还不如努尔哈赤高。努尔哈赤这时已经袭了父亲的建州佥事的职位，几年中又升任了建州右都督的荣衔，级别比起李永芳来就高得多了。因此，将军特地出抚顺城三里外迎接，还在校场上举行了上书仪式，之后，还请努尔哈赤到家里来，设宴款待。

宴会上，努尔哈赤声如洪钟、豪情干云。他没想到就在他对面帷幕后面，一位少女正在痴痴地望着他。

那是容俏头一次这样近距离端详一个女真头目。努尔哈赤是个魁伟高大的黑脸汉子，身穿黑色紧身箭衣，腰挂长刀，头带缨帽，那双大脚跺得屋地咚咚响，他一落座，那把太师椅就吱吱嘎嘎地呻吟起来。

他和容俏的父亲寒暄后，就把他的缨帽摘下来放在身旁的靠几上，又解下腰上的长刀，放在缨帽一边。由于头顶刮得干净，他的脸盘显得格外阔大。使容俏久久不能把眼睛移开的是他的眉棱、眼窝、鼻梁、颧骨和下颏竟像刀削斧砍出来一般，显得十分威严和勇武。她不禁想起在这一带流传着的一些他的传奇故事。

清太宗皇太极

在祖父和父亲被明军误杀以后，二十五岁的他以十三副铁甲起兵，仅仅几年，就统一了建州各部，威名远播。每次用兵，他都周密谋划，力争以少胜多。战争中，他总是身先士卒，为他的子侄和将军们做出榜样。一次他领兵攻入一女真山城，敌人一箭射来，箭镞穿透他的头盔，血流满面。他忍住疼痛仍旧登上房顶指挥战斗。敌人盯上了他，钢镞蝗虫般向他飞来，他仍镇定自若。紧接着又一支箭射向他的面门，他急忙躲闪，箭头仍刺中他的脖颈，深入一寸有余。他忍痛拔出，带出了一团红肉，侍卫们蹿上房去救他，他喝道："不要过来，房上危险！"他力挽强弓，连射几箭，把敌人打退，才挂着弓下到地上……

他的子侄、部下和建州的百姓正为他的生命忧心忡忡的时候，一个月后，他又领兵出征了。因此，他有了个"不死的努尔哈赤"的称号。

容俏端详着努尔哈赤的那张斑痕累累的粗粝的脸，在他脖子的右侧，她果然找到了那个吓人的伤疤。它像被铁钳拧了一个花儿，连血管都绞在了一起。

看着努尔哈赤，容俏有了个奇怪的想法。她想：要是努尔哈赤和老爹打起架来，爹爹能够对付了这个彪形大汉吗？想到这里，容俏不禁摇了摇头。

另外，容俏还见过努尔哈赤的第八个儿子皇太极。

那是在去年的马市上，容俏和银凤、春颖扮上男装甩开跟随的侍从，骑马向集市的深处走去。忽然听到一句"贝勒爷"的称呼，她回头一看，还以为又要看到一个像努尔哈赤那样的粗壮汉子。其实，她看到的是一位长身玉立的女真青年。他面目并不粗率，甚至有点眉清目秀，只是他的眼睛特别锐利。他也穿着女真人常穿的箭衣，那对他们骑马射箭是很方便的。不过，他的紫袍的领边和袖口上多绣了几圈花纹，使他平添了几分高贵。他正在上马，一只脚已经套进镫里……

他停住了，回头愣愣地看着容俏。

他没说话，他周围的一群随从却对容俏开口了。

"你……也骑马？"

"可别颠下来呀！"

"那哪儿是马呢，不过是绵羊罢了！"接着是一阵讪笑，笑声像冰雹一样劈头盖脸地落在容俏身上。

容俏的脸红了，一排整齐的白牙紧咬着下唇。

"小姐，别和他们一般见识！"

"咱们回去吧……"

银凤和春颖小声地劝说着容俏。

可是容俏像没听见一样放开缰绳向前走了几步，看也不看女真贝勒周围的侍从们，直着眼睛对那贝勒说："你以为只有你们女真人会骑马吗？我们汉人也有好骑手哩！"

那贝勒仍没把他的那只踏进金镫的脚放下来，只是上下打量着容俏。待了些时候，他的嘴角翘起来了。他的笑容很好看，很有魅力，可是这时却惹得容俏生气了。

"不，不，"那贝勒说话了，"你们汉族是有好骑手的，但不是你！"

容俏眯起眼睛望着贝勒，说："你……愿和我比试一下吗？"

"那，咱们就飙上十里！"

"愿意奉陪！"

说着，女真贝勒轻轻一跃上了马，那敏捷、轻快，只有山豹才能和他相比。

他们并辔通过马市，向跑马场走去。贝勒的护卫和银凤、春颖紧紧跟着。

银凤有点害怕，紧张地和春颖喊喳着。

"我有点怕，春颖……"

"怕什么，咱们小姐善骑，将军的把总们没一个比得上她！"

"可这是与女真的贝勒比试呀！"

"那就更不用怕了，贝勒是什么？就是女真的公子哥儿，和咱们的贵哥儿一样，中看不中用！"

"我看还是别招惹这些女真人为好……"

"别怕，我的姐。这几年女真人兴头得很，得给他们煞一煞威风！"

到了集市以外，向远处望去，云天极处是一道起伏的山影。

女真贝勒用鞭子朝那山影一指说："咱们跑到那儿再回来……"

"好吧，"容俏说，"还是按赛马的老规矩，马前马后就算是平局！"说着，松开缰绳，挥了一鞭，她的火龙驹就撒蹄跑起来，贝勒的马像阵陡起的旋风紧紧跟上。转眼间，他们就隐没在腾起的黄雾中。后面跟随的人也纵马驰骋起来……

起初，贝勒并没有拿这个俊秀的身材颀长的汉族"公子"当回事儿，可是跑了几里以后，他就认真对待了。因为，他虽想尽快地把他甩在后面，让他尝一尝口外快马的风驰电掣的滋味，可是贝勒没有办到，对手的马不仅没有落下他，且总是比他的坐骑突出一马头的光景……

这情况直到往回返时，都没有改变。

跟随们喧嚷起来，他们说的是女真话，容俏一句也没听懂，再以后他们就远远地被甩在后面，了无声息了。

又跑了一会儿，情况有了变化，女真贝勒蹿了出去，而且渐渐地拉开了距离。容俏只能奔驰在他的马刨起的浓浓的黄土雾中，她呛得吭吭地咳。这时，她才明白老爹的话："咱们的马要是在旷野中和蒙古马追逐，时间一久就不行了！"

"为什么不行呢？我们的马不也是从蒙古买来的吗？"

"是呀，它们也是蒙古马，可是在咱们这儿过一段日子，就没有原先龙腾虎跃的精神了。"

"我不信，怎么会有这样的变化呢？"

"人家的马天天在旷野上驰骋，哪天也跑个上百把十里，咱们的马只在校场上走走，原来的野性没有了……"

容俏知道自己要落后了，一股羞臊和怒气使她不顾一切。她不住地鞭打自己的马，为了减少阻力，紧紧地把身子贴在马背上。她的马也好像懂得了主人的心情，拼死地冲向前去。可是一切都无济于事了，那人头攒动的集市很快出现并飞速靠近了……

忽然，女真贝勒的马踟蹰了一下，慢了下来，并且退到了容俏的马屁股后面。

他做得十分自然，好像他的马出了问题，或者已经筋疲力尽，一直跑到终点，贝勒始终跟在她的后面。

他们勒住了马。

容俏回头看着贝勒，从他讥诮的表情上，看出了其中的蹊跷：是他故意把她让在前面的。

"你是什么意思？"容俏愤怒地问。

"什么意思，败了嘛！"

"你侮辱人！"

"我尊重您，小姐！"贝勒的眼睛、鼻子都是笑，他看出了面前的"公子"是女扮男装，"一个女孩儿，能够和我比上一个回合，很不错了。"

容俏呆了一会儿，拉起马走了，她好歹抑制住了泪水。

"小姐，你怎么啦？"

"小姐，那'小辫子'欺负你啦？"

银凤和春颖一左一右紧跟着问，容俏却一声不吭。

在回程的路上，她们知道了那年轻的女真贝勒是努尔哈赤的第八个儿子，名叫皇太极。

"也许，咱们还能看到那个'小辫子'……"春颖忽然说。

银凤朝春颖努嘴，嫌她不管不顾说出了叫小姐伤心的话。银凤估计小姐还没有忘记去年受的难堪。

可是容俏笑了，她说："那皇太极嘛，还算是个有趣的人，他好像比别的女真人有点教化。"

"是吗？"春颖放了心，"要是他还要和你比什么的话，就别跟他比骑术了。"

"我要和他比射箭，我敢说那小子比不过我的！"

"那当然了，"银凤说，"咱们要把弓箭带上！"

她们谈起武功，金环是插不上言的。但她谨慎地说："还是不招惹那些女真人好。老爷对待女真人的头目还分外小心呢……"

3

这日是个大晴天。太阳还在东南角的房顶上滚动，集市上就热闹非常了。人们把集市叫作马市，也许是因了集市商品中以马为主吧。口外人到这里大多是为了卖马，内地人千里迢迢地到这儿来，有许多人也是为了买到几匹关外马。可是，除了马之外，还有别的多如山积的商品。几天前，许多女真人、蒙古人就来到了这里，在开市的地点——跑马场的几条大道两边扎起数以百计的帐幕，好像平地钻出了一片巨大的白蘑菇。他们在里面摆上了口外出产的珍贵的人参、山果、虎皮、豹皮、貂皮和药材。还有他们极有特色的手工艺品，如皮帽、皮衣、靰鞡和刀具……

内地人也早来了。他们不用帐幕，而是建造了许多简易的小房子。把秫秸埋在地里，两边糊上泥巴作为板壁，上面苫上草席，压上几块砖石就算房顶。他们也早早地摆上了自己的货物。如江浙一带的丝绸、瓷器，京津一带的成衣、工艺品和吃食，以及西南地区的山药和毛皮。至于湖广一带的大米，更是堆得像小山一样……

要是谁想把集市上的货物全都数落完毕，那几乎是不可能的。这样多的东西只能使你纳罕，他们是怎么可能在几天之中把这么多的货物集中到这里来的？

集市对抚顺城及其周围的百姓来说，也是敛财的绝好机会。许多人就是以这集市为生的。他们把集市看成是生活来源，也在不遗余力地为这集市服务。

几天前，他们就往集市四边聚集。有人借着土丘挖了一个个的火灶，安放了打磨得铮亮的铁锅和鏊子，给来赶市的成千上万的人供给吃食。有人用麻绳和木棒圈起一块块的场地，并加以平整，那是远道来的戏班和说书人。他们知道前来赶市的人虽然主要是来买卖东西的，可是，他们也愿意在这里找一找乐子。再远些，在一座座丘岗后面，在小树林的深处，还建起了大大小小、散散落落的小房子，大家知道那是不知从哪里"飞"来的"野鸡"，就是说那里有以卖身为生的"野妓"。她们明白在这万人聚集的地方，操这种生意的人也是少不了的。

另外，一些小打小闹的生意人也赶来了，如耍猴的、卖艺的、算命的、测字的、卖古玩的、玩杂技的……他们也像水蛭一样找到了自己的位置，准备从这闹市上吸取汁液。

成群结队的乞丐也聚拢来了，他们像苍蝇一样到处钻着、飞着……

本来按照规定，集市只能在抚顺城东北郊区的跑马场进行。可是每次集市都打破了这一界线，它不仅向周围无限制地延伸，还向抚顺城内扩展。每逢集市，游击将军李永芳就调集兵丁严加防守，在东北城区加派岗哨。可是，城内的人要出去，城外的人想进来，抚顺城里的商铺也巴望着在这几天多卖点东西。滔滔滚滚的人流难以阻挡，几乎每次集市都"泛滥"到城里来。

将军为这十分操心。

他的上司、已经卸任多年的辽东总督李成梁告诫过他：女真人是大明背上的痈疽，若只是因循怀柔，不早早地把他们彻底救平，那会养痈遗患、铸成大错的！依他多年和女真头目接触的经验，李总督的嘱咐确是至理名言。努尔哈赤等人无一日不心怀叵测，觊觎大明江山！李永芳是个很负责任的前哨指挥，他既不巴望朝廷能够给他增加兵力，也不轻信努尔哈赤的甜言蜜语，他只有战战兢兢、如履薄冰地守在抚顺城。

可是他也在集市的强大人流面前退缩了。他下令在东北区辟出了一块几十亩的地面，作为城内的集市。那里的居户不多而且大多是些穷人。他派兵把他们迁进人口密集区，并在几条重要街口设置了木栅，派几个把总日夜带兵防守。尽管这样，集市的日子那儿道防线也形同虚设。

"唷，驾，驾！"

"噢嗬嗬……啊哟……"

"呜呼呼，你娘的，哪里去！"

……

黎明时起，从抚顺的东、北方向的几条大路拥来一群群的马。赶马的几乎都是清一色的"辫子客"，人数和马匹大致相等。他们身穿紧身箭衣，把辫子在脑后打一个结，或者绕在脖子上。年轻、活跃、兴奋、矫健，个个有一张阔大、光亮的脸。他们有的骑在马上，有的跟在马群后面走着。结在竹竿上的长鞭，梢儿都挂着彩色的缨络。他们的马大多是光背的，没有鞍鞯，只在上面搭了几个草包，几件行李。

抚顺和周围的村民站在大路两旁观望着，和赶马的女真人说笑着、对骂着，好像老相识似的。

"喂，把你们那猪尾巴割去吧，像我们汉人，多利索！"一个汉人老汉呵呵地笑着说。汉人老是拿女真人的辫子取笑，但并没什么恶意。

女真人也不见怪，一个红脸膛的小伙子朝老汉晃了晃辫子："别这么说，老大爷。过几天，你也许要学我们的样子，把你头顶上的毛毛剃了去呢！"

"你想着吧，"人群中一个年轻人嚷道，"我们朝廷快要颁布上谕了，他要你们把那猪尾巴割了去，免得不男不女的！"

"我们不听你们那皇帝老儿的！"

"他管不着我们！"女真的小伙子七嘴八舌嚷叫起来。

随着他们的斗嘴拌舌响起一阵阵快活的哄笑。

"喂，辫子老乡，怎么赶市还带着腰刀呀？"

一个汉族汉子咧着大嘴叫道，他看见在一匹马的行李卷里露着半截雪亮的刀尖。

"那是对付狼的，"也许是这问话戳着了女真人的心事，有好几个人错错落落地回答道，"我们半夜起身，走的是山路，谁知道会碰到什么野东西呀！"

"可别想拿那东西对付我们！"

"说什么呢，我们也是大明朝廷的子民哪！"

这一伙马帮走远了，后面又来了一帮。迤迤逦逦，络绎不绝。

"唷，驾，驾！"……

时近东南晌，草叶上的霜雪刚刚化成冷露，抚顺城的东北门那儿发生了

清太宗皇太极

一场争执。一群女真人带着他们的马要进城来，守门的大明把总挡住了他们。

"不成，将军有令，他只允许卖杂货的商贩进来。卖马有专门的马市，你们该到那里去。"把总站在城门当中，挡住了前来交涉的几个女真人。

把总姓刘，是个粗壮的汉子。他黑黑的面门上有一道伤疤，说话时，他那道伤疤不住地耸动着，使他的面貌分外狰狞。

"总爷，"一个很会说话的年轻女真人上前向把总拱拱手说，"我们是来卖马，可是我们带的马和一般的马不同。你瞧，"他指指身后，那里有几十匹油光水滑、膘肥体壮、各色皮毛的马，"它们都是百里挑一的好马……"

"那又怎样呢？"刘把总并不还礼，只斜眼看了看女真人。

"我们想把这些好马赶进城来，看看军队能不能留下？这也是我们大汗的意思！"

"这是你们大汗的意思？"刘把总重视了，他把按着刀柄的手放下来。

"是的，介绍一下，"他指着一直站在他身边的身着女真贵族服装的年轻人说，"这是我们的八贝勒皇太极！"

皇太极代替了和把总交涉的女真青年，走向前去。

"总爷好！"皇太极说，"要是总爷不许我们都进城，进去十几匹、二十几匹也成。可以给买主做做样子，让其知道我们的马真的不是普通的马！"

把总端详着皇太极，态度郑重起来了。他跟李永芳将军在这里镇守多年，对努尔哈赤和他一家是十分清楚的。

皇太极虽是努尔哈赤的第八子，但在他们的家族中很有地位。他是大妃生的儿子，努尔哈赤对他十分钟爱，给他起名为皇太极。

据汉人理解：皇太极是"皇太子"的意思，就是说努尔哈赤想把大业传给这个刚刚出生的孩子。这猜测显然是错误的。因为，在他处死大儿子褚英之后，曾经指定二儿子代善为继承人。代善忘乎所以骄傲自大，并和努尔哈赤的大妃有些说不清的关系。努尔哈赤一气之下把他废了，至死也没有再立哪个儿子为太子。不过，努尔哈赤十分钟爱皇太极却是不争的事实。

皇太极从小就显得与众不同。他几岁就娴于骑射，努尔哈赤每次以武功考较儿子们时，皇太极都有不凡的成绩。

努尔哈赤东征西讨，常常把一个大家庭扔给这个才十几岁的儿子。皇太极把家治理得井井有条，不偏不颇，长幼有序，人畜兴旺，表现了出色的组织能力和无上的威望。后来努尔哈赤就带他出征了，他作战机警勇敢，从不贸然进击，更不畏葸不前。在战前，他总是给父亲出些用得上的主意。所以，在"参谋部"的会议上，在众位伯叔兄长发言之后，努尔哈赤总是回头征询皇太极的意见："皇太极，你怎么看呢？"而皇太极的意见常常化为努尔哈赤的主张，成为决定性的命令。后来努尔哈赤就把他留在身边了。

"好吧，"刘把总恭敬地说，"八贝勒当然又当别论，你带你的人和马进来吧，不过，不能太多……"

"谢谢总爷，"皇太极说，"不多不多，就那么几十个人，几十匹马！"

可是，皇太极的人马进个没完，几十骑人马进来了，仍然刹不住。糟糕的是别的商贩也随伙搭帮跟着走了进来。刘把总想把这口子扎住，但，他办不到了。外面的人朝里挤，城里人往外拥，一里一外，就把他的兵丁冲到一边去了。

刘把总这时才觉得做了件荒唐的事，他想上报将军又怕将军骂他，只好把他的兵丁撤回，把各街口的力量加强，以防万一。这样一来，抚顺城的东北隅就成为集市的一部分了。

4

努尔哈赤建立后金后，年号天命。

天命三年（1618 年），他的人马已近万人。在以前的十年中，他统一了建州各部，还兼并了周围的许多部族，现在，除了远在黑龙江边的几个女真部落和蒙古部落外，关外的白山黑水几乎都是他的了。

但他仍没有正式把自己的后金看成是一个国家。他在和大明、朝鲜、蒙古来往的书函中仍用着大明颁给他的封号，对于朝廷派来的官吏，他还是虚与委蛇地应付着。

这年过了正月十五，像往年一样，他和子侄把主要将领们召集到家里来，举行家宴款待他们。说起几年来的功勋和业绩，他们都意气飞扬、高谈阔论。这时，皇太极悄悄地对二哥代善说："你瞧父汗呀……"

是的，父汗很有些异样，他坐在主位上脸色阴沉，默默无语，面前的酒杯满着，也很少举箸吃菜。

皇太极立刻关心地走到父汗身后，小声地问候道："父汗，您身体……不舒服吗？"

努尔哈赤说："回到你的座位去，我有话要说！"

皇太极回到自己的座位后，拍了几下掌，大声说道："大家安静些，大汗有话要说!"

几张饭桌都静了下来,连上菜的侍者也停下了脚步。

"听着,"努尔哈赤说,"今年,我已经五十有九了,一生过去了大半……"

听大汗这样说,满屋的人都抬头望着大汗。他的确老了,额上和眼角边布满皱纹。头发稀疏而且斑白,脑后的辫子也越来越短越来越细。他们都想说些吉利的话、安慰的话,无非是些"大汗虽说已近花甲,但身体一直康健"之类,但努尔哈赤把手摆了摆,止住了他们。

他继续说下去:"我想在有生之年,为后金,为你们创建万世基业……"

大家眼睛亮亮的,等待他把话说完。

"你们别想逍遥自在了,我已下定决心,今年一定要出征!"

他说的出征是什么意思呢?在座的都心知肚明,那就是向大明进军!

"常言说:出师要有名,名正则言顺。我憎恨明国有七大恨,小恨无数,所以咱们有理由征讨它!"

大家恭敬地谛听着,可是努尔哈赤没有说下去。

大约两个月后,努尔哈赤的七千大军集合在赫图阿拉。在简单地举行了祭天大礼后,他率子侄和主要将领登上点将台,慷慨激昂地对全体将士发布了征讨明国的七大恨。

这七大恨的具体内容是:

我父、祖在大明皇帝的境内安分守己,一草不折,寸土不扰。明朝却无端地把他们杀害,其恨一也!

这原是不共戴天的深仇大恨,可我还是愿意和大明和平共处,相约双方绝不越过规定的界限。当我举兵讨伐叶赫时,大明竟违背誓言,越过边境出兵援助叶赫,其恨二也!

明人每年从清河以南、江岸以北越过边境到我们的土地上大肆掠夺。我依据过去的约定,把越境的人捉住处死,这是理所当然的事。明朝却置约定于不顾,逮我到广宁叩谒赔礼,并威胁我献出十人杀掉,其恨三也!

明国越境驻兵援助叶赫,将我已聘的女子转嫁蒙古,其恨四也!

我家几代为大明看守边境,忠于职守。可是他们却不准我们收获在柴河、泛河、三岔等处的庄稼,其恨五也!

对于我们和叶赫的矛盾,大明偏听偏信,把种种恶言写在信上,派人送来,企图引起我的愤恨和羞辱,其恨六也!

哈达人帮助叶赫，两次向我进攻。我举兵讨伐，上天把哈达给了我。大明却令我交出哈达。我在把哈达人送回去时，引来了叶赫人数次的攻击、掠夺，致使周围各国互相攻战。作为"天下共主"的大明却以非为是、以是为非，逆天而行，其恨七也！

努尔哈赤说："我是不希望发动战争的，可是明国欺人太甚，凌辱我女真的事情太多。七大恨使人忍无可忍！女真民众、八旗子弟，跟随我来吧！正义和真理在我们一边，上天一定会护佑我们，胜利必定属于我们！"

几千士兵被努尔哈赤的讲话燃烧得热血沸腾，他们举着、摇着手中的武器，嗷嗷吼叫，那气势有如翻江倒海，激起了几十里的触天风沙。

他们将满怀民族仇恨跟随他们的大汗走上征明的战场！

在群情激愤中，从将军到士兵，竟没有一个人认真地琢磨一下这拼凑起来的七大恨。其实，只要稍微留意一下，就会看到这七大恨不过是努尔哈赤叛明自立的借口，并不是揭发民族压迫的诉状。

第一恨中所谓的父、祖被杀一事，发生在三十五年以前。当时，明朝就确认是误杀，并做了妥善处理：归还努尔哈赤父、祖的尸体，赐给三十道敕书、三十四马，另给了都督诏书。不久，又决定给建州每年白银八百两、蟒缎十五匹，了结了此事。

第二、四、六、七恨都和叶赫有关，叶赫和努尔哈赤所在的建州一样，都是明朝治下的民族部落，正如努尔哈赤所说，明朝是他们的"天下共主"，这样，中央当然有权力派兵平定内乱，驻兵叶赫。

第三、五恨，都是些明朝在行使权力时引发的冲突，这种冲突无论什么时候也不会少。如果认真地调查一下，在第三恨所说的事件中，努尔哈赤捕杀的汉人平民多达六十余人，明廷却只令他交出十人抵罪。他竟好意思把这事也算为一恨，实在是无事生非！

如果正视明朝的历史，就可发现朝廷对关外各族一直采取绥靖、怀柔、分而治之的政策。只要他们安分守己，不事抢掠，按时象征性地缴纳贡品，是绝不会诉诸武力的。公正地说，他们的生活比起关内的人民来说，要好过得多，自由得多。

那么，努尔哈赤就没有恨了吗？有的。他恨什么呢？他恨明朝对他割据称霸蚕食鲸吞周边部落的制止，他恨明朝的统治束缚，使他不能自成一国甚至夺取天下！这种仇恨比什么都厉害，是发自内心、恨之入骨的！

就在随后的一个晚上，他把自己已掌握兵权的子侄和主要将军叫到家里来，秘密地商讨进军的策略。其中就有代善、阿敏、莽古尔泰、皇太极四大贝勒。

努尔哈赤说："誓师以后必须打一个大胜仗，以壮军威。"

讨论的结果，他们都认为必须首先把位居要冲的抚顺拿下。

决定之后，努尔哈赤久久沉默。大家都知道他在想什么。

抚顺城的情况大家是知道的。一年几次马市他们从不放过，不只是为了买卖，而主要是为了侦察。他们都把抚顺城摸得一清二楚。尤其是努尔哈赤，他从年轻时起，就无数次地进入抚顺城，可以说闭着眼睛也能够在大街小巷里穿来穿去。李永芳是个有能力的将军，他来到抚顺后，就苦心经营起来，几年下来，抚顺城已是城高池深，堡砦密布。仓促间要想把它拿下，谈何容易！

努尔哈赤深知：他的骁勇的女真儿郎擅长的是野战，几万铁骑旋风一样地卷过草原，确有摧枯拉朽之力，可是用来攻坚呢？……

他统帅下的十万之众，是他几十年中积攒的家底，他不能也不敢把它在抚顺城下荡尽，另外，攻打抚顺一时若不能奏效，或者拖成旷日持久，那后果是不堪想象的。因为周围的明军会赶来救援。

战争必须速战速决！

他没有向面前的子侄和将军们啰唆，因为他们也在考虑这一难题。

"我说几句吧，"代善大概难以忍受沉默的压力了，他打破了沉寂，"可以想办法把李永芳引出来……比如说，我们在抚顺附近的村庄制造混乱，他必然带兵出城镇压，那时，我就可趁机消灭他！"

"要是他不出来呢？"努尔哈赤问他。

代善不说话了。他无法回答父汗的反问，只张皇地挤着眼睛望着大家。

是的，李永芳很有可能对周围村落的乱局置之不理，因为，这些年来，女真在周边的袭扰已是家常便饭，他不会为这管不胜管的事出兵干涉。

可是，有可能做太子的代善得有人支持呀，要不，就太使他尴尬了。

"我看大贝勒的想法可以考虑，"坐在努尔哈赤下方的扈尔汉说话了，"我们要闹就闹个大的，闹得李永芳不能不管。他一出兵就好办了！"

扈尔汉是努尔哈赤的养子，是爱新觉罗家族以外最受他赏识的将领之一。他本为雅尔古部首领扈拉胡之子，他投奔努尔哈赤时年仅十四岁。此时，这个二十七八岁的汉子已是立过赫赫战功的大将了。他不仅骁勇异常，而且智谋超群，很得大汗的宠爱。

努尔哈赤脸上有点笑意了，他看着这个养子问："我已经说过，李永芳很难挪窝，即使他派兵出来干涉，也只会派个把总带几百人转一下。那，该怎么办呢？"

"那就揪住不放呀！"扈尔汉转转眼珠，"我们圈住李永芳的这几百人紧紧不放，就像揪住了老虎的尾巴，揪得它痛了，那老虎自然就出洞了……"

周围的将领眼睛亮了，他们都认为扈尔汉的计策很有操作性。

"这法子可以考虑。"努尔哈赤终于说，"但只可算是中策。你们想：这样打法，很可能要打几天，抚顺周围的明军是绝不会看着不管的。"

扈尔汉说："他们的大军一来，我们就跑！"

这一句话惹得大家都笑了。

"那还是得不到抚顺呀！"

"一跑，那不就是败了吗？"

"我们是不能败的！"……

他们嚷嚷着说。

"父汗，我有攻取抚顺一谋……"说话的是四贝勒皇太极。

"你说吧，皇太极。"

"我的主意也许不如二哥和扈尔汉的……"皇太极向周围笑笑，样子很谦逊。这就是皇太极的长处，他这时已为后金的创业立下了卓然功勋，又是大汗面前最受宠爱的儿子，他却从不以此傲人，所以他很得人缘。

"快说吧，皇太极！"

"说出来，大家议一议，四贝勒！"周围的人一齐催他。

他原是大汗的第八子，人称八贝勒。但由于后金建立后，叙功封为四大贝勒之一，就被人称为四贝勒了。

这时后金的最高领导层里，还保留着原始部落中集体议事的浓重遗风。这遗风直到大清建国初期仍未消散（如八王议政）。没有封建朝廷中的那一套等级森严的繁文缛节，他们说话都是比较随便的。

"是这样，四月十五日，抚顺城就要开马市了，集市上人群拥挤混乱，我们可以扮作卖马的商人混进市场，伺机潜入城里，我认为那是很容易的事……"

大家认真地听皇太极说，听到这里已知道他计谋的大概了，忍不住兴奋起来。

"你是说我们要学孙猴子钻进牛魔王的肚子里去？"努尔哈赤高兴地问。

"是呀，父汗。"

"可是，你不可能把我们的七千大军送进李永芳的肚子呀！"努尔哈赤已经明白皇太极的用意，他这样说是故意的，好让儿子把自己的妙计说透，说得让人心服。

"父汗，何用把您的七千人马完全送进抚顺城去呢，我只要带领百余骑兵进了抚顺，就可搅得他们人仰马翻，与此同时，大汗可率大军直至抚顺城下，城内城外来个里应外合，不消半日，抚顺城就是我们的了！"

皇太极的话刚刚说完，房子里的呼喝声就轰然而起。"好呀，妙呀！四贝勒献的好计呀！"

"我们就是孙猴子，李永芳就是牛魔王！"

"给我一百人马，我去当那孙猴子！"

"不，我不用一百人马，我只要五十就行，只要我能进去……"

将领们坐不住了，纷纷走到大汗面前表示赞同且踊跃请战。

像元时的蒙古人一样，女真人也不太熟谙汉族的历史典籍，却对汉族的历史小说很有兴趣。特别是《三国演义》《西游记》《水浒传》《英烈传》等书里的故事，谁都能够说上一二。努尔哈赤更是再三研究过，以为那是智慧的源泉。他曾一再地在他们的军事会议上，用以上几本书里的故事表达自己的观点，说服、动员自己的部下。

"静下来，静下来……"努尔哈赤向大家摇摇手。

将领们又回到座位上，仰头看着努尔哈赤。

"我看皇太极的这一计谋可行！"大汗说，"计谋是皇太极出的，就让他当那孙悟空好了。皇太极，你可从你的本部人马中挑选一百名精兵，扮作卖马的贩子潜入城中，我率大队人马随后出发，在离城五里处扎营等待。城里城外相约吹笛为号，共同行动！"

皇太极领命去了。

留下的各位将领听从努尔哈赤安排。

努尔哈赤做事是十分周密的。他不觉得抚顺城可以一举而下，遇事宁可估计得困难些。他想到抚顺不是一座孤城，在它的周围还有东州、马根单等明军据点，抚顺被袭后，他们很可能前来救援，那样会使自己的攻击十分被动。因此他把八旗劲旅分作两路：他派莽古尔泰、阿敏、扈尔汉等大将率左翼四旗攻打东州、马根单等处，自己和代善亲率右翼四旗猛扑抚顺。

5

接近中午，容俏一行乘坐两辆马车在抚顺城东北的集市上转着。他们走得很慢，因为两旁商贩的货物有如山积，来往的人群摩肩接踵，就是人们愿意为他们的马车让路，也挤不出多大的空间，他们只好走走停停。马车夫扯着嗓门大声叫喊，他那怪异、悠长的喊叫声，也不起多大作用，只能引得姑娘们发出阵阵的笑声。

再说，小姐和她的三个丫头见什么都感到新奇，不时地下车观看，褒贬着商贩的货物，娇唇娇舌地和人家讨价还价，可是最后又什么也没有买下。

她们一路观看着货物和人，却想不到人们也在看她们。

"呀，我有点饿了！"容俏说。

三个丫头巴不得听小姐这么说，因为她们早就看着两旁好吃的东西流涎水了。

"那，我们就找个地方吃一点吧！"春颖说。

"那就不如回家了，"老成持重的金环说，"我们丫头怎么都行，可是小姐……"

银凤说："我们走到这儿花了两个时辰，回去嘛，还要两个时辰！"意思是说：要是挤出市场回到家中，不仅急忙中解不了饥渴，连别的奇景也不用看了。她们才逛了市场的一半呢！

丫头们看着小姐，意思是听她的主意。

小姐说："已经来了，不玩个够怎能回家呢！"

"马市有三天呢，"金环说，"明天咱们做点好吃的，装在食盒和汤罐里，放在马车上。畅快地逛上一天！"

"明天？明天也许就捞不着出来了！老爷会说：'野妮子，在马市上疯了一天了，还没够呀？不准出去！'咱们还是别想明天吧。"

小姐的意思很明白，就是说，要在这里吃饭。

容俏做了决定，银凤和春颖乐得撒欢，立刻就向周围打量，寻找可以吃饭的去处。她们看到离她们所在的地方不远，有一个小土埠，那上面有几棵老柳树，长长的柳枝这时柔软了，发绿了，已绽出毛茸茸的叶芽和米粒大小的花骨朵。那里的人少一些，只有几个用草席搭成的卖东西的棚子。

商量了一下，她们便令车夫把车赶到土埠上去。

到了土埠上，容俏就吩咐车夫：把车撑牢，然后把马卸下来，架起盛草料的竹篓，把马喂上。她就和丫头们商议买什么东西吃了。

"甜粽、糖葫芦、糯米糕、花生酥、山楂卷、茶叶蛋……"容俏一气说了十几种。

"呀，小姐，亏你记得这么多！"金环叫道，"如果每样都买一点来，也会把咱们撑坏的！"

容俏的父亲虽只是游击将军，家境比起一般军官和百姓来还是富裕的，可是他们身在边外，是吃不到关内奇巧怪样的东西的，今日一见怎能不眼馋呢？

"小姐，我爱吃水煎包，你买不买呀？"春颖叫道，"还有那江米黏糕，油拉拉的，多叫人馋呀！"

"买，买！"容俏说。

"还要给我买几个枣馕儿，"银凤也忙着数落，"那东西我在老家时吃过，里面包满了红红的甜枣，看到那东西我就想起我的家乡——山东沂蒙山来！"

"买，这就去买！"容俏高兴地说，"金环，你想吃什么？"

"我吃什么都行，"金环笑眯眯地说，"你们数落的那些东西，如果都买了来，一头猪也吃不了，剩下的，我也吃不了！"

李永芳将军带领他的亲兵绕着城防转了一圈，没发现什么要紧的事，只是对东北角的把总刘涛有些不满。他竟敢把集市扩展到城内来，占了一大片地面。刘涛低头听着，也做了些解释。他说这不是头一回了，过去，当人多时，城东北角也屡屡被占据过。集市的人流就像洪水，有时，怎么堵也堵不住的……

他说的也是实情。从古以来，一到集市，也是城内城外满是人的。

"你要小心，"李永芳警告他说，"要是出什么差错，我要拿你是问！"

"是，将军，"刘把总规规矩矩地应着，"小的会倍加小心！"

回到家里，李永芳已有些劳累，夫人帮他把沉重的铠甲脱下，挂在架上。

"报！"外面一声喊，一个侍卫跪在廊前。

"什么事？"李永芳皱着眉头问。

"巡逻队华千总报告说女真旗兵有异动！"

"把华千总叫来！"

一会儿，华千总进来了，他站在将军面前。

华千总是个年轻人，才二十多岁，黑黑的消瘦面孔上有一对引人的大眼睛。他还穿着厚厚的棉铠，屁股后面有一大块汗渍，看样子他是骑马跑过来的。

"你说！"将军命令。

"回禀将军，属下奉命在抚顺周围进行例行的巡逻，辰时末刻在行至蛤蟆岭时，看到了潜入我城郊的大量女真部队，他们在丘陵、沟壑间隐藏着。"

"你是怎么发现他们的？"

"我和弟兄们看见数百只乌鸦四散而去，这是很反常的。往年的春天，它们一大早总是聚在一起的。"

"往下说！"

"阳光下，我们又看见丘陵、沟壑、树丛间有许多光点闪耀。我令巡逻队埋伏在树林中，自己带领几个兵丁从间道靠近了那些可疑的地方，于是就发现了他们……"

"他们有多少人马？"

"我无法估算，总有数千人吧？"

"数千人？"李永芳踌躇了一会儿，他叫道，"来，铠甲！"

夫人和几个丫头跑到他面前，帮着他把铠甲披挂上，夫人一直没有说话，可是，她的眉毛蹙得紧紧的。

皇太极带领的上百人马进入抚顺东北角后，没有像通常马贩子做的那样，从马上下来，再把草料袋解开。带着簸箩的就用架子撑起，开始喂马。没带簸箩的，就直接把草料放在马头下面，让马多少吃一点。最主要的是水，他们会到处找水饮马。如果他们的马半天喝不上水，就会跌膘，眼毒的主顾一眼就看得出来……

可是，他们仍然聚在那里，有的人甚至还骑在马上。

有几个远道而来的马贩子走了过来，大声地招呼着："啊，老乡，带来的马怎么样？让我们看一看！"

"看吧，你们如果带了双好眼来，就请看吧！"

"我们没有孬货，哪匹也是百里挑一！"

"辫子客"们开始和顾客打牙撩嘴，可是他们并没有表现出对顾客应有的热情，他们的眼睛望着别处，望着那些持刀站在鹿砦前面虎视眈眈的军人。

一个从关内来的五十几岁的还戴着厚毡帽的人大声喊着："喂，有人看上了你们的枣红马，告诉我，我该和谁说话！"

从马堆里钻出一个"辫子客"，迎向顾客。他没戴帽子，亮亮的脑门上冒着几粒汗珠。"我，我，有话和我说吧！"

于是，他们都甩着衣袖向对方走去。

等走近了，关内老乡望着"辫子客"说："嗬，天还凉呢，怎么就汗水津津的了？"

"哈，走的道远呗……刚刚又吃了顿饱饭！"

他们打着哈哈，精明的眼睛打量着对手，接着，他们的两只袖筒相接了，并且握住了手。

按照牲口市上的规矩，牲口的价格是不能明说明道的，交易就在袖筒里进行。

顾客握住了"辫子客"的三根手指，望着面前的枣红马，摇了摇说："你瞧，这个价行不行？"

"不行，不行，远着哩，远着哩！"说着，"辫子客"在袖筒里抽出自己的三个指头，反握着对方的五个指头，"怎么也得不少于这个数！"

"嚇，你想卖不想卖，竟开出个天价来！"内地顾客故作生气地拽回自己的袖筒，甩了几下，扭着头要走开，可他跑了几步又站住了，回头还是打量着那匹他移不开眼睛的枣红马。

拥上来的顾客越来越多，他们和"辫子客"这里一簇那里一簇地像刚才那样谈着买卖。

皇太极站在中心，他依在一匹雪青色的马旁，用手抓着它的鬃毛玩弄着，透出内心的焦灼。他的周围站着几个精悍的女真小伙子。

这时，努尔哈赤已经建立了他的军民合一的八旗制度。皇太极以四贝勒的身份兼任正红旗的旗主（固山额真），是努尔哈赤军政核心中的人物了。

奇袭抚顺的计策是他出的，他为自己请得了带兵深入抚顺城的任务。整个战局的成功与否，对他来说是至关重要的。

他周围的这几个女真年轻人是他挑选出来的，大多是他手下的军官。

"瞧见了吗？"皇太极说，眼睛瞄着不多远的明军，"咱们面前有三个街口，他们都有兵丁把守，除了手中的刀枪外，他们还装备着几样重火器，那是二人抬……"

皇太极当然不能用手来指点，可是他的眼睛已经示意那些重火器在什么地方了。

他的伙伴们眼睛瞪得彪圆，随着皇太极的话，他们已经看得清清楚楚。

"二人抬"是一种轻型的火药炮。炮筒很长，口径二三寸不等。用时得架在木架上，或直接用人来扛，这大概就是它名字的由来吧。这种炮一次能填几斤黑火药，然后填上碎铁块或铁砂。它的威力在当时来说还是不小的，它的喷射面较宽，用它对付蜂拥而来的敌军是很有杀伤力的。可是像那时别的钢炮一样，放一炮后，得重新装填火药，那得费去很长的时间。打几炮后，炮筒便灼热滚烫，有时一沾火药就炸了，那是很危险的。

"要是不能在开炮前越过他们的防线，就要小心了。"皇太极继续指示着，"那就得在他们轰了第一炮之后冲锋，把他们的阵脚打乱了，他们的二人抬或生铁炮也就几乎无用了。记住一点：制胜的法宝就是猛打猛冲，把敌人纵横分割，让他们满眼都是我们的人！等大汗的大军一到，抚顺城就是我们的了！"

他的属下微微地点着头，眼睛却仍然盯着明军。

这是他们头一次夺取一个城市，虽然他们相信自己的大汗，相信智勇双全的四贝勒，可是他们心里仍然是很紧张的。

皇太极的这样的指示说过几遍了，可是过一会儿，他就再说一遍。他这样翻来覆去地说，是因为他心里也有点紧张。他觉得城外大汗的军队应该布置好了，那大家盼望的胡笳应该响了。

这时，明军也在打量他们。

刘涛被来巡查的将军训斥了一顿后，心里直冒火，但他又不能为自己辩驳，因为自己把女真的马贩子放进来的确是不对的。可是他挡得住吗？再说哪一年没这事呀！这样想过之后，就一遍遍地把防守的军队调来调去，一心把防务弄得万无一失。

天爷呀，可千万别出事呀！——他在心里祷告着。

"总爷，"一个贴身马弁对他说，"我看放进来的这帮'辫子客'有点怪……"

"有什么怪呢？"刘涛横了他一眼。

"您瞧，他们和过去的贩马人有点儿不同，他们不把马鞍卸下来，也不喂马、饮马，上百骑人马堆在那里……"

"还有什么？"

"还有……如果细细看去，他们似乎排列成队。"

"越说越玄了！"刘涛扬了扬马鞭，可是他还是照马弁说的端详着那群"辫子客"。

看过之后，他的心悬了起来。因为，他也看出事儿来了，那伙人真的有些异样。

"去，带几个人过去看看！"

"是！"马弁招呼了几个弟兄向那群"辫子客"跑去。

他们遇到的是一双双警惕的眼睛，马弁立刻就意识到那绝不是通常贩马的商人的眼睛。他们不敢走近了。

"你们聚在这里干什么？是做买卖的样子吗？"马弁喝道。

"辫子客"们不理他。

过了一会儿，从他们中间走出了一个有点身份的"辫子客"，笑着招呼马弁一伙说："军爷，是这样，我们派几个人找水去了。走了一夜的路，马需要喝水……"

"是呀，这时候给马喝水比给它吃草料更要紧。"

"要是找不到水，我们只好出城了。"

"军爷，哪里有水呢？这儿周围有水井吗？"

前面的几个"辫子客"你一言我一语地答话，使紧张的气氛缓和下来。

这时，中间有个身穿簇花锦缎箭衣的年轻人吩咐说："军爷说得有理，你们来这儿有一会儿了，却什么也不做，是打盹儿了吗？要是想睡，那干脆就到城外找个窝铺睡上一觉，免得在这儿半死不活的！"

听了那位有身份的年轻人的话，"辫子客"们有动静了，他们把马散了开来，把草料袋从马背上取下来。有的还忙着给马取下嚼口，弄得叮叮当当地响。如果明军警惕的话，就看得出来，他们虽在忙乱，可是什么也没做。他们牵着马挪动了几步又转回来，摘下来的马嚼子又戴了回去……

可明军马弁们却不在意了，他们大大咧咧地走进"辫子客"中间，东瞧西瞅，拍拍他们喜欢的马匹的脊背。

忽然，他们看见了一把雪亮的腰刀，从"辫子客"的一个简单的行李卷中突了出来。这种锋利的腰刀他们是十分熟悉的，"辫子军"们的马队就是举着这样的腰刀呼啸着像一阵旋风似的飞驰过草原的。

马弁把腰刀抽出来，大声责问道："这是什么？这是马贩子该有的东西吗？"

"辫子客"们先是一愣，接着就像窃贼被抓住了手腕似的孤注一掷起来。他们纷纷从他们的行李卷中，从马鞍下面、从草料袋中抽出了各自的腰刀。明军的几个马弁立刻就被围在了刀丛中。

皇太极也愣了，他想不到事情会突变到如此地步，但他没有慌乱，只是轻轻地咕哝了一句："怎么父汗那里，胡笳还没有响呢?"

就在这时，从城外东北方向，传来了沉闷而悠扬的胡笳声。

皇太极脸上忧郁一刹那没了，换上的是闪光的昂扬和兴奋，他飞身上马，一连下了三道命令："上马！吹笳！冲杀！"

皇太极的指令，一瞬间就被准确地执行了。明军的几个马弁还没弄清发生了什么事情，自己的头颅就掉在了杂沓的马蹄下面，而化装成商贩的女真部队按照皇太极的吩咐像三支长箭向三个路口飞去……

第二章　轻取抚顺卫　勇猛破追兵

1

中午，四月的太阳还是很有威力的，把集市上的人晒得懒洋洋的。有些人也带了吃食爬到土埠上来了，他们也想在大柳树下搭搭凉。这天虽没有风，可是人多了，他们的行动就带起了风，集市的上空弥漫着一层淡黄色的轻尘。

容俏和她的几个丫头逛得高兴、玩得高兴，也吃得高兴。但最使她们兴奋的还是人们的眼睛。她们走到哪里，哪里的人们就忘记了正在做的事情，眼睁睁地望着她们，然后就小声地打听她们是谁家的姑娘。那热切的、艳羡的，当然也有淫邪的目光使她们的热血滚烫。她们到这集市上来，除了吃一点平时吃不到的稀罕食物外，并不想买什么东西。那么，她们来干什么呢？招摇一番或许就是其主要的目的吧？

"呀，怎么这么多人了呀？"容俏娇声娇气地叫道，她站了起来，向周围看着。她看到一双双快要冒火的黑亮的眼睛后，脸色有点发红。"走，金环，他们来了，咱们走吧……"

三个丫头答应着，收拾着身边的东西。

忽然，春颖笑起来，笑得前仰后合。

"死丫头，你张狂什么？"容俏两道长眉耸动着，责备春颖。可是春颖仍望着她笑，还用她的小指头指着自己的鼻头。

银凤望了小姐一眼，竟也跟着春颖笑了。

金环也看出了什么事，不过她是个庄重的姑娘，只笑了一声，就从衣袋里摸出了个小圆镜递给了小姐。

容俏接了过来，只一照，她自己也笑了起来。

原来，她的鼻头上粘着一块亮亮的糖渣！

要是别的姑娘在这么多的人面前挺着一只粘着糖渣的鼻子定会羞个满脸通红，可是，那样就不是容俏了，她竟对着镜子看了又看。还大呀小喝地说：

"妙呀，这是多么好看的鼻子呀！我听父亲说：外邦就有女人在鼻头上镶宝石的……"

"小姐，别出怪相了，好些人在看咱们呢！"金环跑过去抖开一方手帕，意在挡着周围人的视线，"来，小姐，我给你抹下来……"

就是在这个时候响起了胡笳……

几乎就在胡笳响起的同时，集市就乱了！

"炸市了，炸市了！……"

"女真兵杀来了！"

"快跑呀！快逃命呀！"

……人们呼喊着，像没头的苍蝇东扎一头西扎一头。货架上的东西被撞翻了，撒了一地，接着就有成百上千只脚从上面跑过。不幸的是那些老人和孩子，他们经受不住拥挤，没跑几步就被推搡倒了，只要倒在地上，他们就别想再站起来……

到底发生了什么事？在哪个方向发生了事？谁也不知道！人们只是跑，都想立刻远远地离开这个地方。

马市的马被惊扰了，它们挣断了缰绳，咴咴叫着，发疯似的向旷野，有的也向人群跑去！它们使集市更加混乱，也给人们带来更大的祸害……

胡笳继续呜嘟呜嘟地响着……

人们终于看见了：东北方向一片刀光，像从天空中倾泻下来的星星，耀得人睁不开眼睛。

"女真人来了！杀人魔王来了！"

"是努尔哈赤，是他来夺抚顺城了！"

人们又跑，只要腿还长在他们身上，只要他们还有力气他们就跑。

可是有许多人跑不动了，他们蹲在地上哀哀地哭起来……

霎时，人们看清了。那片耀眼的星光变成了马队，骑手们一律缨帽、箭衣，举着马刀，猫着腰喊着"杀呀，杀呀！"向大开的城门冲去。

赶市的百姓把努尔哈赤称作杀人魔王，一点也不过分。在这之前，他就经常带着他的飞骑掠夺明朝的边民，他们所到之处，总是杀光、抢光、烧光，而且手段极其残忍。

四个姑娘呆了。过了好一会儿，她们才终于明白发生了什么事。

三个丫头向她们的小姐聚拢来。

"小姐，咱们怎么办呢？"金环哭道。

容俏的脸色煞白，她的一双凤眼眯细了，像是在望着箭靶，一行如玉的牙齿紧咬着下唇。在她青春的脸上，小女儿的娇态一点也没有了。她慢慢地一字一顿地说："他们终于来了，而且选了这个时候！——金环，你走吧，趁着这时还能够走出去！"

"我不！"金环拉着小姐的一条胳膊摇着，"我不走，我要和小姐在一起……"

可是容俏似没听见她的话，她问春颖道："车上有家伙吗？"

她所说的家伙就是武器。在家里，母亲是反对她使枪弄棒的，父亲虽教她些防身的本领，可是也嫌恶她过分痴迷。容俏便和她两个练武的丫头给她们的武器起了个化名：家伙。

"有。"春颖说，"你顺手的双剑、强弩，银凤的银枪，还有我的宝剑、弹弓！"

"真的吗？"容俏问，"我怎么没看到？"

银凤说："都藏在马车里的褥垫底下呢！"

"走，咱杀回城里去！"容俏喊。

金环又上前拉着容俏不放，她哭喊着："小姐，你打不过女真人的，他们的人多呢！老爷这时正带领官兵守城。等打退了女真人，咱们再回去吧！"

容俏冷笑一声，一甩手把金环推了个趔趄。金环急忙扶住了树才没有摔倒。

容俏实在不忍心，她又走回来对金环说："金环姐，你比我大两岁，应该比我懂事，现在抚顺城已经破了，老爷还守什么城？说不定他这时在什么地方苦撑着。我们或许就有去无回了！你又不会武功，跟着送死吗？"

听小姐这样说，金环大声号啕着："小姐，我就是死，也要和你们一齐死……"

容俏不再理她，她跑到马车边，银凤和春颖已经把武器从车上找出来了。

车夫们不知哪里去了，四匹马大概也看出有什么异样，不再吃草，竖着耳朵谛听。

"金环姐，"春颖向伏在地上失声痛哭的金环叫道，"还有一匹马，你就骑上逃命吧！"

她们带上各自的武器，飞身上马，向抚顺城飞驰而去。

抚顺城里杀声震天，在这嘈杂的声音里，不时冒出百姓的哭叫声和鸡狗的嘶鸣，使战争的合奏更加惊心动魄。

努尔哈赤和皇太极利用集市混进城来内外呼应的战术，收到了奇效。

一听到城外努尔哈赤大军的胡笳吹响，皇太极知道父汗的军队已来到了城边，喜不自胜，立刻吹笳响应，下令进城的人马向明军攻击。他自带几十名兵丁冲向城门，把守城的十几个明军士兵杀死，消除了城门周围的堡砦，并跑上城堡用明军的大炮向集市轰击……

他知道怕极了的民众必然会不要命地冲进城内避难，这股势不可挡的人流能够抵得上万千精兵。他要的就是这疯狂的混乱。

李永芳多年来凭借的就是他的城高池深，就是他苦心经营的城外防线。如今在努尔哈赤和皇太极的奇袭下一点都用不上了！

那个刘涛一见面前的"辫子客"有异变，就连连顿足，知道上了大当，立刻命令守住街垒，并用枪炮向冲过来的女真骑兵射击。可是女真骑兵像一群跳蚤，一勒马缰就从他们头顶飞过，使明军感到有如迅雷不及掩耳。等他们把二人抬炮点火，发出雷鸣般的吼声时，女真健儿们已在抚顺城的街道上呼啸着撒着欢儿驰骋了！

二人抬的威力还真大，一炮轰出，像一柄火扫帚把前面几十丈的地面清扫了个干净。可是，它一个也没伤到"辫子兵"，而倒在血泊中的全是刚刚冲进城中的老百姓！

胡笳响起的时候，李永芳带着他的侍卫正走到城市的中心，那里有一小片广场。平时，他就是在这里召集军队、民众，向他们发布朝廷诏令和他自己的训示的。他想在这里停一停，把各个千总找来，汇总一下情况，然后再决定采取什么措施。

可就在这时，溃兵就像决堤的洪水向他冲来了。

他和他的卫兵站在路口，横着兵刃，企图挡住这股吓得不知所措的溃兵，可是他一时没有办到。

"城破了，'辫子兵'打进城来了！"

"跑呀，跑呀！"兵败如山倒呀！

溃兵吓得黄鼻黄脸地叫着，顺着墙边跑过，想从将军和侍卫的坐骑缝儿里钻过。

"给我站住！"李将军喊道，"天还没塌下来呢！我还在这里呢！"

侍卫们也和他一齐喊叫。

可是没有镇住这伙溃兵。

看样子非叫他们见血不可了。李将军是由士兵逐步升上来的将军，他深知士兵离乡背井戍守边关的艰苦并很爱护他们。可是一看他们丢盔卸甲的狼狈相就怒火心头起，他挥起手中的宝剑，一连砍死了几个士兵。溃兵们清醒过来，一齐跪倒在他的面前。

他只问了几句，就从他们哆哆嗦嗦的回答中知道发生了什么事。

得当机立断了！

首先，他派出两个勇敢、可以任事的侍卫飞驰辽阳，向大明总兵求救。

接着，他吩咐身边的几个侍卫："传我将令：各营不要堵挡恋战，快快退至老营周围布防死守，不得有误！"接着，又对面前越聚越多的溃兵喝道："跟我来！"

说完，他立刻回马朝老营跑去。那时候，不管人马有多少，发号施令的中心，习惯上都称为老营。

他明白现在已经无险可守，只好集中兵力守住老营。他希望能够坚持住，等待救兵赶来。按照过去的经验，女真队伍就像雨后的洪水，他们袭来就是为了抢劫，无论得手与否，都不会久留。他希望这一次也是这样。

2

李容俏和她的两个丫头奔下土埠，一直向抚顺城驰去。

金环哭叫了几声，她很快就明白这不是哭的时候，向周围望望，集市上已经没有了赶集的老百姓，几条大道上，几乎全是跃马驰骋的"辫子兵"，他们大声呼啸着像波涛般涌向城里去，他们的刀片、枪尖辉耀着阳光。她终于弄清发生了什么事，她没有了主人，没有了小姐，一切都没有了，主意得她自己拿。

小姐和银凤、春颖她们去和"辫子兵"拼命去了，她呢？

她正这样想着，几个"辫子兵"看见了她，他们用马鞭指了指，就离开了队伍，策马向土丘走来。

几年来，她跟着主人住在这遥远的边城，对女真人的作为是十分了解的。他们虽然仍承认是大明的臣民，他们的头领仍拥有朝廷颁给的头衔和敕书，而且隔一两年就进京朝贡，可是他们从没有中断过对内地的抢掠、骚扰。每次掠边，除了抢夺大量的财物外，就是像牲畜那样地奸淫，那些令人发指的故事，使女人们想起来就浑身战栗……

"不能落到他们手里！决不能！……"

她手里没有能够使自己致命的东西，脚下又是松软的黄土，她向周围望着，看见了她们在那儿歇凉的那棵树，就急急地向它走去。

在快到城东北门的时候，容俏回头看了一下，正看到金环向大树撞去的一幕。心里喊了一句："好，在这时候，你就应该做一个烈女子！"

她没对两个丫头说什么，就和她们一起纵马进了城门。

冲到老营，冲回家！找到父亲，找到母亲！

可是她们做不到了！几乎没有人前来拦击她们，更没有人和她们拼杀。"辫子兵"们已经看到了她们，也有几个人想到她们面前来，可是他们也好像身不由己，就像大洪流中的草芥，这时候只能随波逐流……

"杀呀！冲呀！……"他们嗷嗷叫着，向城市的中心汇聚。

容俏和两个丫头每人都在用着两种武器，近处，她们用枪挑、用刀砍，远了就弯弓搭箭。可是，这一切都无济于事……

杀了几个"辫子兵"后，容俏对同伴们说："来……"

她下了马，顺手从地上拉抓起一具"辫子兵"的尸体，并用眼睛示意春颖和银凤，要她们也这样做。她们迟疑了一会儿也照容俏那样做了。

她们一手拖着死尸一手拉着马拐进了一条小胡同。撞开了一扇小木门，就趔进一家院子。容俏没对她们两个说什么就三下两下地脱去了外衣。银凤和春颖一下子明白了小姐的意图，也照她的样子做起来。

她们迅速地换上"辫子兵"的衣着，戴上他们的缨帽，又飞身上马走了。在这过程中，小院里没有一点动静，这家老乡哪里去了呢？是拖大带小地逃走了，还是躲到邻居家去了呢？敌人来得如此突然，他们无法应对，只能闷在家里等待难测命运的降临。

容俏她们来不及多想，就又上马向老营、向将军的府衙飞驰。可是，她们跑不多远就被拥塞的"辫子兵"挡住了。

他们是那样多，多得连他们自己也无路可走。

容俏她们只得暂避在一家店铺的门面下，心急火燎地望着前面。

从老营那边传来激烈的枪炮声和喧嚷声。

春颖望着小姐的那有点苍白的脸，小声地说："小姐，别着急，你听，老爷领人马在那边堵挡着哩！"

银凤没说话，两道眉毛却像翅膀般飞着。

"走，咱们从小路转！"容俏说。

她们刚要转身，小姐又勒住了马，她看到了一个人。

那是他！他是努尔哈赤的第八子，是威震东北山林的四贝勒！

她曾经和他说过话，她曾经和他赛过马……

他叫皇太极！

他骑着一匹雪白的高头大马，使他的个儿高人一头。在他面前的是几个佐领样子的人。皇太极正在对他们呼喝，是对他们进行训斥，还是对他们面授机宜？都听不清……容俏看到的是他那威武的战神般的身躯，紧锁的眉毛和深邃的目光。皇太极是"辫子兵"的指挥员，是他们的主宰和灵魂！

"是他，小姐……"春颖小声地提醒主人，可是当她看到小姐那逐渐缩小的秀目，明白她已经看到他了。

银凤左手举起弓，右手刚要拔箭，小姐说："我来……"

容俏搭箭弯弓，眨眼间，一支箭就向皇太极激射而去。

皇太极还对面前的军官说着话，当飞箭逼近他的面门时，他才把头向后一仰，并把右手松开马缰，向上一抓，把箭抓在手里。那样子就像顺便地不经意地抓了一只正在飞向他的蚊虫一样，十分从容。

"有人行刺贝勒！"他面前有人惊呼。接着数十双眼睛向周围搜索着。

"听着！"皇太极喊到，"听我把话说完！"

显然，他为部下的分心而恼怒。

他的部下只好回过头专注地听着。

皇太极又说了几句话，在他面前的军官才轰然而散，向四面八方放马驰去。

这时，皇太极才把手中的箭举到眼前仔细地端详着，那箭杆打造得十分精巧，在末端有一个镌得很深的"俏"字。

他知道发箭的是谁了，便向箭飞来的方向寻找那个人。

容俏心里嗒然若丧，另外还有点别的什么，在这时候，她来不及细细地琢磨了，她勒转马头，加了一鞭向城外跑去了。

她知道自己救不了抚顺城，也救不了老父亲。她只希望父母像大明的将军、子民那样活着或死去……

想到这里，她已满脸是泪。

李永芳的愿望没有实现。

皇太极没有给他留下时间。女真军进城后，有如下山的猛虎，撒着欢纵横穿插，把几千大明兵分割得连不成片接不成线，失去了任何抵抗力。刘涛等领兵的曾想集聚周围的兵丁反击，占据几栋房屋，结成据点。可是他们造不成影响。洪水般的女真大军并不顾这几个"小岛"，只在他们身边打个旋儿就又向明军的老营冲去。

李永芳到达他的将军府时，他身边只有几百人马，想要布成阵线已不可能，只好龟缩进衙门，凭借四周的墙垣镇守。能守多少时候，连他自己也没有信心。

没等他部署完毕，手头的几杆火枪、两门火炮还没有架好，女真人已经把他的将军府围了个水泄不通！

"李永芳，投降吧！"

"你投降后，大汗不会杀你！"

"保你的命，也给你的家人活路！"……

"辫子兵"呼喊着。

李永芳知道事已不可为，他仗剑走进后院，他的夫人抱着他的三岁的小儿子在等待着他。周围瑟缩着几个家人、丫头。

看到李将军那满面晦气的样子，知道大祸已经临头，丫头们忍不住嘤嘤呜呜地哭起来。

"夫人，城已经破了，兵丁已所剩无几，属于大明的就是围墙圈里的这方寸之地了！"李永芳的语调满含悲怆，"摆在我们面前有两条路：一是为国捐躯成仁，这只是须臾间的事。如果这样，我就得先把一家人杀个干净，免得我战死后，你们受辱。二是出衙投降，做一个大明的逆子贰臣。凭我和努尔哈赤多年的交情，他不会杀我们。我们还能够在他的淫威下苟且偷生……"

夫人很冷静，她想了想说："老爷，你是大明的将军，在这时候，一切由你做主。我们是你的家下，形同草芥，何必以我们为意呢？"

李永芳摇摇头，叹一口气。他心里想：在这时候，连亲人也不帮自己拿主意了！他向前走了几步，举起了剑……

就在这时，那小儿子忽然哇地一声哭了起来。

"等一等，"夫人说，"让我把孩子的眼睛捂起来……"

说着，夫人从衣袋里摸出一方手帕捂在孩子的眼睛上。

李永芳持剑的手抖了起来。终于，他把剑扔在地上，对夫人说："夫人，我还不想离开这个世界，快，你把孩子交给丫头，帮我把大明官服穿好！——我能对大明做的只有这些了！"

他和夫人手携手走进正房，夫人帮他穿戴好大明的游击将军官服。夫人始终不愠不火，脸上没有一丝表情。直到送将军出来，她才问了一句："咱们的容俏呢?"将军没有说话,只摇摇头就走了。

3

皇太极这时已经俘虏了李永芳的大部分兵马,并陆续地把他们押解出城。他从中拣选出几十名炮手,要他们架起缴获的明炮对李永芳的府衙进行轰击。当李永芳走到前院中庭,府衙的墙垣已有几处坍塌,女真兵呼叫着冲了进来。

捍卫府衙的明兵也不都是孬种,尽管他们已经到了穷途末路,但仍拼死地战斗着,转眼间,院子里铺满了死尸。

李永芳在他们面前感到十分羞愧,他想命令他们放下武器,可是他说不出口来。

战斗很快结束,李永芳被女真兵团团围住。

"狗官,你是谁?"

"你们的李永芳在哪里?"

"辫子兵"把他们的刀尖抵在李永芳的胸口上、后背上。

"我就是李永芳!"将军说。

正在危急时候,有人喊道:"你们不要为难李将军!给我让开!"

围着李永芳的女真兵闪开一条道,一位年轻将军大步地向李永芳走来。离他几步远的时候,站住,向李永芳行了个后金礼,恭敬地说:"将军已为大明尽力了,事已至此,就归顺咱们后金吧!"

李永芳低下头拱手说:"四贝勒,李永芳战败投降,无话可说,请大汗处置!"

"说哪里话!"皇太极说,"将军既然归顺,那今后咱们就是一家人了!大汗正在城外等待将军呢!"

李永芳知道那是什么意思。过去努尔哈赤常常来抚顺到李永芳府上循规蹈矩地拜见,聆听朝廷对他的敕喻,可是,现在一切都变了,他成了主人,自己却是他的阶下囚了。他正等待着李永芳恭敬地接他进城!

"好,好。"李永芳说,"我去接大汗进城!"

"我陪将军前去!"皇太极说,接着他下令保护府衙,保护将军的家属,不准动这里的一草一木。

李永芳上了马,在皇太极的陪伴下向城外走去。他们前护后拥,可是周围全是女真的八旗兵。实际上他是个俘虏,是被押解出城的。

城外，努尔哈赤骑着一匹火红马站在一处高岗上，几十名亲兵围绕着。

早上，他挥兵杀进城去，指挥代善、阿敏、莽古尔泰等带兵四处冲杀。近中午时，他已经把城中的几个据点完全荡平，只剩府衙那一小点了。皇太极对他说："父汗，你到城外去吧，一会儿，我押着李永芳请你进城！"

"李永芳那小子会投降吗？"

"不投降，我就提着他的人头前来见你！"

"孩子，不要杀他。他不投降就先把他羁押着。他可是咱们捉住的头一个大明将军呀！"

"我明白，父汗。你就把一切交给我吧！"

努尔哈赤正在土岗上等得有些烦躁，皇太极"陪"着李永芳出城来了。一看到老相识，他有点沉不住气，就要拍马下去迎接，因为过去都是他先给李永芳致礼的。可是他被身边的人止住了。

"大汗，您现在是一国之尊，那李永芳只是您的俘虏。他得在您面前下跪求饶！"

"对，对……你说得对。"

努尔哈赤这才沉住了气，稳稳地端坐在马上。

快到土岗的时候，李永芳下了马，巴结着大声叫道："大汗，李永芳向您投降了！"

他想三步两步跑到努尔哈赤面前，像老朋友那样和他见面。可是，皇太极一把扯住了他的衣袖。

"将军，你们汉人是最讲究礼数的，您既然投降了，就是我大金的臣子。"皇太极虽语调温和，却十分郑重地说道："您想一想，一个臣子去谒见君王，该是什么礼道？"

"是……是……"李永芳站住了，面孔涨得通红。他想了想就跪在地上，对山岗上的努尔哈赤三叩首。他一共拜了三次磕了九个头才来到努尔哈赤面前。

"大汗……罪臣李永芳该死……"接着就呜呜地哭起来。

他的确有着满心的泪水：是后悔的泪，是耻辱的泪，也是惭愧的泪。他责备自己的一念之差，才使自己落入了这样不尴不尬的境地。当时，如果硬起心肠，把一家老小杀个干净，然后再拼它个死，那该多好呀！

"哈哈哈哈……"在李永芳头顶上响起一阵笑声，那是胜利者的大笑，开心的笑，畅快的笑。"李永芳，你这小子，叫我费了这么多的事！"

"我……该死……"

努尔哈赤这才从马上下来，跑了几步，弯腰把李永芳扶起来。"去年我到抚顺来，你还领我到处转了转，看了你的城防，当时你是怎么对我吹嘘来？说什么你的城池可以抵挡十万雄兵，可是今日怎么样呢？哈哈哈哈……"

李永芳抬头看了看，只见努尔哈赤身穿紫色的袍褂，头戴金色的缨帽，上面的缨络血红耀眼。黑黝黝的阔大脸上，鹰隼般的眼睛逼视着他，那花白的浓髯威风凛凛。

"罪臣惭愧……"

"你就别惭愧了，今后跟着我好好干，我慢待不了你！——你那夫人呢，还好吧？"

"还好。谢大汗惦记。"

"那就好。模样儿那么俊秀的夫人是叫人舍不得——你还有别的女人吗？"

"没了……"

"就一个？太少了！我现在就有十几个……不过，请放心，我会赐给你些女人的！"

"是……是……"李永芳说着又要下跪，努尔哈赤却走开了。

李永芳正犹豫不安、手足无措时，忽然嗖地一声响，一支飞箭袭来，把他的纱帽穿起，落在几尺外的地上了。

一个侍卫拾起，交给了皇太极。

皇太极把那顶纱帽从箭上撸下来扔在地上，仔细地端详着箭镞。

"有人射来飞箭？"努尔哈赤回头问皇太极，"好好地护着将军，他对咱们可大有用处呀！"

皇太极望了李永芳一眼，走上几步，小声地对努尔哈赤说："我认得这箭，是他的女儿射来的……"

"她是什么意思？"

皇太极又看了李永芳一眼，没有说话。

努尔哈赤又问李永芳："我到你家去时，看到了你那美丽的女儿，现在她在哪里呢？"

"回大汗，小女一大早就和几个丫头到集市去了，至今一直未归……"

"是这样……"努尔哈赤低头和皇太极说了几句话。

皇太极点着头，走下土丘去。接着，就有几十匹快马向周围疾驰而去。他们奉命去搜索匿藏在不远山林中的李永芳的女儿……

4

在抚顺，女真人大肆烧杀抢掠，又把城墙和堡砦全部毁掉。

三天后，努尔哈赤率全军后撤。在他们的军事思想上，还没有攻城夺地的准备。就是说：他们虽发下狠心要和大明血战到底，但还没有取而代之的计划，至多打算和大明分庭抗礼而已。所以"打了就走"的游击战仍是他们的主要战术。再说，他们从内心深处对大明仍是有些惧怕的，他们觉得这个几百年的庞然大物是不可能一下子被打垮的。

在回军的路上，他们上下欢天喜地，除了各个旗队满载而归外，全军的战果是十分辉煌的。计算一下，他们攻下抚顺、东州、马根单三城，附属台堡五百余座，俘虏了大明的李永芳等将佐二十多名。从抚顺掳去人畜三十万（他们原是游牧民族，把牲畜和人看得同样重要，所以在战果上，人和牲畜是一起算的）。

最主要的他们招惹了一下大明这个纸老虎，给它戳了一个大窟窿。

大明驻辽阳的辽东巡抚李维翰第二天知道了抚顺被女真攻占的消息，大吃一惊。特别是守将李永芳的投降，深深地刺痛了他的心。

近几十年女真的崛起，他是亲眼看见的。他也知道努尔哈赤不除，会成为大明的肘腋之患。可是在内心深处，他仍觉得努尔哈赤和他的一伙不过是些草寇，是些成不了大气候的人。现在，他突然站在大明这个巨人面前，而且冷不丁被他割了一块肉去，那疼痛的滋味是难以忍受的。他下令总兵张承荫率兵一万追击！

张承荫曾是威震关外几十年的大帅李成梁的骁将，跟随大帅出征几十次，无论哪一次，都是以胜利而告终的。在他的观念中，女真人每次作乱都气势汹汹，可是天朝大兵一到，他们就望风败北了，而且立刻变得服服帖帖。

李维翰原在兵部，万历四十四年（1616年）调守辽东。由于他"庸才玩愒，贪暴成性"，才两年多的时间，就搞得"边事日下"。他到任后，对李成梁的旧部明里暗里地进行压制。张承荫是个诚实、肯干的人，他觉得凭借自己的才能不久就可以像过去在李成梁手下一样取得信任的。所以每逢议事，他总是踊跃建议、争取任事。可是好心并没有得到好报，他常常被巡抚大人斥为"莽撞""无知""争强好胜"……

张承荫有点绝望了。

清太宗皇太极

这一次，当他一接到大人指令后，就立刻想到：露一手的机会终于到了。于是，他和副将颇廷相、参将蒲世芳、游击梁汝贵等商量好后，立刻诸营并发。一昼夜后赶到抚顺，然后急追努尔哈赤。

正在向赫图阿拉撤退的女真军，这时已走到萨尔浒以东，周围都是山地。他们在山下扎营打算第二天回到他们的老窝。

这天晚上，努尔哈赤正和他的子侄、大将们在他的大帐喝着庆功酒，他借着酒兴把有功人员夸奖了一番，最受称道的当然是智勇双全的皇太极。别的子侄也被赞扬得醺醺然。努尔哈赤的褒扬，他们总是听不够的。忽然，一位探马在帐外大声叫道："报！有紧要军情！"

"等一会儿！"阿敏回道，意思是说你这时来搅什么？

努尔哈赤却不然，即使这时候，他也没有被胜利冲昏头脑。他说："这时候有军情，大概是重要的，就让他进来吧。"

探马进来后，向大汗和将军们打千行礼。接着报告说："后面发现大明的追兵！"

"有多少？"阿敏问。

"大概有两万人……"

打发了探马后，努尔哈赤并没把这当回事，他笑笑说："啊，来的还真不少！可惜他来得晚了，我们已经到家了！"

皇太极说："大汗，咱们该会一会他们……"

二儿子代善也站起来请战。

"你们要干什么？"努尔哈赤不以为然，"你们以为大明真的要来追打我们？不，绝不是！咱们劫了大明的抚顺城，打痛了他们。他们不出兵照应一下，总是说不过去，皇帝老儿追查起来也不好说话！"

宴会上的人都笑起来，他们都觉得大汗对大明朝廷算是吃透了。

可是皇太极仍然说："我觉得让大明的兵在后面跟着总是不好的。他们会认为我们怯战，不如趁此机会设伏诱敌……"

努尔哈赤对皇太极的话向来是很重视的。他开始考虑四贝勒的意见。

"怎么样？回头和他们再打一仗？要不，人家把两万多人送来了，咱们不理不睬也不太好，你们说呢？"努尔哈赤回头望着子侄和各位将军。

大家知道努尔哈赤又想打仗了，个个开始活跃。特别是那些在抚顺战役中没有夺到大功的将领更是想借此机会弥补一下。事情很快决定。

努尔哈赤拍拍手，对代善和皇太极说："这是一件小活儿，你们兄弟俩就干了，还用我上前吗？"

"不用，不用！"皇太极忙说，"大汗明天一早就回赫图阿拉好了！"

诸将也纷纷起身，恭请大汗回都。

探马报告说是大明军有两万（其实是一万）多人，整个抚顺城，李永芳也不过几千人，打下抚顺，他们竟称"大捷"，努尔哈赤把赶来的两万人说成是"小活儿"，是不是有点轻敌呢？不是。

女真的八旗子弟，长于平原、山地大战，却短于攻城。一个抚顺城，若不是采用了皇太极的计策，利用集市派兵潜入城中，里应外合，他们是攻不下的。现在追兵来了，两万人暴露在荒野上山林中，在他们看来，那不过是送到老虎嘴边的羔羊，当然是"小活儿"了。

皇太极和代善商量了一下，就从各旗中选出两千精骑兵，分三队反击冲锋。各队由代善、皇太极、阿敏率领，另外配备了副手。夜半造饭，黎明进军。

大明军的总兵大帐张承荫已经两夜未眠，他正和手下的副将、参将、游击商量着第二天的决战。张承荫估计努尔哈赤的军队至多有五千人。他已侦得确切，努尔哈赤在赫图阿拉发布"七大恨"、率兵进逼抚顺城的时候，也就是仅仅七千人马。他不可能把人马全部带往抚顺，总是要留两千人守他的老窝的。

他估计得十分准确，努尔哈赤手下真的连五千人马也不到。张承荫想：我现在人马一万有余，且兵精粮足，比起女真的八旗来，武器也是好的，除了长枪短刀强弩抬枪外，已经有了威力强大的铁铸平射炮，能够发射有炸子儿的炮弹，那比只能装黑火药的黑管子杀伤力大多了！

跟上敌人后，张承荫把一万人马分为三营各凭山险据守。他和诸将计议：天亮后女真人必然前来进攻，可两营堵挡，一营由副将颇廷相率领，绕到赫图阿拉附近，抄他们的后路，前后夹击，一举把敌人消灭或打垮。

就在他们打着如意算盘的时候，大明的一万军马却发生了内讧。入夜之后，天气有点冷。赶了两天的路，人困马乏，他们急于得到食物和草料。可是粮食、肉菜、草料包和帐幕都在大营，得派人去领。可是一万人的东西，层层分发下来，得多少时候呀！到了夜半，下边的军士还是没有吃上东西，以至怨怒遍布四野。

这时，大营附近的下级官佐们却在帐幕里大吃大喝，猜拳行令，弄得浓香四溢。来领东西的一个百总不由得叫骂起来："老子饿了一两天了，至今水米没沾牙，你们却在这里胡闹！明天，老子也许就没命了，却连顿饱饭都吃不上！"

他一骂出口，周围的人谁也不想把窝囊气憋在心里，也就破口大骂起来。

"是呀，背井离乡地来到这穷山僻壤，谁不是把脑袋别在裤腰上的？凭什么你们酒山肉林，我们却连口热饭也吃不上！"

"兄弟们，来呀，进大帐和他们讲理，至少也得分点东西吃！"

聚集的人越来越多，你拥我挤，几个人也就撞进了军佐们的帐篷，不可阻挡的冲突也就开始了。

张承荫和他的僚属听到外面吵嚷，大体猜到了发生了什么事。他烦躁地说："又是为了争吃争用！我不是说过的吗？这件事军队一扎营就得办好，你们却不听！去，去，快把军队稳住，咱们的事也计议得差不多了，明天寅时正刻以鼓号为令依计而行！"

将军们去了，帐幕外的喧嚷又继续了一会儿也就平息了。

张承荫仍守着面前那张并不准确的地图出神。

过了些时候，他的贴身侍卫把仓促做成的饭菜送进帐幕来，摆放在他面前的桌上。

"吃饭吧，将军。"

张承荫抬头看了看，见那端碗的侍卫大拇指竟在他的饭碗里泡着，皱了皱眉头。叹口气说："好了，你出去吧。"

张承荫十八岁入伍，跟着主帅出生入死，浑身伤疤，才被李成梁大帅提到身边任侍卫，他小心谨慎伺候着，直到李大帅离任时，才被提为参将。他以为自己就是这么大的出息了，使他想不到的是回朝的李大帅没有忘记他，一年后，朝廷颁下敕令：任命他为辽东总兵。一下子就越了两级！

但他对同僚没有趾高气扬，对士兵也是恩威并施，绝不颐指气使。他知道军士虽贱但他们也是爹娘生养，每个人的心里都有一包辛酸泪。而打起仗来，这一个个的士兵都是他的本钱……

他叹一口气，把饭碗拉到面前。就在这时，帐帘一掀，进来几个人。

"又是什么事？"他把端起的饭碗放下。

"不敢打扰大人，"侍卫说，"他说他们是李永芳将军的家人，有事想对大人说……"

"啊，是这样？……"

张承荫将军抬起头，看着侍卫送进来的几个人。他们都是旗人打扮，眉眼端秀，身材修长，甚至有点像女人的样子。他有点疑惑了，把手伸向放在桌边的剑。

李永芳，是他的老朋友。在他的印象里，李将军是个严谨端方的人。抚顺之役，他没怎么抵抗就败给了女真人，而且投降了敌人。对他的叛国行为，张承荫是深恶痛绝的，但他知道其中定有难言之隐……

"你们是什么人？"

"我是李永芳的女儿容俏呀……"容俏哽咽得说不下去。在经历了几天前的变故之后，看到了大明人、大明军队、大明的将军，她激动得难以自抑。张承荫将军不止一次地到过他们抚顺城的家，她是应该叫张承荫一声伯伯的，可是她不敢……

"容俏……"

容俏把遮去半个脸的缨帽摘下来。

张承荫端详着她，说："是，你是李容俏……她们呢？"

"她们是我的丫头银凤和春颖。"

张承荫的表情仍是冷冷的，像是布了一层霜，语调更是一点热情也没有。

看到这样对待她们，容俏当然知道为什么。她们现在是叛贼的家属，一位大明的现任将军当然要与她们保持距离的。

容俏却不在乎这些。抚顺的陷落虽然仅仅几天，对她来说好像落于另一个世界，自己也好像一下子长大了。

那一天，她们跑出城后，并没有离开，在城东一片密林里隐藏着。当李永芳含羞忍辱地出城迎接努尔哈赤时，容俏激愤得想自刎而死，被银凤死力地抱住了。春颖顺手缴了她的剑。容俏跺着脚叫道："爹呀，你还活什么呀！你不能战死，就不能把自己扎死吗……"

两个丫头理解她的心情，只是无法劝解她。

容俏骑上马冲出密林向不远处的土丘跑去，银凤和春颖纵马赶上了她，拦在她的前面。

"小姐，你要怎样呀？面前都是女真人！"银凤说。

"你不是常对我们讲，"春颖也说，"只是不怕死，不过是个有勇无谋的武夫吗？"

容俏呆了一会儿，忽然搭箭弯弓，咬着嘴唇喓喓叫道："爹呀，你没有勇气死节，女儿帮你了！"正要松手，她持弓的手被春颖用剑鞘打了一下，箭飞出时偏高了一点，才只射中李永芳的纱帽……

"你们来干什么？"

"我们来……是想向张将军说：不要在这里和女真人决战。努尔哈赤的八旗兵擅长在旷野里冲杀，攻城略地他们就不行了……"

"你的父亲呢，不就是守在城高池深的抚顺城吗，如今他在哪里？……"

容俏的脸一下子憋得通红，但她硬是把张将军的羞辱咽了下去，她想说说抚顺失陷的实情。可是她不想为降金的父亲辩解。想了想，她拉着两个丫头给张承荫跪下来，哭着说："将军，李永芳卖国求荣、苟且偷生，你就不允许他的女儿做大明的臣民了吗？今日，我斗胆劝将军回到抚顺城，那里的城垣虽已破败，但修复起来并不困难。只要有城可守，有险可据，努尔哈赤就奈何不了我们！……"

张承荫拍案而起，在她们面前走来走去，跺得脚下的地咚咚地响。"那是一座蒙羞的降城，大明的脸面都被它丢尽了！等我把努尔哈赤消灭，我要回师把它烧个干净！"

"将军，求您考虑一下几个小女子的披肝沥胆的话吧！"容俏和两个丫头用头碰着土地哀求着。

"哈哈哈哈……"张承荫仰头大笑道，"你们忘记我是什么人了！我是大明的堂堂总兵官，身经百战，屡败敌军，现在几个小女子竟来给我出谋划策！哈哈哈哈……"

"将军……"

"你们不要说了！"张承荫拉下脸喊道，"我念你曾是我同僚家眷的份上，饶恕你们，按大明的律例，我是应该把你们锁起来押上囚车送回京都的！"

"将军，我是叛贼的女儿，是情愿遭受刑戮的，可是……"容俏又给将军磕头，"可是在这之前，恳求将军听一听我的话……"

"走开！"张承荫喝道。

由于他的声音大而严厉，十几个军士跑进将军的大帐里来，拱手听从吩咐。

"把这几个人给我叉出帐去！"

"是！"一阵威喝，军士们架起容俏三人，像老鹰抓小鸡似的提出帐去。

"再把大帐打扫一下，她们把我的帐篷弄脏了！"到了帐外，容俏还听到将军怒气冲冲地叫道。

容俏等人上了马，默默地离开了明军的营地，直到看不见营地的灯火了，容俏才叹息一声说："天哪，大明的军队中就没有一个明白人吗？"

两个丫头没有说话。在晨光熹微中，她们看见小姐的脸上满是泪水。

就在这时，她们身后响起万千人的喊杀声，接着就炮声隆隆，火光触天……刚刚黎明，努尔哈赤的铁骑就在皇太极和代善的率领下向大明营发动了进攻。

5

大明军半夜多才吃上饭，这时，有的躺在帐篷里，有的找个小山坳蜷缩着。几天的劳累，使他们的身体一沾到土地就鼾声四起。

他们也放了岗哨，山头上、树林边晃动着他们的身影。巡逻小队沿着大营的边沿在转，疲劳使他们的神经迟钝了，他们在马背上做着回乡的梦。

他们有一种要不得的心理。他们自以为自己是追击者，而努尔哈赤及其军队是逃跑者。在他们的意识里，女真人像小偷一样，在抚顺侥幸赚到了便宜，正抱着掳获的东西欢天喜地地回家呢，他们是不会扭回头来招惹追击者的。

他们仍把努尔哈赤当作流寇来对待。这想法真是要命！

晨曦初露，夜雾还没有消退时，天空突然响起了乌鸦叫，那嘎嘎的叫声十分凄厉。它们一边叫着一边成群结队地向西飞来。

大明军营中竟然没有一个人由乌鸦的叫声悟到些什么。

在乌鸦叫声响过不久，就传来一种奇怪的声响，像六月天倾盆大雨将临的声音。十分急剧、十分惊人。这声音越来越大，一瞬间，女真人的人马就来到大明人的面前！

"杀呀！杀呀！"

"为七大恨，向汉人复仇呀！"

"把汉人杀个干净！一个不留呀！"

惊醒的大明人一下子愣住了，他们被呼喊声吓得灵魂出窍。因为谁也不会认为那是人的声音，只有地狱跑出的恶鬼、天上降下的魔怪才会发出那样的嚎叫！他们立刻手足无措，有的不顾命地四处乱逃，有的跪下来朝老天祷告，有的哭爹叫娘地跑向将军的大帐，还有的找个山窝只把头钻了进去……

直到看见了"辫子兵"的战马，眼前闪现着一片片的血光，他们才知道发生了什么事！可是晚了！在八旗铁骑的冲击下，大明军已经形不成战线，组织不起有效的抵抗。只一刹那，大明人就有上千人丢了性命，幽幽冤魂在西去的路上蹒跚着！

这一夜，张承荫将军却是连眼也没合一会儿，他只想着明天的决战，想着胜利，想着打到赫图阿拉的快意。天亮时，他听到了乌鸦叫，他只认为那是天快亮了，并没有引起他别的想法。他走出帐篷，仰头望望夜空，见三星已经西沉，天就要亮了，他刚要命令击鼓鸣号，忽然听到如暴风骤雨的响声。他一愣怔就明白发生了什么事。

"女真来袭营了！"他大声吼道，"各营赶紧列阵准备！"

他身边的侍卫也帮着他喊叫。

可是这时候全营大多在睡梦中，他们的喊叫没有多少作用。他立刻命令几个侍卫："击鼓鸣号！——不，还要放炮！"

可是这一切都晚了，敌人已经杀过来了！

张承荫像他过去的主帅李成梁一样，无论前方多么吃紧，他身边总是留有一队精锐部队，少则几百，多则几千，免得急促间手头没有兵丁可用。这次布阵，他也留有自己的"预备部队"，叫作护卫营，设一个千总管着。这时，他把一千人的护卫营集合到自己身边，准备顶住女真人的凌厉进攻，以图整理各营，再和女真人决一死战！

但战事的发展不以他的意志为转移。皇太极的部署是：他先把两队士兵交给阿敏指挥，要他猛冲猛打，把敌人分割、打乱，逐一消灭。与此同时，他和代善带领一队不顾一切地直插张承荫的老营，他明白只要把大明军的指挥部搅乱、打垮，大明军就会瘫痪，他们就好把这头失去头颅的"凶龙"打死了。

张承荫的老营是驻扎在一个稍高的山头上的，这时他看到女真人到处追逐着大明的兵丁，犹如饿虎追赶羔羊，他手下的千总、百总也不都是孬种，他们在慌乱中，极力地想把身边的兵丁组织起来，凭借山石、凹洞据守，也给了女真人一些杀伤。可是他们立刻就被女真人的铁骑冲散了……

"是的，李容俏昨晚说得很对，"张承荫终于想起了李永芳的女儿，"女真人在草原、山地、旷野上是不可抵挡的……"

可是他并不后悔，他觉得依一个叛贼女儿的计策而行是耻辱的，那还不如战死沙场呢！现在，他战死的机会到了！

"张承荫，张承荫在哪里？"

"活捉张承荫，消灭大明军！"

"投降的留命，不投降的杀头！"

女真人风驰电掣地杀过来了，那气势有如排山倒海。他们点着他的大名要他投降！

张承荫知道大势已去，为了大明，他是时刻准备成仁取义的。可是他领兵来到这里竟连一场像样的仗也没打就死在敌人的马蹄下，毕竟十分窝囊。因此他悲愤交加，拔出佩剑摇着叫着："大明的军士们，为国捐躯的时候到了，让我们为了朝廷、为了大明万里江山和敌人决一死战吧！"

他对战士的激励也真的起了作用，在他周围形成了一个顽强抵抗的圈子。他们用身躯挡住了皇太极的进击。许多战士自动地组成一个个的战斗小组，一些人贴地滚到女真人的马蹄下，举刀削断敌人的马腿，造成前锋马的颠踬和倾仆，以致后面的骑兵拥塞成堆。当然，他们也在敌人的刀枪下瞬间丧生，可是他们以自己的生命给了同伴们以机会，别的士兵便利用这一机会大量地消灭敌人！

皇太极看到这一情况，及时地调整了部署，让代善正面指挥，自带几十铁骑绕到张承荫的后面，使大明兵腹背受敌。

眼看着面前的士兵就像炉盖上的蜡油，一会儿就要化为乌有，张承荫知道为国殉身的时候到了，他整一整衣冠，放马冲向前去，一个侍卫挡住了他："将军，为国出力的时候多着呢，何必较一时之胜负？我知道一条间道，护卫们愿拼上性命保您逃逸！"

张承荫怒眼圆睁，吼道："怕死鬼，啰唆什么！"说着，给马加了一鞭，把那侍卫踏在马下，向前去了。

命运没有让他留下什么战绩，他冲不多远，就被飞过来的一条绳索套住脖子，拖下马来。

"不要伤他，大汗要拿活的！"有人叫道。

这话，张承荫是听到了，他嘟哝着说："你们想得倒好……剑还在我手里呢！"说着，举剑向自己的脖颈砍去……

可是，他砍到的是一女真兵的枪杆。

这时，他看到了一张年轻英俊的脸，红色的缨帽上有一个金色的帽圈，他知道那是贝勒爷的标志。那人望了他一眼，把那士兵的枪杆抽开了。

这样张承荫才得以完成自己为大明的死节。

大明军全军覆没，包括张承荫在内的大小五十余官佐战死。

在战争的后一阶段，副将颇廷相、游击梁汝贵曾随溃兵逃出。在山坡上遍寻主将而不得，两个人抱头哭了一场后，颇廷相说："要是我们这样回去，国法不容，情理不饶！"

梁汝贵也说："主将已殁，我们岂能苟活！"

于是，他们集合找得到的余部，对他们晓以大义，激发他们必死的决心。又回头寻找女真人……

其实，女真人并没有忘记他们，时隔不久，几百铁骑就向他们包抄过来了。大明军的这百多残余也真的没有给国家丢面子，他们呼喝叫嚣奋勇赴死，使女真人十分震惊，在短时间内，创造了奇迹。他们竟把女真马队冲散了。

皇太极赶了过来，他怎肯让这场战役的结束曲如此虎头蛇尾，他把八旗兵排成一圈张弓搭箭，又下令让他们高叫："谁愿意投降，可以走出来，大汗留你性命！"

可是等待良久，没一人从死亡中走出来。

皇太极喝令放箭。霎时间，几十个大明兵成了血淋淋的刺猬。

第三章　牛刀首小试　明廷皆震骇

1

抚顺城的失陷和追击军的覆没，震惊了北京城。

首辅大臣方从哲捧着战报跑来找万历皇帝——结局就是第一章开头的一幕……方从哲是两年前被当时的首辅大臣叶向高推荐上来的。

叶向高，福建福清人，进士出身。时任礼部尚书，东阁大学士，位居首辅。这个人十分耿直，他屡次上书，反对皇上派遣太监到各地任税监、矿监，可是皇上不听，反而斥责他多事，更受到太监和权臣们的打击。于是，他再也不愿在这个什么事也不能做的朝廷上混了，再说他也五十多岁，身心劳瘁，即上书辞职。

回乡前，皇上问谁人可以代替他？叶向高想：自己虽思归隐，可是实在对这个风雨飘摇的朝廷放不下心来，他走后，若是上来个贪鄙之徒，国事岂不更糟！他把满朝的文武逐个考究了个遍，末后想到了那个在朝廷任事多年，但不耐日渐激烈的党争而比他更早隐退的方从哲……

"皇上，方从哲可任此职。"

"方从哲，他行吗？"

"舍此，老臣无人可荐。"叶向高说，"方从哲忠贞刚正，敢于任事，皇上应该是知道的。"

"可是他却离开朕了！"

"皇上，那是因为他实在无法忍受日甚一日的党争呀！老臣斗胆奉劝皇上，立刻采取严厉手段结束党祸，对那些唯恐天下不乱的人给以应得的惩治……"

叶向高还没有说完，皇上就不爱听了，他向叶向高摇摇手。

几年前，万历自觉身体日衰，一次朝罢，在下御座时竟仆倒在地。几天后就有人向他提议：应该考虑为将来着想，册封太子。起初，万历非常恼火，后来，他想：自己已经做了四十几年皇上，实在不耐其烦。儿孙中成人的也很有几个，找个人来为他撑撑门面也不是件坏事。于是，就召集群臣，把立嗣的大事交给大家议论。谁知因了这事，却引起了直到他死去也没有结束的党争。

哪个皇子继承大统，那本是皇帝的家事。可是自古以来大臣们却为此议论纷纷，甚至拼死谏劝，有的还丢了性命。万历晚年的朝廷也是这样，两派互相攻讦，势如水火。弄得日常朝事也无法进行。说穿了，两派中没有几个人是出于公心的，大部分是为了眼前或将来的私利。

叶向高曾多次上书请皇上罢黜党争整顿吏治。他言辞激烈，态度端严，有时和皇上争得面红耳赤。所以他这次提出致仕，万历很快批准，大概他也想让自己清静一下了。

"好了……"皇上懒洋洋地说，"爱卿安心养老好了，朕会记住你的话的。"

叶向高回乡后，首辅的位置空了好久。这在明朝晚期也不是怪事，朝廷六部和许多地方官空缺不少，有时一个大臣要兼任几个官职。为这事，叶向高和别的大臣也上言过多次，皇上不理不问。晚明的朝廷像一台破烂机器，正一瘸一颠地走向它的灭亡。可是没有首辅终究不行，这时，万历又想起叶向高的话来，于是下诏要方从哲立即来京赴任。

方从哲回朝后，发现朝廷的情况比之过去竟好了很多。首先，皇上在埋头宫闱几十年后，开始临朝了，于是朝中大臣都上本庆贺，一时大有振兴之势。方从哲也上本颂扬说："君之尊犹天也，臣之有所祈于君，犹之祈天也！其为斋心而祝，披悃而陈者，视三农之望雨，不啻过之……"他意思是说：皇上您就是头顶上的苍天，臣子们希望于您的就像有求于天一样。把这比方成三农之望云雨，不算过分。他接着说：如果我们做臣子的为国事累得身心交瘁，甚至疾呼痛哭而皇上您却不闻，连篇累牍的奏章送上去了，您却好像看不见，那国事就不堪设想了！

他的言辞是十分恳切的，并一连提了许多急办的事，求皇上次第举行……

皇上表扬方从哲忠心可嘉，可是他提的事却一样也没办。

即使这样，方从哲和他的同僚们也觉得有些希望，因为他们毕竟能够和皇帝面对面地说活了。

2

且到过午皇上才睡眼惺忪地走出了寝宫，老太监何世良急忙把相国要见他的事上奏了，并说方从哲从早上起就在朝房里等着召见。

"他又有什么事？"皇上问。

"他说……他说……辽东那边抚顺城失陷了！"

"那是前几天的事，朕听说李维翰已派兵讨伐了。"

"可是，可是……"老太监见皇上满脸不耐烦的样子，说话有点嗫嚅，"可是他说前去讨伐的军队已经全军覆没了！"

"什么？你说什么？"皇上站住了，他回过头瞪着两只发红的眼睛。

何世良又把刚才的话说了一遍。

"你把方从哲叫来！"

"是。"

可是老太监刚走了几步，万历又叫住了他："事已如此，也不必急了。你去告诉方从哲，午后未时一刻朕在中和殿等他们。"

"皇上，您说的他们是？"

"让方从哲把阁臣们都叫来吧！"

"遵旨。"

就这样，方从哲等了整整半天也没等到皇上，还要到下午才能御前廷议，即使这样，他也很高兴，尽管肚子里饥肠辘辘，仍忙不迭地上马去通知阁僚们去了。

未时一到，阁臣们齐集中和大殿。等了些时候，皇上来了，群臣跪倒三呼万岁。万历要大家平身。"方大人，"他说，"你把辽左的事说给大家听听吧。"

说实话，万历皇帝朱翊钧对待大臣们态度还是谦和的。大多时候他对他们从不直呼其名，通常称他们"大人"，有时，就称他们"爱卿"或他们的职务。

方从哲站了出来，把得到的来自辽东的火急奏章读了一遍，然后又加上自己的分析和认识。

他说："抚顺是国家辽东重镇，努尔哈赤竟不顾天朝至尊，在不到一天的时间就夷为平地，其气焰竟如此嚣张！我朝百多年来，对东北蒙古一直采取绥靖政策，恩威并施，使其安居乐业。即使对那些悖逆之辈也从不赶尽杀绝，总是剿抚并用，使其幡然有悟。"

接着他说："努尔哈赤从年轻时就心怀叵测，觊觎我大明国土。几十年来，他忍辱负重、养精蓄锐发展自己的势力。表面上委曲求全，背地里秣马厉兵。几年前他就统一了建州女真各部，在虎尔哈河、松花江和辽河之间建立了一个强大的后金国，与我大明分庭抗礼！就在几天前他在赫图阿拉誓师，并发布了他的所谓的'七大恨'，接着就起兵进犯我辽东抚顺……"

说到这里方从哲有点激动难抑，他看了一下两边的大臣说："十几年前，负责任的大臣们就一再地上奏：辽左已酿成肘腋之祸，请求朝廷一举荡平建州'努贼'，可是朝廷总是寄希望于辽东抚臣的经略而不采取彻底的措施。那些位居要津的衮衮诸公又总不以国事为念，一味地斤斤于一派一己之私，因循苟且，才拖延成今日的不堪局面……"

方从哲这样一席慷慨激昂的言语，使皇上觉得很不安。过去，有朝臣提起辽东事时，他总是说："那不过是疥癣之疾，无须为虑。"不想现在已病侵膏肓了！

他瞥了一眼面前躬身侍立的大臣们，叹了口气，一时说不出什么话来。

方从哲原以为他的"一块石头"，会激起波浪千层，可是没有，宫殿里静得就像要爆炸。

原来皇上等待着臣子们说话，事情到了这样的光景，他们难道没话说吗？

阁僚们呢，他们大多是方从哲指责的"位居要津而斤斤于一派一己之私"的"衮衮诸公"，他们这时说话会"惹火烧身"，怎不把嘴闭得紧紧的呢？

这样的冷场，方从哲也是受不了的，他抬头看看皇上，只见他满面灰黄，正不知如何是好。

万历这几年的确是老了，那老态大大超过他的年龄。眼皮肿得像两只铃铛，泪囊下垂，松弛的两腮一直耷拉到下巴。叫人一看，就明白他的生命之火已经灯枯油尽。方从哲不禁可怜起他来，可是他的生命耗费在哪里了呢？

万历的嘴终于翕动了："方爱卿说得很对，他言辞激切也是应当的。如今的国事也该痛下针砭了……辽左覆军殒将，建州势焰益张，边事已经十分危急，大家不要再相互指斥，那无济于事，所有过错就由朕来承担吧。希望各位把平定叛贼的良策拿出来……"

皇帝的话一落音，大家知道谁也不会指责他们贻误边务的过失了，日子还是照常过。于是大家活跃起来。

第三章 牛刀首小试 明廷皆震骇

看到皇上要下决心讨伐建州反叛的"努贼"，出来说话的就多了。戎政尚书薛三才、户科给事中官应震、户部尚书李汝华都发了言。他们先把辽东的善后事宜议论了一番，说起李永芳的变节投敌，无不切齿痛恨，说起张承荫等的壮烈殉国，人人赞许有加。以后又对辽东巡抚李维翰的损兵失地义愤填膺。

议论的结果是：请旨诏逮李维翰到京交刑部严加议罪。赠张承荫少保左都督，立祠为"精忠"，以下如蒲世芳等死难将校皆有追赏。当然这主要是做给活人看的。但当时，却对正在执行边务的将士很有鞭策和鼓舞作用。

下面就开始议论具体的平叛之策了。头一条是该派谁出任领兵的主帅？议论来议论去没找着合适的人。武将文臣都不愿到辽东去冒险犯难，谈到谁时谁就畏首畏尾、推三阻四。气得方从哲把脚一跺说："那么，我去吧！我已经五十多岁了，蒙国恩、食君禄，对国家边事却从未立过尺寸之功，为臣虽不谙用兵，可也愿意为这事充当前驱！"

他虽说了几句狠话，却使殿内群情振奋。

薛三才站出来说："方大人心昭日月，但他是国家辅臣，皇上是一天也离不开的——臣下斗胆想推荐一个人……"他说到这里望望周围的大臣。

"爱卿请讲！"皇上向他招招手，表示急切地想听他说。

薛三才好像最后下决心似的说："这个人就是杨镐！"

他的话刚一出口，大殿里就静了下来。两年前，杨镐曾因获罪于上，被罢官。只有大胆的人才敢对皇上再次提到他的名字。

看到皇上没有责怪他，别人也没有说话，薛三才继续说下去："臣下知道杨镐并不是最好的人选，他在领兵戍边时，立过功劳，也犯过过错，但他熟谙边事，且目前来说，找不到比他更合适的人了。"

仍然没有人说话。

杨镐这人，大家是熟识的。他不惮于任事，却常常谋划不周，且好大喜功，无端开衅，造成难以收拾的局面。

他曾带兵到东南一带讨伐倭寇，立过殊功。后又被派去镇抚辽东，他主动出击破兆哈，谏臣们上书劾他无端生事，造成边事不安。皇上罢了他的官。他又提出荐早被罢了官的李如梅为大将，更惹得朝廷议论纷纷，为给事中麻僖等人所劾。杨镐不服，上书自辩，可是皇上为了平息朝野议论，还是想给他处分。他看看没法儿了，就上书"乞休"回家去了。

大家对他的印象是不好的。

这些事薛三才何尝不知，他是在这非常的情况下提出这非常之人的。

等了一会儿，皇上说："杨镐勇猛有余，却虑事不周，但对边事是有过功劳的，只要给他几个有能力的谋僚，朕看叫他去也不是不可以的。皇皇天朝难道看着让人断我左臂？"后一句话说得十分激昂，皇上那皮肉松弛的脸上竟放出光来。这也感染了阶下的大臣们。

皇上发了话，这事也就定了下来。

有了大将，下边的事皇上就交给方从哲等辅臣具体计议了。

3

几天后，皇上下诏，起杨镐为兵部侍郎兼佥都御史，带兵去经略辽东。

杨镐到京拜见万历皇上后，就到内阁去和阁臣们商议进兵的事宜。

事情一开始就遇到了许多难题。首先是"乏饷及兵"，没有钱也没有人马，这仗怎么打？

方从哲觉得这事好容易得到皇上的热切关注，可不能让具体事冷了大家的心。他说："事在人为，只要大家一齐想办法，总能够调集兵马、筹到钱粮的。"

尚书薛三才说："辽阳处现有兵马八万，还可征调登州兵一千五百名，南京水陆二营兵三千名赴援。至于军饷，下官建议发内库银十万两！"

听了他的话，户科给事中官应震说："十万两银子，内库还是能够拿得出来的。可是里面有五万九千两或黑如漆或脆如土。那是……因为长久不用烂掉了。"

方从哲气愤地说："这样的银两能充军饷吗？"

官应震说："当今说不得这些了。如果想速成大捷，就要以朝廷的官符压下使用，这样即可化无用为有用……"

方从哲想：这不是等于强行聚敛吗？可是事情紧迫，也只好如此了。"官大人，就没有别的办法了吗？"

"有，当然有。"官应震说，"征收的金花银每岁一百二十万两有余，嘉靖皇帝规定专门用来供给边防，不许他用。到了万历初年，皇上将此款移入大内，以致军饷大亏。要是大人能够奏请皇上把这笔款项仍归太仓，那，咱们就宽裕多了！"

第二天，方从哲就进宫为此专奏皇上。

皇上听了以后，久久不语，末后他说："爱卿就不能想想别的办法吗？朕就是指望这一笔钱才把日子过得像个皇上……"那还说什么，看样子即使努尔哈赤打到京郊，皇上也不会把这笔钱拿出来的。

那只有去掠夺老百姓了。

为了把征辽的这件大事办好，方从哲把回家丁忧的吴道南叫了回来。吴也是大学士，和他一样位居辅臣，是个很公正、很有谋略的人。目前兵部尚书仍然空缺，经过方从哲、吴道南向皇上再三吁请，才任命黄嘉树到任。于是他们和与这件事有牵扯的部科官员忙了两三个月，终于拿出了个可行的计划上奏皇上。

其大致内容是：

一、遣将。除杨镐外，调往辽东的将军有李如柏、杜松、刘綎等。

这些将军还是可用的。李如柏是经略辽东几十年的大将军李成梁的二子，骁勇善战，有乃父之风。他曾任宁夏总兵，立功升任为右都督。这时已经派往辽东去代替死去的张承荫了。

杜松，榆林人，是位很有名的将军。他守陕西身经百战，威名赫赫，被称为杜太师。现在他被任命为山海关总兵。

刘綎曾在云南、四川等地为将多年，并曾率兵援助朝鲜平定倭乱，很有战绩，与杜松齐名。这人有个毛病，就是爱钱，前几年因贪污受贿等罪被罢为"废将"，可是如今他出头的机会又到了。他被起复，仍为总兵。

李维翰被抓到京都后，关了些日子，经刑部定罪，奏皇上批准，削职为民。他捡了一条命回家。朝廷便任命周永春代替他为辽东巡抚。

二、调兵。杨镐到了辽东后，清点将士，他手头只有七万人马，便立刻上书朝廷求兵十万。朝廷没有这么多兵马给他，因为这时内乱已繁，朝廷还要留些军队镇压农民起义。方从哲建议调集边兵。兵部先后从宣大征调了万人，登州三营调出一千五百人，令他们速速从海道渡辽。南京水陆二营调拨三千。这仍然凑不足数目，又敕令蓟州先发五千，后又调台兵两千。朝廷又命杜松、刘綎、官秉忠、柴国柱等将军在赴辽时连自家的家丁也带了去。此外，还从朝鲜调兵一万，连在北关的叶赫女真也被征调，令他们出兵两千相助。为了这场战争，大明朝廷真到了计穷力竭的地步了！

三、筹饷。没有钱是不能打仗的。当初，廷议时，薛三才曾经凑集十万银两。经兵部计算，十万远远不够，得用银三百万！这个巨大的数字，把内阁臣僚们都吓住了。方从哲曾经到皇上那儿要过钱，没有得到批准。为了眼前急用，兵部奏请先发饷银二十万两。皇上允诺。方从哲、吴道南等大臣一天几次地去见皇上，还是为了要钱。后来万历也觉得十万军队，二十万两银子实在是杯水车薪，狠了狠心，又批准发库银五十万两！从他那儿再也弄不到钱了，怎么办呢？那只有向老百姓伸手了！

到了这年秋后，户部请加派田亩税，每亩加三厘五毫。这样，全国增加田赋至白银二百余万两！并规定第二年再加三厘五毫，第三年续加两厘。前后三加增至每亩九厘，每年田赋达五百二十万！如果认真实行下来，老百姓身上的油水可真是榨尽了！

为了解决东征粮饷，朝廷还专在广宁设了"辽东饷司"。

四、更换兵器。为了提高军队的战斗力，总兵柴国柱提议破"努"全用火器。可是没有那么多先进枪炮，朝廷只准各营配备一定数量的火药武器。为此，兵、工二部尽发库存的从外国买到的大小佛郎机、大将军虎蹲炮、三眼枪、鸟铳、火箭等，还发了盔甲、盾牌等一应防御用具。可是一般兵士不会使用这些火器，只好责成川陕督抚各派三百名甲兵到京演练，然后赶赴辽东军中。

备战用了几个月的时间，这时，努尔哈赤的人马已发展到五万多了！

其中最让朝廷头痛的是：将官大多不愿到任。他们认为讨伐辽东不过是虚张声势，是做给女真人看的，等到女真人远远地逸去，朝廷会罢兵的。他们瞧不起努尔哈赤，觉得他只能算是个流寇，只要杨镐在那儿挡一挡也就解决问题，何劳兴师动众！要说努尔哈赤会打到关内来，他们说就是把努尔哈赤碾成末，他也不会有那样的心思！

所以，他们虽接受了朝廷的任命，却迟迟地不肯进兵。

另外，打算调集的那些部队，计划上有了，命令也下达了，但只有宣大的兵马有点行动了，可也没到辽东。其余的就更不用说了，他们连消息也没有。

方从哲等阁臣急了，他们把情况如实地上奏了皇帝。

万历大为恼怒，在他在位的四十几年中，没有过什么大的举动，现在事情迫在眉睫了，将士们竟不用命，那还了得！他特赐杨镐尚方宝剑一把，并敕令说：将帅之下，有不用命者，可先斩后奏！

这样一来，各地很快就把应调的人马送到了辽东。杜松也开始行动，领着本部人马向辽东集结。刘綎仍迟迟不出关，他说要等川兵的到来，因为从四川调来的兵马划归他统属。这不过是个借口而已。朝廷命他立即出关，不必等待，他才领兵慢慢地东行。

兵饷更难筹集。辽东请饷的奏书雪片般飞到京都，而发下的饷款仍是有限。有兵无饷，引起一些下级军官带领士兵半路哗变，变成土匪。他们沿路抢掠，成了当地的祸害。

刘𫄧带兵到了关外，路途所见和听到的消息，使他明白将来和努尔哈赤定是一场血战，他也坚定了立功异域的决心。于是，他命令驻军祃祭。

他把军队集合在田野上，升起军旗。十头大牛牵在军前，他对军队慷慨激昂地发表了平定女真报效朝廷的决心。将士深深感动，呼喝声直上云霄。于是，他拔出佩刀，和副将、参将等军官领头宰杀牺牲。

他照一头黄牛砍了一刀，他以为会痛快淋漓地把牛头砍下来。可是，他的刀只砍进了牛脖子的三分之一，那牛瞪起眼睛扛着两只大角向他扑来，而且鲜血喷涌，其状惨烈。刘𫄧在全军面前，只好再次上前，在几个侍卫的帮助下，他又挥了三刀，才把牛头砍了下来。他觉得很丢脸，把刀一扔，说："拿着这样的刀能上战场吗？笑话！"

他是责备自己还是斥骂什么人，谁也不知道！

别的将军也不顺利，没有一人把牛头砍下来，都是弄得气喘吁吁，满身鲜血，大汗淋漓，才完成任务。

祭旗后，刘𫄧下令全军修整军备，并上书给杨镐，请他给予更换武器。

4

万历四十六年（1618 年）冬，征辽的大军终于先后集结于辽东。加上当地原有的军队，能够投入战场的约有十万。

杨镐把将领们集合到辽阳，和他们商议进军之策。用现在的话来说，就是召开军事会议。他的官阶比起刘𫄧、杜松等大不了多少，他们也都是国内有名有声的将领，而且个个骄横日久，他们会听他的吗？

可是杨镐有办法。

他把皇上的圣谕和亲赐的尚方宝剑供在香案上，率领将领们恭敬地磕了头，然后对大家说："'努贼'经营辽东，已四十余年，除了蒙古、叶赫等部，他已统一了整个白山黑水，并且建立了伪金国。现在的确已是我大明的心腹之患！"

杨镐还说了很多话，目的是给大家分析当前形势。

他是个五十出头的强壮汉子，胖胖的苍黄脸，似乎有点虚肿。可是浓眉下有一双长长的丹凤眼，使他的面目增添了几分威严。

他看看坐在下面的将军们听得还算专心，就继续说下去。他说："朝廷把这么重大的责任交给我们，我们就应当奋不顾身、义无反顾地去完成它！不知将军们怎样，本职自任事以来，一直战战兢兢、寝食难安，真不知如何才能报答主上的信赖于万一！我想各位将军也是这样吧！……"

接着，他又委婉地说道：来到辽东后，有些不经事的将领可能有些轻敌，这是非常要不得的！在训诫了将军们几句后，他提出当前的任务就是进一步整理军备，充分地秣马厉兵，一旦进剿战起，就应该做到能打硬仗、死仗，从而战胜敌人！那就对天地、朝廷有所交代了……

他的话有点太长，下面的将军有的轻轻地跺脚，有的咕噜咕噜地喝水，甚至有人窃窃私语。

这时，杨镐忽然站起来转身恭敬地把尚方剑抱在怀里，把桌案一拍叫道："把两犯带进来！"

他的话音刚落，就有侍卫拖进两个用铁索锁住的人来，扔在大将军面前。

有几个人认识他们。他们是清河总兵陈大道和游击将军高炫徇。

在抚顺失守、追兵覆没后，这两个人沉不住气了，就引兵往关内逃，半路上被出关的杨镐部逮住。论其罪过，当时，杨镐就该把他们杀掉。可是，杨镐把他们关了起来，为的是这个当口使用。在狱中押了几个月，他们已被折磨得蓬首垢面、形销骨立、不成人样。

杨镐当着面前的十多位将军把他们的罪名数落了一顿，无非是：国难当头，将兵者就应该为国死节，可是他们却做了贪生怕死之徒，敌军未至，却望风而逃。于国法军法，皆不容赦……

数落完了，杨镐喝问："陈大道、高炫徇，你们知罪吗？"

两个罪犯抬起头，却一句话也说不出来。

大家看到两张惨白的脸，又看到他们的嘴都被铁丝勒着，嘴角那儿已渗着血……

大概是为了使这场面多停顿一会儿，以给将官更深的印象，杨镐没有命令立刻把他们正法，这使大家都感到尴尬。

杜松发话了："杨大人，快把这两个可怜虫杀了吧。他们原就该死，还让他们活受罪干什么呢？"

他的几句话把凝固的气氛打破了。刘綎等人也说："给他们个痛快的算了，他们和咱们同朝为将，谁也会有个一念之差的！"

杨镐没想到几个将军会这样说话，可他也无可奈何，就喝令把两个逃将推出砍了。

任务明了，血也见了，接下来就该说说进军的部署了。

杨镐先让将军们说话。十几个人七嘴八舌说了一通，就请杨镐拿出自己的定案。杨镐清了清喉咙说：进攻的目标是后金的都城赫图阿拉，战法是分兵合击。具体的部署分为四路，各路兵将配置及进攻路线是：

原任总兵马林为一路。开原兵备道佥事潘宗颜监军。岫岩通判董尔砺赞理。以庆云游击窦永澄督率叶赫部协助。从开原出三岔口，攻其北。称为北路军。

以山海关总兵杜松率领一路兵马。保定总兵王宣、赵梦麟佐之。分巡兵备副使张铨监军。从沈阳出抚顺关攻其西，可称西路军。

以辽东总兵李如柏率领一路人马。分守兵备参议阎明泰监军，推官郑之范赞理。从清河出鸦鹘关，攻其南，是为南路军。

总兵刘綎率领一路人马。海盖兵备副使康应乾监军，同知黄宗周赞理。还有朝鲜援军一万划归该路军。他们从宽甸出发，攻其东，亦称东路军。

这样东西南北军都有了，即可把努尔哈赤的赫图阿拉包围起来。

四路中，以杜松率领的西路为主。十万兵力中，这一路就占了三万。

因为辽阳是根本重地，以原任总兵官秉忠、辽东都司张承基领兵驻守。总兵李光荣驻广宁策应。管屯都司王绍勋总管各路粮草供应。

杨镐自己却不在辽阳，他以全军总指挥的身份坐镇沈阳。

5

一切都安排就绪，杨镐却不进兵。进了腊月，辽东像往年一样，大雪铺天盖地下来了！

内地的人没有见过那样大的雪。那不是雪花，不是雪霰，而是雪团、雪暴，真个像撕棉扯絮。就是没有风，它也是拧着劲儿地下，只一个昼夜就把白山黑水全部用雪的殓衣包裹起来！可是它还不停歇，仍旧无日无夜地下着……下着……

这样的天气就是山林中的野兽也不出洞了，它们蜷缩于窝里，安静地享受着秋天的积蓄。

杨镐隔几天就向朝廷修书一封，那是"情况汇报"。派几匹快马送到京城。他向朝廷述说这里的情况，描述着这里的大雪。他说在这样的天气里，是无法向赫图阿拉进军的。另外，他还说到军队的情绪，年关近了，他们都思乡心切。他希望朝廷派大员带着东西、银钱来辽东犒军。

朝廷真的派人来了，而且不绝于途。朝廷也是用的快马，给他送来的却不是犒军的东西，而是命他立即向努尔哈赤进军的敕令！

起初，朝廷的敕书还是温和的、体贴的，几封书之后言辞就激切起来，甚至是训斥、责骂和威胁。

杨镐却耐着性子顶着。朝廷的东西得不到，但他不愿意在中国人的大节时，冷落了蜷缩在茅屋营帐里的将士。他明白这件事如果处理不好，这十万人马就会叫嚣闹事，将佐也会离心离德。保不住有人会哗变。

他和将军们商议怎样和士兵们一起度过年关。这是很困难的事，因为他们有时连一顿饱饭也吃不上。

杜松说："那些决策者不知怎么想的？他们原本就不该在这天寒地冻的时候，把咱们赶到这里来！"

刘綖也说："是呀，难道就等不到来年春暖花开的时候？在这万里雪飘的时节，那努尔哈赤也做不出什么事来！"

别的将官也是气呼呼的，可是他们觉得没有资格像他们两位这样直抒胸臆。

"快别说了！"杨镐止住他们，"这时候说那些话，有什么用？咱们在年关前后怎么也得让弟兄们好好地吃喝上几天！"

"那怎么办呢？"刘綖的火又冒上来。

"想办法嘛……"杨镐的话里大有深意。

"我明白了！"杜松说，他有点嬉皮笑脸。

刘綖却傻愣愣地看着他，"你明白？把你明白的说出来嘛！"

杜松只是笑，却怎么也不说。

过了一会儿，不仅刘綖，连其他将军也明白了。那就是向地方官索要，要不着就在周围抢劫。现时，老百姓都在准备年货，就是再穷，总也有点东西，何况还有些大户人家呢！

几天后，杨镐的军队几乎沦为土匪。他们给地方官下了几十条通令，要他们带着东西前来部队犒军，如果不来或者来迟了，他们就要自己派人去拿。

地方官很知道"自己去拿"是什么意思。他们立刻行动起来，向老百姓加紧勒索。就是自家的年不过了，也要先把年货送到军队上。就是这样，抢劫的事还是接连发生了。军士一旦跑到百姓的家里，他们拿的东西就不单单是过年的吃喝了……

所以，一些聪明的地方官忙不迭地跑到各级将校面前，送东西说好话，希望能够保一方平安。

好歹地挨过了年，可也到了一年中最冷的时候。厚厚的积雪冻得像石板一样，这却多少给人们的行动带来一点方便。平原、山沟里有了人兽的脚踪，雪橇、爬犁开始在原野上纵横驰骋了。

朝廷催促进军的敕令更加紧急。杨镐觉得不有所行动真不行了。

一天，他正和几个幕宾围炉谈心，猜测朝廷的耐心究竟还有多大，一个侍卫推门进来了。他们抬头望着侍卫，一些出乎意料的消息都是他带来的。

"什么事呀？"杨镐问。

"街上有一些流言……"侍卫谨慎地报告。

"说吧，努尔哈赤咱都不怕，还怕流言吗？"杨镐想把话说得轻松些。

侍卫说："大人，街上的孩子们都在唱一首歌……"

"唱歌好呀，那说明老百姓的心情不坏呀！什么歌？你记下来了吗？"

"小的记下了几句，但不完全……"说着，他从衣袖里摸出一张揉皱的纸，两手捧给杨大人。

杨镐接过，看了一遍，面色凝重起来，他把那张纸递给身边的一位幕宾，要他们传看。

那纸片上写的是：

　　　　白山高，黑水长，
　　　　白山黑水藏豺狼。
　　　　千万豺狼绕山转，
　　　　等待着猎人出村庄。
　　　　别靠枪也别靠炮，
　　　　枪炮打不死满山狼！
　　　　多筑堡、高打墙，
　　　　村村寨寨都设防。
　　　　单等春暖花开日，
　　　　天罗地网捉豺狼！
　　　　……

等幕宾把纸片传观完毕，看他们好像都有话讲，杨镐就对侍卫说："你们多找几个人在大街小巷走走，看看还有哪些人在唱，顺便打听一下那个看不见的编歌人……"

"是，大人……"侍卫出去了。

杨镐回头朝幕宾们笑笑，说："小孩子玩意儿吧？"

一个干老头儿把手里的茶盏放在一边，捋着他几根稀朗朗的胡子说："杨大人说的不是真话吧？嗯，您并没有把它当作小孩子玩意儿……"

这个老头儿姓吕名孟，字浩然。是江南一大才子，他助杨镐做成了很多事。前几年杨镐被劾向皇上乞休，就是他出的主意。他说："朝廷上已没有您落脚的地方，何必在这儿碍眼呢？将来朝廷还有求着您的时候，那时，您就可大展宏图了！"

杨镐听了吕孟的话，乞休回家。正如老头儿所料，没等了多久，朝廷就派人来请他了。

这次杨镐来辽东，吕孟并不想跟他来，说是自己老了，头脑不灵了，想将一把老骨头埋在家乡。可是杨镐还是硬把他给拖来了，并让他做了首席幕宾。

杨镐没有分辩，他只问面前的几个人："诸位先生，看出点意思来了？"

几位幕宾看着吕老，想让他先破题。

沉思了一会儿，吕老头儿说："这曲里有三个意思：曲中的豺狼是比方努尔哈赤等人，当是没有疑问的，因此，编曲的人是站在朝廷一边的。再者，曲中说道，依靠枪炮等利器是打不了豺狼的。那怎么办呢？曲子里给我们出了一个主意，那就是多筑堡、高打墙，村村寨寨都设防……不知老朽说的对不对？"

曲里的意思是十分明显的，谁也看得出来，可是都等着吕老先说。有他开了头儿，大家就你一言我一语地把心里的话掏出来了。

杨镐对面坐着一个三十几岁的中年人，白净脸、高颧骨，两眼透着一股抑制不住的精明。他原是几年前的一个进士，因为在文章中多说了几句指斥时政的话，被朝廷认为是"狂悖不端"革去了功名。杨镐可看出他是个才子，就延揽到自己的麾下了。也只有杨镐这样的大树才可能给他这样的狂放人一片遮身的阴凉。

他名叫何争。

何争早就想说话了，只是碍着吕老的面子。这时他说："吕老先生说得很透，但他还没有把话说完……"

杨镐对他笑笑说："那先生替他把话说完好了。"

何争说："这里边有很要紧的两点。首先，那女真八旗比起我们的军队来有着两点长处，一是他们不怕冰天雪地，二是擅于野战。我们一旦出了营地，就以己之短攻人之长了，还怎么能够取胜？所以，曲里给我们出的主意是多筑堡、高打墙。依靠城高池深才能发挥我们的特长……"

"那么曲里所说的'单等春暖花开日'呢？"杨镐问，"难道到那时敌我的长短就有变化了吗？"

"长短是没有变化的。"一位胖胖的、秃顶的、四五十岁的幕宾说。他叫许臻，是杨镐的一个亲戚，他没有什么功名，原是杨镐的一名听差，以他的聪明和忠心，就被杨镐提升为幕僚了。"就是到了明年也不能和女真人野战，只能采取村村寨寨向前推进，把敌人包围、挤死的策略。"

"是这样？"杨镐又把目光在几个幕僚身上扫了一圈。

幕僚们七嘴八舌地议论了起来。不过他们的意见也不过刚才三位说过的意思。后来他们又议论到小曲的作者上，他们都认为这人绝非等闲之辈。

杨将军笑了："那么说，我该请他来入幕了！"

吕孟说："如果能够找到的话，也不妨把他请来，我认为这人的见识绝不在我辈之下！"

正在这时，那位侍卫又进来了。他报告说："大街小巷都有人唱这首歌，还有的店铺把这几句话写出来贴在堂上……"

"打听到那位匿名的作者了吗？"

"也打听到一点蛛丝马迹，几天前，街头有几个姑娘教孩子们唱，等流传开，她们就不见影儿了。"

6

李容俏和她的两个丫头本来是想到京城投奔她的小姨去的，可是走了几十里后，容俏又不走了。她说："我不回去了，我放心不下那个地方。"

银凤极力地劝她："那里已经大军云集，张承荫将军又不听劝告。在这里随时都有危险。不如回到京城投奔亲戚，再慢慢地做些对大明有益的事情。"

李容俏说："在小姨家住几天是可以的，能够长期住下去吗？姨父是个端方的京官，公婆又都是很正统的人。现在我爹爹忍辱降敌已经天下尽人皆知，你们想：他们就是能够收留咱们，咱们就能觍着脸皮住下去吗？"

几句话就把两个丫头说住了。

春颖说："小姐说得是。到姨父家受那个约束干什么？咱们有一身武艺，就在这山林间安身吧，咱一不怕强盗贼寇，二不怕没吃的饿死。这么大的天地，还养不过几个女孩儿来？"

银凤望着小姐，等她最后拿主意。

"也只好这样了，"她说，"你们看，咱们在哪里安身好？"

几天后，她们在附近的一座山林——小苍山"落了草"。这里原有一伙草寇，她们没费多少事就把他们收服了。强盗们都是周围村落的穷人，他们打家劫舍，不过是为了找口饭吃，也没有多大的本领，现在有了三个武艺高强的"女将"，怎不乐于归服？

到了这年年末，朝廷又派大军来了。李容俏又悬起心来，她怕杨镐重蹈父亲和张承荫的覆辙。

"你还想冒险去劝说他们呀？"春颖问她。

容俏默默不语。

银凤明白小姐的心思，她不对明军做出点什么来，是不会甘心的。就说："想想别的办法吧。"

过了几天，春颖想出了个编歌谣散播以影响明军的主意来。她说："从古至今有见识的人是很重视'小人语'的！"

李容俏想了想，觉得可行，就想试一试。

她们在山上揣摩了几天，编出了一首歌，就冒着风雪到沈阳城去了……

第四章　心机初显露　贤妻夜谏夫

1

带着满身征尘，皇太极回到赫图阿拉的家。

赫图阿拉，后来被满族人称作兴京，是努尔哈赤带领八旗子弟新建的城市，位置在今辽宁省新宾县以西。说是城市，不过是一个大一些的定居点。努尔哈赤的家在中央，有几十间砖石、木料造的高大房子，包括住室、仓库、厨房和下人住的地方。占几乎一半面积的是羊圈、马棚和饲料房，周围以篱笆围绕。

女真人风俗，孩子娶了媳妇就可独立成家。努尔哈赤的子女——贝勒和格格的家就在周围。另外他的长辈，他的子侄，他的领兵的将军的家也在不远处。还有八旗中的大小额真（将佐）呢，他们也集聚在这里，于是赫图阿拉就成了后金国的政治、文化和经济的中心。

建立后金国以后，他们把赫图阿拉称作京都。大汗的家称作"大汗宫"，其他子侄将军的家就称"贝勒府"和"将军府"了。名义上是这样，但他们自己也不那么叫。

就在这些攒聚在一起的院落间，分出街道。虽不算规则，但比别的女真部落宽阔得多也整齐得多。街道上十分繁忙，来往的多是骑兵和车辆，但更多的是马群、羊群和鸡鸭。因此也到处布满垃圾和牲畜的粪便，散发着这城市特有的臊臭气。

回到赫图阿拉后，当然先到父亲家里去，看看父亲还有什么训示。

努尔哈赤十分高兴。这次出兵，旗开得胜，一连打了两次大仗，消灭了明军近两万人，掳获出乎意料的多。他的子侄将军个个都让他非常满意。该说的话，一路上他都说过了。因此，努尔哈赤笑吟吟地说："该回家看看你们的老婆孩子了，他们在家也饱受了想念之苦。记住，对他们要温存一些。"

"谨遵父汗之命！"代善、阿敏、皇太极、莽古尔泰等向努尔哈赤施礼后，各自回家。

没等皇太极走到家，他的侍卫早已经飞马回府报告。

"四贝勒回府了！四贝勒回府了！"

这句话大声小声地在府里传播着。

自从誓师出兵，胜利的消息不断传来，各种战利物资也大小车辆、成队成行地往京都运来。那时各旗的掳获归各旗所有，所以车上也都标好这些东西是属于谁家的。如"正红旗""正白旗""镶蓝旗""镶黄旗"，等等。车辆一停住，人就围上来了，他们多是老人、妇女和孩子。大家忙着把东西卸下来，排列在仓库里。等待大军回来后，再按规矩分发。往往这批车辆还没有卸完，后面的车辆又来了。

他们忙得大汗淋漓，忙得筋骨酸痛，可是他们也忙得欢天喜地。

早在几天前，他们就听说大军就要班师回京了，全城的人都分外高兴。他们打扫街道，清除垃圾，把乱跑的牲畜圈起来。还在大街和路口学汉人那样披红挂绿，张贴上喜庆的对联和彩条。燃放的鞭炮也准备了好多。

大军进城的那天，他们整整欢闹了一天。锣鼓声、鞭炮声惊天动地。各种牲畜不知是怎么回事，也扯着嗓子拼命叫嚷，飞起的尘土和烟雾久久地落不下来。

现在，亲人终于要进门了。

四贝勒府更是喜气弥漫。两天前，四个汉人厨师就在厨房里蒸煮烹炒着各种各样的菜肴和吃食，还备足了十几种好酒。大福晋带着家人和仆妇把全府各个院落仔细地巡视了几遍。上下百多号下人忙得满头是汗，还是怕出一点儿小错……

说起"福晋"这个称呼，家里都是这么叫罢了，大福晋、侧福晋、小福晋……实际上真正得到大汗册封的只有大福晋。

她是蒙古科尔沁贝勒莽古思的女儿，博尔济吉特氏，名叫哲哲，四年前嫁给皇太极。

封建皇帝多纳后妃，已有几千年的历史，早就制度化、合法化了。他们的联姻常常是政治上的需要。当时，后金还没有建立，努尔哈赤很想借助联姻加强和蒙古科尔沁大族的联合。婚礼十分隆重，尽管皇太极在这以前已经有了两三个女人，媳妇进门后，努尔哈赤立刻册封她为四贝勒的大福晋。

"贝勒爷回府了……贝勒爷回府了！……"

忽然响起家人一声接一声的叫喊。贝勒府中不管是什么人，也不管正在做着什么，这时都就地肃立，躬身伺候着。

　　大福晋从她的宫里出来了，在门口站了站，看见各宫的福晋都已恭立在门口等待着。于是她走下台阶，沿着甬路向大门走去，各家福晋便依照身份随在她的后面，两边有贴身的丫头前护后拥。

　　她们在大门的内侧站了一会儿，就听到哒哒的马蹄声，接着，四贝勒皇太极就骑着大红马进来了。

　　大福晋赶紧率领一行福晋及仆妇拦马跪下。

　　"奴才迎接贝勒爷！贝勒爷辛苦了！"她们娇声呼喊着。

　　皇太极勒住马，跳下马来。他弯腰把大福晋扶起，又招呼别的福晋说："起来，起来。要说辛苦，你们受的辛苦一点也不比我少。都到正宫去吧，咱们一家人好好地说说话。"

　　马被侍卫们牵走了。他携着大福晋的手走了几步，又回身去拉侧福晋和小福晋，尽量使她们觉得不偏不倚。他的眼神也顾到了几个贴身的丫头，使她们也觉得主人没有忘记她们……

　　所谓的宫殿，这时候也就是一些堂皇点的大房子。到了沈阳之后，后金才正式地建造起真正意义上的宫殿来。大明的帝王文化对他们影响很大，他们觉得既然后金是一个国家了，他们也不能太草率了，一切尽量地按汉族帝王的规制来。

　　到了正宫，依次坐了。王宫的太监献上茶点。皇太极的那一碗是大福晋亲自端到他面前的。皇太极起身谢过。至此，这一切不过是些礼仪。这小小的迎接礼一过，他和妻妾们说话就随便点了。

　　晚上，福晋们设家宴给四贝勒接风。

2

　　按规矩，这回家的头一晚上，是应该在大福晋的房里度过。虽然在家宴上狡黠的小福晋阿金使尽了浑身解数，皇太极也不敢破这个规矩。

　　小福晋是他和二哥代善征讨叶赫时带回来的，她是部落酋长的女儿。

　　在战争的间隙，他曾在那个处在半山腰的小村落住了一宿。老酋长好酒好菜地招待了一番。天亮时，酋长把自己的小女儿领到皇太极面前，对他说："这是我的小女儿，从小聪慧而知礼，模样也还过得去。想把她许配将军为妻，不知将军肯留她在身边，以奉汤饭否？"

　　听到老酋长这么说，皇太极觉得十分突兀，可也不好推辞。好在一个女真贵族一辈子可以有许多女人。他看看那个站在面前的女孩，低头抚弄着自己的长发，黑黝黝的面皮有点羞臊，可是她大眼睛斜斜地瞄着皇太极，似有无限情意。模样是无可挑剔的，俏丽中透着几分顽皮。

"她……多大了？"

"十五岁了。"

皇太极觉得有点太小，他想找一个理由推托，就向一旁看了一眼。他看见就在房门口还站着一位少女，也十分俊秀，年龄可就大多了，就说："大爷，那位是谁？"

"她是我的大女儿阿金……"

"您何不把她嫁给我呢？"

老酋长沉吟许久，把门口的女孩斥走后，对皇太极说："她嘛，只可配一名领兵的将军……"

"而我呢？大爷知道我是谁吗？"

老人摇摇头："我不知道。可是我看将军眉宇间透着一种君临天下的气质……"

皇太极很高兴，想把自己的身份告诉老酋长，但老人摇摇手，他说："我并不想知道将军究系何人。要是将军不弃，即刻就可把阿金带走。"

把阿金带回后，皇太极曾把这事禀告了父亲。努尔哈赤叫皇太极领来看了，说："咱们一家的婚姻，多是为着点什么的……"就是说联姻都是为了政治上的目的的。"你收这个女孩儿也不是不可以，但不能让她占什么名分。"

可是皇太极对她却爱若珍宝，只要他在家，一时不见也不行。阿金也十分乖巧，惹人爱怜，对大福晋也趋奉得很是周全，于是她在贝勒府里站住了脚。

在走廊里，皇太极得着个空儿抓着阿金的手说："我今晚得到大福晋那儿去……"

阿金斜他一眼说："知道，我知道。你去吧……"

"我看你心痒难挠的样子。"

"那是……平日见不着你想你，见着你就想死你了！"

3

皇太极一踏上大福晋院子的台阶，站在廊檐下的侍女就笑嘻嘻地娇声喊道："贝勒爷到……"同时把帘子掀起来。

皇太极走进宫时，大福晋已经迎到门口了。

"臣妾迎接贝勒爷。"她想跪下，皇太极一把扶住了她。

一看她的样子，皇太极就知道：她回到宫里后没有卸妆，连件外衣也没有脱，知道她是在等待着他。

"天这么热，还不把妆卸了，把外衣脱了，凉快一下。"

"你没有来，我敢吗？"

大福晋笑笑，这才在侍女的帮助下开始卸妆。

侍女出去后，皇太极端详着大福晋，见她头上去了首饰钗簪，身上只着素装，显得分外妖娆。福晋见他直勾眼看她，粉面红了。

"你这样看着人家，干什么呀……"

皇太极在她的身边坐下，把一条胳膊搭在了她的肩上。

"我想你了……"他说。

"怎么想呀？"

"打心里想。"

"不骗人吗？"

"待一会儿，你就知道……"皇太极把她搂得紧紧的。

"不害臊……"

科尔沁大贝勒把哲哲送来的时候，直到举行婚礼，皇太极也不知她是什么样儿。那天，在赫图阿拉的大广场上，摆了几百桌酒席。酒像瀑布般流着，连大汗也喝醉了。皇太极只被赞礼官指引着行礼如仪，也没有见到新娘的面目。直到夜深了，客人散了，该他做的一切他都做过了，才走进他们的新房。

新人向他跪下来，按照应有的礼仪，向他求告爱护和照应。皇太极把她抱在怀里，把她的头发捋到后面，仔细地把她看了一眼，就是那一眼，他爱上她了。

在以后的几年中，他对她由不熟识到熟识，由不了解到深切地了解。他越来越觉得是上天把这女人赐给了自己。

她是美的，不过不是那种野花般的妖冶，而是富贵园里的真正的国色天香。只要是站在她的面前，连最莽撞的汉子也会规矩起来。

"你生来就是做福晋的呀！"皇太极说。

在她之后，不管有名分的还是没有名分的，皇太极又有了几个女人。但他对大福晋总是十分尊重。

大福晋呢，在治家相夫方面也表现出少有的大度、宽容和公正，使一家上百口人，上下没有不宾服的。连大汗努尔哈赤都十分尊重她。

他把她越搂越紧，开始抚摸她，亲她。

"你呀，先说说话儿……"福晋喃喃着说。

"待会儿再说……"

"把灯灭了。"

"不……我要看着你和我……"

一个时辰后，他们才平静下来。

福晋抱着皇太极，说："睡吧，好好地睡一觉。"

"我不累。"

"怎么能不累，你的屁股底下，老茧都起了。"

"天天骑马，怎能不这样呢？"

"如果你不嫌累，就对我说说出征的事。"

"我送你一件东西……"

"你送回家的东西，我都存在库里了，那么多，那么多……"

"那是家里的，这是我单独送给你的。"

"刚才你已经送给我的，也是那么多。"福晋的脸又红了起来。

"我……还有。"

"还有什么？"

皇太极从床上下来，把手伸向他的战袍，从里面掏出一件千包万裹的东西，递给福晋。

福晋把它放到床上，一边看着皇太极一边把一层层的包装打开来。最后还裹着一层绸缎，当她把那一层绸缎也剥开后，那东西的金光把整个房间都照亮了。

那是一挂赤金打造的项链，在民间称为"挂锁"。

谁也没见过这么好、这么珍贵的东西。福晋有点愣怔得回不过神来。

皇太极两手拿起项链要给福晋戴上，可是福晋避开了。她说："贝勒爷，我无福消受这么好的东西，等父汗的大福晋生日的时候，你把它送给她吧！"

"不行，听说这样的东西就是丈夫送给妻子的，留着送她反而不合适了。"

"是吗？这样，你就把它送给……阿金吧，她还是个女孩子，喜欢这样花哨的首饰。"

"她是个好女孩儿，"皇太极说，"可是这是王后、福晋才能戴的东西呀，她怎么配呢？"

话说到这儿，福晋就不能再推辞了，她让皇太极给她戴上。

这真是一件好东西！在项颈上的那一段还是细细的，越往下它就越粗，到了她的胸前，那坠头是几朵相连的富贵牡丹，在牡丹之间绽出几片绿叶，绿得像要滴下水来。那是用名贵的翡翠雕成的……

皇太极给福晋把镜子拿来。

"看一看，这一打扮，你才更显出身份来。以后，你出席父汗的大宴时，就把它戴上。"

福晋有点局促不安。"我，年纪大了些……"

"大什么，你还不到二十岁呢！"

"咱们已经有了一个格格了。"

"那有什么，咱们还要有更多的孩子呢！"

"贝勒爷……"

"怎么啦？忘记咱们的约定了，在家时叫我的名字，要不，我不会应声的。"

"好吧，皇太极，我想问你一件事……"

"问吧。"

"不问了，再等一天吧，你刚刚回来……"

"问吧，说不定我又要离开你了。咱们灭掉了大明几万人，他们不会甘心的，以后还有大仗、苦仗要打。"

"我说出来……你可不要着恼呀！"

"福晋，你今天是怎么啦？自从你进了我们爱新觉罗家的大门，我什么时候对你着恼过呀？"

"那是真的，那么，我就要说啦。"福晋把赤金项链摘了下来珍重地包好，"皇太极，你能告诉我这项链是怎么得到的吗？"

皇太极呆了一会儿，说："福晋，我告诉你……"

4

事情是这样的……

占领抚顺城后，李永芳问努尔哈赤："大汗，您还要像过去那样抢掠屠城吗？"

"是呀，"努尔哈赤回答，"那是我们的规矩，要不那样，我们的八旗子弟吃什么，用什么？他们拼死拼活又是为的什么？"

听了努尔哈赤的回答，李永芳愧悔莫及。他本想用自己的投降换得老百姓的安生，看来这是不可能的。

"大汗，能不能别让我看到发生那样的事？"

努尔哈赤笑了。"你都做了大明的贰臣了，还管那些干什么！好吧，你就先回去吧！"

于是，大汗派遣扈尔汉陪同李永芳早一步回赫图阿拉。

女真人因为头一回得到像抚顺这么大的城市，就像饿狼一下子得到了一头肥牛。不敲骨吸髓吮吸干净，他们是绝不离开的！

皇太极在一家大户人家的门前站下了。这一户门楼高大，厚实的门上有着几行镏金铆钉，一列红铜圈子在雕刻的门楣上闪闪发光，那是年节时挂红灯用的……

女真兵在用撞门锤击打大门。

"这是财主家，有油水呀！"他们喊叫着。

门被打开了，士兵们蜂拥而入。

"不要乱杀人呀！"皇太极喊道。

杀人、抢劫已经成了他们的本性，成了战争的目的之一，皇太极也觉得理所当然。他只是规劝士兵们不要杀更多的人。

他在门外待了一会儿，听到里面传出哭声，就下马走了进去。

院子很大，到处都是士兵。他们出出进进，像一群寻到食物的蝼蚁，几乎每个人都拿着、搬着、扛着东西。就在这些士兵丛中，老汉、老妪跪在地上伸着两手向从他们身边匆匆走过的军人哀求着。

没有人理他们。

站了好一会儿，皇太极才听明白，他们不是求告大兵们给他们留点东西，而是求他们放过他们的儿媳，他们年轻的儿媳被几个女真人拉到房里去了。

女真人对男女之事从不像汉人那样郑重。再说他们离乡背井，在外面一待就是几个月，其中许多人将永远回不到家乡去了。难道遇到机会解决一下人性的渴望有什么不可以的！……皇太极在这样想。

大概，老人们看出了皇太极是个女真人的头儿，就跪着向他爬了过来。

"老总……请您管一管您的兄弟吧，命他们放过我们的儿媳，她还有三个月的身孕呢，行好的老总……"

老妪解开几个衣扣，从衣襟里摸出一挂金光闪闪的东西，两手捧给皇太极。"老总，这是我家的传家之宝，是一挂赤金翡翠锁，把它换回我们的儿媳总可以了吧……"

皇太极把那金锁接过来，细细地端详着，那锁上留有那老太婆身体的温热。

就在这时，一个女人披散着头发从房里如疯似癫地跑了出来。"啊……啊……"叫着，向一口水井跑去，皇太极还没有明白怎么回事，她就一头扎下井去了。

"儿媳……儿媳……"两个老人站起来，哀叫着也跑了过去，他们伏在井口上哭喊了几声，也一个个地扎进井里……

院子里的士兵笑着，不过他们没有笑很久，就各忙各的去了。因为，这一家人还有许多东西等他们去搬、去拿。

皇太极没有认真地去想这件事。

说实在的，这样的事，他见得多了，在心上没留下什么印象。

皇太极把这挂金项链的故事说完了。他看到福晋默默地听着，听完之后仍然默默地，就引起了他的注意。

"福晋，你怎么啦？"

"没什么……"她愣怔了一下，眨眨眼睛说，"皇太极，我只是觉得有点太悲惨了！"

"大概你们女人受不了这个吧？我们是从血窝子里滚出来的人，不会当回事的！"

"皇太极，你累了吧？累了，你就安歇。"

"我是有点累，想着回到家后就搂着老婆睡上几天。谁想到见到你后，竟一点睡意也没有了！"

"真的吗？"

"真是这样，你有什么话就说吧。"

"那好。皇太极，你曾对我说过你和父汗在许多事情上看法并不一致，但不能告诉他。我也曾劝你不要对父汗说，但我并不知道，你和父汗的分歧在哪里？"

皇太极叹一口气。

"皇太极，要是为难，你就别说了。我知道有些事，连妻子儿女也是不能说的。"

"福晋，这件事我在心里憋了好久了，很想找个人说一说……"

"找到可以向他说话的人了吗？"

"在外面没有，在家里却有一个。"

"他是谁呢？"

"是你……我的亲人！"

"谢谢你对我的信任。你如果信得过我，你就说出来吧。"

这位科尔沁贝勒的女儿，一进爱新觉罗家的大门，就显得与众不同。这一点皇太极早就觉察出来了。但到底不同在哪里，是一两年后他才彻底明白的。

她的父亲莽古思贝勒是个胸中藏有万千丘壑的人。他懂一点汉文，就靠了这点汉文，他读了汉民族的几本经典著作，如《孙子》《论语》《汉书》《史记》，甚至还读了几卷成书很晚的司马光的《资治通鉴》。就是这几本书使他的眼光变了，而且在他们部落里产生了影响。或者因为如此吧，科尔沁草原一直是归顺大明的。对努尔哈赤来说，他拉住科尔沁不放的原因也许也在这里……

小时候，莽古思亲自做女儿的老师，后来他千方百计给孩子请来了一个汉族的老秀才。女儿读的汉族典籍就比父亲多多了。啃着这些书本长大的孩子，其素质自然不同一般。有些基本的观点，她是永志不忘的。

皇太极开始说了。——

努尔哈赤是由于对大明的仇恨而起兵的，他的终极目标也就是统一女真、建立后金，和大明分庭抗礼。再多，他也就不想了。所以，他屡屡地教导诸子的就是把他所创的大业守住，并永远守下去。

一次，皇太极对父亲说："咱们把叶赫和蒙古拿到手里后，就可进攻山海关了！"

没想到这句话惹得老父亲瞪大了眼睛。努尔哈赤说："你还想什么，孩子？吃多了要噎死的！山海关那边，你想也别想！"

"那忽必烈不是……"

"我知道那个忽必烈，他怎么样？他想吞下中国，不是噎死了吗？末后还不是把自己的尸骨运回蒙古，埋在自己的家乡！"

"父汗的意思是永远不过山海关？"

"孩子，光关外这一片土地还不够大的？有多半个中国大哩！你就是一只鹰，得几天才能够飞到边沿呀！"

"父汗看到汉人的地方也馋得流口水，也眼红得很，可是他只想那边的财宝，所以，他就没命地抢夺、杀人……"

"那么，你呢，皇太极？"

"福晋，我只是对你说……"

"只要你信得过我……"

"我想得远一些。我想取大明而代之。"皇太极望着福晋，福晋静静地听着，"要是可能的话……我们这一代要把中国统一起来，做天下的皇帝……"

"你说的是'我们'，而不是'我'？"

皇太极把一个指头挡在嘴上，"嘘，你想想大哥褚英和二哥代善吧……"

这两个哥哥先后都曾被父汗立为继承人，可是他们次第都被父汗废黜了。至今太子位还在空着。

这问题太敏感，就在家里私下里谈，也是很不妥当的。

福晋点点头。她说："咱们爱新觉罗氏应当有这样的雄才大略！皇太极，要用一个帝王的眼光看事情，如果像流寇那样到处烧杀抢掠，还能够成大事吗？"

皇太极叹一口气说："是呀，是呀……可是我没有办法阻止。"

"你是没办法左右大汗，但你的心目中得有个王者之师的样子，"福晋说，"如果，咱们仍然像以往那样凶残、暴虐，即使没个大明皇帝，老百姓也会揭竿而起对抗我们的，那是比起大明的上百万大军更可怕的！"

"福晋，见识过人！"皇太极叹道，"我会记住你的话。如果将来我……"

"嘘！"这回是福晋把手指挡在嘴上了。

"那么，这挂金锁，你还戴吗？"

"戴。"福晋说，"戴上它，就不会忘记咱们今夜的话……"

5

一大早，皇太极就起身了，他要去位于赫图阿拉城西的校场。在那里，他所执掌的正红旗已在那里集合，他要训练他们列队攻战之术。

一出门，还没有上马，一个六七岁的小男孩跑了过来，叫了一声"四哥！"

皇太极把那只已经踏上马镫的脚又放了下来。

"是多尔衮呀？"

"是我，四哥！"

"你要到哪里去？"

"我正要来找你呢，四哥。我想跟你到校场去。"

多尔衮这年七岁，看他的个儿比他的同龄孩子有点偏高。他穿一身紧身箭衣，显得英姿飒爽。他那圆圆的脸庞红润润的，两道长长的剑眉下面，大大的眼睛很是有神。他和代善等那些大哥哥们攀不上，年龄也差得更远。有空儿就找"小哥哥"皇太极。

他对皇太极十分崇拜。这位"小哥哥"英勇善战，父汗老是挂在口上表扬他，是整个后金驰名的英雄。现在年纪轻轻就执掌正红、镶蓝两旗，是声名赫赫的四大贝勒之一，最使多尔衮心醉的是皇太极的好脾气。他在父汗那里要不到的东西，在"小哥哥"这里都能要得到。

皇太极也很喜欢这个小弟弟，他比自己的大儿子还要小。

喜欢他的另一重要原因，是父汗对多尔衮兄弟的偏爱。

"多尔衮，你怎么跑来了，你的马呢？"

"我的马，又死了！"多尔衮把脸一变，弄出个要哭的样子。

"这是第几匹了？"

"大概是第四匹了……"

多尔衮是努尔哈赤的第十四子，是现在的大福晋阿巴亥所生。从他懂事时起，就十分机灵。记得他三岁时，父汗把他放在一匹没配鞍的马上，加了一鞭，马飞驰而去。等一旁的侍卫把马追回来，小多尔衮仍然紧紧地贴在马上，就像一只没有长全毛儿的小狼崽儿。父汗很高兴，赞扬说："这孩子呀，天生是个将军！"还把那匹马赏给了他。

有了马，小多尔衮就天天嚷着要骑马。到了四五岁时，他就成了女真各部落中有名的骑手了。可是他爱骑马却不爱护马，再好的马到他手里，不到一年就死了。为此，努尔哈赤还专门给他配备了马夫。可是情况却好不到哪里去。

"多尔衮，马死了你不心疼吗？"皇太极对他说，"马就像你的亲人，你要爱护它呀！"

"那是马夫的事……"

"怎好那样说呢，多尔衮！"皇太极笑笑，"我觉得你要学会喂马，我有几个马夫，可是我还是常常亲自去喂自己的马。在这事情上，谁也代替不了你。马是什么？马是你的伙伴，你的战友，是你手中的武器，在战场上，战马常常能够救你的命，你不关心它，爱护它，怎么行呢？"

多尔衮心动了，他说："小哥哥，我听你的话，你就给我一匹好马吧！"

"你为什么不跟父汗要呢?"

"我要过。可是,他说了个条件,我不能干……"

"父汗要你怎样呢?"

"他叫我每天驮着多铎走十里路,一个月后,再给我马……"

皇太极听了哈哈大笑。

多铎是努尔哈赤的第十五子,今年才五岁,是和多尔衮一母所生。可是他生得肥头大耳,胖乎乎的像尊生铁炮。

"多尔衮,你知道父汗为什么要你这样做吗?"

多尔衮摇摇头。

"这是惩罚你呀,多尔衮!他要你做一个月的马,让你体会一下做马的滋味,好让你以后好好爱护自己的坐骑!"

"是这样呀?"多尔衮恍然大悟的样子,"可是我也不能照父汗说的做,那个多铎太沉了……"

"那你就捞不着马骑!"

"好哥哥,你就给我一匹马吧!"多尔衮拽着皇太极的胳膊摇着说,"我求你了!"

"好吧,"皇太极做出为难的样子,"我可以给你,不过,父汗知道了会责备我的。为了你,我只好不顾一切了——我们的马厩里有的是好马,但那不是我自己的马,那是正红旗的……"

"你是正红旗和镶蓝旗的固山额真嘛!"

"那你就跟我去挑一匹,可是我也有一个条件……"

"你说,小哥哥!"

"你得从今往后学会喂马,把马当成自己的兄弟。"

"好,小哥哥,我听你的!"

皇太极弯腰抱起多尔衮上了马,向校场跑去。

多尔衮和多铎的母亲叫阿巴亥,是海西女真乌拉首领满泰的女儿。她嫁给努尔哈赤时才十二岁。她虽年少,上天似乎分外眷顾于她,给了她非凡的智慧和美貌。另外,她很会处事,对上对下,礼数周到,言谈话语之间无不令人心悦诚服。这时努尔哈赤已经四十三岁了,而且有了好几位妻妾,但他立刻被她征服了。两年后,他的大福晋叶赫那拉氏病逝,他便立阿巴亥为大福晋。

以后,努尔哈赤与她的叔父——乌拉部落的首领布占泰关系恶化,相互之间征战不息。但一点也没有影响他们夫妻间的感情。她为努尔哈赤生下了三男一女，这三个男孩是：阿济格、多尔衮和多铎，他们个个都博得努尔哈赤的喜爱。他常常对阿巴亥说："你和你生的四个孩子，都是我的心肝宝贝，将来我将从这三个男孩中选一个继承我的事业！"

当然这些话没有宣布，都是没有准儿的事，但在许多人看来，努尔哈赤的感情主要在阿巴亥一家这儿了。纵然多尔衮和多铎都很小，父汗却把正白、镶白两旗放在他们的名下了。当然，现在是别人为他们代管。可是，将来他们是皇太极的竞争对手是毫无疑问的。

皇太极是个极有心数的人。他正日夜扳着指头数着。

目前，在父汗的十五个男孩中，能够在战场上为大金冲锋陷阵的已经有八九个。大哥褚英曾经立为太子，可是，他犯了忤逆大罪，被废黜了。三年前，父汗又坚决地把他杀掉。现在封为四大贝勒的是这几个人：大贝勒代善、二贝勒阿敏、三贝勒莽古尔泰、再就是他了。代善正受到父汗的信任，是后金的领军人物。可是，大汗常常批评他缺乏谋略和智慧。在许多关键时刻，他还是把重要的任务交给四贝勒皇太极。

阿敏是努尔哈赤的侄儿，他的父亲是努尔哈赤的胞弟舒尔哈齐，在统一女真各部落的过程中，他立过赫赫功勋。在建州他几乎与努尔哈赤齐名。为了女真部落的将来，努尔哈赤忍痛把自己的亲弟除掉了！他留下了舒尔哈齐的儿子阿敏，并把他培养成能够独当一面的大将。在努尔哈赤的内心中，也许是为了医治杀死亲弟的说不出的隐痛。

但他不会把汗位交给阿敏。阿敏也绝不会做如是想。

莽古尔泰呢？他的母亲是继妃富察氏，也就是说，她不是正室。这在出身上就远不如皇太极了。莽古尔泰是一员勇将，目前他执掌正蓝旗，也是大金声名赫赫的人物。可是，努尔哈赤这样评价他："莽古尔泰嘛，要是有个有智谋的君王指挥着他，他是能够立大功的！"这就是说，他当不了君王。一次，代善曾劝他说："有时间该像父汗那样，多读点书。父汗已经把几本《三国演义》翻破了！"莽古尔泰说："我动那脑筋干吗？父汗怎么说，我就怎么做好了！"

皇太极以为莽古尔泰是不足为虑的。

他觉得通往"那个目标"的最大的障碍是代善，可是他又不太愿意与代善这个忠厚长者为敌。他把希望寄托在父汗身上，他觉得父亲会在他和代善之间掂量出孰轻孰重的。

　　每逢皇太极这样反复思量的时候，面前就会出现三个孩子，那就是阿济格、多尔衮和多铎。他们三人中，尤其叫人心动的是多尔衮，他虽是个几岁的孩子，已经表现出不凡的架势了……

　　谁知道将来会怎样呢？

　　父汗是一个因素，还有上天呢？上天会怎样干预呢？

　　女真人崇仰上天，每逢遇到大事，如出兵或者要决定什么大事，总是首先祝告上天。努尔哈赤就经常挂在嘴上说："只要上天能够保佑我们，我们的大业就一定成功！"

　　上天啊，在父汗之后，你到底把大金交给谁呢？

　　"小哥哥，"多尔衮的一声亲昵的叫声，把他从遐想中拉了回来，"你在想什么呢？"

　　"我呀，在想布阵、打仗……"

　　"还有许多仗要打吗，小哥哥？"

　　"那可不？关外还有许多部落不属于咱们，那得一刀一枪地打过来，将来咱们还要打进关里去，那里的天下可大了！"

　　"那就是说，我长大了还有仗打了？"

　　皇太极开心地笑了，女真人只要有多尔衮这样的心气就好，那天下早晚是大金国的！

　　"有。你就等着吧！"

　　"小哥哥，我可不愿意等，我愿意现在就跟随你去打仗！"

　　"你别心急呀，我头一次上战场是十六岁，你还要长十年呢！"

　　"我不，我不！小哥哥，我不！"

第五章　雪夜议破敌　临阵挑大任

1

明朝进军辽东的事，很快就传到了赫图阿拉。

金国的满朝文武没有十分着急。他们已经和那个几百年来压在他们头上的"圣朝"打了两次大仗。结果怎样呢？李永芳成了俘虏，张承荫等几员大将都成了刀下之鬼，而他们几乎毫无损伤！他们已经不怕那个"圣朝"了，而且巴不得明朝大军赶紧来，好给他们源源不断地送来金银财宝和他们渴望得到的物资……

即使这样，只要有新的消息，他们还是拥到努尔哈赤的府第来，可每次都被努尔哈赤骂跑。

"你们跑来干什么？敌人还远着呢！你们给我把兵训练好，仗有你们打的！一听到消息，你们就随便地拥到我这儿来，还有个高低上下吗？这哪里是大金国的朝廷，简直是长白山上的獐子窝！"

努尔哈赤早就想仿照着大明的规章制定一套制度，可是还没有来得及。

这几天，他足不出户，忙得连饭都没有按时吃，他在干什么呢？

他在和两个汉人密谈。这两个汉人一个是李永芳，另一个是范文程。

李永芳在抚顺城破投降金国后，一直竭尽全力为努尔哈赤效劳。他是第一位降金的将军，尽管职位并不高，可是努尔哈赤却视为珍宝。为了使他死心塌地地归顺，竟把七子阿巴泰的女儿给李永芳为妻，这样，李永芳就成了努尔哈赤的女婿。

对于这桩出乎意料的婚事，起初，李永芳是坚决地拒绝的。把个十多岁的小姑娘硬塞给他，这的确不合乎汉人的风俗。他说自己已经有了妻子，不知把这位娇贵的格格放在什么位置才好，还有年龄、身份也极不适当……

努尔哈赤听了哈哈大笑。他说："你既然归顺我大金，又剃了头，就是满人了！满人可不在乎有多少妻妾，你看我已经偌大年纪了，而且有了十几个女人，要是有机会，也许还要娶上几个！至于她的位置嘛，我的孙女贵为格格，你就看着办吧！"

李永芳仍然犹豫。一旁的人劝他道："这是大汗的赐婚。大汗就是天子，天子的旨意怎能拒绝呢？再说这是求之不得的荣幸，今后，你就是大汗的至亲，就是满身光彩、富贵无比的额驸。你连这一切都不顾，就不想一想后果吗？"

大汗的这一恩典，李永芳的原配当然受不了，哭闹了几天，终于明白大汗的旨意是不能违抗的。好在格格虽嫁给了李永芳，但她并不到李家去。李永芳只能到阿巴泰家去当女婿。一月在那儿留宿几次，就算是夫妻了。李家过去的日子怎么过，现在还是怎么过。

努尔哈赤把投降的汉兵挑出一千人交给李永芳率领，并给了一个总兵的职衔。就是这一千人马，后来发展成为汉军旗。不到一年的时间，李永芳为了报答努尔哈赤的收留之恩，带领着这支汉兵活跃在汉族人居住的地区，为后金绥靖地方，征赋拉丁，平叛追逃，巩固边境，做了数不清的事。这些事情只有汉人才能给努尔哈赤做到。

另外，在军队的改革方面李永芳也提出了很好的建议。他对努尔哈赤说："八旗兵勇猛善战，这不必说。可是，他们没有节制和秩序。攻则一窝蜂地上，退则乱哄哄地跑。这样的军队往往打胜不打败，无法和大明的大军相对垒。"他带领自己的一千人马演练给努尔哈赤看，使他心悦诚服。别的后金将校却很不服气。他们说："你既然有这样的本领，为什么还做了我们的俘虏？"

李永芳的进退有据的战术还是打动了皇太极、代善等几个有见识的将军，他们听从努尔哈赤的命令，照着李永芳的样子练兵，大大地提高了后金军队的战斗力。

现在，努尔哈赤已经对李永芳言听计从了，他希望李永芳能够给他笼络更多的汉族军人。就在这时，一个汉族的知识分子走上了后金的政治舞台。

他就是范文程。

范文程是辽东沈阳人，字宪斗，明朝生员。他本来跟着李永芳做书吏，抚顺城陷后，就混入军中，想瞅机会逃走。

当时，努尔哈赤的政策是可以容忍明朝的将校士兵，但决不宽恕知识分子。他认为明朝最坏的就是这些文人。几十年来，他在关外悄悄兴起，对明朝阳奉阴违、瞒天过海，许多戍边将校都被他愚弄了，就是遮不了那些读书人的眼睛。他们看穿了努尔哈赤的鬼把戏，一再地上书朝廷，揭露他的阴谋诡计，指出若不把建州女真中的坏头头如努尔哈赤等剪除干净，早晚会酿成心腹大患！因此，他恨透了那些舞文弄墨的人，只要被他捉住就决不心慈手软，坚决杀掉！

努尔哈赤令人把李永芳的降兵细细地筛选，把里边真正的军人一一放过，却把稍微识几个字的人抓了起来。代善把他们押解到赫图阿拉后，请示努尔哈赤把这些人如何处理？

代善之所以有点犹豫，就是因为李永芳曾向努尔哈赤一再地建议：对汉人知识分子不能一概而论，他们中有许多是可以为大金服务的。

"照过去的老办法，杀掉！"努尔哈赤吩咐道。

这样，包括范文程在内的十多个人就被绑到位于市中心的一块平地去了。

也是范文程命不该死，正在这时，努尔哈赤从一旁经过。他看见正在杀人，就走了过去，把犯人逐个地问了一下。走到范文程面前时，他端详了好多时候。这个仪表堂堂的汉族青年吸引了他的主意。

"你叫什么名字？"努尔哈赤问道。

"我叫范文程。"

"范文程？没听说过……？"努尔哈赤的意思是：你是个无名之辈，该死！

这是生死攸关的时候，只要努尔哈赤离开，他的头就掉了。

"大汗，我的祖上，您一定知道的……"范文程的脑袋转着。

"他是谁？"

"他是宋朝的名臣范仲淹。"

努尔哈赤愣住了。他不识几个汉字，当然也就没有读过范仲淹的文章，但他知道这个人。他几岁时，就跟着父兄到抚顺赶集市，有空儿就到书场、戏园听书、看戏。书中戏中的历史故事和人物深深地吸引了他，也感动了他。在他崇拜的那些忠臣良将中就有这个范仲淹。

"噢，范仲淹是你的先祖……他有两句要紧的话，你知道吗？"

"知道。大汗指的是'先天下之忧而忧，后天下之乐而乐'吧？"

"正是，正是！"努尔哈赤高兴地说，"我问你：要是我把你宽恕了，你能够像范仲淹忠于宋皇帝那样忠于我吗？"

范文程立刻跪了下来，一边磕头一边涕泪交流地说："大汗，那是自然的。我们读书人信守的是：士为知己者死。大汗，您这样赏识奴婢的先祖，如果您也像宋皇帝信任先祖那样信任奴婢，我会为您肝脑涂地的！……"

"好了，你起来吧，跟我走……"

范文程跟着努尔哈赤走不多远，就听到身后扑哧扑哧地响，回头一看，只见那几个汉族小文吏已被砍下了脑袋，那鲜红的血光连天空都染红了。是努尔哈赤把他从死亡的边沿拉回来的。他哭起来，不知是为了自己侥幸不死还是因了感激大汗的大恩大德……从此，范文程就一直留在了大汗的身边。他死心塌地地跟定了努尔哈赤。

他觉得自己是幸运的。他做大明的臣民时，孜孜于十年寒窗，一举成名。可是，他翻破了四书五经，也没有捞得什么功名。现在好了，他从死亡线上一步走到了大汗的脚下。目前他虽没有什么名分，可是他自忖了一下，位置相当于进士及第后的翰林学士。要是弄得好，将来还会有更大的前程……

他把老祖宗也卖给努尔哈赤了！

现在的范文程已不是一年前刚从刑场上放回来的那种委琐的样子，他着一身女真文官的装束。虽然只有二十三岁，在嘴唇上也留起来一小撮胡髭，显得温文尔雅。说话、做事，很有点装腔作势的味道。如果大明的那些正派文人看见他，一定觉得他小人得志，令人作呕。

2

大汗进来了。

"两位先生久等了？"他说，以汉礼捧着手向他们问候。

李永芳和范文程站起来，向努尔哈赤深深一揖。那时候，他们君臣见面也就是这样的礼节，全没有大明朝廷里的繁文缛节。

"坐吧，坐吧……"大汗说。

李永芳、范文程坐了下来，望着大汗。

他们在一起议论时局已经几天了。

努尔哈赤开始改变自己，不再像发布"七大恨"时那样骄横了。他和两位汉臣一再地权衡着敌我双方的力量。

大明在他心目中仍是一个庞然大物，也的确如此。尽管大明王朝十分腐朽了，好像经不起狂风暴雨，他也曾率领八旗子弟把它的十几个边将打得落花流水，可是他仍觉得有点怕它。它有着成百上千的文臣武将，有着几十万经过训练、拥有先进武器的大军，还有着幅员辽阔的广大国土……

他觉得要战胜大明，那就得了解它。尽管，他为此做了几十年的准备，仍觉得不够充分。他不愿再听自己的子侄和大将们的叫嚷了，他要的是冷静的思考和万无一失的决策。目前，汉人谋士就只有李永芳和范文程，努尔哈赤觉得他们能够帮助他。当然，他也不全听信他们。

像前几天一样，努尔哈赤先向他们通报了最近的敌情。

他说：据他的探马报告，进攻赫图阿拉的明国军队已先后到齐，聚集在沈阳、辽阳、清河、开原、宽甸一带。明廷任命的领兵大帅是谁，四路大军中各路的领军主将是谁，各路军是怎样配置的，努尔哈赤已经和他们分析议论多次，也可以说，已经了如指掌了。

"朝廷几天一道敕令，催他们迅速'进剿'，"努尔哈赤笑笑，"你们说，最近杨镐就会有所行动吗？"

"不……会，"李永芳把声音拉得长长的，摇着头说，"总兵张承荫和他们的军队被大汗消灭之后，明廷举朝震惊。从那时起，他们就做着进犯辽东的准备。半年过去了，他们不是刚刚把人马凑齐了吗，怎会立刻就朝我们发兵呢？"

"听朝廷传出的敕令说：足有十万人！"努尔哈赤说。

"大汗，那是吓唬人！"范文程说。这年轻人明白大汗并不需要用空话壮胆，他需要的是有凭有据的分析。于是，他扳着指头把杨镐的军队是从哪些地方凑起来的，一一数了一遍。"这些军队良莠不齐，不经过训练就没法上战场。我给它数了上百遍了，怎么也算不出十万之数，我看最多也就是七八万人……"

努尔哈赤点点头，他又望着李永芳说："你在明国的军队中也待了几十年了，对那些来辽东的将军该是熟悉的……"

论班辈，李永芳是努尔哈赤的儿子阿巴泰的女婿，这种关系在女真人中比比皆是，可是对已经洞悉汉族文化的努尔哈赤来说，心里一定觉得有点别扭。所以，他有时称李永芳为将军，有时称他为先生，有时就简单地只称"你"。李永芳一直称努尔哈赤为大汗。

"是的，大汗。我在明军中虽算不上高层的武将，可是，我在李成梁麾下时，也听到过他们的议论，如刘綎、杜松等辈我还曾经见到过。据我所知，主帅杨镐前几年在朝廷栽过跟头，一行一动是十分小心的。我猜他如果没有十分的把握，是不会贸然进兵的。刘綎、杜松是明廷有名的将军，听说他们都不愿意到辽东来……"

"你猜测一下，他们有没有像你一样愿意投到咱们这方来的？"

努尔哈赤问得李永芳红了脸，他结结巴巴地说："大概……没有吧。"

大汗知道这一问触到了李永芳的痛处，连忙回头看着范文程。

范文程也不想议论明廷的将军，他说："大汗不用担心，明军近期不会动窝了。"

"你有什么根据呢?"

"光有兵是不能打仗的。他还得有饷。听说，为了给辽东凑足饷银，明廷真是费尽了心思，为此，他们还设立了专门的司局。立冬以后，冰天雪地。他们的将士多是从中原来的，经不起寒冬的折磨。这就等于上天给了大汗十万神兵! 大汗就放心地在兴京好好地过年吧!"

这几句话说得努尔哈赤的眉头舒展了。他说："这样说来，他们要等到春暖花开了?"

李永芳不以范文程的话为然，他说："我听说现在朝廷催得很紧，大学士方从哲挟朝廷之命派人持红旗快马来到沈阳，力催杨镐进兵……杨镐敢于违抗吗?"

"依你之见呢?"努尔哈赤问李永芳。

"杨镐是决不会仓促进兵的，"李永芳说，"不过他也顶不了多少时候，最多延迟到年节之后……"

"过了年，是辽东最冷的时候，他敢在这个时候行动?"范文程摇摇手。

"我是这样看……"李永芳坚持自己的意见。

范文程虽然满腹韬略，可是他没有指挥军队的历史，不敢和李永芳犟嘴。想了想说："他要是那时来才好呢，我怕那时他不来。"

"说一说……"

这时，侍卫送进茶点来。努尔哈赤站起来招呼两位谋士吃茶，李永芳和范文程也忙起身致谢。

等他们再次坐定后，努尔哈赤接着刚才的话说："范先生，你原说明军在清明之前不敢来犯，又说过了年就来更好，有怎样的说法呢?"

"您想，大汗，那时，他们像一群被强赶出山洞的蛇，能有什么作为呢? 消灭他们还费力气吗? 要真是那样，大汗连门也不用出，只派代善、皇太极两位贝勒爷率领八旗大军几天就可把他们收拾干净!"

努尔哈赤听了范文程的话，沉吟良久，点了点头。

"咱们谈了些时候了，两位先生吃点东西吧。"努尔哈赤说。

等他们再开始谈时，话题就变了。努尔哈赤这时问的是：要是他们开始行动，几路大军能够同时扑向赫图阿拉吗?

对努尔哈赤的这一垂问，李永芳和范文程好像早已料到了。他们请大汗等一等——二人起身到内间去，接着抬出了一件东西。

那是一方有几张桌子大的木盘，里面有许多毛毛糙糙的泥巴，好像是为了遮盖，上面撒着一层白白的石灰……

起初，努尔哈赤露出惊怪的眼神，可是聪明的他立刻就明白这是什么东西了。

他笑着说："两位先生真下了功夫，把赫图阿拉和沈阳间的山水地理都做在这木盘上了！……你们是什么时候做出来的？"

"几天前吧。"李永芳说，"受大汗的重托，我们常议论敌我间的形势，为了指点方便，范先生就做了这个木盘。这一带重要的山河、树林、路径都在这上面了！"

"真是聪明人！"努尔哈赤的眼睛亮亮的。

范文程说："在这一点上，我们的看法完全一致——明廷的四路军绝不会一齐来的，大汗请看……"

在木盘的一边有一支早就准备好的木杆，范文程拿了起来，指点着对努尔哈赤说："大汗请看——这是咱们的赫图阿拉，这是沈阳。在沈阳的南边是辽阳……这是几道河流。左边是辽河，往右分别是辉发河和佟佳江……在沈阳和赫图阿拉之间是萨尔浒山……"

城市、山岭、河流和关隘在木盘上都一目了然。

努尔哈赤一边看一边惊叹于木盘的精细和巧妙。

城堡的雉堞、旌旗，山岭的挺拔、雄峻，河川的蜿蜒曲折，都做得惟妙惟肖。那一团团的丛林是用松树枝儿做成，那萦绕在山林间的江河则是蓝色的缎带，看起来闪闪发光。不用说，敷上的一层石灰粉末，当然是象征大雪了。

接着，范文程指出了明军的位置：西路杜松军现驻沈阳，他准备出抚顺关直扑位于山巅的界凡城，然后东进赫图阿拉。北路马林军现集结于叶赫部的开原，他准备从那里出兵南下，经尚阳堡到赫图阿拉。南路李如柏军现已在清河堡，他离赫图阿拉最近，如果顺利的话，一天之内就可到达虎拦岗，一伸手就可扣响赫图阿拉的门环了。东路刘綎军现驻扎在宽甸，他的指向是向北逼近，妄图直击赫图阿拉的后背……

说完之后，范文程加上一句："这就是杨镐的如意算盘……"

努尔哈赤认真地听着他的述说，不时地用手比画着各路军离赫图阿拉的距离。

"李将军，你已经说过，西路军杜松部是最强大的，对吗？"

"是的，大汗。"李永芳回答，"他有三万余人，几乎占去了全部明军的三分之一。"

"明廷为什么这样配置呢？"

"我想是这样的，"李永芳说，"杜松一路从西到东处在进军的中央，杨镐想用他对赫图阿拉做正面进攻。其余各路只是他的辅助。"

"你说得是……"努尔哈赤点点头，"那一会儿我问过，明军的各路能够同时到达赫图阿拉城下吗？"

"不可能！"范文程说。

"绝不可能！"李永芳说。

"为什么呢？"努尔哈赤两手扶着木盘，看着他们。

"大汗，您想想看——"李永芳指着木盘说，"他们各路距离赫图阿拉的路程是不一样的，路途中的山林河曲坎坷障碍也相互迥异，他们怎么同时到达呢？我敢说就是一切顺利的话，在时间上也会间隔个十天半月的。"

"这只是地利上的，还有心理上的呢？"范文程看出努尔哈赤的心在往哪里想，所以他笑着说，"现在各路军俱怀异志，都想把最艰难的战斗让给别人，都想在自己到达之前，仗已经打完了……"

努尔哈赤看着两位哈哈大笑后，又问："那，明廷为什么还要把他们的军队分为四路呢？这不是白白地把力量分散了吗？就算明廷有十万军队，这十万人撒在这白山黑水间也看不见什么，何况他还要分为四路！"

"是呀，是呀……"范文程附和着也笑起来，"古兵法说天时、地利、人和是取胜的三个条件，现在明廷连一个也占不着！"

努尔哈赤拍着范文程的肩膀说："是呀，是呀，天时、地利、人和……这盘棋还没下，他们是不是就输定了呢？"

"是呀，他们输定了！"

李永芳没有笑。他虽然投降了努尔哈赤，也为他立下了汗马功劳，可是他的内心中还有那么一大块和大明连带着，眼看大明的十万大军将要死在这林海雪原中，他怎能笑得出来呢！……

幸亏努尔哈赤没有看出来，他拉着李永芳的手说："别再动脑筋了，该歇一歇了，咱们去吃饭，看看我家的大厨为咱们准备了些什么！"

3

大战在即，努尔哈赤虽没有明说，但他在揣摩着谁可充当大金领兵的主帅。

代善是太子，身经百战，在他心目中又宽厚沉稳，要他出任主帅，是理所当然的。另外再让皇太极、莽古尔泰、阿敏等辅助他……

就在这时，在努尔哈赤身边发生一件使后金朝廷震动的事。这件事得从多年前说起……

当时，太子是努尔哈赤的大儿子褚英。

褚英是大福晋（元妃）佟佳氏所生。这时已三十出头，生得高大魁伟，虎虎而有生气。他从小跟随努尔哈赤东征西讨，立下了赫赫战功，被封为洪巴图鲁（大英雄），以后又被封为阿尔哈图图门，是不可战胜的英雄和智谋超群的意思。

他对老父亲的位子早就有所打算了。他希望有朝一日能够取父亲而代之，做一国之主。可是他太急切了，太锋芒毕露了，太按捺不住了。

努尔哈赤对他满怀希望。这时，统一女真各部已经指日可待，后金的建立已在紧张筹划中。正在这时，努尔哈赤病了几场，使伤痕累累五十几岁的他深感身心疲惫。一个人时，他常常和上天对话："天爷呀，你还能给我多少时日呢？你是不是就要叫我到你的面前去呢？可是我还有许多事情没来得及做，或者远没有做好呀！"有一天，他竟真切地听到了上天的回答："你呀，别贪心不足，你做的事已经不少了，你就准备休息吧！"

他吃惊不小，憋了几天，他悄悄地对当时的大福晋阿巴亥说了。阿巴亥虽比他小很多，可她是一个很有见识的女子。他安慰努尔哈赤说："那是你的梦境吧，梦里的事常常是反着的——这正说明你会高寿。你要是累了就好好地歇一歇。"

福晋的话没有使他心安。第二天他向全家和身边将军宣布他将把一般国政交给太子办理，他只掌握重大国事和筹备国家的建立。

他所以这样做还有一个重要原因，那就是他已发现太子褚英在品质上暴露出许多缺点。例如：他心胸褊狭，自私自利，对权力和财帛贪婪。他想考察他，也希望他在执政中自己改正。

两年后，褚英的权势更是气焰熏天。他辜负了努尔哈赤对他的信任和热望，主要表现在心术不正和处事不公。弄得他的几个弟弟和满朝大臣怨声载道。

他们把对太子的不满告诉二贝勒代善，希望他上禀大汗。代善和褚英是同母兄弟，另外，他秉性谨小慎微。他听到了很多，却把事情藏在心里。人们又把太子的劣迹报告给皇太极。皇太极虽是努尔哈赤的八子，但他很受宠爱，大汗常常把许多重要的事情交他办理，在议事时，还让他坐在自己的身边，好征询他的意见。

皇太极听完人们的诉说后，想了一会儿，说："就是这么点事吗？他是太子呀！"

他的话叫人摸不着头脑，可以理解为太子犯这点小错算什么呀，值得大惊小怪吗？也可以理解成就这么几件小事，扳得倒褚英么？还是等一等再说吧！

不久以后，大事来了。一天，褚英把兄弟们集合起来，要他们对天发誓。誓词大意是说：今后所有一切事情，我们都听长兄的，长兄叫我们怎么办，我们就怎么办！有什么事也决不告诉父亲！发完誓后，褚英威胁他们说："看样子父亲活不久了，父亲死后，我要把各家的财产重新分配，凡是故意对我不恭敬不顺从的兄弟和大臣，我都要统统杀掉！"

皇太极觉得扳倒太子的机会来了，当夜他就召来几个和褚英曾有怨恨的弟兄和几个曾经顶撞过太子的臣僚，对他们说："你们看到了吗？太子执政后，你们都死定了！"他们吓得魂不附体，跪下来求皇太极想办法救他们。

"谁也救不了你们，要想活命，只有一法，那就是到大汗那里把一切说出来！"

他们求皇太极为他们领头。

皇太极说："我可以领你们到大汗那里去，也愿意为你们说话，但你们也得有胆量才是！在父汗那里谁也别做缩头乌龟，都把自己受的委屈说个干净！"

大家说："太子要杀我们，难逃一死。到大汗那里告状，最多担个诬蔑太子的罪名，也是个死。那就不如把心里的话都说出来了！"

皇太极怕夜长梦多，就立刻把他们领到了父汗面前。他先把褚英逼迫兄弟们对天发誓的事说了一遍，别的兄弟和大臣也把褚英执政以来自己受的委屈哭诉了出来。

努尔哈赤听了极为愤怒，很久很久没有说话，眼角处也渗出泪珠。后来他说："今夜你们别睡觉了，把你们说的都给我写出来！自己不会写的就找亲近的人写，天亮前交给我！"

第二天一大早，努尔哈赤就把褚英叫来，令他跪下，把一叠纸甩到他面前，说道："你给我看吧，一字不漏地看完！"说着，一摔门走出去了。

中午，努尔哈赤把家族中的成人和重要的臣子都叫来，问仍然跪着的褚英说："你有什么话说吗？你也可以辩解！"

褚英扭着脖子说："我不想说什么话！"

努尔哈赤觉得还是听听他的意见，再作决断。就说："有话就说嘛！你看我把要紧的人都叫来了。"

褚英想了想说："那算什么事，历史上的新皇帝哪个不是先制服自己的兄弟？对那些不服帖的兄弟、大臣不杀个干净，他怎样掌权呢？这点……我是跟着父亲学的。"

褚英的话是有所指的，他说的是万历三十九年（1611年）八月，努尔哈赤把他最亲密最得力的战友，对女真——满族的崛起立下不朽功勋的同母弟弟舒尔哈齐幽禁致死。努尔哈赤下如此毒手自残骨肉的事震动了辽东大地。

努尔哈赤为什么要这样做呢？只有一个原因，那就是后金不能有二主。

努尔哈赤和舒尔哈齐从小丧母，继母又待他们不好，两人便携手同心、相依为命，度过了最困难的岁月。努尔哈赤起兵后，舒尔哈齐更是追随左右，跟他出生入死，为女真族的统一，立下了不可磨灭的功绩。他性格刚毅、沉勇大度、富有谋略，是努尔哈赤离不了的参谋和骁将。

随着事业的成功，舒尔哈齐在后金大地上也建立了自己的威信。也就是说，努尔哈赤的威名并没有掩盖住舒尔哈齐的光辉。他不仅声名大噪，而且很有实力，他统率的兵马几乎和努尔哈赤相等。慢慢地，在许多活动中，舒尔哈齐和努尔哈赤分庭抗礼了。这就使他走向了死路。

到了万历三十七年（1609年），舒尔哈齐实在不能容忍努尔哈赤的排挤，便拉起队伍愤然离开赫图阿拉，移居黑河上游的黑扭木，摆出了与努尔哈赤对峙的架势。

努尔哈赤当然不能允许他另立山头，断然采取严厉措施，没收了舒尔哈齐的全部财产，还捕杀了他的长子、三子和他的大将武尔坤。他的次子阿敏已经绑赴刑场了，皇太极跪在努尔哈赤面前哭求才得以饶恕。

舒尔哈齐听到消息后，悲痛欲绝，竟走错了一步"棋"，只身回到赫图阿拉，向哥哥忏悔谢罪。他没想到铁了心的努尔哈赤在消除政敌上是绝不手软的！

努尔哈赤把舒尔哈齐骂了一通，将他逮捕，并吞其兵将。两年后把他杀死，舒尔哈齐终年才四十八岁。

尽管一些历史学家对这件事褒奖不已，说努尔哈赤为了女真的统一大业，连自己的同胞兄弟也可杀掉。但就是为了这些历史学家坚持的"原则"，哪一朝代的"英主"都无一例外地两手血腥……

褚英的话没有说服努尔哈赤，反而使他更为愤怒。他立刻宣布废除褚英的太子爵位，不准他参与朝政。

褚英对努尔哈赤的处置很不服气。对自己的亲信说："从古到今成大事者，无一不是心狠手辣，父亲也是这样，为什么他干了就可以，我做了就不行呢？"

不久，努尔哈赤发兵讨伐乌拉，褚英想跟随出征，被努尔哈赤拒绝了。大军走后，褚英把父亲、弟弟和五大臣的名字写在纸上对天焚烧。他诅咒说："上天呀，让努尔哈赤失败吧！他不仁不义，对自己的同胞和子侄都心毒手狠，您还保佑他吗？"并发下狠心说："要是父亲败北归来我就不让他进城！让他死在外头！"

他没想到自己在赫图阿拉的所作所为，都被人详细地记录了下来。

皇太极知道褚英不会收住脚步，会在绝路上继续滑下去的。出征前就派下心腹，监视褚英的一行一动。

努尔哈赤胜利返回赫图阿拉后，皇太极知道了褚英的一切，就唆使褚英的几个侍卫，把褚英的作为上报努尔哈赤。

努尔哈赤怒不可遏，立刻把褚英逮捕，稍加侦讯后，就关了起来。也是隔了两年，终将褚英处死！

努尔哈赤的身体很快衰颓下去，太子的位置仍然虚悬着。

几位贝勒都在打量着、盘算着……加上几位福晋的搬弄是非，努尔哈赤整日不得安静。

没人敢对这事发表意见，也没人敢对大汗进行规劝。

这时，努尔哈赤叔伯出面了。他们都已六七十岁，帮助努尔哈赤打过天下，对权力却没有任何野心了。他们来到努尔哈赤面前苦口婆心地劝告他再立太子。

他们向努尔哈赤提到他的二儿子代善。

代善和褚英是同母所生，在褚英死后升为大贝勒。

努尔哈赤在权衡再三后，终于同意了。

代善这时（1620年）已经三十七岁，也是后金的功勋卓著的将领。如果数一数后金建立前后的各大战役，几乎都有他的功劳。在他十几岁时，他就和叔叔、大哥在一起冒着血雨腥风为女真的统一而战斗了。万历三十五年（1607年），他跟随舒尔哈齐、褚英只率三千人马去接应归顺的女真。在回程时，遭遇乌拉部万人大军的截击。面对全军覆没的厄运时，他临阵不惊，率领一队人马冲开敌人的阵线、杀出一条血路，使整个战局反败为胜。回到赫图阿拉后，努尔哈赤授予他"古英巴图鲁"的称号，意思是"钢铁英雄"。

此后，代善衔努尔哈赤之命常临战阵，在关键时刻发挥着重要作用。努尔哈赤常对身边的人说："我为有这个儿子而自豪！"

更叫努尔哈赤放心满意的是：代善的雍容大度，待人宽厚，有长者之风，和死去的褚英大不相同。

在代善被宣布为努尔哈赤的继承人以后，几个对汗位的觊觎者也就死心了。可是皇太极的内心中却仍"余波汹涌"。

他的大福晋劝他说："别想这事了，你还要好好地侍奉父汗，做父汗的好儿子！"

"那还有什么用呢？"

"有，有，你等着吧！"

"难道我就不如代善吗？"

"是的，你不如大贝勒。"大福晋静静地说，"第一，你年龄还小，父汗尽管很喜欢你，可是他还是不能把汗位交给你。第二，你和褚英不是一母所生……"

"连这一点也有关系吗？"

"当然有了。褚英是父汗杀的，做父亲的杀了自己的儿子能不难过吗？他像普通人一样地难过。清夜扪心自忖，他也难对死去的大妃。把代善立为太子，他心里会好受些，可巧，大贝勒又合适。"

皇太极点点头。想了一会儿，叹口气说："看样子我是没份儿了。"

"也不一定，"大福晋朝他笑笑说，"要是上天眷顾你，机会不久就来了。"

真让大福晋说对了，上天没让他等多久。

就在后金朝野酝酿着一场规模巨大的反击战的时候，命运之神在朝他眨眼睛了。

4

代善继褚英为太子之后不久，努尔哈赤对他说："你要好好地干呀，不要像褚英那样心胸狭窄、贪婪自私。拿出个大哥的样子，好好地对待兄弟们。看样子我在世上也不久长了，要是真有什么不测的事，大福晋就交给你了。你要善待她，尽心竭力地把她的三个孩子抚养大……"代善唯唯听着。

父亲的妻妾留给儿子，在汉民族来说是不可思议的事，可在那时的满、蒙民族中却是常见的，不会有人非议。

这时的大福晋阿巴亥，比代善还小七岁呢。

努尔哈赤和阿巴亥已经情深意笃地共同生活了二十年了，自觉走入暮年的努尔哈赤不能不对她有所交代。

努尔哈赤这几句话在家族中暗暗地传开，三十刚刚出头的阿巴亥心动了。她得为自己和四个孩子的将来着想。

无论什么事预先打算是要紧的，可是做得过分就会出事，特别是在互相像乌眼鸡似的盯着的皇族中更是如此。

阿巴亥开始巴结太子代善了。起先是眉目传情，后来就像妻子那样关心起大贝勒来。要是代善忙得顾不上吃饭，阿巴亥就把做好了的饭送到他做事的地方，直到看着他吃了才离开。有时，周围人多，阿巴亥不能自己去，就派专人给代善送东西……

在努尔哈赤的儿子们中，几个大一些的，虽然是骨肉同胞，可是都在暗暗较劲，他们都在兄弟中、大臣中，为了政治利益相互拉拢，已经结成了一个个有形无形的小党派。表面上风平浪静，实际上已经白热化了。努尔哈赤立代善为太子，暂时没人说话，可是许多人希望他栽跟头……

一次，不上数的小福晋代音察对皇太极的福晋博尔济吉特氏说了阿巴亥和代善的暧昧关系后，皇太极的福晋故作姿态地说："呀，还有这事？她等不得啦？咱还盼望大汗能够长命百岁呢！"

努尔哈赤的小福晋更是添油加醋地说起来……

"你就这样听着呀？得空儿你对大汗说说吧，可别闹出什么事儿来！"

"我怎么去说呀，"小福晋说着红了脸，"大汗一年中也和我睡不了几次……"

清太宗皇太极

皇太极的大福晋低头笑着："你跑到大汗面前说就是，我看你水灵灵的，说不定大汗正想你呢，再一说，为了你对大汗的忠心，他会升你几级，难道你就甘心一辈子这样做个排不上号的小福晋吗？"

嫉妒会使一个懦弱的人变得胆大起来。小福晋果真跑到努尔哈赤面前告发大福晋去了。她把自己的所见所闻在努尔哈赤面前从头至尾地说了一遍。

努尔哈赤听了气得一时说不出话来。

"他们这样频繁地往来，是有什么阴谋吧？"小福晋添枝加叶地说，"我还看到大福晋几次深夜离开她的院子，她到哪里去呢？我想一定是到大贝勒那里去了！"

"别说了！"努尔哈赤吼道，"你给我滚得远远的！"

小福晋被赶出去了，努尔哈赤对这事却认真起来。他虽已六十开外，可是嫉妒心仍然炽烈。他仍然爱着自己的年轻貌美的阿巴亥，他不愿看着在自己合上眼睛之前，她成了别人的女人，尽管那人是自己的儿子！

努尔哈赤开始追查这件事了。他派皇太极带领大臣扈尔汉、雅逊、额尔得尼悄悄地去搜寻证据。皇太极极为聪慧，他知道只这件事代善是倒不了台的，以后的事又很难测，他不愿在这上面惹恼太子，就坚决推辞了。可扈尔汉是他的爱将，他怎能不知皇太极的心思呢？

扈尔汉等人调查了几天后，对大汗上报说："这些事的确是有的……"

"她这是为了什么？"

扈尔汉说："这大概是因为大汗说过，身后委托大贝勒抚养大福晋及诸幼弟的话，所以大福晋才倾心于大贝勒……"

"他们发生过什么事了吗？"

"不清楚……"扈尔汉的话说得很是含糊，"也许没有发生什么事，但作为大汗的福晋这样亲近一个晚辈也不太好。恕臣下直言，有时大汗赐宴于诸贝勒及大臣们，大福晋就修饰打扮斜眼瞄着大贝勒，这些事，除您以外的人都看见了……"

"你为什么不早说！"努尔哈赤吼道，"亏你还是我费了许多心血养活大的！"

"臣下感到不像话，想如实地对大汗说，但又害怕大贝勒和大福晋，思来想去还是没有说……如今大汗委任臣下办这件事，只好实话实说了！"

努尔哈赤用拳头捶了几下面前的书案，没有说什么，就挥挥手让扈尔汉他们走了。

　　扈尔汉跑到皇太极那里把汇报大汗的事说了一遍。皇太极称赞他办得好，话也说得很适当。可是扈尔汉仍长跪不起，说他很怕大贝勒挟嫌对他报复。皇太极说："放心，没事的，你这是奉命调查，谁也说不得。我再到大汗那里为你说几句话。你只要忠诚地跟着我，就一切不用担心。"

　　要是大福晋就此改正错误，从此谨小慎微，事情也许就这样过去了。可是人往往在这节骨眼上继续犯糊涂。阿巴亥见努尔哈赤对她一天天地冷漠，她吃不准是什么事。又不敢开口问大汗，就察言观色。一天，她听说大汗曾派人搜查了她在界凡山上的住处，疑惑大汗已发现她在那里藏了大量的财产，就害怕起来。

　　原来，阿巴亥对自己的将来早就留了心。她想：自己比大汗的年龄相差几十岁，孩子又小，一旦大汗撒手西去，她能依靠何人呢？因此，她就利用自己的身份和一切机会拼命地攒钱、攒物。但大汗对这一点是很严厉的，不管哪个福晋，东西多了而说不明白来源，他就要惩罚她们。

　　没办法，她便将一些珍贵的东西转移到她认为可靠的人家里去。

　　她和大贝勒的事这时已经传开了，都知道她在努尔哈赤面前已经失宠。因此，都纷纷向大汗报告，并把大福晋所寄藏的"赃物"交到大汗手里。这些人中有扈尔汉，有蒙古福晋，有总兵官马笃礼等，后来连她的亲儿子阿济格也交出了母亲藏到他那里的倭缎、东珠、宝石等东西……

　　这样一来，阿巴亥的事越弄越大，她自己也解释不清楚到底是怎么一回事了。

　　努尔哈赤想想过去和阿巴亥的几十载恩爱，心里的滋味难以描述，他把诸贝勒、大臣叫到议事厅，气愤地说："大福晋……狡诈、虚伪、盗窃成性，人间的坏事她都做全了！她利用我对她的恩情蒙蔽我的眼睛，去勾引别的人，真是该杀！"

　　代善是不敢为阿巴亥多说一个字的，只能呆呆地低头耷脑地站在一边。

　　又轮到皇太极出面了，他从诸贝勒中走出来，率领他们跪在父汗面前，另一边皇太极的大福晋博尔济吉特氏也和诸贝勒的福晋们一齐跪倒在地，他们齐声求告父汗，请他饶恕大福晋！

　　皇太极说："阿巴亥几十年来一直对父汗情深意切，尽心照顾父汗的起居，没有功劳也有苦劳，现在她虽犯了罪，但罪不至死！再说三个弟弟年龄尚幼，他们如果没了母亲，怎么办呢？别人就是照顾得再好也远不如他们的母亲呀！"

皇太极的话说到了努尔哈赤的伤心处，他也落下泪来。"是呀，杀了她有什么用呢？"他说着用袍袖抹一下泪水，"我那几个可爱的孩子如果得了病，需要人来照看他们，外人是靠不住的，还得自己的母亲！好吧，我不杀她了，让她去给我抚养孩子吧！可是我再也不认她做我的福晋了！今后，谁如果还和这个坏女人有什么勾连，或者听信她的谣言，不论男女，一概杀头！"

这实际上是一场阴差阳错的误会。可是在帝王之家，往往一场误会就会给一些人造成匪夷所思的伤害，又给一些人撮合成天外飞来的福祉。

代善也受到了努尔哈赤的教训：指斥他作为一国太子竟不检点自己的行为，做出了难以挽回的尴尬事，使大汗和国家都蒙受耻辱！但他的太子的位置还是保住了。

皇太极受到人们的赞扬，称他在这件事情上举止有据，宽容、公正。努尔哈赤也觉得自己没有白白地宠爱他，连大贝勒代善也是对他心存感激的。

5

形势没有让后金人久久地沉浸在这件让他们痛心的事中。从前线传来急报，大明军杀过来了。

使努尔哈赤意外的是，明军主帅杨镐派使者送来一封战书。内容说：大明军即将发起攻击。领兵的将帅以及监军的文臣业已齐至。四十七万大军定于三月十五日乘月明之夜进剿。并命令努尔哈赤迅速率众投降……

这封不伦不类的战书摆在努尔哈赤书案上的时候，是二月二十六日的夜间。

他端详了好久，不明白杨镐是什么意思。是威胁吗？可这又能吓着谁？再说，出兵的时间大多是秘而不宣，哪有公开地告诉敌人的？这位身经百战的杨大帅，难道连这一点用兵常识也不知道吗？还有，他的将士，他自己早就声称十万，怎么一下子就涨到了四十七万？是吹牛呢还是又从关内调来了大量援兵？

努尔哈赤又坐了一会儿，还是没有悟出其中的"玄机"，就派面前的侍卫把李永芳和范文程找来。没多久，大汗就听到有脚步声传来，他吩咐侍卫把火炉烧旺、伺候茶点。

李永芳、范文程进屋来了。

"参见大汗！……"他们给努尔哈赤行礼。

大汗抬头一看，见面前站着两个"雪人"。问道："下雪了？"

"是呀，雪很大！"李永芳答道。

范文程从不简单地说话，他的话里总是带着点耐人琢磨的东西，显得莫测高深。他说："上天呵护大汗，派来白甲白马的大军，让杨镐的将士在大雪中跋涉吧！"

"怎么，先生知道我叫你们来的意思了？"

范文程笑笑说："要不，大汗怎会深夜找我们来呢？"

"是呀，是呀！"努尔哈赤拿起靠墙几案上的拂尘，给他们拍打身上毛茸茸的雪，可刚拍打了几下，就被侍卫们把拂尘接了过去。

等李永芳和范文程在努尔哈赤对面坐定，大汗指指桌上的战书对他们说："你们看看吧，这是杨镐派人送来的！"

李永芳和范文程伏在桌案上，静静地看了起来。战书并不长，只一会儿就看完了。

大汗问他们："杨镐这是什么意思呢？"

李永芳皱起眉头，范文程竟仰首大笑起来。

"这战表是迷惑人的，不过也太拙劣了！"李永芳说，"他以为是对待三岁的小孩子呢！一个统帅三军的主将，下这一招'拙棋'，真让人瞧不起！"

"是呀，……"范文程抑制住笑声，对努尔哈赤说，"大汗，咱们对杨镐们已经了如指掌，他还以为咱们什么也不知道呢！竟在咱们面前胡说八道！"

努尔哈赤放了心，便说道："这样说，不用理他？"

"不……"范文程忽地拉长了脸，他说，"我以为他们要立刻来犯了！"

"杨镐说是三月十五日，趁月明之时……"努尔哈赤说。

"那是扯淡！"范文程一副胸有成竹的样子。

"就在这冰天雪地的时候？"李永芳有点怀疑。

"对杨镐来说，在这大雪封路的时候，他是一步也不想离开自己的窝巢的，可是万历皇帝不准他！朝廷不准他！"

"范先生，"努尔哈赤恭敬地说，"你认准了他们要在近几天出兵？"

"也许现在杨镐的各路大军已经出动了！"范文程说得更加耸人听闻。

"李将军，你怎么看呢？"努尔哈赤指的是范文程的揣测。

李永芳想了一会儿，点了点头。他不敢否定范文程的预料。

他和范文程初次交往时，还是在他做抚顺游击的时候。那时，范文程只是一名小文吏。李永芳没有注意他，他也没有显示出有什么才具。一年前由于命运的捉弄，他们在努尔哈赤面前同朝共事了，李永芳也没有十分看得起这个有点傲气的小伙子，可是，已经几次了，范文程那些看似不着边际的言语却常常应验。李永芳再也不敢小觑这个后生了！

努尔哈赤又待了一会儿，蓦然回头吩咐侍卫说："你们分头去传，把四大贝勒、五大将都给我找来！令他们立刻就来！"

"是！"侍卫们齐声应答，飞奔出去了。努尔哈赤到内间去换服装，自从金国建立后，他的朝廷虽没有大明的规制，可是他每次临朝议事，总是穿上特制的大汗服装，那是一种稍微宽大的袍子，紫色，在领口、袖口和大襟边沿镶着金绦，其他的和贝勒们的服装没有大的区别。帽子高些，在周围的帽檐上，前后镶着绿玉。

趁这时候，李永芳拉着范文程的手走到一边，小声地问他："文程，你说明军已经开始向我们进犯，有根据吗？"

"放心，李将军，我没有说差。"

李永芳看了范文程一眼，等了一会儿，看看范文程不想说什么了，就走开，等待大汗出来。

范文程自从得到努尔哈赤的赏识后，就殚精竭虑地把自己塑造成像三国时诸葛孔明的形象，使努尔哈赤信赖他、依靠他，从而离不开他！为了这，他的一言一行总是摆出个莫测高深的样子，还网罗了一批人专门为他四处打探消息，使他的每一句话都有根有据。几天前，他就得到消息：杨镐已经被朝廷催促得坐不住了……

作为曾经经略过辽东的将军，杨镐没有做出李成梁那样的成绩，可是他深知努尔哈赤和女真人的脾性，知道敌之所长和我之所短，知道建州一带的山川地理，还明白雪天进军意味着什么。因此，他得拖就拖，想把进军的时间拖到明年春暖花开的时候，就是到了那时，他也不会贸然出兵，和努尔哈赤野战。他要像民谣中唱的那样，挖壕建垒，步步为营，把努尔哈赤逼死、挤死……

可是，他虽为主将，却左右不了形势。他的上面有个朝廷，朝廷里有一帮整日呶呶不休、身居要津的大臣。他们每日都上书皇上，责备杨镐"拥兵自重""迁延时日"，甚至说他"视敌如虎""畏葸不前"，在辽东白白地"空耗粮饷"！朝廷催促他进兵的敕令隔几天就来一封，而且措辞一封比一封强硬。几天前手执红旗的御使也来到了辽东，声称，杨镐若不出兵，他就决不回朝复命！

　　杨镐当然也不愿坐在沈阳等待，他几次地上书自辩，说明辽东的形势，苦口婆心地申述把军队摆在林海雪原上的危险……可是一切都没有用处。

　　原因是在朝廷看来：努尔哈赤虽被一些臣僚说成是肘腋之患，但在他们的内心中，仍把女真八旗看成是流寇，是乌合之众，是疥癣小疾。只要圣朝出兵，即可一举荡平！所以没人理睬杨镐的叫喊。

　　终于，朝廷来了绝对命令。

　　敕书说：如果杨镐再抗旨不遵，朝廷就要收回给他的尚方宝剑，就要把他抓回去交刑部严加议处！

　　于是，杨镐只有往死扣里钻了！

　　关于上面的这一切，都是范文程的私房消息，他是不会对任何人透露的。

6

　　四大贝勒和五大将一个个进来了，他们都满身雪絮，臃臃肿肿，好像一头头从雪洞里钻出来的大熊。

　　"你们呀，这是来见大金的大汗呀，怎么不在外面把身上拍打干净呢？"努尔哈赤说，"要是你们这样跑进大明的金銮殿，不杀头才怪呢！"

　　扈尔汉说："那大明的皇帝杀不了我们的头，我们倒要跑到北京杀他的头呢！"

　　"狂妄！"努尔哈赤骂了一句。他到现在还没想到将来要去杀皇帝的头。

　　等侍卫把他们拍落在地上的雪打扫干净后，四贝勒和五大将按照早已规定的次序坐了下来。李永芳和范文程坐在努尔哈赤的身后。

　　努尔哈赤看了子侄和将军们一眼，见他们个个睡眼惺忪，大概是刚从热被窝里钻出来。

　　"喝杯茶，醒一醒，有大事和你们商议呢！"他说。

　　听到有了大事，与会者已经大体上知道是沈阳明军那边的事了，他们开始活跃起来，交头接耳小声地谈论着。原来他们也听到了一些风声。

　　"是这样……"努尔哈赤先把明军的战书读了一遍，下边的人吃吃地笑起来。

　　"那是吹牛！"

　　"那是吓唬人！"

　　"杨镐要是有种，现在就来好了，何必虚张声势地说要等到下月十五日来!"

"你没听清楚吗?上面写着呢,人家要趁着有月亮的时候……"

"好看着自己的头怎么掉下来的!"

他们你言我语地说个不停,越说越乐哈哈的。

努尔哈赤把手中的战书往桌上一摔,严肃地说:"别说些没用的了。看样子杨镐一定要来了,据范文程先生估计,他们已在路上了!"

一提到范文程,下面又开始嚷嚷。与会者大多不服气那个从他们的屠刀下逃生的小子。

"他懂什么!"

"叫他抱着他的书本滚到一边去!"

"胜仗是一刀一枪地拼杀出来的,凭嘴皮说不死敌人!"

努尔哈赤拉下脸来喝道:"你们叫唤什么?单凭匹夫之勇,也许能够打一两次胜仗,可是能够建朝立国吗?"

下面没人敢说三道四了。努尔哈赤继续说下去,他讲起刘皇叔思贤若渴、三顾茅庐的故事。"要想建邦立国光靠武功是不行的,那得有智能之士运筹帷幄。什么时候大家懂得这一点,什么时候我们大金国就可和大明分庭抗礼了!"

"那么,这个范文程有诸葛亮那样的才干吗?"这是三贝勒莽古尔泰说的。他冒出的这一句,又打断了努尔哈赤的话。但他没有生气,他知道莽古尔泰的话代表着一大帮人的想法。怎么说服他呢?

正在这时,皇太极站了起来。

他说:"父汗说的是治国平天下的大道理,我们也许一时半刻弄不明白,但我们要好好地听从才是。我觉得现在最主要的是照着这个方向走下去。范文程先生也许比不上蜀国的诸葛丞相,可是只要我们尊重有学问的人,学会和他们好好共事,天下圣贤就会奔我们后金而来,那时,我们就会有不止一两个诸葛亮了!范文程先生自从归顺以来,出了许多的好主意,纵然他不是当今的诸葛亮,难道我们就不能好好聆听他的见解吗?"

皇太极是努尔哈赤宠爱的四贝勒,是战功卓著的大将军,在智谋方面也是有口皆碑的,他的话自然很有分量。

没有人再敢乱说乱道了。

刚才许多人说了些对范文程不尊重的话,他自己倒没感到什么,他习惯于这些粗鲁的将军对他的鄙薄了。可是皇太极的一席话却使他受宠若惊,额上豆大的汗珠淌了下来。

努尔哈赤没有留给他局促的时间，回头对他说："范先生，你为什么认为那杨镐现在已经出兵了？快对大家说一说！"

范文程抹一把头上的汗水，站了起来。他向大家深深一揖，开口说道："晚生真的没有诸葛孔明之才，只是感于大汗活命之恩，愿意为大金国鞠躬尽瘁而已！在诸位身经百战的将军面前，也说不出什么真知灼见，不过……"

他开始把自己认为杨镐已开始向大金进军的见解说了出来。他这一次说得十分详细。把自己得到的消息一条条地摆了出来，说得有理有据，就好像身在沈阳杨镐军中似的。

四贝勒、五大将听得十分认真。

"如果范文程先生说的确凿无疑，那事情就很紧急了，所以一刻不等地把大家召集了来。"努尔哈赤说，"大家都和明军打过交道，也知道对手的情况。都说一说自己的意见吧！"

"兵来将挡，水来土掩，那还有什么可说的！"扈尔汉叫道。

"这是谁在说昏话！"努尔哈赤愤怒了，脱口骂道。吓得扈尔汉赶紧缩下脖子不声不响了。"如果谁再这样不动脑子，一味蛮干，就罢他的官，撵他到下面去！因为他没有资格做一旗的旗主，最多做个牛录额真！"

扈尔汉是努尔哈赤的养子，生得浓眉大眼、身材粗壮，是很受信任的五大将之一。在万历十六年（1588 年）投奔努尔哈赤时，他才十四岁。他没有辜负努尔哈赤的厚望，战争环境的陶冶，使他成长为一员冲锋陷阵的勇将，唯一的缺点是不太动脑筋。

代善虽然刚刚为和大福晋的事受到申斥，差点儿丢掉了太子的位置。但他知道自己的责任，就带头说出了自己的意见。

"范文程所言极是，敌人已经来了。"他说着，看着父亲的脸，他怕一句说错，招致更大的祸端，"我看杨镐在这冰天雪地时进军是孤注一掷。不过，我们不可掉以轻心，他们的人多，有十万之众哩，我们能上战场的也就是四五万人……"

努尔哈赤和与会者等他往下说，他却停住了。看他那可怜巴巴的样子，努尔哈赤温言温语地说："是呀，我们人少。正因为这样，我们才要好好地商议呢！"

代善说："我愿打前锋……"

这说出了他的心情。这些日子，他很郁闷，老想得个机会向父亲和兄弟们表白。现在机会来了，他要在战场上向大家说明：他代善是个顶天立地的英雄，不是个专做腌臜事的孬种。

"好儿子，有你的用武之地的，"努尔哈赤看出了他的用心，鼓励他说，"今天我们得议论对策，看看这仗怎么打？怎样才能以少胜多？"

很久没人说话，他们都在动脑筋。

为了启发大家，努尔哈赤又让李永芳把各路明军所在的位置以及实力向大家说一遍。

李永芳站起来，走到那个放在桌子上的大木盘前，努尔哈赤招呼大家围上来观看。

这个军用的大木盘在他们看来是个新鲜玩意儿，大家看得聚精会神。

李永芳拿起木杆，先把主要的城市、主要的道路、主要的山林讲了，又把明军各路的部署说了一番。大家看得一目了然，都觉得心里有了底。

"这东西好！"阿敏说，"额驸这么一说，我把这一片的地理形势都装到心里了！"

"这就有所长进，"努尔哈赤说，"什么都明了啦，如果你是我们的三军统帅，你准备怎样指挥这一场战争？"

扈尔汉是个直性子，有话窝不住，他说："他们四路来，我们也四路挡，我领一路！"

额亦都笑了，他说："我不赞成扈尔汉的打法，我们才几万人，分成四路，一路才万把人，能行吗？怎能造成排山倒海的优势？"

额亦都也是从小跟随努尔哈赤的青年将领，他不仅有勇还深有谋略，是五大将之一。

"那么，你说呢，额亦都？"

额亦都被问得往后退了一步。他说："大汗，我还没有想好呢。只是觉得扈尔汉那样有些不妥。"

"没想好就驳人家的意见算什么呀！"扈尔汉很不服气，"到一边去！"

努尔哈赤笑了笑说："不成熟的意见也可以说一说，集思广益嘛！"

大汗心里有了成竹，但他不愿早早地说出来，闭塞臣下的思路。看一时说不出更好的意见，就启发大家。

"我们来看，哪一路最强呢？很显然，是杜松军的西路。听李将军说，他已经逼近抚顺关了。要是我们集中兵力先把他打垮……怎么样？"说着努尔哈赤把自己的右手伸到木盘杜松军的前面，望着大家。

无论开什么样的会议，皇太极从不没头没脑地抢先发言。他总是细心倾听，等心中豁然开朗，才说出自己的意见。

当父亲把手伸在明军西路前面的时候，他心领神会了。不由得喊了一个"好！"字。

"好什么？"莽古尔泰说，"你才挡住人家的一路军，别的呢？"

"别的还在冰天雪地中跋涉着呢！"皇太极说。

莽古尔泰有点茫然，扈尔汉也有点摸不着头脑。

努尔哈赤挺起身，用木杆指着他们二人说："我的憨小子，你们得学着皇太极，脑袋转得快一些才好！"

这时，代善也明白了父汗的意图，他说："这样打好。先把杜松给消灭了，回头再对付别的明军。"

"要是他们攻上来呢？"额亦都蹙着眉头问。

"他们来不了的。"代善说，"那三路的来路崎岖狭险，三五天不会来到。等我们把杜松军收拾完了再回头打他们也不迟！"

说到这里，与会的大多数人都心中有数了，人人面带喜色。

努尔哈赤回头问皇太极："你说，几天就可打垮杜松军？"

"我觉得有三天差不多吧……"

"就给你三天！你要把杜松军拿下来！"

"我？"

"是你！"

说到这里，贝勒们和将军们都看着皇太极，大家知道，这场大战皇太极要唱主角了，不禁在心里为那个老实憨厚的代善抱屈。

皇太极脑筋转得快，他说："对。咱们就这样打：凭尔几路来，我只一路去！"

这是总结性的一句话。他巧妙地把父汗的启发和与会者讨论一下子变成自己的了！

努尔哈赤给他做了肯定："皇太极，说得好！如果把这战法运用好，咱们就成了这万千大山中的蛟龙，辗转飞腾，喷火吐云，一路路地把大明的军队消灭干净！"

代善郁郁地说："我看对其他各路也不要放着不管，每一路派几百骑守望一下，万一他们突然上来，可以先行堵住。"这无疑是很好的意见。

努尔哈赤虽把主将的位置安排给皇太极了，但他并不想冷淡代善。他说：

"代善的主意好。但你不能做这事，你得和皇太极在一起。监视其他三路明军的任务就交给额亦都吧。"

额亦都当然不愿意做这次要的事，但也不好推辞了，就点头应着。

皇太极走到代善面前，拉着他的手说："有大贝勒和我在一起，我就如虎添翼了。"

大家琢磨着皇太极的话。很明显他把自己说成了虎，而作为太子的代善只能是他的"翼"了。

代善却没有说什么，他说："父汗请放心，您就在家听我们的好消息吧！"

努尔哈赤说："我怎能坐在家里呢？我要到萨尔浒山上去，在那里看你们怎么取得胜利！和你们一起凯旋！"

这时范文程拉着李永芳走到努尔哈赤面前，一揖到地说："大汗，我们预祝八旗神兵旗开得胜！"

努尔哈赤抚髯大笑："这……仗还没开始打呢！"

范文程说："有了英明的决策，又有了勇冠三军的统帅，那胜利不就唾手而得吗？"

四贝勒、五大将像孩子似的乐得撒起欢来。

"大家坐下来，坐下来……"努尔哈赤向与会者招招手。

贝勒和将军又坐在努尔哈赤面前。

"大家虽然已经明白，但我还要说一说。这次大战，我任命皇太极为主将！大家一定要谨遵他的将令，不管是谁，若有违抗，必按大金律法惩治！"

与会者听了努尔哈赤的话，齐刷刷地站在他面前躬身答道："谨遵大汗旨令！"

"明天将士齐集南门外祭天！"

"是！"

7

天亮后，皇太极回到家里，他直接就到大福晋那里去了。

博尔济吉特氏接着他。见他满面肃然，就吩咐侍女说："去给贝勒爷准备早饭吧！"

侍女走后，福晋问皇太极："贝勒爷，宽宽衣服歇一歇吧。"

"你又来了，"皇太极皱起眉头，"我不是说过吗，在家里叫我的名字。"

"我忘记了。"说着福晋伸手想给皇太极铺床。

皇太极摇摇头说："不，一会儿就要去参加大汗主持的祭天大典。"

"祭天？"福晋转着眼珠，"要出兵了吗？"

"是的。"皇太极坐在床边，斜倚着被窝和枕头说，"明军要向赫图阿拉进犯了……"

福晋没有再问下去。她只想：过去打仗前皇太极总是异常兴奋，话很多，而且和她说说笑笑，就好像那是一个特殊的节日，现在却满腹心事似的。

皇太极看着福晋耸动那两道美丽的长眉，充满深情地看着他，知道她想知道事情的底里，就说："大汗半夜召我们去就是为了这件事。敌人有十万，我们才有四五万。这是一场恶战。"

"……能够打赢吗？"

"那是没有疑问的，一定要打赢！打过这一场大仗，大明就再也不敢招惹咱们了！这是很关键的一仗。"

"大汗亲自出马吗，还是让大贝勒出任主将？"

"大汗要我做主将……"

"是你？怎么是你？"

皇太极坐起来，问福晋："你以为我没资格做主将吗？"

"在我眼里谁也没有你好，每次出征我都为你委屈，如今终于做上主将了。我是觉得只要代善还在位子上，大汗就不会把这主将之职交给你的！"

"可是大汗要我做主将了……"皇太极又半躺在床上了。

"是为了大贝勒和大福晋那件事吧？"

"大概是……"皇太极说，"看样子代善在父亲那里失宠了，他的太子的位置虽然还在，但不久长了。"

"那只能怨他失德。"

"话是这样说，"皇太极叹口气，"福晋，咱们在这上头是不是有点……有点做得过分？代善也太可怜了。"

"代善真的有点可怜。皇太极，你不要在这上面想得过多，将来，咱们好好地待他就是。你说呢……"

"另外，兄弟和将领们会怎么看呢？"

"那只是一时的事，皇太极。"福晋倾身坐在皇太极一旁，几乎就压在他的身上了，"皇太极，你不要想得太多，一朝大位应该有德有能者居之。你看，你的兄弟们谁个比得上你呢？父汗是个极为精明的人，他已经看出了只

清太宗皇太极

有你才能把他的大业继承下去，别的人都不行！大汗是天子，他是代表上天把这重任托付给你的，你就该当仁不让。如果你在这时候犹豫不决，或者被一些世俗的感情所羁绊，那你就会铸成大错！上天不容，苍生不佑，老百姓正盼望着有个好皇帝呢！"

福晋的话使皇太极振奋起来。

在这之前，他为自己已接近那个他日思夜想的追求而激动，可又被人之常情而苦恼。现在那片遮在心头的阴云没有了。

他站起来伸了伸腰肢，笑着说："我们这是议论什么呢……那位子对咱们也许是个空中楼阁！"

"皇太极，那位子是你的，一点不错，是你的。"福晋边说，边给他整理着袍褂，"目前，你要打好这一仗！上天会保佑你的，我会为你天天祝祷！"

这时，侍女把早饭送进来了。

第六章　挥军力拼杀　貔貅洒碧血

1

果然没出范文程之所料，就在努尔哈赤和他的子侄、近臣凌晨论兵的时候，杨镐已经下令对建州女真进击。

这一次，他没有召集各路大军的将军前来沈阳议事，就下了绝对命令。

"违抗军令者，斩！"

"贻误军机者，斩！"

"畏葸不前者，斩！"

"临阵脱逃者，斩！"……

军令上写了一连串的"斩"字。

过去，每逢他要下令进军，就有将军前来阻拦，他们在杨镐面前挺着胸膛叫嚣，说出一大串的理由，要杨镐上报朝廷，延期行动。这一次谁也没敢到沈阳来。

万历四十七年（1619年）二月二十九日杜松率军从沈阳出发，星夜出抚顺关，他想在萨尔浒山下停一下，然后沿着苏子河转向赫图阿拉。

朔风凛冽，大雪扑面，将士连十几步前的景物都看不见。总兵王宣领前，赵梦麟殿后。杜松居中，协调全军，监军张铨和他走在一起。

一出沈阳城，他们就被抛在了冰天雪地中。队伍再也不是一伍一列地前进，爬过几道丘壑就乱成一团。他们不是故意这样，因为大雪蔽地，使人摸不清地形。看似平坦大道，却是一道山沟；看似结实的山脊，却是无底的雪岭。人马滚下山坡、陷进雪谷，有的能够挣扎出来，有的却被埋在沟底，要等明年大雪融化时才能看到尸骨……还没走出多远，各部已经有些伤亡。

杜松怒火冲天，对身旁的张铨发牢骚道："京都的言官整天叫嚷进军，进军，把咱们赶到这茫茫雪野里送死！国家就是被那批狗官糟蹋完了的！"

张铨原是分巡兵备副使，是靠一位兵部的亲戚谋到这个职位的。他刚刚在沈阳安了家，就被弄到前线来了，也是满肚子冤屈。可是他不敢像杜松那样咒天骂地，只是唉声叹气："唉，昨天还和老婆孩子守着火炉享受着天伦之乐，今天就被撵到这荒野来了——人生呀，真是没法讲……"

杜松最讨厌张铨这样的书生，他斥张铨道："别弄出这哭咧咧的样子，你那天伦之乐就再也别想了，今生今世你是回不了家了！"

"怎么？杜将军，你怎么说这话？"

"我不是吓唬你，等和努尔哈赤的八旗军杀在一起，我们军人还有一线生路，你手无缚鸡之力，怎么求生呢？"

"望将军到时候救我……"

"那时候谁能顾得了谁！"

"我怎么办呢？"

"你呀，就找个山洞冻死在里面吧！"

"将军，和下官开玩笑吧？"

"我哪里还有心开玩笑。"杜松厌恶地看他一眼，"那还算好呢！像你这样的人，在军中不过是聋人的耳朵，没什么用处。你要是再这样哭咧咧地扰乱军心，我现在就拿你开刀！"

"将军，我怎么没用处呢？我可以给您出主意呀。"

"你肚子里真有主意吗？我考考你：你给我想个法子，让咱们的军队在山路上走得安全些！"

"好，我想，我想……"

过了一会儿，张铨竟想出了一招。他建议多找些绳索，把士兵和马匹连起来，你牵着我，我连着你，十几人一队。这样就是有人、马陷进雪谷里、山坡下，也能被迅速地救上来。

杜松听了觉得可行，就下令这样实行。半个时辰后，他的三万大军，都用绳索连了起来。那种陷于沟壑不能自拔或者滚下山沟跌死或跌伤的情况少了很多，部队的行军速度也加快了。

杜松高兴些了，他对张铨说："张大人，你还真有点本领，以后要帮我多想点子。"

张铨嘿嘿地笑着，"看来将军认可我了……"

过了抚顺关，杜松下令加快行军速度，他想在第二天中午到达萨尔浒。

萨尔浒，汉译名叫作"碗架"。建州女真中有萨尔浒部落，早几年就被努尔哈赤吞并了。该地区在今辽宁省抚顺东大伙房一带，浑河上游与苏子河合流处。萨尔浒山西距抚顺七十里，东距赫图阿拉百多里。东北靠近铁背山，铁背山上有天命三年（1618 年）后金在吉林崖上筑的界凡城，努尔哈赤把它当作后金的门户。

杜松觉得过了萨尔浒就算进了努尔哈赤家的后门了。

后金出兵时，雪下得很大，真像是抛撒鹅毛。努尔哈赤冒着大雪送主将于赫图阿拉的西门外，他放眼看了一下，只一刹那，竟看不到几个将士了。

"你的人马呢，孩子？"他问皇太极。

"他们已经出发了。"皇太极指着前面说，"父汗，您瞧——"

努尔哈赤揉揉眼睛，"他们在哪里？"

这时，他听到战马咴咴的叫声，才看到在正前方的山沟里，八旗健儿像宽阔的河水一样，泛着白茫茫的浪涛向前流动。原来，皇太极命令军队每人弄一件白袍穿上，没有白袍的就反穿皮袄或者弄匹白布把自己包裹起来，这样，他们一走进雪原，就融入白雪皑皑的山林中了，何况大雪还在一个劲儿地下着呢……

努尔哈赤立刻领会儿子这样做的用意，笑着说："好好，八旗子弟就是塞北的山林，塞北的山林就是我们，明廷要来进犯，那千山万水都会站起来反击他们的！"

"父汗，您说得很对！"

"皇太极，你要在哪里堵住杜松的大军呢？"

"我想在萨尔浒把他们消灭。"

"好极了，我就站在萨尔浒界凡城的城墙上看你大战明军！要是明军突上萨尔浒山，你阿玛也就成了明军的俘虏了！"

"不会的，决不会！父汗就放心吧！"

"皇太极，你要我在萨尔浒上等几天？"

"一天，最多两天！"

"那，皇太极，你上马走吧！"

皇太极向父汗躬身施礼，转身跃上战马，飞驰而去。

除了留一部分给额亦都统率准备拦截明廷的其他各路人马外，努尔哈赤几乎把八旗大军都给了皇太极。在皇太极的麾下集合的八旗军，每旗约七千五百人，共六万多人。用这六万来堵挡杜松的三万兵马，可以说绰绰有余。

杜松的军队在离开沈阳后的第三天下午到了萨尔浒的山下。他下令停止前进，埋锅造饭。他问张铨："大人，你是分管全军庶务的，咱们带了几天的粮草？"

"五天。"

"那就足够了。"杜松说，"咱们到这里是第三天，明天急行一天就到了赫图阿拉，到第五天一早，咱们就进城去吃女真人的饭了！"说完哈哈大笑。全军中大概只有他的脸面上洋溢着必胜的信念。

这时军士们已经为他搭起了中军大帐，并生上火炉。他走进帐里，坐到桌案后面命令把管探马的把总找来。

把总是个粗壮的汉子，但行动极为灵活。他进帐后给将军半跪施礼后站在一边，两只眼睛滴溜滴溜地转。

"老弟，"杜松像当时的许多将军那样，把下级军官诙谐地称为"老弟"。"看见女真人了吗？"

"没有。"

"真没有？"

"小的不敢说假话。"

"嗯。那他们在哪里呢？"

"据派出的几批探马回来报告，他们在赫图阿拉城外的几个山头上。"

"他们不可能来袭击我们？"

"他们怎么敢呢？他们就像猴儿一样，主人拿起棍儿来就吓煞，放下棍儿来就扎煞！见天朝进剿的大军来了，还敢满山遍野地跑吗！"

听到把总那不太恰切的比喻，杜松笑了。他又问："那几路军呢，他们到哪里了，知道吗？"

"将军。北路军已经离了开原，快要到达尚阳堡了。南路军有点麻烦，李将军一出清河就被几百女真军堵上了……"

"东路军呢？"

"东路军进展得很快，他们已经过了佟佳江，正沿江前进。"

"你说快，快什么？是呀，比乌龟是快一点！"杜松骂道，"他们为什么慢腾腾的？说到实处还不是把仗让给别人打，好保存自己的实力！"

在杜松身旁的张铨建议："将军，咱们是不是也慢一点？等齐了再向赫图阿拉前进。那时，四处合围，努尔哈赤插翅也飞不了啦！"

"那样做对得起皇上吗？对得起主帅吗？"杜松拉长了脸，对张铨打起了官腔，"我杜某人可不做那样的小人！既然已经应诏出兵，那就要勇往直前，不破努军誓不回师！"

"是，是！……"张铨退到一边。

"走，到外面走走，看军队是不是都吃上饭了？"

杜松一站起来，就有贴身侍卫给他披上一件大红斗篷。杜松低头看了看，吩咐说："还是给我那件黑色的吧。"

侍卫愣了愣，就把那件红斗篷收起来，找出那件黑斗篷给将军换上。

那件红斗篷是他的夫人在他出征前夜给他赶制的，一针一线都凝聚着她的爱意。给他试穿时，杜松说："夫人缝了一夜，何苦呢，有了那件黑色的已经够了。"

夫人含着眼泪说："尽管你是去打那些不堪一击的女真人，那也是打仗呀！我一边缝着一边祝祷……"

杜松是条硬汉子，不愿夫人说下去，就搂过夫人，让她把泪水流到他的胸膛上。"夫人，你就在家等着我吧，我会很快回来的。这件斗篷我带上，等我凯旋时，我就穿上它……"

他走出家门时遇到杨镐的一个参将，那家伙不知好歹，竟说："杜将军，怎么在家耽误了这好多时候？是不是唱了一出'霸王别姬'呀？"

杜松瞪了他一眼，骂道："不会说话你就别说，闭上你的臭嘴！"

那参将跟着杨镐，职衔虽比杜松矮一点，但平时许多将军都巴结着他，现在被杜松骂了几句，想一想，在杜松出征前是不该说这些话的，也就灰溜溜地走了。

谁想到这句话在杜松心上留下了一片暗影，离家越远那暗影就变得越重。

走到帐外，见连下了几天的大雪停了。西方天边的乌云也散开来，从山沟望出去，一轮夕阳正徐徐坠下。他见过不知多少次落日，可今日的落日使他触目惊心。它像鲜血一样红，把周围的几片云霓也染得血淋淋的。大概不仅仅是他一个人受到了惊吓，山坡上、沟壑里、树林边……都有不少人驻足观看。

"将军，您看那夕阳……"张铨说。

杜松没理他，问道："咱们带来的肉多吗？"

"几乎还没吃着呢。"张铨回答。

"在这冰天雪地中，给将士吃饱是最要紧的。为什么不把肉发给下边？"

"我以为……在庆贺胜利时……"

"现在就把肉发下去,让将士吃得饱!"

"是,将军!"张铨带着几个侍卫离开了。

周围的山上几乎全是参天的松树,平常,就黑漆漆的,太阳一擦过山尖,就很快阴暗下来。这时,那里面的阴影在向外扩展,山沟里、山峰间到处都弥漫着轻轻的暗褐色的雾。等天上的云彩失去光彩,黑夜也就来临。幸亏,到处都是厚厚的雪,山林间还不很暗,可以看得很远。虽然在这萨尔浒有明军的三万之众,放眼看去,却也见不到多少人。他们都隐没在大山的皱褶里了,但是,可以看到袅袅的炊烟。

杜松、张铨和几个千总、把总一起顺着山沟转着,脚下的雪在吱咕吱咕地响,每一步都陷到膝盖,所以十分难行。杜松小声地嘀咕着:"要是这时候来了敌人才坏事呢……"

"不然,"张铨说,因为他给杜松出过好主意,他觉得自己有资格在将军面前聒噪了,"敌人行动也不方便,天公对一切人都是公道的。"

杜松不理他,回头对一名千总说:"你说女真习惯这样的雪天吗?"

那千总说:"回将军的话,他们当然要好些。他们的一行一动都骑马,马在雪地上行走就好多了,再说他们有耐寒的衣着。"

"士兵们有冻坏的吗?"

"回将军,咱们的衣服不行。靴子是布的,浸透了水,那就是冰疙瘩,脱都脱不下来。我亲眼看见有的人往下拽靴子时,连脚皮都拽下来了!"

"那是怎么回事?"杜松皱起眉头。

"脚皮是冻下来的……"

杜松没话说了。心里充满了对士兵的同情和对朝廷的恼恨。

可是那千总还是说下去。"有些部队现在还穿着夏天的单衣,只好沿路抢点东西包在身上……"

"别说了!"杜松吼了一声,吓得那个千总赶紧屏息敛声。

这情形,杜松亲眼看到了。在行军的路上,他见许多士兵披着五颜六色的花被、女人穿的裙衫,有的裹着抢来的兽皮和麻片……

朝廷和杨大帅屡次地来令对他申斥,责备他的军队不守军令纪律,所到之处有如匪盗。他心里不服——话可以随便说,他们没有到这里来试试,要是穿着单衣、食不果腹,也早就成了匪盗了!

想到这里,觉得不该对那个千总发火,就悄悄地拉拉他的手,说:"将士们受的苦,本官是知道的。可是有什么办法呢?你对你的同伴说一说,尽量地对士兵们好一点，好的将领应该懂得爱护部下！"

"属下知道，将军。"千总感动了，声音有点嘶哑。

"吃过饭，让他们好好地歇一歇吧，这里离女真人还远。"

"将军，属下斗胆建议：咱们还是走吧，一旦让他们睡下，也许有许多人就再也起不来了！……"

杜松明白：人如果没有可靠的御寒的东西，是不敢在雪窝里睡觉的。他默然了，他想和参将、监军们商量一下，看怎么办好。已经走了三天的军队还能走得动吗？正在这时，几个人向他走来了。走近后，一个侍卫模样的人快跑几步，报道："总兵王大人来到！"

保定总兵王宣走到杜松面前，躬身打拱，给杜松行了一个简单的礼。

"参见大将军！"

在那时，下属往往把上司称呼得比他的实际职务微高。实际上明朝没有大将军这样的职衔，要说真正可以称呼大将军的现在只有杨镐。

"好啦，"杜松过去拍拍王宣的肩膀，"前边怎么样？"

"还好。"王宣含糊地说。他是个身体魁梧、脸膛阔大的人。可是，这时，他的脑袋包在头盔里，只露着圆圆的一点脸，就是这点脸也被雪大部糊住了。

"怎么，雪，不下了吧。"意思是说：不下雪了，你身上脸上怎到处是雪？

"雪是停了，可是，风一吹，还是到处飞雪。"

"有什么事吗？"杜松极力想猜出他跑到这儿来的原因。

"我给将军领来两个人……"说着，王宣向一旁闪开，两个人从马上下来，来到杜松面前，行参见礼。

等他们站直了身子，杜松看出那是两个青年人。

"他们是谁？"杜松问王宣。

王宣介绍说："他们是抚顺城边的村子里的，要不是他们带路，我们走得不会这样顺利，事实上我们一过抚顺就迷了路。"

"是你们抓来的吗？"

"不是。我们原先曾想在附近的村里抓几个带路人，可是，沿路村镇里的人早就跑光了。他们是主动来的！"

杜松又抬头端详着两个向导。他们很年轻，大概是十八九岁的样子，身材修长，甚至有点婀娜。虽然披甲戴盔，还是能够看出，他们的面目是俊秀的。和他的军队比，他们的装备就整齐多了，很像京城里的纨绔子弟。

杜松开始怀疑了。

"你们是什么人？"他严厉地问道。

"我们是汉人！"其中的一个说。

这也是个理由。在这辽东，汉人们大多是心向大明的。大军到处，女真人早就逃之夭夭，而汉人虽说也有人怕遭遇战火，逃到内地去了，可也得到他们的许多帮助。

这一声回答，杜松就更疑惑了，他把王宣拉到一旁，小声说："你没有怀疑吗？她们可能是女的……"

"我怀疑过，"王宣说，"可是那重要吗？只要她们愿意给我们做向导。"

"对。她们行吗？"

"没有比她们再好的向导了，一个山包、一片树林，在咱们看来没什么意义，可在她们看来都是认路的标记。刚才我说过，幸亏她们……"

"那……你怎么忽然领她们来了？"

"她们忽然对我说：女真人来了，来了很多很多！要我们撤退，飞快地跑回抚顺去！"

"是这样？"杜松不再问王宣了，回头走到两个女人面前。

"说实话，你们是什么人？"杜松高声质问道。

一个女人向前一步，看样子她比刚才说话的那位地位高一些。她说："将军，何必问我们是什么人呢？我们两天来爬冰卧雪、忍饥受饿，给大军带路，不就说明了我们是什么人了吗？"

"可是……你们为的什么？"

"将军，您和您的三万儿郎踏进这辽东险地又是为的什么呢？"

"我们是奉朝廷之命前来剿灭叛贼的——你打听得倒清楚，我们有多少兵马你也知道！"杜松像所有的将领一样，觉得自己的一切都是机密，老百姓是不得与闻的。因此，他有点气咻咻地说："说吧，你们这样做是为的什么？"

"真是好心当了驴肝肺！"在她身后的那个少女说。

前面的少女却神色不动，她继续说："将军，您是衔朝廷之命来的，也应该想到在小小百姓中也有人关注着这件大事！他们希望天朝的军队凯旋，不要重蹈李永芳和张承荫的覆辙！"

"李永芳怎能和张承荫将军相提并论？"这一次杜松真正恼了，"李永芳是投敌的逆贼，而张将军是为国捐躯、受到皇上嘉奖的英烈！"

"谢谢将军赐教，"少女说，她想撇开这个话题，"王将军把我们领到您面前来，是让我告诉您女真人已经来到了！"

"你怎么知道的，说！"杜松两眼里像要冒火，"我们有头等的探马，他们告诉我敌人还龟缩在赫图阿拉，你怎么能说……"

"将军，请相信我……"

"你得让人相信才行！"杜松转身对王宣叫道，"王将军，你怎么能相信这两个女孩子？"

王宣看两个女孩要惹祸了，赶紧向前说："大将军，你得让她们说完，她们这样说，是有根据的，请让她们说完……"

"如果我们的周围真的有了女真人，也是她们把我们领到女真人的埋伏圈里了！"忽然他提高声音吼道，"把这两个女人给我拿下！"

"是！"杜松身前身后的护卫大喝一声，向两个少女扑来。

可是两个少女身手敏捷，眨眼间就上了马。她们没有打马窜逃，而是向着杜松和他的一伙冲来，这一手弄得杜松等将军手足无措，急忙闪避。当侍卫拥上来救护时，两个少女却拐一个弯逃走了。

杜松等人呆了，当他们醒过来后，两个少女出现在一旁的一个山头上。只见那个领头的少女抱拳向杜松致意说："大将军，连自己人都不相信了，你还怎么克敌制胜呢？女真人的确来了，您赶快准备吧！"

"她们是敌人的奸细无疑，"杜松气急败坏地叫嚷，"弓箭手，来……"

那两个少女没了。

不久，就在附近传来哀痛的哭声，杜松们听得清清楚楚。

"天爷呀，救救大明的三万子弟吧！……"

在这冷得叫人窒息的雪夜里，那声音显得凄惨而诡异，使人惊心动魄。

"这两个女人乱我军心，来人哪！"杜松吩咐侍卫们，"赶紧前去搜寻，捉住后当场打死！去，快去！"

侍卫应声去了。

杜松叹口气，对王宣说："大人，您也是个总兵了，怎么上这两个女人的当呢！"

王宣也觉得没脸面，但他还是想辩解几句。"听辽东的几个新兵说，她们领的路似乎没有错……"

杜松还想对王宣斥责几句，张铨回来了。他说："刚才有人说听到了鬼哭，真的吗？"

杜松没理他。吩咐各部原地歇息，黎明继续进兵。

2

突然，就像天兵从天而降似的，东面响起了一种怪异的呼叫声，这声音使人毛骨悚然。

张铨、王宣张皇地望着杜松。

"是朔风突至吗？"王宣问。

"不，是一群夜枭！"张铨回答，还仰头向天上看。

天上又乌云四合，大雪旋转着下来了。

"都不是，"杜松说，"是女真人真的来了，咱们上了那两个女人的当……你们按照咱们商定的办吧。"

杜松说得极为平静，就好像是说一件极为平常的事，竟使两个总兵没有反应过来。

士兵们大概也是这样，直到女真人的万千铁骑的马蹄击在山石上，迸射出飒飒的火星，他们才喊叫起来："女真人来了！女真人来了！"

王宣、张铨跑开了，他们知道自己要去干什么。

明军起初当然是很混乱的，他们没有思想准备。这几天困扰他们的是大雪和寒冷，是大雪底下摸不清的山路。现在女真人来了，好像是从地里钻出来的，他们怎能不混乱呢！

女真人冲破了明军的第一道防线。

可是由于这里是一条山沟，他们的万千兵马根本展不开，无法施展他们的威风。所以，头一批冲进山口的一百余骑女真骑兵立刻失去了作为，勒马仰望着两边的山岭。

"上山，"杜松看到女真的马队后，立刻闪出这样一个念头，他对身边的侍卫叫道，"传令下去，占领两边的山头，快，你们一起呼喊！"

侍卫们呼喊起来。在中军帐周围的都是杜松的本部人马，是十分精悍和训练有素的。他们只是稍微迟疑了一会儿，便明白了主将的意思。于是，他们不顾一切地冲上山头，用弓箭、用石头向女真马队投射下来，眨眼间，就把这批女真马队消灭了。

皇太极没有和大明的正规军队交过手，他以为就像对付张承荫那样，给他们来个迅雷不及掩耳，在他们还没明白是怎么回事的时候，就把他们冲乱了，打散了……

可是他的这一着没有奏效。明军的阵地是一字长蛇，三万人的纵深有几里地。一下子很难冲到底，也很难把它冲乱。

就是在前哨，明军的张皇也没有持续多久，王宣是个很有经验的将军，他骑马驰到第一线的时候，就喊叫道："将士们，为皇上效力的时候到了！女真人是叛贼，大明的子民和他们不共戴天！他们就像一阵风，只要顶住风头，他们就无可施其技了！"

皇太极的铁骑就像一泓泛滥的江水，在这里打了个旋儿就把明军几百人吞没了！鲜血洒在雪白的山岭上……

鲜血呀，鲜红的血！一见到这一滩滩的同胞的血，明军的健儿立刻变得生龙活虎！

本来，这几天的急行军、寒冷、饥饿、疲惫把他们折磨得身疲力竭，他们对横在他们面前的万里雪原，对这滴水成冰的天气，对自己的长官，心里都充满了怨怼之气。当女真人真的站在了他们面前，而且杀了他们的同胞，同胞的鲜血一摊摊地在他们面前闪耀时，他们把一切都忘了，剩下的只有一股对女真人同仇敌忾的义愤。

"杀呀，杀女真人呀！"

"杀呀，杀女真人呀！"……

他们冲上前去，有的滚到敌人的马蹄下，用刀砍敌人的马腿，有的挺着钩镰刀把敌人从马上拉下来。

这都是自发的抵抗。

在和女真人的战斗中，大明将士很少有人做孬种的，除非将校带头投降、窜逃。为什么呢？虽然大明朝廷已经腐败透顶，对他们的压榨、盘剥、搜刮无所不用其极，但大汉族的自豪感仍是一种去除不掉的情结。他们自觉地珍视国土的完整，他们痛恨外族的反叛，更加憎恶边疆人对内地的抢掠和骚扰。这就是他们英勇奋战的难以摧垮的精神支柱。大概就是靠了这一点，尽管大明已经千疮百孔，女真人几十年都没有过了山海关！

王宣的挺身而出和他的大声激励，立刻变成了所有人的意志，各级将校开始组织有效的抵抗，前面的阵脚稳住了。

战斗互有胜负，战线犬牙交错，这就对明军大为有利了。王宣把手中的几门铁炮排放起来，立刻对准前面敌人密集处开炮！

这是女真人没有的强大武器。大炮的火舌照亮了山谷，炮弹在马群里开花……

皇太极一看第一打击没有打出火花来，就对旁边的代善说："哥，看来要有一场恶战了。过去的一着没用了！"

"杜松不是草包，咱们要认真对付他，"代善说，"我领头再冲一阵！"

他刚要拍马冲锋，被皇太极拦住。"咱们不能在这山沟里和他厮打，咱们要上山去！"

代善明白了皇太极的意思，那就是迅速占领萨尔浒山，使自己居高临下，进退都争取主动。"好，好，就照你说的办，吹喇叭发号令上山！"

就在这同时，杜松也发出命令："上山！"

他的想法和皇太极是一样的，谁在山沟里，谁就要被动挨打。他通令各部抢占萨尔浒！

"上山！"

"上山呀！"

"谁爬得高谁就胜利！"……

山陡雪滑，爬起来不易，但这是有关生死的事，两军在萨尔浒的山坡上互不相让地开始了爬山赛。明军爬得快些，他们已看见了界凡城的灯火，可是他们上来的人还不多。许多人几次跌下去又爬上来，也有些人掉进山崖，葬身在沟底了。跌进深雪，也许不至于立刻就死，可是他们越挣扎，就陷得越深，直到深深埋在雪下……

山沟里回荡着他们的呼救声，凄厉惨绝！

女真人是山林中人，就是大雪天也有人上山打猎，但他们也不愿在大雪封山后在山林中乱闯。现在马的用处不大了，而且成了他们上山的累赘。这时，他们接到了主将的命令：把马放到山林中，轻装上山！

"山林是我们的，马也是我们的，谁也拉不走！"皇太极说。

放弃了马，只带着武器上山，轻便了许多，半个时辰后他们先到了界凡城。

界凡城建在山顶，城不大，但周围城高池深，整个像一大堡垒，努尔哈赤是用它来对付明军的，直到这时，还没有完全修成。城里除了少数女真的贵族外，还有一万多女真的搬运石材的人夫。八旗组织的特点就是军民一体，所以他们也是战士。

其时，努尔哈赤已经到了萨尔浒山顶，他料到萨尔浒山将是两军争夺的要地，他便和自己的一队侍卫把运石工组织起来。

首先到了界凡城的是大将扈尔汉。

努尔哈赤对他说："这里有一支队伍，你带领他们去占领吉林崖，在那里把明军挡住！"

扈尔汉得令后，便带领自己的本部人马和刚刚组织起来的运石工向吉林崖进军。

他到了吉林崖，明军也扑到那里了，两军在崖上展开了殊死搏斗。杜松激励将士说："有了吉林崖就可夺取界凡城，大家努力呀！"

明军明白主将的用心，如果在吉林崖站不住脚，他们将被赶下山去，跌进山沟。女真人扔块石头也能砸死他们几个人！扈尔汉也知道吉林崖对女真的重要性，没有了吉林崖，界凡城保不住，所以下死命地争夺。

他们在血战中迎接了黎明。

起初，扈尔汉军抵不住明军的冲击，很快，他们就死伤一半人，扈尔汉自己也受了伤，几乎要放弃吉林崖，就在这时，皇太极派来了援兵，两军的争斗呈现胶着状态。吉林崖上的积雪全被热血染红了。

明军被挡住了上山的路。

杜松可不想在这里被阻住。他和赶上来的王宣、赵梦麟商议，只留下一部分人马，由赵总兵和监军张铨指挥，在这里和扈尔汉部缠斗，他和王宣领大部人马绕过吉林崖去夺取萨尔浒的界凡城。

"努尔哈赤在那里，擒贼擒王，捉住了努尔哈赤，敌人就溃败了！"

王宣说："那会把皇太极的大军吸引过去的，他有我们人马的两倍还多！"

"是这样。但我们无路可退了，只能在这里和他们斗个鱼死网破！"

看到杜松那恨恨的样子，王宣小心地说："我是想：拨出一部分人马在山下接应，一旦……"

"老弟，没有'一旦'了。"杜松瞅着王宣说，"要是咱们在这里把努尔哈赤逮住，那是千好万好，如果做不成这件大事，把他的八旗队伍撕烂打垮也好！那可能把咱们的三万人拼个精光……"

王宣抬头望着漫天大雪，眼睛里闪耀着泪光。

"老弟，"杜松拍拍他的肩膀，"有道是将军百战死，咱们弟兄也许今日就把骨头扔在这里了！"

王宣仍不言语。

"别多想了，你看将士们都看着咱们呢！"杜松又说。

王宣回头望着杜松，微笑着说："将军既然下了必死的决心，我还顾虑什么呢？能和将军一起为国殉职，是件幸运的事，走吧！"

他们的马也大部留在了山下，可是，他们的侍卫也死拉硬拽地弄上了几匹，杜松和王宣上了马，带领明军向界凡城驰去。

北风凛冽，把山上的乌云刮净了。蓝天、白雪、鲜血，互相映照。天气更冷了，可是每个人的身上都热气蒸腾。他们把满腔热血继续泼洒在雪原……

3

皇太极却没有把自己的人马都赶到山上，他人马多，一半上山去保卫界凡城，另一半留在山下，由莽古尔泰指挥围住了萨尔浒。从整体上看，他已经把明军包围起来了。

杜松和王宣没有到达界凡城。当他们带领人马向山上爬去时，扈尔汉已经把和他缠斗的赵梦麟部打垮，赵梦麟死在乱军中。扈尔汗没有让他的军队喘息，立刻指挥他们把正在上山的明军拦腰截断，并由上而下地冲杀，和山下的莽古尔泰部实行夹击，近五千明兵挣扎在这把"铁钳"中。

皇太极到了界凡城，见到了在城堡中观战的努尔哈赤。

"孩子，情况怎样？"

皇太极向父汗报告了战场上的大体态势，踌躇满志地说："父汗，大概不用等到太阳落山，我们就把杜松的三万人吃掉了！"

"孩子，我相信你的话，"努尔哈赤说，"但我问你：杜松这块骨头硬不硬？"

"硬，没想到的硬！"

"硌下了几颗牙来？"

"……"皇太极没有回答，只轻轻地叹息了一声。

"孩子，你和你的兄弟们都要记住，绝不能轻敌，大明军不是关外的部落！"

"大明朝廷昏庸腐朽，他们的将士还这样为他们拼命……"

"你能想到这一点很好，"努尔哈赤伸手拍了一下皇太极沉重的铠甲，语重心长地说，"他们不都是为那个僵尸一样的皇帝打仗，他们是为了那个有几千年历史的国家拼命。他们看不起我们，认为我们就该俯首帖耳地在他们的手掌下面活着，一不听话，连大明的一个小小百姓也会站起来大喝一声：'不准！'你不是常说要打进关内，征服中原吗？那路程长着呢！"

皇太极琢磨着父汗的话。

"现在没时间让你多想，仗还没打完呢。"努尔哈赤望着远处的雪原，那里闪耀着红光，有时还传来隆隆的炮声。明军正用女真人没见过的大炮轰击……"你不该平均用兵，杜松向界凡城来了，你得在这城下和杜松决战！你只要把杜松的本部兵马收拾了，这一仗就算打赢了。"

"是，父汗！"

皇太极告别了努尔哈赤，上了马，在侍卫的护卫下向战场驰去。

此时，扈尔汉和莽古尔泰已经完成了对明军的夹击，冲上山来。杜松的军队还没有到达界凡城，就被比他们多出几倍的女真兵马团团包围起来。

明军占领着几个小山包，要不是地形对他们还有利，女真人只要一人一箭就把他们消灭了。

几个千总集合在杜松身边，他们没有说话。因为他们都知道最后的时刻已经来临，脸面上都有绝望的神色。

王宣说："……看来昨晚那两个女人并没有骗我们……"

"是的，她们是汉人的好女儿，"杜松说，"可是她们救不了我们。我们就是立刻后退也来不及了，女真人会在我们行动中消灭我们！努尔哈赤吃透了明军……"

"是的……"王宣微微颔首，"他的全部人马大概都在这儿了，他竟不顾另外三路大军……"

"这就是努尔哈赤的高明处，他知道三路军绝不会同时到来，他吃掉我们后，再回头吃他们也不晚！"

"不管那些了……"

"是的，不管那些了！"杜松说，"我们在这里就义后，一辈子的功业就算完成了。"

有个千总伤心地说："看样子就要死在这里了……"

杜松斥他道："后悔了？！如果后悔，你就从这里走出去，向努尔哈赤投降吧，他会给你留一条命的，李永芳也就是你这么个官儿……"

听了杜松的话，那千总痛心疾首地说："将军，你也太看不起属下了！投降？那是比死更可怕的事！"

杜松向那千总拱拱手，"兄弟，我不该说那话，请你原谅！"

沉默了一会儿，王宣说："咱们食君之禄、忠君之事，为国而死是应当的。可是那些大兵呢？是不是允许他们离开战场？"

杜松想了想说："现在死到临头了，就不要侮辱他们吧……"

"将军，"几个千总一齐说，"我们怎么死呢？"

杜松说："不投崖，不自戕，尽量多杀几个贼人，然后看着青天死去！"

"好，我们跟将军去！"

清点人数，这几个山包上的明军还有三千来人，除了手里拿着的刀枪外，还有十多门大炮和抬枪。

杜松激励将士们说："好，好，皇太极要消灭咱们，他还要洒下五千人的血！"

他和王宣把军队分成两个梯队，火器和弓刀两相配合，组成交叉的反击网，他和王宣也站到了第一线。他们开始轰击靠近的女真人。

可是杜松的打算几乎没有用处。

皇太极看透了杜松的用心，他才不和杜松在界凡城下鏖战呢。这时，他们的战马逐渐地上了山，他一声令下，上千铁骑呼啸冲杀进来，一阵大杀大砍，杜松的明军就溃散了。

明军曾依靠炮火扫倒了成片的八旗兵，可是，等不到他们装填上第二轮的火药，他们就做了刀下鬼！

杜松、王宣和几个千总抵抗到最后，王宣被冲来的骑兵扑倒，接着被削去了头。杜松身中数箭，仍战斗了好久，直到一刀从他后脑劈进，他才像他说的，仰面倒在雪地里，眼望着湛蓝的青天……但也没有立刻就死。他的鲜血流到身边的白雪里，他抓了一把和着血的雪填进嘴里，说了句："啊，我好渴呀……"

当皇太极跑到他跟前时，他死了。

杜松军的残余几乎没人向女真人投降，他们且战且往山下退走，在路上又汇合了好几股溃兵，一直杀到浑河岸边。当他们想过河时，被女真人撵上，就在那里，他们无一例外地都战死了！

女真人没有明军那样好的刀枪，他们下了马，贪婪地捡取死者的武器。他们还翻弄死者的衣袋，除了金钱外，还有许多他们稀罕的小物件，那都是他们珍贵的战利品。

一个女真兵正俯身拾取一个满身血污的明兵的刀，那刀锃光闪亮，那女真兵想据为己有。他拉了几次，可那死尸竟攥紧刀把不放，他奇怪了，喝道："你这个死东西，死了还不放手！"

就在他用力一拽时，那死尸竟顺势站起来了！

女真兵吓得魂不附体，"啊，啊"叫着，一边抱头一边惊逃，没想到一个死尸绊倒了他，他一头扎在一条竖着的长枪上，被当胸刺了个透。

那明兵拄着手中的刀哈哈大笑，接着又猝然倒地而亡。

这场大战十分惨烈，《明史》记载：……死者漫山遍野，血流成渠。后金兵追杀明军直至硕钦山（辽宁省抚顺县营盘西）下……

第七章 精巧施妙计 全歼明军将

1

把杜松的西路军消灭之后，代善、莽古尔泰、扈尔汉等打算上山去见努尔哈赤。目的是听一听大汗的褒奖，稍微歇一歇。可是皇太极不同意，他说："胜利之师，可连续进击，明朝的其他三路军正向赫图阿拉走着呢！"他主张连续作战，前去截击北路的马林军。

莽古尔泰说："咱们就在界凡城下，进去看看又有何妨？"

"是呀，"扈尔汉帮着说，"听听大汗的旨意总有好处。"

他们一时也离不了大汗的鼓励，那好比一服兴奋剂。

皇太极的主张是对的，可是却拗不过众弟兄。他以贝勒之身刚膺八旗主将，不好压服诸将军。他们正僵持之时，一个大汗的侍卫跑下山来，他来传达大汗的指令："……皇太极应立即统兵破敌，不得延误。令阿敏军先行一步，其他几旗可一边行军一边整顿……"

这指示是十分正确的。阿敏一旗在这场战斗中，一直为预备队，游动在萨尔浒的周围。队列没有打乱，他可以立即开拔。别的部队在战斗中不可避免地乱了阵形，需时间整顿一番，为了争取尽早歼敌，一边行军一边整顿也是上策。

有了大汗的明确指示，诸将不再说话了。他们立刻开始行动。

在萨尔浒的大战中，有两小股明军逸出了战场。一是监军张铨部，张铨见大势已去，便带领千把人向辽阳逃窜。说他贪生怕死似不恰当，因为他守辽阳时表现得极为壮烈，可歌可泣。另一路两千余人被游击龚念遂、李希泌等人带出战场，他们且战且跑，径直投开原的马林去了。

因此，马林迅速知道了杜松全军覆没的消息，他不敢再进兵，怕蹈杜松的覆辙。但他也不敢回到开原，怕受朝廷的追究。于是他和监军潘宗颜商量了一下，便在尚间崖（尚阳堡）、裴芬山一带掘壕造垒构筑工事。

马林近五十岁了，长脸，两道扫帚眉老是蹙着，好像有满腹心事，是个谨小慎微的人。他长期驻扎开原，和叶赫女真关系很不错，所以这次进剿，叶赫也出兵相助。

潘宗颜原为户部主事，他曾上书议论辽事，有些见地。他到开原督集辽饷，正巧开原道出缺，他就被留下了。在组织北路军时，他就成了马林的监军。他原为京官，对地方官忍不住要说三道四，和马林的做法常常有忤，所以两人在许多事情上并不合拍。就在前不久，他曾悄悄地给杨镐写信批评马林，说："马林庸懦，不可当一面。乞易别帅而以林遥为后应，庶有济。否则，不惟误国，恐身亦难保。"意思是说：马林那家伙平庸无才而又懦弱，用他独当一面是不行的。请上司把他撤了，换一个有本领的人当主将，叫马林到后方做个接应的差事。要是这样安排，北路军还有希望对整个战场做出点成绩。否则，不但把全国的大局误了，连北路军的将士也难保全！

潘宗颜的密告不能说一点道理也没有，但也不能否认他有取马林而代之的野心。因为后来的事，证明马林并不是没有一点作为。

战事紧迫，杨镐绝不会临阵换将。马林在杨镐身边也有自己的人，所以潘宗颜不仅没有告倒马林反而把他们的关系弄得更糟。从此，他们之间就如同水火了，这就成了北路军败北的主要原因之一。

马林在尚间崖布防后，潘宗颜便拉起他分管的五千人到裴芬山扎营。从萨尔浒逃来的龚念遂部呢，就在斡珲鄂谟建营。这样的布阵也有好处，就是互为掎角，便于防守。女真大军的到来，使他们之间的矛盾有些缓解。

他们等了几天，阿敏的部队才到。

明军利用这几天，绕营凿壕三道，壕外列大炮，炮手皆步立，炮阵外又密布骑兵一层，其余的兵丁下马于三层壕内布阵。

潘宗颜的布置也差不多。

这样的布防据史家说，没有一点意义，表现了一种手忙脚乱的心态。就像一个冻坏了的人，把衣服乱七八糟地披裹在身上。敌人一旦来攻，必然会乱成一团，就是想着抵御，也会互相妨碍。

由游击龚念遂、李希泌带出来的杜松残部，大多是车营和骑兵，他们没有列阵作战的经验……

阿敏虽然先日到达，但他没有发动进攻，只是把明军包围起来。

皇太极率军赶到后，会同代善等贝勒、大将们围绕着明军大营转了几遭，哈哈大笑起来。"马林连杜松也不如……"

"四弟莫要轻敌呀！"

"大哥，我是有点轻敌，可是我不得不轻视他们。"

阿敏和莽古尔泰等人没有说话，只是望着皇太极。

这时的皇太极由于自己的勇敢和谋略，再加上父汗的吹嘘，在兄弟中已经很有威望了。可是在他们看来，马林的阵势井然有序，已经做好了应战的充分准备，是不可能一鼓作气拿下的，怎能轻视他们呢？

可他们又不敢反驳皇太极。

"你们看到了吗？"皇太极用马鞭指着面前的敌营说，"他们壕外有兵，兵外有炮。炮外还有炮，还有骑兵杂处其间。咱们一打，他们将互相妨碍、互相遮挡，非乱成一团不可。再者，他们战阵周围没有一处出兵的门口，摆出的是一副挨打的态势。他们一开始便输了！至于从杜松处败下来的兵，有如惊弓之鸟，他们的马车和骑兵围绕在那里，就像一堆瓦砾，只一脚就可把他们踢散了！"

莽古尔泰有点不以为然，他说："我看他们的阵势完整，层次井然，切不可小觑他们！"

代善支持皇太极的意见，他说："皇太极说得对，莽古尔泰若不信，你去攻一下斡珲鄂谟试试。"得到皇太极的同意后，莽古尔泰领本部人马冲击龚念遂和李希泌的大营。

果然如皇太极所料，龚念遂、李希泌部刚从萨尔浒的战场上逃出来，亲见八旗兵的厉害，今又见他们如狂风呼啸而来，惊骇得不知如何是好。

"女真兵来了！"

"皇太极来了！"

他们喊着，往龚念遂的中军聚来。

龚念遂和李希泌知道现在难逃一死，就互相鼓励说："敌人来势汹汹，友军自身难保，咱们就拼个死吧！"

"对，为剿贼而死，也是死得其所！"

他们没有向将士们隐瞒，而是把目前的严重局面如实地说给了他们。"面对强虏，英雄只有杀身成仁！拼死一个够本，拼死两个有利，咱们就多多杀敌吧！"

将士们听了他们的话，个个抱定必死的决心，有马的上马，有车的驱车，一齐向莽古尔泰的旗兵冲去。

两军在雪原上展开了惨烈的肉搏，战马嘶鸣、车摧轮折、刀枪闪耀、热血喷涌，只一会儿，就倒下了一大片人！

女真人没想到萨尔浒的溃兵还有如此的抵抗力，接战不久，就大呼救援。皇太极急带几百骑兵杀入战阵。

明军的抵抗没有持续多久，就彻底溃败了。李希泌殁于乱军之中，龚念遂满身血污地逃了出来。皇太极追着他不放，并对他喊道："龚将军，投降吧，你能逃到哪里去呢？"

是呀，他能逃到哪里呢？龚念遂勒马站下了，横刀对皇太极说："叛贼，你以为大明的将士都是李永芳呀？来，接我几刀！"

皇太极还想劝他几句，龚念遂拍马冲了过来。没等皇太极招架，他就口喷鲜血坠于马下。皇太极令人检视，早已气绝了。

没用半日，斡珲鄂谟的据点就被清除。然而，龚念遂部的英勇抵抗，使八旗的将领警惕起来。

这时努尔哈赤赶到了，他召集贝勒、将领们说："你们不要指望明军将领中有多少李永芳，我曾对你们说过他们瞧不起咱们。他们的将士，觉得向我们投降是比死还严重的事！咱们就和他们拼杀吧，只要是在这白山黑水间，他们就别想战胜咱们！"

努尔哈赤的话，使贝勒、将领们丢掉了幻想。

在努尔哈赤的带领下，他们又重新绕着明营侦察了几圈。努尔哈赤同意皇太极的分析，明军的阵形的确是一副被动挨打的样子。但他不主张轻取，还是提出集中优势兵力打歼灭战的部署。

莽古尔泰说："他们有炮，开始时，我们会死伤很多兵马。"

"他们的炮是可怕的，我们怎么办呢？"努尔哈赤望着诸将问。

皇太极说："目前，咱们没有大炮，无法和他们对打，可是当我们冲进他们的大营后，他们的大炮就无用了。所以我们就要飞速地冲进他们的阵地，和他们近距离地厮打！"

"对呀，"努尔哈赤点点头，"我们不要在他们的阵外挨他们的大炮，要立刻钻进他们的肚子里去！"

皇太极领会了父汗的思想。

这天夜里，八旗兵露宿在雪原上，皇太极令他们上山收集枯树干枝，点火煮饭、取暖，一夜不得停熄。

这是心理战。大明军夜里看到他们的大营周围火堆万点，密密层层，就是粗略地估量一下，也不下十万人。有些火堆就在他们的壕沟旁边，连晃动的人影都看得清清楚楚。风一刮，火团竟燎到他的营帐门口。明军无不心惊胆战。

第二天黎明，皇太极发动了进攻。他令代善领左翼二旗兵正面策马前进，阿敏、莽古尔泰等率兵从两侧冲击，分别杀入敌营。两军展开混战。

马林命令大炮、抬枪一齐轰击，枪炮手们只打了一阵就离开炮座，手执刀枪参加战斗。因为两军已经没了阵线，他们的枪炮没用了。

马林又喝令马队向外冲打，可是，他的马队比起女真人的骑兵来就差远了，他们冲不多远，就像蜡烛掉进火炉立刻"熔化"不见了！

明军见不能敌，就纷纷向裴芬山潘宗颜的大营逃去。守营的将士见是自己人，就开营门接纳，可是，溃兵太多，又没有秩序，乱纷纷地一冲，潘宗颜的营垒也乱了，最糟糕的是，这天大早就刮起了大风，雪屑满天迷漫，像一种特殊的雾，明军看不清楚，马林的溃兵还没有走完，女真的骑兵就冲杀进来了！

潘宗颜几天来苦心经营他的营阵，现在一无用处了。他想领身边的兵丁和旗兵混战，慢慢地聚集明军，再创造一条战线。可那是妄想，一股溃兵冲来，他被裹挟着离开了营地。

"明军弟兄们！"他喊着，"奋勇杀敌呀！生为人杰，死当鬼雄！"

他的号召也起了一点作用，有些将士开始往他身边窜涌，不一会儿，就有上百名明军士兵站到了他的身边。可是，皇太极带领上千名旗人冲了过来，他们就像洪水中的小岛，眨眼间就没影儿了！

至此，大明的北路军和西路军一样也全军覆没，前后没用了半天的时间。皇太极清理战场却很费了点工夫，明军的辎重他得搬走，明军的武器他得拾取。在萨尔浒，他们得了数十门大炮，大炮虽然很有威力，但他们没有炮手也不能用。再说搬运起来也十分沉重，就放弃了。这一次，他们又得了十多门，皇太极却珍视起来，他令军士们把它们抬到车上，还令从俘房中寻找炮手……

女真人的尸首，他们一一仔细地拣出来带走，明军的战死者，他们就不管了，八旗兵还没离开，成千上万的乌鸦就飞来了。

这场战役还没开始时，马林就派人给叶赫部落下书，要叶赫酋长派兵前来参战。叶赫一直倾向大明，努尔哈赤对它几次侵犯，都是大明派兵援救的。正因为有明朝廷给其撑腰，叶赫的首领才敢在努尔哈赤面前始终挺着胸膛。

叶赫派出了两千人。他们行至中固城就听说明军已败，惊骇莫名，就赶忙地逃回去了。

叶赫虽没给大明帮上忙，可是努尔哈赤已经记在账上，派人到叶赫对他们的首领说："好呀，你们竟在我们和大明的战斗中掺一手！等着吧，我不会忘记你们的！"

尚间崖一战，明军还逃出了一员大将，他就是北路军的主将马林，这时他正带着身边的几十个人，慌慌张张地走在去开原的路上……

后金军在获得萨尔浒的第二战役的胜利后，在尚间崖整顿队伍，休息了一天。

第二天大早，努尔哈赤听说明军清河一路的李如柏军正向赫图阿拉进袭。就和皇太极商议如何应对。

皇太极说："明军的杜松军和马林军已被消灭，现在我们应该郑重对待的是东路军刘綎一路。至于李如柏实在不足为虑！"

李如柏是已故辽东大将李成梁的长子，靠了父亲的荫庇他和他的弟弟才得以做了总兵。李成梁镇守辽东几十年，为大明立下了赫赫功勋，到了老年才昏庸贪鄙起来。李如柏兄弟实际上是一对纨绔子弟，他们除了把其父的腐朽、贪婪变本加厉地继承下来之外，李成梁的智勇和才能却丢得一干二净。

努尔哈赤说："不能那样看，不怕一万就怕万一，还是防备着好。"

皇太极听了父亲的话，立即决定派扈尔汉领兵一千先去兴京赫图阿拉，第二天早晨又派二贝勒阿敏带一千继续前进，这样就确保了赫图阿拉的安全。

2

明军东路军的主将刘綎是大明的一员驰名的虎将，在诸将中最为骁勇。这年他不到五十岁，仍然彪壮异常。他面目黑红，络腮胡乱蓬蓬的，两只大眼一瞪，就露出周围的白睛，就像一双虎眼。他惯使一口镔铁大刀，传说有一百二十多斤，在马上抡转如飞，军队里的人都知道他的绰号"刘大刀"。他顶盔贯甲巡营时，那形象有如战神，给将士以巨大的激励和鼓舞。

他战功赫赫，明史记载：起初他跟随主将，后来亲自带兵，参加了平缅寇、平罗雄、平朝鲜、平东倭、平播酋、平倮倮……经历了大小数百战，名震海内外。

他本来不甚愿意到辽东来的。"努尔哈赤的几个兵还用老子去打吗？几个边将出兵镇抚一下不就完事了？"

后来他听说杜松去了，他心里又痒痒起来。"杜松那小子也去了？他想在那里建功立业吗？"

在各省的总兵中，杜松是和他齐名的。要是论起智谋，评论的人都说他还稍逊一筹，这就使刘綎难以忍受了。每逢有人把他和杜松并提，他就发火道："杜松算什么？老子打遍天下的时候，他还只是个游击呢！"

抱着和杜松较量一下的心思，他就应召到辽东来了。

他被编为东路军，驻扎在宽甸。

他仍大咧咧的，不太听从杨镐的管束。当杨镐令他二月二十九日进军时，他偏偏晚上两天，三月二日他才带领军队慢慢地从老窝里向前爬。

他走得很慢，马鞍下挂着酒壶，用头盔盛着烂牛肉，和监军一路走一路喝。监军康应乾原是海盖兵备副使，为人很正派，可是，他明白和这样的将军同事，切不可和他对着干，只有顺从没有别的办法。只要将军的大节没事儿，一切他都得忍着、让着……

"将军，咱们得快一些走，要不，女真人对咱们来个半路拦截，那就贻误军机了！"康应乾劝说道。

"大人，别多虑，女真人躲还来不及呢！"刘綎嘻嘻哈哈地说，"我倒觉得那杨镐大人有点偏向那个杜松，他从沈阳出发，经萨尔浒就直扑赫图阿拉了。你看他给咱们划定的路线多难走呀！全是他娘的崎岖山路！"

从宽甸到赫图阿拉，山险路窄、荆棘丛生，皇太极放着别的明军不管，带着八旗军专门去对付杜松的三万大军去了。要是刘綎赶紧进军，说不定在皇太极回师时，能够逼近赫图阿拉。那时，皇太极只好先分兵去保卫京都，马林一路也不会遭到那样的惨败了。如果在赫图阿拉一纠缠，别的大明军也可陆续到达，一场大战就在赫图阿拉周围进行了。那将是另一种局面。

可是历史来不得假设。目前刘綎就那么像蜗牛般爬着。

从三月四日起，皇太极从北方回师，出击刘綎的东路军，开始了萨尔浒的第三个战役。

代善主动请战。"皇太极，你太劳累了，就把对付刘綎的事交给我吧！"

上两次战役，代善都是皇太极的助手。皇太极看到他对自己的支持与体贴，很是感动。他想应该让大哥立一次功，不能把天下的功劳都抓在自己手里。就说："好，大哥智勇无双，这次大战就请大哥指挥了！"

刘綎军走到深河下营，连下牛毛、马家等寨，颇有斩获。这使他有点扬扬自得。

前几天，当皇太极率军迎战杜松军时，他听从贝勒兄弟的建议，留下了几千人交给额亦都统率，以监视另外三路明军。额亦都在刘𬭼前进的路口栋鄂处布置了五百人。

刘𬭼到栋鄂时，那五百旗兵一面英勇迎敌，一面派人飞速向额亦都汇报。

刘𬭼纵兵把旗兵团团包围，一阵大杀大砍，把他们大部消灭，也有百多人从狭路逃走。这一小胜却使明军士气更加旺盛，他们前进的脚步加快了。

刘𬭼军是训练有素的，他们人人手持"鹿角"（扎营的木桩），无论在哪里驻扎，立即可以围绕成营阵，炮车、火器、骑兵都能迅速找到自己应在的位置。

代善军和刘𬭼接触后，见他们进退有据，首尾照应，阵形严整，秩序井然。谨慎的代善没有贸然攻击，只在瓦尔克什密林里集结监视。

刘𬭼人虽粗率，但临战时还是很细心的，要不，他成不了名将。

他得到报告说两边山林中有人马喧嚷声，知道努尔哈赤的大军来了，就和监军、参将等密议如何破敌。参将中有人对这一带地形十分熟悉，就提议说："在山林间摆战场是女真之长，是我军之短，不如从间道登阿布达里冈，可以凭险据守。"刘𬭼认为这样最好，就秘密传令把队伍悄悄地带往该处。

可是，代善看破了他的意图，迅速带兵急行抢占了阿布达里冈。

当明军到达山下时，已是傍晚，山上满是明灭的火光，知道已为旗兵占了先机，可是刘𬭼不怕，令全军在山下扎营。

这时，双方有些小规模的战斗，各有损失。

皇太极赶来了。代善对他说："现在，咱们居高临下，比敌人的处境优越多了。我将领兵往下冲，可以一战而胜！"

皇太极察看了敌人的布阵态势后，说："大哥，这一仗，你是主将，你带兵护卫后面，冲阵的事就交给我吧！"

代善想想说："也好。你带领右翼兵据山顶向西冲下……"他端详了皇太极好久，关切地说："我的好兄弟，这几天你太劳累了，听我的话，不要冒险，可跟在后面督战！"

皇太极很感动，心想无论到了什么时候，大哥也是自己最贴心的人！他说："大哥，放心吧，我会小心的！"

皇太极离开代善，领右翼旗军往山下冲杀。因为上山时弃了大部分的坐骑，行动就慢了。皇太极等不得，他带领身边的三十精骑出现在众兵之先，冒着炮火和箭雨一直冲到刘𬭼营的前面，几十个人一齐扑倒在地，大部被明军杀死。

原来，刘綎预料女真人会来袭击，在建营之后，在靠近山麓的一面，用巨石和冰块建造了一道高大厚实的墙，他令军士们在墙上便溺，和着积雪，一夜冻成了"铜墙铁壁"。

在这滑溜溜的大墙下，皇太极也扑倒了，幸亏他的侍卫救得急，才没有遭遇不测。

皇太极的旗军到了后，就和明军炮来箭往地打起来了。他们几次冲锋，都被明军打了回来。士兵们急得嗷嗷叫却奈何不了明军，皇太极只得退兵。

代善的旗军在两侧进攻也没有奏效。

在两军激战时，刘綎骑着他那匹全军都认识的铁青马，提着明晃晃的大刀，一边巡视一边哈哈大笑。

"让努尔哈赤和皇太极来吧，来吧！把他们的八旗兵都调来吧！老子一点也不在乎！"他叫道，"他应该知道是谁在这里，是他们的刘爷爷！刘爷爷的兵可不是豆腐渣，他们个个是英雄汉！"

他的属下听惯了他咋呼，看惯了他那临战不惊、豪气遏云的样子，只要他在身后，他们就勇气倍增，奋勇当先。

回到大营，代善和皇太极召集贝勒将军议论破敌之策。

他们有些急躁，七嘴八舌地嚷嚷着。

有的主张死拼硬打，有的主张等大汗到来时再做定夺。还有的恰恰相反，他们说："让大汗看到的应该是胜利，怎能让他看到咱们绕着敌营瞎转呢！"

皇太极静静地听着。

他提醒大家："刘綎是明军名将，不是李如柏那样的草包！对付他可得动动脑筋，大叫大嚷是不行的！"

提到刘綎，有点读书人样子的额亦都说："这个人有他独特的带兵方法，他从不摆将军的架子，和他的士兵就像亲兄弟一样，所以打起仗来个个为他用命！他和杜松不和，更瞧不起马林、李如柏等辈。听说他来辽东，就是为了和杜松争功……"

"争什么？杜松已经完蛋了！"扈尔汉说。

额亦都说："杜松死了，他还不知道哩，前天他还激励将士说：咱们要第一个打到赫图阿拉去，别让杜松那小子抢了头功！"

"额亦都，你这些消息是从哪里得到的？"

"从俘虏口中知道的呀，你忘了是你派我收容明军俘虏的呀！"

"好，好，你跟我来！"

皇太极让代善和将领们继续讨论，他和额亦都离开了营帐。

皇太极和额亦都到俘虏营里走了一遭，从中拉出了两个把总样的人。两个明军把总跟皇太极等走出来，扑通跪到他们面前，求他们饶命。原来他们以为把他们叫出来是要杀头的。

皇太极让侍卫把他们拉起来，说："放心，我们不会杀你们的，要是你们立了功，还要奖赏你们哩！"

额亦都把他们引到一间小帐篷里，向他们介绍说："这是四贝勒，他要问你们话，要如实地说。"

明军把总低头答应。

皇太极审视着他们。他们都是二十多岁的小伙子，满面憨相。一个高一些，另一个矮一点，可以猜出他们原先都是农民。

"想回家种田吗？"皇太极问。

"连做梦都想……"那个高个儿说。

"好，如果你们说实话，等仗打完了，就给你们路费，送你们回家。"

"将军问什么，咱们就回答什么，"小个儿说，"只要我们知道的……"

"刘綎将军属下有多少人马？知道吗？"

"知道。"高个儿回答，"按编制说，刘将军有一万多人，可是他自己又私下招了许多，那就没数了，带到辽东来的足有两万人吧！"

额亦都插话说："你们觉得，我们打得过你们的刘将军吗？"

他们都犹豫着不说。后来见皇太极笑嘻嘻地瞅着他们，大个儿回答说："恕小的直言：刘将军的将士从上到下，都以为你们是打不过明军的……"

额亦都笑了，皇太极看了额亦都一眼。意思是：瞧见了吗？刘綎能够把兵带得士气这样高，也是他的长处。

"可是……"皇太极看着把总们的脸面，"我们已经把杜松的西路军、马林的北路军全部消灭了！"

两个把总愣怔了一下，都愕然地抬起头来，惊骇地看着两位女真将军。

呆了好久，高个儿才问："是……真的吗？"

皇太极说："我们怎会骗你们呢？额亦都，给他们点东西看看。"

"是。"额亦都走出去了。

皇太极要侍卫给两个把总倒上一杯水。看到面前的四贝勒这样和蔼，两个把总情绪上松快了许多。

一会儿，额亦都进来了，他提了一个布袋放到桌上。

皇太极从里面摸出一样东西递给高个儿把总，说："你们看，这是杜松将军的头盔，不是假的吧？"

高个儿把总接了过来，只看了一眼，两手就颤抖起来。"是，是将军的头盔……"他把头盔递给身旁的伙伴。

"现在你们该相信了吧？"额亦都问。

"信了……"高个儿说，"可是，我们上下没人知道。"

皇太极问："连刘将军也不知道吗，还是他向你们封锁了消息？"

"不，不，不，"矮个儿说，"刘将军真的不知道。要是他知道，绝不会不对我们说。他还鼓励我们勇敢作战，别让杜松把头功夺去呢！"

这时一个大胆的计划在皇太极胸中成熟了。他不想再问什么，就对明军的两个把总说："暂时，你们还要在营里委屈几天，等我们破了东路军，会送你们回家的。"

3

阵前一天无事，刘綎把参将、把总们叫到他的大帐内，设宴款待。

赞理黄宗周问："女真还未退走，大将军就要庆贺胜利了？"

刘綎说："黄大人还把那几个毛贼当一回事吗？你没看见前天女真人败北时的狼狈相，皇太极差点儿就把脖子折断，他们再也不敢招惹老子了！"

"下一步呢，将军继续和他们对峙吗？"

"我理他们干什么？"刘綎虎起眼，"过一两天，咱们就拔寨起行，扑向赫图阿拉，别让杜松那小子占了先！"

"听说，杜松将军在萨尔浒那儿被努尔哈赤黏住了。"

刘綎端酒杯的手停在嘴边，笑嘻嘻地问："消息准不准？"

"前几天逮住个到那边贩私盐的，他说萨尔浒那边正在打仗。"

"好呀！"刘綎叫一声，把酒杯扔到半空，等它落下时又一把接住，一滴酒也没有洒出来。酒宴上他常玩这样的小把戏，此时他幸灾乐祸地说："也该让杜松那小子吃点苦头了，要不他怎知天高地厚！等他从萨尔浒挣脱开来，咱们早到赫图阿拉了！哈哈哈哈……"

这天监军康应乾没在军营，他被刘綎派去接应朝鲜援军去了。

朝鲜是大明的属地，几百年来和中国一直关系密切。努尔哈赤起事后曾多次对朝鲜软硬兼施，想把它拉到自己这边来，可是朝鲜的朝廷是坚定的，他们认定大明是自己的宗主，丝毫也不动摇。这次征讨努尔哈赤，朝鲜王主动提出要派大兵相助。明廷把他们的援军编入东路军，归刘綎节制。

过了一夜，大营周围仍是安定的。

这时已到了三月初头。东北地区这时节气温上升得快，积雪虽然仍旧覆盖四野，但满山的树木已绽出绿芽，从山上流下的雪水化成小溪，潺潺地绕着军营流过。和煦的春天就要到来了。

早上，雾气还没有消散，有几个衣服褴褛、灰头土面的人拥到了明军的大营前。大吆小喝地要见守门的把总。

他们被挡在离大营几十步外。

"你们是什么人？"

明军的一个哨官问他们。

"你看不见吗？我们是明军呀，是杜大将军派来的！"

大营的明兵打量了他们好久，看出他们的衣服虽破，可的确是大明的军服，就让他们靠近了些。哨官奚落他们说："你们怎么搞的，像一群讨吃的乞丐？"

"我们在萨尔浒和女真人打了几仗，还不成这样子了？要是你们也和女真人厮杀上几回，衣着也就像我们一样'好看'了！"说着笑了起来。

"你们来干什么？"

"杜将军有书信交给你们大将军！"

"拿令箭（号矢）来看！"

领头的一个"信使"把怀中的令箭摸出来交给哨官查验。

哨官接了，仔细看罢，令箭上的花纹那是没错的。他不敢怠慢，赶紧把信使和他们一伙人放进寨门。对他们说："兄弟们稍待。"就去报告他的把总去了。

把总看了令箭，又飞跑去报告传令的中军。

当中军把令箭上呈给刘綎的时候，他刚刚起身，醉眼蒙眬，看了看说："他杜松是总兵，我也是总兵，他怎么敢拿令箭传我？那些信使人呢？"

"在大营门口……"中军报告。

"叫他们滚进来！"

中军赶忙跑出去，不一会儿，他领着信使和他的随从走进将军的大帐。信使刚要给将军行礼，刘綎吼道："滚一边去！"

信使只好低头站在一边，瑟缩着把信呈上去。

刘綎没耐心看书信，扔在一边，说："他姓杜的和本人同为大帅，他有什么资格向我传令箭？"

"小的不知……"信使回道。

"杜松派你们来有什么要紧的事？快说！"

"我们主帅来信的意思是催您迅速进军，在赫图阿拉会战……"

"为什么不传炮？"

"边地烽堠不便，此去建州五十里，三里传一炮，不如飞骑更快！"

信使的话还是有道理的。明廷在边防设了许多的卫、所，在卫、所之间，还有相连的据点。一有紧急情况，便次第发炮，迅速地传到整个前线。可是，有时风向不对，或者下一卫、所听不到相邻的炮响，那音信就断了。

刘綎听了久久不说话，只是恶眉恶眼地瞅着从杜松那里来的信使。

中军很害怕，他怕主帅一发火，把信使杀了，他才不在乎军法和律条哩！

一次，一个把总在几天奔袭中嘴馋了，就叫士兵偷了人家几只鸡，在歇息时煮了下酒。这本不是什么严重的事，正巧他的一个亲戚来说，他的家被过路的明军抢劫了个干净，他就来气了。他把那军官叫来，问他为什么当土匪？

那军官反驳说："我有错，将军可以惩罚我，但不可以骂我！"

刘綎火了，他把那军官一把抓过来，掐着他的脖颈儿叫道："你抢劫老百姓，不是土匪是什么？说呀，你给我说呀！"

那军官怎能说得出，被将军生生地掐死了！

中军忙说："将军，您巡营的时候到了，让信使回去吧！"

刘綎这才对信使说："你回去对那姓杜的小子说，三天后，我到达赫图阿拉，到时候，他若贻误军机，我就上本参他！"

"杜松的信使"走后，刘綎立刻把参将和把总们叫来，把"杜松的来信"给他们看了，然后宣布立即拔营进军，直奔赫图阿拉。

将军们觉得很是突然。他们没人敢反对他的将令，只是对杜松的来信深表怀疑。

黄宗周说："我听说杜将军在萨尔浒遇到了劲敌，努尔哈赤把几个旗的兵力都拿到那里去了……"

"拿到那里又怎么的？难道努尔哈赤还能把杜松的三万大军吃掉？杜松可不是好捏的包子，他会把努尔哈赤噎死的！"

参将王也弟说："是的，努尔哈赤是绝对打不过杜松将军的精兵的，但他可以拖住他呀，杜松将军要从几旗兵力中挣扎出来，也比咱们落了后，他怎么会有心思派信使催咱们速速进兵呢？"

"王老弟真会动脑筋，可是我也会呢。"刘綎向他撇撇嘴，不屑地说："你说，努尔哈赤把几旗兵力拿去对付杜松去了，那么咱们周围的女真军队有几旗呢？你瞧，皇太极在这里，代善在这里，那个额亦都也在这里，听说，那个阿敏现在守着赫图阿拉。你那消息确实吗？"

他有个养子名叫刘招孙，是他的一员猛将。这时也在刘綎身旁，他拿过那封信翻来覆去地看了一会儿，提出疑问说："我见过杜将军的书法多次，好像这不是他的字体……"

"你懂什么？"刘綎斥他道，"一支军队的主帅，写封信还要自己动手吗？他属下的那么多幕僚是吃屎的！"

<h1 style="text-align:center">4</h1>

混进刘綎大营的"杜松的信使"，都是皇太极派去的。

刘綎的大营目前看还是固若金汤，后金人马即使再多也奈何不了他。最好的办法就是把他引出来在行动中把他冲乱消灭。

在讯问明军的把总时，他得知刘綎的消息很闭塞，他至今尚不知杜松军已经灰飞烟灭。还知道了刘綎和杜松的关系很不好，相互间嫉妒、拆台。

皇太极就利用这两点构造了自己的计划。

他的大营里这时已经有了不少汉人。李永芳曾建议努尔哈赤改变对汉人、汉兵动辄赶尽杀绝的政策。他说："这些人中有许多是愿意为大汗效力的！"对他的建议努尔哈赤不甚听从，可是皇太极却坚决支持。他对父汗说："辽东有许多汉人，将来后金要扩展疆土，还会面对更多的汉人，杀是杀不完的，那就不如把他们容纳进来，把他们变成后金的子民！"于是皇太极的旗兵中，就有不少剃了头，留起辫子的汉人战士了。

他从俘虏来的汉兵中，挑选了几个机灵的，还没剃过头的，叫他们扮成杜松的信使。杜松的令箭、杜松军的军衣，更是要多少有多少。皇太极是通汉文的，他为杜松草拟了几封信，都觉得不很像，不敢交给假信使前去冒险。最后他派人送到现在努尔哈赤身边的范文程处，请他修改。

范文程看了皇太极的拟稿后说："这些将军只有在给皇帝写奏章才请书吏

认真地写，他们相互间，都是很草率的，有时连骂人的话也写进去。四贝勒的稿子太认真了！"他便顺手加以修改，叫来人捎回。他还警告说："这事不十分可行，因为总兵间是不会互相传令的，要是有什么建议，都是请主帅转达……"

可是皇太极考虑再三，还是打算走这一步险棋。

这一步，他走对了。

谁也拗不过刘綎，第二天大早，他的这一路军就开拔了，这里离赫图阿拉仅仅几十里，他想朝发夕至，认为最多苦战一夜，就把努尔哈赤的老巢拿下了！

面对着周围的旗兵，刘綎还是很警惕的，他嘱咐部将准备一边作战一边行军，别指望一路顺利。他的编队是：步兵在中间，炮车放在每哨营里面。两边有骑兵来回联络巡视。还不时地放出探马侦察。他指示：大炮是咱们的克敌之宝，在任何情况下，都不得丢弃。

他和赞理黄宗周居中协调指挥。

他们本来有大量的辎重，他吩咐只带几天的粮草，其他的大部烧掉。他对将士们说："到了赫图阿拉，什么都有。到不了赫图阿拉，咱什么都别想了！"大有孤注一掷的意思。

尽管他和黄宗周谋划得十分周到，他们却把这一步棋走错了。一离开营寨，明军就被暴露在千山万壑中了。

道路崎岖难行，爬山下谷，穿林海，涉莽原。这几日天气又出奇地好，山林间的积雪开始融化，到处是河道沟渠，到处是沼泽水潭……

部队没走多远，兵士就浑身湿透，风一吹冷得哆嗦。

有时为了迂回一个山头、躲避一摊积水，不得不绕道或者分几路前行。

一种说不出的惧怕从明军的心底油然而生，他们知道大自然把他们给拆散了，打乱了。

离开营地有半天的路程，几匹快马追了来，他们是主帅杨镐的信使。因为他们认识刘綎和他的主要部将，很快刘綎就接见了。

"刘将军，赶紧回程！"信使张口岔气地说，"西路和北路全军覆没，杜将军为国捐躯，马林将军下落不明！"

"什什……么？"刘綎这个从不知害怕的将军，也满脸惊惧了，"你，你，你再说一遍……"

信使把杨镐的书信呈上，把刚才的话又说了一遍。"大帅令你们东路军和李如柏将军的南路军赶紧退回原地。"

杨镐的书信没人看，被从大帐缝隙钻进来的风吹得飘飘摇摇地落在地上。大帐里死一般的寂静。

呆了好一会儿，刘綎才说："杜松将军广有智谋、勇冠三军，而且他们一路是人马最多的，他怎么会……"

信使着急地说："将军不要迟疑了，现在您就下令往回奔吧，在路上，我会把详细情形禀告您的！"

"好吧，现在咱们就扭头回去。"刘綎说，"不过，我这一两万人，翻一个个儿也不是太容易，总得拿出半天来吧……"

"我的刘爷爷，"信使急得团团转，"现在情况这样紧急，您就不要按规矩来了！扔掉所有辎重和老弱伤残，甚至您那些从地方上自招的兵丁也别要了，能把您的嫡系部队带回去也就是万幸了！"

听了信使的话，刘綎发起火来，他说："杨大帅就被努尔哈赤吓成那样子？我不走了，我倒要看看努尔哈赤怎样把我吃了！"

信使和闻风而来的将军们一齐围在刘将军身旁，你一言我一语地相劝。他们说：这不是怕努尔哈赤的事，这是军令，军令是不可违抗的。杨大帅一定是从全局考虑才下令退兵的。

一直到了这天午后，刘綎才下令后队作前队、前队作后队，向南撤退。

这时，东路军由于要涉水爬山，已被分割成一队队、一团团，刘綎的撤退令一个时辰后，才传达到全军。部队一下子就乱了。乱的原因大概有两点：一是心理上的，原先就窝在心里的惧怕，这时浮现出来。他们以为遇上了大敌，可女真人又不知在哪里，这样害怕就变成了慌乱。二是组织上的，各营各哨都要集合自己的队伍，这里吹号角，那里鸣锣鼓，战士们一时像没头的苍蝇到处乱钻乱撞……

就在这时，周围十多个山头上站出了成千上万的八旗兵，好像从天而降一般。帽上的红缨似一簇簇的火焰，连成一片的黑箭衣如乌云堆积，而他们手中的刀剑犹如闪耀的雷电。这只是一瞬间的印象，接着，他们就从山岗上呼啸而下！

明军从意识上立刻就崩溃了，在这乱纷纷的情况下，他们觉得无法抵抗。现在支配他们的是一种动物的本能：找块安全的地方赶紧躲藏，躲藏！

这时，战神出来了……

刘綎顶盔贯甲，骑上他的铁青马，手举镔铁大刀，对他的将士呼喊着：

清太宗皇太极

"大明的将士们，不要慌，不要乱。不就是来了几个女真人吗？在我们面前，他们不过是些无知无识的猪狗，难道你们怕自家的猪狗吗？我们来到辽东，不就是为了宰杀这些无君无父的野畜吗？现在野畜出来了，我们正好过一把大杀大砍的瘾！……"

刘将军的怒吼有如雷霆，在千山万壑中滚动、回荡。

部队的情绪有些安定了，他们开始急急地寻找自己的营队。

"弟兄们，不要去寻找原来的部队，你站的地方就是你的岗位，将军们，你也不要集合你的部属了，你周围的人马，就是你现在的部属，你就带领他们英勇奋战吧！……"

刘綎真的是一位了不得的将军，他的镇静和指挥，使全军开始了有效的抵抗。

但皇太极的八旗兵有他们的数倍，就是三个对付一个也绰绰有余。本来就散乱的明军被他们纵横穿插，分割成七零八碎的小块。旗兵像一群群饿极了的狼，正在吞噬着一堆堆的血肉……

明军的抵抗是英勇的。他们早就听说努尔哈赤对俘虏是斩尽杀绝，与其被俘后绳捆索绑地砍头还不如死在战场上了！所以他们大都拼死地抵抗着。这也激怒了女真人，即使有的明军仆倒了、没有武器了，甚至在他们面前跪下了，他们也绝不放过，照样杀掉……

刘綎把身边的侍卫都赶走："别管我，到前面去，尽量地多杀敌人！"

哪里的情况紧急，刘綎就冲向哪里。"老子来了，尝尝刘爷爷的大刀吧！"他把大刀抡得呼呼作响，哪一刀也劈死几个十几个敌人。

皇太极起初想活捉他，不想下死手和他拼打。后来见他伤人太多，就令旗兵向他放箭，旗兵们惧他那威风凛凛的模样，发的箭往往不准，想沉静下来仔细地瞄准，可是他像一阵旋风般过来了，不是被他劈死，就是被他的马踏死……

皇太极拍马迎了过去。

"刘将军，你的人马已大部被我们消灭了，你为大明也尽了力，该保全自己了。大汗和我对您深深敬重，您若是投了过来，让您做上将军！"

"上将军"是战国时对领兵主将的称谓，皇太极一时找不到个引诱刘綎的职位，就这么说了。

刘綎不理皇太极，拍马冲过来就砍，皇太极没有拿刀剑，只手挽着一张搭箭的弓，他急急闪过后，回身给了刘綎一箭。这一箭射中刘綎的后颈。

刘綎把刀换给左手，右手反向后面，把那支在他后背拖着的长箭扯下来，看了看，箭镞上带出杏子大小的一块肉，他放在嘴里吃了。

就在这个当儿，他又身中多箭，挣扎了几下，就从马上摔下来。

旗兵们围过去。

"不要杀他！"皇太极喊道。

可是他赶过去时，刘綎的头已被割下来了。

"不要侮辱刘将军，把他的头装上！"皇太极吩咐。

到了过午，战斗结束。女真人获得了战车百多辆，战马上千匹，大炮几十门，另外别的武器不计其数。清点俘虏也有近一万人……

皇太极跑到俘虏面前，对他们说："……过去有人给我们造谣，说我们捉了俘虏就要杀掉，那是不实的，女真人和大汉人，从古以来就是兄弟，我们为什么要杀你们呢？我们恨的是你们的朝廷和贪官污吏。是他们欺侮我们几百年，我们忍无可忍才起兵报仇的，这和你们一点关系也没有！你们留下来很好，我们给你们饭吃，给你们衣穿。愿意种地的就拨给你们土地，不愿意留下来就回关内去吧！"

皇太极说完后望着他们。

面前的俘虏没有动，听了他的话，有人翻了翻眼皮，又低下头去。他们还不太相信皇太极的话。

又等了一会儿，还是没人说话，皇太极就下令押解他们回赫图阿拉。

皇太极从俘虏中挑出十几个身强力壮的人，要他们把刘将军的遗体运回内地。

"你们可以在这儿稍等，等我派人把棺木送来，你们就好装殓起程了！"

后金兵正要收拾战场，忽见南边来了黑压压的一片人马。那是刘綎的监军康应乾的一彪人马和他接来的两千多朝鲜军。

皇太极、代善急急列阵迎战。

可是，懈怠了的军队一时很难振作起来，组织有效的冲击。头一回合，他们就败了。八旗兵撤退到富察草原以北。

皇太极和代善骑着马绕着部队大声鼓励他们："八旗的兄弟们，拿出勇气来，敌人又给我们送东西来了，我们是收下呢，还是让他们带走呢？我们已经打垮了明朝的十几万大军，是争取全胜呢，还是给他们留一点呢？大汗在赫图阿拉等待我们凯旋，要是我们让一部分敌人跑掉，我们该怎样和大汗说呢？……"

下面各级额真也把皇太极和代善的话反复地给士兵们讲说。很快，八旗士兵的士气又高涨起来了。他们表示：不获全胜决不收兵！

皇太极把八旗兵又带到前线。

在刘綎的一路军中，康应乾的军队是很善战的，他们执竹竿长枪披藤皮甲。朝鲜兵就差一些，他们只披纸甲，戴柳条盔。要害是朝鲜兵不知为什么要来中国和女真人拼命，这就大大地削弱了他们的战斗力。

康应乾把自己的军队放在前面打头阵，把朝鲜军安排在后面和两翼随军冲击。他的计划是：把枪炮等火器排列在前面，当枪炮把女真人压得抬不起头来的时候，就冲上前去，一鼓作气地把敌人打垮。

战斗开始后，康应乾的部署十分奏效，集中的枪炮火力把八旗兵压住了。他们藏在山林茂草中不敢出来。这时，康应乾就挥师前进……

可是，上天来给女真人帮忙了。就在这时，北风骤起，明军火器造成的烟尘返回了他们的阵地，天地漆黑一团。皇太极见机会又到，在马上高呼："看，上天帮助我们了，天爷降下黑气裹住了敌人，兄弟们千万不要辜负老天，杀呀，杀呀！……"

女真人是十分信仰上天的，这时一股无名的力量鼓舞着他们，犹如泰山压顶向明军冲去。"杀呀，杀呀……"

突起的大风、黑雾不仅使明军大大减弱了战斗力，也给他们心灵上以很大的震慑。他们的枪炮失去了作用，在黑暗中他们也辨不清敌我，完全乱作一团。

在这场混战中，明军很快瓦解，康应乾好歹逃出了一条命。

朝鲜领兵的都元帅姜弘立在"欲走则归路已断，欲战则士卒股栗"的情况下无可奈何地向皇太极投了降。

朝鲜的将军姜弘立、金景瑞等人被押解到赫图阿拉后，努尔哈赤待如上宾，五日小宴，十日大宴。

努尔哈赤一直十分注意对朝鲜的笼络，他想用这办法把大明的这一属国拉到自己身边，使自己免去后顾之忧……

第八章　威慑明朝廷　廷弼危受命

1

至此，萨尔浒之战已经结束。前后打了三大战役，不到十天就决定了胜负。这是努尔哈赤和明朝进行的第一次大规模的战争。这一胜利，对后金的存在、巩固和进一步发展有着决定性的意义。后来的乾隆皇帝曾说："我大清亿万年丕基实肇乎此。"

明神宗一辈子没做点什么大事，到了晚年，在大臣们一再吁奏下，认识到了辽东边防已是岌岌可危，才下决心调兵集饷打这场大仗的。不过他和他的臣僚们没有估计到努尔哈赤会有这么大的势力和能量。以为"大军一到，边寇即可服伏"。

这样的情绪也影响到了领兵的将军们。

杨镐虽看到了进剿的困难，但他顶不住朝廷的强硬催促，另外他也急于事功，想拿出点成绩来给朝廷看看，好让朝廷明白过去对他的处分是多么错误。就在这样的情况下，他才把大军送到了冰天雪地中。他究竟不是有才能的将军，一开始就把十万大军分成四路，好端端地把自己的力量分散了，给了努尔哈赤各个击破的机会。

杜松曾劝他说："努尔哈赤已羽翼丰满，不可轻视。"杨镐没有理睬。

刘綎和杨镐早就有矛盾。他说："从宽甸到赫图阿拉道路不熟，地形不明，请求缓一步进军。"杨镐以为是对他个人的意见，就怒斥道："国家养士，正为今日。若再临机推阻，有军法从事！"

杜松、刘綎、马林等将军过去都战功卓著，进军前虽再三犹豫，却从心底里瞧不起努尔哈赤的八旗兵，认为他们虽不是昔日可比，但比起国家的正式军队来只不过是有组织的草寇罢了，因此也就不那么放在心上。

还有将军之间的不和呢！情不和就志不协，他们就没法协调统一作战。杜松和马林两路大军被歼，刘綎竟一无所知！

清太宗皇太极

这次大战，明廷文武将吏死者三百余名，军士死者四万五千八百余人，损失的马匹、枪炮难以计数。

后金也有许多牺牲，但他们是战胜一方，收获极大，据说：这次战后各旗的仓储都十分充盈。那大大小小的额真和战场勇将，几乎都成了富翁。就是一般士兵，也家财不菲了。于是上下皆大欢喜，都盼望着再有这样的战争才好，那士气比什么时候都高涨。所以说，它的政治意义比胜利本身重要得多。

后金的朝廷中最得意的要算皇太极了，他从头至尾指挥和参加了三大战役。他的勇敢和谋略，全军上下有目共睹。在大军班师时，大汗在赫图阿拉城门外扎了彩门迎接。皇太极和代善、阿敏、莽古尔泰走在全军的前面，可是，大汗却笑呵呵地只望着皇太极，还推开皇太极的卫兵，亲自为他拉着马缰。

皇太极急急地跳下马来向父亲跪下，口称："孩儿不辱父汗之命，打败了来犯之敌，凯旋了！"接着从袖筒里拉出一方白绢交给努尔哈赤，上面写满了这次大战的收获和战果。

努尔哈赤接了，把皇太极扶起来，对他说："好孩子，有你这样的子孙，爱新觉罗一家就兴旺发达了！"

努尔哈赤的话，是当着几大贝勒的面说的，其用意他们当然十分清楚。他们嫉妒，他们艳羡，他们也替身为太子的代善抱屈。

代善带领贝勒、将军们在皇太极之后向大汗致敬，却满面愧色。也许是他多心，觉得大汗看他的眼神是冷冷的。他想起大战前夕因和大福晋一事受到的申斥。在这场大战中，他的表现是很不错的，就是苛求的大汗也挑不出一点错来。但他不想得到父汗的称赞，如果大汗宽恕他原谅他，就喜不自禁了。

努尔哈赤拉着皇太极的手，走向自己的五匹红马拉着的装饰得花团锦簇的大车。

"父汗，孩儿不敢接受这样的荣誉……"皇太极害怕地站住了。

"孩子，怎么了？"努尔哈赤问。

是的，自从努尔哈赤在建州起事，大大小小的战事不下百场，建立功勋的将军也以百计，他从来没有用这种方式嘉奖过，最多也就是拉着立功将军的手，和他并辔走进赫图阿拉，在庆功会上，给他们这样那样的"巴图鲁"的称号，怎么会有这样天大的荣耀呢？

"父汗，这场大战之所以取得辉煌胜利，绝不是我一人能力所及。贝勒和五大将都立下了可载史册的殊勋。特别是我的大哥代善，没有他的襄助，皇太极是完不成父汗交给的艰巨任务的！"

他说这几句话时，在他身后的贝勒和大将们听得清清楚楚。

代善感动得低下头，用衣袖悄悄地抹着溢出眼角的泪珠。

别的贝勒、将军心里的不平和嫉恨也就消失了。

努尔哈赤回头看了他的子侄和五大将一眼，对皇太极说："我儿有一颗金子般的心，父汗就不勉强你了！"说着他和其他三位贝勒以及五大将军一一拥抱，然后上马，和他们一齐并辔进城。

这日，赫图阿拉张灯结彩、锣鼓喧天，所有的人都拥到大街上来且舞且唱迎接自己的亲人归来。第二天，努尔哈赤和皇太极、代善等带了大批财物，到牺牲了的牛录额真以上的军官家里去慰问，别的军官也仿效他们的样子，亲到牺牲了的部属家里进行安抚，这样一来，女真上下更加团结一心，期盼着事业有更大的发展。

过了几日，努尔哈赤召开庆功大会。除了皇太极外，给了代善等贝勒、大将以各种称号和赏赐。

皇太极没有得到奖赏，大家都感到奇怪，有的甚至愤愤不平，竟有人联名上书大汗，请求对四贝勒予以应得的奖励。

努尔哈赤没有理。

皇太极心里却没有不平，甚至比得到奖赏还高兴。大家都莫名其妙，为此莽古尔泰还去找过大哥。

代善叹口气说："没给四贝勒奖励，那就是最大的奖励。"

"我不明白，"莽古尔泰说，"大哥，你给说清楚呀！"

代善摇摇头，没有再说。

在萨尔浒大战结束后，努尔哈赤宣布把女真改称后金。回到赫图阿拉后，皇太极没有立刻回家，而是帮着努尔哈赤处理战后的许多事。直到大汗屡屡催促，他才回到离大汗宫殿不远的府邸。像往常大战后归家一样，妻妾家人按规矩迎接。大福晋博尔济吉特氏对他说："你到她们那里去吧……"

"为什么？"皇太极很惊讶，"按规矩我应该先来你这儿。"

"就破一回规矩吧。"

"离开了这许多日子，你就不想我呀？"皇太极嘻嘻地说。

"想，她们更想……"

"真不知你搞些什么名堂。"

大福晋低头说："连妻子的心事都不知道，还算心心相印吗？"

皇太极想了想，恍然大悟，他明白了大福晋的心思。她是为了全家的和谐和团结，是为了显示自己的宽容和大度。另外，她有大事想和他从容地商议。

"好，我听你的。"皇太极说，"可是日后你可不要埋怨我呀，你今夜可就难熬了！"

大福晋啐他一口说："去你的吧，还在这里啰唆什么！"接着就把门关了。

从这日起，皇太极在别的几个福晋那里留恋了多半月。这个不到三十岁的汉子把自己的几房妻妾都"爱怜"得变了模样，也就是说，她们得了皇太极的雨露后，像花草一样变得更加娇艳了。

一天晚上，他推开了大福晋的房门，丫头通报后，博尔济吉特氏便出来跪接。皇太极把妻子拉起后，看到大妃比起别的妻妾来另是一番娇媚，有着她们从不具备的美艳。她的美是另一种，端庄、雍容、国色天香，有着无比高贵的神韵。这几日他的那几位福晋变着法儿伺候他，招惹他，挽留他，想把他的所有雨露留下来，那种难描难画的把戏，羞得几个丫头都红着脸远远地跑开。这位战场上的将军，在床第上也是别人比不了的英豪。

可是他在大福晋面前却规矩了。

"和她们玩够了？"大福晋低着红红的羞面，向皇太极翻了一下眼皮问。那话里有着无法体会的怨和情。

"福晋，这可是依你的安排……"

"还有精力到我这里来吗？"

皇太极想了想，咧开嘴说："我的亲亲，大半给你留着哪！"

"要不，你休息几日？"

"别难为我了，福晋！"说着，他挨着福晋坐在她的身边。

福晋好久没有说话。皇太极在想是哪些事上惹着福晋了？正想说几句话表白一下，福晋的粉嫩脸靠在了他的肩上。

"福晋，我想你，想极了！"

"我也是……"福晋的脸红得像开得正艳的桃花，连耳朵、脖子也红了。皇太极想：她和自己做夫妻也有多年了，可是每次她都像没开怀的小姑娘一样……

皇太极把福晋紧紧地抱起来，他们拥被并排斜倚在炕上。

"皇太极，我祝贺你！"

"你才想到要祝贺我？"

"那一会儿，你也没心听。"

皇太极笑笑，说："是的，——你祝贺我什么呀？父汗什么奖赏也没给我！"

"你埋怨大汗了？"

"我没敢，但这几天一直在想这件事。我想，是父汗还没想出怎样奖励我吧？"

"他永远不会因为萨尔浒大战的胜利奖赏你了。"

"为什么？"

福晋用手指点了一下皇太极的额角，说："你呀，装糊涂呀？"

"我真的不明白。"

"这是我祝贺你的原因。"

"福晋，你聪明绝顶，什么你都看得透，快说给我呀！"

"皇太极，你想想看，咱们后金谁的功勋赶上父汗了？"

"当然谁也赶不上……"

"那，他奖励过自己没有？"

"没有。"皇太极说，"谁有资格奖励他呀，他是至高无上的！"

"是呀，他没有奖励你，是因为把你看成太子了，这是其一。另外，他也在试探你，看你有没有君临天下的度量。"

皇太极没吭声，他在想着福晋的话。"我也曾往这上边想过，可是没敢想下去。代善还是太子呢！"

"他这太子当不了几天了。"福晋说，"你只瞧我看得准不准。"

"代善也太可怜了。"皇太极沉吟着说，"他的确是个好人，是个好哥哥。"

"那不假。但他当不了大汗，治理不了国家。能够担当后金大汗的是你！"

"如果将来父汗把大任交给我，兄弟们未必宾服呢……"

"所以你现在不仅要积功而且要积德。"福晋说得语重心长，"对代善要格外尊重，也要善待各位兄弟和长辈。就是各家的福晋你也要彬彬有礼才好，那也是很要紧的！女人的嘴是厉害的……"

"我记住了。"

"我听说你没有杀害明军的俘虏，还要放他们回家，有这事吗？"

"有。"

"你不准士兵侮辱明将刘綎尸体，还给了棺木，让几个俘虏运往关内，有这事吗？"

"有。你听到有议论这事儿的吗？"

"议论可多了，他们说你破了后金人的规矩，大汗的规矩……"

"大汗，他说什么了没有？"

"我也给你打听来了，"福晋说，"赫图阿拉城里的汉人都十分高兴。夸奖你的仁义和恩德。几个人向大汗'告你的状'……"

"父汗怎么说？"皇太极有点急了。

"他说：皇太极做得对，咱们恨的是明朝的皇帝和官僚，不是当兵的和老百姓！"

皇太极乐得搓着手说："好呀，这件事是做到父汗心里去了！看来他老人家对汉人的态度也有所转变。"

"皇太极，你这样做抓住了汉人的心！等于给后金又添了两旗兵——两旗兵也没这力量大！你信不信？"

"看你说的！"

"中国古兵书上说：攻心为上，攻城为下。你已经朝这方面做了……"

"这两句话真好，你再给我说一遍！"

福晋从褥垫底下掏摸了一会儿，拿出了一本书说："这是一部兵家十分尊崇的书，你该好好地读一读。"

皇太极接过来端详着书的封面。上面写着几个端方的字："孙子兵法"。

"我听说过这部书，可是没见过，更没读过。我未必能够读得懂……"

"可是有人懂呢！"

"谁呀？"

"就在你身边坐着呢！"

"是你呀，福晋？"

"对呀，你若拜我做老师，我就教你！"

皇太极爱怜地看了福晋一会儿，就又把她抱了起来，嚷嚷着说："我这就拜你为师！可是，先让你尝尝学生的厉害吧！"

2

李永芳成了后金的额驸后，地位上升了不少，后金的贝勒、将军，对他也尊敬多了。努尔哈赤赐给他一处额驸府，有宽阔的大门，还有岗哨，里面有几十间厅、房。当然，其规制远远赶不上贝勒和将军们的府第。赫图阿拉像他这样的额驸有十几家，努尔哈赤哪有那么多房舍分配给他们呢！

嫁给他的那位格格仍住在娘家，一月几次召他去。到了后，他都是先按规矩拜见格格，然后，才能像夫妻那样的亲热。格格虽比他小很多，但她不可能接触别的男人，和李永芳也就亲热得不得了，恨不得天天和他在一起。但她拗不过规矩，过一夜就要放他走。半年后她竟怀孕了。

格格从不问李永芳的原配夫人怎样，更不问他的子女。依后金大汗家的规矩，格格就是原配。

李永芳回到家后，他和夫人还是像过去那样过日子。李夫人却常常问起格格，她是关心自己的丈夫，怕他在额驸府中受欺侮。

现在，李永芳和夫人、几个丫头、家人过日子，小儿子已经派人辗转送到亲戚家去了。为此，努尔哈赤曾严厉地责备过他，说他对明廷没有死心，是"身在曹营心在汉"。李永芳辩解说：自己身在军中，夫人又有病，格格已经有孕了，盘算再三，还是把小儿子送走的好。

努尔哈赤也不难为他，挥挥手叫他退下了。

女真人造反后，对汉人烧杀抢掠，无不至极。汉人对他们恨极了，一听说女真兵来了，就望风而逃。逃跑时把所有的财物和粮食带走，有的还在水井里撒上毒药。还给大明军通风报信……

这就用得着李永芳了。他一方面劝谏大汗改变对汉人的策略，变杀掳为绥靖。除死硬的抵抗者外，不杀、不抢、不烧、不抓，更要禁绝奸淫。另一方面，他和他的士兵们以汉人的身份深入村镇城市，向他们宣扬大汗的恩德，保他们安居乐业。使周围许多汉人聚居地开始繁荣，对后金人也不那么充满敌意了。李永芳还为努尔哈赤敛了许多军饷和物资。

他的行动和主张，博得了后金贵族中有见识者的赞同。如皇太极、代善等贝勒就是他的坚决支持者和保护人。

他的叛明投金，仍使他愧疚不安。他虽没读上许多书，可是孔孟之道还是主宰着他的灵魂，成仁取义仍是他做军人的信条。有时和夫人谈起来，常常涕泪横流、汗流浃背。夫人劝他说："你归顺后金，自是有悖祖宗的事，可是你为汉人做了多少事呀！没有你在满汉之间上下奔走，汉满两族会这样和谐吗？那得死多少人，流多少血呀！上天会知道你的苦心的！"

"事到如今，也只好这么想了。"

他事情繁杂，一天到晚，他要应付朝廷和军队中的许多事。努尔哈赤有事要垂询他，皇太极、代善要他帮助训练部卒，他还要忙着劝服那些被俘来的汉官和汉将……

他的成绩，朝廷和大汗都看得清楚。一次，努尔哈赤拉着他的手说："明朝皇帝真是瞎了眼，像你这样有才能的人，怎么只给了你个游击之职？要是我，大将军也给你做上了！"

这天，李永芳在校场上帮着皇太极训练军队，忙了一天。回到家，妻子炒了几个他爱吃的菜，烫了一壶酒，让他喝着解乏。

起初，他们有说有笑，谈得还算开心。妻子无意中的一句话，又惹得永芳悲从中来。

她叹息一声道："……从北京来的人说，容俏那孩子没有到北京投亲，她这会儿到底在哪里呢？"

永芳看到夫人悲伤，自己也流泪了，他小心地说："夫人，别管那么多了，听天由命吧！"

"说是那样说，可是自家的骨肉怎能放得下！"

"前些日子，不是听到一些消息吗？"

"但愿那是一些谣言……"

抚顺城破已经一年多了，天下的形势变化很大。先是明朝的张承荫和他的一万多名军士死在了辽东。接着，萨尔浒大战开始，仅仅几天的时间，汉族的十万儿郎全军覆没！这都是惊天骇地的大事件！给李永芳震动最大的是杜松和刘綎的壮烈殉国，和他们一齐战死的还有几十名游击将军！想起他们，他常常深夜遽起，浑身汗水淋漓……

"我还是汉族的男儿吗？"他大声地责问自己。

幸亏妻子在他身边，她给永芳披上衣服，柔声地安慰他。

"不要这样想，永芳。"她说，"也许真的要改换朝代了。要不，上天怎会让努尔哈赤屡战屡胜，而让明朝屡战屡败呢？忽必烈占领中原，建立了元朝。汉族的许多才识之士不也在蒙古人治下为官么？你只是先他们一步来到后金人这里罢了，何必深责自己呢？"

　　夫人的话是很管用的，永芳开始自己宽解了。但那是心灵上的永不痊愈的伤疤，一有风吹草动就绽裂开来，带给他钻心的疼痛。

　　容俏和她的三个丫头一年来音信全无，可也有些迷里恍惚的消息传来。有人说她们已上山落草，成了强盗。有的说她曾潜入张承荫的营帐，劝说他不要深入辽东，还有人说她去见过杜松将军，要他建墙筑垒，万不可冬日进军……有人说得更玄，说她聚集了成千上万的散兵游勇，自立为将军，神出鬼没地袭击女真人……

　　李永芳毕竟曾经是大明的游击，朋友很多，即使他落到如此地步，也有些从关内来的人，给他捎来这样那样的信息。家里人常常一次次地复述，聊以安慰自己的心灵，却不敢对外人说。

　　"那些都是不可信的！"永芳对夫人说。

　　"是呀，是呀……"夫人说，"容俏怎会做出那样的事来呢！"

　　喝了几口闷酒之后，永芳就放下酒盅站起身来。

　　"我要去睡了，身上困乏得很……"说着他向后面卧房走去。

　　"我还要再待一会儿，把你的绵甲缝一缝。"夫人说，"早躺下反正也睡不着……"

　　永芳的背影消失在布帘后面。

　　丈夫这一年来老了不少，还不到五十岁，背有点驼了，也消瘦了许多，每逢下雨、阴天他就喊着腰酸腿痛。

　　"他心里苦呀……"夫人想，两眼浸满了泪水。

　　为了不再想那些心疼的事儿，夫人把那件缝了多日仍没有缝好的绵甲从椅子拉到膝盖上，凑着桌上的蜡烛缝起来。

　　"夫人，我来吧！"跟了她多年的丫头春喜对她说。

　　逢到将军和夫人要喝酒谈心，她就把需要的东西置放齐整，然后走开。现在看到将军走了，夫人又要伤心，就又走了出来，想说些话，把夫人的心绪"搅扰"一下。

　　"春喜，睡去吧！"夫人说，"我明天还可以睡点懒觉，你却还要早起，你就别陪着我熬夜了！"

　　"没事的，夫人。"

　　"春喜，听话，去睡吧。"夫人仍想撵她走，"我并不忙着做针线，只是为了解闷儿。你就让我独自待一会儿吧……"

　　"是……"春喜望望夫人，不好再说什么，就轻轻地掩上门，走出去了。

春喜十二岁进了她李家门儿，跟她六年了。她原是街头讨饭的女孩儿，夫人把她养下来，也算是救了她一命。几年来从一个不懂事的乡下娃子被她调教得聪明乖巧，还识了几个字。模样儿说不上俏丽，可也欢眉大眼，叫人待见。经过去年那一场灾难，容俏把那几个丫头带走后，也亏了春喜和她做伴。她常常想，要是没有春喜，真不知日子怎么过呢！当然她又添了两个丫头，可都是些不懂事的孩子……

到年底，春喜就十八岁了，按说该给她寻个好人家了，可是她怎离得开她……

春喜走后，房里安静得有点吓人，连烛花小小的爆响也使她吃惊。在这时候，她绝不敢想那些使她伤心的事，她怕承受不了，伏在桌上痛哭起来……

"那就到永芳身边去吧，至少不这么孤独。"她想。

她刚要起身，门开了。

她抬起头来，门口站着面色煞白的春喜。

"春喜，怎么啦？"

"夫人，小姐回来了……"春喜的声音很小，可是夫人却觉得像是惊雷一样。

"她，她……她在哪里？"

"她在院子里，叫她进来吗？"

夫人望了一下后房的门，丈夫在那里安歇了。

一年前，夫人听说了一件事：永芳出城迎接努尔哈赤进城时，被人一箭把纱帽射下来了。皇太极验了那支箭，只对努尔哈赤小声地喊喳了几句。后来有人传出来，说那箭是容俏射的，她想杀死投降的父亲……

夫人听到了这样的流言，但她从没有敢漏一个字给丈夫。

从那时起，不知怎的，她就认为女儿和丈夫是势同水火了。

"别，别……我去见她……"夫人刚要站起身，就摔倒了。

"夫人，夫人……"春喜慌忙跑到夫人身边，扶她起来。

夫人抖得像风中的树叶，她靠在春喜的肩上，用手捂着她的嘴。"别嚷，别嚷……我这就出去，就出去……"

就在这时，容俏进来了。

她穿的是满人的衣服，像个年轻的旗兵。可是从她那纤细的身材和秀丽的面容，不用很仔细地端详就可认出她是个乔装的女人。她腰间悬了一把短刀。

母亲想起那些无稽之谈。

女儿在门口站了一会儿，愣愣地看着母亲，肩膀抖动着，眼泪下来了。

"母亲！"她跑过来扑在母亲身上，差点儿把母亲碰倒。

夫人紧紧地抱着女儿，小声地啜泣着。"天爷呀……你到底来家了……孩子，你到底来家了……"

夫人心头堵得厉害，她心里有千言万语要对女儿说，可是一句也说不出来。春喜站在一旁，蹙着眉，不时地看看这娘俩，又看看那边的门。她不知自己该怎么做，更不知这场面要延续多少时候。忽然，女儿挣起身，把母亲推开。"母亲，你好好看看女儿吧，让女儿也好好地看看你！"夫人不知女儿为什么要这样说，但她睁大眼睛端详起自己一年不见的女儿来了。

面前是一张熟悉的面孔，但又有点陌生。虽然早已不施脂粉，仍然十分俏丽，但俏丽中深蕴着一种她没见过的东西，那就是少女脸上不该有的英武。长长的秀眉变成耸入鬓角的剑眉，两只常常含笑的眼睛，变得肃杀而冷峻，那两片镶着皓齿的红唇呢，紧紧地抿着，好像强忍着满腔怒火……

"孩子……孩子……"夫人又哭起来。

她没问孩子现在哪里，正在做着什么，她不敢问。看她如今的变化，她已经猜到原先的传闻是真实的了。

"母亲，您保重吧！我该走了……"

夫人上前一步，好像是要阻止她，但又无能为力似的张着两臂。"孩子，你就不见一见你的爹爹么？……"

容俏忽然抬头望着后房的门。

原来，不知什么时候，永芳已经出来了。他站在房门前，看着自己心爱的女儿，表情是凄惨的，无奈的，羞愧的……

容俏拔出了刀，仰起脸望着父亲，两眼像闪射着电光。

"李永芳！……"她叫道。

母亲向女儿扑去，紧紧地抱住她。"孩子，体谅你的老爹吧！城被后金人用计打开了，他有心抵抗，可是也无力回天了……他还能回大明吗？谁体谅他？等着他的还不是死路一条……"

"他不会死吗？一个守土有责的将军，在城破家亡之后，还有脸活着吗？"

"孩子……不要这样说……不要这样说……"

"啊……"李永芳忽然疯叫了一声，冲到容俏面前，抓住容俏的手腕，就把她手中的刀往自己心口扎。"容俏，我是不该活着……我上对不起朝廷父母，下对不起百姓家人，我还活着做什么……"他痛哭失声，像受伤的野兽那样叫着……

春喜下死力地抱着容俏夺那把刀，那刀把她的薄花袄割破了，鲜血流下来。

夫人心疼自己从小养大的丫头，爬过去抱住她说道："孩子，我的孩子，你要是有个好歹，我也不活了……"

春喜怕容俏和父亲动起手来，用力把夫人推开，叫道："别管我，快去拉开小姐！"

这时，容俏和父亲面对面了，她手里仍攥着那把刀。

"容俏，他是你的父亲呀，有话好好说……"夫人又爬过来抱住女儿的腿。"你父亲这一年好过吗？他天天在刀尖上过日子……"

"活该！"容俏说。她的话音不那么凌厉了。

她把刀扔在一边，低头哭了起来。

"爹呀，娘呀，你们为什么要生下我来？既然生下我来，你们就该给我做出榜样，叫孩子挺着胸膛活着……你们这样倒好……咱们赎罪吧……几辈子赎罪吧……"

李永芳跪下来用头碰着地哭着，夫人也跪下来，用双手捧着丈夫的头。容俏也哭了，不过，她背过身去，不看他们。

春喜先把夫人扶到椅子上，又去拉将军，自己也泣不成声。

容俏从地上拾起那把刀，把它狠狠地插进鞘里向门口走去。李永芳和夫人谁也不敢叫住她。

忽然，容俏又站住了，转过身来，向将军走去。

"李永芳，我问你一件事，你要看着我的眼睛回答我！"

"容俏，"李永芳说，"我说，我说，我照实说！你就是全家仅剩的一点良心，我什么也不敢隐瞒……"

"皇太极叫汉人扮作杜松将军的信差，以使刘綎将军上当，终至全军覆没，这奸计是不是你出的？"

"不是！"李永芳眼睛眨也不眨地看着女儿。

"那几个扮作信差的汉人是不是你手下的军士？"

"不是！"

"他们是不是经过你的训练？"

"没有!"

容俏直直地看着李永芳，李永芳也直直地看着自己的女儿。

容俏撑不住了，她张开双臂叫了声"爹"就扑了过去。李永芳抱住女儿，泪下如雨。

"容俏，我不求你原谅父亲，我当时想到过死，可是我还有你，还有你母亲，还有你的弟弟……"

容俏倚在父亲怀里，望着父亲那老泪纵横的脸："爹……我是您的大孩子，你说要把我当作小子养着，从小教我骑马射箭，教我读书知礼。我问您那校场上的一个个用谷草扎的靶人是些什么人？您告诉我那是女真人，还说你这个官就是为皇上守护抚顺城的。有您在，就不准女真人进抚顺城，就不准女真人经过战线侵入内地……爹，您忘了自己说的话吗？……"

"我没忘，孩子，我一点也没忘……"

夫人颤巍巍地过来想把女儿拉开，说："孩子，不要过分地责备你的老爹吧，他在这里为大明做了很多事，要不是他，周边的汉人得受多少罪，得流多少血呀! ……"

夫人絮絮地给容俏说了几件事。

容俏不耐烦地听着，跺着脚说："别说了，你说的那些，万卷青史是不会记上的，可是上面却写着：李永芳，明朝叛臣，城破降贼……"

她走了，把门用力一甩，那声音像是炮响，把永芳和夫人震得哆嗦。

3

萨尔浒之战的血雨腥风，吓昏了明朝的文武将吏。

万历皇帝一连几天接见那些慷慨激昂、痛心疾首的朝臣们。

他的身体已经糟透了，御辇把他送到宫门口，几个身强体壮的太监架着他走向御座。就是这几步路，也累得他气喘吁吁，额上渗出一层汗水。

他的瘦长的脸像一张黄纸，要是他闭上眼睛，就煞像个死尸了。

他的娇妃跟着他，照看着他。

他曾几十年不临朝，起初，他依靠张居正，后来又信赖叶向高，现在又把国家大事交给方从哲了。这些首辅大臣，对他的确忠心耿耿、鞠躬尽瘁。可是，那批围绕着他的阉臣们却像蛀虫一样把这个国家吃空了。

前几天，他去了一趟昌平的天寿山，察看了他的寿宫。他曾对身边的人说："朕就要到这里来了。这一辈子朕没做什么像样事，可累得朕难以忍受，朕就要到这里来安静地休息了。算起来，朕还算是个有福的皇帝，过去的祖宗比不了，朕的子孙更是比不了……朕真恨不得今日就在这里住下来……"

这有点胡说八道，或许他已经感到自己的来日无多了。

这座寿宫，已经营造了十八年。墓室由五个极其高大的石筑殿堂构成，前中后三殿分外富丽堂皇。他将和他的两个皇后在这里安息。

他不恋生，可是有人需要他长命百岁。那些嫔妃们、太监们，一刻也离不开他。他们劝他像过去一样，把朝政交给大臣们。

"高官厚禄养着他们干什么？天下就让他们操心去吧！"他们说。

可是万历还是挣扎着临朝了。他说："朕没有几天了，可是朕还想给子孙们留下个囫囵江山呢！"

他一坐定，群臣们就向他跪拜如仪、高呼万岁。司礼太监令臣僚们平身。

今天御座前设了许多条凳，看样子朝议时间会很长。

从洪武时起，皇上若要和大臣们长时间地讨论天下大事，往往会在金殿上设一些条凳。那东西是用窄窄的木板做的，坐上去很不舒服，只一会儿，屁股就疼痛难忍，但比跪在地上还是好受多了。后来的皇帝把这规矩取消了，只在御座前给年纪大的臣僚赐座，那是宽大的椅子，坐上去一定十分舒服，可是他们都不敢坐实，只用屁股蹭着点边儿，好在皇帝也没工夫和臣子多说话。

朝议开始，方从哲向皇帝上奏了辽东平叛的过程，尽管他怕吓着皇帝，已将那边的实际情况掩蔽了许多，但杨镐的十万大军，除了李如柏的万把人外，全军覆没已是尽人皆知的事实！他说：努尔哈赤已不是有些人说的是什么"跳梁小丑"，他是关外崛起的能征惯战的统帅。后金八旗更不是有些人说的"疥癣之疾"，他们的存在已是朝廷的心腹大患！

他还没有说完，激动难抑的兵部尚书黄嘉善就站起来了，他有腿疾，几次上书乞归，皇上不准。他捋着一把白胡子说："……皇上，辽东有句俗话'女真满万不可敌'，何况努尔哈赤已有十几万之众！他不是当年的李满住（女真有名的头目），也不是蒙古的也先、俺答可比。他的狼子野心不仅是想和我朝分庭抗礼，自夺我抚顺以来，他们筑城驻牧、休养兵力、造船运粮、广布奸细，种种迹象表明，他们是想向内地侵犯。进而想占取辽沈，威逼京师！要是我们再像过去那样因循苟且，那将不堪设想！"

辽东巡按御史陈王庭接着说："贼谋不在抢掠而在攻取，志不在村屯而在沈、辽！谁如果再把努尔哈赤看作是东北草寇，那将误国害民！朝廷应紧急采取措施，阻挡努尔哈赤的八旗铁骑深入内地，否则，后果将如决堤之江……"

他说着的时候，有人已经忍不住了，顾不得上面的皇帝，高声叫道："是谁因循苟且呢？你是兵部尚书呀！你既然知道情况如此严重，为什么不早向皇上建言？"

黄嘉善被如此直言顶撞，弄得张皇四顾，想再说些话自辩，可是皇上已让别人发言了，他想坐下，屁股却没挨着条凳，跌了个四仰八叉，于是引起了一片混乱。周围的人赶紧把他扶起来。

上年纪的人跌一下了不得，大家看他的嘴角已有些歪斜，太监向万历小声地说了情况。皇上就说："黄爱卿回家歇着吧……"

太监向宫外喊了几名侍卫，把他抬出去了。

黄嘉善的样子，以及这难以收拾的局面，使有些态度激切的臣僚竟哭了起来。

他们这一哭，使朝议的内容有了巨大的变化。大家不再议论辽东的局势了，开始追究萨尔浒败绩的原因。御史左光斗站起来弹劾杨镐。

"杨镐身为主帅，却一再地贻误战机！"他举出事例数端，证明杨镐到职时，只是深秋，他本可以辽、沈之兵力先行进剿。"可是他却推三诿四，安坐沈阳官邸，日赏丝竹管弦，夜拥娇妻美妾。朝廷几次三番敕令他进兵，他却置若罔闻！以至延宕到数九隆冬，大雪普降，他才把十万将士驱赶到冰天雪地之中……"

说到这里，激愤的大臣们便不顾规矩，高声地指责起来。

"杨镐本就是个没什么本领的罪臣，是谁把他上书起复的？"

"听说，还没进军，他就把军机泄露给了努尔哈赤，查一查，这是怎么回事？"

"主帅通敌，哪有不败之理！"

"为什么不委任杜松为帅，他比杨镐好多了！"

"杜松是只没头脑的虎……"

"可杨镐是一只狗！一只不会看家的狗！"

"求皇上下诏，把杨镐逮回京来论死！"

"还有那个李如柏，那是个靠老子升上去的将军！杨镐和他有私，所以他从战场上逃出来了，得把他也抓回来一同治罪！"

皇上皱起眉头，可是他无力制止下面的混乱，他望望太监。

太监走到前面说："皇上有旨，只留阁臣议事，退朝！"

臣僚们哪里止得住，他们又在宫里吵嚷了好久，才乱纷纷地走出去。

好在皇上没看到这更纷乱的场面，就让几个太监搀扶着到后宫去了。

他大概有点累，阁臣们等了好久也不见有旨下来，直到过晌，才接到皇上的谕旨，召阁臣们到东暖阁去继续议事。

皇上要给他的子孙留个囫囵江山，大概是他的真心实意，所以这一次他还算勤奋。他和阁臣们一连议论了几天，终于决定了几件大事。

一件是派缇骑前往沈阳，逮杨镐回京下狱论死。

另一件是嘉奖杜松、刘綎等死难将士，追赐各种恩衔，立祠表忠。

第三件事最重要，起熊廷弼大理寺丞兼河南道御史、宣抚辽东。

熊廷弼是湖广江夏（今武汉）人，字飞白，万历进士。这时已快五十岁了，在兵部做了几年京官后，虽很不如意，但在朝廷中很有名声。他刚正不阿，能大胆言事，特别对辽东的战守提了许多极宝贵的意见。他曾几次地到辽东去过，很熟悉那边的情况，这也是在杨镐之后选定他为主帅的原因吧。但在当时没人听他，外加受到权臣们的打击，于是他愤而离职。

敕令下，熊廷弼正家居。家属亲友纷纷劝阻，他们说朝廷日颓、宦竖当道，大事已无可为。杨镐不是个没有能力的人，只是壮志不得尽抒，以至兵败获罪。辽东那是个费力不讨好的地方，何必去重蹈覆辙呢？

可是熊廷弼不听，他说："国家破败如此，廷弼怎能只想自己！朝廷没让做事的时候，曾几次上书，现在朝廷让自己去干时却又畏首畏尾，这是男子汉的态度吗？我现在恨不得插翅飞到辽东去呢！"

于是他昼夜兼程、驰骋二百余里，到达京师。家人给他准备的旅舍也没顾得去，就一直跑到紫禁城去了。

他要在这儿等候赴任的敕书和关防。

可是，朝廷的事总是不那么顺遂，辽东那个刀山一样的险地，也有人看上了，想通过关系争到手，借以升官发财。几个得势的太监正在为他们的一党运作着……

熊廷弼等了几天，实在耐不住了，就给皇帝上书一封。大意说：辽左为京师肩背，不能等闲视之。要保住京师，就决不能丢弃辽东。河东是辽东的腹心，要保住辽东，河东也不能失掉。开原是河东的根底，要保住河东，开原更不能丧失。他特别强调辽阳、沈阳的重要，如果辽、沈守不住，那京师就十分危险。开原、辽阳、沈阳、京师是一条不能断开的锁链。既要顾全整体，也绝不能忽视局部。

谈到对付努尔哈赤的办法，他说不外三种：一是恢复，二是进剿，三是固守。他反对轻易进剿、恢复，也反对一味地固守。而是主张"坚守进逼之策"，即在固守的基础上步步为营，向前推进。针对后金拥有十万精骑，他请求给他调集十八万官兵，九万马匹……

他的设想，是在总结张承荫、杨镐失败教训的基础上提出来的，有理有据，自成一理，非别的觊觎此职务者可比。

皇帝把方从哲叫去，叫他看了熊廷弼的奏书，征求他的意见。

方从哲说："熊廷弼是个极有才干的将军，不是那些有名无实的沽名钓誉者能比。辽左情况紧急，不能再有闪失，请陛下赶紧下定决心！"

于是敕书下来：令熊廷弼以兵部右侍郎兼都察院右佥都御史经略辽东。这是一个带兵的将帅最高的职衔了，还赐给他尚方宝剑一口，让他全权行事。

4

萨尔浒战役结束后一月多一点，皇太极上书大汗，请求进军辽阳和沈阳。

代善等嫌他太心急，可是努尔哈赤坚决支持他的主张。

五月，努尔哈赤在赫图阿拉召开军事会议，让皇太极正式提出他的建议。

皇太极说："胜兵可用，这是中国古兵法上屡次提到的。萨尔浒后，大明军队不可敌的神话已经被打破。现在八旗将士没人再害怕和明军打仗了，经过一个多月的训练，战斗力又提高了不少，下面的将士情绪高昂，纷纷请战，我们不能坐失这个机会。"

代善有不同意见，他说："打仗就像人一样，胃口不能太大，贪吃会撑坏肚子。我们要稳妥一点，把胜利成果巩固以后，再招兵买马、扩大实力以图发展！"

过去，在这样的会议上，皇太极总是让着大哥，就是有不同意见，也是变着法子采取迂回的方法提出，这回不同了，他的态度是很强硬的。

他说："我们已经建立了后金国，现在要紧的是扩大国土。像过去那样，占领一处地方或者打开一座城市，抢掠人马财物后，就立即离开，那是流寇的做法，一辈子也成不了大气候！以后我们夺得一处地方或城市后，我们就要在那里守住，把它视为我们永久的国土……"

这是一个大胆的全新的主张，连努尔哈赤也没有提出过。

与会者瞪大眼睛看着大汗，想听听他的意见。

努尔哈赤起初默默地听着，这时，他抬起头来，眼睛亮光四射。他说："皇太极说得好，他说出了我久积心中的话。过去，我们的行动就像雨水积成的小渠，流过去就没了，只湿了一层地皮，永远也成不了滔滔的大江大河！今后，咱们要像皇太极说的那样，夺得一处地方就巩固一处地方，把它扩充成咱们后金的国土！"

听了努尔哈赤的话，与会者都受到鼓舞，他们活跃起来了。

坐在努尔哈赤身旁的范文程赞叹地说："咱们后金国有这样的见识，就能变个样子，用不了几年就可与大明分庭抗礼了！在下大胆断言，也许明年咱们就可在沈阳建都了！"

范文程的话虽不多，可都是至关重要的，他给贝勒与大将描绘了一幅壮丽的将来的图画，而且是并不遥远的将来。

这样，他们都一边倒，倒向努尔哈赤和皇太极这一边了！

但代善最后并没有被说服。

他是个老实人，性格有些固执。这种人总是要吃亏的。

他说："如果像父汗和皇太极说的那样，那更不能心急，以后，咱占了地方就不走，没有很多的将士怎成？我看再有八旗也不成！再说那得有多少物力、财力呀！"

努尔哈赤回头斥他道："你真是个死脑筋！没有广大的地面，没有富足的城乡，你老是趴在这穷山沟里，哪里有人？哪里有物？哪里有财？"

几句话就把代善呲得低头耷脑，一声不吭了！

就在这次会议上，皇太极还取得了几项胜利。努尔哈赤听从他的意见，改变对待汉人和汉人知识分子的态度，只要顺从后金，不反抗，不通敌，就一个不杀，让他们各安其业。对俘虏的将士，无论他们过去如何顽固凶残，只要真心服膺后金，就给奖赏和相应的官职。

皇太极取得的最重要的胜利还是努尔哈赤对他的进一步信任。

不过对是不是要立即向辽、沈进军还有较大的争议。

皇太极在这方面做出了妥协。他说："如果大家认为夺取辽、沈还为时尚早，那就先对明军做试探性的进击，把开原和铁岭拿过来，一来可以察看明军的实力，二来可以借以练兵，一举两得。"

这一主张得到了努尔哈赤的支持。

就在这次会议不久（这年六月），努尔哈赤和皇太极领四万兵攻向开原。

军行三日，天雨河涨。

河面虽不太宽，但波涛汹涌。努尔哈赤说："挑出几十名善泳者冲过河去，也不过半天时间。当他们在那面站住脚后，其余的人就可从容过河了。"

皇太极伏在河岸的草丛里，观察了很久，对父汗说："河那面有一队队游动的哨兵，几十个人恐怕无济于事。硬冲硬打，损失就大了。"

"那怎么办呢？"努尔哈赤问他，"等待的时间越长，开原的守军就越有准备，不如先回去，等时机好的时候再来。"

"父汗，"皇太极说，"咱们的军队浩浩荡荡来到这里，弄个无功而返，那会挫伤士气的……"

又延宕了半天。皇太极建议军队沿河向铁岭那面运动，做出要去攻打铁岭的样子。若是遇到过河的桥梁，便急返开原……

努尔哈赤觉得他的建议有理，便令军队掉头折向西南，可是皇太极却领几个侍卫沿河潜行。走了几十里，找到了一座桥梁，那里明军只有几十个守护者，皇太极领兵一阵冲打，便夺取了大桥，并通知大部队折返渡河。

那时正是夜半，并下着小雨。努尔哈赤、皇太极带兵摸黑冒雨前进。黎明时，他们已到开原城下，并立即挥兵攻城。

在尚间崖逃出战场的总兵马林觉得这里是他的老窝，各方面的条件较好，又觉得努尔哈赤已在萨尔浒的三大战役中耗尽了力气，就没有做充分的准备。他也招募了一些新兵，正在城外训练，因此也就没有关闭城门。

后金大军的来临，使他们猝不及防，等马林察觉后，城外的新兵已被歼灭，城内大街上也到处窜涌着八旗兵了。

马林知道这是最后一战，他再没有可能像在尚间崖那样侥幸逃脱了。于是，他和副将于化龙、推官郑之范、参将高贞等集合身边的明军拼死抵抗，企图将努尔哈赤军逐出城外，但那是妄想。努尔哈赤军的人数比明军多一倍，且骁勇善战。双方对峙不久，明军就被打得溃败不堪，组织不起有效的抵抗。于化龙、高贞皆战死，郑之范得以逃逸。

这时，马林身边只有两个儿子马燃和马熠。他们在父亲两边跃马挺枪且战且走，想冲开一条血路。

但马林对他们说："在尚间崖一战中，我身为主将却从战场上逃出，至今内心愧悔不安。现在又把开原丢了，咱们有何面目活在人间？今日咱们就多多杀敌赎罪吧！"

他们三个人三条长枪跃马冲入敌阵，冲到哪里，哪里的后金兵就人仰马翻。

起初，皇太极以为马林父子要冲出城去逃跑，就想放他们一条路，让他们出城，然后在城外的开阔地将他们擒获。可是见他们并不想出走，而是折来返去地冲杀，就明白他们的目的了。他指使军士用绊马绳将他们绊倒，乱箭射死……

开原城被努尔哈赤取得，明军又把铁岭白白地送上了。

原来听到努尔哈赤攻打开原，铁岭的守军着急了。本来开原、铁岭、沈阳相依相靠。南北连成一线，开原如果失守，铁岭便孤悬于外，连忠于明朝的叶赫也联系不上了。这在辽东整体战略上是很不利的。

考虑到这一点，铁岭的守将游击喻成名、史凤鸣便尽出铁岭之军急援开原。

他们刚刚过了河，就听说开原已经陷落，就立刻紧急回头，想缩回铁岭。努尔哈赤知道后，就命皇太极紧急追打铁岭援军。

铁岭军一路上损失了过半，到达铁岭后，还来不及关闭城门，皇太极就领兵杀进城内了！转眼间，明军大溃。喻成名、史凤鸣都在乱军中牺牲。

这样，明军在北线已经没有重要的据点了！

5

熊廷弼在赶赴辽阳。

他是个很想做些事情的人，在那些不敢任事、无所事事的官僚中，显得很是突出。以前，他到过辽东几次，每次都提出了许多很有实践意义的建议，引起了各方面的关注。

这次朝廷中有许多人支持他经略辽东，有的人是希望他像李成梁那样，把那里的动荡不安的局势镇住。也有少数人只是为了看他的笑话。"你不是自认为有本领么？那就露几手看看……"他们这样想。

熊廷弼经过几次的官场浮沉之后，按说应该处事稳重而深有城府。可是他仍然不拘小节、风流倜傥，动辄对当权者讽刺谩骂，为此他招惹了不少人对他嫉恨。

他做御史时，曾有两个很要好的言路上的朋友姚宗文、刘国缙。他们一齐排斥东林、攻击异己。廷弼前几年主持辽东事时，姚和刘曾希望他做出成绩以壮他们一派的声威。可是廷弼开始瞧不起这两个只会耍嘴的朋友了。一次，姚宗文衔朝廷之命前往阅边，谈话间，熊廷弼和他发生冲突。他攻击那些言官大多没有实际本领，只知呶呶不休。姚宗文拾到心里，他说："你过去不也是个言官吗……"廷弼说："我和他们是很不一样的！"

第二天，他们正走在边境线上，忽然廷弼高叫道："女真人杀过来了，宗文快跑！"姚宗文不知是诈，慌忙勒马窜逃，由于过急，竟摔进一旁的壕沟里。廷弼大笑道："宗文兄，我说得不错吧？你们……靠嘴巴吃饭的人就是不行！"

姚宗文满面涨红地从沟里爬上来，愤愤地说："你呀，算是什么朋友！"从此和廷弼绝交。

那个刘国缙后来也成他的敌人。辽东虽是险地，可也是块肥肉。很多人都想借给辽东募兵筹饷大捞一把，刘国缙也揽到了这个活儿。他给熊廷弼募了一万七千新兵。这些新兵很不顶用，只蒲河一役就溃散了，导致蒲河失守。要是廷弼把这事遮掩过去也就算了，可是他是个眼睛里不容沙子的人，他上书对刘国缙大加揭露、斥责。刘国缙在朝廷中，是属于魏进忠（即魏忠贤）一党的，却轻松地过了关。从此，他也和熊廷弼势同水火。

像一切心地坦荡的人一样，人家已经在算计他了，他却毫不在意，依旧我行我素。这次来辽东，本来如同救火，可是他还带了个小妾和许多家人，好像要在那里安家似的。

那个小妾，名樱红，是一大户人家的丫头，生得娇小玲珑，蛾眉柳腰，一行一动柔若无骨。廷弼常把她抱在怀里，像小猫儿似的抚弄着。

这小女人不仅生得乖巧，还颇通音律、诗文，这也是廷弼喜欢她的原因之一。他想，到了辽东，举目无亲，军旅生活是很寂寞的，有樱红在身边就好多了。

是的，樱红并没有妨碍他的公务，他依旧是雷厉风行。

出了长城以后，沿途到处是逃亡的难民。他们扶老携幼、拖大带小、蓬首垢面、哀叹号哭。一位老汉像是走不动了，倒在路旁的草地里休息。廷弼走到他的面前，把他扶了起来。"大爷，饿了吗？"

"谁不饿呢，我已经两天没吃东西了。"老汉回答。廷弼要侍卫拿东西给老汉吃。老汉吃饱后，又把剩下的装进自己的破烂布袋里。"你们到哪里去呢？"廷弼问老人。老人望望他，眨眨眼睛。大概是在想：这是个什么人呢？敢和他说实话吗？侍卫们对他说："在你面前的是新任辽东经略，是长城以外最大的官儿了……"老人听了，跪下来给熊廷弼磕头。廷弼叫侍卫拿过两副马鞍。让老人坐了，自己坐在老人的对面。

老人说："老爷，咱们是到关里去……"

廷弼说："关里人口稠密，地少人多，怎么养活你们这么多人呢？"

"没想那么多。"老人用衣袖使劲地抹着脸，他想在大人面前，把自己弄得干净些，"大家都想：到了关内，就是死也死在自己人那里……大人，您不知女真人的可恶呀，他们见了汉人就杀，不论老人、孩子都杀干净！"

"明军还有几个将军在那儿呢，刘遇节、王捷、王文鼎他们不是守在开原、清河、抚顺那儿吗？大爷，知道这些人吗？"

"怎么不知道？"老人说，"他们怎么会管老百姓？他们还没见女真人的面，就自顾自地跑了！跑得比兔子还快哩！"

"老人家，家里还有什么人？"

"有老伴、儿子、女儿、媳妇、孙儿孙女，可全呢。都是一齐跑出来的，可是，女真人一冲，就都跑散了，谁知这辈子还能不能见面呢！……"说着，老人哭了起来。

廷弼把一锭银子放在老人手里，握起他的手，劝他说："老人家——求你帮我一个忙，就是劝逃难的人回家。廷弼没有别的本领，但能和辽东人民共生死！只要我在辽东，就不让努尔哈赤和他的八旗兵侵犯辽、沈！——你相信我的话吗？"

"相信！相信！"老人又给熊廷弼跪倒，"你能对一个小小老百姓说这话，你就是一位顶天立地的大元帅！像岳飞、韩世忠那样的大元帅！"

离开老人，熊廷弼下令在各个路口把逃难的人拦住，要跟随的侍卫、幕宾和随从劝说他们，动员他们各自回家。许多人听从了，也有许多人仍像水一样向关内流去。

几天之内，辽东大地都知道来了一位新的大帅，像岳飞、韩世忠那样的大帅！人心安定了许多。

努尔哈赤听说熊廷弼来了，一时不知道他会有什么动作，就主动地后撤了几里，还放弃了沿战线的十多个村镇。这影响是大的，辽东的形势向着有利于大明的方向转换。熊廷弼到了辽阳后，那几个逃跑的游击、参将都去经略府报到了。

按过去的成例，新来的经略总是对这样的人慰劳一番，奖勉一番，然后就派给他们适当的职位，让他们在自己的麾下效力。因为这里的边将跑跑窜窜的都是常事，没人拿其当失职对待。可是这回不同，熊廷弼把他们抓起来了。

隔了几天，京师方面就有人跑来给被抓的人说情了。有的拿着朝廷高官的书信，有的带着金银财宝。说情的人，熙熙攘攘、络绎不绝。

熊廷弼决心做一件振聋发聩的事。

一天清晨，锣鼓声震动了辽阳城。

人们前一天就看到了处斩逃将的布告，所以顶着满天星往城中的校场走去。

辰时稍过，几辆囚车被百名军士押解到校场示众。他们是镇守过开原、铁岭、抚顺、清河的游击、参将、裨将刘遇节、王捷、王文鼎，贪将陈仑等四名。他们被晾在校场上，对熊廷弼极为恼恨。不过他们以为大帅只是拿他们显显威风，不一定就真要杀他们。

到了午时正刻，一队队的仪仗来了。最后来了两乘大轿，一乘金幔的大轿抬来了皇上的御赐尚方宝剑，一乘绿幔大轿抬来了新任辽东经略熊廷弼。

熊经略下轿后，先带领众官员对尚方宝剑三拜九叩，然后宣布犯官犯将的罪状，斥责他们身为大明边将，不为国戍边，却慵懒怠惰、鱼肉民众。努军进犯，竟置生民、君恩于不顾，临阵脱逃……实不杀不足以正国法、平民愤！……

到了这时，罪犯们才知道这位新来的经略大帅要真的宰他们，一齐哀叫、求饶。

"斩！"熊廷弼喊。

罪犯们被从囚车里拖了出来，刽子手大刀一挥，他们就身首异处了！

辽阳还有一个该杀的官，熊廷弼却不敢动他。他就是镇守铁岭的总兵李如桢。他是功勋赫赫的已故大帅李成梁的儿子，和杨镐一起被拿问的李如柏的弟弟李如桢。铁岭被围后，他不领兵援救，城破后又不自领罪责。可是他在京师有着千丝万缕的关系，许多人拼命地保护他。为了他，甚至连方从哲这样的首辅大臣也给熊廷弼写来了信。熊廷弼的尚方剑一时也不能奈何他。

于是，熊廷弼先行把他撤职，然后劾奏罢黜。这是一着险棋，好在几天后，朝廷准了他的奏请，召李如桢回京，以总兵李怀信代替他。

熊廷弼这三下"开山斧"打开了局面，辽东军民上下一心、号令一致。

然后，熊廷弼便在辽沈一线开始浚壕缮城、筑寨建垒，做坚守的准备。同时他督军士造战车、铸火炮，打造新式弓弩，教导将士演习新的战法。他的这些做法都大大地增强了辽东军民的信心。

此时，辽阳和沈阳之间有些路口已被后金军切断。熊廷弼派佥事韩原善前往沈阳组织双方夹击事，以恢复交通。可是韩原善怕得要死，不敢出辽阳一步。

熊廷弼很生气，他又派佥事阎鸣泰去，他比韩原善好些，也只敢走到虎皮驿，回来后，他朝着熊廷弼痛哭，请求处分。

熊廷弼明白只用惩罚的办法也不行，得给他们做出榜样。他仅带了百名精兵，从辽阳出发经虎皮驿到沈阳，又从沈阳到了抚顺。给他们出主意，督促他们勇敢出击，打通了绵亘千里的防线。

这时已是数九寒天，他的顶风冒雪、不避艰险的精神深深地感动了戍边的各级将士。从而稳定了人心，提高了他们的战斗力。

可是，皇太极不甘心这条战线挡在他们面前，很想试试它的坚固性。

这年冬末，他向努尔哈赤请求带兵向沈阳做试探性进击。

努尔哈赤极为犹豫。他和皇太极骑上马，一直走到沈阳城边。

他用马鞭指着那黑压压的城墙对皇太极说："你瞧，真像铜墙铁壁，这个熊廷弼非同一般呀，他知道我们的长处，也知道自己的短处，所以，他来到辽东后，就构筑了一个个的窝，然后就躲在窝里不动。咱们去攻打，徒然地损兵折将。"

"那么，我们惹他出来呀！"

"他不是张承荫，不是杜松，也不是刘綎……"

"他就永远待在他的窝里吗？"

努尔哈赤摇摇头，说："现在是冬天，到明年春暖花开，你看吧，他就会步步为营地向前推进了，他会把堡垒筑到我们家门口的！"

"他想把我们挤死呀？"

"一点不错，那就是他的打算。"

"我们就没办法了吗？"

"有，咱们的办法在大明的朝廷里……"

"说一说呀，父汗！"

"熊廷弼是个有才能的将军，越是有才能他就败落得越快，因为，大明朝廷里满是妒贤嫉能的人！他们会把熊廷弼这块大石头替我们搬掉的！"

努尔哈赤在这一点上比皇太极眼光锐利得多，没用了一年，明廷就把这件事替他做了。

第九章　明廷轻易帅　英雄无奈叹

1

九月，后金发生了一件叫人大吃一惊的事。代善之子硕托企图弃金投明，半路上被追回来了！这是件出人意料的事！在后金贵族中几乎不可能发生的事！

为什么天潢贵胄、太子之子、努尔哈赤之孙竟要投到他们的死敌——明朝去呢？

努尔哈赤怒不可遏，他想把叛逃者连同他们的全家一齐杀死！但他被范文程、皇太极等臣子劝住了。

范文程说："不管出于什么原因，都要把真实情况弄个清楚，只有调查得水落石出，才能警戒臣下、惩前毖后！"

努尔哈赤冷静下来，命令把叛逃者关进大狱，调查、审讯。

当然最受震动的是太子代善。半年前他和父汗大福晋的事，已经弄得十分尴尬，他在父汗面前失去宠信，在兄弟臣下中丢尽了颜面。现在又出了这么一件大事，他觉得实在无法自处了。

他在父汗脚下跪下来，说道："父汗，您把硕托交给我吧，我要亲手把他杀掉！"

这时，努尔哈赤却心疼起孙子来。平时，硕托是招努尔哈赤喜欢的，在征战中他的表现也是好的，年纪轻轻就有立功的表现，且能吃苦劳。

"代善，你是怎么教导孩子的？"努尔哈赤痛心地问。

"父亲，我在战场上，有时几个月不回家……"

这也是个理由，努尔哈赤想。可是爱新觉罗的成年子孙，哪个不是南征北战，又有谁家的子弟做出这样的事来呢？他觉得范文程说得对，一定得把事情弄个水落石出才行。

起初，努尔哈赤想把调查的责任交给皇太极，可是皇太极推脱了。他说：

· 167 ·

"代善是我的大哥，我不好做这件事……"他推荐了大将阿敦、额亦都和扈尔汉，让范文程协助。

阿敦是五大将之一，姓爱新觉罗，是努尔哈赤的本家。在统一女真部落中屡立战功，是努尔哈赤最信赖的近臣之一。他除了是统兵大将外，还是努尔哈赤的侍卫头儿。逢到大的典礼，他就站在努尔哈赤的身后，所以被人尊称为阿敦吓。"吓"就是侍卫的译音。

在后金的统治集团中，他和皇太极走得最近。

其实，皇太极很清楚硕托逃跑是因为什么，但他不愿意说出来，也不愿再招惹代善。因为，他明白代善这一次是彻底完蛋了，用不着再做些什么，他要在兄弟们中留个好印象，不想在这件肮脏的事情上染上污迹。

实际上，这也不是件难查的案子，很快，事情就弄清楚了。

原来代善很听他继妻的话，虐待前妻之子硕托，使硕托在家无法生活，极为沮丧。他想向祖父禀告，可是又碍着父亲。将来如果父亲袭了汗位，那他更是死路一条了！于是他在生母的墓前哭了一场，就逃跑了。

努尔哈赤听了调查的结果，对孙子动了怜悯之心。

他立刻下令把硕托从监狱里放了出来，抱着亲着他说："孩子，你为什么不对爷爷说呢？你该对我说呀！"

"我不敢，爷爷……"

"有什么不敢的！大金是我创的，你父亲的太子是我封的，你爷爷还没死！"

说着，努尔哈赤满眼是泪。

"爷爷……"硕托跪下来抱着努尔哈赤的腿哭道，"我一时糊涂，犯了大错！"

硕托知道无论如何，想逃到大明去是不对的，只这一点就该处死。

努尔哈赤把硕托拉起来，说："是呀，你不该那样做。爷爷饶你这一回，以后可不许了。"

"谢爷爷开恩！"

"硕托，今后，你如果还跟着你父亲过，很好，他也不敢再虐待你了。"努尔哈赤爱抚地说，"你要是不想跟父亲过了，就到爷爷这里来……"

硕托给爷爷磕了头，表示愿意跟着爷爷。

于是，努尔哈赤把硕托划到自己的旗下。

事情弄明白了，许多事实证明代善不仅虐待硕托，还想杀掉他！努尔哈赤越想越生气。他觉得代善比那个死了的褚英也好不了多少。他野心是小了些，但一样的心地狭窄，残忍无道。他连前妻生的儿子都容不下，如何容得了天下人！

第二天，努尔哈赤召开了有长辈、贝勒和大臣参加的会议。

他把代善叫到面前，严厉痛斥道："代善，你是我哪个妻子生的呢？不也是前妻吗？但我是怎么对待你的呢？我曾把你看作我的骄傲，十分信任你，屡次奖励你，还想把国家交给你，封你为后金的太子！想不到你竟是这样的人！"

努尔哈赤是很坚强的人，他不会当着众人哭泣，但他说话时，喉咙间有着哽咽的声音，这就使人感到他是如何痛心！

他让阿敦、额亦都等人揭露代善的犯罪事实。

阿敦说了很久，额亦都又做了补充。

代善虐待、迫害前妻子女的事实难以抵赖。除了对他们经常打骂外，还分给他们破房子、劣马，克扣他们应得的战利品。分给他们的"诸申"（百姓）都是没有劳力和财产的困难户，而把有"油水"的富户都分给后妻所生的孩子。

"代善，你说一说，当年我是怎么做的？"努尔哈赤气愤地高声叫道，"我把最好的'诸申'赐你管理，你为何不学我的样子呢？你为什么这样虐待岳托和硕托呢？"

努尔哈赤气得喘不过气来，他要贝勒和大臣都说一说自己的看法。

但下面的人都低头沉默着。

"说呀，你们！"努尔哈赤叫道。

还是没有人说话。

"阿济格，你说！"努尔哈赤点了刚刚有资格参加这样会议的十三子，"你还是个孩子，该能够对我说实话吧？"

阿济格站起来说："我说，我不敢对父汗撒谎，他们都怕大贝勒……也怕他的大福晋，要是惹着他们，将来他做了大汗，还能有好果子吃吗？"

"是这样？"努尔哈赤又指定几个人发言，他们说的和阿济格差不多。

"是呀，一个人居然想把自己无辜的亲生儿子杀死，还不可怕吗？"

代善知道自己要大祸临头了，仰起脸分辩道："父汗，我绝不是无缘无故要杀硕托的……"

"为了什么？"努尔哈赤问他。

"他干下了大逆不道的事！"

"什么大逆不道的事？说出来！"

"他偷着和他的庶母通奸……是我的小妾喀勒珠对我说的。"

"有这些事吗？"努尔哈赤看着阿敦。

"大汗，绝对没有！"阿敦说，"喀勒珠是在大贝勒的继妻指使下编造谎言诬陷硕托的！"

"我得信谁的呢？"

"大汗，我们已经取得证据了。那个喀勒珠现在门外，时刻等待大汗的传讯！"

代善没话说了，趴在地上呜呜地哭。努尔哈赤对代善的作为极为激愤和痛心。他抖动手指点着代善说："你……你……你这个逆子！你偏听继妻之言，竟要亲手杀害亲生儿子！这样的人，怎能指望你好好对待自己的兄弟？怎能指望你好好对待臣子、百姓？这样的人哪有资格做一国的国君？我怎敢把一国的大权交付给你呢？我……险些铸成大错！"

下面的人屏息敛声地听着，都知道那件大事就要发生了……

"父汗……"有人跪在努尔哈赤面前说话了，他是皇太极，"能允许我说几句话吗？大哥的罪过是很严重的，但是，他为金国出生入死，立下了不可磨灭的功绩，除了对待家人外，他对兄弟们还是宽厚的……要不是大哥的辅佐，我和将士们完成不了您委托给我的指挥萨尔浒大战的任务……"

"别说了！"努尔哈赤一口喝住皇太极，"你总是为你大哥说好话，快要不分是非了！"

斥退了皇太极后，努尔哈赤当众宣布：废黜代善的太子位，收回他手中的所有大权，并将其专主的僚属、部众尽行褫夺。从今以后他只是一个普通的庶人……

2

代善被废为庶人后，极为痛苦。他绝望极了，几次地想拔刀自裁，都被他的侍卫救下了。

"滚，不要管我！"他吼道，"我现在什么都不是了，没有了父汗，没有了家庭，没有了子女，没有了侍卫……你们还在这里干什么？"

是的，代善是该遭到树倒猢狲散的命运的，可是，仍有一个人在为他奔忙着，那还是皇太极！

他跑到父汗面前，继续为代善说好话。他说把代善废为庶人的处分是不是有点太过了？纵然他没有资格做太子了，还可以做贝勒、做大将嘛！

"给代善一个将功赎罪的机会吧……不给代善出路，也是后金的一个损失呀，他还能为您为后金做许多事情呢！"

大汗默默地听着，他冷静多了。但他没说什么，只是拍着皇太极的肩膀说："我的孩子，要是代善有你这样宽容、大度就好了！"

已经几次了，每逢代善失分的时候，皇太极就得到加分。

皇太极看到父汗的心活动了，知道他在心底里舍不得儿子！于是，就更来了劲儿。

他命令代善的侍卫继续看好他们的家，保护好大贝勒，不能有一点闪失。

一天晚上，代善正如坐愁城，皇太极走进来了。

"大哥……"

"皇太极，你没有我这个大哥了……"代善哭道。

"大哥，你永远是我的大哥！"

皇太极傍着代善的身边坐下，用衣袖抹着他的泪水。

"大哥，不要绝望，事情还不是不可收拾……父汗等待着你向他痛心地认错呢。"

"真的吗？好弟弟，你是安慰我吧？"

"这时候，我还敢跟你说假话吗？"

"告诉我，我得怎样做，父汗才能饶恕我？"

皇太极叹口气，说道："大哥，这件事是你听了老婆话引起的。恕我说句实话，事情都是你那继室给你惹的！父汗对你只是埋怨，对那婆娘才是真恨呢！"

"要是我把她杀了呢，皇太极？"

"我不敢说……"

他们又说了一会儿话，皇太极就告辞走了。

代善一直像个泥胎似的坐着，过了夜半，他才下定决心，摸起他的腰刀往外走。

到了院门那儿，他又站住了。

他的继妻名叫布尔吉，是叶赫人，是前几年和叶赫交好时娶来的。她生得美丽、娇小，代善爱如心头肉。布尔吉心眼细小，性格凶残，代善是知道的。但爱掩盖了一切，她怎样做怎样说，代善都言听计从，所以酿成了今日的一场大祸。

后金汉子，只要养得起，可以娶好多老婆，特别像代善这样的特殊人物，更是没有限制。可是他们都知道：身边的女人虽多，可是称心如意的就难寻了。代善想：要是家里没有了布尔吉，那个家还是个家吗？

天亮时，他来到继妻布尔吉的床前。

布尔吉正睡得酣。

大概她也是辗转反侧到天明吧？是的，一定是这样。你瞧，炕上的皮褥都揉皱了，烛台上的蜡油流了满满一碗……

"叫醒她，说几句话呢，还是趁她睡着，给她一刀？……"

代善哭了。

布尔吉的睡态也是美的。她那娇俏的脸，她那小巧的鼻子，她那长长的睫毛，她那有点肿胀的小嘴……代善想起和她一起度过的那些美不可言的夜晚，想起她像泥鳅一样缠绕着他，对着他的耳朵没完没了地絮叨……

他浑身发烧了，把刀扔在地上，伸开双臂要抱她。

忽然，布尔吉醒来了，向他睁开那双被睫毛笼罩着的秋水般的眼睛。

"代善，你来了？"

就在这时，代善从地上拾起刀，向她细细的脖子砍去。

只轻轻地响了一声，布尔吉的头就滚在枕头下面。她那俊美的眼睛写满了诧异。好像在问："怎么了，代善，这是为什么？……"

太阳出来后，代善跪到了父汗面前，说：他已经把那个拨弄是非的婆娘杀了，并痛心地向父汗忏悔了自己听信继妻谗言、迫害自己亲生的罪过，表示要坚决悔改。

努尔哈赤听了，久久地没有说话。

他觉得有些轻松，这几天他一直心疼自己的儿子，深感处分有些过分，可是又不好回头。中国历来的皇帝都是金口玉言，后金大汗虽没有达到这样的极致，但也不能出尔反尔，现在下台阶的机会来了。

正好，皇太极推门进来，他没有说话，只是在代善身边跪下了。

"好了，你们都起来吧……"努尔哈赤说，"代善，你知过即改就好……你得向你的弟弟皇太极学习呀！你瞧他心胸多么宽广，这几日，他一直为你着急……"

代善和皇太极搂抱在一起。

努尔哈赤原谅了代善。虽然不能再让他做太子了，却还给他被没收的僚属和部众，恢复他贝勒的爵位。使代善没想到的是：仍让他位居四大贝勒之首。

经过这场事变，屡遭摧残的努尔哈赤的身体更加衰颓了。如果不议论国事，不谈论战争，他常常现出一副委靡之态。后金朝廷的臣子们都明白，转捩乾坤的一代英豪，他的日子不多了。

3

黎明——大明的弘德殿外的走廊、台阶，以及院子里簇拥着许多人。那是在京的四品以上的臣僚们。

他们在丑时正刻就被传唤了来，为的是等待万历皇帝咽下最后一口气。

这时，万历躺在东暖阁的一张大床上。他瘦得只剩一把骨头，那张明黄色的绣着张牙舞爪长龙的薄薄的绸被子，搭在他身上，几乎是平平的。

几天前，朝臣们就知道皇上"大渐"了。所谓"大渐"，就是皇上的病已无药可医，就要一命归阴了。可是没想到拖得这么久。

正史上没说他生的是什么病，可是从另外几本史书的描写猜度，他很有可能得的是一种肠癌。他先是吃不下东西，后来就不住地泻泄。粪便早就没有了，就拉脓拉血。那种叫人受不了的恶臭，弥漫在周围的宫院里……

太医们对皇上的病束手无策，可是，他们能够断定他已病入膏肓。其间，也有大臣向皇上进过一些民间的验方，吃了一两剂，都没见效。一两天前，那股臭味忽然没了，太医头儿就哭着上奏皇后说："……皇上就像烛油燃尽，无心眷恋这个凡世了……"

于是，皇后忙着传见王爷和近臣，把皇上大渐的消息告诉他们，叫他们做好准备。

其实，他们早就准备着了。

可是，皇上的病又好了一两天。他把近臣如英国公张惟贤、大学士方从哲、尚书周嘉谟与黄嘉善等召了来，勉励他们勤于国事，辅理嗣君。大臣们也对皇上说了几句宽慰的话。

那也许是一种回光返照，皇上拉着他珍爱的娇妃的手，想说点什么，可是一个字也没说出来，就处于昏迷状态了。

娇妃立刻被撵了出去，因为她没有品位，没有资格待在皇上身边。

清太宗皇太极

暖阁以外宽阔的正殿里，候着皇子和皇孙，以及有品位的妃嫔。走廊上站着的是以方从哲为首的阁臣们。

皇上面色蜡黄，嘴半张着，正呼呼地喘气。他的周围是皇后、贵妃，还有几个贴身的大太监。

太子朱常洛这年三十六岁了，可是他没有一点壮年人的朝气。乍看起来，他比父亲年轻不了多少，听说他也是一身的病。但无论如何，他是应该在这里的，可是他说：他怕……

他怕什么呢？是怕他的严父，还是怕这种谁也不待见的场面？这时，他就站在半掩的阁门前，似乎在谛听父皇艰难地呼吸。

忽然，门开了，老太监刘公公伸出头来说："千岁，皇上传见您……"

朱常洛吓得要死，他突着两只大眼睛望着刘公公："怎么，父皇要我……去？"

"是的，千岁。请您来……"

他一步抢进暖阁，要不是刘公公一把拉住了他，非自己绊倒自己不可。

皇后走过来，弯下身对他说："父皇要对你说话……"她又对着皇上的耳边低声说着什么。

突然，看样子已经死去的皇上睁开了眼睛，他朝朱常洛稍微歪过头，似乎说了几句话，可是朱常洛没听清楚。皇后把太子拉起来，让他把耳朵对着皇上的嘴。

朱常洛这样做了。

皇上说话了，虽然，他说话时，舌头有点直，可还是能够听得清楚。

"……常洛，朕要去了……朕没像列祖列宗那样创下什么丰功伟绩，可也没给他们丢失什么……下面就要看你的了……亲贤能、远小人……国内是不足虑的，你要……你要……"他伸出手，向东指着。

朱常洛没有领会父皇的意思，傻乎乎地看着皇后。

皇后离皇上远一点，不能完全听到皇上断断续续的话，但又不能不回答太子，就说："我的孩子，皇上说，以后，他就要把万里江山交给你了！……"

朱常洛呆了一会儿，接着，就吓得要死似的跪在床前，尖声细气地叫道："父皇，别的呀！……这皇帝还是你来当吧！儿子没有本领……"

不知皇帝听没听到朱常洛这些不争气的话，反正他把头一扭就没气了！

接下来就有点乱糟糟，皇子皇孙们、后妃贵妇们、朝臣们把早已准备好的丧服穿上，按内外、品级一批批地进宫号哭、拜祭。

朱常洛一直跪在灵前，直到大殓他才被人扶了起来。

时，万历四十八年七月丙申日（1620 年 8 月 18 日）。

朱常洛这几天就像是个没有生命的木偶，一切都听从太监和大臣们摆布，在大行皇帝（大行皇帝，是指刚刚死去，还没来得及给他加尊号的皇帝）灵前跪拜、哭号，换上龙袍登基、接受群臣的朝贺。再脱下龙袍换上孝服把父亲的棺椁送进定陵……

他没有感受到从千岁升到万岁的喜悦和激动，相反，他倒羡慕起已经宾天的父皇来。

父皇倒没事儿了，躺在那个为他建造了十八年的豪华地宫里。可是他呢？

正如他之所愿，他没当了一个月的皇帝就跟他的父皇去了。得了个庙号：光宗。

他的儿子朱由校才是个十几岁的娃娃，被他的奶妈客氏和太监魏忠贤抱上了皇帝的宝座。

大明朝廷一两个月忙着办理登基和出殡，谁也不知该喜还是该忧，连表情也来不及更换。可是，那些理智的臣僚都明白延续二百多年的大明是快要完了。

皇上冲龄（幼小）即位，阁臣们有辅佐之责。可是真正管事的是两个人，一是那个曾奶过皇上的客氏（现在已被封为"奉圣夫人"），一个就是新任秉笔太监魏忠贤。

几个月朝廷没顾得处置军国大事，攒下了一大堆。

大学士方从哲和几位内阁大臣把急于要办的大事一一上奏，其中就有几位言官参劾熊廷弼的奏本。

"主要劾他什么事？"代表皇上问话的是魏忠贤。

"魏公公，主要劾他'废群策、雄独智，军马不训练，将领不部署，人心不亲附'，还揭露他'出关逾年，漫无定画。蒲河失守，匿不上闻。尚方之剑，逞志作威。'……"方从哲说。

"这些……都是真的吗？"

方从哲过去曾经看好熊廷弼，也为他说过许多好话。这一年来，他也有点讨厌这个恃才傲物的家伙，于是他说："大体上……是不错的。熊经略有点辜负先帝的重托！"

"那就把他撤下来！不能把东北边防这么大的事交付这么个不可信赖的

人!"魏忠贤皱起眉头。像魏忠贤这样的人,先天的就对那些自诩耿介忠贞的大臣没有好感。

"好,好,臣下遵旨!"方从哲说。虽然面前是个太监,却要把他的话当作圣谕来对待。

"那么,方大人认为谁去代替他好呢?"公公问。

方从哲只想把熊廷弼拉下来,却没有想到公公立刻就问起代替熊廷弼的人选来。他想了想说:"就叫金都御史袁应泰去吧……"

"那你就去拟一道诏令:任命袁应泰去经略辽东!"

4

新皇即位,在外的将帅还来不及表示什么,不到一个月就又死了,现在在位的是熹宗皇帝。熊廷弼领衔和辽东的督抚将帅上了一个奏章庆贺。

光宗即位是为泰昌,现在已是天启元年(1621年)了。现在,正是关外一年中最好季节,辽阔的平原上色彩斑斓,金黄、火红、深赭、靛紫。就在这一片片的暖色中,也点缀着几点翠绿。天上万里蔚蓝,一堆堆的白云和地上的羊群相映成趣。大雁开始南归了,一队队一行行地慢慢地掠过,抻着长颈凄凉地叫着,使那些多愁善感的文人顿生"人生苦短"的感叹。

熊廷弼从前线视察归来,樱红伺候他把征衣换了,正要问他怎样准备饭菜,他说:"就两个人的吧,你和我。摆在院子中间那葫芦架下。我想:今晚的月色会是很不错的。"

以往,他要是白天回来,他总是邀几位同僚一同喝几杯酒,借以商议目前几样急办的事。那样樱红只好在一旁谨慎伺候了。

一年来,熊廷弼忙于军务政务,很少有时间和樱红过上一个轻松的晚上。

"樱红,冷落你了,你别怪我,等过些日子,我一定和你好好地乐上一乐!"

这样的话他不知说过多少遍,后来不好意思了,就改口说:"你看,我总是没空,不过,幸亏有你在这里。我在戎马倥偬中一想到家里还有个你,心里就涌起一股温暖,再累再苦,也甘之如饴了!"

听他这样说,樱红就忍不住要落泪,可是她还是笑着打趣道:"相公,我有那么大的用处么?那,我真的没白跟你来辽东一趟。"

前年,熊廷弼正在家乡赋闲,没事儿,他常到本乡的一家姓沈的乡绅家。

那沈姓当家人沈养正和廷弼年岁相当，也是个风流才子。祖上曾在朝做官，后来归隐田园，现在已家有千顷了。每当谈起朝廷时事，他们的观点常常一致。激昂时，捶胸顿足、唾花四溅，悲伤处，相对唏嘘，摇头慨叹。日子一久，那沈官人看出廷弼对他的小侍女樱红很是怜爱，常常邀她弹着琵琶唱歌，唱的多是《满江红》之类慷慨激昂之词。那樱红似乎也很钟情于这位年纪不小的公子，唱得分外动情……

去年廷弼奉诏将要经略辽东时，沈养正设宴为他送行。宴终时，他牵着樱红的手，把她送给了廷弼，"此去关山万里，雪地冰天，就送一婢子给阁下暖足吧！愿大帅旗开得胜，早日凯旋……"廷弼虽再三推辞说："挚友之爱，断不能夺！"但还是收下了。

自廷弼到沈家，樱红就一直称他为相公，跟了他后也没有改口。

樱红把一张小桌放在葫芦架下靠院子的一边，使相公待会儿好看到月亮。她和丫头们弄了几个小菜，虽不丰盛，但都是相公爱吃的。

等月亮升上来，樱红就去请廷弼，见他已伏在床上睡着了。

樱红想：今日就让他睡吧，他也太累了。说是想观月小酌，那不过是为了她……

她把被窝铺好，就轻手轻脚地给他脱着靴子，才脱下一只，廷弼就醒了。

"相公，今日就算了吧。你好好睡，再说月亮也不圆……"

廷弼坐起来，揉揉眼睛说："我好久没听你唱歌了。有时，我在马上就哼起来，惹得侍卫们都笑我。"

相公是领兵的大帅了，人也已近半百，可是他仍像个初落情场的年轻人。看他这样，樱红笑他又疼他。

他们携着手走到葫芦架下小桌边，丫头们服侍他们坐下。

廷弼连尽三杯，樱红却只沾了沾嘴唇，她怕弄坏了嗓子。

这时，月亮已升上中天。今晚是八月十三，月亮是不很圆。可是廷弼自有他的说法，他说："我不爱圆月，我欣赏的是十三四的月亮。月亮太圆满了，就要走向缺损。看来我熊廷弼还有更圆满的前程……"

也只有他这样的人才把话说得这么显露。

樱红没说话，她看了廷弼一眼，低头想了一会儿，就叫丫头去拿琵琶。

"相公想听什么呢？"樱红把琵琶抱在怀中，弹了两三声，问道。

"那还用问吗，你知道的。"廷弼已有些酒意了。

樱红好像早有准备，顺手弹了几句引曲之后，就低声曼吟起来：

> 琵琶起舞换新声，
> 总是关山旧别情。
> 缭乱边愁听不尽，
> 高高秋月照长城。

"好……王昌龄这首《从军行》直白自然，但有些悲凉。"

"相公不是爱听我唱王昌龄的绝句吗？"樱红抬起头，廷弼看见她的眼角有亮灼灼的几星泪光。

"是的，他的绝句是好，能不能给我唱一首雄壮一点的？"

樱红点点头，一边轻轻弹奏一边想着。忽然她的琴声高亢起来，接着，她唱道：

> 青海长云暗雪山，
> 孤城遥望玉门关。
> 黄沙百战穿金甲，
> 不破楼兰终不还！

樱红一连把这首绝句唱了两遍，那铿锵的琵琶声和她激扬的歌吟把在座的人带往那个风急云暗的古战场。两个丫头终于忍受不了，掩着脸哽咽着进房去了。

"……青海湖上的乌云一片连着一片，遮暗了雪山，站在孤城上遥望远处的玉门险关。"廷弼好像怕别人听不明白，一句句地解释着，"守卫边疆的将士们在大漠中打了不知多少仗，瞧，他们铁片做的战衣也磨破了！可是他们下定了决心，不打败敌人决不踏上归途！……啊，如果今天的将士们都有这样的壮志，辽东早就安定了！"

樱红没有说什么，依旧沉浸在王昌龄的边塞诗情里。

她接着唱道：

> 秦时明月汉时关，
> 万里长征人未还。
> 但使龙城飞将在，

不教胡马度阴山！

熊廷弼听了感叹再三："而今大明朝中谁是那镇关大将卫青、李广呢！有么？他们在哪里……"

樱红望着廷弼，深情地说："相公不必慨叹，那飞将军如果生在今日，也不过做相公这样一些事！"

廷弼注视樱红良久，他觉得小觑面前的这个女人了。说实在的，过去他只把她看成是一个可爱聪慧的女人，把她带在身边只是为了慰藉军旅中的孤寂，没想到她能说出这样的话来。看样子她对今日的大势也是看得清清楚楚的。

"是的，正如你想的，我熊廷弼也只能如此了……"接着，他像是问樱红又像是问自己，"我还能做些什么呢？……"

又过了一会儿，他们无言相对，微风吹得葫芦叶飒飒啦啦地响，更添了无限的冷清和落寞。

"相公该安歇了……"

"是呀，明日还要早起和几位参将去巡视新辟的战线。"

他们站起身，踏着地上斑驳的树影向房中走去。就在这时，院门无声地开了。廷弼回头看时，只见副将急急忙忙地走进来。看他的面色，廷弼就明白了大半。

"大帅，京师来了一位孙公公……"

廷弼摇摇手，叫他不要说下去。"好，咱们到前面去……"

走了几步后，他又扭回头来到樱红身边，搂着她的肩膀说："别怕，没事儿的，也许咱们就要回京师了，你不是想家了吗？回房睡吧，别等我。"

廷弼一进府衙的敬事房，面前就站起一个人来。他认得那人，是朝中新升任的秉笔太监魏忠贤面前的人。

"熊廷弼接旨！"

熊廷弼跪了下去。

公公开始尖声尖气地读着圣旨。廷弼尽管心里已经有所准备，可仍然像一棒子打蒙了似的，有点昏昏然。圣旨很快念完了，他却没记住多少，只有这么几句在头脑里轰响着："出关一年，了无成绩……军马不训练，将士不部署……荷戈之士，徒供挑唆……拥兵十万不能斩将擒王……"末后是"敕令缴还尚方剑，席藁待罪！……"

大概廷弼呆了好久，他听到孙公公催他道："熊大帅，谢恩吧！"

"谢万岁洪恩……"熊廷弼磕下头去，等抬起头时已是满脸泪水……熊廷弼戴罪回到京师。这时，他的头脑清醒了许多。他知道了自己所以被赶下台来，不是由于犯了什么错，也没有圣旨上说的那些罪状，而是惹着了朝廷里的权臣。其中就有他过去的朋友，现在的仇敌姚宗文和刘国缙。他们不仅自己交章参劾，还鼓动同党奋力攻击。如御史冯三元就开列熊廷弼的罪状是："无谋者八，欺君者三。"

熊廷弼气愤极了，上书为自己辩解。

可是这类事情往往越辩越辩不清楚。

刘国缙和他的后台已经为熊廷弼织成了一个很结实的网，任他怎么挣扎也绝不能逃脱，只能引来更多的人落井下石。御史张修德、给事中魏应嘉继续上书参劾。

此时，熊廷弼虽弄了个"席藁待罪"，可还没有正式撤职。于是他上缴了尚方宝剑，求皇上罢他的官。朝廷就等他这样做，几天后，他的请求被批准了。要是别人，就这么罢了。可是熊廷弼来了劲儿，一再地上书要求"复勘"。

他说："……辽师覆没，臣始驱羸卒数千踉跄出关。至杏山而铁岭又失，廷臣咸谓辽必亡。而今且地方安堵，举朝帖席，此非不部署、不操练者所能致也！若谓拥兵十万，不能搴旗决胜，诚臣之罪。然求此于今日，亦岂易言！令箭催而张帅殒命，马上催而三路丧师，臣何敢复蹈前轨！……"

这些话说得够尖锐的了。用现在的话说，就是：杨镐的十几万大军完蛋以后，才把这一摊破烂叫我去收拾。等我带着几千瘦弱不堪的人马出关时，还没走到杏山，那个李如桢又把铁岭给丢了。这时，朝廷上的衮衮诸公吓得手足无措，都说辽东算是保不住了。可是现在看看辽东是个什么样子？我们的阵线守住了，什么都有条有理，老百姓也能安稳地过日子。有人骂我军马不训练、将士不部署。不训练、不部署能有现在的局面吗？言官们责备我拥兵十万，到现在还没有把敌人打垮，那确是事实。但原先想达到今天的这种态势也是很不容易的！想想过去的教训吧：你们曾甩令箭催促张承荫冒险进军，结果是叫他白白地丧命；你们曾几次地派快马催促杨镐出兵，结果是三路大军都在冰天雪地中覆没！这事是急不得的，我是不敢重蹈他们的覆辙了……

没有人能够驳倒熊廷弼的自辩，他请求朝廷再派人前去辽东调查。

朝廷便派劾告廷弼的三个御史冯三元、魏应嘉、张修德前往。

这时杨涟出来说话了。他说：叫那三个人去是不公道的，应派另外的人去。经来往驳复，朝廷改令兵科给事中朱童蒙去。

杨涟也是御史，以大胆、耿直著称。前一阶段，他为新皇帝的移宫案拼命死谏弄得更出名了。

事情是这样的：光宗死了后，熹宗即位。抚养他的李选侍与宦官魏忠贤想利用他年幼把持朝政，占据乾清宫。朝臣杨涟、左光斗等人不让李选侍和小皇帝同居一室，迫使她迁出来。暂时，他们达到了目的，可是，他们没有改变之后的宦官专政，终于连性命也搭上了……

朱童蒙在辽东调查了好久，结果对熊廷弼是有利的。

他在给朝廷的奏书里，为廷弼好一个歌功颂德。

他说：我到了辽东以后，将士和老百姓沿途向我哭诉，他们说辽东的数十万生灵都是熊廷弼大人留下的呀！希望朝廷千万不要轻易地说他有罪！谈到蒲河的战役，他们说：当时形势危急，是熊大人不顾一切地策马带兵相救，那是多么壮烈的事呀！……

最后朱童蒙也说了廷弼几句"不是"，但和言官们的不实之词就相去很远了。

这样，熊廷弼就被放过，但不能恢复他的经略职务。

"我还会回辽东去的！"他对朋友们说，"对付努尔哈赤非我那步步为营的战术不可！你们瞧着……"

朋友们觉得在这场事变中，他能逃出性命就不错了。

可是，几个月后，他真的被朝廷起复又去经略辽东了！

这时大臣袁应泰已到辽东视事。他已近五十岁，原任金都御史，《明史》对他的评价是：应泰历官，精敏强毅，用兵非其所长。

他一上任，这两点就充分地表现出来了。

他以辽东经略的身份召集将士于辽阳校场，杀了三匹白马祭奠神灵。在誓师大会上表示要将自己的全副身心放在辽东，并激励将士们说："本帅愿与辽相终始，更愿文武诸同僚与本帅相终始！"

为了树立军威，他请出尚方剑，戮贪将何光先，汰（清除）李光荣以下十数人！然后，他表态说："你们十多万人在辽东一年有余，干了些什么？只是躲在堡垒里面吗？抚顺等地被努军占领着，你们就心安吗？下一步咱们就先把抚顺拿下来，向新登基的皇上报捷！"

这话，他说得就有些过分了。在他面前的是熊廷弼带领了一年的将士，他旁敲侧击地责备他们的熊经略，就不怕他们心里难受吗？

廷弼很注意和将士们共甘苦，但他治军很严，十万人马部伍整肃。袁经略到任后，想把将士们拉到自己一边来，就"以宽矫之"，对将校也多所更易。他没想到：这样一来就乱了套。

他还办了一件要命的事。时，蒙古诸部大饥，许多人逃到辽沈一带求乞。袁应泰一看以为来了"兵源"，就下令招募，一下子就招收了几万人。也有部将劝他不要这样做，"收降过多，恐致不测"。袁应泰哪会听呢！

5

熊廷弼在辽东时，努尔哈赤和皇太极一年多没有对其发动大规模的进攻。他们也曾试探性地在沈阳周边打过几场小仗，可是没得到什么便宜。知道这个熊大人真像山林里的一只"熊"，和他来硬的是不行的，得等待机会的到来。

可是努尔哈赤的八旗兵也没有闲着，他们消灭了和他们对峙三十几年的叶赫。

叶赫在建州的西北部的叶赫河一带。它的先世本为蒙古的土默特氏，后迁至这里，灭掉了扈伦纳拉部而占据其地，从此为女真纳拉。叶赫河流域土地肥沃、水草丰美，农耕、畜牧以及山林采集都很发达，再加上它人口众多，使其成为女真各部中较为强盛的一族。

建州努尔哈赤的突然崛起，引起了叶赫部的本能的惊恐与仇恨。于是便出现了叶赫部纠集九部联军大举进犯建州的军事行动。

在这之后，两个大部落之间虽然停战、友好过几次，甚至彼此通婚，皇太极的母亲就是叶赫贝勒的女儿。但总的说来，它们间还是以战争为主要关系的。因为打不过努尔哈赤，叶赫一直依靠明朝，历年进贡不辍。

明万历三十一年（1603 年），皇太极的额娘病重，临死想见上自己娘家的母亲一面。努尔哈赤便派人前往叶赫，请求叶赫首领、大福晋的哥哥纳林布禄，希望满足将死的人的愿望，让他的岳母前来建州见一见自己的女儿。不幸的是，纳林布禄拒绝了这一请求，皇太极的额娘叶赫纳拉氏就带着遗憾死去了。

努尔哈赤悲痛万分，恼怒纳林布禄的无情无义，并感到这是自己的奇耻大辱！他下决心要报复叶赫！

但真正的原因是叶赫对大明的投靠和依赖。

万历四十一年（1613 年）正月，努尔哈赤灭掉了和叶赫相邻的乌拉部，乌拉的首领布占泰只身逃到了叶赫。努尔哈赤三次遣使要叶赫把他交出，都遭到叶赫的拒绝。

九月，努尔哈赤便统领三万大军征讨叶赫，叶赫首领布扬古向明廷求援。明朝派出使者责令努尔哈赤退兵，并派出游击马时楠等率枪炮手一千人进驻叶赫。

那时，努尔哈赤还不愿公开与明朝为敌，便撤退了。努尔哈赤公布的"七大恨"中便有这么一条。

努尔哈赤称汗建立后金之后，特别在攻取抚顺获得了胜利之后，觉得不可一世，就又出兵攻打叶赫。明朝驻开原的总兵马林立刻率兵往援。努尔哈赤害怕腹背受敌，连忙撤军。

经过几次的用兵不成，努尔哈赤对叶赫更是恼恨不已。他不允许在他家的后院里有敌人的一个据点。

萨尔浒战役结束后，又找到一个消灭叶赫的理由，就是叶赫曾经派出两千人帮助过马林。努尔哈赤声言："这一次如果还不能灭掉叶赫，我就决不回还！"

这时的努尔哈赤已不是往日可比，他的八旗已有十几万人，还曾几次地打败过明军。叶赫也别想明军再来救它了！

天命四年（1619 年）八月，努尔哈赤最后一次率大军踏上讨伐叶赫的征程。

叶赫的两个首领之一的布扬古据守西城，另一首领金台石驻兵东城。两城相距两里，依山而建、坚固异常。

后金的将领中如皇太极、代善、莽古尔泰、阿敏等都参加了这一战役。他们如飓风般扑到两城下，开始猛攻猛打。

初一交锋，一刹那就把城外叶赫的几千兵马一扫而空。两首领连忙收缩入城，企图据城坚守。

叶赫两城壁垒层层，是很便于守护的。可是八旗军凶猛异常，甘愿赴死冲锋者极多，不停地架云梯冒矢攻打。另外又架起从萨尔浒战役中得来的明军大炮，向城中开火。又从地下挖掘地道，填置炸药进行爆破。三天后，两城皆被攻破。

皇太极的舅舅金台石拒绝投降，他带领着妻子儿女龟缩在自己家中，负隅顽抗。他的家建筑在城内一座台地上，易守而不易攻。后金将士在下面喊叫："金台石，下来投降吧，大汗饶你不死！"

金台石提出了投降的条件："我想亲眼见到妹妹生的四贝勒皇太极，只要看到他，我就下来投降！"

努尔哈赤同意了金台石的请求，派人把正在西城作战的皇太极叫来，对他说："你舅舅想见你，你去和他说几句话。如果他投降，当然很好。他若再顽抗，你就挥兵攻打。"

皇太极出现在金台石的高台下，高声喊道："舅舅，你出来呀，你的外甥皇太极来了！"

金台石躲在高墙后面叫道："我从来没有见到过外甥，认不出来！"

皇太极说："你儿子的乳母认识我，让她出来看看。"

乳母站在高台上，立刻就认出了皇太极。

金台石说："既然如此，我就听外甥一句'收养'我的话，如果要杀我，我怎能下来呢？此地是我祖宗之地，死也要死在这里！"

皇太极不忍舅父死在这里，便劝慰他说："舅舅，这些年来，你费尽心机，修建城堡，可是有什么用？现在两城皆破，你被困在高台上，能守多久呢？投降吧，咱们是亲戚，父汗是不会杀害你的！"

可是金台石仍然要皇太极说一句收养他一家的话。

皇太极说："舅舅，过去，你们多次攻伐亲戚，都是斩尽杀绝。我额娘临死前想见一见姥姥，你们却怎么也不允许！你们还有舅甥的感情吗？在近十几年里，父汗曾多次派使者到叶赫来，你们是怎么对待的呢？你们杀的杀，关的关，全不念亲戚之情！现在你们的死期已到，却向外甥讨价还价了！"

皇太极反复地把这些话说了十几遍，金台石仍然无所动，皇太极绝望地说："舅舅，你若下来，我就领你去见父汗，你若再执迷不悟，我就要走了！"

这时，金台石着急了，他站在高台上说："你别走呀，我的外甥！我马上派我的近臣去见你的父汗。"

努尔哈赤对金台石的来使说："过去的事，我不想追究了，你去带金台石来，他投降后，我不会杀他的！"

金台石的使节回去后，便劝他投降，但金台石仍想拖延时间，希望有人来救他。他的妻子儿女见他这样顽固，就偷偷地离开家，跑到努尔哈赤那里去了。金台石见大势已去，便跳到大火中，但他没有烧死，做了俘虏。布扬古放下武器投降。努尔哈赤把他们羞辱一番，带回了赫图阿拉。

从此，女真各部完全统一，努尔哈赤去了一块心病。

但，窝在他心中三十几年的仇恨仍未消解，这天，他把金台石和布扬古叫到面前，瞅了半天后问他们："你们告诉我：你们虽然投降了我，顺从了我，可是我仍然恼恨你们，怎么办？"

金台石和布扬古叔侄一听，吓得要死，连忙给努尔哈赤跪下求饶。

金台石说："请大汗息怒。如今叶赫已是您的了，而且千年万代永远是您的，大汗还生什么气呢？"

"想想你们反反复复，给我制造的那么多的麻烦，我就气得发抖……"努尔哈赤恨恨地说。

"再也不会了，大汗……"布扬古磕头如捣蒜，把头都碰破了，"现在关外的白山黑水都是您的了，连明朝都打不过您，叶赫还反复什么！不会了，绝对不会了！"

"你们说的，我都想到过，可是我还是恨得不得了！"

"那……怎么办呢？"金台石问。

"是不是吃点什么药呀？"布扬古小心地出主意。

"你们得死！你们要死给我看！"努尔哈赤叫道。

第二天他叫人竖了一个高高的木架，把金台石和布扬古吊死了。

努尔哈赤在那木架下，一手擎着酒杯，一手捋着胡须，"欣赏"了三天。

灭了叶赫，努尔哈赤轻松了不少，他的身体却更衰老了。他常对子侄们说："我年轻时就想给女真人建立一个国家，使他们再不受中原汉人的欺侮，现在，这个国家有了，可以和大明分庭抗礼了！只要你们给我守住就好！"

但，当和他谈起辽沈的明军，他的眼睛就立刻放出灼灼的亮光，他说："是呀，后金的国都不能在这小小的赫图阿拉，应该到辽阳去，到沈阳去！"

他的性格在变，变的征兆之一就是爱和小孩子玩儿了。如果没有什么军国要事和大臣们商量，他就到自己的孙儿孙女中去，和他们嬉闹，给他们讲故事。

"来，让我给你们讲一讲咱们的祖先……"

"是哪一位祖先？是老老老爷爷吗？"

"他们的故事已经讲完了，我今日给你们讲的是最老最老的祖先……"

"那他的胡子一定有几丈长了！"孩子们笑起来。

努尔哈赤摆摆手，止住孩子们的嬉笑，轻言慢语地讲开了。

他说：高高长白山绵亘千余里，风景秀丽、巍峨壮观。松花江、图们江、鸭绿江，三条大江都发源于长白山。山上有一大湖，叫作天池。天池东北六十里有一更加秀美的山，名布库里山。山下也有一池，叫布勒胡里，池水澄碧，清波荡漾。湖光山色，风景如画。

相传很久很久以前，天上三位仙女飘然来到了湖边。这三位仙女，大姐叫恩古伦、二姐叫正古伦、三妹叫佛库伦。那天很暖和，她们便下池洗澡。

在水中她们快活地嬉戏完了，正要上岸，只见一只神鹊飞来，落到佛库伦的衣服上，把一只通红的小果子放在上面。

她们上岸后，看到了果子，很是喜欢，但谁也不敢吃它。佛库伦穿衣服时，把它放在嘴里，不想，那果子滑到肚里去了。

起初，她觉得没什么，但刹那间后，她觉得身子沉重起来。当两位姐姐穿好衣服冉冉升天时，她却飞不动了。"怎么办呀……"佛库伦着急得哭了。

两位姐姐又落到地面，懂事的大姐摸了摸她的肚子，笑笑说："妹子，你这是天授妊娠，肚子里已经有个小娃娃了！"

"那怎么好呢？"佛库伦有些慌了。

"不要紧的，你可稍等一会儿，生下小宝宝后，身子轻了，你再走吧，我们在天门那儿等你……"

与姐姐们分别不久，佛库伦真的生下一个男孩儿。

那孩子生下来就会说话，转眼间就长大成人。

佛库伦对儿子说："你是奉上天之命来到人间的，上天把你生下来，是给了你使命的……"

"娘，儿的使命是什么呢？"

佛库伦向周围望了望，只见四方烽烟缭绕、杀声阵阵，就说："这个世界很不太平，你的使命大概是平定战乱，给人间带来和平、安宁吧！"

"娘，我得有个姓有个名吧？"

"孩子，你会有的……"

仙女想了想，说："你应该有个最好的姓，就姓爱新觉罗（真金），名字呢？你将是个伟大的男子汉，就叫布库里雍顺！"

努尔哈赤对孙儿们说："那位布库里雍顺就是咱们满族的祖先！他真的是个伟大的男子汉，他活了一百零一岁，一生干了许多惊天动地的事业。他平定了周围的部落，连百里、千里外的部落都臣服于他。他还教导子民们放牧、耕种、打猎和采集，他的百姓们都生活得十分幸福……"

"咱们的祖先真了不起！"孩子们眼睛亮亮的、望着努尔哈赤，好像他就是今天的布库里雍顺。

"是呀，是呀！"努尔哈赤说，"我们都是布库里雍顺的后代，也都是了不起的男子汉！你看咱们统一了女真各部，建立了后金国，连大明也被你们的父兄打得屁滚尿流！"他哈哈大笑起来，笑声那么大，连头顶上的屋瓦都震得嗦嗦响。

　　是的，女真人都知道这么个故事，都为自己是布库里雍顺的子孙后代自豪。但其实这是不足为奇的，因为世界上任何民族都有这么一个大同小异的故事。汉人的远古传说中有个美女叫简狄，一天，她下河洗澡，见一只燕子飞来，把一只可爱的小卵放在她的衣服上，她穿衣时，把小卵含在嘴里，结果吞下去了。后来她就怀孕生下了一个儿子，名字叫契。契长大成人，帮助大禹治水，被封于商。所以《诗经》里说："天命玄鸟，降而生商。"那个契便是汉人的祖先之一。

第十章　军民勇捐躯　旗军改恶习

1

熊廷弼的下台和袁应泰的继任，都传到了赫图阿拉。

一天，努尔哈赤正和几个孙儿辈聊天，给他们说着统一女真各族的许多惊险故事，逗得孩子们嘘喝连声。

皇太极忽然推门进来，高兴地嚷道："父汗，正如您所料，一切正如您所料！"

"什么正如我所料？"努尔哈赤从火炕上欠起身来，望着皇太极。

在他十几个儿子中，他现在是最宠爱皇太极了。只有皇太极才可以不经通报，闯进他的寝宫来。

皇太极把大明辽东主帅易人的事详细地说了一遍。

努尔哈赤招呼用人把孙儿孙女们领走，等他们的吵嚷声渐远，他蹭到炕沿，垂下两条腿。皇太极帮他把靴子穿上，扶他下炕，在一张宽大的软椅上坐下。

"那袁应泰是个什么样的人？"努尔哈赤又问。

"那个人是个老书生，干个文官还可以，根本不懂得领兵，"皇太极说，"他连熊廷弼的一个脚趾头也赶不上！"

"你也别小看他……"

"我是有根据的呀！"皇太极把袁应泰上任后烧的"三把火"和他吹嘘的话说给父汗听。

"新上任的官不论多么有本领也不能轻易评论前任的功过，更不能草率地改弦更张，要有改革，那得看准了以后，要不，会把已有的格局弄乱的。"努尔哈赤摇摇头，又说，"他把那么多蒙古人收进城里，更是做了一件要不得的事！——喂，那些蒙古人里头有咱们的人吗？"

"父汗，咱们怎么能放过那么好的机会，我早就吩咐几个额真把属下的蒙古人，训练以后，混进难民中去了……"

"好，好！"努尔哈赤称赞道，"这就是说：咱们的大好时机又到了？"

"父汗，可不是？！明廷怎么光做这样的傻事呢？"

努尔哈赤听了皇太极的话没有表现出过分的喜悦，他在沉思着。呆了好久，他语重心长地说："明廷怎么会傻呢？是他们的皇帝不好……"

皇太极不理解了，他直直地望着父汗。

"一个国家要想强盛，得有一个好皇帝，好皇帝要想有所作为，他得会选贤任能。治世能臣大明永远不会缺乏，幅员那么大的国家，怎会没有人才呢？只要皇帝是好的，他们自会聚集到他的身边去。所以最要紧的还是得皇帝英明。如今来看，大明的皇帝是一代不如一代了！……"

皇太极默默地听着父汗的话，琢磨着其中的意思。他觉得父汗的话，就像是一杯老酒，越品就越觉得滋味无穷无尽……

"父汗，这是怎么一回事呢？大明的皇帝怎么就一代不如一代了呢？"

"大概是上天不再眷爱他们了吧？"努尔哈赤说，抬起眼望着那深邃的空中，"一个朝代开始时，那些皇帝往往是很英明的，他们心中有数，知道自己所以据有天下，是靠了上天的眷顾，百姓的拥护。所以他们怎么也不敢做有违上天的事。后来就不行了，他们的后代就忘乎所以了，为所欲为了，他们也就一代代地走下坡路了！……比如说：他们肆无忌惮地欺侮我们虐待我们……"

袁应泰接替熊廷弼，是在熹宗即位那一年的九月。按后金的纪年，是天命五年（1620年）。在这年的整个冬季，努尔哈赤的八旗没有大举进攻明军，只在辽沈周围做了些试探性的攻击。他们的主要任务是整理军备，为夺取辽、沈练兵。

这给了袁应泰一个错觉，以为努尔哈赤就是那么点能力。

半年来，他也没有闲着，在做着明年收复开原、铁铃、抚顺的梦。为了这个梦，他和他的将领们也在摩拳擦掌，秣马厉兵。

他就没想一想，他所以能够在辽阳城里做着"美梦"，还是靠了熊廷弼给他打下的那点老底，靠了过去的坚固防线，靠了以往的千里壁垒。袁应泰虽然信心十足，朝廷中一些了解他的人却知道他的实际能力，他们几次上书，为他争取更多的援军。可是到哪里去搜罗那么多的军队呢？云南、山东都有战事，农民起义如卷地之火到处燃烧。

四川一位女将军也收到了朝廷的诏令，要她迅速拔兵援辽，足见朝廷这时是多么捉襟见肘。

这位女将名秦良玉，四川忠州（现重庆忠县）人，石砫宣抚使马千乘妻，丈夫死后，她便代其职。

在边远地区，这样的情况也不仅她一个。那时，地方上的军事组织，往往以一个家庭为中心。他们受明廷册封，给国家看守边防，属下的各级将校也都是儿女和亲戚。这也有个名堂，叫作军户。这样的军户，主要的职官死了后，别人是无法带领的，只有从他的家人中找出一人袭职。

宣抚使，其职位是比较高的，因此人马也多。秦良玉接手时，已有上万人了。

《明史》对秦良玉的评价是："良玉饶胆智，善骑射，兼通词翰，仪度娴雅，而驭下严峻，每行军发令，戎伍肃然。"

相传她本是一家富裕人家的女孩儿，从小跟随父亲读书、写字，生得又俊俏娴静，在地方上很有些名声。到了十六岁，说媒的人就踏碎了门槛。本乡有家恶霸，名叫李二，早就对良玉馋涎欲滴。他知道自己虽有钱有势，但秦家是绝对看不上他这个地头蛇的。于是，他就采取了杀、抢的办法。

一天，秦家老两口到外村走亲，李二派人在半路上杀了他们。秦良玉和她的两个幼弟一下子变得孤苦无依！这时的李二却装得无事人一样，常常派人送些东西给良玉，还装模作样地到处为她捉拿凶手。良玉是个心里装得下千军万马的人，她收下李二的周济，还做出很感激的样子。日子一多，李二觉得良玉是个"成熟的果子"了，就派人登门求亲。

良玉含着眼泪答应了，像她这样遭遇的柔弱女孩，眼泪是现成的，李二当然不怀疑什么。就在嫁娶的当日夜里，良玉手刃了李二和他一家十几口！

在干完了这件大事后，她带着李二的人头到父母的坟头哭诉了一番，就等着官家来捉拿她这个凶犯。

她等了两天，竟没人敢来拿她，最后她就自己到石砫的宣抚司投案。

马千乘问明了什么事后，又派人到良玉的家乡调查确实，把良玉收进监里，就到四川巡抚衙门去了。马千乘知道，这是个十几条人命的大案，他自己是做不了主的。但是，他已经下定决心要搭救她了。

巡抚听了马千乘的禀告，连连感叹："真是个刚烈的奇女子呀！如果她是个男子汉，一定可做出惊天动地的事来！"

"现在怎么办呢？是判她偿命，还是把她发配？"马千乘想：发配就是她的造化了。饶她不死，把她送到西北或东北去……

可是巡抚说："你就收下她吧。叫她加入军籍，那谁也不会找她的麻烦了！"

马千乘连忙点头，他想：巡抚是个进士，有学问的人，想出的办法就是高人一筹。

从此，秦良玉就在这个军户里留下来。马千乘看她生得细皮嫩肉、蛾眉低垂，就让她跟婆姨们学些针线，可是她偏要请求习武。马千乘想起她的作为，就疑惑道：也许她女儿的柔媚下面包着一副男儿的性情。也就教她一些武艺，没想到她一学就上手，几个月后就臻上乘，几年下来，她就成为宣抚司中的武将了。

马千乘在出兵平叛时，常常带着她，发现她不仅勇冠全军，还富有韬略。马千乘听了她的话，往往能够出奇制胜。

一次，巡抚前来阅兵，看到秦良玉的飒爽英姿，就对马千乘说："如此文武双全的美娇娘就在手边，你竟能忍住？"

马千乘知道巡抚是个风流才子，说些风流话是难免的，便不以为意。

可是巡抚望着他笑嘻嘻地说："如果将军有意而不好启齿的话，下官愿意帮忙！"

马千乘仍不说话。

也是碰到了一个愿管闲事的上司，过了几天，巡抚竟派他的一个老成持重的幕僚给马千乘说媒去了。他把秦良玉叫去，说了马将军的许多好话……

秦良玉却一声不吭。

后来，那老儿问她："说句话吧，我好知道你的心思。"

等了好久，秦良玉说："马将军……怎么想的呢？"

"那……我去问他。"老幕僚说。

"不，我自己！"

就在这天晚上，秦良玉去见马千乘了，直接地把巡抚给说媒的事兜了出来。马千乘感到张皇失措。他讷讷地说："你，你，你什么都好，可是我怕……"

"怕我杀你的全家，是吗？"

"不，不……"

秦良玉笑了："别怕，我性情刚烈不错，但也可做绕指柔的……"

后来石砫宣抚司在他们夫妇的教练、带领下，成为保一方平安的中流砥柱，秦良玉也成了西部的传奇人物。

马千乘去世后，她袭职任事，她所带领的"白杆兵"，为远近匪徒所惮。她曾经从征播州，还立了大功。

秦良玉奉诏后，立刻行动。她派二弟邦屏以两千人先行。

为了振作军威，朝廷命赐良玉三品官服，授二弟邦屏都司佥书、三弟民屏守备之职。

良玉十分认真，她带领全军一边向辽东开拔，一边给朝廷上书："……臣倾全部兵力，止万余人，恐军声不振，欲调在川士兵三千五百余名，成一臂之力。因再乞假给战车、火器，半马半步，奇正相兼，庶臣志可展……"

她的请求得到了朝廷的允可。

2

天命六年（明天启元年，1621 年）三月，辽东大地还是千里冰封，努尔哈赤对沈阳发动了凌厉的进攻。

这是继萨尔浒战役、开原战、铁岭战之后的又一大战。

这是个极好的时机。

前一年，明神宗死去，光宗即位仅仅一个月又呜呼哀哉。现在那个不懂事的小孩子朱由校刚刚上台半年。最高统治者频繁换人，局势每况愈下。朝廷内闹了几个大案，什么梃击案、移宫案……弄得本来就有的党派纷争愈演愈烈。结果，落了个宦官专政，政局更加黑暗。坚持战守的熊廷弼被罢了官，"用兵非所长"的袁应泰出任辽东经略。他上任后，自觉聪明，把熊廷弼许多有效的举措都废弃了，整个辽东战线趋于瓦解……

这应了努尔哈赤一年前所说的："明廷会把那惹不得的熊廷弼给弄走的……"

熊廷弼在沈阳的防守上是很用了心的：绕城挖了深两丈的壕沟，在它之外，又伐木为栅，在栅内埋伏了大炮等各种火器。贴近城边，他又令挖掘了一个个的陷阱，并底栽上尖尖的木桩。这样即使敌人攻到城下，也无法立足攻城。

朝廷兵部派人来巡视多次，都说沈阳固若金汤，是一座名副其实的"坚城"。

可是任何坚固的堡垒也怕从内部攻破。当初，那些成千上万从蒙古拥来求乞的流民，使袁应泰害怕，他想：要是战事一起，这些和女真人血脉相连的蒙古人一定会和敌人站在一起的。于是，他把他们尽收入城内，以为把他们看管起来就万无一失了。可是他想错了，他的蠢笨正好帮助了努尔哈赤！

这时，袁应泰的"美梦"还没有醒过来。

三月五日，他在辽阳誓师，打算三路出师收复清河、抚顺。正要出兵，忽然探马来报："努尔哈赤亲率大军已薄（进逼）沈阳！"

袁应泰一听面如土色，他一再追问消息的真假。几天后，他才得到确信。那时沈阳已经是个孤城了……

三月七、八两日，皇太极的先锋军已经到达沈阳城下，把沈阳和外边的通道全部切断，并开始扫荡外围的许多据点。

三月十日，努尔哈赤率领全部八旗和诸贝勒、将军向沈阳进发。各旗带着板木、云梯、战车、攻城锥等破城利器沿浑河而下。

到了沈阳郊外，他们结营山林中，把个沈阳城围了几圈。

努尔哈赤和皇太极、代善、扈尔汉、额亦都等商量攻城之策。早到的皇太极带着他们绕城观察，惊叹明军的防守严密。贝勒和将军们出了许多主意，都未得到努尔哈赤的认可。

他叹口气，断定说："强攻是不行的，每一步都要付出大量鲜血！"

代善说："那就围住它！"他估计城中连军带民至少有十几万人，每天要消耗粮食至少二十万斤，另外还有战马的草料呢！"不用多久，他们就难以支持了！"

莽古尔泰不同意代善的做法，他说："那要等多少时候呀！谁有工夫和他们在这儿泡着……"

"我看还是想法子引他们出来！"皇太极说，"只要他们出城来就好办了！"

额亦都说："谁知这法子还灵不灵，熊廷弼在这儿时，他们是绝不出战的。"

后来，努尔哈赤提出了明撤暗不撤的办法，就是把大军撤到距城几十里的山林中，只留少部分人在这儿。等明军出城后就死死地咬住它，然后大军掩杀过来……

可是，不用努尔哈赤这么费事，明军出城来了！

明军守沈阳的是两个总兵，一是贺世贤，另一个是尤世功。他们都是勇将，而且协作得很好。敌兵围沈阳后，他们日夜督兵坚守。

两天后，见敌营有点松动，且有撤退的意思。

尤世功问贺世贤道："老兄，你看，他们这是什么意思呢？"

贺世贤答道："什么意思？想撤走呗！他们绕着沈阳城转了几圈，见咱们无懈可击，不走怎么办，在这里耗着呀？"

尤世功听了没说话。

贺世贤四十岁左右，满面胡须，一双小而锐利的眼睛。他说话直率，为人憨直。他的枪法、剑术都不错，尤以铁鞭为最佳。他虽勇敢有余智谋不足，但没打过败仗，因而没把女真军看在眼里。

尤世功和他年纪相仿，生得白净儒雅，远不是贺世贤那样的魁梧汉子。他心数多些，凡事好眨巴着两眼多思多想，但他很景仰贺的雄武。

隔了一天，贺世贤终于耐不下性子，他对尤世功说："这样等下去不是办法，我出城惹努尔哈赤一下，看他能怎样？"

尤世功劝他再等等看，"努尔哈赤如果真的觉得自己有实力，便会来攻。我听说他带了许多攻城的利器，可咱们城高池深，壁垒森严。他要攻打必然消耗甚大，到那时，再出兵反击，效果会更好些！"

贺世贤激动地说："你说让他们先来打咱们？不，不，不！我老贺从没等着让人家打过。那样就是胜了，传出去于名声也不好！"

尤世功劝不住他，就说："老兄可以一试，但绝不可恋战。到底该怎样对付他们，咱们再做详细的计议。"

第二天一早，尤世功指挥放大炮。炮火把城郊去年的枯木衰草燃着了，一时火海一片。这时，贺世贤顶盔贯甲，令放下吊桥，他带一千精兵冲出城去。

这时火势变小，到处弥漫着浓黑的烟雾。当他冲到离城两里远时，周围八旗兵骤然而出，把他们围了几层，他带领人马左冲右突不得解脱。贺世贤是十分骁勇的，他的两把铁鞭抡得呼呼作响，冲到哪里哪里就是一片血花。他的人马也是个个英豪，跟紧了将军和旗人厮杀。可是，他们遇到的是皇太极从八旗中挑选出来的勇士，人人都想杀敌立功。他们短兵相接，纠缠到一起……

终究寡不敌众，贺世贤的人马很快消耗殆尽，他和他的几十个护卫和他的家丁被围在一小片树丛中，周围箭矢如雨。

尤世功在城楼上十分着急，远处是滚滚的浓烟。他只听到杀声如雷，却看不清那里的情形。他也不敢再令放大炮，怕伤到自己人马。

再三考虑后，他命令参将张纲带一千人出城助战。

他嘱咐说："见到贺将军，拉也把他拉回来，绝不准恋战！"

张纲走了，可是一走就没了消息。

原来张纲一进入战场就被八旗兵围住。皇太极裹住了贺世贤，代善又把张纲的一千人包围了起来！

八旗军的战术还是努尔哈赤原来的设计，即明军一出城就咬住不放。

被围在核心的张纲知道贺将军也是如此命运，厮杀了一阵后，他隐隐听到不远处的小树林中有喊杀声，知道将军就在附近，就拼命挣出包围向那个方向冲去，他冲到贺世贤身旁时，已经鲜血淋漓，被一支箭当胸贯透。他跌下马，抱着贺世贤的马腿说："将军，回城去吧！尤将军在等您，沈阳城可以没有我张纲，但不能没有您呀！"

贺世贤深为感动，他拉起张纲，要他骑上自己的马，一起冲出重围。张纲却口喷鲜血死了。贺世贤悲痛、恼怒异常，像猛虎下山带领着身边的几十名家丁向沈阳城那边冲去。大火引起的烟雾越来越浓，那些柴草在雪下泡了一冬，被炮火轰着，燃烧了一阵后，就没有火焰了，抠出的全是滚滚的黑烟。人冲不开，风吹不散。

尤世功急得火灼一般，见贺世贤和张纲都没人影，就想自己带兵去看个究竟。可是他身边的一个幕僚把他拉住了。

"将军莫急，不知外面的情况而闯了进去是极其危险的。要知道，您是对沈阳城身负重责的人呀！"

"夏国清！"他喊着一个参将的名字，"你带上一千人，再去看看！"

夏国清应声来到他的面前。

可是，又被众人止住了。他们一齐求他道："将军万万不可了！沈阳是北国重镇，沈阳失则辽阳难保，辽阳失则辽东一线全溃！贺将军、张纲那两千人看样子是回不来了，咱们还要守住沈阳城呀！"

将士的话大义凛然，尤将军不能不听，只能黯然。

这时有人前来请示：是不是把城门关上，把吊桥拉起来？

尤世功像和什么人吵架似的喊："绝对不可！把城门开着，把吊桥放着，等待贺将军、张将军归来！"

他的声音刚落，一彪人马从烟雾中冲了出来，直向沈阳城奔来。

"贺将军回来了！张将军回来了！"城上的人欢呼着。

可是当那彪人马冲过吊桥、冲进城门时，大家才大惊失色，原来他们是戴着红缨帽的八旗兵！

这时，身中十四箭的贺世贤也冲到了城下，看到后金人借机破城时，痛心得捶胸顿足！他大叫道："关上城门，拉起吊桥！"

他身边只有二十几个家丁了，也是人人如披血衫，他们和将军一齐高喊："关上城门！拉起吊桥！"

城上的人对他们喊："贺将军，请赶紧进城！"

贺世贤摇着手喊："我已经是千古罪人了，你们也要犯罪吗？"

这时，尤世功才抹着眼泪下令关门拉桥。

当关上城门，上百人拉着两条皮绳把那吱吱嘎嘎的吊桥拉起来时，八旗兵已冲进了两千多人。

尤世功说："赶紧围堵消灭！他们只两千余，我们有几万人，不足为虑。"

夏国清等人衔命去了，尤世功仍担心着自己的同僚。"世贤！世贤！"他喊道，"你如能冲出重围，就投辽阳去吧，上天会照应你的！"

贺世贤高叫道："我为大将，不能存城，有何面目去见袁经略！"他挥鞭驰马又冲入敌阵中，可没跑多远就中矢坠马而死。

情况并不如尤世功所料，冲进城的后金人虽约两千，可是能量极大，他们东冲西突把全城搞得大乱。使明军奇怪的是，他们的人竟越战越多，只一会儿就变作了几千！

原来袁经略收容的那些蒙古人叛变了，他们把红巾往头上一扎，夺了马的骑马，夺了枪的持枪，也跟着后金人冲杀起来……

沈阳城里乱成一团，城外的八旗兵加紧了攻城。

原先，他们是不善于攻坚的，可是在攻打铁岭、开原和灭叶赫时积累了经验，他们已经为打沈阳城做了充分的准备。

沈阳周围虽陷阱密布，沟壑相连。后金人带来了大量的木板和树干，他们搭铺在上面，那些陷阱、沟壑立即变成了平川大道。

本来，如果从城上用火器来阻挡他们是很容易做到的。由于城里乱起，城堡上的抵抗就大大地削弱了。皇太极、代善等将帅带领骑兵迅速地到了城下，开始用云梯和破城锥攻城。

尤世功看到了这样的危险，他派沈阳知州段展、同知陈柏指挥平定城中的混乱。他率领两万明军据城抵抗。他骑了马沿城跑来跑去，激励战士们浴血奋战，哪里情况紧急他就出现在哪里，甚至手执大刀和冲上城来的敌人拼搏。

"兄弟们，大明的将士们！咱们是什么人？是天朝的子孙！咱们就是鲜血流尽也决不能把城池抛给他们！"

"看到贺将军是怎么死的吗？大丈夫就该像他那样为大明壮烈牺牲，那是虽死犹荣的！要不，怎么对得起身后的大明，面前的先烈！"

尤将军的以身作则和他激昂的呼喊，使大明将士舍生忘死地战斗着，他们打退后金人一次次的进攻，也像贺将军那样一批批地死去。鲜血染红了沈阳城头，又汩汩地流下城去……

在他们将士之中还夹杂着成千上万的沈阳百姓。他们知道努尔哈赤的八旗兵破城后，那将是肆意地抢掠和屠杀。他们听说过，也见到过，因此他们不存幻想，不存希望，与其城破后被屠，那就不如现在拼个你死我活！

所以他们战斗得十分英勇，和大明战士一样的英勇！

他们手中有武器。街道上、城头上遍地都是刀枪，他们捡在手里就成了战士。

一个旗兵冲上了城墙，和他对打的不是明军的战士，而是被一个白胡子的老头儿紧紧抱住了，旗兵仗着年轻，把他撑开，横刀砍断他的胳膊，老头却咬掉了敌人的鼻子。两人正挣扎着，跑来了一个十多岁的孩子，他抱住了旗兵的一条腿，狠劲地拖拽，结果三个人一齐滚到了城下……

女人们也参战了，她们从家里带来了菜刀、火铲……有的还端来了滚烫的开水，泼到正在上城的旗兵身上，烫得他们吱哇乱叫！

可是沈阳城还是丢了！

城里大街小巷都在血战。

明军没有能消灭冲进城的旗兵和那些内应的蒙古人。他们砍断绳索，放下吊桥，让努尔哈赤的大军进城。战斗急转直下，守城的明军被切割成一团团一块块，半天后他们也就被消灭了。

尤世功和他的将领、地方官都壮烈牺牲，没有一人投降。

后金夺取沈阳后，在浑河南岸还进行了一场野战，情况也极其壮烈。

援辽总兵童仲揆与陈策领川、浙军急赴沈阳，他们走到浑河，想和沈阳的明军取得联系，对旗人进行夹击。当听到沈阳失守后，童仲揆等下令还师。游击周敦吉等坚决请战，他们激昂地垂泪道："我辈不能救沈，在此三年何为！"

他们的义愤也感动了领兵的将领。童仲揆说："沈阳几万热血儿郎都抛却了生命，我们何惜这七尺之躯！"

陈策也高叫道："干！咱们豁上这万余人，和努尔哈赤拼个你死我活！"

经过紧急商讨，他们分为两大营。

周敦吉的本部人马和秦良玉派来的由其弟秦邦屏带领的川军渡河结营桥北。童仲揆、陈策及副将戚金、参将张名世统浙兵三千立营桥南。两营互为照应。

他们的行动被努尔哈赤所发现，立刻调两旗兵前来进击。

秦邦屏、周敦吉军尚未展开，阵脚没稳，就受到后金军的凌厉攻击。金兵推着用圆木做的盾车，猛冲猛打，明军英勇还击，混战在一起。不到一个时辰，后金兵就死了两三千人！这使努尔哈赤十分震惊，他对身边的额亦都说："汉人是怎么了，疯了吗？"

额亦都又领兵冲锋，"却而复前，如是者三"，明军终于不支，败北了！几百残兵想过河投南营继续战斗，可是他们大部被杀死在河边……

秦邦屏及参将吴文杰、雷安民等皆战死，独周敦吉还活着，他提着满是鲜血的大刀，胸上带着几支箭对走近的额亦都说："贼子，见识明军了吗？"

额亦都说："你们的人都死绝了，投降吧！"

"我们为了救沈阳，急行军三天，没沾水米。要是吃得饱饱的，你们行吗？"周敦吉说完嘿嘿地笑起来。

额亦都喝令旗人去捉他。

"忙什么？"周敦吉把胸口的箭往里捅了一下，就倒地死了。

3

浑河桥南的浙兵营从容些，他们掘壕安营，用野地里的秫秸为障，外面涂以泥巴，并环置枪炮。后金扈尔汉军几次来攻都被打退。他们站住了脚。

这时，明军在近处还有一个据点，就是奉集堡。总兵李秉诚、朱万良、姜弼带兵三万来援，走到白塔铺，因不明情况暂时驻足，派出一千人试探前进。半路上他们遇到了后金的雅松将军。雅松只见远处尘土飞扬，不见人影，带二百精骑探视。雅松一见明军吓得回头就跑，明军放火枪紧追……

努尔哈赤听说后，气得对皇太极说："那个雅松真是丢尽了后金的脸！"然后要亲自领兵回击。

皇太极虽刚刚从沈阳城出来，却立刻提刀上马，对努尔哈赤说："父汗何必亲自出马，我去把脸面争回来！"他带一旗人马策马飞驰，把明军冲得东逃西散，一直追到白塔铺。

在那里，皇太极见到了黑压压的一大片明军，来不及等待援军，就冒险杀进明营。

明军的三总兵猝不及防，慌忙应战，结果站不住脚，步步后退。等他们组织起阵形，后面的代善和岳托军又杀了上来。明军开始全面溃退……

皇太极等后金将领追出四十余里，歼灭了明军三千多人。回营时，天色已晚，只得暂时收兵。

第二天，努尔哈赤领兵对桥南的明军发起进攻。

他们用战车冲击明军，双方杀得激烈无比。明将童仲揆、张名世等皆战死，可是他们的阵地却岿然不动。

努尔哈赤气咻咻地从战场上下来，对着几员大将吼道："你们在这里干什么？谁能给我啃下这块硬骨头？"

代善说："咱们的人已经比他们多几倍了，我们再上去，怕父汗觉得丢脸，只好在一边观战……"

"放屁！皇太极呢？他在哪里？"

"四贝勒在沈阳清理战场……"

努尔哈赤把话说到这里，谁也不敢怠慢，几个将军都跑了出去，招呼本部人马投入战斗。这一次明军支持不住了，但他们没有溃散……

明军步兵无弓箭，他们都持三尺长的竹杆长枪和一把腰刀，远近都可歼敌。他们的装备很好，人人有甲胄，外套一层厚绵，刀箭不入。

可是，他们还是被一点点地消灭了。

和桥北军一样，最后死的还是一位将军，他叫陈策。

他被砍掉了一条腿，但仍兀立着。他向周围打量了几眼，说："啊，只剩我自己了！我得快去追我的将士，到了那边，我还是一个总兵！"说罢，就向走近他的一个后金兵扑去……

明军将士的英勇献身，给后金人留下了极为深刻的印象。他们没有庆贺胜利，也没有对明军的俘虏和战死者说一句凌辱的话。

消息传到朝廷，臣僚们交口称颂。他们说："自努酋发难，我军在野战中往往一触即溃，未有撄其锋者。独此战，以几万余人，挡虏十数万。我朝将士虽力屈而死，却至今凛凛有生气……"

沈阳残卒有的跑到了辽阳，请求继续加入部队作战。辽阳按臣张铨一一对他们进行褒奖。可是他们痛哭阶前，不愿领赏。"张大人，收留我们吧，我们要给主将报仇，不要奖赏呀！"那忠勇激愤的样子，使见到的人莫不垂泪。

沈阳城破的第三天，努尔哈赤才在皇太极的陪同下巡视市区。

这时，满城都是后金兵，他们正如狼似虎地进行抢劫、杀人，到处可以听到詈骂声、哭叫声。街头巷尾停着许多马车，旗人正把抢到的东西装到车里。

大概他们也遇到过抵抗吧，时不时地见到士兵把市民拖到街上杀掉。所以战争留下的遗骸还没收掉，又增加了许多新的，到处是鲜血和死尸……

努尔哈赤好像没看到一样，依旧和皇太极谈笑风生。

从年轻时起，他经常到临近的抚顺城去，后来，他几次到过京师，但没有捞着以主人的身份到处游逛。他觉得沈阳是能够和北京比美的城市，就踌躇满志地对皇太极说："咱们什么时候把都城迁到这里来呢？这里才是立国兴邦的好地方呀！"

"父汗，沈阳是可以暂时充当都城的。"

"那么永久呢？"

"父汗，您多次到北京朝拜皇帝，您就不想坐在那金銮殿上被万国朝拜么？"

努尔哈赤斜眼看了皇太极一眼，说："皇太极，你什么都好，就是有点好大喜功。上天把整个白山黑水给了咱们也就行了，你还想怎样呢？贪心不足，上天是不喜欢的。要是惹恼了上天，就什么也没有了！"

他说了个故事给皇太极听。

他说：从前有一个穷人，对上天十分尊敬。一天，天神把他领到天堂，对他说："这里有许多许多的金银财宝，你尽管拿吧！"说着给了他一只袋子。那穷人装呀装呀，把袋子装满了，还不满足，就用劲儿地塞。天神警告他说："你别太贪心了，如果把袋子撑破，你就什么也没有了！"但他仍然不听，塞满了袋子，又装满了衣袋，这才一步一回头地往家走。这样他在天门那儿摔了一跤，把袋子跌破了。财宝撒了个干净，变成了尘土。只有衣袋里财宝还在，他坐在门槛上哭起来。守天门的神仙对他说："回家吧，上天是不喜欢贪得无厌的人的，你命里就该得那么一点……"

故事说完了，努尔哈赤扭头看了看皇太极，见他有点嬉皮笑脸，就不高兴地说："皇太极，你真叫我不放心。后金国如果交给你……怎样呢？你会把那只袋子撑破吗？"

皇太极立刻严肃起来，他怕惹父汗生气，再也不敢就这个问题谈下去了。

他们正边说边走，忽然几块瓦片从墙里飞出来，有一片落到了努尔哈赤的肩上……

侍卫们马上前去搜寻。

只一会儿，他们就把一个几岁的男孩子送到努尔哈赤和皇太极面前。

"是你扔的瓦片吗？"努尔哈赤问。

他以为孩子会极力地抵赖，但没有。

"是我，是我，是我！"那男孩说。

这出乎努尔哈赤和皇太极的意料，他们端详起面前的男孩来。

他有三尺多高，破衣烂衫，黄瘦的脸上有一大块血痂。他像一只斗鸡那样歪着头怒气冲冲地望着他们。

"你不是……"皇太极问，"你不是故意的吧？"

"怎么不是故意呢？我就是为了打你们！"

努尔哈赤和皇太极互相望了望。

"孩子，你知道我们是什么人吗？"努尔哈赤问。

"知道。你们是女真头头……"

努尔哈赤把手按在剑把上，皇太极按住了他的手。

"孩子，你这是犯罪，要杀头的！"皇太极说。

"那又怎样，"那孩子说，"你们杀了我的爹娘，杀了我的爷爷、奶奶，我也不想活了！"孩子满脸是泪，可是他的眼睛里却喷着火。

努尔哈赤、皇太极和那个孩子对视了好久。

皇太极说："孩子，你几岁了？"

"九岁，怎么了？"

"那是战争呀，孩子！"

"是战争。我们全城的人都和你们打……"

"可是怎么样呢？"努尔哈赤哈哈大笑后说，"你们败了！"

"你们取得了沈阳，不等于说我们败了！"那孩子的脖子绷得挺直，"你打得过我们全国人吗？那是一片大海，吞了你们，淹死你们！"

努尔哈赤愤怒极了，他对一旁的侍卫叫道："你们干什么哩，看热闹吗？"

两个侍卫扑过来，把孩子攫住，像抓住了一只小鸡仔，可是在没有扭断他的脖子前，他的两手乱抓、两脚乱踢。

只刹那间，那街旁的死尸堆里就添了一具小尸体。他嘴里流着血，可是他历历可数的肋骨还微微起伏着。而努尔哈赤和皇太极已经走远了。

他们两人一直没有说话。

直到出城向他们的大营走去时，努尔哈赤才懊丧地说："后金的大汗竟和一个小孩子拌嘴……"

皇太极没有接父汗的话，却没头没脑地咕哝了一句："本来，咱们用不了费这么多的力气，死这么多人的……"

"怎么啦？"努尔哈赤问。

皇太极看了看父汗，见他脸色是平静的而且好像在沉思。

他试探着把沈阳城军民同心抗击满军的事说了。他说："到城上城下去看看吧，那里躺着的不光是两边的军人，还有许多老百姓……他们和我们的将士厮打在一起，直到死了也抱得紧紧的，咱们收尸的人分都分不开……"

努尔哈赤听着，咬着牙，那牙筋上下跳动着。

"明朝的朝廷，官吏那么腐败，他们竟……"

"是呀，他们希望的是个对他们好一点的朝廷，可是，我们给他们的是屠杀和抢劫……"

"你……！"

"父汗，咱们对汉人的政策得改一改了……"

"难道我们还要讨好他们？"

皇太极瞅了一眼努尔哈赤，索性把话说到底："父汗，我们要想和明朝分庭抗礼（他不敢说要到北京坐天下了），就得讨好老百姓！想一想吧，父汗，你多杀一个老百姓，你就多了十个敌人！"

努尔哈赤没有反驳他，只气呼呼地抛下了一句："今后看你的了！"就拍马跑进大营。

进营后，迎面遇到了个倒霉鬼，他就是那个见了明军掉头就跑的小将军雅松。

"站住！"努尔哈赤喝道。

雅松来到大汗面前，低头耷脑地站着。

"你这个狗东西，把我们后金的脸面都给丢光了！你见了明军为什么回头就跑？明军是怕我们的，你知道吗？"

雅松不说话，吓得直发抖。

"我和儿子皇太极，相互依赖如眸子，因你的败走，他不得不杀入敌阵中。万一他遭到不幸，你之罪必得千刀万剐……"

听了父汗训斥雅松的话，皇太极明白父汗没有恼他，而且更加看重他了。就劝努尔哈赤说："父汗，饶恕他吧，一个小将军初次临阵难免有这样的事情，说不定将来他会成为一员虎将的！"

"不行，他的命可以饶，但不能不责罚他！"努尔哈赤说，"把他的职先削了，叫他到下面当几天小兵吧！"

4

秦良玉带着她的"白杆兵"在他的弟弟秦邦屏出发一月后，开始从四川起程到辽沈。在路上因为接到朝廷的谕旨，给她配备了她请求的大炮和其他火器，这样又耽误了两月有余，她到辽阳时，沈阳已经失守了。

袁应泰设宴给她接风，极为热情。秦良玉问起弟弟秦邦屏时，袁大帅支支吾吾没有详说，只赞扬邦屏年轻有为，给辽东增添了有生力量等等。宴后便安排秦良玉在驿馆安歇。

晚上，小弟民屏走来问姐姐："按说，袁大人为咱们接风时，应该让哥哥作陪的，却没有，不知为什么？"

良玉没有说话，只是蹙着两道长眉想着。

民屏又说："当姐姐问起哥哥时，袁大人也没有正面回答，只是漫应了几句，难道哥哥出了事吗？"

"别说了，民屏。"良玉抬起头，民屏这才看到姐姐脸上满是泪。

"姐姐，你怎么了？"

"民屏，难道你还不明白吗？邦屏没了，你哥哥和他那千把人都没了！"

"怎么会？"

"别耽误了，赶紧为你的哥哥设个灵堂。他的灵魂就在周围，他会埋怨咱们怠慢他的！"

民屏哭着去了。

良玉抽泣了很久，邦屏和民屏都是她亲手带大的，其感情不是寻常的姊妹手足可比。跟着她的两个女孩——她的亲随，左劝右劝，她才好歹止住了泪水。

这时，民屏来请姐姐去祭灵了。

灵堂设在一间小小的客房里，周围有白色的布幛，中间有两个神位，一个写着"大明川军都司秦邦屏之位"，另一个写着"川军千名英灵之位"。桌上有香烛。

她进去时，已有几位参将、游击在了，他们见良玉拈香跪拜，不由得痛哭失声。

良玉回头说："哭几声尽一尽意就行了，说不定几天后，我们的牌位也就摆在这里了！咱们奉诏到这里来，难道没想到这一步吗？"

将领们的号啕变成了哀泣。

这时，门开了，袁应泰和他的几个副将走进来。

他望了良玉一眼，就径直走到灵前，拈香拜祭，他要下跪，却被良玉拉住了。"您是长辈，邦屏是受不起的！"

可是袁应泰挣扎着跪下了，他说："为国而殁就是先烈，在他们的英灵前，咱们还能有脸站着吗？"

拜祭后，良玉招待袁大人到她的客厅去。

"秦将军一到辽东就知道邦屏将军的消息了？"袁应泰问。

良玉摇摇头。"在宴席上袁大人……已经对我说了！"

袁应泰愣了一会儿，点点头。接着就说起沈阳城破后在浑河两岸的那场激烈的会战，并对秦邦屏的英勇献身大加赞许……

"袁大人不用说了，邦屏只要没有给秦家丢脸，我就安心了。"

袁应泰沉吟良久，他请良玉把她的川军带进辽阳城，和守备张铨一起守城。

"袁大人是……觉得我是一个女流吧？"秦良玉问。

"岂敢！"袁应泰赶紧向她解释，"将军声威远震，如雷贯耳……"

秦良玉笑笑，摇摇手止住他说：努军欲壑难满，在夺得沈阳后，不会停住脚步，不几天八旗铁骑就会进逼辽阳了。她愿带兵守在城外七里的山上，与辽阳形成犄角。她说："川军比起内地军队，野战的本领稍长，在城外对努军进行拦截，使他们的铁骑不能直扑辽阳，这也许对大人的助力更大一些……"

袁应泰慨叹再三，同意了她的意见。

他这时还没想到努尔哈赤会接着进犯辽阳。

5

后金军攻占沈阳后，仅仅隔了五天，于三月十八日发兵辽阳。

发兵前，努尔哈赤对诸贝勒、大将说："沈阳之战，遇到明军的激烈抵抗，这是我们没有想到的。摆在我们面前有两种选择：一是乘胜前进，趁敌人灰心丧气时，夺取辽阳。一是歇息些时日再说，那样的话，很可能近一两年打不下辽阳了！因为他们会有更充分的准备。大家一定看到了，大明的军民对他们的朝廷和官吏或者有些深恶痛绝，可是在对付起咱后金来却是同仇敌忾的！……"

大汗说完后，几乎所有的贝勒、将领都同意立即进军，乘胜夺取辽阳。

决定以后，努尔哈赤又说了一段话，这是与会者没有想到的。

他说："夺取辽阳，你们和所属的军队一定要遵守一条绝对命令：那就是严厉禁止乱杀、乱抢、欺侮百姓、奸淫妇女！论人数，我们永远不会比汉人多。就是在这关外，我们也不能和他们相比。那么咱们怎样才能使他们宾服呢？靠杀吗？靠抢吗？靠欺侮他们吗？不用我说，你们也知道那是不行的！那么靠什么呢？汉人希望有一个比大明更好的皇帝，有一群更好的官，如果咱们都给他们，叫他们过上比在大明更好的日子，那样，他们还会仇恨我们吗？"

面前的贝勒、将军们默默地听着，他们没人反对，可也没人热烈拥护。

以前，努尔哈赤也曾经提到过要改变对待汉人和汉人知识分子的态度，可是没有像这次说得这样的恳切和严厉。

要扭转过去的习惯是很难的，因为抢掠、杀人、奸淫几乎就是他们起兵的目的、攻城夺地的动力。每一个士兵都想通过战争获取财富，改善自家的生活，他们出外打仗，妻子儿女踊跃相送，又急切地盼望他们归来，为的是什么？那是不言而喻的！

可是现在这一切要改了，他们能够痛快地接受吗……

"我也是刚刚想通的……"努尔哈赤继续说，"李永芳投过来时，给我就这一点进言，可是我没听。范文程先生也多次对我说起过，他甚至不怕惹恼我，对我激切地说：如果再像过去那样干，后金也就是如此了！即使是已得的成果也会渐渐失去，那是十分可怕的。我得褒扬皇太极，他首先转变了看法，劝说了我几次。沈阳战后，他对我说：如不改变策略，我们的敌人会越杀越多……"

说到这里，范文程极为婉转地给贝勒和将军们讲了"得道多助，失道寡助"的道理，"攻心为上，攻城为下"的道理，以及"王道"和"霸道"的区别。他说："大汗的教导是十分重要的。只从这一点来看，我们的大汗就不是过去的部落头领可比了，他有统一天下的气概，他有君临万民的才德。我们都要好好听他的话，如果一时还想不通，就先按大汗的话去办，上下一致，我们的事业才兴旺发达！"

李永芳也说了话，他说得有点偏激。他说："过去，咱们旗兵和土匪差不多。所以老百姓就像对待土匪那样对待我们，或逃光藏光，或投毒暗杀，或给明军通风报信。两相比较，他们还是觉得明朝要好些。这样下去，越打，敌人真的会越来越多的！"

有的将领对李永芳瞪起眼睛，觉得这个家伙心犹不死，可是见努尔哈赤坐在那里纹丝没动地听着，也就不好说什么了。

代善首先表示赞成大汗的决策，他说："大汗叫我有时间多读书，我也读了几本，如《三国演义》《水浒传》什么的，知道成大事者就得行仁政，像宋朝梁山上那一伙，虽说'替天行道'但脱不了草寇的脾性，终于散伙了事。现在，咱们建立了后金国，咱们的八旗兵就是国家的军队，哪能像过去那样到处乱杀、乱抢？我一定严格约束自己的军队，时时处处按大汗的要求去做！"

接着，阿敏、莽古尔泰、扈尔汉、额亦都、阿敦等贝勒、将军都说了话，愿意按大汗说的话认真执行。

皇太极没说什么，可是大家知道，他的心意由父汗给他说了，他才是新策略的首倡者。

努尔哈赤令范文程把他和大家的决定写成文告发布全军，还找朝廷中懂汉字的文人抄写若干份准备沿途张贴。

这件事在后金的历史上有着重大意义。

当晚，八旗军就渡过了浑河，在虎皮驿扎营。

明军的哨探立刻探知，飞报辽阳城文武官员。形容后金军"旌旗蔽日，漫山遍野，首尾不见"。

这是出乎明守军意料之外的。

他们竟然立刻来了，如此神速！如此嚣张！又如此众多！

辽阳在明代是东北首屈一指的重镇，是政治、军事、经济和文化的中心。朝廷把辽阳看得比沈阳要紧得多，所以加强保护、守卫。镇守东北的最高军事和行政机关也设在这里。一切设置和部署也都是以辽阳为核心的。熊廷弼经略辽东时，在辽阳挖堑浚壕，修垒建堡，下的功夫最多。

据载：当时辽阳的周边掘了三四层战壕，沿壕列置大小火器，环城分兵把守。

沈阳失守后，袁应泰尽撤奉集堡、威宁营诸军，龟缩辽阳，并力据守。无怪乎秦良玉认为他摆出的是一副被动挨打的样子，才想把军队驻扎在城外，使自己进退自如的。但也看出袁应泰以为辽阳是有所恃的。

听到努尔哈赤的军队向南开拔，他又令把太子河的水放于最外的一圈壕内，增加了一道新防线。

袁应泰心里很不踏实，趁着努尔哈赤的八旗兵还没把辽阳封严，一天一拨地向京师派出快马，希望得到朝廷的救援。

北京明廷由于连着死了两个皇帝，党派的倾轧更激烈了，却没几个人真正关心困在辽阳的袁应泰。

6

三月十九日中午，皇太极的先头部队已到了辽阳东南郊，和秦良玉的营盘相对峙，但没有接战。袁应泰派人出城对秦将军说："现在进城还来得及，要不，旗兵一到，城门和吊桥就不能开了。"

秦良玉谢绝了袁大帅的好意，坚持在城外扎营。

她的营地在虎爪山，是一带丘陵。

这日夜晚，努尔哈赤的大军到了。秦良玉、秦民屏带着几个参将站在山头上瞭望，只见旗兵的营地灯火一片连着一片，那是灯火的河流，灯火的海洋。这海洋流动着，渐渐地把辽阳城包围起来了。

民屏和将军们有点胆寒，他说："姐姐，咱们还能回到四川去吗？"

一句话问得良玉心动，她借着月光，看着几双望着她的泪水莹然的眼睛，慢慢地说："青山处处，何处不能埋忠骨呢？咱们的邦屏和川军的一千健儿已经留在这里了！"

民屏和将军们谁也没再说话。

回到大帐，秦良玉吩咐把情况如实地对将士们说明，让他们抱定必死的决心。一时间，破釜沉舟的悲壮气氛笼罩着整个军营。

"大帅，营门外有几个女子求见！"侍卫报告说。

"女子？"秦良玉问。

"是的。"

"在这时候？"这句话，她是问自己的。犹豫了一会儿，她吩咐说："要她们进来吧。"

待了不久，中军把三个女人领进了大帐。

秦良玉和她们相互端详着。

面前的三个女子都穿着绵甲，一个个秀眼蛾眉，面容俊俏，一身的戎装也掩不住她们的婀娜多姿。

她们也在打量着坐在虎皮椅上的这位女帅，眼睛越睁越大了。

秦良玉这时还不到四十岁，由于练功不辍，她仍是长身柳腰，她原就是家乡有名的美人，军旅的严酷生活、一身甲胄反使她柔媚中平添了几分逼人的英姿。

秦良玉想问她们的来意，可是一时也不知从哪里问起，就让侍卫伺候她们坐下。可是她们执拗地不坐。

秦良玉说："是了，我明白了。姑娘想知道自己投奔的……是不是心中的人，如果不对，扭头就走是吧？"

两个姑娘望着居中的一个个子稍高的姑娘，那大概是她们的头儿。中间的姑娘嘴角翘了翘，但仍看着秦将军。

秦良玉笑起来，站起身再次让她们在对面坐下。"姑娘们，你们如果看不上我这个门槛，我也不会拉住你们的。不过也可以坐一坐、喝杯水呀！"

姑娘们终于坐下了。

秦良玉又对她们说："我在很小的时候就家破人亡成了孤儿，我拉着两个弱弟东奔西走，想投奔个可以安身的人家。亲戚不少，但一家家的大门都对我们关着……"

"我们听说过，大帅……"为首的那个姑娘终于开口了。

"看样子你们对我还是知道一些，不是瞎撞了来的，"秦良玉回到她的椅子上坐下，对她们说，"那么，可不可以让我知道面前是些什么人呢？"

"我叫李容俏，是第一个投降后金的明将李永芳的女儿……"容俏说完就看着秦良玉，想看到她的表情有些什么变化，可是，将军连睫毛也没有颤动一下。

她又向将军介绍了自己的两个丫头：银凤和春颖。

容俏见将军望着她，敛容沉思地想听她说下去。她就把抚顺城破后，自己逃出来后做的几件事向将军说了，其中包括她在战前对张承荫和杜松将军的建言……

"张将军和杜将军当初不听你们的话真是可惜，"秦良玉说，"那么，在生死存亡的时刻，姑娘一定有教于我了！"

"不敢，只是有几句话想说出来罢了。"

"那就请……我等待聆听。"

容俏有些激动，她说："我们是降将的女儿、家属，将军还能够相信我们吗？"

秦良玉说："那有什么？自古以来，夫妻不同谋、父子不同志的多着呢！我虽不才，也绝不会单单从亲情分敌我吧？"

容俏见将军没有虚情假意，就开始侃侃而谈了。

她说：袁大帅没有继续执行熊廷弼经略步步为营、稳步推进的战略是失策的，随意更改军纪、临阵撤换将校更是难以原谅的错误……

当着一个属官，随意批评主帅，按说是不可以的，但秦良玉没有吭声，只是把眼睛眯了一下。

容俏继续说下去。

她说：现在的努尔哈赤已不是昔日可比，在夺得开原、铁岭、沈阳之后，他和他的将领已经有了攻坚破城的丰富经验，依靠城高池深来阻挡他已不可能。所以说，袁大帅把一切军队龟缩在辽阳城内也不算上策……

这时，秦良玉说话了。"姑娘，你说野战不是明军的强项，凭城据守也不是良谋，那么怎样才好呢？"

"……那还是熊经略的办法好。"容俏说，"几个大城市连成一线，在每个城市周围还有许多小的据点，结成一片连绵的网。努尔哈赤不能分头攻略，只好望洋兴叹。只要他触动这张大网，明军可以包围，可以出击，相互照应，全盘皆活……如今却只剩一座孤城了！"

"姑娘之才，真可做大帅的良佐，可惜一切时机都丧失了！"

容俏望望将军，看她的态度是真诚的，也就顺下眼睛。

"依姑娘之见，像我们川军扎营在丘壑之中，既无城可凭，又无坚可守。该怎么办呢？"

容俏看了良玉一眼，起立躬身道："将军身处险境却从容自如，与小女子谈笑自若，一定已有成竹在胸，容俏深感敬佩！"

秦良玉沉吟说："良玉和她的几千子弟只有报国的一腔热血，哪还有别的！"

"那么，请将军收下我和我的几百喽啰吧，我们愿和将军的几千四川子弟的热血流在一起！"

秦良玉虽是身经百战的将军，听了容俏的话也十分激动，她站起身和容俏等一一拥抱。

二十日黎明，努尔哈赤的八旗兵没有理会秦良玉扎在山中的营寨，转到西北方，以四旗兵向辽阳发起进攻。他们冒着明军布置在沟壕间的炮火，想在太子河上架桥。辽阳城派出三位总兵李秉诚、侯世禄、梁仲善带三千人马和旗兵做殊死争夺。

旗人把从周围村里锯来的整株树木扔进河里，希望阻断水流，可是明军的炮火和矢雨封锁了两岸，旗兵大部落水，尸体几乎把河水截断。水漫上来，使河道更宽。旗人便抱了树企图泅过河去，但过河后，其战斗力还没有恢复，就被明军歼灭。

秦良玉军趁机出动，和城内的军队内外夹击，旗兵在城边站不住脚，只得撤出。

这时，努尔哈赤才明白不把这一股川军消灭，他们是不能放手攻城的。

皇太极带领他的两旗去攻打川军，攻势十分强劲，他们想把秦良玉一把扼死，然后腾出手来进攻辽阳。

川军非常英勇，一开始就和皇太极的军队拼杀在一起，分不清阵线。弄得城里的炮火也不好支援他们，一个时辰后，他们损失了一千余人。容俏带着满身的血污跑到良玉面前说："这样打法不成！……"

"我们的川军汉子不怕死！"

"难道别处的汉子就怕死吗？"容俏说，"敌人比咱们多几倍，要是在这一仗拼光了，就没有人在城外牵制敌人了！"

"撤出战场？我们四川人却从没后退过……"

"那不是退，是以退为进。"容俏说，"可用我们'山贼'的打法：打得赢就打，打不赢就跑！"

秦良玉觉得容俏说得有理，就下令撤退。

起初，皇太极想把川军包围起来，不让他们逃走，可是在这千山万壑中，他的军队就像是个握不紧的拳头，到处都是缝隙，杀到傍晚，追出四十余里，就不见川军的踪影了。

皇太极回兵后，在山边路口留了一千人，看守和阻挡秦良玉的袭击。

袁应泰等守将连夜议论战守的策略。巡按张铨认为仍可坚守不出，可是他的意见立即就被否决。

总兵侯世禄说："那不是办法，要是我们不出兵，努尔哈赤立刻就可过护城壕，过了壕后，他们用木板铺在陷阱上，就可走大路一样一直来到城下，那就危险极了！"

张铨说："护城壕是不能丢的，我军可以在堡垒中向他们施放大炮和火器，他们照旧过不了壕！"

"真是书生之见！"总兵姜弼说，"在堡垒中放大炮怎么会打得准呢？就是打得准，一排炮打完后，再装火药要间隔很长的时间，有那空儿，他们就过壕了，听沈阳跑回来的兵丁说：那些陷阱和梅花坑根本阻挡不住他们！"

张铨有些生气，他反驳说："当初就不该把城外的据点尽行撤回来，那样我们要主动得多，就像一只巨蟹，哪一只螯也抓人！"

这两句话等于责备袁大帅，是他命令城外的部队尽行龟缩进城内来的。

袁应泰眉头皱成个疙瘩，他说："事到如今，就别说当初怎么着了，还是尽快为今天的御敌出谋划策吧，明日，我想努尔哈赤会攻打得更猛烈的。"

"还是主帅决定吧！"总兵朱万良说。

袁应泰会有什么好主意呢，从来就没带过兵，现在把偌大的责任压到他身上，他心里一点底也没有。他说："我觉得还是在城外把敌人打退为好。再说秦良玉怎么样了呢？这也是叫人挂心的，人家大老远地从四川来，咱们不能看着她挨打不管呀，她已经把一个弟弟和一千四川子弟留在浑河两岸了！"

张铨咕哝了一声："现在顾不得那些了。"

"出城迎战"成了既定之策，就连夜商讨出兵的具体战术。大家又争论了好久，袁大帅说："要打就得多出兵，一鼓作气地把敌人打垮最好，要不就'再而衰，三而竭'了！"

于是决定五个总兵李秉诚、侯世禄、梁仲善、姜弼、朱万良各领一万人马出城应战。

第二天黎明，为了壮军威，袁大统帅亲临军前，鼓动将士为国英勇杀敌。在和五位将军喝过壮行酒后，他站在城头指挥开城门、放吊桥。五万人马分别从北门、西北门杀出城去，也费了半个时辰。

他们出城后，几乎没看到多少旗兵，就是有一队两队的人马，也瞬间隐藏到丘陵中去了，大有望风披靡的征兆。明军头一次尝到如入无人之境的滋味。他们"杀呀，杀呀！"地喊叫着往前冲锋。

离城五里许，忽然像从地里钻出来似的，转眼间周围全是后金兵了。扈尔汉、额亦都率领的两旗兵加上莽古尔泰的一旗兵把出城的五万人包围了。

明军的五位总兵看到敌人尚不及自己的一半，他们要吃掉明军显然自不量力。便鼓舞将士们说："咱们正要寻找他们决战，他们来了，杀呀！为国除害，为城解围，为死难的兄弟报仇！"

明军也的确敢打敢拼，并没有被铺天盖地的敌人吓倒，精神抖擞地向四面八方杀去。

旗兵们似乎并不忙着和明军决战，一队队的铁骑不顾一切地纵横穿插，像一柄柄的尖刀把明军割得七零八碎。

领军主将李秉诚看出了敌人的用意，就传令诸将说："敌人想把我们切割粉碎，然后各个击破，我们赶紧向中间收缩！快，向中心靠拢！"

可是，他的命令难以实现了，五个总兵和他们的队伍，都被包围起来，自顾不暇，就是有些小批的明军闯出了重围，也难以连成阵线，很快就被消灭了。

恰在这时，皇太极从南线回军，他立刻带领自己的两旗军参加战斗。努尔哈赤觉得皇太极从接战以来就没有很好地休息，太劳累了，就令阿济格上前劝阻。可皇太极说："扈尔汉等三个旗的兵力很难吃掉五万明军，时间长了就会贻误战机！"

努尔哈赤仍然为皇太极担心，便亲率自己的两黄旗上阵协助。

这样一来明军支持不住了，李秉诚等想把军队撤回城里去，可是皇太极切断了他们的退路。尽管他们反复冲击，城里的袁应泰也开炮接应，也无济于事。

半个时辰后，战场局势急转直下。每一个圈子里都在进行着真正意义上的屠杀，明军的头颅遍地乱滚，热血狂喷。也许是努尔哈赤的新政策起了作用，旗兵们一边大杀大砍，一边高叫道："谁把刀放下，跪在地上，就饶谁的性命！"但没一人向旗兵下跪。

辽阳城是回不去了，李秉诚明白要想逃生的话，那就只有向城外落荒而走了。他领头向外猛冲，将士们紧紧地跟随着他……

挣脱了包围后，他回头看看在他身后的仅仅有几百人，遥望战场，那里的战事已经接近尾声，不禁掩面失声。

但皇太极没有给他留下哭泣的时间，派千骑快马追赶过来。

李秉诚想：跟自己出城的那几位总兵大概已经血洒沙场，即使能够从战场上逃逸，以后陪伴他的也只有羞愧，于是他不想跑了。他勒马回身，高叫道："有血气的男儿们，多杀几个敌人，再给自己来个痛快的，跟我迎上去打，可别给大明人丢脸呀！"

他们凶猛冲杀，一度曾使骄横的后金人连连后退，可是他们终究寡不敌众，一会儿就像抛进热火里的冰，转眼间没有了！

躲进深山的秦良玉军，见明军身陷危境，曾向辽阳城拼死冲锋，企图给予一臂之援。前天被皇太极一阵冲杀，川军只剩两千余人马，这小小的一股力量，几乎拼了个净光，他们也没有接近那火热的战场……就在这时候，袁应泰又做了件要命的事。

他看到他的五万人马陷于努尔哈赤的重围，心急如焚，就要领兵出城援救。张铨拉住他劝道："大帅，不要急不择策，您再把辽阳城的一点军队送到城外，那就等于把辽阳拱手让给努尔哈赤了！"

"张大人……"袁应泰哭着说，"咱们就看着大明的五万儿郎血洒眼前而不相救吗？义在哪里？勇在何方？"

"大帅，义在辽阳，勇也在辽阳！"张铨愤激地说，"你给大明守住了辽阳，就是你的大义大勇！"

经过张巡按的劝阻，袁应泰清醒了许多，他自己是不出城了，但还是派出了一营三千人马，前去支援李秉诚等。他想：如果不能扭转战局，就是给他们减轻一点压力也好。

这一营明军是从西门出去的……

他们刚刚出城，袁应泰就发现此时出城就等于让他们白白送死，恼恨不已，因为探子向他报告：李秉诚的那几万人绝大部分已壮烈殉国，战场上只剩下弥漫的硝烟。于是，大帅便急急地鸣锣收军。

明军正疑惑间，后金飞骑便出现在面前，像群狼扑羊般吞噬着他们。反应快的便回头往城里跑去，门窄人多，人马自相践踏，积尸瞬间如堵。旗兵本想跟随明军杀入城内，可是他们被高如山包的死尸挡住了。再加城头的明军及时施放猛烈火器，他们才没有得逞……

这时的辽阳城里已兵不满万，对努尔哈赤军的反击力也十分软弱了。袁应泰站在城头，眼看着旗人已靠近积水的壕沟，正明目张胆地准备器械，那欢乐的声音直传到他的耳边，感到一筹莫展。

"天哪，"他叫道，"难道就没有一点办法了吗？"

他身旁的张铨说："大帅，天不应地不灵，守住辽阳还得靠自己！"

张铨，字宇衡，山西沁水人，万历三十二年（1604 年）进士，历官至江西巡按。当后金公开叛明，他曾上书反对征调全国之兵开赴辽东。他主张加强辽东的实力，就近征募，就近征剿，更反对在全国征派辽饷。萨尔浒战役时，他曾被派到杜松部任监军，并没有被杜松重用。那些军人们大多瞧不起这个文弱书生，对他那些连篇累牍的"空论"更是嗤之以鼻。袁应泰也是书生出身，对他自是高看一等。

听了他的话，袁应泰说："张大人如有良策，要等什么时候才说出来呀？"

张铨说："辽阳城里现有人口十万，能上城的也有四万，他们都是袁大帅麾下的将士呀！……"

"大人，我袁某人无德无才，怎敢累及那些无辜的百姓呀！"

"大帅，努军背叛朝廷，杀人抢掠，在百姓看来有如洪水猛兽，他们一直和咱们是同仇敌忾的，大人怎能把他们排除在抵抗力量之外呢？"

"他们愿意……和咱们并肩守城吗？"

"岂止愿意，他们会奋不顾身！"

"我们得派人一家一户地向他们宣称……"

"不用，只要大帅一声令下！"

"张大人，您是地方巡按，您能不能为我做这件事呢？"

"大帅，为了您，为了辽阳，我是不辞辛劳的！"

张铨和他的僚属去动员群众了，没到夜半，辽阳城里就家家开门启户，街道上灯火如龙。请求参战的百姓成千上万，其中还有许多老人、妇女和儿童。

袁应泰下令打开军械库，把武器全部发给他们。可是仍有不少人没有得到，他们回家拿了斧凿锹镢以及做饭用的菜刀。于是，全城都响起了打磨武器的声音。

张铨派人把他们以街道划分了营、哨，指定了负责人，使他们稍微有点组织。到了天亮，许多百姓就和军队一起严阵以待了。

黎明，努尔哈赤和皇太极绕着辽阳城转了一圈，细细地观察了明军的城防，仍觉得六十几尺的太子河是道难以逾越的屏障。只在城门那儿有几道闸口，一夜间也被明军的大炮轰塌了，但他们看出了破解之法。

太阳出来后，努尔哈赤召集贝勒、将军们说：这太子河，西有闸门，东有水口，是破敌的要冲。他命令左翼四旗兵掘开西边的闸门，右翼四旗兵塞住东边的水口，又派皇太极亲临东口布阵，令士兵抬土运石堵塞水口。

城头上的明军看得清清楚楚，袁应泰十分着急，他对张铨说："他们如堵住东边的水口，再掘开西边的闸门，河水必然冲到城根而且渐渐上浮，不用多久，城墙必然坍塌。努军的这一手，能抵三万精兵，万不可让他们得逞！"

张铨也明白其中的利害，十分着急，但一时想不出应对的主意。

袁应泰说："事情到了如此地步，只好出城和他们拼了，张大人可在城内守住……"

踌躇了一会儿，张铨只好同意大帅的做法。

袁应泰把城内的壮丁和万把军人混编在一起，凑了三万人马，带着出城。临走，他握着张铨的手说："张大人，我给您留下的尽是老弱残兵了……"

"大人放心地去吧！"张铨说，"我们虽是老弱残兵，可是还有城堡可恃，您可就和努军面对面地相拼了！"

"张大人，就此别过。我虽是个不知兵的书生，可是懂得礼义廉耻，到时候，我知道该怎么做的。大人，也许这是永诀，各人好自为之吧……"说着，袁应泰落下泪来。

"大帅，别难过。人生不过百年，大半生过去了，最后为国而死，求之难得，我只求您在不得已时，仍进城来……城门一直给您开着……"

袁应泰出东门外安营，排列枪炮三层，对着皇太极儿旗兵连发不止，企图阻止他们堵塞东部水口。

皇太极指挥将士冒着弹火填石夯土，死的人堆起来几乎和土石一样多。

这时，西闸的掘进也遇到困难，张铨指挥军民奋力反击，他们用强弓攒射，箭雨纷纷。莽古尔泰、阿敏、额亦都等将领横着大刀不准将士后退一步，成百的人死在河里。

城上的许多百姓要求下城和后金人拼杀，张铨不许。

可是百姓可不像军队那样听话，他们从城上缒下去，向掘闸的旗兵冲去。老百姓虽不懂得战法，但他们敢死！立即和后金人抱打在一起。

看到同胞们打得这样解恨，更多的人从城上跳下去、缒下去参加战斗。只一会儿，下城的就有上千人！

半个时辰过去，东口没有堵塞，西闸也没有掘开。

莽古尔泰怕耽误了父汗的整体计划，忙赶到东口那儿向努尔哈赤报告。说完之后，莽古尔泰慨叹道："那些老百姓比明军更难对付，他们对咱们旗人怎么那样仇恨呀！"

一旁的皇太极听了，拧着眉毛说："莽古尔泰，你不是主张杀干净吗？老百姓就像山岭上的草，你是杀不完的……但你把他们杀成战士，杀成死对头了！"

努尔哈赤默想了一会儿问："离那儿不远不是有座桥吗？"

"是有座桥，可是，被河水漫过去了……"

"有桥的地方，河水就不深。"努尔哈赤说，"你可带几百人冲过去，先堵住从城上缒下的百姓，再奋力掘闸！"

这是一个办法，莽古尔泰掉头跑回去。

"如果掘开了闸，赶紧向我报告！"努尔哈赤向莽古尔泰的背影说。

袁应泰的炮火越来越稀，原来他带出来的火药、炮弹用完了，从城上缒下的弹药还没有运到。就在这关键时刻，明军还炸了几尊大炮。那种大炮是不能连着发射的，一旦炮筒过热，火药一进炮膛就炸……死人是不消说的，这给后金人留下了时间。就利用这一空当，皇太极督促旗兵迅速用石头泥土和着死尸把水口堵上了，河水涨起来，向下游窜去……

过了河，皇太极令几百人扛着木板、树干铺到陷阱和深坑上……

明军运到了火药，炮声又响起来，通红的火扫帚到处乱扫。后金人又死了不少，可是他们到底有了一条前进的路。

皇太极绝不会耽误时间，他令军士穿了绵甲，排车前进。因为车前的挡板装了铁甲，明军的炮火立刻失去了先前的凌厉，只一会儿，旗兵就冲到明军面前。

可是明军没有退。两军开始酣战，互有进退。

皇太极知道这种情况决不能持续下去，他又令旗兵用木板、原木把道路加宽，使更多的旗兵前来参战。明军有些不支了。

皇太极曾请李永芳帮助他训练军队，他挑选其中的精锐另编一军，给他们穿红衣，号称"红号军"。这时，他调了二百进来，红号军果然非同寻常，他们能打也很会打，明军开始动摇，溃退……

这时，城上的明军高声喊叫：

"袁经略进城来！"

"明军兄弟进城来！"……

溃败时，要想有序地进城是不可能的，霎时，明军乱成一团，争先恐后地往城门那儿跑。可是，这时两边的水闸已决，大水汹涌地向城根的护城河涌去，一眨眼竟成泽国。很多人淹死了，死尸漂浮其上，几乎看不见水面。

袁应泰好歹进了城，他拉着张铨的手泣不成声："大人，我为什么还进城来呀……我为什么不和兄弟们死在那里呀！"

张铨也没话可说，只是百般劝慰。

半夜里，八旗兵举着火把，竖起云梯攻城。

袁应泰和张铨东西两城分阵固守。起初，他们打退了敌人几次进攻，使军民士气大振。

张铨认为只要熬过这夜，敌人的势头就会衰竭，辽阳人的大难就会过去。

他把这一思想变成口号激励军民，起到了很好的效果。他们越战越勇，即使激战时城头上也有歌声。

城破比死亡更可怕，所以，他们甘愿痛快地把鲜血洒在城头上。

可是这时发生了一件把全城军民置于死地的事！

就在全城军民怀着希望誓死奋战的时候，几个败类逾城逃走了！

他们是监司高出、牛维曜、胡嘉栋及督饷郎中傅国等人。怯懦行为大大地动摇了人心，影响了士气。

隳败的情绪迅速在城里漫延，引起了涣散和惊慌。越城逃跑的人多起来，而后金兵进攻得更加猛烈了。

这时候，什么怪事也会出的，有的人竟放下绳梯，引敌人进城。

敌人入城后迅速扩大战果，他们用炸药轰开城墙，大批后金兵像洪水般涌了进来！

进城的敌人把张铨、袁应泰两军逼到了一处，他们号召明军进行最后的抵抗。

袁应泰对身边的明军说："辽阳已陷于敌手，可是我们脚下的土地仍是大明的！"

有人哭着问他："这时，再死命抵抗有什么意义呢？"

"意义大着呢！"袁应泰说，"叫旗人看看咱们大明人是什么人呀！"

张铨也说："对，大帅说得很对，咱们要用行动给女真人上一课，让他们知道古圣先贤是教导咱怎样生怎样死的！"

他们指挥身边的几百名明军凭着身后的西城墙，在路口列盾抵抗，使成百上千的满人倒在他们面前。他们竟坚持到了深夜。

夜幕使他们产生了希望，他们想趁着黑夜越城出逃。

袁应泰说："我是朝廷派到辽东来的经略，在接受任命时，已经宣誓把身家性命和辽东共存亡，现在两座大城丢失了，不仅没脸面去见大明的皇上、百姓，就是活在人间也感到羞耻！张大人，您是辽东巡按，本无守土之责，现在既然有条活路，您就快快出走吧！"

张铨听了，正色说："袁大人，您这就太小看我张铨了！我身为朝廷命官，无论身在何处，都有守土安民之责，在这城破军殁之时，您把自己成全了，却让我做个万人唾骂之人！真辜负了咱们共事一场……"

"不，不，不！"袁应泰连忙说，"我是这样想的：城外残兵散卒很多，您出去后，可以把他们召集起来，重整旗鼓，以退为进守住河西之地，如果那样的话，我袁应泰死也瞑目了！"

张铨连忙摇手，他说："大帅，那正是您应该做的事……"

正说到这里，忽然轰隆一声巨响，身后的小西门城楼火光冲天，土木碎石蹿上天空，又纷纷落了下来，接着就是一片连天的大火……

原来，城楼上的火药库染了火，引起爆炸。

趁着混乱，袁应泰带几个亲随转到东北镇的远楼，那是他的家。他对妻子儿女奴仆说："咱们的路走到头了……"家人们刚要和他相拥而哭，他厉声叫道："哭什么？为国家而死是咱们的福分！来，向京师方向磕头吧！"然后，他亲自关上房门，点火自焚。

全城除了几处地方还有小规模的战斗外，战事已基本结束。总兵李秉诚、朱万良等五人，以及副将、参将、游击等十多人战殁在血泊中。

分守道何廷魁引到家里，打算派一个贴身侍卫送妻子出城，可是妻子对他说："为国死节难道只是男人的事？"何廷魁赶忙给她赔礼。

他们便手携手一同投井而死。

与此同时，监军崔儒秀自缢身亡。

7

皇太极进城后立即率领自己的两旗人马把住大街小巷，不准旗兵到处入户抢劫。还派出上百匹快马沿街巷摇着令旗高呼：

"大汗有令：私闯民宅者，杀！"

"杀人放火者，杀！"

"强奸民女者，杀！"

"掠人财物者，杀！"

"欺凌汉人者，杀！"

同时，把范文程草拟，早已写好的安民告示到处张贴。内容不仅有皇太极宣传的"十杀令"，还宣传满汉一家，各族平等。对匿藏在民间的明朝将士，只要投降，一概不究。游击以上的军官给予优厚待遇……

这都是过去没有的事。

这时，努尔哈赤还没有进城，他把皇太极叫到面前，严厉地责问道："是谁让你到处叫嚷'十杀令'，张贴安民告示的？"

"父汗，在战前的四贝勒、五大臣的会议上，父汗不是亲口说的吗？"皇太极说，"事后还让范文程写成文书通知了各旗？"

努尔哈赤两眼发直，气喘吁吁。他并没有忘记这件事，可是当时决定这一政策时，就有点违心。说实话，他并没有想着认真地实行。

看到努尔哈赤这副模样，皇太极知道他有点反悔了，可是他不能后退。要是后退了，后金就会回到老路上去，那是十分可怕的。

"父汗，明天，你到城里看看吧，大街小巷到处在称颂您的大恩大德呢！"

"是吗？"努尔哈赤阴沉的脸有点放晴了。

小西门楼上的一声爆炸，结束了明军的抵抗。张铨知道自己下面的任务就是像模像样地死去，以保持自己的大节。

他"衣绣裹甲"下城，要回到他的巡按衙署去。

"大人，那可不行！女真人已占领了全城，说不定正到处找您呢！"随从们对他说，劝他把这一身耀眼的大明官服换下来。

张铨瞪起眼睛斥道："什么话！我是大明的臣子，这一身官服是我的荣耀，怎能换下来呢！"

没办法，趁着天黑下来，城内又乱糟糟的，随从们拥他出了小南门，想从那里随着逃难的人流逃走。

"事到如今，谁愿意逃就逃吧，我却要回我的衙署去！"张铨说着就扭头向城里走。

有人还想劝他，他拔出腰间的佩剑说："你们这是害我！城破军殁，我为国殉节那是应该做的事！南宋的文丞相怎么说的？还记得吗？他说：读圣贤书，所学何事？在这时候，我知道什么是最要紧的！"

他回到官衙面南而坐，等待后金人来。

整整半天，旗兵进来了不少，他们看到一个明朝的官儿坐在大堂上，觉得有些好笑，却也不知怎么办他。

过去是有办法的，那就是拉着他的耳朵把他扯下来，再扭着他的胳膊送到上司去，或者干脆把他杀了。

可是，现在有了大汗的"十杀令"，"十杀令"中又没具体到对这官儿怎么处理。再说，他们也分不清他在这儿凝然地正襟危坐，算不算投降呢。

天亮以后，一个后金官员进来了。

他是李永芳。

皇太极求他来说服张铨投降。

李永芳泪汪汪地说："四贝勒，你是知道我的，我把抚顺献给后金，在大明人看来我已经不是人了，张大人能够听我的话吗？"

皇太极以汉礼向李永芳深深一揖，说："将军，这事非你不可。你如果能够把张将军拉过来，那就是绝大的功劳！"

"唉！"李永芳叹口气点点头。他不能不答应，在后金朝廷中，皇太极和代善都是他的至交，如果没有他们的维护，也许努尔哈赤早就把他从朝廷中赶走，或者干脆杀掉他了。"四贝勒，我怎么说呢？"

"你就现身说法……许他和你一样做将军。"

"要是他不愿意呢？"

"他可以什么也不做……"

李永芳走进巡按署衙，看到张铨那正气凛然的样子，不由得两腿软了，他向张铨跪下来，只叫了声"张大人……"就无话可说了。

"下跪的是什么人？"张铨问道。

"奴才李永芳……"

张铨仰面大笑后说道："原来是一条断了脊梁的狗！我的署衙没有狗的地方，你给我滚！"

李永芳知道没有可能劝降他了，但很想自辩几句，就说："张大人，您听我说。我对明廷也算尽到了本分，是为了全城人的生命我才被迫投降的呀……失节是不好，但我也在尽量地改正错误……"

张铨知道当时的情形，态度稍微好了一点儿。他说："别说了，你对我说这些，我对谁去说呢？一失足成千古恨，路是自己走的！你走吧……"

李永芳知道再说下去也无益，就低头退了出来。

他对皇太极复命后，回家大哭了一场。

可是皇太极仍不死心，他下令把张铨"请"到了自己的营帐。见了张铨，连忙起座迎接，还亲自给他松绑，说了许多安慰的话。

皇太极很聪明，他避开劝降的事，直接这样说："将军来到后金，给朝廷大为增辉。大汗要我问您：您有些什么要求？……"

张铨从容不迫，像屹立的山峰站在众兵将拱卫的皇太极面前。他说："我只有一个要求，就是快快让我死！"

皇太极语塞了，过了一会儿，他说："将军真的想死吗？"

"是的，在后金多活一刻就多一分耻辱！"

"如果那样的话，您为什么不像袁经略等将士那样自裁呢？"

"不，不，不！"张铨昂首答道，"我要像那些死难的明军将士那样，尝尝后金人的快刀！"

见他这样桀骜不驯，后金兵们喝令他："跪下！"

"那是不可能的，除非你们按我在地或是打断我的腿。"张铨说，"我是大明天子任命的大臣，岂有给乱臣贼子下跪的道理！"

皇太极又噎了一下，但他对张铨是敬重的，他向士兵摆摆手："算了，不要为难张将军了——将军，我们后金和明朝一样，是个自立自主的国家，怎能说是乱臣贼子呢？"

不等皇太极说完，张铨就嗤之以鼻，他说："你的父亲曾是大明敕封的建州都督，也是大明的臣子，朝廷对待你们恩比天厚，可是你们竟不安分守己谨遵朝命，反而犯上作乱，自立伪朝，怎不是乱臣贼子呢？"

皇太极觉得张铨是绝不会投降的了，就下令成全他的意愿。

当士兵们把张铨推到营门时，皇太极又把他喊了回来。"张将军，我还有话对您说……过去，你们南宋的徽、钦二帝曾被我们那时的大金捉去，他们曾对我们的皇帝下跪叩首，还接受了我们的敕封，你为什么就不能学他们的样子呢？"

张铨说："你说的那两个皇帝，不过是乱世中的软弱之君，他们已经成了我们全民族的羞耻，我虽只是一个臣子，却绝不愿意做那样的人！"

皇太极听了摇头叹息。

张铨说："四贝勒，我知道你是后金王爷中的有才有识者，你应该明白你面前是个什么样的人，不要多费口舌了！"

皇太极仍然不忍杀他，踌躇良久，他说："张将军，我很敬重您的气节。那么，我禀明父汗，送您回南朝吧！"

"不，不，不！"张铨连忙说，"四贝勒，你是想羞辱我吗？我城破兵败，已是朝廷的罪人，只有一死才能上报朝廷百姓，下对自己妻子！四贝勒，你就赐我一死吧！"

皇太极还在犹豫不决，下面的卫士却怒火难抑，他们嚷叫道："四贝勒，这样死心塌地的人还留他干什么？杀！"

皇太极站起身，又沉思了一会儿，对卫士们说："那就给他留个全尸吧！"说过就流着眼泪走了。

张铨被用绳子勒死。皇太极令李永芳备棺礼葬于辽阳城外。

后金军入城后头一次没有大杀大抢，当然也有几个下级军官和少数兵卒旧习难改，偷偷地破门入户干了些龌龊的勾当。其中严重的都被皇太极抓住，随即拉到街口"正法"了。

这给辽阳市民很大的震动。虽然在内心里仍然觉得认同女真人的统治有点疙里疙瘩，但后金政权总算被接受了。

皇太极乘机找了里正、三老，让他们发动百姓张灯结彩、箪食壶浆、敲锣打鼓、欢天喜地迎接大汗进城。

他怕到时候人数不多，不够热烈，特意让八旗中的汉人和李永芳部扮成群众杂在市民中载歌载舞。

辽阳城破后的第五天中午，随着连连轰响的大炮声，努尔哈赤在贝勒、将军们的陪伴下骑着高头大马进城了。他看到清扫干净的大街小巷，看到人山人海的欢迎场面，看到满城飘扬的旗帜、彩带，看到成千上万张喜庆的笑脸，他高兴极了，高兴得眼角泪光莹莹。他不时地把皇太极叫到面前，伸出胳膊搂着他的脖子说："幸亏你……坚决地听了我的话！没有你的'十杀令'，怎会有今天的一切！"

"父汗，怎么是我的'十杀令'呢？那是您的意思，我不过是概括了一下罢了，为的是军人和百姓好记住……"

"这么做下去……后金的天下就不会变了吧？"

"后金、蒙古、汉人都拥护咱们了，天还变什么？您放心吧，父汗……"

第十一章　血腥谋大位　兄弟又阋墙

1

后金与明朝争夺沈阳、辽阳的战争，虽然是在两个城市及其附近打仗，经过仅十余天，但影响很是深远。

与以往最大的不同是：后金占领两城后，再也不像过去那样抢掠后就迅速退走，而是以此为根据地，并向周围扩展开来。

清朝的文献中记载："辽阳既下，其河东之三河……等大小七十余城，官民俱削发降。"

明朝本有极其正当的理由动员广大军民支持朝廷保卫辽、沈，也完全有可能以全国之力收复失地，可是他们已没有这种精神和气魄。尽管人民中生气还在，将领中慷慨之士也有，但朝廷已纠缠在无谓的党争中了！一个国家就像一个家庭一样，其不肖子孙，可以不顾一国一家的危亡，为眼前的蝇头小利可以打得头破血流……

大学士方从哲说："三路丧师之后，人心不固，兵气不扬。"他虽没有说到根本处，但可看出弥漫朝廷的一种情绪。

就在后金军忙着接收那七十余城的时候，皇太极也没忘记在不远的东南山中还有一股秦良玉带领的川军。他们的人数已经不多，最多只一千多人，但他怕他们像湿润的雪球一样越滚越大……

他带领一旗人马前去进剿了。

秦良玉没想到后金人会为了她这支小小的部队出动这许多人马，她是没有力量抵抗的，就拉起队伍继续向东南逃窜。出了山，他们就没有遮身的屏障了，头一仗，他们就被打垮，秦良玉的弟弟民屏牺牲。一天后，剩下的几百人才钻进一片森林。可是，这森林并不大，皇太极那一旗人，即使手拉手地篦它一遍也费不了多少事。

秦良玉极为伤痛，她对追随在她左右的李容俏说："明天，我要像大明别的将领那样和后金人一决生死，只是连累了你……"

李容俏说："咱们在一起的时间虽短，却像亲姊热妹，姐姐从容赴死，我还想苟活吗？我身负国恨家仇，怎敢偷生！能和秦姐携手同死，也是此生的一大幸事！不过，我觉得大姐还不能死……"

秦良玉望着她。

容俏说："大姐身膺抚职，在川有一呼百应的威望，何不回到家乡再作东山之举呢？"

秦良玉苦笑道："容妹，你看我带着几千人从四川出来，如今都被我葬送在这里了，我还有颜面回家吗？"说罢长叹不已。

容俏还想说些什么，秦良玉摇摇手止住她。"容妹，你看月亮上来了……"

容俏望着那冉冉升起的大半个月亮，虽不太明亮，在暗蓝色的夜幕中也熠熠生辉，远山近树都沐浴在它那柔和的金光中。树林中隐伏的几百人，亦无声息。大概都在望着月亮思念家乡吧……

容俏叹一口气说："明天这时候，咱们还看得见月亮吗？"

秦良玉把手搭在容俏的肩上说："小妹，别说那些伤感的话了。我还有一瓶川酒，几块从家乡带来的腊肉，咱们喝几盅如何？"

容俏没说话，她实在没秦良玉那种豪情。

一旁的一位亲兵，只十几岁的川妹子扭头走了。一会儿她回来时，两手端来了一个托盘，放在一个树桩上。那上面有一个锡酒壶还有两只小酒杯。大概是没有碟，腊肉被切碎了，就盛在托盘上，周围缭绕着一股酒香。"姐，你……还一直带着酒？"

秦良玉哈哈大笑，好像是忘记了身在重围中。

"有酒可以遣兴，无酒何以释怀，只有酒才能振奋豪情！"

良玉提起酒壶把两个杯子斟满，她把一杯酒端起来尝了一口，把另一个杯子递给容俏："小妹，喝一口吧！"

容俏接了，凑在嘴边小心地喝了一口，酒还没有下肚，就吭吭地咳起来。

"快吃点腊肉，快！"良玉用筷子夹一块肉送到容俏嘴边。

容俏赶紧吃了，可是那肉的辛辣一点也不比川酒差，她觉得喉咙一下子变小了，满嘴里像是含着火炭，这才想起四川人都是嗜辣的……

看到容俏那难受的模样，良玉更是笑个不停。

"好啦，你就稍稍沾一下唇，陪陪我吧！"

良玉连干几杯，提剑站了起来。

她漫步几圈后，在容俏面前站住，拱手对她说："小妹，待姐姐为你高歌两阕，聊表相知之情吧！"

说着，她且舞且唱，那剑光似银蛇在她周围舞动盘绕着。

> 早岁入皇州，
> 尊酒相逢尽胜流。
> 三十年来真一梦，堪愁。
> 客路萧萧两鬓秋。
>
> 蓬峤偶重游，
> 不待人嘲我自羞。
> 看镜倚楼俱已矣，扁舟。
> 月笛烟蓑万事休！

容俏静静地听着，知道良玉吟唱的是陆游的一首《南乡子》，在这首词里直抒胸怀，表达了他光阴不再、事业无成的种种愁思。

"大姐，这首词有点过于凄恻了吧？"容俏说，"再说，您也没有荒废光阴，作为女子来说，您该说功成名就了！"

良玉也不分辩，只笑了笑，说："我很喜欢放翁的诗词，喜欢他那种悲愤的味道。你怎样？喜欢慷慨激昂的吗？听我给你来一首！"

接着她又边舞边唱起来：

> 醉里挑灯看剑，
> 梦回吹角连营。
> 八百里分麾下炙，
> 五十弦翻塞外声，
> 沙场秋点兵。
>
> 马作的卢飞快，
> 弓如霹雳弦惊。
> 了却君王天下事，

> 赢得生前身后名，
>
> 可怜白发生！

这是南宋著名词人辛弃疾的一首《破阵子》，作者以当年的战斗生活为基础，融和了梦境和幻觉，描绘了一幅驰骋沙场的雄伟壮阔场面，表达了他渴望抗金，收复中原的理想和决心。良玉唱得激情洋溢，似碎金裂帛，十分动人。

容俏满含热泪站了起来，说："这一首才符合大姐的激烈胸怀，真是好极了！不过大姐正当壮年，青丝满头，'赢得生前身后名'的壮志是可以实现的！"

秦良玉轻轻一笑，把手中的剑递给容俏，说："这几日的相处，知道小妹是辽东的一大才女，何不也来上一曲，以表心意，别尽让姐姐献丑呀！"

容俏接了剑，略一沉吟，也就边舞边唱起来。因为她年轻，声音分外清越激扬。

> 出不入兮往不反，
>
> 平原忽兮路超远。
>
> 带长剑兮挟秦弓，
>
> 首身离兮心不惩。
>
> 诚既勇兮又以武，
>
> 终刚强兮不可凌。
>
> 身既死兮神以灵，
>
> 子魂魄兮为鬼雄！
>
> ……

这是楚大夫屈原的《国殇》。容俏唱得悲壮而豪迈，句句字字喷血饮泪。

她才唱了几句，良玉和周围的将士就被激得血脉偾张，热泪婆娑。他们也随着容俏的啸吟跟唱，一抒胸怀。

这时，忽一哨探跑来，报告说：敌人的大军把森林包围了，正趁着夜色逼近……

良玉听了沉思一会儿说："容俏，没有听完你悲壮的歌吟，真是遗憾！……"

"不要紧，既为鬼雄，以后的日月就无休无止了！"

容俏的话很是凄怆。

她们商议了一会儿，决定趁着夜色向着辽阳方向突围。

"敌人只以为我们会向长城那边逃逸，可是我们偏向险地走！"

容俏也同意她的想法。

清点了一下人马，不到三百。秦良玉把队伍分作两队，她和容俏各带一队。突围开始后，天已黎明了。

一开始就很不顺利，因为旗人太多，无论哪个方向都是人山人海。

秦良玉找到容俏，对她说："与其在草原上被他们群狼逐兔般吃掉，就不如凭着森林和他们周旋了！当然最后也无生路，可是，那样可以让他们多付出一点鲜血！"

容俏觉得秦良玉说得极是，但她没有随着良玉回到森林中。

良玉走后，容俏吩咐川兵说："你们快跟秦将军去，我在这儿瞭望一下，就立刻去找将军！"

川军走了，这时，容俏身边只有两个丫头和不到一百名她从山里带出来的喽啰。

她对他们说："我有一个计划：两军都冲出去是不可能的，那样这三百人必然都死在这森林中，那就不如让四川人生还了！他们老远地跑来辽东，已经把几千生命留在这里了！……"

她望着身边的弟兄，看看他们无一人反对。就说下去："咱们出森林后，就大声叫嚣，敌人便会以为我们就是全部川兵，必然团团地向我们扑来，那样，秦良玉和她那一小队人马也许就得救了——这就是说，我要带着你们去死。要是谁不愿意，这时就可以离开队伍，我绝不会强留你们的！"

等了一会儿，没人吭声，容俏对两个丫头说："你们中得有一个人去把我的主意告诉秦将军，然后随她行动，不要回来了……银凤，你去吧。"

银凤搂着容俏的肩膀说："不，我要和小姐在一起，叫春颖去吧！"

银凤觉得很委屈，她满脸泪水，说："为什么这种事，总是派我去？就好像我是怕死鬼似的！小姐，这回我是不听你的了！"

容俏搂住银凤的肩膀，小声地对着她的耳朵说："银凤，我知道你心里已经有了一个人，你如果能侥幸逃出去，就去找他吧……我和春颖还在那边等着你的香火呢！"

她这么一说，银凤哭得更厉害了！

可是，容俏没再理她，就领着那点可怜的人马冲出去了！

他们一出森林就大呼大叫，弄得敌人一时摸不着头脑———齐向他们扑来。

皇太极立刻就明白这是发生了什么事，因为冲出来的明军就是那么几十人，像一条短尾蛇，一眨眼就过去了。

他派几个亲兵下令，要军队继续包围森林。可是他们就像撒开蹄的烈马，一时是难以回头了。

秦良玉等不来容俏，又听西北方向人喧马叫，就急急地回头来找。她遇见了银凤，才知道容俏的打算。她跺脚叹道："容俏呀，把生留给别人，把死留给自己！从古至今除你以外还有这样的女子吗？"

银凤说："将军，不要犹豫了，要不，可就辜负了小姐的满腔热血了！"

"对，对，咱们快走！"

等皇太极再次集合军队把森林严密地包围起来时，秦良玉的军队已经逃了出去，向着长城飞奔了。

2

大清早，皇太极就派亲兵来请李永芳。

"四贝勒有什么要紧的事，这么急？"

"贝勒爷没说。"亲兵说。

"我吃过饭就去。"

"贝勒爷说：请您过府上吃饭。"

李永芳愣了一下，但他没有再问，因为他知道问那亲兵是问不出什么来的。因此，他告别夫人，骑上马走了。

四贝勒府离李永芳的额驸府并不远，所以，一会儿也就到了。

皇太极迎出来，一直把他让进他后院里的小书房内。

李永芳狐疑不安，——什么秘密的事，还要到这里来说。

刚刚坐定，几个侍女就把早饭端上来了。

"吃饭，吃饭。"皇太极让着他。

如果说李永芳在后金朝廷还有亲密朋友的话，那就是皇太极了，他们相互间无话不谈。李永芳常想，要是将来四贝勒能够继承后金大业，他们君敬臣恭，就太理想了。可是到那时候，皇太极不会变吗？李永芳想过，但不愿想下去。如果遇事就想得那么彻底，人还能活吗？也许就是这点希望支持着，李永芳才在屈辱中活了下来。

"四贝勒得告诉我有什么事？"

"吃了饭就说。"

"那样的话，我就不吃饭。"

"好了，是这样……"皇太极说话的样子有点诡秘，"逮到一位明朝的将军，想请你去当说客……"

"又是这样的事！"李永芳站了起来，还有点生气，"你知道我站在他们面前就像矮了半头，什么话也说不出，只有挨骂的份儿！你还……"

"这一位可不比别的明朝将领，你认得她……还和你最最亲密。"

"他是谁？"

"李将军，你非得问到底吗？"皇太极说，"好吧，吃过饭，我就告诉你。至于你去不去劝降，随你！这样总行了吧？"

李永芳不好再多说，就拿起了筷子。

只一会儿，李永芳就吃饱了，两眼瞪着皇太极。

皇太极朝他笑笑，仍然在往嘴里扒饭。"你吃完了，我还没完呢，我父汗常常教导我们兄弟吃饭要细嚼慢咽，不过在战场上是没法实行的，在家里可就不得不遵从父命了。你们汉人不也是这样吗？"

李永芳知道皇太极是故意玩他，也就耐心地等着。

吃过饭，皇太极领他往后走。

贝勒府一共有三进院落，前院用来接见客人。中院是家院，他的几个妃子（福晋）都住在这儿，靠后面有个小小的书房，他们就是在这小书房里吃早饭的。后院树木花多草多，还有几间亭榭，算是个花园吧。他家的几间仓库也在那儿。

"贝勒爷，还要往后走吗？"

皇太极不吭声。

"那明将不会羁押在你家里吧？"

皇太极还是不说话。

走过一条曲径转过几个花坛，来到了一座假山，就在假山之下，有一间石室，在外面可看见一门一窗。这时，窗里透出荧荧的灯光，纵然现在已是红日高照，那石室里一定还是暗的。

皇太极拉着李永芳的手伏在窗上瞧。

里面有两个年轻的女人。

"她们是谁?"

"再仔细地看看。"

李永芳又看,其中一个女人大概是听到外面有动静,一扭头,这时,李永芳看清楚了,她是自己的女儿!他刚要叫,被皇太极掩住了口,拖离了窗口。

"她是容俏?"

"是她……"

李永芳忙给皇太极跪下,连连磕头:"求贝勒爷饶恕她……如果她是个男孩子,我绝不会说什么,听凭大汗和贝勒爷处置,可是她是个女孩子……"

皇太极把李永芳拉起来,用衣袖给他抹去泪水。"你是怎么啦?她是你的女儿,还能杀她吗?犯了天大的罪,咱们也不会杀她!"

"大汗知道了吗?"

"他知道。大汗交由咱们来处置。"

"是你贝勒爷……"

"不,不,"皇太极说,"是咱们两个。'你和永芳看着办吧,年纪轻轻,不要难为她!'大汗就是这么说的。可是她自己得想活呀!"

事情的经过是这样的:那天黎明,为了引开敌人,容俏带领她的人马往外冲,那势头是很猛烈的,堵在前面的旗人竟被她冲垮了!

可是旗兵人多势众,只一会儿就又把她和她带领的几十个人裹挟到一条山沟里,准备大杀大砍。容俏指挥自己的部众和敌人展开肉搏,只霎时就所剩无几了。将士们知道自己的贝勒是很爱惜明将的,所以,他们只是把容俏围在几丈宽的一个山丘上,却不逼上去。

"呀,是个小将军呀!"

"模样还挺俊俏哩!"

"好像是个女人……"

"也有可能。那川军不是一位女将军率领吗?"

容俏觉得自己的目的已经达到,再活下去就要受辱了,就要横剑自刎。她试了几次,都被春颖抱住了!

"春颖,死妮子,你要苟活,活着就是,何必管我?"她跺着脚叫道。

"小姐,活着,前面的路子多……"

就这样,她们主仆二人就被捉住了。

皇太极立刻就认出了李容俏。他虽胸有城府，但他是个快活人，笑嘻嘻地说："哟，这不是李小姐吗？末将这厢有礼了！"

李容俏把身子扭过去。

皇太极又转在她的对面，说："我说，李小姐，咱们又不是初次见面，何必满面怒气，有话好好说嘛！"

"被你们捉住，要杀，杀就是！本小姐绝不皱皱眉头！"

"看你说的，谁能杀你？"皇太极说着顺手把她手里的剑缴了来，春颖的剑也被收了，"你是谁？你是大金国额驸的千金呀，谁又敢杀你呢！"

"你要怎样？"

"不怎样，请你回去呀！"皇太极依旧和颜悦色，"先见大汗，再见李额驸……"

"天哪……"李容俏跺着脚叫道，"恨不当日死，留作今日羞！"

"走吧，不要背诵诗句了，白白地耽误工夫。"皇太极令人把两匹马牵了过来后说道，"请小姐二人上马！"

春颖说："我不骑马，我要给小姐牵马！"她不想任他们摆布。

可是，没防备被皇太极从她身后两手抃起，放在了马背上。"小俊妞儿，别淘气，离辽阳还远着哩，走路会很慢的，我们可没有耐心……"

春颖还想挣扎，皇太极警告她说："小丫头，你要识相点，要不，我们就把你绑在马上！"

在回城的路上，遇到桥梁、河沟，李容俏几次想投身自杀，可是都被两边看押她的旗兵拦住了，白白地惹他们耻笑。

回到辽阳后，皇太极把掳获李容俏的事，上报给努尔哈赤。努尔哈赤说："让李永芳把她领回家去吧！"

"那她会死的！"皇太极说，"看不得她是个小女人，可还想为她的大明殉节呢！"

"是吗？"努尔哈赤笑起来，他并没有把李容俏看成是什么明将。"你看着办吧，先把她羁押着也好……"

放在大狱里是不行的，那里面又脏又潮，再说狱卒们也不规矩，皇太极就把容俏和春颖带回家来了。

听皇太极说了事情的过程，李永芳放了心。

"贝勒爷，你想把容俏羁押多久？"他问。

"依着我，你现在就可把她领回家去，可是，你能够保证她的安全吗？"

李永芳觉得皇太极是对的。

"要不,你进去和她见见面?要是她愿意归顺,不再投敌、自杀,你就和她携手回家!"

"……好吧。"李永芳说。

3

门开了,李永芳走进那小小的石室。

皇太极留两个侍卫在门外,以防不测,就走了。

容俏面向内,她听到外面有人说话,心想也许是要提审她了,就端详着那面墙壁。墙壁很光滑,可是用力撞上去,也许能撞个死……但,要是撞不死呢?

是春颖先看到李永芳的。

"老爷……"她哭起来。

春颖虽是个丫头,但她是在李家长大的,经过这场离乱,李永芳和春颖相互间都感到比骨肉还亲。

"孩子……我的孩子……"李永芳把她抱在怀里,拍着她的脊背。

"春颖,是谁来了?"容俏问。

"是老爷……"春颖说。她知道这会儿最有可能出事,就推开老爷,站到容俏对面去。

容俏回过脸,忽然满脸是泪。

"容俏……"李永芳叫了一声,可没敢到女儿面前去。

"你是来劝我投降的吧,爹?"

李永芳说:"容俏,后金国没有把你看成是大明的臣子,你只是我的女儿……"

容俏呆了一会儿,突然仰头大笑,她笑得如疯似狂。

"这……你……"李永芳感到手足无措。

春颖搂着容俏的肩膀摇着拽着。"小姐,你怎么啦?你别呀……"

外面的侍卫大概也感到不正常,慌忙去找大夫。大夫是来了,可是不敢走进去。

就在这时,容俏屏息敛声,她好像在狂笑中用尽了力气,小声地说:"爹呀,娘好吗?"

"她好。"李永芳说，"她盼你回家……"

"爹，你过来，有什么话，你就说吧！"

李永芳走到容俏对面，在春颖搬来的椅子上坐下，可是他一句话也说不出来。

"爹呀，咱们李家前几辈人做过什么坏事没有？"容俏问。

"没有呀，"永芳不知容俏为什么这样问，"李家前几辈都是只做善事、好事，从不做坏事、恶事……"

"那怎么会得这样的报应呢？老子成了遗臭万年的叛贼，又来劝自己的女儿附敌！怕是天下第一家吧？"

"小姐！"春颖叫道。

听了这话，李永芳先是脖子上仰，然后两眼翻白，接着就号啕大哭。他两手捂着脸跑出去了。

"老爷，老爷！……"

春颖想去追老爷，劝解老爷，她怕老爷出事。就趁这个空儿，李容俏转身猛劲儿向石墙撞去。

春颖回到石室时，里面站满了人，他们正抬着小姐往外走。小姐头上冒着血，脸像纸一样白……

"小姐，你怎么了？你不管小春颖了……"春颖跟着在后面哭喊。

容俏撞得昏死过去，可是，她的皮肉并没有受到很大伤害，经过医生的尽心调治，她很快就好了。现在只是还有一点头痛。

皇太极给她在中院辟了一室，要她和春颖在那里居住。当然在其周围是戒备森严的，房里的刀剪等东西也被搜了去。

她的母亲来看了她几次，说了些安慰的话。要她回家，她却拒绝了。她说："那是额驸的家，降臣的家，不是我的家！"

"那么，这里呢？"她母亲急了顶她一句。

"这里是个囚笼，我是后金的俘虏，就该住在囚笼里！"

两个月后，她竟和大福晋博尔济吉特氏成了朋友。

皇太极回家说到李永芳的女儿李容俏的秀丽和刚烈，引起了福晋的好奇。她说："反正就在这府里，我去会会她。"

"如果你能说服她归顺咱后金，也算是你的一功！"

"要是我把她说得愿意做你的汉人福晋，你就给我磕头了！"

"不错，不错！你真的做到这一点，我现在就给你下跪！"皇太极嘻嘻咧咧地就要屈膝，被福晋拉住。

"别没正形——我试试看，她见了我，也许把我的脸也抓破呢！"

福晋是带了一个小丫头去的。小丫头的任务是向李容俏介绍大福晋，说完她就走了。

容俏知道大福晋是来当说客的。皇太极自己没有说通她，找她父亲来也没有奏效，现在另一招又来了。

她低头坐着，连动也没动。

这些日子，为了排遣那没完没了的时间，容俏天天和春颖下围棋。

福晋见两个女孩都不理她，就站在一边观看。

容俏一心在她的棋上，连睫毛也没颤动一下，春颖呢，也没说什么，只是用她的黑眼睛偷偷地睄着那个不速之客。

也许是她实在熬不下去了吧，她站起来给福晋搬了一把椅子，说："请坐，娘娘。"

"谢座。"福晋说，摇着绢扇款款地坐下了。

就在这时，容俏抬起头，看了福晋一眼。"娘娘有什么话就说吧……"容俏说，"只要您自己不嫌烦。"

福晋忙抓住这个机会说："姑娘，我来是想求你一件事……"

"我能给你做什么事呀！……"容俏说，声音冷得像腊月里的冰。

"要是姑娘没有空儿……我再一天来也行。我想请你给我梳一个你这样的头。"

容俏的眼睛终于离开了她的棋盘，她端详了一下福晋。面前的这个蒙古女人生得很漂亮，很端正，只是颧骨略微高一些。这时，她正满脸堆笑地望着容俏。

容俏想从她的眼睛里看出阴谋诡计，可是她的眼睛很明亮、澄澈，一点阴影也没有。

容俏想说："你跟前的侍女中就没人会干这活儿吗？或者是梳后金的两把头梳得腻烦了，到我这里来找乐子？"

但她没说出来。

见容俏没说话，福晋又问："姑娘要是没空儿……"

"怎么会没空儿呢？"容俏说，"反正在这里等死！"

对容俏这句尖利的话，福晋权当没有听到。立刻高兴起来。

春颖呢，下棋也下腻了，巴不得有件事情做，就忙着在穿衣镜前布置着。

她把椅子放端正，又找出了干净的梳篦，拿出顶好的梳头油……

也许是她心直口快的性情没改，也许是这些日子攒下了一肚子的话。她絮聒说："娘娘，您看吧，还是汉女人的发型好呀！你们满人就有点……"

容俏横了她一眼，她才知道说得过分了，赶忙住嘴。

可是福晋的脸上看不出一点不高兴的影子，她一边大方地在椅子坐下来，一边说："风俗嘛，也难说好不好，不过，我从小就喜欢汉女人的装束。你们知道我是蒙古人，在家时我是蒙古姑娘打扮，梳着几条辫子，觉得好看得不得了！嫁给皇太极后，改成两把头，还难过得哭了几次呢……"说着笑起来。

容俏给福晋解开头发，用花梨木梳一下一下地梳着。

她梳得很用心，虽然她不自觉地这样，但也想给这个后金贵妇看看，汉女人的发型是多么好看，在这一小点上，她想征服她一下……

听到春颖在贬后金女人，觉得不合乎"礼"，就说："是呀，俗话说：穿衣戴帽，各有所好——你们旗人的帽子还是很好看的。"

听到容俏这么说，福晋差点儿就站起来把自己的帽子给容俏戴上。若是能够把帽子戴在她的头上，就离征服这个倔强的女孩差不多了，可是她还是没有敢——她怕容俏恼了，把她的帽子摔在地上。

在梳头的过程中，她们拉着闲话，一个字也没牵扯到汉满两族的事。

梳完头后，福晋在穿衣镜前辗辗转转地把自己看了好久，不住地称赞容俏的好手艺。

"那就叫你们的几位娘娘、几十个丫头都梳汉女头吧！"春颖说。

容俏觉得这又是句难以接下去的话，瞅了春颖一眼。

可是聪明异常的福晋说："我可不敢给容俏姑娘招惹这么大的麻烦，要是几十号人都往这儿跑，你们两个还想清清闲闲地过日子吗？"

夜里，福晋对皇太极说了拜访李容俏的收获。

皇太极乐得手舞足蹈，他说："你……可以说是战绩辉煌！一、她终于和你说话了，虽然没说到什么实质性的事。二、你开通了到她那里的路，往后，你就可以经常去走走了。三、你可引着她穿咱们满人的袍褂，只要她愿意穿，她的心就变了！我们为什么要归顺的明朝将士立刻削发？就是为了征服他们的心！"

果然，大福晋就常常到李容俏那儿去了。

春颖是个活泼的女孩儿，她也常到大院里的各房各屋去玩，几个小福晋和十几个丫头都成了她的朋友。

　　大福晋每次到李容俏那儿去，都说些不着边际的话，甚至嘻嘻哈哈，打打闹闹。有时，福晋还给容俏带些吃食和几样小礼物，容俏也接受了。

　　有几样事，福晋还是不敢越雷池一步，如前线的战事，额驸的家事，后金的朝政，更不用说要劝她归顺了⋯⋯

　　福晋知道只是这样交往还是不行的，她得找到一件把她们的心紧密地联系在一起的事。后来，她找到了，那就是无穷无尽、无边无际的汉文化。前面已经说起过，大福晋是被汉文化的墨水泡大的，她在这方面的修养一点也不比容俏差。

　　她们的谈话终于有了突破。

　　一连几天，她们如痴如狂地谈论唐宋诗词，有时连饭都忘了吃。

　　"娘娘，你们后金有⋯⋯这样的东西吗？"

　　这句话是很有进攻性的。

　　"没有⋯⋯没有！"福晋摇摇头，"蒙古自己有文字，后金连文字也没有。大汗曾令大臣额尔德尼仿照着蒙文创造过文字，文字是创造出来了，可没几个人会用。后金对内对外的重要文书还都是用汉文写成的。你想连文字都没有何来的诗词呢，那可是文字的精华呀！我们蒙古有民族史诗，那深刻的意蕴、那壮阔的激情，我想没有哪个民族能比，不过那只是口耳相传的⋯⋯"

　　看到娘娘这样虚心，容俏不想让她难堪了，就说："也许几年后，你们就有一种可用的文字了！"

　　"那几乎是不可能的！"福晋说，"一种文字的形成，绝不是一朝一夕的事，你们说太古有个圣人仓颉，是他给你们把汉字造出来的，其实，凭那个人也造不出来。一种文字是几千年⋯⋯你不信吗？"

　　容俏被福晋那独到的见解惊住了，她痴痴地看着面前的后金贵妇。

　　"照您这么说⋯⋯"容俏讷讷地说，"你们猴年马月才有可用的文字呀！"

　　不知为什么，福晋扑哧一声笑了。

　　容俏脸红了，她以为在这位知识渊博的娘娘面前说错了话。

　　"我们永远不可能创造出那样的文字，也不需要那样做了⋯⋯"

　　"为什么？"

　　"因为我们紧靠着一个文化强大的邻居⋯⋯"

　　"是谁？"

　　"是你们汉族呀！"福晋说，"你们有这么丰富多彩的文字，有这么灿烂悠久的文化，我们还创造什么呀！我们只要好好地学就是了！"

听了福晋的话，李容俏的脸色变了，由白变红、变紫，她愤怒极了，一字一顿地说："这就是说，你们不仅占领了我们的土地，还想占有我们的文化？"

"是的，我们将在你们的文化海洋里淹死！容俏，我们情愿这样！"

福晋的话令容俏吃惊。

"还不明白吗？将来，我们占领了你们的土地，你们却将占领我们的头脑！"

容俏有些明白了，她的心里漾出了一种莫名其妙的自豪感。

"再过很长很长的时间，我们将不分你我……我们将是一样的人……"

容俏呆了，她没法不相信福晋的话，她不想驳也驳不倒福晋说的理。她觉得福晋升高了，升得很高很高，在云霄中低着头和她说话，指点她，教导她。

看到容俏那傻愣愣的样子，福晋知道容俏被她征服了，已经变成了她的俘虏。

可是她还想多说几句。"容俏，你知道我们蒙古族中有个忽必烈吧？他也是一世英豪。他曾经带领蒙古铁骑推翻了宋朝，征服了中国。他靠的是什么呢？靠的是中国的儒学和汉人的文士。可惜，他没有把他的大政方针推行到底，对汉人始终揣着一颗狐疑的心。所以，他的王朝很快覆亡了，他的灵魂又回到了他起家的漠北……"

容俏忽然有所醒悟，从福晋第一次找她梳头时起，福晋已开始了对她的征服。现在，福晋已经把她纳入她的彀中，她有点伤心，可也不想挣扎了。

"娘娘，大汗和四贝勒……也有你……这样的想法吗？"

福晋摇摇头，可是接着她就笑了，笑得意味深长。

"大汗是一代英雄，不过他的时代就要过去。"福晋说，"皇太极会和我一样想的。他正在变……你从他对待汉人，对待你的态度就可看出了。他和他的八旗大军将在汉文化里淹死，从而得到重生。那时，他将建成一个强盛的帝国，他就将成为一代伟大的君王！"

"他……会像你说的那样？"

"我正在改变他，帮帮我吧……"

"福晋，让谁帮你？"

"你呀！容俏，我费了半年的心计，就是想找一个伙伴！"

容俏顺下眼睛，什么也不说了。

4

随着后金在战事上的节节胜利，努尔哈赤的日渐衰老，后金宫廷中的夺嫡之争也日趋激烈了。

皇太极和他的大福晋又在扳着指头数……

宽泛地说，能够有资格觊觎汗位的有四个大贝勒和一个小贝勒。

四个大贝勒是代善、阿敏、莽古尔泰和皇太极。

一个小贝勒是多尔衮。

阿敏虽然位居贝勒之二，但他是没有份的，因为他老爸是舒尔哈齐。舒尔哈齐是努尔哈赤的胞弟，因想和努尔哈赤争位，被努尔哈赤杀了。大汗虽重用了他的儿子阿敏，但绝不会把汗位传给他的。

莽古尔泰也失去了可能性。他像努尔哈赤的其他儿子一样，战功赫赫，威名远震，可是这人性情鲁莽，缺少智谋。努尔哈赤早就说他不能任大事的。他还干了一件要命的事，使努尔哈赤把他看成是畜类。他的母亲是努尔哈赤的一个小妾，小妾的地位不稳固，必然地要给自己做些打算，这就造成了人们对她的偏见，例如自私自利等。一次，努尔哈赤当着众人的面批评她，说她做了些偷鸡摸狗的事。莽古尔泰觉得面子上下不来，就回家把亲娘杀了。这事，使努尔哈赤怒不可遏，虽然没有把莽古尔泰杀掉，但骂他没有人性，是牲畜一样的东西！

努尔哈赤是绝不会把汗位传给一个畜类的。

对皇太极来说，最有竞争力的还是代善。

在褚英被处死后，代善曾一度夺得了太子大位，可是他不知珍惜，做了些糊涂事，急切事，尴尬事，又被人乘其机，他把太子位弄丢了。

其间，皇太极的地位冉冉上升，太子位几乎是伸手可及的了。

但，只要还没到手，大汗还没有册立，其中的变数仍是难说的。何况，大汗对代善和皇太极的看法又有些动摇呢！

代善的功劳和皇太极比肩，难以分出伯仲。但他的忍辱负重，他的忠厚仁慈，他的长兄仪态，仍给大汗留有深刻印象。

这些日子努尔哈赤又在想：是不是对代善的处分有些过重呢？他最大的过错就是两件，一是和大妃阿巴亥过从甚密，一是听他继妃的话迫害他的儿子。头一件当时觉得很严重，可也没有什么具体事实。第二件呢，想一想也是人之常情，像代善那样的年轻人，谁不听小老婆的话？小老婆年轻漂亮，有几个人能经得住引诱呢？

努尔哈赤这人是很坦诚的，心里有什么往往藏不住，特别是上了年纪以后，就好絮叨了。当和老臣们说起代善来，总是带着欣赏的口气说："瞧，我十多个儿子中，最中意的还是代善呀！模样端庄大方，有帝王之相，脾气呢，又能容人，别人顶他几句，他也从不着恼。他是有些过错，可是谁又没有过错呢——人非圣贤，孰能无过？唐太宗了不起了吧，要不是魏征时刻纠正他、提醒他，他还不知犯多少错误！你们想：要是给代善配上个魏征那样的大臣……"

这些话很快就传到了皇太极的耳朵里了，他真有点心惊胆战。

萨尔浒战后，皇太极成了努尔哈赤唯一的宠儿，努尔哈赤的眼睛老是打量着他。皇太极的确有着许多优点，那些优点都是灿烂耀眼的。但，过分耀眼也不行，过分光亮也会变成阴影。努尔哈赤心里又在打鼓了：这孩子心计太多，计划太周全。如果他掌了大权，谁还能够制约他呢？他曾说过，他的脚步不会在山海关前终止的，他还要前进，他要把整个中国全部攥在手里！一个人想全部拥有，往往一切都不能拥有！

另外，他好胜心太强，不管哪一场战斗，如果不能夺取头功，他决不罢休！

特别是攻占辽阳以后，他公布"十杀令"，张贴"安民告示"，那气魄，那声势，就好像他是后金的大汗！

努尔哈赤承认他那几手的确高明，给后金赢得了威望和群众，却好像把女真的传统给弄丢了。祖宗的成法固然有许多不合理处，可是要丢掉了总有些舍不得。

他没有理由反对皇太极，叫人害怕的就是这个没有理由……

努尔哈赤对皇太极一个不满意的字也没有说，但皇太极从努尔哈赤的一个眼神，他的一声叹息，从他一个难以捉摸的动作，体会到了父汗心底的每一细微颤动，也就是说，他什么都知道。

皇太极极害怕功亏一篑……

那个小贝勒多尔衮也是令人担心的。无论什么事，父汗总是偏向他一点，一次，努尔哈赤望着刚刚才九岁的多尔衮，对他的弟弟，一个几乎什么事也不管的老王爷说："你看，他像不像一条小龙？"

"是个有本领的孩子……"老王爷回答。

"他能不能坐上汗位？"

"别开玩笑了，老哥！"

"怎么开玩笑呢，如果现在就把汗位交给他，我在一旁看着他长大，不行吗？那秦始皇坐龙廷不是才十二三岁吗？"

皇太极可不想把父汗的话，像那位王叔一样看作玩笑。

另外，代善不再计算吗？

这时，又一次较量来到了。这一次的引火人是阿敦。

阿敦姓爱新觉罗，是努尔哈赤的本家，因为他后来被努尔哈赤处死，他和努尔哈赤的血缘多远多近，已无从查考，后来的史家会把这些有碍观瞻的事件全部删掉的，这就叫"为尊者讳"。

但他在获罪前毫无疑问是后金的一位显赫人物。

见过阿敦的人都说他相貌伟岸，智慧超群。努尔哈赤在建旗开始，自领两黄旗，其中一旗的固山额真就是阿敦。

在以后的许多战役中，阿敦的表现都十分出色，因为在每次的授奖中，他的名次都排在前列，这在朝鲜、蒙古的历史中都有记载。

在辽、沈战役之后，努尔哈赤更把重要责任交给了他，叫他担任"都堂"的官职。大概相当于现在的"办公厅"长官。他每天处理军国要务，统辖各个地方，日夜不停地操劳，如他在辽东广设墩台（地方侦查机关）安置哨探以加强边防和控制民众……

像那些过为已甚的人一样，他为了巩固自己的地位，也在时刻地窥测方向。

他看到努尔哈赤年纪大了，老病缠身，正为选择接班人弄得十分苦恼。这是后金的关键时刻，如果在这时跟错了人，举错了旗，不仅有误自己的前程，或者还会引来杀身之祸！

一天，努尔哈赤叫来了精明过人的阿敦，在说出了自己日夜烦恼的大事后，问他："阿敦，你对我的孩子是最了解的，依你看，我把大位该交给谁好呢？"

阿敦吓得魂不附体，他把努尔哈赤的问题在脑子里转了几圈后，机警地说："大汗，您是最英明的。俗话说，知子莫若父，有谁比您更了解自己的儿子呢？我实在不敢在这事上说三道四。"

"别在我面前要花腔！"听了阿敦的话，努尔哈赤斥他道，"我叫你来是想听一听你的心里话，你却用一些屁话敷衍我！"

看样子是非说不可了。阿敦在心里盘算了又盘算，近一两年，他看出来皇太极在努尔哈赤面前最受宠，要是皇太极成为太子，的确当之无愧。再说，他和皇太极的关系也是最好的。他想推举皇太极，但他绝不敢从自己的嘴里吐出那三个字，就含糊地说："大汗，依我看，还是智勇双全、大家称赞的人最好……"

努尔哈赤点点头，说："好了，你下去吧，我明白你的意思了，你说的是皇太极。目前当得起智勇双全的也只有他了！"

阿敦乐不可支，他料定自己的话说到大汗心里去了，不久的将来，皇太极必登大位。要是事情到此为止，也就算了。因为这是大汗和他之间的一次极为秘密的谈话，别人是不知道的。

阿敦却不想这样算了，他要让皇太极知道在努尔哈赤面前是谁推荐了他。将来皇太极继位后必定论功行赏，他可不愿埋没了自己。

这天晚上，他到皇太极那儿去了。

几层门岗都没有询问他，因为他们都认识阿敦虾（虾，侍卫的译音），知道他是后金国炙手可热的人物。

阿敦一直走到皇太极的客厅。上了台阶，他听到厅里有几个人，他们在谈话，而且情绪很激昂。

他弯下腰，从窗纸的小洞里往里瞧，他看见里面有三个人，他们是皇太极的"铁三角"，即皇太极、莽古尔泰和阿济格。

莽古尔泰发生了弑母那件事后，差点儿掉了脑袋，是皇太极拼命把他保下来的。他虽不受父汗待见了，可是还是保住了一旗的固山额真和四大贝勒之一的地位。那天代善也在场，可是他却没为莽古尔泰说一句好话。

其实，代善不是不想说，而是他没了说话的资格，他已经为和努尔哈赤大福晋的事弄得遍体污秽，把太子位也丢了，他还能为谁辩白呢！

莽古尔泰从此和皇太极成了生死兄弟。

阿济格是努尔哈赤的第十三子，和多尔衮是一母所生。年纪虽小，却早就跟着父汗纵横沙场了。他没立过什么显赫的功勋，但也从没畏首畏尾，但努尔哈赤好像看不上他，一提起他的弟弟多尔衮就眉飞色舞，一提起他来就嗒然若失了！

阿济格觉得十分失落，就常常跑到皇太极面前一把鼻涕一把泪地哭诉。皇太极防备的是多尔衮，对阿济格却无任何成见。为了牵制多尔衮，他很需要阿济格。

"十三弟，别伤心，有你四哥呢！"皇太极安慰他。

"四哥，你要是做了大汗，可别忘了你这个苦兄弟！"阿济格抱着皇太极求他。

"不会忘，绝不会忘！"皇太极说，"可是，我怎么能当大汗呢？你可不要胡说！"

"怎么胡说？褚英死了，代善废了，你说还有谁？再说，你听不见朝廷里外的议论吗，哪个不盼望你继承汗位呀？"

"好了，好了，你别说了，"皇太极连忙堵上他的嘴，"要是将来真像你说的那样，我能忘了你吗？论你的才智，还不让你早早地当上贝勒爷！"

以后，莽古尔泰和阿济格就常到皇太极这儿来，一开始他们议论朝政还有些谨慎，后来他们就不管不顾了！

这时，阿敦听到下面一段话：

"……代善是咱们的兄长，说什么咱们不能干那事儿……"皇太极说。表现出万分无奈，还叹了一口气。

"那，你就是妇人之仁了！"莽古尔泰叫道。

皇太极望了望他："你在哪里学了这句话？"

"我没什么学问，这也是看了点书学来的。"莽古尔泰说，"我看不能再等了，现在就找机会宰掉他，他就像一块大石头挡在我们面前！"

"是呀，四哥，"阿济格说，"正像你说的，父汗心里又有点活动了，无论哪朝哪代的帝王看中的都是那种四平八稳的人！代善就正合父汗的心愿……中庸之道嘛，中国已讲了几千年了！"

"干掉他，现在就干掉他！"莽古尔泰嚷道。

"怎么干？"皇太极问。

"这事用不着你来操心，"莽古尔泰说，"我就替你办了！"

"莽古尔泰，你说说具体怎么做，你得让我放心才行——再说什么时候为好？"

下面的议论声音就小得多了，阿敦把耳朵紧贴在窗纸上，还可以听得清楚。

外面有岗哨，是没人敢到这里来的。

"我看这样……"是皇太极的声音，"听父汗说：立刻就要攻取广宁了，代善肯定要争取做主将。我就把主将的位置让给他，我做他的副手。莽古尔泰，你可邀请他到你军去指导，那时，你就可乘便下手把他射死，或者想法使他的马惊疯，让他跌进山沟里……"

"要是被人识破呢？……"莽古尔泰说，"其实我也豁出去了，只要你做上大汗……"

"那，你不用怕，"皇太极说，"听到代善的死讯，父汗会因痛而死的，就是死不了，他也无心去处分你了。即使他想杀你，也决不会立刻就杀，一定像处分舒尔哈齐、褚英那样，先把你关起来，过两年再说。可是，他还能活两年吗？"

莽古尔泰嘿嘿地笑起来。

阿敦听着，吓得大汗淋漓。他很后悔到这儿来。他觉得两只脚在地上生了根，再也拔不起来了。

他绝不能在这时候到里边去，他们会立刻就把他处置了，是绝不会让他活着的！

他得走，马上就得走。

忽然，他听到里面有一阵剧烈的响声，好像倒了什么东西似的。

阿敦想拔腿跑，可是不由得又往里面瞧，他看见莽古尔泰和阿济格双双跪在皇太极面前，一齐叫道："兄弟参见大汗，愿大汗洪福齐天！"

皇太极笑嘻嘻地把他们拉了起来，并说："你们闹什么？那事儿还不见影儿呢，要是我真做了大汗，将和你们共同议政……"

莽古尔泰起身时弄倒了一把椅子，发出很大的声音，阿敦就乘机跑了。

房里的人大概是兴奋极了吧，他们什么也没听到。

过了一会儿，皇太极把门推开一条缝儿，向外喊道："来人！"

一边的耳房里有人应道："贝勒爷，奴才在这儿候着呐！"

"到后面厨房去，叫他们送点吃的东西来！"

"是！……"

大概厨房里也是早就"候着"，只半锅烟工夫，就有两个侍卫把饭送来了。

皇太极打量了一下侍卫放在桌上的杯盘碗筷，心里动了动，问道："怎么，准备了四个人的？"

"不是四位爷吗？"侍卫反问道。

"四位？还有谁呢？"

"阿敦虾进来了……"

"你看看，这里有阿敦虾吗？"皇太极问，样子极为惊异。

侍卫傻了，眨着两只惊恐的眼睛，"他……确实来过……"

"为什么不报告？"

"阿敦虾以前来过多次，也都没有报告……"

皇太极不说话了，他在想着这件事。

莽古尔泰急了，他骂起来："你们干什么？心叫狗吃了？"

阿济格也说："这样的侍卫，要是在我家里，早就打死了！"

两个侍卫连忙跪下向三位爷磕头求饶。

"你们起来！"还是皇太极冷静，"没你们的事，是我没有好好地对你们说清楚。如果是白天，你们那样做就对了，可是这是夜里呀！以后想着……"

"是，是！"侍卫吓得满头大汗。

"阿敦虾……什么时候离开的？"皇太极问。

"回爷的话，"其中一个侍卫说，"那奴才就不知道了，因为不多时奴才就换班了。"

"是这样？"皇太极说，从抽屉里拿出一串铜钱扔给他们，"走吧，没什么事。玩一会儿就睡去，可别喝多了酒误事！"

侍卫们走了。

阿济格怕极了，脸色煞白。他懊恼地说："怎么会有这样的事？事情还没做，就泄露出去了！……"

莽古尔泰搓着手说："我看立刻去把那个阿敦宰了，叫他永远闭口。"

"先别谈这事了，"皇太极说着把筷子分送到他们面前，"先吃饭，先吃饭……"

阿济格说："你们吃吧，我是一点胃口也没有了。"

"吃个屁！"莽古尔泰嚷道，"皇太极，不是我说你，在你家里竟发生这样的事！"

"你们呀，就这么点胆子？"皇太极脸上竟有了笑影，"就是明天要砍头，今天也要吃个肚儿圆！大丈夫能成旷世伟业，也能担塌天风险，更能够慷慨赴死！你们呀，嘿，还说要跟我干大事呢？"

说完，他就拿起筷子自顾自地吃了起来。

莽古尔泰和阿济格仍没有释然，他们有点垂头丧气。

"没事儿的，"皇太极给他们解释，"阿敦也许什么也没有听到，他踏上台阶，听到咱们在说话，说不定就走了。像他那样聪明绝顶的人，是绝不会管贝勒们的私事的。说真的，他躲还躲不及呢！"

莽古尔泰听了皇太极的话觉得有理，顿时轻松起来。

阿济格心细些，仍不放心。他说："四哥说的是其中一种情况，如果他果真听到了呢？"

"这也有可能，"皇太极呷了一口酒，"阿敦听得清清楚楚、明明白白。可是他知道这事儿的严重性，那是比死都可怕的！他能说出去吗？他有天大的胆子也不敢！这时候呀，他在家里胆战心惊得要死，恨不得把自己的耳朵割下来！——再说，他还是我的人……"

阿济格还是没有得到宽慰，他说："四哥，那也许是你一厢情愿的想法。要是阿敦发了疯，真把这事儿透露给代善呢？"

"那可能性很小，但也不是一点可能也没有。"皇太极说，"但代善这人办不出漂亮事来，他总是弄巧成拙，或许他还要弄得自己一身污秽也说不定……"

"别再想了！"莽古尔泰对阿济格叫道，"咱们就跟着皇太极跑吧，没事的！我看准了，他才是真龙天子！吃吧，快吃吧！"

5

还真像皇太极所分析的，阿敦回家后，吓得黄鼻子黄脸，一头扎倒床上，不住地喘，妻子怎么问他，他也不吭声。熬到半夜，妻子找来了医生。医生给他号了脉，说是受了惊吓。可是像阿敦这样的朝廷大员，谁能吓着他呢？虽百思不得其解，妻子还是按方子给他抓了药……

过了些日子，阿敦的病好了。他笑自己傻，那怕什么？他们三个人的谈话，就让它烂到肚子里好了，谁也不会知道的。

他是努尔哈赤的侍卫头儿，有时，他比努尔哈赤的儿子们都和大汗亲近。因此，努尔哈赤有些许变化，他都十分清楚。近日，使他惊异的是努尔哈赤的心理天平竟渐渐向代善倾斜去了。他常常向阿敦问起代善的事，言语间带着赞许和亲情。

"还是代善可靠呀，老实人就是有错，也好改正。"努尔哈赤说，"一个人要是太有能力，太聪明，就要小心他，因为谁都可能败在他的手下！"

阿敦想：努尔哈赤真是老了，老人的心和年轻人就不一样。年轻人喜欢雷厉风行的人，锋芒毕露的人。老年人就不是这样了，他喜欢老成可靠的人，办事稳妥的人。看样子努尔哈赤最后要把自己创下的江山放在代善手里了。我要见风转舵，该从皇太极这儿转到代善那儿了。

他回想这两年，自己跟皇太极贴得太紧，代善一定很不高兴，自己得想法买代善的好才行，要不就来不及了。褚英曾说：他掌权后就要大杀大砍，把那些跟他有过节的人收拾干净。代善就不这样了吗？

于是，阿敦开始往代善家跑了，每次去总带上好些礼物。也许，过去他跟皇太极跟得太出格了，代善没给他个好脸。他说："皇太极是我的好兄弟，你亲近他，我没意见，跟他的人多着哩。可是你和他们不一样，你是个跟屁虫。我是最讨厌跟屁虫的！"

代善的话吓得阿敦胆战心惊。

怎样才能改变这种情况呢？想来想去，只好动用他那张"王牌"了。一天，在代善家里喝酒喝到半夜，就想挨着代善睡一觉。

已有些醉意的代善骂他道："跟屁虫，这些日子你虽离皇太极远些了，可是浑身还有一股屁臭气，回家去吧！"

"大贝勒，跟跟……你说……说吧，"阿敦醉得厉害，他的舌头都发直了，"幸亏我是皇皇……太极的跟屁虫，我……我才能救你，要不，你的头……头掉了，还不知哪里下的刀……刀呢！"

"你说什么醉话？"代善问他。

"皇太极他们要……要杀……杀你哩！……"

一句话，有如雷声震响，代善那点醉意没有了。他一把抓住阿敦的袍子，把他提到床上，惊恐地说："阿敦，你说什么？"

"我……我没说什么，"阿敦的酒也醒了，他猛地觉得自己说错了话，就想抵赖，"我……我喝醉了，是……是说的醉话！"

代善抬起一条腿，跪在阿敦的肚子上，压得他喘不上气来，接着从靴子里拔出一柄雪亮的短刀，摔在他的胸口上。"阿敦，你要是想活，就把你的话说完！从此跟着我走，将来我不会让你吃亏，你想要什么，我都给！要不，我立刻就割了你，并且向大汗报告，说你挑拨我们兄弟间的关系！你知道，大汗是不会怀疑我的话的！"

"我说……我什么都说！"阿敦尖叫着，"爷，从此，我就是你的人了！"

"你放心！"

代善把腿放下来，又一把将阿敦拉起，摔在地上。

"说！"

看到代善对他的凶样，他很怀疑代善对自己的许诺能否实现。可是事到如今，不说也不行了，他就把那天夜里在皇太极家听到的他们的秘密策划从头至尾地说了。

代善吓得魂飞天外，但他信了，完全信了！

与父汗大福晋的事，弄得他身败名裂，迫害前妻儿子的事，又雪上加霜，惹得大汗把他的太子位也褫夺了。如今他在父汗面前颜面扫尽，在家里也孤苦难耐。自从他忍痛杀了继妻后，就像从心头剜了块肉，一想起来，就痛不欲生。可尽管如此，皇太极仍不放过他……

对此，他也理解。虽然，他如今像一块石头那样无知无觉了，但他是横在皇太极路上的石头，皇太极还是要把它敲碎的！

"大贝勒，我说的这些不重要吗？"阿敦说，"我认为太重要了！这些都是火药，你只要把它点着，轰的一声，他们三个就完蛋了！"

是的，阿敦说得对。

代善觉得全身发热，血液在奔流，磨得血管嚓嚓地响。

"到时候，你能作证吗？"

"要是大汗问起来，我就实说！"

"嗨……可惜，大汗已经不看重我了！"

"不，不，不是你说的那样，大贝勒！"阿敦爬到代善的脚边，"现在情况有了变化，大汗又偏向你了……真的，我一点也不骗你！"

他把听到的最近大汗对代善和皇太极的评价都说了……

代善认真地听着，他觉得每一句每一个字都极宝贵。

他坐在床上哭了，哭得像小孩子一样。

就在这一刻，代善竟一下子觉得前程似锦，他觉得那失去的太子位，仁慈的父汗还给他留着。你瞧，父汗褫夺了他的太子位，可是过了这么久，也没有给别的人，就让它在那里空着，悬着。为什么呢？

这就是父汗在等待着，好有一天再还给他！

许多日子以来，他已经心如死灰了，不再妄想了，只等着将来皇太极做了大汗后，自己好好地辅佐他，做他的好兄长，做他忠心不贰的臣子……

啊，原来，那朵希望的火并没有死，它还在心灵的某个角落燃烧着，不过很微弱很微弱罢了。

第二天一早，代善就跪倒在父汗面前，哭着把阿敦告诉他的事说了。

"你说的都是真的？"努尔哈赤怒火满腔。

"真的。我怎么敢欺瞒父汗呢！"

"你听谁告诉你的?"

"阿敦,是您最相信的阿敦!"

"把阿敦叫来!把皇太极、莽古尔泰、阿济格都给我叫来!"努尔哈赤对身边的侍卫叫道。

代善端详着父汗,他极为震怒。气喘着、颤抖着,似乎就要晕倒,就要爆炸,就要裂成碎片。他怕了,怕得要死……

努尔哈赤真的怒火冲天,他最怕最烦最叫他痛心的就是家庭的分崩离析。他杀了自己的亲弟弟、亲侄子、亲儿子。太子立了又废,废了又立……这许多事,每一件都把他的脏腑搅得鲜血淋漓!

这一次如果是确实的,那他又要在亲族中大开杀戒!要是把他最珍爱的皇太极等再杀了,他身边还有什么亲人呢?

他已经到了风烛残年,他还能经受得起吗?

他的敌人,国内的国外的,他们一定在那里笑,在那里开怀大笑!看着他在这里自残手足,自砍膀臂,自败家国!

这一定不是真的,他绝不准它是真的!

皇太极、莽古尔泰、阿济格陆续来了,他们一看情势,就知道那件要命的事发了,就战战兢兢地跪下了。

努尔哈赤看了他们一眼,却没有说话。

一会儿,阿敦来了。

他一触到努尔哈赤锐利的眼光,就知道天塌了,地陷了!他看到大汗变了模样,脸面缩了一圈,眼睛像两个窟窿,鼻子扭歪了,胡子乱七八糟,两个又黄又尖的牙齿突露着。

"跪下!"努尔哈赤喝道,"夜猫子,你一叫就要出事!"

阿敦的魂儿没了,他恨不得现在就死,也不愿回答努尔哈赤的提问。

"皇太极,"努尔哈赤已经气得不能把一句话连贯地说出来,"我问你……你和莽古尔泰、阿济格密谋……要杀害代善?"

皇太极装出五雷轰顶的模样,两眼上翻,接着又扑倒地上,哭叫道:"父汗,这是哪个坏蛋造的谣言?真是又恶毒,又拙劣!整个后金国都知道我和大哥的深厚感情!我知道大哥比我好,比我宽容大度,有王者之风,我是非常非常尊重他的!父汗,您不会相信的,朝廷上也没有人相信!您可要为我做主呀!"

接着,阿济格、莽古尔泰也呼天抢地地大喊冤枉……

"阿敦，这件事，是你对代善说的，对吗？"

"我……我……我没说呀……"阿敦想赖掉。

他一耍赖，代善可着急了。父汗是绝对不允许无中生有的，何况是这样的事！他对着阿敦厉声叫道："阿敦，你这个狗东西，昨天夜里你在我家是怎么说的？你敢当着大汗的面撒谎！"

"那时，我喝醉了酒，说的什么……我怎么知道呢？"

努尔哈赤稍微轻松了些，他恨不得阿敦做出这个熊样子。

代善可难以下台了，他只得把昨夜的事，从头至尾详细地说了一遍。除说了阿敦听到的皇太极一伙的密谋，还说了努尔哈赤这些日子对代善看法的变化……

他的叙述，不管谁听了也会认为是真实的，因为它是那样可信。

"阿敦，"努尔哈赤把桌子一拍，"你敢说你没有说！"

"是……是我说的……我该死！"

"阿敦，你真听到皇太极他们这样密谋？"

阿敦回头向皇太极那边看了一眼，正遇到皇太极那逼人的尖刀一样的目光，他连忙缩了回来，讷讷地说："大汗，我该死！……是我编造的……一切都是我编造的！"

"你为什么要编造这样的谎言？什么目的？"

努尔哈赤的逼问，阿敦知道是在往死路上引他了，可他不愿向那儿迈步。

"我，我想讨大贝勒的好……那夜里，大贝勒又用刀逼着我……"

努尔哈赤不想再问下去了，他恨不得有这样的结果。

其实，他心里跟明镜似的。皇太极他们的密谋很可能是事实，阿敦没有撒谎，他也不敢撒谎，在代善和皇太极之间，他没有胆量招认罢了……

人太精明了就变得糊涂，阿敦就是这样……

努尔哈赤不恨阿敦，但是，他得死！

皇太极又赢了，谁对他也没奈何。上天偏向着他，后金大概是他的了！

"蠢蛋！老实自私、胸无韬略，就会变成这个样子！"努尔哈赤看了代善一眼，他那窝囊相使人生厌，他在心里对代善说，"不过，通过这一件事，你保住了你的性命。皇太极以后不会对你怎样了，谁会招惹一个对他无害的人呢！"

努尔哈赤令侍卫把阿敦拉下去关起来，等待处理。

"代善，看到了吗？全是阿敦那家伙挑拨的！"

"是的，皇太极、莽古尔泰、阿济格都是我的好兄弟！"代善泪汪汪的。他胸中的那朵希望之火这次真的熄灭了！

皇太极哭着向他扑去，说："大哥，你永远是我的好大哥！"

莽古尔泰、阿济格也爬过去，和他们抱在一块……

第二天，努尔哈赤召集家族和大臣会议，向他们宣布阿敦的罪状是"交构两间，挑拨亲族之间的关系，散布有损国政的话……"等等，交给大家议论处置。任何专制国家，只要当权者指谁有罪，那必然会引起"群情激愤"，人人都想"踏上一只脚，叫他永世不得翻身"。诸贝勒及各执法大臣一致的意见是：令众人活活打死！努尔哈赤也像任何专制者一样，这时装出一副仁慈模样，他说："你们的意见是正确的。但，我看先把他关起来。不是我可惜他，也不是袒护他，因为我曾说过'对于大将犯了死罪，可监禁在高墙里边'，现在怎好违背这一规定呢？"

于是，阿敦被绳捆锁绑囚禁在监狱中，家产被籍没，这天是天命六年（1621年）九月十八日。不久也就被杀，时间在几个月之后。

通过这件事，努尔哈赤明白皇太极是一条真正的龙，代善不是他的对手。多尔衮也许能行，可是他太小了，皇太极一把就能捏死他！

天命六年（1621年），努尔哈赤令迁都辽阳。他说："这不仅是为了夺取广宁诸城，咱们真正的京都在沈阳……"

第十二章　壮志终未酬　英雄憾归阴

1

袁应泰等边臣战死，辽、沈失守后，明廷再一次慌了手脚。这时，他们才看出用袁应泰经略辽东是大大的失策。

朝廷中有人提议起复正在家里待罪的熊廷弼。

可是，也有人是宁愿看着国家败亡，也不愿看着冤家对头再次上台的。于是他们一齐上本，又开始拼命地诋毁熊廷弼。

没办法，只好派辽东巡抚薛国用和广宁巡抚王化贞充任。

这两个人都是那种自己干不好，又不许别人干的官僚。他们一上任，就连失六七十个城镇。"河西军民尽奔，自塔山至闾阳二百余里，烟火断绝。"为此，大明朝野大为震惊。

这时，大学士方从哲致仕回家，辅臣是二次上台的叶向高、刘一燝等人。他们上书说："使廷弼在辽，当不至此！"

御史江秉乾上书为熊廷弼歌功颂德，说如果坚持用他的御敌之策，辽东就没有忧虑了！

于是，考虑再三，朝廷坚决地起用了熊廷弼。

这实在是很不易的事。因为这时朝臣的注意力不在辽东那儿，只内部纷争就让他们烦心透顶了。

从神宗末年经过短命的光宗到新即位的熹宗，朝廷就没安定过。梃击案、红丸案、移宫案搞得人心惶惶，魏进忠和熹宗的奶娘客氏操纵朝政，把那些正直之士抓的抓，杀的杀，摧残几乎净尽。小皇帝成了他们的傀儡。

他们所以得逞，首先是因为从神宗起就依靠宦官，不相信外臣。光宗呢，即位后，只活了个把月，顾不得做什么。熹宗是个小孩子，离不了奶妈和近侍。于是，趁这机会，魏进忠、客氏等便纠结在一起，先把宫内的异己（太监、宫女，甚至先帝的几个后妃）赶尽杀绝，把小皇帝牢牢地抓在手里。

另外，朝中的大臣也很不团结。有的投靠了魏进忠，有的见朝廷乱糟糟的，无事可为，便致仕回家了。就是那些正直耿介之士也分成几派，相互攻击。

神宗二十二年（1594年），无锡人顾宪成被革职。他回乡后，便和有名的学者高攀龙、钱一本等人在东林书院讲学，讽议朝政，评论人物。他们的主张和理论得到部分士大夫的支持，朝中的高官中也有人和他们互通声气，如李三才、赵南星等。他们反对矿监、税监的掠夺，主张开放言路，提倡改革朝政。到了熹宗时，魏进忠十分厌恶他们，给他们加上了一个"东林党"的名号，一一地捉进狱中，后来，不少人被害死了。

这些人的许多主张是很对的，可也过于激切，有时还纠缠在一些无关大局的事件中。最要不得的是他们对和自己有不同意见的人，无论对错，也党同伐异进行打击，这就大大地分散了朝中的正义力量。

熹宗即位后，不顾朝臣们的反对，敕封乳母客氏为奉圣夫人，进封魏进忠为掌玺大臣、秉笔太监，后来还让他管权力很大的"东厂"，又赐名"忠贤"。

历史记载："忠贤不知书，颇强记，猜忍阴毒，好谀。"在专制时代，能够具备以上"优点"就可说万事俱备。"不知书"就是没有读过"束缚手足"的孔孟之道，可以为所欲为，可以不把有知识的人放在眼里。何况人家还"颇强记"呢！"猜忍阴毒"更是正直人的弱项，掉在他们手里，还想有好吗？"好谀"，就是专会拍马屁，那更是正派人学都学不来的本领。有这几手，就可把独裁者玩得团团转，自己也就青云直上了！

历史上又说："上深信任之，命阅奏章。"魏忠贤自己是干不了这许多事的，必须有个班子才行。他"以司礼太监王体乾及李永贞、石元雅、涂文辅等为心腹"。大臣们来了奏章，那些人先看，看了文字后，再看下面的"钤识款要"，然后汇报给魏忠贤，让他决定办不办。当然大政方针方面的事，他还要告诉皇帝一声。说到底他是个阉臣，还不敢把一切事包揽到自己身上。

熹宗朱由校有个爱好，就是极爱木工活，"好亲斧锯锥凿髹漆之事"，每天他吃了饭就跑到作坊里干起来，而且一干就着迷。在这方面他还真有点才能，做出来的家什，熟练的木工也难比得上。要是他不生在帝王家，而去当木匠的话，也许比当皇帝有成绩。

他在干活时，最讨厌的就是有人去打扰他。

而魏忠贤看准了这一点，偏偏在他干得如痴如醉时去奏事。

"皇上，有一件事……"

"你干什么？又来打搅我！"皇上吼叫道。

"是这样……得您批准！"

"朕批准了，去吧，去吧！"

"您得在后边写个'行'字……"

"拿来，朕写！"

魏忠贤赶紧把奏本送过去，皇帝连看也不看，就在魏忠贤指定的地方写上了"行"字。

许多举足轻重的大事就是这样决定的，一些重要的大臣就是这样任用和黜革的，还有一些正直的臣子就是这样被关、被削籍、被杀头的！

这一天，魏忠贤又走进朱由校的作坊。

"谁？"皇上皱着眉头喊。

"是臣下……魏忠贤。"魏忠贤躬着腰满脸赔笑。

"你又来干什么？"

"臣下不敢轻易来打扰您，皇上。可是这件事实在太紧要了！"

"紧要的事，你们就不能干吗？"皇帝一边不耐烦地听着，仍一边推着刨子，刨花儿不住地从刨孔里往外冒。

魏忠贤来到皇帝面前，说："这件事，还非得您亲自决定不可……"

"朕养着你们是白吃俸禄的？"

"嘿嘿，有些事我们可以为您分忧，有些事实在不敢……"

"这是什么事？……把墨斗给我拿过来。"

"是……"魏忠贤看到了墨斗，可是他给皇上拿来了拐尺。

"魏忠贤，你是怎么的？朕让拿的是墨斗！它就在靠墙的案子上！"

魏忠贤深深懂得在生杀予夺的皇帝面前，绝不能表现得伶俐乖巧了，得装得糊涂蠢笨一点才好，因为那样，皇帝才不提防你、不怀疑你，才能百分之百地信任你。

魏忠贤给皇帝拿来了墨斗。

皇帝把墨线递给魏忠贤，让他拉住要锯的木板的一端。

"斜了斜了，斜到左边去了！"朱由校生气地叫道。

魏忠贤连忙改正。

"又斜到右边去了，你的眼睛呢？"朱由校又叫道，"真是比牛还笨！"

魏忠贤用衣袖抹抹脸上的汗，解嘲地笑笑，说："我怎比得上皇上呀，皇上聪明天纵……"

"别说废话了，"皇帝把墨斗一扔，恼火地说，"好了，你搅得朕没法干了——说说吧，你有什么事？"

"辽东那边又出事了……"

"努尔哈赤又夺去朕的什么地方了？"

"没有多少地方，"魏忠贤说，"不过那薛国用也太不中用……"

"换了他就是！"朱由校说，"你想换谁呢？"

"朝臣又举荐那个熊廷弼……"

"那就叫熊廷弼干！"

"前一阶段，搞得他有点太狠，他使性子不想来……"

"他还敢对朕使性子？"皇帝说，"那就给他点厉害瞧瞧。"

"这不是辽东正用得着他嘛！"

朱由校想了想，说："那就这样办，把那些劾他的人办上几个！叫他们在别人干活的时候不要说三道四！"

"臣下正是这个主意！"魏忠贤说，"等熊廷弼来的时候，皇上最好能够让他……陛见一下，给他些鼓励……"

"你代朕去不行吗？"

"那不太好，臣下是内臣。"

"以后，朕要改一改这规矩，内臣一样能够驾驭外臣！你想，内臣是伺候皇上的，难道不能代表皇上说话吗？"

"是的，该改改了，可是目前还得行老规矩。"

"好吧，朕陛见他。"朱由校说，"又要耽误半天了——你说，朕该对他说些什么？"

"臣下正要和皇上商议这事儿……"天启元年（1621 年）六月，复起熊廷弼为兵部尚书兼右副都御史，经略辽东。

在这同时，皇上惩治了几个过去不遗余力地参劾熊廷弼的人。贬冯三元、张修德、魏应嘉、郭巩等人的官职，除了姚宗文的名。御史刘廷宣上书为这些人说话，也被斥退。

朝廷算是给足了熊廷弼面子。

熊廷弼从家里带着一身光荣入朝后，皇上亲自设宴给他饯行。

皇上驾临乾清宫，在他面前已设御席一桌。那是一张很大的案子，铺着明黄色的桌衣，周围绣着团龙。上面中间有五个大盘，还围绕着十几个小盘子。里面只装了不多的菜，色彩却很鲜艳。

熊廷弼被传进去时，皇帝已经在那儿了。

他头一次见到这个登基还不到一年的十几岁的小皇帝。他身穿明黄色的龙袍，身子有点单薄，面容端正、眉清目秀、桃腮樱唇，很有几分女儿态。

熊廷弼没敢多看，就扑倒在地了。

"谢皇上隆恩，愿吾皇万岁，万岁，万万岁！"接着就激动得哭起来。

"起来吧！"皇上说，声音奶声奶气的。是的，他比熊廷弼的小儿子还小好几岁呢！

"谢皇上……"熊廷弼想起来，可是他浑身颤抖，差点儿摔倒。

做臣子的就是这样，皇上再昏庸，给他一点"优礼"，他就感激涕零，恨不得为他肝脑涂地了。

皇上皱起眉头，对一旁的太监说："熊大人年纪大了，搀扶一把吧。"

熊经略五十岁左右，在当时来说，已是一个老人了。他有点发胖，身子有些重，两个太监扶着，才颤巍巍地站起来。

"给他拿把椅子。"

"是！"椅子早就伺候在一旁了，太监很快搬了过来。

"谢皇上赐座！"熊廷弼蹭着椅子的边缘坐了下来。他面庞松弛，胡子邋遢，垂着眼睛，脸上还在淌泪，一点也没有做主帅时的英武了。

"熊廷弼！"皇帝叫他。

"臣在……"

"你过去在辽东的一年，震慑敌军，力保危城，大振我明朝神威，功劳是很大的！先皇因受流言蜚语的煽惑，令你待罪原籍，你是被冤枉的。现在那些摇唇鼓舌的宵小之徒已经受到了惩戒，加在你身上的诬蔑不实之词也已昭雪了。望你不忘皇祖重用之恩、顾全君臣大义，为消除边患，筹划安攘！"

小皇帝还说了一些话，熊廷弼激动得没有记住，只想皇帝一住嘴就下跪谢恩。

皇帝的嘴是住了，他刚要立起，就听太监喊道："皇上赐兵部尚书、右副都御史、辽东经略熊廷弼大人宴！"

另一太监就念流水账似的报起了菜谱和食谱。

熊廷弼又扑倒在地向皇上谢恩。当他再次被搀扶起来时，眼前的小皇帝没了，面前只有几个太监围绕着他。

"公公，下官……"他说。

"下面，您吃饭吧！"

原来，赐宴的程序已经完成了。他得一个人在这里用餐。

他忽然想起，曾听人说，皇上赐宴只是个形式。有时，就像刚才这样，皇上说几句该说的话就走了。有时，皇上还待一会儿，那被赐宴的人就那么站着，擎着筷子触一触桌上的菜就得谢恩回头走人。当然还有更隆重些的，皇上派太监把酒菜送到大臣的家里，那可能是对待王爷位上的臣子了。

他想告辞，可是太监们不让他走，非让他吃饭不可。

"您得吃上几口呀，这是千载难逢的隆恩呀！"

"是呀，别辜负皇上的一片真情呀！"

没办法，熊廷弼只好举起筷子夹了几下，塞进嘴里，吃的什么，他也没尝出来。

可是，太监们仍然不让他走，纠缠着他向他祝贺、道喜。他终于明白应当怎样做了，就把身上带着的几张银票全掏出来给了他们。

"没准备，身上也没有多……就请公公们收下买酒喝吧！"

公公们看看银票，有点嫌少，可也没法，这样的穷官榨不出多少油水，就闪开一条道，让他走了。

熊廷弼走出宫门不远，太监追上喊道："皇上有赏……"

廷弼只好回头向着皇宫再跪下来。

一位太监端着大黄礼盒，一位太监捧着圣旨读道："……上特赐麒麟服一、彩币四……"

廷弼又感动得泪眼模糊了，他又对着皇宫磕了头，接受了赏赐，交给了在宫门口等候的侍从，坐轿回家去了。

回到京都的住处，麻烦来了。满朝臣僚都认为熊廷弼得到了莫大的荣耀，认识不认识的都来贺喜。一连几天忙得昏头昏脑，朝廷却催他赶紧赴任。

于是，他带了几个家人，驾一辆马车，从兵部领了百多名护卫急匆匆地到辽东去了。

马车里坐的是他须臾离不开的小妾樱红。半月后，熊廷弼到了广宁。

原任经略薛国用和巡抚王化贞，设宴给他洗尘。

薛国用是个干巴老头子，满面愁容，他是以兵部侍郎经略辽东的。从李成梁以下的几任经略他都熟悉，除了李成梁还算是衣锦还乡外，别的几个有谁不是弄得灰头土脸，甚至连命都扔在这里！他早就要在京的朋友为他走动，希望早日离开这一险境。

现在总算有人来接替他了，所以他脸上的每条皱纹里都透着轻松。

王化贞是进士出身，年龄不到五十岁，一张干黄脸，两只黄眼睛，稀疏的几根胡子掩着两片薄薄的嘴唇，显得很干练。他是另一类人，正如朝廷上许多人评论他：言辞伶俐，好说大话而无实际才能。但他很懂得做官的诀窍，像鸟儿一样，哪根枝儿旺就往哪根枝儿飞。在来辽东前，他和他所在的兵部已巴结上了魏忠贤一党。因此，他觉得后台硬硬的，腰杆挺挺的，一副踌躇满志的样子。

他觉得朝廷没有叫他任经略而派了个熊廷弼来，心里有点酸。

半年来，他针对辽事，给朝廷上了许多书，出了许多主意，却没有引起权臣们的注意，因此常常愤愤不平。他不怨自己不行，却怨自己"运动"不够，于是有空子就钻，有钱就填，终于有人给他说话了。

御史朱童蒙从辽东勘事回京后，极言"化贞得西部心，勿轻调"。御史方震孺也说："请加化贞秩，便宜从事，令与国用同守河西。"

酒席间，薛国用便向熊廷弼"介绍情况、交代工作"了。

他说，他已上书朝廷继续抽调兵马援辽。朝廷以原任山海关总兵刘渠为援辽总兵官。刑部尚书黄克缵又建议利用从国外进口的佛朗机大炮，募人操练演习，并聚集辽阳等地的溃兵。薛国用说：这样的工作正在做，大概能聚集到四五万人。

王化贞说，他已上书朝廷，请发百万银给广宁，已得到批准。他觉得这笔钱，可拿出一部分抚赏蒙古，把他们作为牵扯后金的一股力量。

熊廷弼问："这笔钱已有多少到手了呢？"

王化贞说："朝廷已命徐天鼎解银二十四万五千两赴广宁了。"

算来算去，当时集中在广宁的明军约有十三四万，这也不算个小数目。只是比较散乱，得经过训练才能使用。

以后的几天，王化贞等陪同熊廷弼绕广宁几圈，以观察广宁的形势。

广宁（即今辽宁省北宁，很长时间叫北镇），它背靠著名的医巫闾山，登山可俯瞰整个城市。南临大海，西界锦州，直通山海关，东隔辽河与辽阳遥相对峙。有明一代，广宁一直是辽东地区仅次于辽阳的第二大城。

在辽、沈失守后，广宁的地位就显得更为重要了。

经过与王化贞的多次交谈，熊廷弼觉得和他在战守问题上有着尖锐的分歧。

熊廷弼的主张就是他在离京前向朝廷陈述的"三方布置"策。

其内容是：其一，在广宁集中马步大军，制服后金主力。其二，天津、登、莱各置水军乘虚进入后金南卫地区。其三，登、莱设巡抚于天津。经略驻山海关以节制三方。

王化贞却不同意熊廷弼的主张。他说用不着那么费事，他的办法是：部署诸将领兵沿三叉河（辽河一支）设营。依靠辽东当地反对后金的力量，和西北蒙古的援助，甚至要借助降将李永芳为内应……

熊廷弼反驳说："大人有两项事，是很不实际的。你说要依靠当地人的反金势力，那势力在哪里？谁去组织？蒙古更不可靠，说起来，袁应泰就是吃了蒙古人的亏。近年来蒙古有很大变化，他们已向努尔哈赤靠拢了！至于那个李永芳，你和他联系过吗？这位努尔哈赤的额驸还能为咱们出力吗？"

熊廷弼说到这里笑了笑，这笑刺痛了王大人的心，他认为熊经略瞧不起他。

于是他故意拿出傲视一切的态度来，扬言道："熊经略，您看着，我就是欲以不战取全胜！"

熊廷弼盯着他看了好久，觉得面前的这个人好荒唐呀！好危险呀！自己以后怎么和他共事呢……

按明朝的官制来说，王化贞应当受熊廷弼的节制、指挥，于是廷弼在去山海关前巡视了王化贞的防地。他的主力放在三叉河两岸，沿河一百二十里一字摆开，每数十步一个窝棚，安排六七人守护。

熊廷弼十分愤怒，他说："大人这样做等于自杀！强敌要来，在任何地点都可以突破挺进！"他命令王化贞赶紧改变部署。

王化贞气得红了脸，他冷笑一声说："经略大人，下官这样布置防线，已经得到兵部张大人的认可，他老人家觉得我如此举措乃万无一失！"

熊廷弼对他无可奈何，从广宁到山海关去了。

兵部尚书原是王象乾，那是个很有血性的人，可是他到云贵去督军了——那里的农民起义正如火如荼。朝廷把个已经致仕的老先生又调了回来，他是张鹤鸣。年纪大的人，有的看破世事、名利，这种人是不会再回来做官的。有的人却变得老奸巨猾，想在晚年再搏一把，张鹤鸣就是这样的人。

一开始，朝廷下了诏令，要他回朝。他还拿架拿势地犹豫着，后来魏忠贤以老友的身份一再派人去请，他才赴任兵部。他过去就在许多事情上和熊廷弼说不到一块去，现在，他可有了报复的机会了！

他任的是实职，别的兵部尚书，如熊廷弼等挂的只是虚衔。

有了魏忠贤和张鹤鸣的支持，王化贞就更不怕熊廷弼了！

辽东前线，虽有十几万兵力，熊廷弼可调动的不过五千多人，实际上他是个空头经略。他几次上书说明情况，可是朝廷没人理他。他只好在当地招募一些新兵加以训练……

2

熊廷弼是努尔哈赤一向惧怕的"蛮子"，他来到辽东后，努尔哈赤几次地想暂时罢兵。可是他又听说王化贞根本不听熊廷弼指挥，两人势同水火，他高兴了。

他对皇太极等将领说："明朝上有昏庸的小皇帝、魏忠贤，下有张鹤鸣、王化贞，纵有千百个熊廷弼，他们能做什么事！"于是下令进兵。

天命七年（1622 年）正月十八日，努尔哈赤令族弟多毕、贝胡吉，额驸苏呼海留守辽阳，亲自率兵向广宁进发。

在三叉河边，他们遇到了明军的顽强抵抗。

虽然王化贞不会用兵，布置失当，可是明军里面却有很多忠勇之士，他们面对努尔哈赤的劲旅，一寸一尺地争夺，表现了大无畏的英雄气概，把满腔热血涂在雪原上。

每逢遭遇强敌，皇太极就会请战。努尔哈赤派他去夺取攻战广宁的桥头堡——西平。二十日，皇太极的大军来到西平堡下，立刻发动进攻。

西平堡的守将黑云鹤，是总兵中的名将，极为骁勇。他对副总兵罗一贵说："你守住堡寨，我去迎敌！"

罗一贵说："敌人刚到，锋锐正盛，不如等一等再说。"

黑云鹤说："你说得是，但皇太极来了，正立足未稳，这时打他还容易些。要是能把他的锋头遏制住，以后他就不那么嚣张了。"

黑云鹤错误地估计了皇太极，他只带了五百兵马上阵，一出堡就被皇太极的旗兵团团围住。罗一贵虽在堡上开大炮支援，但无济于事。

黑云鹤和他的人马打得十分英勇，几次把包围圈撕开，想冲回堡去。可是都被皇太极指挥旗兵堵上了。双方混战到中午，明军完全被消灭，黑云鹤战死在阵中。皇太极损失也不少，死伤近千人！

后金人想趁明军溃败逼到堡下，可是罗一贵指挥明军滚木礌石地砸了下来，后金兵只得退回。

清太宗皇太极

皇太极以数万之众竟拿不下个西平堡，觉得很没面子，就指挥部队昼夜攻打。

在山海关的熊廷弼知道消息后，焦急万分，他怕王化贞有失，立刻通知防守镇武的辽东总兵刘渠带所有守军驰援。

王化贞慌了手脚，他没想到布置在河边的那两万人一触即溃，他紧急召集部将商议对策。

他手下有个游击，叫孙得功，在辽阳时，就暗地里投降了皇太极。皇太极叫他埋伏在明军中准备日后策应。后来，他带着几百名溃兵来到广宁，被王化贞收编。

这时，孙得功献言说："如果大帅信任我，我愿率领大军去援助西平堡！"

王化贞相信了他，问他道："你需多少兵马就能完成此功？"

孙得功说："大帅给我十万吧！"

王化贞广宁只有十多万人，即使对孙得功深信不疑，也不敢把家底全部给了他，于是说："我给你七万吧！你去西平堡和罗一贵奋力退敌。打得赢最好，打不赢就给我守住，我另有妙计破敌！"

王化贞所谓的妙计就是指望那个降将李永芳了。

他和李永芳过去有些联系，熊廷弼到山海关后，他又派人化装去找李永芳，虽至今没有得到回应，他却觉得有十分把握。他曾多次对他的心腹说："我就不相信李永芳会真心附敌，到时候，他会立功的！"

为了使孙得功顺利地逼近西平堡，王化贞急调驻守闾阳的援辽总兵祁秉忠所部，火速前往西平。这样，除了还有两三万人留在王化贞手里以外，他的"本钱"几乎都投上了。

努尔哈赤的全部兵马也已到了西平堡周围。如果明朝的援军到了的话，双方的军队可达十多万，又形成了会战的态势。

努尔哈赤和诸将商议怎样破敌。因为事情紧急，皇太极说："决不能让明朝的援军来到这里！那样，在这里混战一场，还是打不下西平堡，拿不下西平堡就到不了广宁！"

"那么，你认为怎样破敌呢？"

"我带兵去截住援军，大哥仍旧围打西平！"皇太极说。

努尔哈赤望着他，警告说："刘渠、孙得功、祁秉忠，三支人马有十多万人哪，你行吗？我再给你正黄旗！"

这样，皇太极就带领三旗人马去迎战来援西平的三支明军。

　　到了平阳桥，两军相遇。时已近暮，双方扎营。

　　夜里，皇太极派人乔装成明兵潜入敌营，见到了孙得功，传达了皇太极对他的指示。

　　第二天一早，孙得功没有通知其他两军，就率领本部人马，向后金军营进击。刚一交锋，孙得功就命令军队退却，明军不明情况，以为遇到了强敌，回头就跑，旗兵趁机跟杀过去。

　　孙得功的七万人，再加上皇太极的三万多人，如洪水暴发，形成了不可阻挡的冲击力量。刘渠、祁秉忠两军在冲击下也乱成一团，随着孙军稀里糊涂地逃窜。

　　这样的态势，根本不用旗兵打杀，只相互马踏人踩就尸横遍野了！

　　刘渠、祁秉忠和他的部将们极力地压住阵脚、稳住军队，和后金军展开了一场厮杀，无奈溃势已成，谁也没有回天之力，刘渠和祁秉忠阵亡，来援西平的明朝十余万大军覆没。

　　孙得功在战场上见了皇太极，扑在地下，得意地说："四贝勒，您看，我干得怎样？"

　　"好极了！"皇太极把他拉起来，拍着他的肩膀说，"这次大战所以取得如此胜利，是你倒戈所致！我一定立刻汇报大汗，将来会论功行赏的！可是你还可立一更大的功劳……"

　　孙得功侧耳倾听："四贝勒请讲……"

　　"你再回到广宁去，想法给我把王化贞捉来！"

　　孙得功愣住了，他说："我还能回广宁吗？"

　　"怎么不行？咱俩的交往是秘密的，今天战场上的一切也了无破绽，你随溃兵回去不是顺理成章吗？"

　　孙得功想了想，觉得四贝勒的指示也不是不可能实现，只是有些犹豫。这时，皇太极从衣袖中抽出一张纸条，交给孙得功。孙得功看了一下，上面写着一些人的名字，有些人他是认识的。

　　"你回去后，就和这些人取得联系，孙将军，你不是孤立的，有许多人帮助你呢！"

　　原来，王化贞派人去策反李永芳，李永芳却把他们策反了。回到广宁后，成了潜伏在明军内部的间谍。王化贞却蒙在鼓里，继续派人到李永芳那里去，后金在广宁城里的间谍人数也就日渐增加。

　　孙得功回广宁时，一路收集着溃兵，到了广宁，他手下又有万把人马了。

平阳桥明军全军溃败的消息传到广宁后，王化贞吓呆了。他不从自己身上找原因，却不住地哀叹："努尔哈赤的八旗兵了不得，真是神兵呀！无怪乎有人说'女真万人即不可敌'呀！"

当有人向他指出孙得功有通敌嫌疑时，他立刻叱道："怎么能这样说呢？孙将军在战场上拼死杀敌，弄得遍体鳞伤，末了还给我带回万把人来！那刘渠和祁秉忠呢，他们的官儿都比他大，都是总兵，可是，他们干的什么？不是都死在那里了吗？"

3

努尔哈赤击败了明军的三路援军后，便立即集中兵力继续攻打已经围了几天还没有打下的西平堡。

代善指挥旗兵昼夜攻城。他们用云梯，用破城锤，用爬城钩，都不能奏效。

这时，皇太极已有了几十门大炮。他把明军的大炮和炮手集中起来加以训练，并给以很高的待遇，使他们为后金服务。在这紧要的关头，皇太极把他的炮兵调了上来，对着西平堡轮番轰击。但这些汉人炮手看到自己的同胞在拼死守城，无不感动，他们发射的炮弹，往往不到城下就爆炸了，给明军造不成什么损失。有时还把炮弹打到旗兵冲锋的人堆里，炸得他们血肉横飞……

努尔哈赤气极了，他说："人家有又高又坚固的城墙，炮火有什么用！白白地碍事，叫他们滚开！滚开！"

罗一贵几天来一直站在城头上，汗水和血水透出战袍。他身先士卒的行为，大大感动和鼓舞着守城的将士。他每到一处地方，士兵们都哭着对他说："将军，你别说什么了，你就是我们的榜样！咱们只要有一口气，就绝不让满洲人进来！"

又一昼夜过去，西平堡仍然屹立着。有的地方，后金军在城外的死尸堆积得几乎和城墙一样高。

"李永芳在干什么？把李永芳给我找来！"努尔哈赤喊道。

在辽、沈等战役中，李永芳总是在做明军的策反工作，有时还跟着军队押运粮草。可是这些幕后的事虽做了不少，可总是不显眼，没人认为他有什么特别的功劳。

李永芳来了。

努尔哈赤气急败坏地朝他吼道："李永芳，这一向你在做什么事？"

李永芳平静地把自己的工作向大汗摆了摆，他并不畏惧这个气吞牛斗，但在紧急时往往不讲理的大汗。

"李永芳，我把孙女儿给了你搂着，还给了你高高的俸禄，你就是只给我做这点事吗？"

李永芳不说话，他知道在这时候他说什么都是错的。

一旁的皇太极赶忙为他辩解："父汗，您别心急，李将军在这几次战役中做的事可真不少。没有他的辛苦操劳，咱们这十几万大军吃什么？"

努尔哈赤的心绪好些了，他知道皇太极说得对。他瞅着李永芳，狠狠地咽了几口唾沫，说："我不是说李将军没做事，没功劳，我是期望你给我做更大的事！我问你，你认识那个罗一贵吗？"

"认识……"李永芳说。

"你去劝劝他吧，"努尔怡赤说，"他要是投降，我给他和你一样的优待。我的女儿、孙女儿多着呢！"

"大汗，您不要认为明军的将领都和李永芳一样……"

"怎么？你还觉得有种？当初，你为什么不拼命地和我打一打呀？"

皇太极觉得父汗有点不太像话，就说："李将军当时……"

"他当时什么？"

李永芳憋在心里的话忍不住了，他说："大汗，我归顺后金一点都不后悔，而且是真心诚意的。但我说实话，要不是您的人马借集市混进城里，我也会和抚顺城共生死的！"

"嘿嘿……"提起当初他和皇太极用计谋打开抚顺城一事，至今努尔哈赤觉得十分得意，"城破了，你也可以和我们拼一拼呀！"

"是的，我可以像您说的那样，但我心疼抚顺的百姓，我是用我的投降换您答应对抚顺不屠城的，大汗还想着吗？"

"不要再说那些旧事了！"皇太极说，"李将军是真正的正人君子，他在抚顺时，为了满汉两族和平共处做了许多事，归顺我朝后，对朝廷也是不遗余力的，这一切谁也看到了！"他又回头对李永芳说："这一次，大汗想让你去劝劝罗一贵，我想罗将军也是一条好汉，他一定会像你一样想到老百姓的！"

"好，我去……"李永芳说。

"这不就对了嘛！你去，你快去！"努尔哈赤高兴了。

"可是有些话我得说到头里，"李永芳说，"罗一贵守的是一个城堡，里面没有什么百姓。再说，人到了这般时候，他还顾及什么呢？我看希望不大……"

"知道了……"努尔哈赤说，"你去说一说，他如果固执下去，那是他自己找死，和你没什么关系！"

李永芳冒着炮火、飞矢来到城边，周围的金兵一齐向城上喊话："城上明军听着，我们李将军要找你们罗将军说话！"

喊了几遍，城上城下停止了攻战。又过了一会儿，城头上出现了满面烟尘的罗一贵。

李永芳看到罗一贵后，顿时万感交集。他觉得他没有脸面和他说话，当初，即使有一千万条理由活着，为了这一刻他也应该死去。

他和罗一贵都是辽军，虽不相熟但是相识。

看李永芳久久地不说话，罗一贵说："李将军，有话你就说吧！"

李永芳当然不能把努尔哈赤那些不堪入耳的话说给罗一贵，就说："罗将军，您为皇上已尽了忠，对大明也尽了孝。您看，事已至此，西平堡也没有几天了，何必再干些无益的事呢？您要是像我一样……"

李永芳还没有说完，罗一贵就截住他了。"李将军，您当时降敌，有您迫不得已的理由，作为军人，我们并不过于责备您。但是，对皇上尽忠对大明尽孝，那是一生一世的事！一贵奉命守城，只有和国土共存亡，才能对得起皇天后土的信托！西平堡是不堪守了，可是我和大明子弟已经不仅仅是为了这片土地，而是在尽量张扬我们大明军人的气节了！"

这时，罗一贵身边的将士喊道："叛国逆贼，滚回去！……给努尔哈赤和皇太极舔屁股去吧！""再不走，我们就要开炮了！"

李永芳料到了这样的结果，可他没有想到罗一贵会这样地礼让他。

"嗨，这究竟是上国的将领呀！"他一边洒着泪一边走了回去。

身后，战争又开始了，他很希望炮弹或者流矢击中他……

回到营帐，努尔哈赤不知跑到哪儿去了，皇太极还在等待着他。

"李将军，不要难过，"皇太极站起身，"你尽了力就行了……"

"四贝勒，您知道，我不是为这个……"

"我知道您心里想的什么，"皇太极说，"在您心灵的深处仍旧奉大明为正宗，把自己看成是大明的叛徒逆子，那样，您怎么会快活呢？其实，您应该想开了，咱们都是中国人！"

李永芳没有说话，在后金国里只有皇太极知道他的心思。

罗一贵继续指挥反击金兵。

他盼望王化贞派兵来救援他，也以这一希望鼓舞自己的战士。可是他的末日到了，他在城上巡视时，一只流矢射进了他的眼睛，流血不止，痛得他站不起身来。

身边的亲随叫来了随军的大夫，大夫看了后，着急地说："箭镞已深入脑髓，无药可医了！"

罗一贵推开众人，面向北京跪拜说："皇上，微臣力量已经用尽，再也不能报国了！"说罢，自刎而死！

罗一贵死后，西平堡里的明军又坚持了一天一夜，才被旗兵攻破。

努尔哈赤怒不可遏，从四门把明兵赶到堡内的中心空地上，数了数还有三千多人。

"杀了，一个不留杀干净！"他咬着牙喊道。

4

努尔哈赤是以沉重的代价攻下西平堡的。

他巡视战场，看到遍地的死尸，心痛得颤抖。他对皇太极说："萨尔浒和辽沈两大战役也没死这么多八旗子弟呀！才一个小小的西平堡……"

他否定了皇太极继续西进的建议，决定暂时在这里扎营。

"父汗，那广宁已经是咱们的了！"皇太极说。

"怎么？……"

"明将孙得功已想把广宁献给咱们！"

"哪有这样的好事！"

皇太极便把孙得功悄悄投降，现在埋伏在广宁的事对努尔哈赤说了。

努尔哈赤高兴些了，但他仍不相信孙得功有那么大的本领。

"还有李永芳呢，近一月来他为咱们做了大量的反间、招降工作，成效是很显著的。现在广宁城里，已有十几个将领想向咱们献城呢！"

"看来李永芳还是有些用处的，前一天，我是不是冤屈他了？——那，他们还等什么？"

"我令他们准备得充分些，把那个王化贞捉住！"

"我不要王化贞，那是个草包！"

"王化贞可以不用，但捉住他给明朝的震动还是很大的……"

他们正讨论着，有侍卫来报告说："广宁城派人来了！"

皇太极朝努尔哈赤笑笑，说："父汗，一定是孙得功他们来和咱们商议献城了。"

努尔哈赤高兴得呵呵笑着："叫他来，叫他来……"

第二天，皇太极带领两旗人进逼到广宁城外，还向城里打了几炮。

听到炮响，王化贞把孙得功叫到面前。

"得功，我刚才似乎听到了炮声……"

"是炮声，大帅！"孙得功说。

"什么人放炮？是部队在练习吗？"

"不，大帅。努尔哈赤已经打到咱们广宁了！"

王化贞惊得跳了起来。"那，那，那西平堡失守了？"

"是的，罗一贵将军战死。"孙得功说，"西平堡陷落后，努尔哈赤的八旗兵立刻打到广宁来了……"

王化贞急得在地上走来走去，不停地说："怎么会这样？怎么会这样……"

忽然，他拉着孙得功的手说："得功，广宁是大明在辽东的重镇，现在我就把它托付给你了，你要想尽一切办法给我守住呀！……"

"您放心，大帅，咱们还有三万大军呢！"

"你去布置去吧，布置去吧！"

把广宁交给孙得功等于把羊群交给虎狼。他有了兵权后，立刻下令堵住城门，不许百姓逃亡，再派兵把银库和火药库封了，以迎接后金。另外，他派出千总石天柱、生员郭肇基出城跪迎皇太极进城。

皇太极陈兵城外，不时地往城里打炮，城内的投降派又放出风去，说努尔哈赤是不可抗拒的，弄得人心惶惶。不多久，怪事发生了，竟有一些地方小官僚，如三老、里正等备了鼓锣、彩旗、礼物准备迎接后金大汗进城，他们招摇过市，竟无人干预……

城陷那天早晨，广宁城里的大街上满是逃难的人和散乱的士兵，他们撞开城门，像洪水泛滥四泄郊外。

王化贞竟被蒙在鼓里，他早起梳洗毕，像往常一样，在慢腾腾地阅看文书。正在这时，手下的参将江朝栋拍门闯了进来，叫道："大帅……"

王化贞吓了一跳，正要对他大加训斥，江朝栋拉起他的手哭着说："大帅，孙得功等十几名将领已把城献给了贼人了！快走，要不就晚了！……"

王化贞吓得两腿抖得不能挪步，他的老婆、家人还算沉着，急忙收拾了一点细软、珍宝，用两峰骆驼驮了，把他拥上了一匹马，跟着江朝栋出了署衙。

出大门不远，就被乱兵叫住，问他是不是王化贞。幸亏江朝栋和他的侍卫大杀大砍了一阵，才把他救出。

溃败的形势发展得极快，连孙得功也难以掌握，要不，他就捉住王化贞了。

王化贞曾和蒙古人联络，要他们派兵来援助守城。这时，那几千蒙古兵首先叛乱，他们到处杀人放火，奸淫掳掠。溃兵一看，觉得不能只便宜了蒙古人和后金人，竟也回到城里大肆抢劫，真是古话说的"兵匪一家"呀！

幸亏，皇太极没有派兵追杀，王化贞才能领着百多个随从逃到了闾阳驿，在那里碰到了从右屯赶来的熊廷弼。

王化贞对熊廷弼大哭道："大帅……怎么好呀！……全完了……辽东全完了！"

熊廷弼冷笑着问王化贞："你不是要'不战而胜'么？你不是要以六万之众荡平辽阳么？现在怎样？"

王化贞无话可说，只是哭。

熊廷弼看在同僚的份上，还是把他拉到一座草房里，生火给他暖身，招待他吃了饭。并劝他说："事已如此，哭亦无益，就等着朝廷降罪吧！"

王化贞这个罪魁祸首却又出怪招，他向熊廷弼建议在广宁前固守，由他写信给兵部尚书张鹤鸣求援。他说："要是在这儿挡住努尔哈赤的脚步，朝廷还会饶过咱们的！"

熊廷弼说："晚了，一切都晚了！当初，你若听我的话，就绝不会有今天！现在正是土崩瓦解的时候，谁也不肯为你在这里死守……"

"那怎么办呢，熊大人？"

"先救老百姓吧，想尽一切办法保护辽东百万生灵撤入山海关，能做到这一点，就算满足了！"

"好吧，就依大人……"

努尔哈赤从西平堡来到广宁的皇太极大帐，第二天就耀武扬威地进城。

明朝降将孙得功、郎绍贞、陆国志、黄进等人把守城门，派代表七人去见努尔哈赤请降。努尔哈赤高兴得哈哈大笑，乐得眼泪在脸上淌。他下了马，指使随从把早就准备好的赏赐拿出来分给众人。有银两也有金牌。

从城门到衙署一路有不少明军军官来降，努尔哈赤人人给予赏赐。最后把自己的战马和令旗也赏给了他们！

接着，皇太极出榜安民，公布了保护民众的"十杀令"。广宁城迅速安定下来。

隔了一天，八旗大军入城。孙得功组织的代表一直迎到城外，沿大街商铺焚香结彩，锣鼓喧天。广宁城的官、生、平民等举着旗、伞，抬着轿，吹着喇叭，迎接后金贝勒和将军。努尔哈赤走出衙署，接受成千上万的市民朝拜。他头一次感到自己有了君临天下的滋味，他想起这一切都是皇太极的政策给他赢来的，就笑嘻嘻地对皇太极说："我儿，你真的有做皇帝的本领，可惜咱们后金国只有大汗！"

"我可不满足于当后金的大汗……"他只是心里这样说，没敢说出口。

5

广宁的陷落，影响比辽、沈的失守还大。周围的许多城镇已无所凭依了，所以后金大兵所到之处，军民纷纷投降。

他们当中有：潜逃入山的游击罗万言，平洋桥守堡闵云龙，西兴堡备御朱世勋，锦州中军陈尚智，铁场守堡俞鸿渐，大凌河游击何世延，锦安守堡郑登，右屯卫备御黄宗鲁，团山守堡崔尽忠，镇宁守堡李诗，镇远守堡徐镇静，镇安守堡郑维翰，镇静堡参将刘世勋、守堡臧国祚，镇边守堡周元勋，大清堡游击阎印，大康守堡王国泰，镇武堡都司金励、刘式章、李维龙、王有功等共四十余城堡之官及其所属百姓。

开列这些名单，不是毫无意义，足以说明大明在辽东的防线是如何兵众又如何溃败！

努尔哈赤在广宁城里休息了十天，拿大量"无主"的金银绸缎分给八旗子弟，然后向山海关方向继续挺进。

为了不让努尔哈赤捞到沦陷地的东西，熊廷弼一路退却一路将沿途的村镇焚烧一空，这给老百姓带来更大的灾难。

后金在经过大凌河、小凌河、松山、杏山、塔山时，所见满目荒凉，人烟断绝。大军进至中左所，就返回了锦州。

从百姓方面来说，也大不同于以往了。过去，无论他们逃亡或者被占领，他们的心都是向着大明的。只要有可能，他们就逃到天朝那边去。现在不行了。一是他们对明朝彻底失望，不再希望他们来搭救自己了。另一方面，努尔哈赤和皇太极的政策也起了很大的作用，八旗兵不再抢掠了，不再无所顾忌地糟蹋老百姓了。还逃个什么呢？

为了招抚流亡，后金统治者下令要河东逃到河西的人返到自己的家园，还鼓励广宁人到河东去认亲戚。放宽政策，千方百计地让更多的人到后金巩固区安家立业。

范文程带领许多人到城镇、农村宣传后金的德政。他们说："后金和汉人本是一家，只是明廷给隔开了。大汗和贝勒们爱民如子，想尽办法让你们安居乐业。"还对那些想逃到关内去的老百姓说："你们往关内跑，关内就有依靠吗？谁给你们田地和房屋？忍痛离妻别子、背井离乡，哪赶上在自己的家乡好呢？"……

走投无路的老百姓相信了后金官员的劝说，陆续地回家了。皇太极说服了父汗，对民众严守信用，辽东大地真的有些安定了。

夺取了广宁，对后金的巩固和发展有着非常重要的意义。从此，他们突破了辽河防线，打开了争夺辽西的新局面，为征服蒙古和进取明朝内地创造了有利条件。他们得到了辽阔的领土、大批人口和充足的物力、财力，这时的后金真的足以和大明分庭抗礼了！

在明朝那边，有广宁在，至少还可以表示辽东尚存，而失掉广宁，实际上等于丧失整个辽东！战后，曾任辽东经略的王在晋痛心地指出："东事一坏于清（河）抚（顺），再坏于开（原）铁（岭），三坏于辽（阳）沈（阳），四坏于广宁。初坏为危局，再坏为败局，三坏为残局，至于四坏，则弃全辽而无局。退缩山海，再无可退！"

广宁的惨败，大臣们顿足垂泪的很多。他们暂时搁置他们中间的恩怨纷争，开始认真地检讨东事了。

他们一致认为，巡抚王化贞和经略熊廷弼都有罪，争论的只是他们的罪过性质和轻重。明廷下令逮捕王化贞和熊廷弼。

几个月前，熊廷弼到山海关后，才明白朝廷给他结了个死扣，他这个经略只是个空架子。大部分军队掌握在巡抚王化贞手里，他有着很强硬的后台，廷弼无法指挥他，节制他。但如果他出了事，廷弼还要为他担负罪责。

八月，朝廷擢参将毛文龙为副总兵，驻师镇江城。他也是王化贞的人。

熊廷弼不想在这个绳扣里勒死，因此，就一次次地上书，书中言辞激烈，他骂朝廷中的当事者，骂兵部尚书张鹤鸣，又骂王化贞不会用兵，因此他惹恼了很多很多的人。

他书中说："臣既任经略，四方援兵宜听臣调遣，乃鹤鸣竟自发成，不令臣知，臣咨部问调军之数亦不答。臣有经略之名而无实，辽左事惟枢臣、抚臣共为之……"

他说的是实话：既然叫我来辽东任经略，就得给我实权，各处来援辽的人马，就得归我统一调遣。兵部尚书张鹤鸣竟然亲自调拨军队，不让我知道。我上书兵部想问一问所调之兵的数目，他们也不和我说，我这个经略成了个有名无实的空架子！辽东的防守大事只有张鹤鸣和王化贞他们一起办吧！

朝廷没人听他的。魏忠贤还有许多更重要的操心事，皇帝呢，觉得派你熊廷弼去了，你就得给我办好，你办不好，我就治你的罪！

努尔哈赤的大军过了辽河后，广宁危急，张鹤鸣也知道王化贞不中用了，他立刻请敕廷弼出关策应。

廷弼一边出兵一边满腹牢骚，他上书说："枢臣第知经略一出，足镇人心，不知徒手之经略一出，其摇动人心更甚！且臣驻广宁，化贞驻何地？鹤鸣责经抚协心同力，而枢臣与经臣独不当协心同力乎？为今之计，惟枢部俯同于臣，臣始得为陛下任东方事也！"

字里行间，廷弼充满着自负，就是说只有王化贞和兵部尚书都听他的，他才能为皇上去守辽东。他没想到，他的话，他的行动都是一笔笔记录在案的罪状。

事不宜迟，朝廷问尚书张鹤鸣怎么办？

这时，由于西平堡将士英勇抵抗，王化贞又向朝廷频频报捷，张鹤鸣认为王化贞把形势稳住了，他就回答朝廷说：他们经、抚不和，只好在他们中留其一。他建议把熊廷弼罢免了，留下王化贞在辽专任其事。

他的建议一出，就遭到许多朝臣的反对，因为，他们深知王化贞的本领。于是，有人提出给他们划分防守的范围，各负其责……

可是，形势急转直下，他们还没商议出个眉目来，广宁就失守了！

广宁陷落的消息一传到山海关，熊廷弼就把小妾樱红送回京师去了。

临行前，他对樱红说："你在京里等我吧，不久，我也要回去的！"

"那样，相公何不让我和你一块走呢！"樱红说。

这次来到辽东，因事情紧迫，心绪难宁，卿卿我我的日子一天都没过。樱红虽没说什么，廷弼觉得十分歉然。

听了樱红的话，廷弼哈哈大笑，他说："我是坐囚车回去，你能和我同路吗？"

廷弼虽说得潇洒，却把樱红吓着了，她抱着廷弼哭起来。

廷弼把她抱了一会儿，又轻轻推开，对她说："大丈夫享得起荣华，也要受得起屈辱，我这次来辽仅仅半年，辽事沦落竟至如此！是我所没想到的……"

樱红说："这些日子，我就守在你的旁边，什么事我都看得清楚，我想：朝廷如果派人来调查一下，是非责任会弄清楚的！"

廷弼长叹一声说："樱红，有些事情要想弄清楚，得掉许多头颅，流许多鲜血的呀！听我的话，你回京师后，不要久留，过几天就回家乡去吧！"

"不，相公，我要在京城等你……"

"等我做什么？"廷弼苍凉地笑道，"等过了这道槛，我会去找你的……"

樱红走了，她哭了一路。等她到了京师，廷弼的囚车也快到了。

熊廷弼、王化贞被逮到京师后，关进大狱。

那位护着王化贞的尚书张鹤鸣自觉有罪，就请朝廷批准他去辽东视师。朝廷批准了。

为了不使他灰溜溜的，皇上还下诏加太子太保，赐蟒袍和尚方宝剑。当然这都是魏忠贤安排的。

可是他害怕到那里去，延宕了多日，才慢腾腾地到了山海关。

他一离开京师，弹劾他的本章就如雪片般飞到魏忠贤那里，魏忠贤也不敢包庇这个辽事的真正的罪魁祸首，就把他罢归了！

兵部尚书换上了孙承宗。

孙承宗是阁臣，权力是很大的。孙承宗上书请"下廷弼于理，与化贞并谳，用正朝士党护"。意思是说：把熊廷弼下到大狱里究治，和王化贞一起审判定罪，以纠正他们朋党的庇护。

他是保定高阳（今河北）人，字稚绳，万历进士，天启二年（1622年）出任兵部尚书，是个忠直、耿介的人。他认为只要把熊廷弼和王化贞一起审理，避开朋党的庇护，就能够把王化贞这个主犯揭露出来，而熊廷弼的罪责就可减轻。

可是审理熊廷弼的事拖了下来。虽然，像张鹤鸣、郭巩等落井下石的大有人在，但为正义说话的大臣也很不少。他们谴责张鹤鸣身为兵部尚书而不谙军事，却一味地庇护王化贞，把大好的辽东大地送给了努尔哈赤。辽东经抚不和是尽人皆知的事，张鹤鸣不仅不解决，反而火上浇油，使他们间的分歧愈演愈烈。

魏忠贤虽然想一手遮天，但宦官再嚣张也没有人望，正义之士还是愈挫愈奋，拼却性命也要把他拉下马。在他邪火最炽之时，上书参劾他的大臣也最多。

天启三年（1623 年），左都御史杨涟劾魏忠贤二十四大罪，揭露他的种种逆迹。

杨涟最后说："凡此逆迹，昭然在人耳目，乃内廷畏祸而不敢言，外廷结舌而莫敢奏。间或奸状败露，又有奉圣夫人为之弥缝，更相表里，迭为呼应。伏望陛下大奋雷霆，集文武勋戚，敕刑部严讯以正国法，并出奉圣夫人于外，用消隐忧，臣死且不朽！"

魏忠贤看了后吓得要死，跑到皇帝面前哭诉，他的一党如奉圣夫人等又帮着他说话，皇帝还是不相信杨涟的话，并下旨切责。

有杨涟的上书在前，继之者就多了，只南北台省攻魏忠贤的奏章每天就有数十。国子监祭酒（最高学府的校长）蔡毅中，率师生千余人上书请究魏忠贤二十四大罪。

书中说："学校者，天下公议所从出也。臣正与诸生讲'为君难'书，忽接杨涟《劾忠贤疏》，合监师生千有余人，无不鼓掌称庆……"这校长要领着学生闹事了。接着，他就罗列历朝宦祸以警皇上，希望皇上把魏忠贤正法！

这些硬打硬上的直言者使魏忠贤十分头疼。

《明史·魏忠贤传》说：自从杨涟给魏忠贤开列二十四大罪后，上书劾忠贤的就有七十余人。先后申奏者，或专或合者，不下百余疏……

而且，大臣们的口气也越来越强硬。

一位郎中在他的书中说："皇上有政权，有利权，不可委之臣下，何况经过阉割后剩下的那个家伙……一切生杀予夺大权，尽为忠贤所窃……"接着就揭露魏忠贤欺压群臣、为所欲为、结党营私和靡费国家资财的大量事实。最后他说："内外只知有忠贤，不知有陛下，这种人还能留在皇帝身边吗？"

魏忠贤恨得浑身颤抖，可是他还不敢过于放肆。

朝廷上有棵大树，那些正义的人都向他这儿聚拢。

他就是叶向高。

叶向高德高望重，是个三朝元老，十分正直，十分有威信。在方从哲之前他曾致仕回家，光宗即位后又把他请回来仍任首辅。光宗临死时，曾对继任的朱由校说："国家大事，你就依靠叶向高吧，像依靠父亲一样依靠他！"

有了这句话，熹宗朱由校就完全把外廷交给叶向高了！

叶向高成了朝廷上一棵谁也扳不倒的大树。魏忠贤可以关、杀任何人，诬陷任何人，独不敢在朱由校面前说叶向高的坏话。

有这棵大树庇荫，朝廷的清流如杨涟等就有了靠山。叶向高也确实想法维护这帮子有胆有识的正直之士，许多人将临杖责、削籍，甚至杀头的时候，又被叶向高救了回来。

可是熊廷弼没沾到他的光，因为王化贞是他的门生。

叶向高为官几十载，唯王化贞一事是他的一个污点。

现在魏忠贤想扳倒这棵大树了。

他是从叶向高的外甥林汝翥下手的。

林汝翥时任巡城御史，他恨透了那帮横行不法的太监。一日，有两个宫里的太监出宫勒索百姓财物，被林汝翥捉住了。他不敢杀他们，却下令用鞭子狠抽了一顿。他们回宫后向魏忠贤哭诉。魏忠贤大怒，就假借皇上的敕令，要把林汝翥抓来打棍子。

林汝翥好汉不吃眼前亏，就逃到遵化去了。

魏忠贤派宫里的一大群太监把叶向高的宅第包围了起来，硬说是林汝翥藏在他家里，并大肆地辱骂叶向高。

被一群阉党围着骂，对叶向高这样要头要脸的老臣来说，比被骑着脖子拉屎还觉得丢人。

第二天他就上书辞职。

"国家二百年来，无中使围阁臣第者，臣今不去，何面目见士大夫！"他的意思是说：有明以来，二百多年了，还没出过一群下贱的太监包围首辅大臣宅第的丑事，我要是不辞职走人，今后，我有什么脸面见朝廷的大小官员！

皇上下旨安慰他、挽留他。可是叶向高认为朝廷的事，实在太不堪，正直的人没有什么可干的了。就一再上书请辞，一直上了二十多道辞呈……

皇上把魏忠贤叫去，问他："那个叶向高，为什么非要走不可呢？"

"这几年，他专门维护那些指责朝廷的人，犯的过错太多，他觉得实在没法干下去了！"

"可是皇考嘱咐……你看朝廷离了这位老臣能行吗？"

"怎么不行？"魏忠贤说，"人总是要死的，他如果死了，咱们就什么也不用办了？再说他已经老糊涂了！"

就这样，皇上终于批准叶向高致仕。

叶向高走后，朝廷清流就失去了庇护，魏忠贤以为可以痛下杀手了，他要用镣铐和鲜血吓住这帮知识分子！

他立刻兴起一座座大狱，没几天，只京师就逮起几百人！

到天启五年（1625年），他已经杀了许多反对他的大臣了，还在继续抓，继续杀！

可以设想，那一段时间魏忠贤只顾和叶向高、杨涟等缠斗不已，一时，还真顾不上关在监狱里的熊廷弼，所以他晚死了两年多。

6

使魏忠贤下决心清除朝廷中正直大臣的原因很多，其中最重要的是那个被他尽情玩弄的小皇帝朱由校。

小皇帝虽然二十岁刚出头，可是病病歪歪，已显出下世的样子。他还没有可以继承的子嗣，如果他死了，很可能是那个比他小六岁的弟弟朱由检。他还能像控制朱由校这样控制他吗？

他在宫里经常遇到那个阴沉着脸的朱由检。

朱由检这时也只有十四五岁，可是，他不仅勤于读书，很有心计，还对天下大事精于研究。他身边有一帮人，他们名义上是他的老师，实际上都是他密切的幕僚。另外，论模样，也不是小皇帝可比的，他身体修长，浓眉大眼，一行一动，凛凛然而生威风。

"王爷……"魏忠贤笑脸相迎着和他说话。

"一边去！"朱由检喝道。

这是不得了的事，因为宫中上至后妃，下至皇族子孙，没人不对魏忠贤恭恭敬敬的，朱由检竟敢这样！

一次，朱由检从对面走来，魏忠贤想拐道避开。朱由检却叫住了他。

"魏忠贤，过来！"

魏忠贤赶紧屁颠屁颠地跑过来，笑着对朱由检说话。

"老实点，这是对王爷说话的样子吗？"朱由检皱起眉头。

"是……我……"魏忠贤赶紧低下头。

"我问你，京城监狱里犯人都盛不下了，是怎么回事？"

"回王爷，有些臣子见皇上年龄小，就图谋不轨……"

"是皇上要抓的吗？"

"是，是皇上的意思……"

朱由检沉思了好久，魏忠贤感觉就像在油锅里炸。"知道你是谁吗？"

"魏忠贤是皇家的奴才！"

"嗬，你还知道自己的身份，我还当你忘了呢！"

说完，朱由检就走了。魏忠贤却在那儿呆了好久好久。

他想：这个朱由检可不是个好剃的头，得想法干掉他，要不……将来掉在他手里，我还有好果子吃吗？

可是他没有撼动这棵小树。

一天，魏忠贤弄到一块金晃晃的珍贵的花梨木，叫两个小太监给皇上扛到作坊里去。看到皇上坐在一旁的小凳上，满脸大汗，就忙跑过去用手帕给他抹汗。

"皇上，您虽年轻，也不能太过劳累了！"

"劳累什么？朕今日还什么都没干呢！"

"那是怎么回事呢？"魏忠贤关心地问道。

"近来身上老是乏累得很，走路也气喘……"

"那就赶紧传御医看看呀！"

朱由校摆摆手，好像不愿和他谈这个问题。"忠贤，你拿来的是什么呀？"

"一块上好的花梨木，陛下不是很喜欢这种木料吗？"

朱由校走过去，用他那只瘦手摸了摸，弯起指头弹了弹，上下打量了一下，他那双眼睛放出了光，那是只有专家的眼里才有的光。

"是块好料子，可惜呀……"

"皇上，可惜什么，您能用它做出传世的东西来的！"

"你没看见吗？朕现在只能用那些软木料，如杨木呀柳木呀什么的，像红木、黄杨、花梨之类的硬木料，朕是没力气动斧凿了……"

魏忠贤看了一下朱由校，只见他形销骨立，就像一架骨头撑着一件袍子，浑身没几斤肉了。他心想：这个短命鬼，他的身体是怎么了呢？

"皇上，我刚刚在路上遇见了王爷……"

"哪个王爷？是由检吗？"

"是他，"魏忠贤掂量着词句，"他的身体好像很好……"

"但愿他健壮，"朱由校说，"他在忙什么呢？还和他那帮人议论天下大势呀？"

"是的，他怎么会闲着……"魏忠贤下了决心，要捅个娄子，"他虽是个王爷，可是却时刻想着天下，好像他是'当今'似的!"

"唉……"朱由校叹了口气，"朱家要是真有这么个人……"

"皇上，要是在前朝……这可是犯法的呀!"

"犯什么法? 朕还巴不得他替朕干这个皇帝呢!"

这句话使魏忠贤感到有如五雷轰顶。他不说什么了，他还能说什么呢? 不能指望这个软古囊囊的皇帝了，他得靠自己。

考虑了几天，他想孤注一掷，把对头收拾干净! ——

到新皇帝上台的时候，他手下就没有一个可用的大臣了，他也就对我无可奈何了。当然，也许悬在头上的那把剑会落下来，那就认倒霉好了。人不能光瞻前顾后，今天大权在握，就先摆摆威风，图个痛快! 你们既然不放过我，我就和你们拼个鱼死网破吧! 就这样，处死熊廷弼的诏令下了。

朝廷派刑部尚书王纪、左都御史邹元标、大理寺卿周应秋审理熊廷弼和王化贞一案。

他们先把熊廷弼提出来。

也许照顾到他曾是辽东经略，先给他下了镣铐，但还是要他跪下。

狱卒们怜廷弼是位忠臣，两年来一直对他很好，这时，给他在膝盖下垫了一只棉垫。坐在上面的三位大人也就眯眯眼睛算了。

王纪是主审，他问道:"熊廷弼，你在大狱中也羁押快三年了，辽东的事都想清楚了吗?"

熊廷弼知道这场决案只是个形式，他该判什么罪，早在魏忠贤那儿就定了。但他仍要辩白一下，好给后人留个记录。

"大人，两年来，辽东事聚众纷纭，朝廷上人人都该明白。不过大人既然问起来，廷弼还想说一说……"

于是他把三次主辽东事从头至尾都说了一遍，重点讲了第三次。

他到辽东时的形势……与王化贞在战守时的分歧……张鹤鸣对抚臣的偏袒……他屡次对辽事的上书……广宁大战前后的举措……最后说了自己的责任。

他说得很长，也条理分明。他说:"我从普通百姓，再当经略，原定驻扎山海关，驻兵广宁的是巡抚王化贞，广宁失守，主罪在王化贞!"

熊廷弼说完后，三位大人竟无一人说话。

呆了会儿，大理寺卿周应秋笑眯眯地望着熊廷弼，问道:"听说熊大人到辽东去时，还带着一名小妾，那小女子生得不仅美貌无双，还精于吹拉弹唱，大人每日只顾沉醉于温柔乡中，这……也是辽东战败的原因之一吧？"

熊廷弼极为生气，自辽事败归，诬陷、谴责者可谓数不胜数，但没有一人提到他的小妾一事，这位看来老成持重的大臣竟有滋有味、尖酸刻薄地提了出来。

"是的，我是带了一名小妾，可是，自有明以来，主辽东事的莫不带有家眷，我不是始作俑者。不过，我还要谢谢大人对小妾的夸奖。辽东战事烦冗，实没时间沉醉在温柔乡中，至今尚觉十分抱憾！"说到这里，熊廷弼望着大理寺卿说，"周大人，听说您年纪已近古稀，却仍喜好床第之事不辍，为此家中畜养了许多个娇妻美妾，我真为大人纳罕，不知您是怎么应付过来的……"说罢，哈哈大笑。

周应秋没想到熊廷弼敢这样奚落他，脸色立时通红，尴尬之至。他想对别的两位大人说句什么解嘲，可是他们都回过头去不理他。

审讯王化贞就简单多了。

王化贞在监狱中大概没受到什么摧残，他吃得胖墩墩的，头发梳得油光，胡子也修剪得很整齐。不过他一进大堂，还是扑倒在地痛哭起来。

王纪问他："想辩白吗？那就说吧！"

王化贞哭道："我不该落此下场呀……熊廷弼是辽东主帅，广宁失守他应负主要责任呀……"

邹元标把桌案一拍，喝道："王大人，熊廷弼有熊廷弼的责任，你有你的，今天问的是你，你就说一说你该有什么罪责吧！"

"我不说……我不说……"王化贞还是哭，"三位大人什么都知道，就不要难为罪臣了吧！"

"你总得说一说呀……"周应秋说。

"我这里有点东西，请大人观看。"说着，他从袖筒里掏摸出一个纸卷。一旁的狱吏接了，递了上去。

王纪看了，又传给另外两位大人。

三位大人窃窃私语了一会儿，就不再问，也没有吩咐王化贞怎样，就排成一串儿走了。

王化贞又跪了许久，狱吏才说："走吧，王大人……"

"让我回家吗？"

"你想什么呢？"

王化贞站起来嘟哝着说："还叫我回大狱去，这是怎么回事……魏公公传下话来可不是这样呀……"

过了几天，王纪等给熊廷弼定了案，结论是："争私利而误国，致使辽东沦丧。宜用重典，以儆将来。"

用什么重典呢？朝廷上争论不休。偏护熊廷弼的人都希望把事情拖下去。

当然也有人仍在给他罗织罪名，如：侵盗军资、贿赂内廷等。

又过了些日子，皇上批下来了：大辟。

"大辟"是五刑中最严重的处死方式，可以砍头、腰斩、剖腹、车裂……

那年（1625 年）八月二十八日黎明时分，提牢主事张时雍接到执行的命令。

他不想让熊廷弼太难受，就叫狱官找个借口，让他出来。

狱官和熊廷弼相处已两年多了，知道他是个忠臣义士，就备了一桌好饭陪廷弼吃这最后一餐。

廷弼立刻明白是怎么一回事了，笑着对狱官说："谢谢你，来，咱们喝一杯。"廷弼斟满两杯酒，递给狱官一杯，说道："人生百年终有一死，我熊廷弼能为国事一死，也是一乐！老朋友，你记住我的话，是金子就是碾成粉末也是金子！"

老狱官泣不成声。

廷弼却谈笑自若地一杯接一杯地喝。

喝完吃饱，回到狱室，像要回家似的把东西收拾好，吩咐将来怎么处置。接着就洗脸漱口，整理好衣服后，走了出去。

来到狱外的大庭，已有许多人来给他送行。廷弼想对他们说几句话。

张时雍劝他说："芝冈（熊廷弼的号），失陷封疆，罪应一死，还有什么可说！再说你还有家下、朋友，你应为他们的安全着想。"

熊廷弼想了想，说："你说的也对，我的事如日月之食，谁也知道的……"

张时雍看他的胸前挂着一个小布囊，就问："芝冈，那是什么？"

廷弼说："皇上赐我大辟，这是我谢恩的奏书。"

张时雍摇摇头："唉，你博古通今，就没读过《李斯传》吗？囚犯怎能上书？"

熊廷弼一听这话火了，瞪大眼睛嚷着说："张时雍，你怎么好意思说这话？这是秦赵高说的呀！"

张时雍低头说："好吧，我会把你的上书交上去的……"说着，就令人把熊廷弼拥上囚车。

来到西市，已经大亮，西市上这里那里到处有人备了烧纸、酒席给他生祭。四下里都有明明灭灭的火，压抑的哭声涌动着。

熊廷弼被杀后，朝廷又令"传首九边，尸弃荒野"。就是把他的头割下来装在一只木笼里，传送给那些守边的将士们看，意思是说：你们如玩忽职守就和他一样。

那天太阳刚落，西市就来了一个年轻女人，愣愣地站在熊廷弼被杀的地方。那里只有一大摊黑紫的血。

已经夜深了，她还在那里站着，默默地不哭也不走。风吹动着她的乱发，像黑色的火焰，舞动着……

又过了些时候，一位白胡子的老者走近了她，才听到她在哀哀地哭。

"你是熊大帅的家人吗？"

女人点了点头。

老者犹豫了一会儿，向四周望望，又对她说："你跟我来，熊大帅在这里……"

女人跟老人走了很久，才在一片小树林里停下来，那里聚集着一小群人，看到老人领来了一个女人，就慢慢地让开。

一口大黑棺木放在草地上，棺盖躺在一边。棺内的最前边点着一盏小灯。

她从衣着上认出了躺在棺材里的亲人，她晕了过去。

人们慌了，七手八脚地给她救治。

她醒来时，一边抽泣一边望着那个近年来和她朝夕相处的人。她想起朝廷的敕令，惊异地望着周围的乡亲……

老人给她解释道：朝廷的命令是在杀了大帅后，再把他的头"传首九边"的。大帅的身子，事情一过，我们就偷出来了，而且用早就预备好的棺木装殓起来。刚要合上棺盖，老人就说："等等吧，也许有人会把大帅的头送过来！"

"谁有那个胆量呢，那要灭九族的！"身边的人说。

老人说："我就有，我想你们也有！只要有机会！"

谁知正如老人所料，天黑后，有个黑衣人来了，那人用黑布蒙着脸，他放下一个黑布包后扭头就走了。大家一看就知道那是什么，拆开一看果然是大帅的头！

装殓好后，有人小声地问："他把大帅的头送来，用谁的头顶上呢？"

老人说："你真是笨死了，这里几乎天天杀人，找个头来顶替不是太容易了吗？"

女人知道了事情的原委后，就跪下来给周围的人磕头。

然后，她两手扶着棺材，弯下腰去，亲了亲廷弼的额头，又抓起了他的雪团似的手，像在枕畔似的对廷弼说："相公，我知道你的灵魂就在周围，一定会听到我的话……看见了吗？我是你的樱红，和你日夜厮守的樱红……"她哽咽了一声，继续说道："你走了……你走到哪里了呢？你等一等我……我要跟你去。我不愿活在一个没有你的世界上……以后，咱们就快活了，不再为什么王事活着……王事管咱们什么事呀！眼前你觉得那么重要的事，站在那个世界看，一出出、一件件都不过是过眼烟云罢了……相公，人们不会忘记你的，你将载入史册，像那些英雄豪杰一样……可那又有什么意思……"

周围的人都拢过来，想听听这个娇小的女人在说什么。

他们想赶紧把这件事情干完，好离开这儿回家。一旦被官家发现，他们不会不管的。

樱红回过头来，眼泪扑簌地望着乡亲们。

老人见她有话要说，就靠近了她。

"我叫樱红，是大帅的小妾。"樱红说，"大帅罹事后，我一直留在京里。我想：大帅几年来疼爱过我，怜惜过我，我恨不得和他一块死呢，我还怕什么！这两年我去大狱探望过多次，可是狱官们不让我进门，他们说：'他是朝廷的钦犯，是不准家人探望的！'……"

大家听了樱红的话莫不摇头叹息。

樱红从衣袋里掏出两大把银子要送给乡亲，可是没有一个人肯接受。

"乡亲，请给我再买一口棺木来吧！大帅走了，我也不想活在人间，请把我和他葬在一起……"

大家还没有十分明白樱红的话，她就从袖口里抽出一把尖刀，用力插进自己的胸口！

乡亲们对着这个刚烈的女子，哀泣、叹息了一番，只好如她生前所愿，急着去买棺木、殓衣。第二天就把他们合葬在京都的西山下……

第十三章　改组旧体制　加盟固邻邦

1

后金大军在攻克广宁、义州后，又把明朝山海关外的军队打扫干净，就回辽阳去了。在辽阳努尔哈赤做了两件大事，都是深有意义的。

一是把降服的汉军单编一支部队，约有两万，这支军队交李永芳率领。这是努尔哈赤对待汉人的又一巨大转变。

他受范文程、李永芳、皇太极等人的影响，认识到要想使后金得到巩固，离不开汉人的拥护。另外，他也看到，只要他正确地对待投降的汉人官兵，他就又有了一支旗人不能代替的力量。再者，有了这一建制，他就可容纳大量的汉人降者。

这一举措，受到了皇太极等的热烈支持。有了这一基础，在皇太极掌权时，才建立起了汉军八旗，成为大清军队的三个组成部分之一（另一部分是蒙古八旗）。

二是设立了八大臣，用来辅佐皇太极等八旗主。这样，他就有了一个人才济济的参谋部。这在当时也是必要的。

说到底，那是原始军事制度的残留。遇到重大问题，大家纷纷出主意，通过了才去干。后来这一制度发展到八王议政，弄到政权分散、政令不能统一，纠正起来费了不少的事。

这一年多的时间，是后金军事上的"休眠期"，也是整理、整顿的时期。八旗的旗主和八大臣都住在辽阳。

明朝那一边呢，已被后金打得透不过气来，一时默认了已成的局面。

皇太极的大福晋博尔济吉特氏是个极为有心计的人，她看到在家的皇太极差不多每天夜晚都往那些小福晋那儿跑，就有心事了。

她不是嫉妒。这点，她是没有的。她在嫁给皇太极之前，家里人就嘱咐她：嫁给帝王之家，就得有思想准备，无论丈夫待你多么好多么亲热，将来

·281·

他也会有一长串福晋的。要是心生嫉妒，那就是"无德"，就会招惹丈夫厌弃，日久还会生出可怕的事来！

她是在为日后的皇太极着想。那些小福晋在她的带领调教下，目前看来，都是循规蹈矩遵守"妇道"的。可是她也看透了，他们都没有什么学识，尽管花容月貌，可是胸无点墨，对天下大事，更没有什么见地。她是怕皇太极和她们厮混日久，会消磨掉气吞环宇的意志。

眼看着就要人老珠黄，皇太极还会像过去那样爱她、喜见她，听她的话吗？再说她来爱新觉罗家十多年来，只生了三个女儿……

这天，大福晋越想越闷，就想找个地方解闷儿。她出门后在院子里转了一圈，就到李容俏那儿去了。

现在，她和容俏已像姊妹那样亲热，经常到她房里串门了。当然，她们间的谈话还是有界限的，福晋严格地遵守着那些界限。如，她绝不对容俏张扬八旗大军的胜利，绝不对她说某某明将又叛逃过来，或者八旗军又有哪些掳获……

容俏手巧，也会做一点针线，但只限于自己和春颖的衣着，空余的时间仍然很多，于是，就常常抱着厚厚的书本"啃"着。

她读什么呢？读史。从《左传》《史记》开始读起，现在已经读到《资治通鉴》了。

两个月前，皇太极偶然地从前线回来，偷空儿来看她，温存地问了她许多话，她都不理。皇太极觉得无趣，只好离开，临走时，他又问容俏："你总想做点事吧？你想做什么呢？"

"读史……"容俏说。

容俏和他说话了，皇太极十分高兴。他连忙问："什么'史'？是《三国演义》还是《水浒传》？"

"那是史吗？"

"噢……你说，你说……"

"去问问你们的范文程吧！"

皇太极连忙去问范文程。

范文程说："我在李将军麾下干事时，就见过他那个女孩儿，还有幸给她做了几个月的老师。后来，她回京师去探望亲戚，我才又去干我的文牍事务，她从京师回抚顺不久，战事就起了。"

"她是个什么样的女孩？你对我说说！"

"她呀，可是百里挑一——"范文程赞赏道，"可用八个字来形容：文武兼备，秀外慧中。她又很有思想，不是一般女孩可比……"

"她为什么要看历史呢？"

"历史里有着大学问，我想，她在经历了这段风浪后，很想研究朝代的兴替了。她如果真的把历史钻进去，就会有大变化的……"

"范先生，我到哪里去给她弄历史书呢？"

"中国的士大夫历来很重视历史，所以，史书是很多的。咱们的军队打进一处城镇后，什么东西都要，就是不要书籍，你看吧，他们把书扔得到处都是，那其中大多是史书。我就趁便捡了几套，四贝勒就给她拿一套去吧！"

范文程找了个木箱，给他收拾了满满一箱。

"范先生，有这么多！"皇太极很惊奇。

"中国的历史有五千多年哪！"范文程言语里透着自豪，"四贝勒，说句不怕惹着你的话，将来统一天下后，可要督促子女好好地学习中国的历史、文化呀！要不，怎么能保住江山呢？"

皇太极把范文程的话想了好久，找来两个侍卫带着木箱给容俏送去了。

打那以后，容俏就钻进这些散发着淡淡香味的古籍里……

"又在读书哪？"大福晋一步闯进来说。

容俏读书时，春颖就在写字，这是小姐给她安排的功课。一听到大福晋的声音，春颖连忙跳了起来。

"呀，娘娘来了？早叫个丫头来说一声，俺们也好迎接呀！"

"容俏，你看这丫头呀，"福晋伸着指头点着春颖的额头说，"就像个巧嘴的鹦鹉！不用迎接了，就给泡壶好茶，我要和你小姐说话！"

"是了。"春颖跑出去了。

容俏笑着站起身，拿着笤帚在软椅上扫了几下。

"这是怎的，容俏？"

"这是古礼呀，叫'扫席迎宾'！"

"是吗？容俏做什么都有讲究！"

一会儿，春颖把沏好的茶送到她们面前的桌上。福晋对她说："你到厨房，吩咐他们给咱们做几样姑娘喜欢的菜，待会儿我要在这儿吃饭，还要喝几盅哪！"

春颖知道娘娘要和小姐说点私房话，也就借着这事儿出去了。

女人之间说女人的事儿，只一会儿就说得丝丝入扣了。福晋把皇太极回来后，只在那些年轻福晋房里串的事说了一遍，羞得容俏的脸红到脖子。福晋忙说："你瞧，我真是该打，怎么能在大姑娘的房里说这样的事呢！"说着抖了抖手里的手帕，继续说道："唉，我这不是没地方说了嘛，又不能和那些小福晋们说……咱们俩如今是亲如姊妹了，不是？"

容俏知道福晋是故作姿态，福晋说什么话，做什么事是极有算计的。不过她能把这样的事对自己说，也算得上是信任自己了。

"没事的。"容俏说，"福晋说得对，姊妹们嘛，什么都说得开的！"

和大福晋处了几个月，容俏深知这个后金女人是很有城府的。她有着汉文化的修养，又深谙后金民族和朝廷内的一切。她心胸辽阔，装得了整个天下，在她看来蒙古族、汉族和满族并没有什么区别。为了后金和皇太极的利益，她什么也可以做，甚至还会耍一些可以理解的权术。因此，容俏很是佩服她，觉得她真的有母仪天下的才能。

"娘娘，我看四贝勒还是十分尊重你的……"

"那没说的，每次归来，他还是像过去那样先到我那里去，和我住上几个晚上。我不撵他，他是不会走的……"

容俏的脸又红了。

"那就行了呗……"

"这些都一样，"福晋说，"他心里有了什么，都是和我说，听我的主意……"

"都说些什么呀？"

"你想知道吗？"福晋望着容俏，"他说的是有关军国的大事——容俏，我不是要瞒你，我只是怕撩着你的心窍。"

"娘娘……"容俏说，"我不希望知道四贝勒对你说的那些军国大事，不过，现在那也不是我忌讳的了……"

娘娘认真地听着。

容俏继续说下去。"……这也算是我读史的一点心得吧。纵观几千年的历史，朝代兴亡是很自然的事，其中的规律只有一条，那就是'得道多助，失道寡助'，弄到后来就是得民心者得天下。朝代更替的时候，往往出现许多的忠臣义士，为奄奄一息的朝廷捐命死节，他们的行动可以振民族正气，但不会有更多的作用的……"

也许是福晋听得过于用心的缘故吧，容俏不说了。就只这些话，福晋也知道这个女孩子内心里有了许多变化。

但她不想探问，怕她心生警惕，把她们间的友好气氛破坏了。

"容俏，别讲你那些大道理了，还是说说我的事吧……我到这里来，就是想讨你个主意的！"

"你们家的事就是后金国的事，我这个被囚在这里的小女子还敢谈论吗？"

"容俏，你再说你是被囚在这里，我可就要恼了！"福晋把脸拉长了，"谁囚你了？你在这里，是皇太极的客人，是我的客人！不，你和我的关系更近一层，是我的妹妹！我大福晋的妹妹，谁敢不让你说话！"

容俏见她这样说，也就趁势撒起娇来，她搂着娘娘的肩膀说："我的娘娘姐姐，皇太极四爷已经对你言听计从了，你还要把他拴在你的房间里，你的床笫上，对吗？"

福晋推开容俏，瞅了她一眼说："别混账，说！"

容俏看了福晋一眼，说："娘娘，你虽然年纪不小了，可是仍如花似玉，怕什么呀！"

"容俏，我对你说，你要是再耍贫嘴，我可要挠得你喘不过气来了！"

福晋做出要挠她痒的样子。

"别呀，姐姐！"容俏说，"我怕了你还不行？——你们科尔沁那里水土好，净出美女。你选个贴心的，给四贝勒弄个来不就行了！"

"你怎么知道我们科尔沁出美女呢？"

"你忘了吗？我来这儿没几天，你那个叫布木布泰的侄女就来了，你领她到这儿来玩，我一看，呀，真跟天上的仙女似的，那眼睛呀，一看人就往人心里钻！要我是男人呀，非跟她走遍天涯海角不可！"

容俏只顾自己说，忽然注意到福晋不说话了，她低眉顺眼地坐在那里，想着什么。就赶忙说："娘娘，我说错了什么吧？"

娘娘摇摇头，"……你这个主意倒行……"

"娘娘，你别吓我呀！我给你出什么主意来着，我可什么也没说呀！"

正在这时，小春颖回来了。她站在门口喊："娘娘，小姐，我可以进来了吗？"

福晋啐她一口："小蹄子装什么蒜？谁锁住你的腿来着？——饭做好了吗？"

"好了，一切齐备，娘娘！"

"那就传来吧，别忘了带酒！"

2

皇太极一刻也没有忘记在他后院里的那个汉人姑娘，可是他不敢常去。一个月也不敢迈进那道门槛一次，好在他的事儿多，一忙起来也就好些了。

就在他给容俏送书的两个月后，他宿在大福晋的房里，他把她搂得紧紧的。

"怎么啦，你在她们那里还没够呀？"

"没没，搂着她们，我还想着你！"

"我就那么好？"

"好，好，比她们都好！"

"在我这里你才这么说……"

"真的，我不骗你，她们谁也没有你好……她们，懂什么！"

"那，你也别搂得这么紧呀，人家还能动吗？"

还像往常一样，他们有许多大事要议论。

这次谈论的还是他们最最关心的事，父汗为什么还不把太□位定下来？

"你说他还犹豫什么呢？"皇太极叹一口气说，他已经被这件事弄得十分疲惫了。

"别着急嘛，"福晋说，"我看一时半会儿他还不会定。"

"为什么？"

"你想呀，代善，是没指望了，就是把大位传给代善，他也不能服众。"大福晋给他分析，"多尔衮呢，父汗再爱惜他也不成。你呢，论哪一方面，你也最合适。可是，他被你的能力吓坏了。他如果把大位传给你，他真不敢想象在他归天后，后金会是什么样子！"

"什么样子，那只会比现在好……"

好久，他们谁也不说话了，继续在想着心事。

"你怎么啦？"

福晋说："人家在想事情呢。"

"那事儿你再想也是那样了，我看，他要是再不决定，在他身后就麻烦了。"

"是个很大的麻烦。"福晋说，"所以咱们要早做准备……"

"多多掌握兵权？他已经给了我两个旗，多一个兵他也不给了！"

"你就光知道兵，团结你的兄弟也是重要的！"

"兄弟们都顾自己，指望他们呀！"

"有一个人，你必须拉住他！"

"谁？"

"代善！——你想想呀，父汗没了以后，大贝勒就是头等重要的人物！他究竟是大族长呀，他要拥戴谁，就会起决定性的作用，何况他手里也有两旗兵，加上你自己的就是四旗！几乎是八旗的一半了！"

"一半多！还有李永芳的两万多汉军呢，我敢说，无论什么情况下，他也是站在我这方面的！"

"是呀，是呀，是还有个李永芳！"

谈到这里，皇太极想起了李永芳的女儿。"喂，福晋，我看你常到李容俏那边去，她最近怎么样？"

"她很好。——我常去是可以的，你，不行。"

"说什么，我会常去吗？——喂，我去为什么就不行呢？父汗是让我把她关在这里的呀！……"

"你还说'关'，我可把人家当客人了！"

"我也是想把她当客人，可是人家不领情呀。"

"那就对了，要是领了你的情，那还了得呀！"

"你想到哪里去了，蒙古婆娘！"当皇太极和她发急时，就这么喊她，"你给我说，她现在干什么？"

"她在读你给她的历史书呀！"福晋说，"那孩子还真用功，还真的从历史里读出许多东西来！"

"说说给我听。"

福晋便把李容俏对她说的读史后的想法说了一遍。

皇太极琢磨着。"她想过来了，她真的想过来了……"

"什么想过来了？"

"我不和你说……"

福晋一声也没出。又隔了几天，一大早，皇太极到李容俏那里去了。

"王爷好！"春颖给皇太极跪下来。

"春颖，你是替小姐下跪吗？"

"我们小姐才不向你下跪呢！"春颖说，"我是个丫头，吃着你的，喝着你的，向你下跪，是为了谢谢你呀！"

这时，容俏仍低着头在看书。

皇太极在和春颖说话时，看到小姐虽没理他，嘴角上却有了一丝似有若无的笑影。这使他大起胆来，慢慢地向她蹭过去。

"小姐，在看书吗?"

容俏抬起头来，首次主动地和皇太极说话："四贝勒，向你祝贺呀！你们又把广宁占领了，还一直把明兵追到山海关！"

"你也知道了这事?"

"这是霹雳般的大事，响彻万里天空，我怎么会不知道呢?"容俏说，"这一回，明军算是没有还手之力了！"

皇太极瞅瞅容俏，见她眼睛火辣辣的，知道这不是她心里的真话，可是提起这次决定性的胜利，一股豪情油然而生，忍也忍不住。"是的，攻克广宁，对我们后金意义是十分重大的！我们不仅消灭了明朝十几万人马，还捎带着占领了七十余城，山海关外几乎没有大明的什么阵地了！"

容俏没有说话，只是听着。

皇太极看她的面容，冷冷的像挂了一层霜，却没有任何震怒的样子。

"容俏……"

"我有姓呢，王爷！"

"是，李容俏小姐。"皇太极说，"我没有别的意思。只是觉得你在家里，对外面的事知道得不是那么全面，想和你说一说！"

"知道，知道！"李容俏激愤地说，"你还要跟我说：明朝的将领投降的比牛毛还多，你们还把熊廷弼送进了监狱！"

皇太极一时不知怎么说好了，只是试探着说："明军的失败也是有它的原因的，熊廷弼一到广宁就遇到了在那儿的王化贞。辽东的大部分兵力在王化贞手里，熊廷弼成了空头经略。王化贞虽是个无能之辈，可是他有强硬的后台，有辅臣叶向高和兵部尚书张鹤鸣支持着他，熊廷弼对他无可奈何……"

"所以，你们捡了个胜利……"

"也不能那么说，小姐，"皇太极觉得容俏的话里刺儿多，但他说得平心静气，"明朝现有的国力和正气，内部的纷争和腐败，我们是一起估量的。总的来说我们日渐上升，他们日渐没落，早晚有一天……"

"四贝勒，以后的事谁也说不定！"李容俏不愿看到那样的结局。

"好的，我不说了！"皇太极说，"你就天天在家里看书吗?"

"不看书干什么?"容俏说，"在押的囚犯还能有自由吗?"

"你又来了，容俏！"皇太极还是觉得叫她"容俏"好些，"我家里是监狱吗？——我是说，你一天到晚闷在家里会生病的！再说，你那一身本领就舍得让它生疏吗？"

也许这几句话触动了容俏的心事，她望着皇太极。

"走吧，跟我到校场去，骑上马跑几圈，拉拉弓，练练剑……"

"春颖，咱去吗？"容俏问。

"为什么不去呢，小姐！"春颖连忙说，"贝勒爷怕咱们关出病来，叫咱们出去放放风，也是好意！"

皇太极对春颖做出个威吓的手势，笑着说："春颖，你那张嘴呀，真是比刀子还厉害！"

"有其主必有其仆嘛！"春颖一句话说得皇太极和容俏都笑了。

见容俏答应了要到校场去，皇太极比过节还高兴。他说他要头前到校场布置一下，也留点时间让她们主仆做点准备。

"你们到前面的马厩里挑选两匹马，自己去吧，"皇太极说，"出了南门就看见了……"

"不怕我们跑掉吗，王爷？"春颖跟上一句。

"你们愿意跑就跑吧，我反正在校场等着你们！"

梳洗毕，李容俏和春颖各穿了一身轻快的绵甲，说笑着向前面别院的马厩去了。

春颖说："快半年没穿甲衣了吧，觉得箍得紧紧的。"

容俏说："是呀，身上都长肉了！"

"不知还能不能拉得开弓？"

"试试吧，可别让皇太极笑话咱们……"

马厩那里早有几个"阿哈"（奴仆）在伺候着，见她们来了，就领她们选马。

容俏、春颖见马厩里有几十匹好马，都养得膘肥体壮。

春颖问："这些都是你们贝勒家的吗？"

"是的。"阿哈们回答，并向她们详细介绍每匹马的脾性。

容俏没心听，她给自己挑了一匹两岁口的赤红马。春颖还在仔细挑选。

"好了，春颖，"容俏说，"你只是骑一骑，何必那么认真，就好像在马市里买马似的！"

一个阿哈说："贝勒吩咐过，你们挑好的马就是你们的了，今后要单独喂养……"

"听到了吗，小姐？不认真挑选还成！"

又过了一会儿，春颖终于选了一匹刚齐口的青马。

她们骑了往城外走去。

辽阳城，过去是大明在辽东的首府，街道整齐，市面繁华，在经略府周围还有几座高大的建筑。现在那些建筑都被王爷所占据，街道上岗哨林立。那些挎刀的侍卫和下级军官沿街昂首阔步地走着。他们见容俏她们骑的马屁股上都有贝勒府的火漆印，就恭敬地让在一边。

过了经略衙门，走到小街道，眼前换了另一幅景色。街道上到处是牛群和羊群，那些粪便呀，草芥呀，在街边成堆成岭，臊臭气浓浓地弥漫着。这些后金人快要把这城市变成他们的牲畜圈了！

出了南门，走不多远就看到了那个大校场。

皇太极和他的几个侍卫早候在那里了。

"不好意思，"容俏在马上像个男子汉那样，向皇太极拱拱手，"让贝勒爷久等了，请勿见怪！"

"见怪？怎么敢呢？"皇太极说。不过看样子，他是等急了，"女人嘛，事情就是多！"

"不是呀，王爷！"春颖说，"半路上被你们牛羊的臊臭熏死了，你们就是这么过日子么？"

皇太极听出了春颖话里的意思，赶忙说："是呀，辽阳快成了牲畜圈了。后金人还不习惯在城镇里生活，以后会好的，你们瞧着吧！"

皇太极领她们往校场深处走去。

校场很大，约有上千亩，碾压得很平整，周围有一圈密实的树林。不过这时正是二月隆冬，远山近林，白雪皑皑，虽然每天有成千上万人践踏，校场的边缘处仍积着厚厚的雪。校场上设有练杆、沙坑、草靶、吊绳……甚至还有几十辆装有云梯的攻城车。在边儿上有一排排的马桩和刀枪架，还有几十座土房——那大概是存东西用的。但一眼望去，仍觉得十分空旷。

皇太极告诉她们，这只是供两黄旗用的校场，像这样的校场还有十多个，分布在绕着辽阳城周围上百里的旷野里。他还向她们介绍了引以为豪的八旗制度。

"后金人每家都是军户，十五岁以上，六十岁以下都有军籍。一个村就是一个军事单位。管理他们的基层军官叫牛录额真。牛录额真平时领导他们从事农牧生产，还管他们的生老病死。一到战时，就拉起队伍上前线……我敢说，这是世界上最好的军民一体的制度了!"

"四王爷，你再说得详细点。"春颖兴冲冲地说。

"死妮子，你要干什么?"容俏斥她道。

"我要记下来，好写给明朝兵部呀，叫他们也学一学!"

皇太极大笑着说:"他们学不来的!他们要是想学，我可以当他们的老师!"说着领她们打马飞奔起来。

这是武课的准备。起初，皇太极跑得不算快，他怕把姑娘们落得远了。这点被容俏看出来，她把马一夹就蹿到了他的前头，瞬息间，就甩下了几丈远，春颖也越过皇太极跟了上去。

皇太极哈哈大笑，说:"啊，你们也太看不起我这爷们儿了，看我的!"他往马屁股上抽了几鞭赶了上去。

容俏可不让他赶上，就撒开马缰让马撒欢地跑起来。不过，还是让皇太极追上了。

"小姐，跑呀，跑呀!四爷上来了!"春颖叫喊着。

容俏很会骑马，她蹬着马镫弓起身，不让屁股挨着马脊梁，给马以充分奔腾的自由。赤红马像箭一样蹿了出去。她希望落下皇太极一点，哪怕只有半个马身。

皇太极可不让她占先。他是两黄旗的旗主(八旗的旗主时有调换，阿敦被杀后，两黄旗交给了皇太极)，打起仗来是三军主帅，怎么能让两个汉族的妮儿比下去呢?

绕着校场转了三圈，人跑得气喘吁吁，马跑得热气蒸腾，他们三人时有前后。站在校场周围的士兵、侍卫们大呼小叫给他们的贝勒爷助威。

春颖想:这样跑下去哪儿是个头呀，应该住下了。忽然她叫起来:"小姐。你就让一让吧，人家是贝勒爷呀，总是得给人家个面子吧……"

说着她勒紧了缰绳，她慢慢地落后了。

可是，皇太极和容俏还是旋风似的跑着。

他们又跑了三圈。容俏终于不支了，她落在了皇太极的后面，起初是一个马身，后来是几丈远，等皇太极勒住马慢跑时，已经落下半圈了。

春颖斜过校场，跑到皇太极面前，下马扯住了他的马。她笑着说:"王爷，俺小姐让你让得巧呀，谁也看不出来，您面子有了!"

皇太极被他气得举起了马鞭，春颖把脊背转过去，嚷着说:"你打呀，打呀，没比过俺小姐，就抽几鞭解解恨吧!"

清太宗皇太极

皇太极跳下马，把春颖一下子抱了起来，看着这个美丽机灵的小姑娘，她粉嫩的脸像朵盛开的花，那滴滴汗水就像落在上面的露珠。

"王爷，快放开我……快……小姐往这儿看了！"

"怕什么？"

"你就是欺侮我，你敢对小姐这样吗？"

"你这小鬼头，我早晚……"

"你早晚怎样？"

皇太极没说，把她放开了。

接下来，他们开始练弓。侍卫们送过弓箭来。皇太极有专用的，他要容俏和春颖自己去选。容俏选了几张，拉了几下，摇摇头，意思是说都太轻了。

皇太极吩咐送几张二十担以上的强弓来。容俏从中选了，仍觉得没有中意的。皇太极把自己的弓送给她："你要是顺手，咱俩就用一张吧！"

容俏接了，拉了几下，点点头。

"容俏，你看，草靶怎样？"

容俏眯起眼瞅了一眼，见那些扎成人样的草靶有二十丈远。

"近点了吧？"她说。

"那么，你要多远？"

"三十丈！"

"那有点太远了吧？"皇太极说，"靶一远，箭就飘，没有力度的。古人说'强弩之末'是也。"

容俏笑笑说："贝勒爷，请。"

皇太极搭上箭，拉满弓，向草靶那儿一瞄，就放了出去。

"嗖！"箭飞得既平且直，这说明很有力度。

箭着了靶。报靶的那里把蓝旗摇了摇，这说明没有正中红心。

皇太极连射三箭，一箭出白（飞了），一箭出红，一箭出蓝。

"小姐请！"皇太极把箭恭敬地两手捧给容俏。

春颖跑过去小声地问："怎么样？"

容俏说："试试吧，手生很久了。"

容俏没有搭箭，对着靶瞅了一会儿，才弯弓搭箭，接着连发了三箭，速度之快，使人来不及眨眼睛。

靶那边举旗了：两红一蓝！

皇太极呆了，过了一会儿才直着眼睛，向容俏道贺："啊，我的小姐，你还说是手生，要是不生呢？"

"那就箭箭穿红呗！"春颖说。

"春颖，别胡说！"容俏也有点得意，"好歹没有在贝勒爷面前出丑。"

皇太极走到容俏面前，声音极小地问："想着在抚顺集市上，咱们头一回相遇吧？"

"怎能忘记了？"

"那一回，你箭射我头盔上的红缨，是……饶我一命吧？"

容俏低头笑了，说："我怎敢伤您……"

"那么，在抚顺城郊你对李将军射的那一箭呢？"

"那不过表达一下我对父亲那件事的意见罢了……"

皇太极似乎还想说点什么，春颖跑了来，兴冲冲地说："王爷，想跟俺小姐学本领吗？没门儿！俺小姐生下来还没出满月就玩弓箭了！奶功夫，真正的奶功夫！"

"别贫嘴，春颖，"皇太极说，"看你的了！"

春颖说："我就无所谓了，小丫头嘛，怎能比过王爷和主人！"

她轻轻松松射了三箭：两蓝一白。

这也是很不错的成绩。皇太极正要夸赞她，她却把弓箭向一旁一扔说："这成绩还过得去，做个丫头够格了！"

他们正要练练刀功和枪功，一匹快马跑了来。走近时，看清是大汗府里的侍卫，他跳下马，向皇太极施礼，道："大汗有请四贝勒！"

"有事吗？"

"科尔沁王爷到了！"

皇太极很不情愿地上了马。他回头对容俏说："好不容易出来一次，你们主仆就在这儿多玩会儿吧！"

3

在大汗府里等待着皇太极的是大福晋的侄儿吴克善。

两个月前，皇太极的大福晋心绪不宁时，曾到李容俏房里玩了半天。不管容俏有意还是无意，她的话对福晋是一个点拨。她立刻派快马回到科尔沁，对贝勒寨桑提出建议：把他的女儿布木布泰嫁给皇太极。

那时，布木布泰还不到十三岁，聪明伶俐，美丽可人，是寨桑的掌上明珠，全家人都舍不得她离家到辽阳去，但又一想：哲哲（皇太极的大福晋）提出这件事也绝不是草率的，一定经过了深思熟虑。为了了解其中的隐情，寨桑又派人来到辽阳，见了大福晋……

这样来来往往几次，科尔沁贝勒寨桑终于明白了姐姐的深谋远虑。

大福晋对来人说：后金国已经统一了所有山海关外的白山黑水，大明已经不是它的对手。蒙古过去一直是依凭大明的支援的，现在已不可恃。科尔沁是夹在察哈尔和后金之间的几个部落之一，何去何从已摆在面前了。

她又谈到：努尔哈赤已是落山的夕阳，他的儿子都是声名赫赫的虎将，特别是八子皇太极在后金极有人望，由他来继承父业几乎已成定局。

哲哲连自己深藏内心的苦衷也说出来了：她只生了三个女儿，如果膝下无子，将来在后妃中就没有竞争力了！

"回去对贝勒爷说吧，让他仔细地体察我的一片苦心，说实话，我也是为了科尔沁的蓝天白云呀！"

寨桑终于同意了姐姐的建议，把自己的宝贝女儿嫁给那个远在辽阳且已经三十四岁的皇太极。但他把最后的决定权交给了女儿布木布泰。

事情的整个过程，布木布泰是知道的，可是听到父亲征求她意见时，她还是哭了。

"女儿……把你送到那么远的地方，父亲不难过吗？母亲不难过吗？"

寨桑说："可是正如你姑姑所说，是为了科尔沁的蓝天白云呀！"

"父亲，我才十二岁……"布木布泰说。

听到她奶声奶气的话音，一家人全哭了。

"罢罢罢，"寨桑抹一下泪眼，"孩子，不愿去也就算了，咱们凭什么要把好姑娘都往他们爱新觉罗家送呀！"

第二天，事情有了转机，布木布泰回过头来说服父母和家人了。

她说："还是姑姑有远见呀……为了咱们科尔沁，她出这个主意的……"

"你才十二岁呀！"母亲说。

"十二岁怎么的？"布木布泰说，"后金大汗的大福晋嫁过去的时候不也只有十二岁吗？"她说的是那个海西女真首领满泰的女儿阿巴亥，那件事大家都知道的。

"孩子，你离开爹娘该是多么孤独呀！"奶奶已经泣不成声了。

"奶奶，在那里不是有姑姑么？"布木布泰说，"她现在是皇太极的大福晋，她会指点我的。"

是呀，她还有姑姑在那儿，她可躲在姑姑的羽翼下面。

可是大家仍不放心。她提到那个努尔哈赤的大福晋，大家就更有顾虑了。

"孩子，皇太极在这之前已经有了四位妻子了。"母亲说，"你到他家里，有办法牵住皇太极的心吗？唉，帝王的爱，那真是一阵风呀！"

"母亲，你就别为女儿担心了……"

"这么说，你愿意嫁给那个皇太极了？"

布木布泰点点头，说："皇太极，我没见过，他的事迹我却听过不少。他是一位草原上的英雄。哪个姑娘不想嫁给这样的人呀！"

听布木布泰这么说，大家也就放心了。

于是，科尔沁的寨桑家开始为布木布泰准备嫁妆，同时派人到后金国大汗那里去提亲。

大概从阶级社会开始，帝王家的婚姻就是政治联姻，谈婚论嫁，就是一场政治谈判。这在爱新觉罗家族中更是突出。比如说，努尔哈赤的所有妻子，都是在政治上为着"什么"才迎娶的。女方也是如此，都是为着"什么"才把女儿送到努尔哈赤家里的。当然，其中也有爱情，男人可以从他众多的妻妾中找到他宠爱的女人。但爱情总是居于次要而又次要的地位……

努尔哈赤当然也是依照这个标准决定儿子们的婚事的。

在山海关外，向东向北广袤的土地上，努尔哈赤已是最大的也是最有势力的统治者了。他很想以长城为界和明朝划地而治，但在他的背后，还有个蒙古的察哈尔，努尔哈赤正不住地且十分耐心地争取着它。争取蒙古，首先应该把介于后金和察哈尔之间的科尔沁拉到自己身边来。为此努尔哈赤也做了许多工作。如，他已经为皇太极从科尔沁贝勒家选进一位大福晋了……

现在，科尔沁的新贝勒又想把自己的女儿送给皇太极，努尔哈赤怎不感到喜出望外，他立刻就答应了！

因为是政治联姻，双方又都是迫不及待，所以一过了年，寨桑就派儿子吴克善把女儿送到辽阳了。

努尔哈赤向皇太极介绍了吴克善。

蒙古贵族大多是元朝统治者的后裔，他们和中原的关系是很近的。有明以来，政治、军事上没断过合作，通商和文化来往更是紧密。吴克善也像蒙古其他的贵族一样，很有些汉化了。他虽仍是蒙古人装扮，但他的风度和谈吐，却很像关内的汉官。

他常作为科尔沁的使节来后金办事，所以皇太极见过他多次。

听了父汗的介绍，皇太极向吴克善行礼。"见过王爷，愿王爷吉祥如意！"

称呼吴克善"王爷"那是客气，因为科尔沁的贝勒不是他。

"四贝勒好，"吴克善站了起来，躬下身行了个蒙古礼，又抹了一下他那翘在上唇的小黑胡，用一双亮亮的眼睛望着皇太极说，"四贝勒更加英俊了，一接触您，就感到您的凛凛神威！"

"王爷，谬奖了！"

"四贝勒，我不会说假话。您虽在辽河这边，可是，在科尔沁，您就像草原上的雄鹰，一抬头就望得见您矫健的身影，一低头就听得见您嘹亮的呼啸。科尔沁人钦佩您，羡慕您，又为您是科尔沁人的女婿而自豪。科尔沁人想把您和他们拴得更紧，所以，又把他们草原上最美丽的花朵给您送来了！"

皇太极说着这时候必须说的套话："感谢科尔沁王爷，感谢科尔沁人，感谢美丽无双的科尔沁草原！后金人忘不了科尔沁人的美好情意，一定会像爱护眼睛一样地爱护它。至于那朵科尔沁的娇花，我们会倍加珍惜，一定让她在后金国的土地上开放得更加鲜艳……"

双方的开场白已经说完了，下面就开始商议迎婚的具体细节。

吴克善是提前到达辽阳的，那浩荡的送亲的队伍离辽阳还有两天的路程呢。迎亲那天，努尔哈赤率领他的众贝勒大臣迎出北门外十里之遥，在那里扎了几座宏大的迎亲亭。从辽阳到那里一路上彩门重重，花旗招展。在迎亲亭举行了隆重的迎亲礼后，回到大汗的府衙，又举行了更为隆重的结婚大典。接着就是三天的婚宴。参加婚宴的有大汗的远近亲属，还有牛录以上的上千军官。据说辽阳城里的酒都喝光了，牛羊肉都吃净了，爆竹的纸屑平地积了半尺来厚，把雪地都盖严了。

四贝勒府里又多了一个福晋，可是，皇太极觉得像是打了一场战役，连累带醉，在床上躺了两天。

这是个很好的机会，大福晋把布木布泰叫进房里，和她细细地谈话。

"姑姑，是您把我弄到这里来的，您得指点我，照看我……"布木布泰仰着脸看着大福晋，她眼睛里滚动着泪水。

"那还用说吗，孩子！我是你的亲姑呀！"大福晋用手帕给她抹着眼泪说，"别哭了，咱们还有好多话要说呢！"

"姑姑……"

"孩子，在这贝勒府里咱俩是平辈的，所以当着别人的时候，你得称我大福晋。"

"我忘不了，姑姑。——姑姑，您说：皇太极他是个什么样的人呢？他的脾气，他的性情，他的修养……"

大福晋想了一会儿，说："布木布泰，草原的老虎，你见过吗？"

"见过。"

"老虎非常威猛，弄不好还会被它吃掉。可是人们还是爱它，喜欢它，甚至敬重它，把它称为山林之王！皇太极就是后金国里的老虎！"

"那么，我们呢，是他牙爪下的小兔子吗？"

"你说呢，我的孩子？"

"我说呀……"布木布泰看着姑姑说道，"我要做个驯虎的女人！爱他，照顾他，让他去做山林之王，但又让他敬，让他爱，让他离不了，还要让他听话……"

"你真了不得，我的小乖乖，我真没白叫你来！"大福晋把布木布泰紧紧地搂在怀里。

"你说得很对。有的女人一味地以自己的美颜取悦他，可是容颜会看够、会老。有的女人一味地顺着他，以自己的似水柔情浸泡他，可是他会腻烦、会厌恶……可是要做到你说的那样，得有本领呀，我的孩子！"

"是的……"布木布泰想着，絮絮地说，"要做到这点，她得比老虎有智慧，比老虎有本领……另外，她得是一眼甘泉，叫他在你这儿取之不尽用之不竭！那样，他还会厌烦吗？"

"我的儿，你说得真好，可是有几个女人做得到这些呀！"

"姑姑，你不就是我的榜样吗？"

是的，姑姑嫁给皇太极十多年了，容颜已不能和当年比了，可是后金的那只老虎依旧爱着她，敬着她，离不开她。她的地位谁也不能动摇……

皇太极醒来了。

他的炕前坐着一个女孩儿。

那么美，那么纯，那么天然，又那么脱俗。

这使他想起十多年前。

那年他才二十多岁，头一次跟着一位叔叔到科尔沁去。那是一次外交活动，只是想试探一下科尔沁和察哈尔之间的缝隙到底有多宽有多深。科尔沁对努尔哈赤很警惕，态度不冷不热，使叔叔很棘手……

皇太极对谈判插不上手，就到处游逛起来。一日他走出寨子，来到草原中的一个湖边。

清太宗皇太极

一说到湖，有的人认为那不过一大片水罢了，那他一定没见过真正的湖，更没见过草原上的湖。那湖镶嵌在草原里，蓝天、白云和周围的羊群都倒映在湖里，那种美妙那种情景，没见过的人很难体会到。还有湖水的甘洌，不用你捧起水来品尝，你只要坐在湖边，那种沁人心脾的特殊香味就使你醉了。

在蒙古人的歌里屡屡地唱到他们的羊群，他们的湖，把羊群说成是落在地面上的白云，把湖说成是镶嵌在草原上的明珠。如果不到草原上走一走，是难以理解蒙古人的胸怀的。

他由着自己的坐骑走着，它竟向着湖边去了。

人和牲畜都禁不住草原湖的诱惑。

湖边的石块上坐着一个女孩儿……

她面向着湖，似乎哼着一首旋律悠长的歌。

可是皇太极从湖水里看到了她的模样。那种超凡脱俗的美把他惊住了，他勒住了马。她是仙女，真正的仙女……

就在这时，那女孩儿回过了头，用一双明亮的大眼睛看着他。那眼睛就和湖水一样，也是那么清澈，那么纯净，那么幽深，也映照着蓝天白羊……

皇太极正手足无措时，那女孩儿笑了，湿润的红唇里露出两排细小整齐的皓齿，美得就像一朵勾人灵魂的花。

皇太极正想向前再走一步时，忽然不知从哪里冒出许多人来，有丫头、仆妇，也有许多护卫。那女孩儿被拥到一乘小轿上抬走了。原来她就是科尔沁贝勒莽古思的女儿！

几天后，在回建州的路上，皇太极曾几次向叔叔说起和莽古思女儿的邂逅，言语间充满了对她的倾慕。

"皇太极，看上她了？"

"还说不上……"皇太极害羞地低下头，"不过我是忘不了她了！"

"那是科尔沁草原上的一朵娇艳的花。"叔叔说，"她不仅生得美，而且还读过书，有人说她如果是个男子，而又生在中原的话，说不定还能夺个状元哩！"

"啊，是这样……"皇太极叹道。

"皇太极，那是给察哈尔大汗的小贝勒准备的，没咱爷们儿的份呢，"叔叔说，"科尔沁还不想和察哈尔汗割断联系，当然也不想惹咱们……"

叔叔和皇太极说起了这次出使科尔沁的经过。

到了第二年，事情发生了很大的转折，努尔哈赤的大军统一了建州各部，又北征乌拉，取得了很大的胜利，努尔哈赤的八旗子弟已是公认的最强的政治、军事集团了，并且酝酿着建立后金国。莽古思贝勒审时度势派人来赫图阿拉通好，并把自己的宝贝女儿送来了。这样皇太极就得到了科尔沁草原上的第一朵鲜花！

"你是谁？"皇太极问。

"你说呢？"那女孩儿羞涩地低下了头。

"你是科尔沁的又一朵娇艳的鲜花……"

"我是来伺候王爷的。"

"你像汉人那样叫我王爷？"

"是的，"布木布泰说，"我们那儿都这么叫。"

皇太极抓起了她的手，说："你现在还是个女孩儿，可是我要把你变成我的妻子。"

布木布泰没有收回自己的手，可是她的脸红到了脖根。"就在这……"

"不行吗？"

"现在是白天……"

"白天又怎么了？"说着皇太极把她拉了一把，由于用力过猛，布木布泰一下子扑到了皇太极的身上。接着就把她紧紧地搂进怀里……

4

天命十年（1625 年）十一月初五，来自北国的五名骑手飞奔在千里冰封的雪原上。

他们是科尔沁的使者，是来向后金紧急求援的。

蒙古的科尔沁部，地处嫩江流域，位于蒙古察哈尔部的东北。

在努尔哈赤统一女真各部之前，曾在古勒山下与北方女真以及蒙古的九部落进行了一次规模巨大的战争，结果以九部的失败而告终。

科尔沁也是反努尔哈赤的九部之一。他们的贝勒明安被努尔哈赤的儿子代善打在马下，好歹逃了性命。

后来乌拉的首领布占泰与努尔哈赤交战时，科尔沁的瓮刚代贝勒又参加凑热闹，他带兵在乌拉城南二十里的地方，遇到了努尔哈赤的长子褚英和侄子阿敏，被他二人的声威所惧，不敢交锋，退走。没隔多久，乌拉就被努尔哈赤吞并了。

从此后，科尔沁各部就日益转向努尔哈赤。

蒙古察哈尔部林丹汗兴起后，雄心勃勃，他在与明朝友好的同时，妄图统一蒙古各小部落，建立像他的祖先那样的大蒙古汗国。

科尔沁地处蒙古和后金之间的要冲地带，努尔哈赤早就看上它了，他很想把它拉进自己的怀抱，好作为日后征服蒙古的跳板。

与科尔沁的联系，联姻是努尔哈赤的重要手段。他自己曾娶明安贝勒的女儿为妻，后又娶贝勒孔果儿的女儿为妻。后来，他又让皇太极娶了贝勒莽古思的女儿，那就是皇太极的大福晋。十年后，科尔沁贝勒又把自己的小女儿布木布泰给皇太极送过来了。

皇太极也很明白科尔沁的重要性。他也借着这层关系多次到科尔沁去，处心积虑地培植满蒙的亲密友谊。

在布木布泰嫁给皇太极不久，努尔哈赤正式向科尔沁提出结盟的要求。科尔沁贝勒立刻答应了。几个月后，科尔沁使者便带着鄂巴洪台吉（继承人，太子）的信来见努尔哈赤。

信中说："鄂巴洪台吉等致书于明掩众光威镇列国睿主陛下：吾嫩江台吉等闻汗谕，莫不欣服。然主持其大事，裁之自汗，吾等莫有敢违命者。但察哈尔汗及喀尔喀部知吾等与大国同谋，必来征伐，将何以为我谋也，惟汗筹之而已。"

在这封重要的信中充分地反映了科尔沁的处境和矛盾心理。

他们愿意和后金结盟，但又害怕察哈尔和喀尔喀等对他们进行攻击。

努尔哈赤见信后，又和皇太极及诸大将商议，觉得事不宜迟，应该立刻向科尔沁表示态度。后金便派出巴克什库儿禅等使者到科尔沁和鄂巴洪台吉会盟。

科尔沁人十分高兴，他们宰牛马，置白骨、血、酒、肉各一碗焚香而誓。

他们的誓词说，后金与科尔沁两国，因为同受察哈尔的欺凌，所以同心以这样的誓言昭告天地：既盟之后，后金若有被察哈尔馈赠所诱惑，中其巧计，不告知科尔沁，而事先与其和好，穹苍不佑，降以灾殃，就像摆着的骨暴，血出，土埋而死！如科尔沁为察哈尔的馈赠所诱惑，中其巧计，不让后金知道，先与之和好，穹苍不佑，降以灾殃，亦一样骨暴，血出，土埋而死！如双方都履行盟约，天地保佑，益寿延年，子孙万世，永享荣昌！

盟誓完毕，库儿禅等使者又带着科尔沁的使者一起到后金。努尔哈赤令代善、阿敏、莽古尔泰、皇太极四大贝勒及阿巴泰、扈尔汉、额亦都等所有将领予以接待。亦宰白马、乌牛，设酒肉等祭品，像在科尔沁那样，共同立誓。

像这样的做法，在后金是极不寻常的。

科尔沁说起来不能算是一个国家，它只是蒙古的一个小部落，但它的地位是极为重要的。为了把科尔沁牢固地留在自己身边，为了孤立亲明的察哈尔，努尔哈赤对科尔沁采取了非常措施。

努尔哈赤和蒙古林丹汗的矛盾也不是几年了，林丹汗有明朝做他的后盾，他根本瞧不起努尔哈赤。早在天命四年（1619 年）十月，林丹汗派遣使者带着他的书信来到后金，在书中他自称是"蒙古国统帅四十万众的英主成吉思汗"，而称努尔哈赤为"水滨三万人的出色首领"。

努尔哈赤愤怒至极，认为这是对他的极大侮辱。

辽、沈战役后，当努尔哈赤率兵夺取广宁时，林丹汗给努尔哈赤来信进行恐吓。他说他已经招抚了这座城市，通过广宁来收取给明朝的贡赋。还说：如不听警告发动进攻，蒙古将采取不利于后金的行动！

努尔哈赤怒不可遏，后金的将领纷纷要求处死使者。努尔哈赤说："罪责在于派他们来的人，可暂时将他们扣留。"

第二年的正月，努尔哈赤令范文程给林丹汗写了一封信，信中严厉地抨击了林丹汗的傲慢和自我吹嘘，揭露他说：你的所谓"四十万众"，其实连三万人也没有！并且说：后金是个强大独立的国家，是不怕威胁的。

林丹汗看了努尔哈赤的信，气得要死，把后金的使者扣押起来要杀掉。

努尔哈赤听说后，立刻要杀察哈尔的使者。皇太极劝说道：消息尚不确实，不如再等一下。可派人去给林丹汗设定一个期限，到期不放使者回来再说。

期限到了，后金的使者没有回来，努尔哈赤以为自己的使者被杀了，便杀掉了林丹汗的使者。但，过了不久，后金的使者逃回来了。于是，后金和察哈尔的疙瘩越结越死。

天命六年（1621 年），努尔哈赤把后金的都城迁到辽阳。

在向大臣们说明迁都的原因时，他说"辽阳乃大明、朝鲜、蒙古三国中之要地"。足见他对蒙古在三国中的地位的看重，他想解决和察哈尔的纠纷，要不，就消灭它！

他这个想法在修建辽阳的新城时，讲得更加明显。

"辽阳城大，且多年倾圮，东南有朝鲜，西北有蒙古，二国未服，若舍此而攻大明，难免内顾之忧，必另筑城郭，派兵坚守，庶得坦然前驱而无后顾矣！"

四年后他把国都迁到沈阳，在强调沈阳的重要地位时也说道："北征蒙古，二三日可至！"可见在努尔哈赤的心目中，蒙古是他时刻不能忘记的敌对势力。

他要把蒙古征服，甚至放着明朝，先去收拾蒙古。

后金与科尔沁的结盟，是征服蒙古的一个重要步骤。天命十年（1625年）八月初九，对天发誓的余音尚在耳边回荡，察哈尔的林丹汗已经计划着要发兵惩戒科尔沁了！

科尔沁的鄂巴洪台吉听说后很是着急，他立刻遣使驰书来到努尔哈赤面前。

书中写道："过去我们两国曾宰白马、乌牛对天歃血结盟，两国如一国。遇有敌人来攻相互支援。现在林丹汗要入侵我们了，阿鲁的兵也要南下，打算和林丹汗一起夹击我们科尔沁！时间是在'河未结冰，草未枯死之前'。这个消息是可靠的，后金的援兵能来多少？请大汗裁定。我们粗略地估计了一下，只炮手就需千人！

"喀尔喀五部的情况我还不清楚，听说只有洪巴图鲁正在速收他们的田谷，想派兵和我们会合。我们所依靠的只有洪巴图鲁和巴林二人了。至于那个宰赛、巴哈达尔汉（蒙古部落），他们是和林丹汗一起的。如果他们联合起来向我们进攻，怎么办呢？大汗能不能派兵袭击他们的后方？到底该如何，以大汗的英明，一定会想得很周全的……"

努尔哈赤和皇太极等会商后决定坚守盟约，立刻派阿尔津等四人为使者，带八名炮手前去，并给鄂巴洪台吉写信说："……你信中要我们派兵相援，要多则多派，要少则少派，不必担忧。不在兵之多少而在于天。所有国家都是天立，以众害寡，天所不容！最要紧的是加强战备，守御城郭，察哈尔攻不下必然退兵。如果他们损兵折将败下去，他们自会大乱。即使不败而退，他们也会明白你们是不可欺侮的！"

在信中努尔哈赤还举例说：从前札萨克图汗征辉发，辉发兵五百，甲士仅五十，可是札萨克图汗没打下辉发，以后再也不敢欺侮辉发了。

努尔哈赤还指出：过去，你们曾指望和察哈尔交好，期望无事，可是你们得到和平了吗？你们有什么罪？你们只想太平，可是他们不给你！——好好地修筑你们的城郭吧！大明、朝鲜、乌拉、辉发、叶赫、哈达、后金这些国家如果没有城郭，蒙古人是绝不会给他们安定和平……

　　努尔哈赤的信写得很长很啰唆，反反复复地说，字里行间表现出他唯恐科尔沁屈服于察哈尔，并极力地扩大他们之间的矛盾。一再地要鄂巴洪台吉丢掉幻想，坚决地和后金站在一起，共同对付察哈尔！

　　但是势弱的科尔沁是抵抗不住强大的察哈尔的，这就是身处危境的科尔沁又于十一月初五日派急使来辽阳的原因。

5

　　努尔哈赤愿意为科尔沁付出代价。

　　在广宁战之后，他和大明的战争没有多大的进展。到辽东来代替熊廷弼出镇山海关的是孙承宗。那也是个很厉害的角色，他是以东阁大学士的身份来蓟辽的。他来到后，像熊廷弼那样稳打稳扎，扎扎实实地整治军备。不到三年，他就整修城堡数十座。同时他教将士屯田，以其收入来添补军费的不足。当他的实力壮大后，就步步为营地向后金进逼，被他收复大片土地……

　　没有战争，又连连损失土地，努尔哈赤渐渐地困难起来。

　　就在他自己陷于困难的情况下，他仍决定驰援科尔沁。

　　他调集各路军马，于十一月初十日亲率诸贝勒、大臣奔向科尔沁。

　　大军走到开原以北的镇北关时，皇太极建议父汗在这里驻扎一两天。

　　"你是什么意思？"努尔哈赤问他。

　　皇太极说："父汗没看到么？两年来没有大的战事，各路军刚刚集合起来，战马又累又瘦。这样开到科尔沁去，也未必就打败林丹汗……"

　　努尔哈赤瞪起眼睛看了看皇太极，心里想，又被他说对了。援助科尔沁确实是逞一时之能，实际上后金真的没有准备好。再说，努尔哈赤的身体大不如前，在校场上马时，就险些掉了下来，一旁的众贝勒是都看见了的，亏得侍卫眼快，把他抱住了。

　　"皇太极，你既然知道实情，就说说办法吧！"

　　"父汗，您御驾亲征，这是了不得的大事，消息传出去，一定会给林丹汗以很大的震动。有这作用就很够了。下边的事情您就托付给我们来做吧！"皇太极看努尔哈赤不言语，知道说到了父汗的心里，就继续说下去，"实际上也不用这么多军队……"

　　"你要多少人马？"

　　"父汗，只要精骑五千就很够了！"

"好吧，"努尔哈赤叹一口气，"就依你——难道我就这么回辽阳？"

"有一件重要的事情请父汗来做。"

"你说。"

"请父汗明日一早检阅军队，以造成声势……"

努尔哈赤明白皇太极的意思，点了点头。

第二天黎明，各路大军就排列在田野里，彩旗招展，刀枪耀辉，战马嘶鸣，喇叭声咽。声息传到几十里外。

太阳升起后，努尔哈赤身着红袍，头戴金盔，骑在一匹金黄战马上，在众贝勒、大将的簇拥下，来到大军面前。

大军欢呼起来，地动天摇。

"后金国的子弟们，将士们，"努尔哈赤站在一辆高高的战车上对面前的十几万大军说，"这次出兵是为了惩治邪恶，维护正义！科尔沁是咱们的邻邦，是咱们的亲戚，咱们绝不能看着它被察哈尔那帮蟊贼欺凌而不顾！"接着，他讲了几年来后金和科尔沁的友好往来，以及察哈尔对后金的侮辱和蔑视，激起了十几万人马的愤怒呼喝："八旗的子弟们，举起你们的戈矛，骑上你们的骏马，前进吧！上天站在我们后金这一边！上天一定会保佑我们胜利的！"

检阅之后，选出五千精兵，令皇太极为主将，同莽古尔泰、阿巴泰、济尔哈朗、阿济格、硕托、萨哈廉等率队前进。努尔哈赤便和诸贝勒、大臣及其余大军返回了。

皇太极知道林丹汗既来科尔沁，就是势在必得，带的人马和勇将一定不少，他才不愿触其锋锐呢。在镇北关的阅兵是给林丹汗看的。几年来，后金兵在东北大地与大明的几场震天动地的大战役，林丹汗虽是在一旁看着，内心也一定寒战不已。现在就是这支威震华夏的大军要来科尔沁了，难道他就不想一想吗？

后金的军队行至农安塔暂时停住，那里离科尔沁仅几十里。皇太极派人前去科尔沁打探。

林丹汗正如皇太极所料，他没想到后金大军会真的前来科尔沁。努尔哈赤在镇北关阅兵的事使他胆战心惊，忽然又报皇太极的精兵直向科尔沁杀来，他坐不住了，想趁夜撤兵。皇太极的名字对察哈尔的将士来说，如雷贯耳，听说要和他对战，不禁股栗不已，见主将要溜，他们怎不心慌呢，于是还没有看见一个后金兵，他们就溃不成军，争相逃命，丢下无数的骆驼、马匹和辎重。

听到这个消息后，皇太极和他的将士们欢呼雀跃，他们也做出样子追赶了半日，但终不见人影，就回来和科尔沁人欢欢喜喜地收拾战场。

科尔沁贝勒眼含泪水迎接皇太极率领大军进城，并备酒饭、财物犒劳后金将士。皇太极和他的将士只在这儿住了两三天就班师回辽阳了。

这次不战而胜，并没有使努尔哈赤冲昏头脑，他仍觉得林丹汗是只雄踞蒙古的猛虎，以后金之力也不可能一口吞并它。这仍是努尔哈赤的心病。

皇太极提议说："只凭林丹汗一个部落之力，他是斗不过咱们的。支持他的既有大明也有蒙古别的部落，咱们要一点点地把别的蒙古部落争取过来，然后切断他和大明的联系，他就完蛋了。"

努尔哈赤很同意皇太极的谋略。

天命十一年（1626年）四月，蒙古巴林部的首领囊奴克背弃了和后金的盟约，又同明朝和林丹汗勾结反对后金了。努尔哈赤很生气，他说："不能让自己的后院里起火，囊奴克的背盟也会影响别的和后金结盟的部落，得把这股邪气压下去！"

四月四日，身体好了些的努尔哈赤要亲征巴林。

皇太极劝他在家等待自己的好消息，并说："这小小巴林，还用得着父汗御驾亲征吗？"

努尔哈赤听了皇太极的话很不高兴，他瞪着眼对皇太极说："你是怎么了？你是让后金人只知道有你皇太极，不知道还有我努尔哈赤吗？"

话说到这样了，皇太极再也不敢说话。

后金八旗又向巴林开拔，努尔哈赤令皇太极为先锋。

巴林的实力，连林丹汗都不如，还没听到皇太极的马蹄声，他就丢弃了自己的老巢逃跑了！

可是，皇太极的大军，跑到了他的前面，把他堵了回来。

囊奴克下马向皇太极跪下请降，皇太极令把他缚起来去见父汗。就在这时，囊奴克又跳上马，在随从的掩护下顺着山沟逃走了。

后金兵要去追赶。皇太极拦住他们。

远远望去，还看得见囊奴克头盔上窜动的雉翎。皇太极张弓搭箭，嗖一声，飞箭到时，囊奴克跌到马下，死了。

平定了巴林的反叛，后金在蒙古边缘地区的联盟巩固了。在里面起中坚作用的仍是科尔沁。

清太宗皇太极

天命十一年（1626年）五月，科尔沁的鄂巴洪台吉亲自访问后金，努尔哈赤隆重接待，厚加赏赐，还把自己的孙女嫁给了他。同他再次对天盟誓，决心永远友好相处，并赐他为"土谢图汗"。

六月，土谢图汗回科尔沁时，努尔哈赤又亲率诸贝勒、大臣相送。至蒲河，又再次设宴饯行，以后又命代善、阿敏等送至铁岭。

在回来的路上，努尔哈赤已经疲惫不堪了，甚至连马都坐不住。皇太极给他备了轿子。

在上轿时，他拉着皇太极的手说："无论什么时候，蒙古人都是咱们最可靠的朋友，记住了吗？"

"记住了，父汗，儿记住了！"

遥知王气归辽海 不战中原自倒戈

孙同星 著

清太宗皇太极

（下）

山西出版传媒集团 山西人民出版社

目　录

第十四章 宦祸毁基业 忠臣良将屠

1

努尔哈赤、皇太极在征服喀尔喀之后，没有继续远征察哈尔。他们明白察哈尔的后台是大明，要打垮察哈尔那就必须清除大明在北方的势力。

于是他们又掉回头来觊觎大明了。

明廷虽已千疮百孔，但朝廷上还有许多有胆有识之士。魏忠贤等阉党虽然能够把持朝政，可是，有点骨气的朝臣没几个瞧得起他们，几年来双方打了个平手。

这时，大明在辽东有两位强将。

一是孙承宗。前面已经提到过，他是河北高阳人，万历进士。他少有大志，常对人说：做官就是要为国家做点事情，要不何必做官呢？在家里守着老婆孩子算了！中年后，他曾亲自到河北、山西等边疆地区实地考察。他对北方和东北的民族社会发展以及与中原的关系十分熟悉，曾几次上书提出军政大计。在后金占领广宁，熊廷弼和王化贞被拿问后，在辽东形势十分紧急的情况下，朝廷想起了他来，就任命他为东阁大学士兼兵部尚书，派他去督察辽事。

他来到山海关后，针对当时"兵多不练，饷多不核"，"武将为文吏所制约"的老问题，提出了"重将权"的建议。

他主张选择一位沉着冷静、有气魄有谋略的人为大将，让这个人自行任命偏裨以下的各级将领；把那些高高在上、盛气凌人，又无实际才能的文官赶到一边去。这位将军对小胜小败可不必过问，他的主要责任是阻挡住后金入关，然后进一步再图恢复失地。

在对辽东的政策上，他提出"西抚蒙古，东恤辽民，简练京军，增置永平大帅，修筑蓟镇亭障，开京东屯田"等等重要的建议。

他的这一整套方略，比起熊廷弼的那只在军事上的"步步为营"来说，要全面得多，完整得多，也长远得多。

那个他理想中的大将，也找着了，他就是袁崇焕。

袁崇焕，字元素，是广东东莞人，万历进士。他和孙承宗一样，极为关心辽东的局势。他在任兵部主事时，曾单骑出关，考察敌我形势，还京后曾自请守辽，他说："给我兵马钱粮，我一个人就能负起守辽大任！"

那时，广宁刚刚失守，朝廷人心惶惶，他的这两句话显得有点狂妄。

到辽东去的孙承宗要朝廷找一大将，那些大将在李成梁之后，有的战死，有的败北，有的关在监狱里，找谁呢？

有人便说：既然袁崇焕自己请去，那就让他去吧。

于是，朝廷便任命他为兵部佥事，监关外军。

这时，袁崇焕四十多岁，正是精力充沛的时候。他到了山海关后，竟和王在晋冲突起来。

晚明时代，朝廷上人浮于事，中用的不多，无用的倒不少。重要的地方往往重复设置，造成同样职权的官儿一大堆。这时，在那儿的有以下几个人。

一是孙承宗，他的官最大，是东阁大学士、兵部尚书。他来辽东是来监察。

一是王在晋，他是现任的辽东经略。在熊廷弼被抓起来以后，是叫他来应急的。

一是王象乾，他也是兵部尚书，广宁失守后，他是自请来辽督师的。

现在又来了一个袁崇焕。

这些人中，真正有实权的应该是王在晋。他是个文官，不懂兵，可是当时的官儿没有不抓权的，他和王象乾串通一气，牢牢地抓着兵权不放。

王在晋和王象乾的主张是在山海关外八里铺筑重关，实现他们的"重关设险，卫山海以卫京师"计划。

袁崇焕以为不可，他主张力保关外各点，锦州、杏山、松山等地决不能放弃，用出击来守卫。也是以攻为守，变被动为主动，还要找机会收复失地。

他们的争论反映到朝廷上，朝廷又没人到辽东察看，就是看了也不能断定谁的主张正确，就把这事委托给孙承宗了。

孙承宗乘机请朝廷给他更大的权力。朝廷便任命他为兵部尚书、督山海关及蓟辽天津登莱诸处军务。这个官衔很长，权力也很大。朝廷把辽东那一片加上东部沿海一带都给他节制了，他可以通盘考虑、部署。

他的主张和袁崇焕是完全一致的。为了不让王在晋等人掣肘，孙承宗上书把王象乾调回京师，把王在晋调到南京去当兵部尚书。

孙承宗对袁崇焕说："现在大权在握，咱们谋划个万全之策就赶紧做起来吧！"

袁崇焕说："大人年龄大了可慢慢地想，想好了，由晚辈去做就是！"

孙承宗苦笑道："你在朝也不是一年半年了，难道不懂宦海浮沉的道理吗？"

袁崇焕说："正想向老前辈请教……"

"别看今天朝廷给了咱经略一切的权力，可是，明天，也许是后天，由于某个人的一纸上书，朝廷又把权力收回去，叫咱们回老家歇着，那就什么也不用干了——所以绝不能慢慢做！"

袁崇焕点点头，他对前辈的话深以为然。熊廷弼不就是个现成例子吗？半年前，皇上设宴相送，戴着满身荣耀来到辽东，半年后，就绳捆锁绑地逮了回去，打入死牢。

"大人，您说，朝廷会给咱们多少时间呢？"

"多则两年，少则半年，不会多了！"

谈到这里两人都有些黯然。

可是，他们知道时势不会给他们留下叹息的时间，孙承宗说："你是带兵的将军，你就根据具体情况，列出一个完整的计划，咱们立刻动手去做。我呢，可以给你拾漏补阙，但主要的是给你以支持，给你承受着来自上面的压力！"

在以后的半年里，孙承宗依靠袁崇焕定军制、建营地、练火器、治军储、缮甲仗、筑炮台、买军马、采木料、救难民、练骑卒，做了许许多多的大事。山海关和它周围一带大大地被巩固了！

一天，孙承宗把袁崇焕从前线召回。

袁崇焕披着满身风尘回来了，他一进门，看到迎接他的是孙承宗的一张笑脸和一桌丰盛的酒席。

"大人，有喜事吗？"

"有……"孙承宗站起来迎接着他，"你先去把你的一身灰土抖落在外面，再去洗一洗你的手脸，然后坐下来说话。"

"我可真应该洗一洗了！"袁崇焕哈哈笑着说，"我这张脸有三天没洗了！"

家人领袁崇焕去洗了手脸，脱去外衣，回到孙承宗面前。

"现在好多了，不过，脸还没有洗干净，娘子见了恐怕要骂……"

"我这张脸怕是永远这样了，好在拙荆没在身边。"

两人说笑了一会儿，刚刚坐下，承宗又捧着酒杯站了起来："袁将军劳苦功高，承宗作为你的同僚特致谢意！"

袁崇焕也慌忙站起来，连说："不敢，不敢！"

"干！"

"干！"

他们连干了三杯后，袁崇焕说："大人，快把您的喜事说出来吧，崇焕虽然家下没在关外，但一份薄礼还是要送的！"

"老夫个人无事可喜，"承宗笑笑说，"那喜事是咱们两人的！"

"崇焕实不知喜从何来？"

"你真不知道吗？"孙承宗望着崇焕。

"大人，下官真的一无所知！"

"那，我就说给你！"孙承宗挤挤眼睛说，"朝廷半年没动着咱们，让咱们安心地干了这么多的事情，给山海关的防守奠定了坚实的基础，难道不可喜可贺吗？"

袁崇焕想了想，拊掌说："大人，还真像您说的，真的是可喜可贺！"

"那咱们就再干一杯！"

两个人又喝了一杯。

孙承宗在朝廷上是以端严方正出名的，可是在知心的朋友面前，就露出他的另一方面，有点放荡不羁。他喝得热了，脱了外面的两件袍服，只穿着贴身的衫裤，从盘中拎了根鸡腿啃着。那鸡汤和肉屑沾到胡子上和脸上。仆人递过手帕来，他也不抹一抹。"如果朝廷把咱们忘了，晾在这山海关不管，咱们下半年就可再干一件大事！"他说，"你说，咱们干什么呢？"

"在宁远修筑一座卫城！"

"对，咱们想到一块去了！将军，真有你的！"承宗高兴得把吃剩的骨头扔进汤盘里，溅得汤水到处都是，"那宁远背靠起伏的热河丘陵，面向着滔滔渤海，扼辽西走廊咽喉，西连万里长城，东接锦州，地势无比的险要，是山海关的前卫！"

"是呀，是呀！"袁崇焕说，"原来是有个旧城的，现在已经颓坏。修起了宁远卫，咱们的防守就可进可退了！"

"好，兄弟一心，黄土变金！让咱俩今日一醉方休！"孙承宗又举起了杯。

袁崇焕赶忙离座逊谢，他说："崇焕怎敢和老大人论兄弟？我能在关外干成几件事，还不是全靠老大人这座大山！"

听了袁崇焕的话，孙承宗颓然地坐下，看他那样子，袁崇焕也不敢问他，只是等他说话。

过了好久，孙承宗说："京里来人说：那帮子阉党胆子是越来越大了，他们已给熊廷弼定了死罪，不日就要开刀问斩了！"

"是吗？"袁崇焕瞪大了眼睛。

孙承宗点点头，说："我本来想上书为他说几句话，后来想想算了，一是咱们救不了他，二是怕弄得咱们也干不成什么事了！"

"朝廷上不是还有个叶大人吗？"

"你说的是叶向高吗？他精明了一辈子，正直了一辈子，可就在这事上犯了糊涂。"承宗叹口气说，"王化贞是他的门生，他偏袒那畜生！"

袁崇焕只有扼腕摇头。

"听说，叶向高为外甥的事被一帮子太监弄得灰头土脸，他上书请辞……看样子，他也干不了几天了！"

"现在，朝廷上的志士仁人都望着您了！"

袁崇焕这句话对承宗有点过誉，承宗只是皱皱眉头，没有分辩。他说："大概我在这关外也没多少日子了……"

这使崇焕十分吃惊，忙问："您怎么知道！"

"还用说吗？"承宗把筷子撂在桌上说，"他们会让我在关外'闲'着吗？将军，从明天起，你去修宁远城，我去为你干另一件事……"

"大人为我干什么呢？您已经为我做得够多了！"

"我要为您请托京师中的朋友，我要为您上书，求朝廷为您加官晋爵……"

"大人，您这是为什么呀？"崇焕吓得跑到孙大人身边着急地说，"难道我到这关外来是为的这个吗？"

"将军，坐下，坐下……"承宗推开崇焕，"我知道，你不是为的'这个'，但你必须有'这个'！树大了，高了，就经得起风吹雨打。就你现在只是一个小小的佥事，能经得住他们折腾吗？"

一年后，宁远卫城被他们修成了。袁崇焕也被提升为兵备副使、右参政，在军政方面有他的发言权了。

孙承宗喜出望外，他握着袁崇焕的手说："谢天谢地，谢祖宗保佑！朝廷又给了咱们一年多的时间！"

"大人，明天，我设宴庆贺！"

"不，不，不！"孙承宗摇着手，"明天，咱们先去祭告神灵！"

山海关只有一座小小的庙宇，里面有一尊金身的神像。有人说是玉皇，有人说是天齐，还有人说是关神。孙承宗说："不用管他是谁了，只要他是神，咱们的心到了，他就会把咱的诚心报告天庭！"

"是的，大人！"袁崇焕说。

他们携着手走进庙里，当中的神殿很小，也快要倾圮了。他们向着神像跪下，一时不知说什么好。当三个头磕罢，孙承宗祝告道："神灵，保佑下官二人再在此任职一年……"

"一年少一点吧，大人？"袁崇焕拉拉承宗的袍袖。

"一年就不少了，将军，要是朝廷再给咱们一年时间，你就知足吧！"

他们从庙里出来，见门前的几棵柳树上都拴了马，正迟疑间，中军慌忙地跑来，对孙承宗说："孙大人，京都来人了！"

"是……谁？"承宗问。

中军回头一指。

只见一个胖胖大大、身穿宫黄、上绣团花的官儿，走了过来。

"是部堂大人吗？"他以公鸭似的嗓音问。

"是我。"孙承宗叫答。

"孙承宗听旨……"那官儿走到墙边，面南站下，喊道。

孙承宗没有立刻就跪下接旨，他拉拉袁崇焕的衣袖，苦笑说："我说得怎么样？"

孙承宗被罢黜了，为的什么呢？谁也不知道。

袁崇焕派人到处打听，也不得实底。后来，据内廷中人传出来说，那天孙承宗回到京师，顾不得安置家眷就进宫去见皇上，从中午一直等到日落，才被召见。

一边的小太监喊道："九千岁传皇上口谕！"

"九千岁？"孙承宗蒙了，谁敢称九千岁呢？

这时，左边的门帏一开，魏忠贤从里面走出来了，他颤巍巍地看了孙承宗一眼，就在一把很大很大的红木椅子上坐下。

孙承宗跪下，想听听皇上对自己有什么话说。

往常，传谕的人是以皇上的身份说话的，他得站着说，臣子得跪着听。

"孙大人，回到京城不赶紧回家去，到宫里来干什么？"这是皇上的口谕吗？显然不是。

"臣下想……"孙承宗想站起来——你既然是魏忠贤，我就没有必要跪着了。

魏忠贤说："给孙大人摆个座位。"

"是。"太监端了把椅子来。

孙承宗走过去坐下。

太监小声对他说："大人，您要谢九千岁赐座。"

孙承宗装作没有听见。

"魏公公，不知朝廷为什么罢了下官的职，请公公明示。"

"不知道吗？"魏忠贤歪着头看着他。

"下官真的不知。"

"马世龙在柳河是怎么一回事呢？"

"噢……"孙承宗想起来了。

两个月前，孙承宗手下的将军马世龙误信了投降过来的刘百强的假情报，派遣副将鲁之甲、参将李承先袭取耀州，结果受到后金代善部的迎头痛击，死伤惨重，败于柳河。鲁之甲和李承先都战死在军中。

孙承宗没看重这件事，带兵打仗，情况多出，一想不周到就会出事。"胜败乃兵家常事"是也，他把马世龙叫来责备了几句就过去了。

"那算什么事呢？"孙承宗说，"下官曾上书朝廷说：请朝廷不要管得太多，一场战争的得与失无关大局，主要是把满人挡住，不让他们进关……"

"孙大人，那是您的看法，不是朝廷的看法！"魏忠贤变了脸，他截断孙承宗的话说道，"大人知道熊廷弼为什么砍头了吗？"

"这是两码事！"孙承宗知道魏忠贤要他顺着路子说话，孙承宗偏不。

"怎么会是两码事呢？"魏忠贤说，"熊廷弼丢掉了广宁，犯了死罪，你丢掉了一个柳河，难道就不该撤职吗？"

孙承宗被堵得瞠目结舌。

魏忠贤以为说服了孙承宗，就继续说了下去。"依照一些人的主张，就要给你加点什么罪名。我说：算了吧，孙大人是朝廷名臣，有过许多建树，如今年纪大了，就让他回家养老吧！皇上对您还有许多赏赐，过会儿派人送到您家去……"

魏忠贤刚刚说到这里，孙承宗忽然大笑起来，那是一种发自内心的笑，笑得眼泪、鼻涕一齐冒了出来。

"孙承宗，你是怎么了？"魏忠贤喊道。

孙承宗并不理那"九千岁"，他站起身，一边往外走，一边笑着嚷道："领教……领教……"

2

孙承宗被罢后，朝廷改派阉党的兵部尚书高第为辽东经略。

高第怯懦无能，他可不愿到那人人谈而色变的山海关去，后来，魏忠贤再三催促才去上任。他到了山海关后，就找来袁崇焕问："这里实有多少兵力？"

袁崇焕说："要是把朝廷派来的和当地招募的一起算，有十三四万吧！"

"这么少？"高第瞪起两只圆圆的眼。

"大帅来山海关前，掌管兵部，想是该知道的。"

"我以为这里有几十万大军哩！"

袁崇焕早就听说高第是个什么东西，也就不去理他。

高第，因为做过兵部侍郎，又傍上了魏忠贤，在几个尚书出京督师后，他却得了个便宜，当上了实职的尚书。他个子不高，浑身是肉，那张面团团的脸上，除围着嘴巴的那一圈黑胡子外，就是两只眼睛最突出。眼睛虽大，却没有一点神采，好像整天睡不够似的。

"告诉我：山海关前一共有多少堡寨？"

"连大带小，一共七十三个。"袁崇焕回答。

"什么？你说什么？"高第惊叫道，"一共十多万人，怎么守得了七十多个堡寨？这不是胡来吗？孙承宗是阁臣，是个在朝廷上耍嘴皮的人，他怎么知兵呢？他把人马都弄得分散了，努尔哈赤一来怎么办呢？——我要上表参他！"

"大帅，孙大人已经卸职回家了……"

"回家也不行，我要上书，请朝廷治他的罪！"

袁崇焕不愿再和他唠叨，就说："大帅来到后，不想巡视边关吗？"

"巡视，一定要巡视！不到处看看怎么能行？"

以后几天，在袁崇焕的陪同下，高第巡视了宁远前面的各个城堡。他每到一处，就连声说："这么简陋的堡寨，这么少的人马，能守吗？"

袁崇焕只好给他壮胆，劝他坚守。因为他毕竟是辽东的最高长官，他若失掉了信心，还有什么指望？

在宁远，他站在城头上向前面黑黢黢的山林望着。他问袁崇焕道："袁将军，那是什么？"

袁崇焕答道："大帅，那是黑松林呀！"

"不是努尔哈赤的八旗兵吗？"

"怎么会呢？"

"那，怎么呼呼作响呢？"

"树林嘛，风一吹就响，要不，我和大帅过去看看？"

高第连忙摇手说："不必了，不必了！这又是你们的错——在周围有这么多的树林怎么行呢？努尔哈赤在其中藏上几万人马，你们也不会知道！"

"大帅，那同样是我们的天然屏障，我们的人马埋伏在里面，敌人也难以发现呀！"

"强词夺理，真是强词夺理！"高第斥责道，"咱们到那里面去干什么？咱们有城堡可守呢！最好的办法是把周围的树林全部砍掉，十几里内要一望无际才好！"

"大帅，这里的百姓还要依靠山林为生呀！"

"那，管不了那么多了，把他们赶进关内去也是办法呀！"

正在这时，有探马来报，说正面山沟里有后金的人马暗暗运动……

高第吓坏了，他厉声对袁崇焕说："一定是他们知道朝廷有大员在这儿，一定是知道我在这儿！你们部队中是不是有人通敌呀？"

袁崇焕说："我们的将士都是忠勇可靠的，怎么会有人干那事呢？"

"那他们怎么很快就知道辽东经略在这里呢？你说？"

袁崇焕无法对他辩说，只好派两位游击带几百兵马送他回山海关。

高第走后，袁崇焕望着面前的千山万壑禁不住潸然泪下。一旁的副将问他："大将军为何伤心？"

"你没看到吗？这样的人压在咱们头上，咱们还能伸展手足吗？"

高第回到山海关后，立即下令放弃锦州、杏山、松山等地的防御工事，并驱屯民入关。这样一来，关外乱了套，军民都以为后金八旗杀过来了，慌忙丢下粮食、军械和辎重，争先恐后地往关内逃去，明史上记载了这次人为的大灾难，"死亡载道，哭声震野"。

几天后，那个逃跑经略又给袁崇焕下令，要他尽撤宁前二城。

袁崇焕抗令不撤，他说："我官为宁前道，在哪里做官死在哪里，坚决不撤！"

由于高第把山海关外的防务全部撤除了，辽西一线，只存宁远一座孤城了！

袁崇焕当然不能任高第胡作非为，他向朝廷一再地上书，反映辽西的实际情况，陈述自己的防守要策，希望朝廷撤回高第，另派干员前来。同时，他还遣人到京师关心辽事的正义之士处运动，期望他们发挥自己的影响，扭转长城外的危局。可是这时的朝廷谁顾得理他的呼吁呢？

魏忠贤在丧心病狂、不顾一切地清除着篡权路上的障碍，正和忠臣义士们进行着殊死的搏斗。他结了两个网套，一个个地把那些敢于和他对着干的大小臣僚送进监狱里，公开或秘密地杀害。

一是以"梃击案""红丸案""移宫案"为因由，搞出了一个"东林党"，把他的死对头杨涟、左光斗、魏大中等十几位大臣逮了起来，关进大狱，非刑拷打。可是他们宁死不屈，临死仍大骂奸宦乱政，"终被狱卒所毙，情状极为惨烈"。

"涟之死，土囊压身，铁钉贯耳，最为惨毒。光斗、大中亦体无完肤。越数日始报，三人尸俱已溃败不可识矣！"

二是以"熊廷弼案"为由头，株连他的亲戚和朋友，兴起一座座的大狱，把成百上千的京官、地方官逮捕或削籍。

天启五年（1625 年）初起，京都城里就乌云翻滚。

三月，逮御史袁化中、太仆寺少卿周朝瑞、陕西副使顾大章入狱。

赵南星、毛士龙、邓渼、缪昌期、黄龙光、徐良彦等十五名京内外大臣被削籍。

四月，大学士刘一燝被削籍。

五月，给事中杨所修"请集梃击、红丸、移宫三案章疏，仿《明伦大典》例，编辑为书，颁示天下"。这正中魏忠贤下怀，立即"从之"，从此，把反对者定成铁案，使那些迫害狂们更加有例可循了。

兵部尚书赵彦罢。为什么呢？因为"彦以继杨涟劾忠贤为所恶"。

六月，内阁朱延禧罢。因为有人上书称魏忠贤为"元臣"，延禧执意不允。

逮御史方震孺下狱。他牵扯进三大案中，但他的罪状仍不太够，魏忠贤就使其同党诬他"河西赃私"，坐赃"六千有奇"，这就够了，"系狱论绞"。

七月，大学士韩爌削籍。后又觉得这样弄不死他，又"假他事坐赃两千"，逮狱究治。

削故巡抚李三才、光禄少卿顾宪成等籍，连已死的人也不放过。

吏部尚书崔景荣罢。为着什么呢？杨涟、左光斗等人被逮后，他曾托人为他们申救，惹得"忠贤大怒"，并"指斥景荣阴护东林"。

八月，魏忠贤矫诏毁天下书院，同时，抓了许多维护书院的学子。因为东林党就是从书院兴起的。古来奸佞辈没有不厌恶舆论的。

是月，皇上赐魏忠贤金印，文曰"顾命元臣"（不是有人不愿意给他这个称号吗？）。赐客氏印，文曰"钦赐奉圣夫人"。

九月，逮御史夏之令。原因是他曾上书攻击魏忠贤党徒毛文龙（时在山海关一带领兵）"不足恃"。忠贤认为他是熊廷弼一党。下狱后，拷掠死。

十月，大学士孙承宗罢。因为他在辽西做的成绩太大，威望过高，"忠贤深嫉之"。

逮中书舍人吴怀贤下狱。原因是当初杨涟劾魏忠贤"二十四大罪"出，"怀贤读之，击节叹赏，"并在书旁加小注云："宜如韩魏公治任守忠故事，即时遣戍。"有人密告魏党，于是，"忠贤将其下狱，拷掠死，籍其家"。

十一月，逮扬州知府刘铎。先是刘铎愤忠贤乱政，书扇赠游僧，其中有"阴霾国是非"句。及是僧至京师，被人发现上告。忠贤以"谤讪时政"罪，将刘铎抓进牢里。

十二月榜东林党人姓名于天下。凡"党人已罪未罪者悉开列其中"，于是又一轮的全国大搜捕开始了！

因为抓人抓得多，魏忠贤矫诏荫他的外甥傅应星为左都督。

杖御史吴裕中于午门。时，这位吴御史上书揭发魏党丁绍轼违法。忠贤传旨诘"裕中为廷弼姻戚，代之报仇"，令廷杖一百。结果，"创重死"。因为多说了几句话，就按到地上，一顿棍子揍死了！

吏部主事苏继欧，因忠贤谓其为杨涟私党，削籍。

后军都督府经历张汶曾经喝上酒后，仗着一个醉胆骂过忠贤，被人告发，"下狱拷掠死"！

以上只是个粗略的记录，实际情形比这厉害得多！

年终，魏忠贤问他的死党刑部尚书周应秋："这一年，把那些家伙收拾得怎样？"

周应秋说："只京师就逮治、削籍了大学士以下，郎中以上一千一百多名!"

"如果加上京外各地的呢?"

"那就无可计数了!"周应秋为了给他的魏公公一个较为确切的数据,他想了想说,"这一年,各地报上来的修建牢狱的花费就有二千万两!"

"为了把他们打扫干净,就别疼钱了!"

如果从朱由校上台、魏忠贤专政算起,朝廷上有点骨气、正气,有点良心的臣僚已被他们摧残以尽了!

自古以来有一规律,越是凶残、暴虐至毒至凶至极的人,越是有人给他大吹大擂,竟至颂歌、颂辞满天飞!

天启六年(1626年),仅几个月,魏忠贤的东厂就抓捕杀害应天巡抚周起元,左都御史高攀龙,吏部员外郎周顺昌,御史李应升、周宗建、黄尊素等。

那些士大夫们害怕了,一提起魏忠贤的名字就吓得股栗不已。怕极了怎么办呢?那就得歌颂之,褒扬之,顶礼膜拜之,就像对待一切凶神恶煞一样!

这年闰六月,浙江巡抚潘汝祯倡议、奏请给魏忠贤在西湖建生祠。这本是有悖人心的非常之举,可是许多官吏拥护唯恐不及。皇上也来凑热闹,亲自给魏的生祠题了匾额曰"普德",并令勒石记魏的功德。"自是,请为忠贤建祠者接踵矣"!

蓟辽总督阎明泰在他的辖地建祠七所,耗资十万!其碑文有"民心依归,天心向顺"语。

开封为了给魏忠贤建祠,下令毁民居二千余间,使许多百姓流离失所。"创宫殿九楹,仪如王者"。

巡抚朱童蒙建祠延绥,用琉璃瓦。

刘诏建祠蓟州,金像冕旒。

这些生祠"务极工作之巧",有的"神像"以沉香木为之,眼耳口鼻宛如生人。有的连腹中的肠肺也是金银珠宝做的,发髻中簪以四时鲜花……

各地都在这上面处心积虑、争工夺巧,用以向魏忠贤表达自己的"无限忠心"!

生祠建成后,各地主事都发动群众前往焚纸烧香,罗拜不已。把魏忠贤吹成是"尧天舜德、至圣至神"。阁臣们的颂圣文章"辄用骈语褒答"。

督饷尚书黄运泰迎忠贤像时,激动得满面泪流,竟五拜五稽首,口呼"九千岁"!自此,上下对忠贤皆以"九千岁"相称。一个黄门太监竟弄得只比皇帝差一千岁了，这也是五千年文明史中的"精彩"一笔！

不能说这些荒唐的举动没有作用，日久天长，人们竟以为魏忠贤真的是当今圣贤了。在老百姓参拜他的生祠时，听人宣讲他的圣德，常常感动得泪水满面。

一处地方建祠时，把魏忠贤的头做得大些了，戴不下给他预备的冠，匠人害怕了，慌忙用刀把魏忠贤像的头削了一圈去。周围的人竟抱着他的头恸哭失声道："你这样做，在京都的魏公不感到疼痛吗……"幸亏没人赶到京城报告，要不，那匠人就没命了！

明史记载这事时写道："时，海内望风献媚，督抚、巡按而外，上自宗室、勋戚、廷臣、部郎、诸司……下及武夫、贾竖诸无赖子，莫不攘臂争先，汹汹若不及。"

这条路挤不上了，就得想另一条办法。

天启七年（1627 年）五月，监生陆万龄请以忠贤配孔子，忠贤父配启圣公。

他的上疏说："孔子作《春秋》，厂臣因为魏忠贤管东厂作《要典》。孔子诛少正卯，厂臣诛东林党人。是一样的圣人！"真是不知天下还有"羞耻"二字！

有一张生者，他更加一码，他上书说：干脆取消那个"配"字，请忠贤和孔子并尊！传说这一提议惹着了冥冥中孔子的弟子。他进学时抬头看见了子路，子路责备他亵渎圣人，持大棒击之！他吓得不住地对别人讲，想传百人免灾，可是他第二天就无病而死！

……

朝廷这几年恐怖、纷乱如此，谁还能正正经经地关心辽事！

3

努尔哈赤终于等来了可乘之机。

天命十一年（明天启六年，1626 年）正月十四日亲率诸贝勒、大臣统领十三万大军（号二十万）远征明朝。兵锋所向，直指山海。

十六日至东昌堡。十七日渡辽河。后金大军布满南至海岸，北越广宁的河西旷野。浩浩荡荡，旌旗飘扬，剑戟如林，炮车辘辘，战马如潮，杀气弥天地川流不息地向西挺进。

前锋仍是皇太极的两黄旗。

皇太极是个极为谨慎的战将，他一路行军，一路打探。在四平堡，他从捉来的俘虏和民众嘴里得知前进的路上明兵甚少，右屯卫一千，大凌河五百，锦州如此重要的堡寨才三千人。

八旗兵畅行无阻，没费什么事，就轻取了辽西各城，并截获了大量的辎重、粮草。二十三日，后金大军兵临宁远城下。越城五里，横截山海大路，安营扎寨。

皇太极把捉到的汉人放回城中，要他们对守城的明军说："后金二十万大军已到，小小的宁远能守得住吗？赶快投降吧，我们给你们官兵优厚的待遇！"

消息传到袁崇焕那里，他很冷静，给努尔哈赤写了回信，用箭射到城外。

信上说："……你们后金已经强占我大明很多地方了，宁锦我们刚刚恢复起来，哪有退走的道理！告诉你吧，我们一定誓死防守！你们也不要吹牛了，把十三万人马吹成二十万，不羞耻吗？"

袁崇焕不骄不躁，认真对待。他召集属下将军满桂、朱梅、祖大寿、何可纲等人商议对策，并和他们刺血为书，以求同心同德。

将军们又召集所属将士，激励他们的斗志，决心誓死守城。

二十四日，后金兵发起进攻。

努尔哈赤带着皇太极和几员大将绕城转了几圈，问他们："这个宁远城几天可破？"

皇太极没有吭声。

莽古尔泰回答说："这个城堡还不如锦州大，他们还能抵抗几时？"

"皇太极，你说呢？"

"这要看我们面对的是什么人了……"皇太极望着宁远城上来往的人影说。

"这是什么话！"努尔哈赤皱皱眉头，他可不想在这时候猜谜语，"守城的不就是那个袁崇焕么？"

"袁崇焕来辽东三年多，他做了许多事，使山海关一带比几年前巩固多了。他不墨守成规，不顾上司掣肘，是个难对付的人，可不知他临阵怎样？"

皇太极的话虽使努尔哈赤有点败兴，但也无法反驳他，就令他带了正黄旗攻打东门。

战斗一开始，皇太极就感觉到对方是块硬骨头。

旗兵以生牛皮覆盖战车，下伏勇士，冲到宁远城下，用斧锥凿城，声如雷鸣。皇太极再令人披两重铁甲（号"铁锤子"）逼近城根，推有轮子的云梯攻城，攻势十分猛烈。

袁崇焕和他的将领们都在城上，一面指挥一面亲自参加战斗，他们身先士卒的行动大大鼓舞了守城的战士。许多老百姓也带了家中的斧头、铁锹上城助战。

由于人多，相互妨碍，袁崇焕就把军民分成两拨，轮番战斗。

他们用大炮轰击远处金兵营垒，使他们不能直接支援攻城的金兵，又向城下抛掷药罐、礌石，放火烧敌人的战车。

后金的战车由于用木头和牛皮制成，着火就烈烈地燃烧起来，霎时变成火球，那些凿城的士兵想逃也逃不出来。

只半天，就有上千的金兵死在宁远城下。

皇太极觉得这样退下去太不合算了，第二天会有更大的伤亡。于是，他就指挥士兵死攻，但毫无结果，只留下了更多的尸体。

那天天气奇寒，袁崇焕又发明了一种战术，就是令百姓担水浇到城的外墙上，外墙立刻变得玻璃一样的光滑，且坚硬如钢。

没办法，努尔哈赤只得冒着箭雨跑到城下，劝说皇太极暂时撤兵。

后金有个习俗，死人是要带回的。可是，死尸沾了水就和地面冻结在一起，钢锹也铲不下来，只好像石头一样垒叠在宁远城下。

这一天，宁远城中仅仅伤亡了几十人。

第二天一早，努尔哈赤用上了他所有的兵力，从四面攻城。他的兵呼喝叫嚣，样子如虎似狼。同时，努尔哈赤令向城头放箭，使守城的明朝军民抬不起头来，战斗更趋激烈。

袁崇焕觉得人马不敷使用了，他号召更多百姓上城参加战斗，并给将领们分配城段，严把死守。

满桂将军指挥将士悬西洋大炮十一门于城头，循环飞击。炮弹不中，他就教士兵把炮弹裹上枯草硝黄，再用棉线缠起来，吊下城去烧击，这办法实在厉害，炮弹在敌人最密集的地方爆炸了，旗兵在火光中粉身碎骨。袁崇焕赶紧把这一绝招在各城段推开，于是，周围城下爆炸声震耳欲聋，火光烛天……

努尔哈赤和他的将领头一次见识这样的火力，惊得瞠目结舌，而且不住地往前走着，想看个明白，就在这时，一支流矢啄在他的脊背上。

"大汗，您中箭了！"他的侍卫惊呼道。

"什么？哪里有箭？"努尔哈赤问道。

"您的背上……"

"我怎么不觉得，给我拔下来！"

"我……不敢。能拔吗，大汗？"

"怎么不能拔？大概连铠甲也没有透。"

那侍卫给大汗拔下了箭。努尔哈赤稍微地觉得有点痛，可是箭镞上连点血星儿也没有。回到大营，努尔哈赤令侍卫帮他把铠甲脱了下来，找随军的大夫查看伤处，伤口很浅，出了一点血。大夫给他包扎了一下。

伤虽然很小，如果是过去，努尔哈赤怕是不耐烦大夫在他身边忙来忙去。可是，看他那痛苦的样子，感觉那箭像射到了他的心上似的！

"叫皇太极和代善退兵！"他说的声音不大，但他的态度很坚决。

他的命令很快被执行，后金扔下宁远城下的上万死尸撤走了。

莽古尔泰等将军不死心，还想进攻。努尔哈赤骂他道："你昏了？想把这十几万人全烧死在城下呀？"

莽古尔泰顶嘴说："顶多再死两万人……"

可是努尔哈赤和别的将军都认为，用几万人换一座小小的宁远城太不值得了。再说，过了宁远还有山海关周围的城镇呢！

努尔哈赤一撤就撤到了离宁远几十里的龙宫寺。

这个只有两天的战役，据努尔哈赤自己说：只伤亡了五百来人，可是，这一仗真正死伤了多少人，在他心里有多么疼痛他自己是知道的！

在龙宫寺停留了两天。努尔哈赤的贝勒、将军们谁也不愿意这么灰溜溜地回去。怎么办呢？正巧，他们得到消息说明朝关外的军需、粮草全部屯扎在觉华岛（菊花岛），便派武纳德将军率领八旗蒙古军前去攻取。

觉华岛离宁远二十里，突出在波涛汹涌的海里。明朝的守将是参将姚抚民、胡一宁。他们在冰上安营，凿冰十五里作壕，以战车防卫。

武纳德察看了明军的防地后，躲开那条战车拥塞的战壕，从冰冻的大海上突了过去，全歼明军，火烧战船两千余只，粮草千余堆。

这次胜利，使努尔哈赤和他的将领心里稍安，便带领大军回沈阳了。

宁远之役，是后金叛明以来，明朝第一个像样的胜利，时称宁远大捷。

袁崇焕因为力保孤城，声威大震，被提升为右佥都御史，受到皇上的玺书褒奖。那个怕死鬼经略高第被撤职。

后金在宁远的受挫，影响也是深远的。除了损兵折将以外，因为有宁远的阻隔，后金不能在辽西继续扩大占领地区和建立稳固的统治。后金如发动新的进攻，也不能直指山海关了。

宁远胜利后，袁崇焕一点也不敢松懈，他和总兵官赵率教巡察锦州，大、小凌河，商议大兴屯田。他说军屯的好处很多，可以养兵，可以练兵，也可以保民，是一举数得的事。

这时后金对朝鲜有战事，袁崇焕便趁着努尔哈赤无暇他顾，把锦州、大小凌河的防御工事修筑得更加无懈可击。

五六月间，努尔哈赤又率兵攻打锦州和宁远。

皇太极包围锦州，攻势极为凌厉，在前方督军的太监纪用想向金兵求和，来往书函不断。

袁崇焕令总兵祖大寿统精兵四千绕出金兵后，另派水师东出相牵制。

可是大寿的兵还没有到达锦州，另一股金兵来到了宁远城下，袁崇焕被迫两线作战。

袁崇焕没有慌乱，他督将士登城，列营壕内，用大炮拒击。而总兵满桂率兵来援。双方夹击金兵，杀得"尸填壕堑皆满"。金兵不得不从宁远撤退。

皇太极见宁远之军已撤，怕袁崇焕合兵反击，也从锦州撤走了。

袁崇焕对太监纪用很不满，追问其为何向金兵请降？他就赶紧向魏忠贤求救。

七月，朝廷来了诏令：罢巡抚袁崇焕。理由是"袁崇焕拥兵自重，不解锦州之围"。

又是一个壮志未酬身先败！

袁崇焕恨恨地离开了辽东。

朝廷派兵部尚书王之臣去代替他，以霍维华代任兵部尚书。这样，连兵权也被魏忠贤攫去了。

第十五章　处心积虑久　如愿继汗位

1

努尔哈赤回到沈阳后，像变了一个人，整日闷闷不乐，神情沮丧，倦惰迟钝，畏冷怕热。一下子老了十几岁，连背也佝偻了。

家人围绕着他，想尽办法安慰他。可是他极为厌烦，大声叫着要他们走开。后来家人们征求他的意见，愿意谁在身边照顾他。

"叫大福晋来吧！"

大福晋是谁呢？自从大福晋阿巴亥被他废了后，那个位子一直空着。大家蒙了，以为他又要立新大福晋了。

看到大家张口结舌的样子，他说："是她呀，是阿巴亥呀！"

大家一下子明白了，大汗虽然赶走了那个美丽端庄、善解人意的阿巴亥，可是她一直在他的心里，他还没有忘记她。

这时，阿巴亥被圈在一个小小的别院里。

六年前，她被休后，被没收了所有财产。幸亏，她的三个儿子仍是大汗的阿哥，领取着应有的俸禄。每天，她为三个儿子和一个女儿忙碌着。一听到大墙那面的欢笑声，她就心如刀绞，捂着脸痛哭。

"别哭了，母亲！"孩子们劝她道，他们还是孝顺的。

"瞧，咱们什么也没有了！"

"母亲，你还有我们呢！"多尔衮最乖，他的话最暖她的心，"有我们几个，你就什么也不用愁了。"

有时，她忙得衣衫不整，蓬首垢面，多尔衮就劝她说："妈，你还是父汗的福晋呢，这怎么像样子呀！"

"我还是福晋吗？"她又要落泪了。

"怎么不是呢？你在我们心里永远是！我想，父汗终究会想起你来的！"

多尔衮的话，多少给了她希望。

当大汗府中的一个女侍慌慌张张地跑来，把大汗要阿巴亥去照顾他的话告诉她的时候，阿巴亥惊得一句话也说不出来，接着就激动得又哭又笑的。

"大汗是那样说的！"

"一点不错，大汗谁也不要，只要你！"那女侍说。

"只要我？"

"嗨，我的大福晋，你熬到头了，大汗一直没有忘记你！"

可是，阿巴亥仍然没有从兴奋中解脱出来。

大汗府中的福晋们知道这消息最早，她们先后拥了来向她道贺，然后是大汗的儿孙辈的福晋们……

但这事是等不得的，于是女人们围上前去帮阿巴亥梳洗打扮。这时的阿巴亥才三十七岁，她本就是个美人坯子，只稍加整理又显得光彩照人了！

大家把阿巴亥簇拥着来到大汗面前。

"是你吗，阿巴亥？"大汗问。

"是我。大汗！"阿巴亥在大汗面前跪下去，搂着努尔哈赤的腿，哀哀地哭。

"你们去吧……"大汗向周围的人挥挥手。

众人走后，努尔哈赤把阿巴亥拉起来，要她像过去那样坐在他的腿上。阿巴亥听话地站起来坐上努尔哈赤的腿，但她刚一接触大汗的腿就立刻站起来了，因为他的腿只剩硬硬的两条骨头了。

"大汗，您怎么这样瘦呀？您经不起我坐了！"说着又哭起来。她心疼曾经和她朝夕相处十几年的丈夫。

"来吧，来吧，我的阿巴亥！"

阿巴亥找了个小凳子放在努尔哈赤的两腿之间，坐下，依偎在大汗的怀里。

"你知道吗，阿巴亥，我一天也没有忘记你！"

"谢谢大汗……"阿巴亥连做梦都在等这句话，现在听到了，激动得嘤嘤地哭。

"别哭了，阿巴亥，让咱们好好说几句话！"努尔哈赤颤颤地从衣袋里摸出一条手帕想给阿巴亥抹泪。那手帕黑黑的，有种汗臭气，还沾了一些烟草的碎末。阿巴亥心酸得要号啕大哭。那些福晋们就是这样照顾这位扭转乾坤英雄盖世的大汗的呀！

"大汗，我也有一肚子话对你说！"

"那咱们就好好地唠一唠，唠它个三天三夜！"

"阿巴亥，在所有福晋中，我最喜欢你，你该知道呀！"

"知道。可是六年前的那天，你可把我吓坏了！"

"是吗？但你想过吗，你也太让我伤心了！"

"别说了，大汗，别说了。"

"是呀，别说了。我不知自己还能活几年，我把以后的日子都给你，都给你……"

晚上，大汗和大福晋早早地睡下了。阿巴亥原就是个娇小的女人，六年的苦日子更榨干了她的血肉。这时，她蜷缩在大汗的怀抱里，像只小猫儿。

"阿巴亥，还记得咱们那些美好的年月吗？"

"怎么会忘记呢？一辈子忘不了，死也忘不了！"

"不知我还行不行……"

"行！一定行！……"

"阿巴亥，我觉得自己又年轻了……"

"努尔哈赤，你本来就不老嘛！"

阿巴亥只有在被窝里时，才敢忘情地喊他的名字。

第二天，努尔哈赤向贝勒和大臣们宣布恢复大福晋的名誉和地位。这是很得人心的。六年前的那件事，使所有人的心里都遮上了一片挥之不去的阴影。现在好了，那片阴影被风吹散了。

只有一个人感到忐忑不安，那就是皇太极的大福晋博尔济吉特氏。

"皇太极，"在四贝勒晚上回家时，她说，"我看，要出大事了！"

"可别乱说，会出什么事呢？"

"我如今还说不出……"

经她这么一说，皇太极也觉得朝廷中的气氛不太正常，莫非那件大事就要来到？他望了大福晋一眼。

"准备着吧，皇太极。"

"对，准备着……"

到了这年的七月初，努尔哈赤的背上，就是被箭伤着的那儿，生了一个疖子，疼痛难忍。朝廷中的太医来看过多次，有的说是痈疽，有的说是普通的脓疮。他们给大汗开了药方解毒泻火，可大汗吃了几天药，那疮没有下去，反而越鼓越大，整个脊梁都红肿得厉害。这时，却不像开始那么痛了，又换上了奇痒。痒了几天，那东西破了，淌出了几碗脓血。

努尔哈赤觉得有点轻松，睡了几天的觉。

贝勒们围着太医们问："父汗的病到底怎样？"

有的太医说："只要疮合了口，病灾就过去了。"有的太医却不敢说话。

这些日子，阿巴亥昼夜地守在努尔哈赤身旁，再累再脏的事情也自己担当。福晋们想和她轮流守夜，还有成群的仆妇们，想来孝敬的儿媳们……

可是阿巴亥从不离努尔哈赤的炕边，她说："我自己就行……我自己就行……"

努尔哈赤也说："我谁也不要，就只要大福晋……"

皇太极的博尔济吉特氏也来了，问阿巴亥："我替你几天？"

"不用，真的不用。"

博尔济吉特氏拉着大福晋的衣袖来到外面的廊檐下。她望着阿巴亥那虽然消瘦但仍俊美的脸，关切地说："让她们（她指的是大汗的别的福晋）和你轮流一下吧，这样不好……"

阿巴亥以为是说她的身体，就说："我身子能行……"

"你还有几个没成年的孩子……"

"不要紧，他们也是大人了。"

话不能说得太露，博尔济吉特氏走了。她想：在大汗临终前，他对阿巴亥这么好，会给她一些特权的，在大汗归天之后，她定是个说话算数的人。那时，她会想起我这几句话的。

不管太医们如何努力，努尔哈赤的背疮就是不合口，整天淋淋漓漓。可是他的精神好了些，常常对来看望他的人说起过去的许多事，不过只一会儿他又厌了。经常说的只有两句话："天意呀！真是天意呀！"

儿子按时前来向他请安问好，给他谈前线的消息。

他只默默地听着。

要是请他说点什么，他就摇摇头说："这是天意呀！天意……"

一次，大福晋阿巴亥问他道："大汗，你说的天意是什么意思呢？依我看，上天一直是佑护我们的。"

"阿巴亥，那是过去呀！如今可……"努尔哈赤不住地叹气，并说"你说，我在什么地方招惹着上天了呢？"

"不会的，"阿巴亥说，"你圣明仁慈，怜惜生灵，怎么会惹着上天呢？"

"杀人多了吧？"

"绝不是！你杀人是为了救人呀！"阿巴亥安慰他，"如果没有你带领大军东征西战，咱们女真人会建立后金国吗？没有自己国家的人，是永远被人家欺侮的！"

"也是呀，也是呀……"他说，"阿巴亥，你给我准备一份祭品，不，两份吧……"

"大汗，你要给谁……"

"你别管了，只准备去就是！"

两份祭品很快就准备好了，有纸锭、冥钱、香烛和三牲。

"阿巴亥，你和我去祭奠两个人吧！"

"好的……"阿巴亥没有问他要祭奠什么人，只答应着。又偷偷地指使一个丫头去告诉了大贝勒代善。

不久，代善来了，同来的还有别的三大贝勒。他们都劝大汗不要去祭祀什么人，等身体恢复后再说。要是这事非办不可，他们就代替父汗去做。

努尔哈赤想了想说："好吧，我不去了……我原想去祭奠一下弟弟舒尔哈齐和你们的大哥褚英的……"一听这两个名字，大家都黯然神伤。

是的，谁也知道，努尔哈赤是迫不得已才采取那样绝情的手段的，可是，那杀的究竟是爱新觉罗家的亲骨肉呀！

"这些年咱们东征西讨，冷落他们太久了！"努尔哈赤说，"阿敏，你就带一份去祭奠一下你的父亲吧！他原是我的好兄弟，同胞兄弟……后来他竟违背上天的意旨走了邪路……你就对他说：他的大哥没忘记他……"

大汗的话还没有说完，阿敏就泣不成声了。

努尔哈赤又对代善说："那一份是给你哥准备的。褚英是我的好儿子，是条好汉，是真正的爱新觉罗的子孙！我本来想把大位传给他的，可是他却被鬼迷了心窍……"

代善也哭起来。

"皇太极，莽古尔泰，你们也一齐去吧，舒尔哈齐和褚英都是你们的亲人呀！"

从坟地回来，皇太极心里一直惴惴的，他不愿意和大福晋议论这些沉重的话题，就到布木布泰房里去了。

"王爷，"布木布泰还不敢叫皇太极的名字，"在我这里吃饭吧！我这里有好吃的呢！"

"好，我就在你这里吃饭！"皇太极想装得高兴些，就说，"要是我今晚留在这里呢，怎么样？"

布木布泰赶紧向皇太极施礼，说道："老天保佑，你终于想起我来了！"

"没良心的小东西，前天夜里我还在这里呢！"

布木布泰装作吃惊地说："是么？我觉得你似乎半月没来了呢！——抱抱我吧！"

皇太极抱起布木布泰，说："小东西，你知道吗，我心里有事，别嫌我不能温存，好吗？"

"王爷，是为父汗的病吧？"

"也为这事……"皇太极不愿把自己的心事对布木布泰说，可又忍不住，"今天父汗突然要我们给舒尔哈齐和褚英上坟去了……"

"是突然吗？"

"是，是突然。"

"那不好……"

"有什么不好的呢？"皇太极松开抱她的手。

"要我把心里的话说出来吗？"

"说吧，小乖乖。"

"父汗就要升天了！"

明明知道她会这么说的，皇太极还是哆嗦了一下。"你……你……"

"饶恕我，王爷。"布木布泰说，"父汗已经觉得幽灵们向他逼近了！"

皇太极好久没有说话。

"……你说得对。"皇太极又搂着布木布泰的肩膀，"你和你的姑姑一样的聪明——整整一天，我就觉得这件事很异样，可是说不出什么来。好了，我得走了，有许多事得找人商量。"

2

七月中，太医终于对贝勒们说出努尔哈赤的病症，他得的是背痈。

这是一种可怕的病，在当时是无药可医的。

现在，痈毒已经散开，整个脊背以及脖子都肿起来了。那疮口就像烂菜花一样，红白相间，脓血整天不止。

"他怎么会得这种绝症呢？"皇太极悄悄地问太医。

太医说："表面上看，这是一种巨疮，实际上是气恼、愤怒郁乎中而发于外，应该说是一种心病。"

皇太极点点头，说："还有办法吗？"

"难说……"太医说。

皇太极认为太医说得很对。

努尔哈赤一生受伤多次，那点箭伤对他来说，根本不算什么。而对他伤害最大的是宁远的败北。

清代的历史记载毫不隐讳地说：努尔哈赤自二十五岁起兵以来，战无不胜、攻无不克。唯有宁远一城没有攻拔，大汗怀愤恨而回。

努尔哈赤是后金的最高统治者，战争的失利，他应负主要责任。除了军士们多年没有打大仗、硬仗，锐气大减，训练荒废，武器不精而外，后金上下明显的轻敌思想也是重要的内在原因。

可是大明那面正好相反。他们屡屡败北，将士上下都同仇敌忾。袁崇焕等将领又能充分发动军民群众，以民族仇恨激励他们，所以他们人人都抱定必死的决心，准备背水一战。再加他们的武器比较精良，在战术上也不断革新，所以取得以少胜多的胜利。

努尔哈赤没有深刻地检讨自己，而是把这一切归于上天。

"天意呀，天意呀……"所以他老是这样说。

但归之于天意，并没有使他得到解脱，他感到十分内疚、愤怒和灰心。这对一个快七十岁的人来说，的确是难以承受的。

有病乱投医，这在帝王家也是一样的。有人提出一方，说是以清河温泉洗涤可以去五毒，于是，众贝勒、福晋都劝努尔哈赤到清河去试一试。

"好吧……"大汗同意了。"我也愿意到那边去散散心。"

七月二十三日，努尔哈赤把军国大事交代给代善。带着他的许多太医和内侍到温泉去了。临走，他看阿巴亥泪汪汪的，就对她说："阿巴亥，你这些日子劳累至极，瞧你单薄的样子。你就在家好好地歇一歇吧！"

阿巴亥哭了，她一直送努尔哈赤到车上。努尔哈赤挣扎着坐起来，从他满脸的皱纹里挤出一个笑影，他说："放心吧，……你瞧，我哪个福晋也没带……"

皇太极带了一千人做侍卫。

努尔哈赤到温泉后，情况有些好转，他开始有点相信这一疗法了。天天在水里泡着。可是五六天后，病情就很快恶化起来，一沾水就疼痛钻心。可是他坚持洗着，盼望着奇迹出现。又过了五六天，疮口开始抑制不住地流血。他对温泉浴完全绝望，拒绝再到水里去。

他没说回家，谁也不敢把他运回去。

皇太极时刻不离地守在他的身边，想听他说点什么。他想：人在这时候，会有一些要紧的话想说的。

可是没有。努尔哈赤一句话也没说。

他整天躺在床上迷迷糊糊，有时嘟哝几句。皇太极把耳朵放在他的唇边，竭力想听清他的话语。一次，他还真的听到了。努尔哈赤说："你们，这么多人呀……有三万……五万……十万……你们断腿少胳膊的。浑身鲜血淋漓……可是我不怕你们……你们向我讨命……嘿嘿……我就要到你们那里去了……我只一条命……你们却有十几万条命……我赔得起吗……"

皇太极知道父汗梦到什么了，不觉毛骨悚然。

八月十一日，大清早努尔哈赤就坐起来了。他的神志清醒了许多。

"我要回家。"他说。

皇太极赶忙说："父汗今日精神好多了！——我去准备车辆。"

"车颠簸得厉害，我想坐船。"

"坐船更好，我去预备。"

"皇太极，派人骑快马回沈阳报个信儿，叫大福晋来接我！"

"好的，父汗。我立刻派人。"

这日下午，皇太极准备了五艘大船，把父汗安排在中间一艘最大的船上。两岸有骑兵护送。他们沿太子河顺流而下，进入浑河后遇到前来迎接的大福晋。

大福晋向皇太极问了丈夫的情况后，就去见大汗了。

大汗十分清醒，他拉着阿巴亥的手，要她在自己身边坐下，并对她说"阿巴亥，我就要走了……"

阿巴亥一时没有听懂努尔哈赤的话，就说："是呀，咱们回家吧，哪里也不如家里好。"

"不，不，我说的是我要去那边了——你要记着我的好。"

阿巴亥仍没有十分明白大汗的话，她说："大汗，是的，我不会忘记您的恩情！"

"把孩子抚养成人……"

"是……"阿巴亥这才明白就要发生什么事了，她惊慌失措，在舱里转了几圈，伏在努尔哈赤身上哭起来。

这时，努尔哈赤吭吭地咳，咳得几乎缓不过气来。阿巴亥连忙给他捶背。

"你瞎忙什么，"努尔哈赤颤抖着把阿巴亥推开说，"阿巴亥，你去把皇太极叫来吧，我要把多尔衮的事托付给他……"

"是。"阿巴亥出去了。

皇太极走进父汗的船舱时，十分激动，他以为父汗要对他说那几句最要紧的话了。

"皇太极，来，坐在我的床边。"努尔哈赤又咳起来。

"是。"皇太极坐下了，他望着父亲。从父汗嘴里冒出了一股浓浓的紫血。

皇太极想给他抹去，可是努尔哈赤喝道："坐下！"

皇太极只得乖乖地坐在他身边。

"孩子，你要对我发誓，我死后，按我说的去办……"

"我发誓，父汗。"皇太极说着，泪水已经流到下巴。

可是，他什么誓也没有发。

"多尔衮……我以后，多尔衮……"

努尔哈赤只说到这里，就直瞪着眼睛不说话了。

皇太极又等了一会儿，父汗仍是那样子。

"父汗！父汗……"他叫道。

努尔哈赤的面容变了，变得像纸一样白，而且蹙缩得厉害。

皇太极扑到努尔哈赤的身上，大哭起来。"父汗，你怎么啦？……父汗……"

听到哭声，阿巴亥走进船舱，她还比较冷静。她走到努尔哈赤的床前，紧紧地握着他的手。"大汗，你走了？你劳累了一生，也该好好地歇歇了！……"

看到阿巴亥，皇太极想起父汗说的"多尔衮"三个字，吓得出了一身冷汗。父汗也对阿巴亥说过什么吗？一定说过——他想。

他走出船舱，才听到阿巴亥的痛哭声。

皇太极站在船头，眼睛里已经没有泪水了，倒像是燃烧着火，通红的火！他恨父汗……父汗是怎么了？是精明还是糊涂？多尔衮，一个什么也不懂的孩子……

船队已至瑷鸡堡，距沈阳还有四十里。

皇太极派快马到沈阳传报噩耗。

努尔哈赤的遗体运到大汗宫正殿大殓后，就按照当地的丧葬礼仪一步步地进行。沈阳城里哭声震天，各种白色的哀幛、丧坊布满全城。后金国沉浸在哀痛里……

皇太极成了朝廷，特别是爱新觉罗家族关注的中心，因为大汗归天时，只有他在父汗身边。

代善也成了后金举足轻重的人物，因为他成了爱新觉罗家族的族长。

皇太极把代善请到灵堂边的一间小屋里。他向代善跪下，哭得上气不接下气。

代善把皇太极拉起来，让他说一说"当时"的情形。

皇太极仔细地说了，并把一张纸条交给代善。

"大哥，这是父汗说着，我记下的……"

代善看了一下，立刻把它藏在自己的袖筒里，还向窗子和门看了一眼。

那上面只有几个字："令大福晋陪葬"。

"当时，船舱里还有别人吗？"代善问。

"没有了……"皇太极望着代善。

代善沉默了一会儿，他说："皇太极，这事就你知、我知，算了吧。你想大福晋前几年才遭遇了不幸，恢复名分后也没过上几天好日子……再说，阿济格、多尔衮、多铎都还小……"

皇太极知道代善的意思，他想把"父汗的遗言"毁弃，让阿巴亥活下去。

皇太极着急了，他想：如果阿巴亥活下去，她就是父汗唯一的大福晋，在国家大事上尤其在汗位的继承上，有着绝对的说话权力。无论哪个贝勒将来做了大汗，都得认她做亲母，都得奉她为太后。是不是有人会趁机拥戴阿济格或者多尔衮继承汗位呢？那么，他皇太极可就永远永远地没份儿了！

"大哥，这怎么行呢？"皇太极说，"这是父汗的遗言呀！"

"皇太极，阿巴亥才三十七岁呀！咱们怎好看着她死呢？好在这事只你知、我知……"

"大哥，不是这样的，还有天知、地知、父汗知呢……"

代善没话说了。

皇太极走过去搂着代善的肩膀，亲昵地对他说："大哥，你想一想，万一被人知道了，你是大哥，你会担多大的干系呀！新的大汗会把你当作爱新觉罗氏的不孝之子、不容于天地的败类处理掉的！"

代善听着。

"还有呢，大福晋为什么曾被父汗废黜呢，还不是为了和你过分亲近？你若是违抗父汗的遗旨把他留下来，人们会想起那件事来，你怎么为自己辩护呢？"

代善为难了。他低头想了好久，点点头。"我是以为……只有你我知道……"

"大哥，在当时，我是觉得只有我一个人在父汗的身边，但，是不是真的就是我一个人呢？我也实在拿不准，因为那时我也悲痛得乱了方寸……要是有人站在舱门口呢？要是有人在窗外谛听呢？……"

代善被说服了。

第二天，代善以努尔哈赤长子的身份，召集家人、亲眷到大汗的灵前，把努尔哈赤的"遗言"宣布了。

大家呆了一会儿，就又号哭起来。

女真人过去就有拿活人殉葬的习俗。爱新觉罗家的祖上就有逼妻妾殉葬的事。努尔哈赤的第一个大福晋——皇太极的母亲死去时，努尔哈赤曾令两个丫头为她殉葬。几天来，努尔哈赤的十多个福晋们和难以计数的丫头们就胆战心惊，唯恐这一厄运落到自己头上。现在好了，她们放心了，可以轻松地号哭了。

阿巴亥起初好像没有听清楚，以为是说的别人，眼睛还向四下里看，可是，当她终于明白那遗言时，脸色霎时变得雪白，接着就晕倒了。

皇太极安排人把她送到一旁的房里，并派几个婆子把她看守起来。

在以后的三天里，她得洗浴，净身（把屎、尿排泄干净），装裹，然后自杀，以备和大汗一同安葬。

过去，那些倒霉的人，精神上往往经受不了这样难以忍受的折磨，早早地找个机会死了。可是，她们的尸体大多很不理想。如果一头碰死，弄得头破血流，难看得很。要是吞食鸩毒死了，死后会七窍流血，也不雅观。都不像自愿去陪伴死者的样子。

最好的办法是吊死，那虽死得慢些，受一点罪，但死后脖子上仅仅留下一道浅浅的紫红色的印痕，血色一退也就看不出什么来了。

所以必须派人紧紧地盯着她。

反应最强烈的是阿巴亥的三个儿子和一个女儿。

他们旋风一样冲进母亲的房里，抱着额娘痛哭。

"额娘……额娘……你不能走！我们不让你走！"

"为什么要这样？……你已经受了几年罪了，还不够吗……"

"我们三个在这儿守着，看谁敢动你一指头！"

女儿身体柔弱单细，这时已哭得只剩一口气了，她说："额娘……我要和你一齐去……没有了额娘……我还活什么呀？"

阿巴亥已哭得晕去几次，这时反而冷静多了。她说："我的苦命的孩子，这是你们父汗的意思……"

"什么父汗的意思？"阿济格叫道，"是父汗亲自对你说的吗？"

额娘摇摇头。"听说，是你们父汗说着，由皇太极记着……"

"由皇太极记着？"多尔衮吼道，"那个坏蛋，一定是他伪造的！他看到父汗对我们好，他嫉恨，他恨不得灭了咱们！"

"别这么说，我的孩子！"

"额娘，父汗亲自对我说过，要我来继承他的汗位……"

阿巴亥赶紧把他们搂到自己胸前，以堵住他们的嘴。"你们看周围都是耳朵，都是眼睛！"

阿济格知道其中的利害，吓得不敢乱说了，他只是抱着妈妈的两腿抽泣。

多尔衮和多铎仍然像受伤的野兽那样嚎叫着。

"父汗那么多的福晋，为什么这样的事要摊在我们身上？"

"这一定是那个皇太极搞的阴谋，我饶不了他，我要和他拼命！"

他们一家在这里又哭又嚎痛不欲生的时候，代善正在外面的院子里飞快地走来走去。他的心在流血。

六年前，他做了太子不久，大福晋就开始和他接近。比他小七岁的女人一下子就让他动心了。他无法拒绝她的情意，就和他来往起来。后来就发生了那件尴尬的事，弄得他连大好的前程也丢了，可是，他从不嫉恨阿巴亥，在他心灵的深处仍为她留着一个位置。

忽然，多尔衮、多铎飞跑了出来，在他面前跪下，哭叫着向他求情。

"大哥。救救我们的额娘吧！你就这样看着她死吗？"

"大哥呀！我额娘就指望你了，你可别让她失望呀！"

"大哥，我们给你磕头了！"

他们把头砰砰地往地上碰，代善连忙抱住他们，多尔衮还是把头磕破了。

这时，在爱新觉罗的家族里，也只有多尔衮怀疑皇太极手里的那张可恶的纸条。

代善把除了阿济格兄弟而外的贝勒们召集起来。对他们说："父汗要大福晋殉葬的事，还要议一议！"

"还议什么呢？"皇太极说，"那是父汗的遗诏，咱们只能认真执行！"

阿敏大声嚷嚷着附和皇太极，他说："大汗的遗诏，谁敢不遵？谁不遵，我就和谁拼命！你们瞧着……"

接下来，会上就没人说话了。

"别说了，"代善喊住阿敏，"父汗的去世，已使我们哀痛至极，咱们就别再让新的不幸发生了。大福晋一家正遭受着磨难……我不知道父汗是怎么想的，反正……今天，我做长子的就做主了，叫几个丫头代替大福晋吧……"

莽古尔泰横起眼睛说："有大哥做主，咱们还有什么话说！这事儿我也真看不下去，父汗已经死了，为什么还要搭上个额娘呢？"

有他开头，大家大起胆来，说话的就多了。

阿巴泰说："就按大哥说的办吧，咱们爱新觉罗家族还有许多事情要做，这时候要分外地团结呀！"

别的如德格勒、济尔哈朗等等也说了话，都表示要遵从大哥的意见，不过他们没有单独发表意见，多数是随声附和。

"大哥！"皇太极又站起来说，"我绝没有违背大哥的意思，但是我仍觉得大哥的主意不够妥当。这样做了，不仅大哥会留下千古骂名，而且大福晋也会带着屈辱过日子，我真不知将来她怎么生活……大哥，那真是生不如死呀！"

皇太极的话是沉重的，无法反驳的。如果留下了大福晋也就等于留下了无尽无止的后患，大福晋也就难以自处了！她还是大福晋吗？

阿敏还要说话，被代善挥手制止了。

就在这时，一个婆子跑进来哭着叫道："大福晋跟随大汗去……"

大家一下子觉得事情有了结果，心头轻松了下来。

于是，他们赶到大福晋的房里，一齐向她磕头，号哭，接着就给大福晋大殓，腾出地方让侄子侄女们、大小福晋们、各辈的仆妇们、各级臣僚们前来致哀、磕头。

在这过程中有一个纷乱的场景，可是，在场的人都愿意永远地忘记……

第二天一早，大福晋的灵柩就和大汗的摆在一起了。

是一位伺候阿巴亥多年的老仆提醒了大福晋。

大福晋的几个孩子被人连劝带拖地弄出去了，只几个看着她的婆子在周围。

老仆说："大福晋，要是你还信任我，你就听我一句话。这事，是挨不过去的，那就越快越好！慢了就会弄出许多事儿来……孩子是大汗的孩子，他们都前程无限，要是再给他们弄出什么不好来，那就是为娘的不是……大福晋，你到那边去，不会孤独的。我会随你去……"

听了老仆人的话，大福晋又想了一会儿，就到里间去了。婆子们都趴在门缝上瞅着。

不久，她们就散开来，边说边往外跑："大福晋走了，大福晋过去了……"

这时，没人理那个劝说过大福晋的老婆子，她走到院子里向天叫道："大福晋，等等我，我跟你去了。"说着她掀起衣襟把脸一蒙，在石柱上撞死了。

侍者把她拖到一边，找一领破席给她盖上。

因为还没有给努尔哈赤预先造好陵墓，只好把他和大福晋的灵柩暂厝在大汗府一旁的一间闲宅里。

皇太极即位后，一直想寻找一处安葬努尔哈赤的"吉壤"，至天聪三年（1629年），终于决定葬在沈阳城东二十里，浑河北岸的石嘴山上，因为这里"川萦山拱，佳气郁葱"。努尔哈赤的墓名福陵，即现在沈阳的东陵。

葬时，从东京（辽阳）把皇太极的生母（孝慈高皇后）迁来与努尔哈赤合葬，莽古尔泰的生母（富察氏）也迁葬于此。当然这都是后话了。

3

努尔哈赤一死，后金朝廷最关注的事，就是谁应该继承汗位。

在撤掉代善的太子位后，努尔哈赤一直没有册立新的太子。一次，他的八个儿子一齐进见父亲，问他在他们中谁可以将来继承汗位。

努尔哈赤很恼火，他对他们吼道："我离死还早着呢，怎么等不及了？"

后来，他想了想这态度也不对，儿子们来问，也是为后金的将来着想呀，就把他们叫到面前，叹了口气说："继我之后嗣登大位的，应该是一位贤者……"

儿子们听着，那么，怎样的人才是父汗心目中的贤者呢？

努尔哈赤说："不要选择那种恃强凌弱的人！这种人必然会依仗着自己的强暴行事，那他就得罪上天了！应该选择那些既有能力又能听从别人劝谏的人做后金的大汗。"他连大汗产生的方法都说得很详细，他说："一定要合谋共议谨慎择贤，特别要防备那些品德不端的人侥幸被选。如果被那样的人篡夺了权力，他必然横行霸道，不能主持正义。怎么办呢？那就通过众议把他赶下台来！"

他说得太理想了。这不是他有深谋远虑远见卓识，只是在他思想上，这件事一直还没有搞清楚。立过两次太子，两次都失败，他悲观失望了。他不知相信哪个儿子为好。失望的人往往产生许多幻想，他的话，幻想色彩是很浓的。

从宁远战败回来后，他的身体日见衰颓，儿子们都关注着那件事，可是没人再敢问他了。努尔哈赤还有几个老叔活着，这些老王爷就把继承人的事提出来，和他商议。他只是摇头叹息。

在他逝世前一个月，他忽然给儿子们写了一份"训辞"。内容长长的，先说了他一生的丰功伟绩，又说到他的子侄们应该怎样，不应该怎样，直到最后也没提到继承问题，可见他对这事仍无定见。不过在这份训辞中透露出一点信息，就是让儿子集体执政。

"集体执政"，谈何容易！在那样的时代，那办法必然导致四分五裂，刀光剑影，血流成河……

在努尔哈赤死后，乌云笼罩着朝廷。朦胧、恐怖、惊惧和不安。

可是乌云渐渐地散去了，露出了一块块的蓝天。

努尔哈赤有十六个儿子，没有战功、没有兵权的人别想觊觎汗位。阿济格十七八岁，也上过战场，立过功劳，但他没有自己的军队。说实的，他还不如他的两个未成年的弟弟有影响。多尔衮是大汗常常称道的孩子，在他和多铎很小的时候，就把两个旗列在他们名下，他们就像天上的雄鹰，一展翅就显出绝不是凡类！但，多尔衮实在太小了。

真正大权在握、战功赫赫的只有四个人，就是四大贝勒：代善、阿敏、莽古尔泰和皇太极。

这时，八旗大军是这样分配的：代善和皇太极都是三旗人马。代善除了自己原有的两红旗外又领了正蓝旗，皇太极除了两黄旗外，还领了镶蓝旗。阿敏和莽古尔泰都各领一白旗。

每天他们各自操练军马，好像谁也不关注那件谁也忘不了的事，朝廷大事都交给几个行政官员管着，领头的是那范文程。

范文程是个诸葛亮式的人物，表面上他十分繁忙，无暇顾及其他，实际上他在观望着、谋划着。努尔哈赤发现了他，重用了他。但他很不满足，觉得大汗没用了他才能的三分之一。他要投靠个新主人，他要做后金或者中华帝王所倚重的宰辅！

在努尔哈赤健在的时候，他就在选择那个人，看上了那个人。

他就是皇太极！

范文程这样扳着指头数：代善居长，按说最有资格嗣位，但努尔哈赤生前没有以年龄长幼为条件，总是强调贤明与才能。即使是按这一标准，代善也是够格的。他为人宽厚，也可称得上是个贤能的人。在创建后金的过程中，他发挥了重要作用。萨尔浒战役中被俘的朝鲜人李民寏是个颇有头脑的人，他回国后，曾这样评论代善："酋（努尔哈赤）死之后，则贵盈哥（即代善）必代其父，胡中皆称其宽柔能得众心云！"

二贝勒阿敏，论战功，与别的兄弟相比毫不逊色，但他是努尔哈赤弟弟舒尔哈齐的儿子。舒尔哈齐是被努尔哈赤杀掉的，即使当时他没有任何罪过，但隔着这道血仇，阿敏是彻底地没资格继承汗位的。

那么莽古尔泰呢？他的战功也是光照日月，但他的才能绝不可与代善，皇太极相匹敌。父汗经常说："这个莽古尔泰呀，他不能独当一面，如果别人给他出了好主意，他就是一员勇将。"还有一件致命的事——天命五年（1620年），他的母亲获罪，当努尔哈赤把她废掉时，莽古尔泰竟跑回家去把她杀掉了。这件大逆不道的事，使努尔哈赤十分厌恶。曾骂他道："你这人不仁不义，真不像我的儿子！"按努尔哈赤的标准，既然不仁不义，也就没资格继承大统了！

皇太极比起以上三个人来，处于更为优越的地位。论武功、才能、智慧，在诸兄弟子侄中堪称出类拔萃！那个李民寏写到皇太极时说："红歹是（皇太极）勇力绝伦，战功卓著。所领将士皆精锐。他重侍父汗左右，深被倚重。"

范文程这样数过之后，他觉得自己看准了。皇太极是个开创几百年江山的人物！

一天，皇太极到宫里来了，问了范文程几件事后，就把他叫到一间密室里。

范文程望着皇太极，但没说话。他知道皇太极会向他问计，可是汗位继承的事，那不是他这个外臣可以预闻的事。

皇太极也是抻着，没有把心事说给他。

皇太极在家里闷了几天，想不出个好办法来让兄弟们举荐他拥戴他。大福晋给他出了个主意，叫他去找范文程。

时间一点点地过去了，皇太极突然问："朝廷上事情冗繁，范先生还忙得过来吗？"

"谢四贝勒关怀，还好。"范文程觉得应该抓住这句话试探一下，就忙说："有些小事小情，臣下可以办了，可是遇到大的政事，那就要到处找你们四大贝勒请示，跑点腿不要紧，只是怕有什么贻误——恕臣下多嘴，国不可一日无君呀！"

"是呀，是呀……"

皇太极心里寻思："我要是贸然地问他：谁将是未来的大汗，实在有点突兀，他也是不肯说的。"就婉转地这样提问："范先生，自您在朝以来，您和李永芳将军都是我的朋友，说是莫逆之交也不为过。在这时候，请您告诉我，我该怎么办呢？"

范文程看了看皇太极，眼睛亮亮的，仍不说话。见皇太极仍在等待，就伸出右手的食指蘸着茶水在桌上写了一个字……

皇太极看了看，那是一个"等"字。

皇太极琢磨了一会儿，点点头表示已经领会，"我等……什么呢？"他问。

"等这个人到你家里去……"说着，范文程又蘸着茶水写了一个字。

那是个"代"字。

皇太极瞅着那个字。

"四贝勒，还有许多事等着我，我就没法陪您了！"说着站起来走出门去。

晚上，皇太极把从范文程那里得到的两个字对大福晋说了。

"等，是对的。"福晋说，"这时候，千万不要出去串门。你有着比他们都优越的条件，可要沉得住气呀！"

"多尔衮、多铎会因为他们母亲的事，恨死我的！"皇太极说，"我听说，他们几次到阿巴亥的灵前哭诉……"

"有个人可以和他们说上话……"

"谁呢？"

"布木布泰。"

"是她？"

"是的。大福晋跟大汗'走'了后，多尔衮整天哭泣，谁劝说也不听。一天，布木布泰跟着大家去大汗、福晋的灵前祭奠，之后，她走到多尔衮面前，把手中的手帕给他，他接下了。以后又见到多尔衮，他们就说话了——一会儿，我把那事儿说给你，咱们的布木布泰还是很有心计的……"

"奇怪！"

"这也没什么怪的，小孩子嘛，他们间总是容易沟通的。"

"那你就和布木布泰说说，叫她多和多尔衮接触……"

"好吧。——范文程说的等代善来也是对的。代善是长子，又是目前大家最信任的人，他要是登上咱家的门，那一切就好说了！"

"要是他不来呢？"

福晋想了很久，最后她说："他该来的吧？除非他想自己继承汗位……"

4

"那件事"是这样的——

努尔哈赤和大福晋阿巴亥的灵柩虽暂厝在别院里，但隔几天，全族和大臣们就得按习俗去吊祭一次。随着时间的推移，吊祭渐渐地成了一种形式，时间短了，泪水也少了。一经结束，人们便匆匆离开。只有多尔衮兄弟还久久地在灵堂里哀哭着。

一次吊祭完毕，灵堂的门关上了，可是多尔衮还坐在院子里的石井台上抹着泪。

秋阳慢慢地落山，冷风呼呼地吹着，旋转的纸灰起了又落，使周围更加寂寥。

这时，从门外匆匆地进来两个年轻女人。她们在院里转了一圈后，就听一个说："你到外面等着吧，我一会儿就来。"

接着那人就走到多尔衮的面前，对他说："天冷了，回家吧！"

多尔衮没说话，还是嘤嘤地哭。

"给，擦一擦眼泪。"一方绣花的手帕递给了多尔衮。那手帕上有股沁人心脾的香味。

多尔衮接了。那女人又在他面前站了一会儿，就走了。

直到脚步声远了，多尔衮才抬起头来，他只看见她的背影，那是皇太极的永福宫庄妃。他的心热起来。

多尔衮记得一年前皇太极娶庄妃那天，他刚在校场上练马回家，额娘告诉他，皇太极又娶了个博尔济吉特氏，四贝勒家来人请他去喝酒。

"我不去！"多尔衮说。

"为什么不去呢？"额娘劝他说，"你应当去，皇太极是四大贝勒之一，后金的台柱子，你将来用他的地方多着哩！"

"那有什么，父汗说过，等我长大了，他就把两白旗交给我和多铎掌管，那时候就有六大贝勒了！"

"话是那样说，可你总是他的小弟弟，再说，四贝勒待咱们还是很不错的。"

额娘说的是实话。阿巴亥虽说是被大汗废了，可是她有三个好儿子，大汗一直十分喜欢他们，这就是说：他们一支还有东山再起的时候。正因为这样，在全族中几乎没人下眼看他们。

皇太极当然知道这一点，常常想法子周济他们。每次战役以后，他作为主将都是多分一点战利品给他们，派人送到他们家。

当然，代善也常常嘱咐皇太极："照顾一下阿巴亥母子吧，什么时候也别忘记他们！"

想到这一些，多尔衮还是去了。

在皇太极家，他见到了那位新博尔济吉特氏。

谁知他一看就看直了眼。那女孩儿那么脱俗，那么美丽，那么清雅，那么撩人肺腑。吸引多尔衮的不仅是她俊美的模样，俊秀的女孩儿他见多了，可她们都不如眼前的这一个。

他好像在哪儿见过她，老早就见过了，只是忘记了年月和地方。

他又觉得她不应该在这儿，她该和他手牵手地走在湖畔上、山野里，并马驰骋在草原上。

是呀。她走错了家门……

他心不在焉吃了酒饭，又去看望那个小小的博尔济吉特氏……

皇太极的大福晋看见他站在门口的痴痴的样子，搂着他的脖子说："呀，多尔衮，这个新嫂子俊吧？你要是想媳妇了，就求你额娘给你娶一个吧！"

多尔衮臊得不行，连忙跑掉了。

打那以后，他就忘不了皇太极的那个小福晋。

是她？是她来安慰我？——多尔衮想。她是该来的。他盼望着下一次吊祭快点来到。

十天后，吊祭的日子又到了。像往常一样，祭拜之后，人们匆匆地散了，布木布泰又见到了多尔衮，他们留在了最后。这时，他们说了话。可是谁先说的，他们都忘记了。

"多尔衮，听我的话吗？"

"你怎么知道我叫多尔衮的？"

"我是你的嫂子呀……"

"可是你还比我小一岁呢！"

"你什么都知道……多尔衮，我问你话呢，你听不听我的话！"

"我听，"多尔衮说，"别人的话我可以不听，我就想听你的话！"

"别再哭了，你再哭下去，你额娘的在天之灵都会伤心的，大妃不愿意看到你这样！"

随着后金的建立，满洲人的习俗渐渐地被汉化，他们也开始对大汗、贝勒的女人称后称妃了。

"布木布泰……"

"喂，多尔衮，你敢叫我的名字？"

"我敢……"

布木布泰笑了，露出她红唇里的亮晶晶的皓齿。多尔衮也笑了。这是在父汗和额娘死后，他的第一次笑。

"多尔衮，你真英俊呀！"布木布泰打量着他说，"你现在就像一位威风凛凛的将军了！"

布木布泰说得对，如果从模样上说，努尔哈赤的儿子们都生得虎头虎脑、健壮英武，可是比较起来，还是没有人比得上多尔衮的，他不仅长身玉立，剑眉凤眼，还秀色逼人，就像女孩儿乔装的将军。

"布木布泰，你看我比皇太极怎么样？"

这是个很具挑战性的问题，可是布木布泰避开了。

她说："皇太极在家里常常提到你……"

"他说我什么？"多尔衮警惕起来。

"他称赞你是一位天生的领兵大元帅！"

"是吗？他是这样说的？"多尔衮究竟是一个小孩子，他太在乎爱新觉罗家族对他的评价了，尤其是像皇太极这样的功勋赫赫的领兵主将对他的评价。

"我怎么会骗你呢！"

"说一说，你详细说一说，布木布泰，我求你了！"

"皇太极说起你的时候多着呢，我怎能一一地都说给你！比如我刚嫁过来的时候，那是我头一次看到你，我问皇太极：'那是谁呀，也是王爷吗？'他对我说：'那是我的十四弟多尔衮，我最爱的弟弟……'在父汗去世后，他看到你伤心的样子，十分心痛，他对我说：'我真怕他从此萎靡下去。将来，我还要指望他呢，他一个人就顶千军万马！'"

多尔衮琢磨着布木布泰转述的皇太极的话。他相信了。

"布木布泰，别的哥哥都来劝慰我，就是他不，一次也不……"

"多尔衮，想听实话吗?"

"我想听的就是你的实话!"

"有两个原因。"布木布泰说，"一是父汗临死时要大妃跟他去的事，你竟然怀疑皇太极从中做了些什么，这使他很伤心，也很为难。实际上任什么人也不可能在其中做什么的，只有小孩子才那么想……"

"他说我是小孩子?"

布木布泰摇摇头，说:"皇太极那么爱护你，怎么会那么说呢。他说你们怀疑他，是你们兄弟过度伤心所致。他还说，他深切地体会到失去母亲的痛苦，因为，他也是在很小的时候失去母爱的……"

多尔衮低下头，想着布木布泰的话。他又问: "说吧，还有另一个原因呢?"

"另一个原因是这时候不太合适……"布木布泰看了一眼多尔衮，见他认真地听着，就又说，"大汗去世后，后金国至今还没有选出新的继承人，他作为四大贝勒之一怎好到处乱跑呢!"

"也是呀……"多尔衮说，"如果说心里话，我还是希望大哥代善继承汗位的……"

布木布泰没敢接他的话，临分别时，他对多尔衮说:"下一次，我再见到你时，不想再看到你流泪了!"

"好，我不哭了!"

"那才是英雄汉!"布木布泰第一次拉起多尔衮的手，"多尔衮，你想，大妃和父汗恩爱了一辈子，中间虽有些隔阂，但最后的几天，那是人人羡慕的。古人说:'如果是真爱，哪怕爱几天就死，也是值得的!'大妃跟大汗走了，谁说她不是心甘情愿的呢! 要是我，也情愿跟自己爱的人去，反正人活百年是死，人活几年、十几年、几十年也是死!"

多尔衮被她的话感动了。他说:"你说的也许……是对的，可是，额娘临死时，对我们兄弟哭得那么伤心……"

"那是不可免的，丢下自己的儿女嘛……"

那天他们手挽手地走出了大门。

回到家里，布木布泰把她和多尔衮的谈话全对大福晋说了。

"布木布泰，你知道吗，你可帮了皇太极的大忙了!"

"我……怎么啦!"

"皇太极要想继承大位，中间有许多坎儿，多尔衮、多铎兄弟就是其中的一个。大妃殉葬的事，在他们心中一直是个疙瘩。现在，你已经为皇太极解着这疙瘩了！"

"是吗？"布木布泰眨巴着眼睛，"姑姑，我是无意间呀……"

大福晋点着布木布泰的额头说："你这个鬼灵精，想骗我呀？'无意'？鬼才相信你无意呢！"

5

皇太极终于把代善等上门来了。

皇太极和他的大福晋热情地把大哥请进书房，侍女们端上茶点。

代善还没落座，就把脸一挂，严肃地说："四弟呀，你是父汗最倚重的儿子，也是后金国的指望，这些日子你怎么一直在家里不出头呢？你真让我失望呀，好兄弟！"

听了代善的话，皇太极和他的福晋肃立在代善面前，一动不动。皇太极说："大哥，朝廷上又发生什么事了？"

"托上天和父汗保佑，朝廷没有发生新的纷乱，可是一件天大的事在那儿摆着，你就能在家安心地待下去吗？"

皇太极故作惶恐地问："大哥，是……什么事呢？"

"大汗的大位还虚空着，国不能一日无君呀！"代善嚷道。

"大哥，我虽是四贝勒之一，可论起来我是您的弟弟，一时还轮不到我出头说话。大哥，这件大事就求您替后金上下做主吧！皇太极一定拥护您！"

代善好像有点急躁，他坐下后，仍直着脖子说话，大福晋捧上茶，代善推开。他急切地问道："皇太极，说说你的意见……"

"我嘛……"他望着大福晋，福晋向他微微颔首，"依我看……大哥就嗣大汗位吧，大哥有德有才，又曾经做过几年的太子……"

"皇太极，你拥戴大哥，大哥感激你。可是为后金着想，这是不行的……不行的！"

"您不行，谁行？"

"你呀，皇太极！"代善说。

"我……"皇太极做出惊诧的样子。

"皇太极，你听我说，虽然父汗惩罚过我，但我并不妄自菲薄，在品德方面我自认为还是过得去的，我平生没有构陷过任何人，对兄弟也算得上敦厚，领兵打仗也立过许多功勋。可是我没有你那治国的才能……治国是需要才能的!"

"大哥，您可别夸奖我……"

"我怎会胡乱说话呢? 比方说: 你建议父汗停止屠城、掳掠，善待汉人，你懂得以仁义驭兵治天下，你努力地学习汉人文化，你绝不困于这白山黑水，你胸中装得下整个天下! 这些都是我远不如你的，皇太极，你是后金国的希望呀!"

代善一口气说了这许多，激动得泪水盈盈。可见他已经考虑过不止一天了!

"大哥!"皇太极和大福晋一齐喊。

"别说了，你们别说了!"代善站起来。

皇太极把代善按在椅子上，大福晋给他献上点心。

"大哥……"福晋说，"父汗威震后金，其才德统驭天下而有余，皇太极何德何能继承大汗位呢? 得有兄弟扶持才行!"

"那是当然啦，"代善说，"你想我能看着皇太极身膺重任而不管吗? 我会为他鞠躬尽瘁的!"

过了一会儿，皇太极好像已经应承下来了。

代善似乎也有些轻松，端起了茶盏，啜了一口。

皇太极坐在那里，紧蹙着眉，好像在思虑着什么。

"大哥，我在担心……别的兄弟不知有些什么想法呢?"

"你说的兄弟，沾点边儿的不就是阿敏和莽古尔泰吗?"代善说，"阿敏已经对我说过了: 无论谁继为大汗，他都拥护，争取做个好臣子——他是个十分聪明的人。莽古尔泰表示: 我和你谁做大汗他都同意。这样吧，我再和他们谈一谈。"

"还有多尔衮兄弟们呢?"皇太极说，"他们对我……还有些误会呢……"

提起他们那一家，代善的眼圈又红了。"我会去找他们的……我想他们会听我的话。"

大福晋说:"还得大哥费心。"

代善站起身，他那脸色比来时好看多了。皇太极和大福晋想留他吃饭，可是他挥挥手执意走了。

到了大门外，他的护卫牵过马来。代善扶着马背又沉思良久，皇太极和大福晋等待着。

"皇太极，"代善又回头说，"你们最好把多尔衮兄弟请到家来，亲亲热热地吃上顿饭，他们无父无母多可怜，再说，他们将来都是你的臂膀呀！"

"大哥，我和福晋早就这么想了，只是怕他们不来！"

回到家，还在院子里，皇太极就把大福晋抱起来了。"正如你所料，正如你所料呀！幸亏沉得住气……"

大福晋从皇太极怀里挣出来，嗔他道："周围都是眼睛呢，就等不到进屋……"

"天下就是咱们的了！"

"可以这么说，"福晋想了想，"有大哥给压住阵，事情就成了。"

"那多尔衮就是条龙也翻不起几个浪了。"

"也不能那样说，"福晋说，"代善和他扯筋带骨，把多尔衮弄得服服帖帖的，代善的心也就更坚定了！"

"你说得对极了！"皇太极又要去搂大福晋，她却快步跑了。

皇太极在房里坐不住，又走到花园里去。虽已是深秋，这里仍是姹紫嫣红，蝴蝶对对，蜜蜂群群。他心里有许多话，又觉得一句话也没有，只觉得躁狂和激动。"这天下是我的了！是我的了！……"

忽然，他听到山石之后传来脚步声，接着就听到女人的莺声燕语。

是谁呢？他循声向山石那面走去。

刚刚转过一道石栏，两个女人走了过来。原来是李容俏和她的丫头春颖。

"王爷好！"春颖屈一屈膝盖向皇太极揖了揖说，"没想到王爷会在园里。"

容俏则没动，只是嘴唇边有一抹微笑。

皇太极这才想起来，容俏是从没向他郑重行过礼的。他有点气恼，可是一看到她那明眸皓齿，那点气恼就烟消云散了。

皇太极不是好色之人，可是他也喜欢女人。像大福晋那样的雍容端方又广有智谋的女人，他喜欢，像布木布泰那样的娇艳如花又有点狡黠的女人，他也喜欢。

他觉得她们是上天为他生的。

可是容俏甚至春颖却是另一种女人。她们骨血里带着大汉族积聚的灵气，一言一语一顾一盼，都使周围生辉。皇太极在她们面前，觉得有点压抑之感。

他不怎么自信地说：她们是我的……

自从他跟随父汗起事以来，他曾带兵和汉人浴血奋战并几十次地打败过他们。可是汉人那种凌人的气质，使他自愧弗如。就是那些俘虏、那些降兵降将，也带着那么一点看不见说不明的傲气。好像他们所以投降，不是因为对方是强大的种族，而是没有理性的虎狼！

每当想起这一些，他就感到一种无名之火充塞心胸，他就愤懑难抑。父汗起兵时，曾宣布对大明有"七大恨"，他觉得还得添上一恨，就是这种难以言说的恨！

"我会消除心头的这一恨的！"他在心里发誓说，"我会征服中华大地！我会让天下的女人把我看作前所未有的英雄！我会把大汉文化攫为己有！"

这时，他才清楚自己为什么一定要维护这两个女人，为什么要在她们面前低声下气，把她们的一颦一笑那么放在心上！

他正这样想着，容俏说话了。她说："春颖，你是不是得改嘴了？"

"小姐，你说什么？"春颖回头问。

"你该称呼四贝勒为大汗了，春颖！"

"是。"春颖顽皮地摊摊手，"请大汗饶恕：我真不知一个汉人女子怎样给大汗行礼！"

她们的消息真快。

皇太极惊异地说："容俏，我还不是大汗呢！再说……"

"四贝勒——您看，我还用这称呼，"容俏说，"那大位终于被您盼来了。其实，您没必要担心，那些贝勒爷谁也没资格跟您争抢的！"

皇太极真的生气了。从这话音里，听出她是多么鄙薄后金人呀，她把他们看成是在抢什么好东西的孩子了。

可是他又找不出什么理由发作。

"别生气，四贝勒，"容俏继续说下去，"我们汉族宫廷里在大位继承时，也是常有一场你死我活的斗争的，事关权力，谁也不会让谁——感谢你给了我那么多的史书，使我从中读出了那些污秽的东西……"

皇太极愣怔在那里，容俏却拉着春颖走了。

这个汉人的姑娘，真是高深莫测呀！

6

许多日子没见着那个可怜的多尔衮了，布木布泰还真有点想念他。

　　她没有检视一下自己对多尔衮的这份想念的感情到底是什么，可是她从未这么思念过一个男人。

　　他是一个男人吗？若不，他是什么呢？

　　他只能算是个小男人，也就是说和她一样，是一个孩子。——布木布泰对自己说，极力地把自己感情上的一点还看不出来的"污秽"洗刷干净。

　　她去找多尔衮了，这一次她是衔皇太极之命去的。前几天，皇太极曾要她去见多尔衮。要她请多尔衮来家玩玩，如果可能的话，就请他来吃一餐饭。

　　"为什么要我去呀？"布木布泰问，其实她是很乐意去的。

　　"因为，你们都是小孩子嘛！"

　　"我怕……"

　　"你怕什么呀，布木布泰？"

　　"我怕他常常来找我玩……"

　　"来就来嘛，"皇太极说，"他是我的亲兄弟，我巴不得他常来咱们家呢！"

　　布木布泰仍然犹犹豫豫。

　　"你听我说，布木布泰，你是个极聪明的人，怎么不理解其中的奥妙呢？"皇太极把争取多尔衮兄弟的重要性，详细地对布木布泰说了。

　　"那，我就为您去跑一趟，"她变得高兴了，"要是我真能把他邀来，算我一功吧？"

　　"当然是一功！"

　　小小的布木布泰开始耍弄起未来的大汗来了。

　　她知道到哪里去找多尔衮。这些日子，多尔衮老是在他家后院的马场里，给他那宝贝赤红马洗刷，要是找不着活儿，他就看着它吃草。他有几个马夫，可他不愿用他们，他很想亲自和他的马匹亲近。

　　布木布泰和跟随她的丫头转到十四贝勒家马场的后面，那里有个小小的木栅。隔着栅栏门，她看见多尔衮果然在那里。他正用竹帚给红马扫着身子。

　　"多尔衮！"她叫道。

　　多尔衮回头看见了布木布泰，眼睛一下子亮闪闪的，布木布泰的到来，显然使他很高兴。他扔了竹帚向她招招手，说："你来呀！"

　　"你关着木栅，人家怎么进去呀！"

　　"木栅没有锁，你一推就开了。"

　　"这是敬客的理儿呀，我偏要你亲自给我开！"

"好，好。我去给你开……"说着，多尔衮向栅门走来。

他给布木布泰开了栅门，引她走进他的马场。那里面有七八匹马，拴在几根木桩上。在那些木桩周围放着盛草料的簸箩和水桶。这里正是东南向，太阳悬在晴朗的蓝天上，把几棵梧桐树的阴影大团大团地印在地上。

布木布泰令跟随丫头到里面去和十四贝勒家的下人准备茶点，自己跟随多尔衮向他心爱的红马走去。

那匹红马高大体壮，屁股圆滚滚的，浑身好像冒油般的发亮，一见布木布泰它就摇头刨蹄，做出威吓状，也许是它看见她身穿光鲜华丽的衣服的缘故。

可是布木布泰在科尔沁时，也是在马背上长大的，再多么烈性的马，她也不会害怕。她走近红马，用手拍拍它的脖颈，抚弄一下它的鬃毛，它就老实些了。

"布木布泰，喜欢我的马吗?"

"很喜欢。"

"这还是四哥给我的呢。"

"真是一匹好马!"布木布泰说，"皇太极也给了我一匹马，比你这一匹就蔫多了，他老以为女人不能骑野性的马。"

"布木布泰……"

"多尔衮，我警告你，当着别人的面你可不能叫我的名字呀!"

"我叫什么呢?"

"老老实实地叫我'嫂子'。"

"布木布泰，我实在叫不出口。"

"那就好好地学着点。"

"是，嫂子……"多尔衮好歹叫了一声，就臊得脸红红的。他又说："你给我的红马起个名字吧!——我起了几个，都不满意。"

"好吧……我给你的马起个名字，可是……我起的名字，你如果满意，就得答应我一个要求。"

"好，我答应。"

布木布泰想着，一会儿她说："就叫'火龙驹'吧，怎么样?"

她刚说出嘴，多尔衮就鼓掌说："好，好，布木布泰，你的脑袋真灵，我怎么想不出这么好的名字呢?"

"满意吗?"

"真是太好了!"

"既然你满意,我就说出我的要求了:到我们家去玩玩,在那里吃顿饭!"

"不,不,不行!"多尔衮连忙摇手。

"为什么不行呢?"布木布泰问,"你和皇太极不是兄弟吗?听说,他对你们家还是非常照顾的……"

"那也不行。"

"真的不行?"

"不行。"

布木布泰站了一会儿,眼睛沁出泪珠,接着就扭头走了。

快要到栅门的时候,布木布泰想:这回完了,皇太极给的任务没有完成,再说,以后也别想再和这个可爱的小伙子来往了。

就在这时,她听到一声喊:"布木布泰……"

她站住了,回过头来,看着多尔衮向她急急地跑来。

多尔衮没想到他的拒绝,布木布泰的反应会这么强烈。他见她那张"吹弹可破"的嫩脸上满是眼泪,身体还不住地颤抖着,心疼极了。

"布木布泰,你怎么啦?"多尔衮摸出手帕抖去上面的草屑,忙着给她抹泪,可是越抹越多……

"……你欺侮我……"

"布木布泰,我怎能欺侮你呢?我舍得吗?"

"你说……我给你的马起个好名字……你就答应我一个要求……可是我给你的马起了个好名字,你也满意了……却不答应我的要求了……"布木布泰一边说,一边哭。

"布木布泰,我问你:是皇太极和大福晋要我去的,还是只是你要我去的?"

"……当然是……"布木布泰哭得说不出话。

多尔衮想:先得把她哄欢喜了再说,不然,是没法把事情问清楚的。

他想了一下,对布木布泰说:"是的,我违背了自己的诺言,这可是天大的错误呀!听古人说:自食其言是要变小狗的……坏事了,我就要变成小狗了!"说着他手脚着地在布木布泰面前爬来爬去,还汪汪地叫。

布木布泰看他那滑稽的样子,扑哧一声笑了。她用手帕抹了一下泪水说:"多尔衮,快起来,你的下人从窗户上看你呢,不害臊吗,还是贝勒爷呢!"

"那又有什么办法,只有你才能来救我!"多尔衮还是爬来爬去。

"我怎么救你呢？"

"你得在我头顶上亲三下，要不，我永远是一只小狗了！"

"我害羞……"

"你害羞，我不害羞吗……贝勒爷变成一只狗了……"

布木布泰不想和他把这游戏玩下去了，万一被什么人看见，编排出去，人家还不知要说什么呢！她向周围瞧瞧，看没有什么人，就飞快地低下头，在多尔衮的额头上连亲了三下……

"好了，好了！"多尔衮站了起来，叫道，"我又变回人了，变回人了！"

可是布木布泰却臊得不行，回头望着远处的青山。跺着脚骂道："坏种，你们爱新觉罗家的男人都是坏种！"

"我四哥也是坏种吗？"多尔衮转到她的对面瞅着她的羞脸问。

布木布泰又要哭了："还是欺负人家……"

"好了，好了！"多尔衮说，"我问你：是皇太极和大福晋叫我去呢，还是你这个小福晋叫我去呢？"

"痴子，不是他们，我能有胆叫你去吗？我把你放在什么地方？"

"是他们……四哥怎么提起这件事来的？"

"在家里，你四哥常常说起你。他说：'在兄弟们中，我是很看重多尔衮的，他的勇敢和智慧从小就表现出来了，他是爱新觉罗家的一只虎！我要是做了大汗，就封他做亲王，让他实实在在地掌管一个旗！'"

这几句话说得多尔衮的眼睛瞪得有鸡蛋大。

"他真是这么说的吗？——前些日子，代善大哥还说我太小，真要领兵上阵打仗得十八岁才行……"

"我要是骗你，让我也变成小狗，在地上爬！"

"你说下去呀，说下去呀……"多尔衮急得不得了，"他还说些什么呢？"

"他说：'多尔衮兄弟们实在叫人心疼，如果他们答应的话，就让他来咱们家住。'——昨天，有人送来了东海的鲈鱼，四贝勒和大福晋就又想起你来了，他们要我来请你和阿济格、多铎……"

"要去，我可以和多铎一同去，阿济格去不去，我才不管哩！"

"这就算说好了吧？"布木布泰那双亮亮的眼睛望着多尔衮。

"说好了。"

"明天晚上，出了星星时，我就站在大门前等你……"

"要是我不去了呢？"

"那，我就等到天亮！"

第二天傍晚，星星刚刚在树缝里眨眼，布木布泰就到离大门不远的过厅那儿等着了。她怕多尔衮心理有变化，很觉忐忑不安。她明白想拉着多尔衮反对皇太极的，也大有人在呢！

可是她站了不久，就听外面的侍卫喊道："十四贝勒来到！"

接着她就看到十几对大红灯笼在门前舞动着，两三匹高头大马在门口站下了。她看到了那匹"火龙驹"。

来的只多尔衮一人，多铎并没来。

她走出过厅，向多尔衮屈膝行礼。"迎接贝勒爷！"

多尔衮下马进门后，看到了布木布泰，想靠近她，可是布木布泰显得很矜持。她小声地对他说："叫嫂子……"

这时，报告十四贝勒来到的喊声，一直传到后堂。

多尔衮跟着四贝勒府迎接的人往后走，他身前身后已聚集了几十盏灯笼，所经过的院落也都张灯结彩。

而布木布泰却不知哪里去了。

走过前院通往中院的过厅后，就看见了皇太极和他的一群福晋，其中就有布木布泰。

皇太极和大福晋从人群中走出来，皇太极叫道："十四弟，这些日子，你怎么不来了呢？忘了四哥了吗？"声音很是凄怆。

皇太极这句话问得好。过去每逢皇太极打仗归来，最早来求见他的人中一定有多尔衮。而且，他十分随便，从不等侍卫给他通报，就大摇大摆地走进来了。自从父汗、大福晋去世后，他却一直没有进过皇太极家的门。

多尔衮站住了，他望着皇太极和大福晋哽咽了。

他百感交集。过去，正像他的母亲对他们兄弟说的那样，皇太极对他们家是非常关切的，除了代善，就属皇太极对他们好了。额娘的殉葬，造成了他们兄弟对皇太极的疑惑，虽然找不出任何怀疑皇太极的证据，他们却生分了，有时见了面也不说话。

可是眼前的情景使他感动了。他的四哥和大福晋向他伸出了双手……他支持不住了，向着皇太极扑了过去，哭喊着："四哥，四嫂……你们还想着我这个孤儿……"

皇太极紧紧地抱着多尔衮，泪流满面地说："多尔衮，你怎么是孤儿呢？你还有四哥，还有你的十几个哥哥、姐姐，我们都是你的亲人呀……"

"四哥，以后，我怎么……"

"怎么？后金是咱们爱新觉罗家族的，你是后金的十四贝勒，将来的领兵大将军，还用别人对你说怎么办吗？"

"四哥，你怎么还不即位做大汗呢？多尔衮和多铎盼望着呢！"

皇太极就等着他说这句话，还估计他绝不会痛快地说出来呢。可是他说了，还是和着眼泪说出来的。

"多尔衮，你，你，你知道吗？新的大汗得兄弟们公推才行……"

"我不管，我不管！谁也不行，就是你行！我就是拥护你！"多尔衮竟给皇太极跪下说，"哥，别推三阻四的了，为了咱们后金国，你就快快继承汗位吧！"

皇太极把多尔衮拉起来，用衣袖给他抹着泪水。

大福晋说："多尔衮，你听说过汉族人的一句俗话吗：'老嫂似母。'你要是相信我，以后，我家就是你们的家，我就是你们兄弟的额娘了！"

"嫂子……"多尔衮又给大福晋跪下了。

"走，孩子，咱们到房里说话去……"

7

这年的八月底，努尔哈赤的儿子们已经达成了一致的意见，那就是拥戴皇太极继承后金国的汗位。

在四贝勒府大福晋的房里，皇太极和两个博尔济吉特氏密议着。

大福晋说："贝勒爷——你这个贝勒称号没几天的叫头了，可是你得沉住气呀！不能马上就答应……"

"是呀，'大汗'是飞不了了，谁也夺不了！"布木布泰也说，自从她制服了多尔衮，皇太极更加看重她了。在家里，现在，她也是皇太极的重要"谋士"了，"王爷，得一切齐备再说……"

"你们说，怎么才算一切齐备了呢？"皇太极觉得这件事并没有她们想的那么复杂。

"皇太极，你想过吗？大汗没有册立太子，到去世也没有留下遗言，指定谁可以继承他的大位。兄弟们拥戴你，也可以废掉你。你威望再大也比不上过世大汗呀！"

皇太极听着，大福晋说得很对。

布木布泰接着说："还有一点，兄弟们拥戴你坐上汗位，他们就成了拥戴有功的大臣，就会以为自己是舒尔哈齐那样的'铁帽子王'，他们会听你的话吗？"

"得让他们起草一份劝进书！"大福晋说。

"得让他们对上天立誓！"布木布泰说。

"不得了，真是不得了！"皇太极叹道，"如果你们是男子汉，我得先把你们宰了，才敢做大汗！"

一句话吓得两位福晋在他面前跪了下来，口呼："大汗饶命……"

皇太极把她们拉起来说："你们怎么啦，听不出我是说笑话吗？"

两位福晋站起身，笑嘻嘻地又坐在他的对面。

待了会儿，大福晋向外面一指，说："我们觉得这件大事，不能草率，否则后患无穷。你快去请教一个人，这几点计谋都是他给出的。"

"他是谁呢？"

"你知道的……"

代善身负给父汗立嗣的重任，在众贝勒中穿梭来往。因为他本人并不想继承汗位，所以，他说话理直气壮。他先和二贝勒阿敏、三贝勒莽古尔泰商量，取得了一致的意见后，然后再通告诸兄弟子侄。

代善居长，手握兵权，又有阿敏和莽古尔泰的支持，最高统治集团内自然就可以排除任何异议了。

这一切工作完成后，在他的倡议下，由范文程执笔，共同起草了一份"劝进书"，请求皇太极继位。

皇太极把劝进书退了回去，坚决逊谢。他说："大汗无立我为君遗命，若合兄而嗣立，既惧弗克善承先志，又惧不能上契天心，且统率群臣，抚绥万姓，其事綦难。"这是《东华录》一书的记载，不是皇太极的原话。大概是说："大汗临死前又没说指定我继承他的大位，我如果撇开兄长而继位的话，说不过去。我怕一不能很好地继承先父的遗志，二不能合乎上天的心意。再说，使群臣听从统驭，让老百姓安居乐业也是很难很难的事啊！"

他想看看各位兄弟是不是真心诚意地拥戴他。

代善急了，带领兄弟们再三敦请，从卯时（早上五时至七时）一直到申时（下午三点到五点），他们苦口婆心地说呀劝呀，弄得口干舌燥。皇太极觉得磨得够了，才勉强表示答应下来。

清太宗皇太极

天命十一年（1626年）九月一日，后金朝廷为皇太极举行了庄严的即位大典。

这天风和日丽，天朗气清，祥云瑞气在周围缭绕。天刚放亮，三大贝勒以下，诸贝勒大臣以及文武各职官聚于大政殿等候。范文程、李永芳等事务臣僚已为皇太极的登基准备好需要的法驾卤簿。赞礼官高声呼叫典礼开始……

这时，早已在大汗宫准备着的皇太极，便身着大汗服装，巍巍然出来了。

他先率领贝勒、群臣祭祀设在院中的堂子（祭上天的坛台），焚香致礼。然后回到大政殿，接受贝勒群臣的礼拜。

对于登基礼，代善曾与范文程等汉臣讨论过多次。代善叙述了后金大汗即位时的礼仪，那是十分简单的，不到五分钟即可结束。范文程以为不可，他说那样太简单了。他就把汉人皇帝即位时的章程、礼仪说了一遍，十分繁复，那得写整整一本书。

代善以为那过于复杂，他说："你就说上十遍，大家也记不住。"

"记是记不住的，"范文程说，"那得带领群臣实地'演练'才成。"

代善知道皇太极的心意，他一定是愿意以汉古礼即位的，但代善断定满洲人一时练不成汉人的那套古礼，弄不好还惹得他们反感，就说："现在哪有时间演练呀！"

可是范文程坚持强调"名"和"礼"的极端重要性。他说不演"礼"就难以立"名"。"名"不正，则"言"不顺。以后朝廷就会乱套。

经过反复磋商，范文程想出了办法，那就是由他把汉礼简化，然后找一部分人事先练好，典礼那天，就由他们带头，大家跟着学着他们的样完成参拜大礼。

典礼开始时还算有模有样，以后就不行了，群臣弄得手忙脚乱，满头大汗，还是参差纷乱，后面的人忍不住叽叽咕咕地笑起来。

礼毕，皇太极坐上大汗的位子，立刻发布第一道诏令，以明年为天聪元年，大赦国中自死刑以下的罪犯，示恩于全国。

朝廷上的大典完结后，家族中还有一套重要礼仪，那就是代善率领贝勒子侄向皇太极宣誓。大汗认为那是比朝廷大典更为重要的。

和朝廷大典一样，皇太极先带领整个家族向上天盟誓。

他说："皇天后土既然保佑我先父创立大业，今先父已逝，我的诸兄弟子侄以国家为重，推我为君，我惟有以继承、发扬先父之业绩、遵守他的遗愿为唯一天职。我如不敬兄长，不爱弟侄，不行正道，明知非义之事而故意为之，或因兄弟子侄微有过错就削夺他们的财产、户口，天地无情，必将谴责于我！如我敬兄弟爱子侄，行正道，天地就给予保佑和爱护，国家就繁荣昌盛……"

皇太极祷告完后，将书写的誓词焚烧，表示送天地知道。

接着，代善领全家族如阿巴泰、德格类、阿济格、多尔衮、多铎、济尔哈朗、杜度、豪格、岳托、萨哈廉等向皇太极宣誓："我等兄弟子侄合谋一致，奉皇太极嗣登大位，为宗社与臣民所依赖。如有心怀嫉妒将损害汗位者，一定不得好死！我代善、阿敏、莽古尔泰三人如不教养子弟或加诬害，必自罹灾难。如我三人好好待子弟，而子弟不听父兄之训，有违善道的，天地谴责。如能守盟誓，尽忠良，天地爱护！"

三大贝勒宣誓后，阿巴泰、德格类、济尔哈朗、阿济格、多尔衮、多铎、杜度、岳托、硕托、萨哈廉、豪格等接着宣誓："我们如背父兄之训而不尽忠于上，扰乱国是，或怀邪恶，或挑拨是非，天地谴责，夺削寿命。如一心为国，不怀偏邪，恪尽忠诚，天地就爱护保佑！"

他们的誓词，原先都是由范文程起草的，那要通顺、雅训得多了。可是他们都觉得不够尽意，就弃之不用了，还是他们自编的词句来得痛快。

盟誓结束后，皇太极率诸子弟向三大贝勒行三拜礼，表示不以臣子相待。

这是非同小可的事！这说明皇太极虽然做了后金的大汗，可是，代善、阿敏、莽古尔泰在后金统治集团中仍有举足轻重的崇高地位。皇太极的荣登大位，没有他们三个人的拥戴是不成的。皇太极既感激他们的拥戴之功，又惧怕他们的强大。再说，他们三人论班辈都是皇太极的兄长，如不这样做，舆论上也是通不过的。

第十六章　三女献良言　固位解困局

1

皇太极继大汗的第二年（天启七年，1627年）的八月，大明的熹宗皇帝也死了。他活了二十三岁，和光宗一样，也是个短命天子。

"八月乙巳，上不愈，召见阁部、科道于乾清宫。"皇帝对他们说："魏忠贤、王体乾为朕忠贞不渝之臣，可依靠计议大事……"这位皇帝临死了还这么糊涂！

到了八月甲寅"上大渐"，他就快完了。"乙卯，帝崩于乾清宫。"

他有遗诏："以皇五弟信王由检嗣皇帝位。"朱由校死了，他临死要他的五弟信王朱由检继位。

朱由检这时十六岁，也是个小皇帝。

"王即夕入临，居宫中，比明，群臣始至。"信王朱由检立刻就进入宫中，到了天亮，大臣们才陆续地到来。

八月丁巳，信王朱由检即皇帝位，大赦天下，以明年为崇祯元年。

朱由检是个很想有作为的皇帝，但"很想有作为"与"有作为"是两回事。前者只是个愿望，后者才是真有本领，而崇祯恰恰是前者。

他在做信王时，就看透了宦官专政和私结朋党的危害，所以他上台后的头"三把火"烧得是很准的。

他先把魏忠贤的心腹、兵部尚书崔呈秀拿下，给了魏忠贤一个下马威。

这时，有些大臣还看不出风要向哪里刮，上书请给魏忠贤颂功德、建生祠者仍络绎不绝。朱由检在看这些奏书时一边看一边冷笑。一旁的魏忠贤看到皇帝这样的表情，知道他要倒霉了，他曾想有所动作，可是，他的几个亲信先后落网了。

看到皇上这样的态度，朝臣们心中有数了，他们便对魏忠贤群起而攻之。

户部主事钱元悫首劾魏忠贤结党营私，他说："忠贤本枭獍之资，先帝假以事权，群小蚁附，称功颂德，布满天下……"

贡生钱嘉征更劾忠贤十大罪。"一曰并帝"，就是把自己和皇帝等同，窃取皇上的权力。"二曰蔑后"，即污蔑皇后及其家人，十分嚣张。"三曰弄兵"，魏氏大抓兵权，甚至在禁中也进行操练。"四曰无二祖列宗"，高皇帝垂训，宦官不得干预朝政，忠贤却凡边腹重地、漕运咽喉，多置心腹。"五曰克削藩封"，忠贤把别的藩王封地剥夺得少而又少，他自己封为公侯伯的土田却膏腴万顷。"六曰无圣"，忠贤竟把自己和孔子并列。"七曰滥爵"，忠贤竭天下之力，佐成三殿，居然袭上公之爵。"八曰掩边功"，辽左用兵以来，隳名城、杀大将，而忠贤却冒侯封伯。"九曰伤民财"，天下给忠贤大修生祠，对百姓敲骨剥髓。"十曰亵名器"，崔呈秀之子，目不识丁，忠贤书遂登前列……

其实也用不着非要给他凑足十条罪状，只其中一两条，就足够把他剥皮抽筋的了！

参劾魏忠贤的奏章雪片似的落到崇祯的御案上。

皇上把魏忠贤叫到面前，拣出几份令内侍读给他听。

忠贤震恐丧魄，大汗淋漓。

趁着皇上还没有把他抓起来，魏忠贤到处奔走求救。他以重金贿赂崇祯的老家人徐应元给他说话。徐应元过去常常和魏忠贤赌钱，还算是有交情。可是徐应元连门都没让他进，把他和他的钱都推出门去。

魏忠贤摇头叹气："唉……人情竟比纸薄！"

徐对他说："魏公公，你的罪恶遮天蔽日，谁能救得了你呢？"

为了使朝臣更充分地揭露魏忠贤一党，皇上把他安置到了凤阳。

这年年底，魏忠贤的党羽已经清理得差不多了，皇上便令缇骑把魏忠贤从凤阳押解回京。魏忠贤很清楚自己的下场，便趁缇骑们没注意，在半道上自缢死了。

正如劾魏党的上书所说：阉党"群小蚁附布满天下"，不可能打扫干净。以后他们还几次地反攻倒算，但已兴不起大浪了。接着，崇祯就开始对冤案清理、平反，这也是件很麻烦的事。即使是明白的冤案错案，也有人扼着不让翻，原因是牵扯四面八方的利益。但崇祯硬是纠正有十之八九，如杨涟案、左光斗案、熊廷弼案、东林党案等，这些案件都牵扯到成百上千的人。这些大案要案的重新清结，对朝廷正气的恢复有很大影响。

到了第二年的夏天，崇祯开始把眼光移向辽左。

四月，起复袁崇焕为兵部尚书，督师蓟辽。

到了这年七月，皇上把袁崇焕召回来，"咨以方略"。要和他谈谈辽左的防守大计。

这是他们君臣的头一次见面。

崇祯皇帝打量着面前一身戎装的魁梧汉子，觉得只他的面貌就给人可依赖的感觉。笑着说："朕做信王时，就听说你了，时常向左右说起：还是那个袁崇焕有本领，他和熊廷弼、孙承宗一样，都是国家的干城！"

崇焕连忙跪下谢恩，他说："微臣怎敢和两位老元戎相比呢，陛下过奖了！"

崇祯给崇焕赐座，一再地要他靠前坐，好聆听他对辽事的谋略。

袁崇焕望着面前这位小皇帝，他和那个死去的熹宗一样，面目清秀，身材单细。比他哥哥不同的是，他的眉宇间蕴结着浓浓的阴云，好像有满腹心事似的。嗨，他小小年纪，担子可不轻松呀，袁崇焕有点可怜他了。

由于有了这样的心思，袁崇焕的言语间就尽说些宽解的话了。

他说：辽东那里的事，战略和战术得灵活一些，不能急于求功。第一要紧的是全力挡住后金的进攻，不能让他们再前进一步。第二就要徐图恢复了。这其中就要看情形而定，必要的话也可和后金言和……

"袁大人说的'言和'是什么意思呢？咱们大明怎能与贼子言和呢？"皇上有点急了。这就暴露出他一生的缺点，即容易冲动，一冲动就要铸成许多错误。

袁崇焕连忙给皇帝解释说："皇上，咱们大明对待后金的基本态度是：削弱之，绞杀之，以达到最后消灭之！可是为了麻痹它，迷惑它，也不妨在某一时与其言和，这也是一种策略……"

皇上点点头，相信了袁崇焕。

"那么，大人以为什么时候就可消灭后金，收复辽东呢？"皇上还是要袁崇焕给他个期限。

袁崇焕望望皇上，看他急切的样子，想了想说："臣受陛下特眷，愿假便宜，计五年全辽可复！"意思是说：我袁崇焕受到皇上的特别恩宠，感激不尽，希望陛下给我充分的条件，有五年就可以把后金消灭，恢复全辽了！

这确实有点说大话了。

恰好这时，内侍催皇上回宫小憩。

皇上想了想，离开了。临走时，对袁崇焕和陪同接见的大臣们说："你们不要走开，朕还有话对你们说……"

皇上走后，给事中许誉卿问袁崇焕："大人，您刚才对皇上说，以五年的时间恢复全辽，有点大话之嫌吧？要知道，后金现有十几万兵力呀！"

"是的。五年的时间是不可能恢复全辽的，可是您看圣上对辽东是多么忧心忡忡呀！圣心焦劳，咱们做臣子的想法安慰他都来不及，怎能忍心把实话告诉他呢？"

这是袁崇焕的很典型的一段话，很能表现他的性格。他很坚强，很能干，主意多，且很灵活，但政治经验是很差的，有点随意。在这处处陷阱的朝廷上怎可这样说话呢！

许誉卿听了摇摇头，说："大人，皇上是很英明的，您怎好这样随便地应对呢？将来，圣上按期跟您要辽东，您怎么办呢？"

这时，崇焕才觉得刚才的承诺是太轻率了。

待了不久，皇上又出来了。他满面倦容，似乎比前一会儿更加疲劳，两腮、眼皮也有些水肿。

廷臣们行礼后复又坐下。

皇上还没忘记辽东的事。

"袁大人，刚才你说五年可复辽东，使朕十分欣慰。想一想，朝廷该为你做一些什么事呢？"

这是说话的好机会，袁崇焕怎能错过。他说："东事的确不易短时间了结。但陛下既委臣，臣安敢辞难！如果五年内，户部能给足额的军饷，工部能给可用的器械，吏部能给可用的人才，兵部又能给调兵选将，这样事事配合得好，消灭后金恢复全辽还是有充分把握的！"

皇上听了十分高兴，他对一旁工、户、吏、兵四部大臣说："听到袁大人的话了吗？"

"听到了，臣下听到了！"四部大臣一齐欠身应答。

"怎么样，能够做到吗？"

四部大臣有的说"尽力而为"，有的说"一定做到"！

崇焕继续说："以臣之力，守全辽有余，而调众口不足。一出国门，便成万里，忌能妒功，夫岂无人！即不以权力掣臣肘，亦能以意见乱臣谋……"

袁崇焕的意思是说：以我的力量来说，防守全辽有余，但没能力使所有的臣僚都满意。我一离开朝廷，就远在万里之外，朝廷上难道就没有妒贤嫉能的人么？他们即使不能以他们的权力对臣下掣肘，也可以乱纷纷的意见扰乱臣的谋略，——这是臣下最为担心的！

这真的是掏心窝子的话！

熊廷弼、孙承宗不都是坏在这上面吗？前一段，他被从辽东巡抚位上罢官，不也是坏在这上面吗？这是刻骨铭心的恨事呀！

他想有个可靠的、无后顾之忧的后方。

他说得很是激动，所以崇祯帝听着听着就站起来了。

"卿勿疑虑，朕自有主持！"皇帝说。他这话等于没说，因为他就是个疑心最重的人。有多少忠贞的臣子有多少可成的业绩都败在他的疑心下。

这时大学士刘鸿训等请皇上赐袁崇焕尚方宝剑，以使他关键时便宜行事。崇祯帝立刻答应了。

"袁大人，还有什么话吗？"皇上又问。

给事中许誉卿以目示袁崇焕，要他别再说什么了。可是袁崇焕没瞧见似的还是说下去。他以过去熊廷弼、孙承宗为例，说明他们"皆为人所排构陷，终不得竟其志"。

"皇上，恢复之计，不外臣昔年'以辽人守辽土，以辽土养辽人，守为正著，战为奇著，和为旁著'之说。法在渐，不在骤，在实不在虚，此臣与诸臣所能为。至于用人之人与为人用之人，皆至尊司其钥。何以任而勿贰，信而勿疑？盖驭边臣与廷臣异，军中可惊可疑者殊多，但等论成败之大局，不必摘一言一行之微瑕。事任既重，为怨实多，诸有利于封疆者，皆不利于此身者也，是以为边臣甚难。臣非过虑，但中有所危，不得不告也！"

从袁崇焕这些话里看，他还是十分担心皇上以及朝廷的朝令夕改。他先重复说明了自己守辽的一贯主张，又详细说了自己的疑虑。他说：……拥有用人权力的那些人和被人使用的那些人，都掌握在您的手里。要懂得"你要用他就不要派别人去干扰他，更不要无端地去怀疑他"这个道理。在使用边臣和廷臣时，应该看到他们的区别。军队中瞬息万变，可惊可疑的事情多着哩，希望皇上只以将来全局的成败为结论，不要计较一言一行的小是非。他又说：因为责任重大，不可避免地会招惹许多人，那些有利于边疆臣子的事，对他们那些人未必是有利的，所以作为边臣是很难的，希望皇上能够体谅臣这一点。臣不是过分地忧虑，但其中的确存在一些危险，不得不对皇上说出来……

话是说出来了，但他担心的事，以后还是发生了！

在当时，皇上还是对他说了不少安慰的话、宽解的话。

2

皇太极登基，后金普天同庆。在热闹过一阵之后，有些潜伏的流言像游荡的轻雾到处弥漫着。

有人说：皇太极的即位不是拥戴而是夺权。

有人说：他很早就开始了篡夺权力的脚步。他唆使努尔哈赤的小妃告发大妃阿巴亥和代善的关系，以打击代善。后逼大妃殉葬，又拉拢多尔衮，为自己的上台扫清道路……

这在历史上曾是个很大的谜团，许多历史家争论不休。

这些流言绝不是空穴来风，但未必像流言说的那么厉害。在君权时代，宫廷内部明争暗斗，阴谋诡计是不可免的。可以说，即使是历史家吹捧的贤君明主也不一定是什么正人君子，正如明朝大文人李贽所言：他们大多是流氓恶棍鸡鸣狗盗之徒！

皇太极当然也不是个一身清白的人物！

但他的上台绝不是只靠阴谋诡计能够得逞的，这只要分析一下当时后金大小贝勒们的历史情况就可明白，这是爱新觉罗家族的一个必然选择。

那么，流言来自哪里呢？来自代善、多尔衮及他们周围的那一帮人。

后来代善一支算是服帖了。可是随着多尔衮、多铎的长大，他们的雄心便越来越膨胀了，特别是多尔衮，一直到死都没有甘心。

别看他和皇太极曾经相拥相哭相亲，实际上谁也没有放心谁。可是流言使皇太极很以为苦。

他为这事向代善哭诉过，还曾经赌气要把位子让给代善。

代善虽说是个忠厚长者，但不能说他就百分之百地心甘情愿，他拥护皇太极也是为情势所趋。他被努尔哈赤弄得一身污秽，任他怎么擦也擦不干净。他在战功上也不如皇太极，特别是在萨尔浒战之后，后金上下都认为皇太极才是一人之下万人之上的人物。再者，在治国安邦方面，他比之皇太极更是远远弗如了。

在拥戴皇太极之前，他曾开了个家庭会议，和儿子们谈起嗣位的事。他的三个在后金有头有脸的儿子岳托、硕托、萨哈廉都一致拥护皇太极，并催促父亲出面做这件事。连自己的儿子都不拥护自己，他还有什么希望呢！

"四弟，你千万不要灰心丧气。"代善安慰他说，"你要为咱们后金着想呀！……

"可是他们……你听到风声了吗？"

"什么风声？"代善问。

"他们说我这大汗是夺来的……"

"谁敢这么说？"代善跳了起来，"他们是谁？"

皇太极说不出来。这就好像是风，是雾，你能抓住风和雾吗？

他们闷了一会儿，代善说："四弟，这件事呀……很难办。不用说咱们找不到是谁在扇阴风、点邪火，就是找到了，你怎么办呢？一个个地宰掉他们？咱们父汗因为杀了弟弟和儿子，一辈子都不舒心。那就好像是心包上的伤口，永远不会治愈的……"

"咱们能那么办吗，大哥？"

"是的，不能那么办。特别是你刚刚嗣位，开刀残杀自己的手足，那是绝对不行的！"

"大哥，您教导得对！"

没有谈出什么结果，皇太极就郁郁回家了。

在家里，流言仍是他和大小福晋们谈论的主题。在那个时代，后金和蒙古一样，并不特别歧视女人，他们的夫人、福晋、妃嫔在家里往往有着比较充分的发言权。后来入关后，受汉人的影响，才有所改变。

在漫长的岁月中，几个与汉族交往日深的民族，慢慢地汉化，往往把他们许多好的东西也化掉了！

"别管他们，"布木布泰说，"风再大也吹不掉耳朵！"

她说得很对，风是吹不掉耳朵的，可是这安慰不了皇太极。他要的是平息流言的办法。

"我看可以杀一儆百！"大福晋说，"流言是怕见血的……"

可是布木布泰不同意姑姑的话，她说："要是流言的制造者是兄弟中的一个呢？"

大福晋不说话了，闷了一会儿，她又说："那就杀几个流言的传播者，杀奴才警告主人，也是个办法！"

布木布泰仍不赞成姑姑的话。她说："再大的风也有息的时候，流言也是这样，没人理它，它也就自生自灭了。你越认真地看它，它就越活得长久。"

皇太极朝着布木布泰笑了，这个十几岁的女孩儿真有些过人之处。

其实，布木布泰知道流言是从哪里冒出来的。

现在，她的心里竟有了一个多尔衮，这连她自己都感到奇怪。她曾想法把赖在她心中的多尔衮的影子赶出去，却没有办到，反而像一幅画儿一样，越描越深了。她无时无刻不在想念着他，这使她很害怕。

如果是一般人家的女人，她是可以和他暗暗地来往的，甚至发展到偷情也不算什么事。可是她是当今后金大汗的福晋呀！不仅不能干那种事，即使是眉来眼去也是不可以的。何况她有一个女人的远大理想，她要为科尔沁的蓝天白云活着，她要为正在欣欣向荣的后金活着，她还要为整个中国活着……

但，感情就像是烈火，它会把人烧化的！

布木布泰觉得自己不是那种不顾一切的人，她能控制天下事，包括她自己！

一天，她骑上马，带了几个贴身的侍女出外散步。这在后金贵妇来说，就像家常便饭一样。

在郊外转了一圈，又放马在银装素裹的原野上跑了几十里后，就回来了。进城不多远，就遇到了多尔衮。

"见过嫂嫂……"多尔衮跳下马来向布木布泰行礼。他现在叫嫂嫂一点也不觉得别扭了。

布木布泰也下了马，问道："十四贝勒好，你也想到郊外去转一转吗？"

"嫂嫂若是想来我家坐坐的话，我立刻就回去。"多尔衮热辣辣的眼睛望着布木布泰。

布木布泰犹豫了好久，还是跟多尔衮回家了。

她一边走一边分析着自己的心思。是为了对多尔衮的思念吗？不，不，她发觉不纯粹是这样。她并不想倒在这个少年的怀抱里。她清楚地意识到：她要实现一生的愿望，只有靠在皇太极坚实的胸膛上……

那么她来干什么呢？

她的心灵之声竟然这样回答：我要探测一下他的心窍，听一听他的心音。

那一天皇太极即大汗位时，轮到福晋们向大汗祝贺已经很晚了，可是贝勒们并没有离开。在摇曳的烛光中，布木布泰在多尔衮的脸上扫来扫去，她发觉多尔衮的眼神很不同于别的贝勒。别的贝勒是兴奋、欢乐和艳羡，只有他，是满脸的嫉恨，嫉恨之火烧红他的眼，扭歪了他的脸。

"他不会甘休的……"当时，布木布泰就想，"他是另一个皇太极……后金国是盛不下两个皇太极的！……"

家人、奴才们都退去了。他们两人面前是几碟茶点和一个盛着满满旺火的炉子。沈阳冬天很冷，光靠炉火是不行的，得有火墙。这时，火和热气也在周围墙壁内川流着，于是尽管外面是冰天雪地，房屋内还是春意盎然。

"多尔衮，新的大汗登基了，你也被册封为贝勒王，下一步，你想做什么呢？"

大汗的儿子都可称为贝勒，可那只是个俗称，真正的贝勒那得经过大汗册封。在皇太极登基后，一口气册封了包括多尔衮、多铎和自己长子豪格在内的十几个贝勒王。

贝勒，意思就是"主人"，就是王爷。他们往往学着汉人的叫法，在贝勒之后再加上一个"王"字，或直接称为王爷。

"布木布泰，"在私下里，多尔衮仍旧喊她的名字，他没有回答她的提问，却和她谈起了那天皇太极的登基大典，"啊，好气派呀，好伟大呀！皇太极一下子好像不是我哥哥了……"

"怎么？"

"他那么高大，那么威严，那么高不可攀！"多尔衮的眼睛放光了，"我感到受压，压得喘不过气来！"

"你四哥继位大汗，你怎么有受压的感觉呢？"

"是呀，我也是这样想……"多尔衮说，"布木布泰，你告诉我……"

"什么事？"

"我心中有句话，说出来你可保证别对皇太极说呀！"

"是什么话还背着你亲爱的四哥呀？"

"你发誓……"

布木布泰可不愿用誓言来束缚自己。她笑笑说："多尔衮，那样的话，你还是藏在你的肚子里吧，我不想听。"

"可是我很想对你说……"

"那你就说好了。"

"我说……我说了……也好看看你是和皇太极亲呢，还是和我亲！"

"你说什么呀，多尔衮！"布木布泰把脸一变，嗔他道，"皇太极是我的丈夫，你是我的好兄弟，我都和你们亲！"

多尔衮听了布木布泰的话，觉得有点委屈，不过他只好把委屈咽在肚里。"好吧，我对你说。我心里的话，现在只好对你说了，不然我会憋死的！"

"这么严重吗？"布木布泰想把气氛缓和些，就笑了起来。

"布木布泰，你说：如果我长得足够大，比方说和皇太极一般大，又如果父汗还在着，你说父汗会把大汗之位交给谁？是我还是皇太极？"

啊，天爷呀！他心里竟揣着这些东西！

可是布木布泰没有被他吓着，她只呆了一下，就大笑起来。

多尔衮惊讶了，他等待的是布木布泰的强烈反应，没想到等来的是她的笑声。

这一着，多尔衮失败了，在以后的"较量"中，他还要屡屡失败。

"你笑什么，布木布泰？"

"我笑……我笑……我笑你多尔衮真是个小孩子。说了许多根本不可能的'如果'……"

"怎么不可能呢？"

"你还不如干脆说：如果父汗只生你一个儿子呢？那样，就更有把握些，你就是只有两三岁，父汗也会把大汗的位子给你的！"

布木布泰把多尔衮的如矛尖般尖锐的问题，当作玩笑化解了。

"布木布泰，"多尔衮发狠地说，"你笑吧笑吧，总有一天，我会把皇太极的大汗夺过来，连你也夺过来！"

布木布泰大惊失色。

但很快就又镇静下来，她慢慢地站起身，眼睛盯着多尔衮，对他说："说，多尔衮，说你自己错了！"

"我不说！"多尔衮吼道。

"不，你错了！"布木布泰一字一顿地说，"后金国现在需要的是皇太极，而不是你！你如果真是爱新觉罗的子孙，你就应该知道，拥护皇太极就是实现上天的意志。只有皇太极才能继承父汗的遗愿，才能把他开创的事业发扬光大！……说，你错了！"

多尔衮低下头去，但他沉默着。

"说……你不说吗？"

"我说……我错了！"

"再说一遍！"

"我错了！"大滴的泪水落下来。

布木布泰走过，用手抚摸着多尔衮的肩膀，接着说："……你呀，还是个不懂事的孩子。别担心，以后，嫂嫂还像过去一样地爱你！知道你一生的使命吗？"

多尔衮摇摇头。

"你一生的使命是做皇太极的好臣子，做后金的大将军，为了父汗的伟大事业建立功勋！懂吗？"

多尔衮仰起头，满脸泪水问道："就只能这样吗，布木布泰？"

"是的，只能这样！"

说了这句话，布木布泰就走出多尔衮的房间，站在走廊上喊她的侍女们。不知什么时候，毛茸茸的大雪又落了一地。

从那时起，她的心就一直悬着。

她是不会把多尔衮的心事说出来的，因为她不愿爱新觉罗家族再流血。但她真正知道了多尔衮是只狼，永远不会驯顺的狼！

她更不明白自己竟打心眼里爱着那只狼。

她一点儿也不疑惑那些流言是从他家里流出来的……

3

容俏两手捧着一本书，她正给春颖讲一段历史。

她的声音很小，几乎是窃窃私语。

春颖会意地点点头。

忽然，房子里骤然冷了起来，风刮着雪花在屋里打了个旋儿，主仆两人抬起头来。

她们看见皇太极站在门外，愣愣地向房里看着……

容俏又低下了头。

春颖连忙站起来，向门口走了几步，跪下说："不知皇上驾临，有失远迎，望乞恕罪！"

春颖的这句话，说得有几分玩笑的意思，可是皇太极仍然很高兴。他说："小丫头，我还不是皇帝呀！"说着走进屋里，春颖赶紧把房门关上。

"不，您会是的。"春颖仍在晓舌，"我家小姐说了：他今天是后金的大汗，将来他会是中国的皇帝！"

"是吗？"皇太极望着容俏。

"听那丫头胡说！"容俏狠狠白了春颖一眼。

"是，我胡说，我应该掌嘴！"春颖轻轻地把自己的脸蛋拍了两下，"我自己到外边雪地里罚站去！"

她赌气跑了出去。

只剩皇太极和容俏两人在房里了，容俏紧张起来。

"……请大汗把门敞开！"她说。

"敞开？可以，不过那就太冷了。外面风雪连天，却开着大门，人家不更怀疑吗？"

容俏脸色变得像猪肝一样红，她局促地站起来，靠着一旁的火炕。

"容俏，别紧张。"皇太极笑笑说，"我只规规矩矩地站在这里，绝不向前一步！"

"大汗，您……您来做什么？"

"……容俏，我心里有些愁苦，想对姑娘说一说。"

"您有那么多的谋士，那么多的臣子，为什么不去问他们呢？"

"可是，他们没一个比得上姑娘的……"

"……您说，把您的愁苦说出来……"

"好……"皇太极说，"可是姑娘得请我坐呀……"

"您想坐就坐吧。"

"可是师父不落座，徒儿怎敢坐下呢？"

容俏的嘴角上掠过一丝微笑，她又扭捏了一会儿，还是坐下了，脸色也慢慢地转为正常。皇太极也拉了把椅子坐在她的对面。

"容俏，我说给你听……"

容俏看他想长篇大论，又急了，忙说："大汗，您的心事我已经知道了，不就是为了那些流言吗？"

皇太极给她作了一揖，说："姑娘真乃神人也！"

"我说完了，您就走？"

皇太极立刻答应她说："领教后就不敢耽误姑娘……"

"大汗，我问您：您在纵马驰骋时，如果有几个蛛网横在那里，您是绕开它呢，还是勇往直前？"

皇太极笑了，他把脸抹了一下。

"对。……如果有根横着的树枝呢？您停步吗？"

"绝不……"

"我希望您对待那些流言蜚语也是这样！"

"我明白了，容俏。"皇太极把椅子拉得靠前一些，"那么我将跑向哪里去呢？"

"大汗胸中有千山万壑，还用我说吗！"

"可是我想先听一听你的，然后再印证一下，看我们是不是想到一起去了。"

容俏看了他一眼，见他在倾身聆听，十分虔诚，就又说了下去。

"大汗，您是想在长城以外称孤道寡呢，还是想君临整个华夏？"

皇太极的眼睛一下子瞪大了，光彩灼灼。他急切地说："容俏，上天给了皇太极以伟大使命，要我去拯救万民于水火。当我闭上眼睛离开这个世界的时候，我想让天下苍生留恋我，颂扬我，为我的离开而悲痛！"

容俏望着面前的这个人怔住了。她没想到他的胸怀竟有如此博大宽广！

"那么，您就不顾一切地向前奔驰吧！"

"容俏，给我指个方向……"皇太极又把椅子往前拉了拉。

"跑到中原去！"

皇太极摇摇头，说："我是一定要到那里去的，可是就目前的力量来说，我连长城也过不去！"

"大汗，您知道是和谁打仗吗？"

"现在主要的敌人是大明……"

"是的，可以那么说。"容俏在斟酌着词句，接着说，"但是，您还和一个看不见的敌人打仗，他更为强大。"

"看不见的敌人？"

"是呀，那就是几千年的汉族文化。大汗，您是无法消灭它的，相反，它要消灭您！"

皇太极思考着容俏的话。他过去曾想到过这个问题，但从没像容俏表达得这样准确过。他记得父汗曾令额尔德尼等人参照蒙古文字创造满族文字，文字是创造出来了，可是使用价值不大，为此，父汗对他们大加训斥。额尔德尼委屈地说："大汗，文字不是哪一个人可以创造的，它是亿万人以几千年的时间在生活和劳动中逐渐创造和完善的。"

皇太极认为额尔德尼说得对。

文字是文化的容器，汉族文字装载着汉人几千年的文化。女真人纵然有了文字，可装载的东西有多少呢？

还有一次，努尔哈赤对有的大臣喜穿汉人服装十分恼火，令其回家里换上满装再来上朝。并下令尽可能地在语言、服装和生活习惯上保持满人的风俗。

皇太极暗想，那是办不到的，因为人们总是仰慕那些先进的东西，谁也无法阻挡。

皇太极在战争中已经深刻地体会到文化的强大力量。他意识到，拿下一座城市并不难，但占领这座城市里军民的心是十分艰难的！

这就是有的大明将军宁愿死也不失节的根本原因！

看到皇太极默默不语，容俏问："大汗，您认为我说错了吗？"

"不……没有，我在想，如果我把汉文化拿过来，把它据为己有，怎么样呢？"

"那当然可以，"容俏笑笑说，"那样您自己也就变成汉人了！大汗，您不怕吗？"

"不怕……"皇太极说，"我想起一个汉人的故事。——说的是一只凤凰，它老了，快要死了，可是它跳到烈火中，把自己烧死，然后从火中再得到新生。我们民族也可以这样！"

容俏为皇太极的这种思想震惊了。她揉揉眼睛，重新审视着面前这个人。她早就知道皇太极是一位英勇善战的将军，并且广有谋略，是众贝勒中的佼佼者，但不知他还有如此深邃、大胆的思想！

看来天下真的是他的了！

"大汗，您当然知道忽必烈这个人了？"

"当然。"皇太极说，"他是我景仰的人物之一。"

"您现在的位置和处境太像这个人了……"

"说一说，容俏。"

"努尔哈赤大汗很像早他几百年的成吉思汗，您却像他的孙子忽必烈。成吉思汗战功卓著，他的蒙古铁骑踏遍了半个世界，连远远的西方听到他的名字也战栗不已。可他就像洪水一样，来势汹汹，过后，世界却依然如故。可是他的孙子就不一样了，他那时就有了您现在的思想。他知道要想把中华大地变成自己的国土，那就得任用汉人掌握汉人文化。这一点真了不起，虽然，为了这，他被本民族斥为叛徒逐出家门，他却历万难而不悔！"

皇太极不眨眼地听着。

"大汗，您怎么不说话呀？您就不问一个'后来呢'？"

"那个'后来'，我知道。"

"好好想想那个'后来'吧，大汗。"容俏说，"后来，忽必烈这只凤凰没有变好，没有变彻底。他开始怀疑汉人汉臣，他对那些反对他的汉人大杀大砍，他和汉人从未达到亲如一家。最后，临死时嘱咐家人把他的骸骨送回漠北去。他不愿把灵魂留在这块他始终不熟悉的地方，怕在无尽的冥冥岁月中饱受孤苦和凄寒……"

"是的，你说得真好，容俏！"

"他被人抬走了，他的子孙被人赶走了，元朝的历史总共也就一百年……大汗，您是忽必烈吗？"

皇太极站起来急切地说："我比忽必烈晚生了几百年，应该比他聪明一些，我会变成一只完美的凤凰！我的帝国将永存这个世界上！"

他谢了容俏的指教。容俏以为他要走了，可是他还坐在那里。

"容俏，我有件为难的事，想说出来，又怕你不给我面子，使我从这里无法走出去……"

"那，您别说。"容俏翻起眼皮看着皇太极，"免得赖在我房里……"

"可是我又忍不住，"皇太极说，"是这样，我想让爱新觉罗家族的子弟学习一点汉族的文化典籍，不知你想不想教授他们？"

容俏没说话。

"教什么，什么时间教，都是你说了算。"

"他们可都是天潢贵胄呀！"

"你不要管那些，在你面前，他们都是学生。你可以打得也可以骂得……"

容俏又不说话了。

"容俏，你答应吗？"

容俏低着头在想。

"好了，你要是不摇头就算答应了。"皇太极不等容俏有什么反应，就扭头跑了。他还不住地嚷着："谢谢你，容俏……我给爱新觉罗的子孙找到了一位好老师！"春颖回来了，她望着容俏的脸色琢磨着她的情绪。

"小姐，你的脸色红红的，就像桃花瓣儿……"

"死丫头，你到哪里浪来着？"

"小姐，我只到大福晋房里坐了坐，怎么啦？"

"你走吧！"

"小姐，你要我到哪里去呀？"

"你愿到哪里去，就去哪里！"容俏把春颖的几件衣服甩给她，"女大不中留，反正你的心也插了翅膀了！"

春颖哭着说："小姐，你不要我了，我只好走。我也不是没地方去……驸马府上夫人怎么也给我留着一碗饭……"

"不准到那里去！"

"小姐，你不要父母了，可我还和老主人亲呢。出了门，你就别管我了……"

春颖一边哭一边把自己的几件衣物撩来撩去，好像要打点行李的样子。还翻起眼皮睄着容俏，见她表情并不严厉，心中就有数了。

"小妮子，你到夫人那里怎么说？"

"怎么说，我说我没犯什么错，小姐就把我赶出来了！"

"你没犯什么错吗，春颖？"

"我有什么错，小姐可以给我指出来……"

"你出卖主人，还说没有错！"

"小姐，你怎么啦，我把你卖给谁了？"

"我不和你犟嘴！"

"你是说大汗吗？我看，他并没有把你领走呀，要是我把你给卖了，你还能在这儿训斥我吗？"

容俏气得一声不吭。

见容俏不说话了，春颖的话可就多了。

"小姐，我从小跟着你，后来又跟你出生入死，三个丫头就剩我一个人了，亲姊妹也没有咱俩亲，我说得对吗？……你要赶我走，我绝不会走的，除非你要我死——几个月来，您一边看历史又一边给我讲历史，渐渐地，您对后金人不像过去那么看了，也不像过去那么恨了。而且你对我说：在中国的历史上为帝为王重要的是施行仁政而非其他，你还说那个皇太极了不得，把他说得像花儿似的……"

"小贱人，我什么时候把他说成花儿似的？"容俏的脸又红得像涂满胭脂，眼睛也水汪汪的，她受不了春颖的注视，回头朝着墙壁。

春颖觉得可以摆布主人了，就继续说下去。

"小姐，还用把你说的重复说一遍吗？……你说：皇太极是后金的明主，大明国已日薄西山。咱们怎么办呀？不能这么永远地寄人篱下吧？小姐，得想个法儿了！你说在乱治交替的时候应该做点事情，那么做什么呢，应该有个眉目了吧……我知道你心目中有许多你羡慕的人，什么卓文君呀，班昭呀，梁红玉呀，李清照呀……文的武的都有。不久前还遇到了个秦良玉。榜样有了，你也有她们那样的才能，为什么不赶紧做起来，给女人争口气呢？……"

容俏听春颖说着，渐渐地回过头来，眉目也平舒多了，她在默默地想着春颖的话。但她还是叱她道："丫头片子，你还有完没完？"

"这就完了！"春颖跑过去，把小姐搂起来。

两人扭在一起哈哈大笑……

这也是皇太极的成功。

在数次在容俏面前碰壁之后，皇太极看出在小丫头春颖那里有条缝隙。春颖对皇太极有好感，且脑子灵活。她和贝勒府里的丫头们都很合得来，和大福晋、布木布泰的感情就更好了。皇太极也常派她做些事……

一天，皇太极看见她从院子里经过，那消消停停的样子，好像没什么急事，就叫道："春颖，到我这里来一下！"

春颖进了皇太极的屋，两只大眼睛望着皇太极，笑嘻嘻地问："王爷快要做大汗了吧，想怎么册封我？"

"想要我册封你吗？"

"是呀，我也想捞个一官半职的。"

"小顽皮，女孩子想册封的话……"皇太极端详着她那俊秀的脸，"得给我做一件重要的事！……"

"什么事呀？王爷，您说！"

"就是这样的事！……"皇太极忽地一下把春颖抱起来，没头没脸地亲着，然后就把她放到床上，给她解着衣扣。

春颖没有极力抗拒，眼泪却下来了。她说："王爷，您要毁了我呀……"

皇太极没想到春颖会这样冷静，这样大度，简直像一个王家的格格，就停了手。

"王爷，我是一个丫头……"

"我们满人不在乎那个……只要我愿意，我可以封你为福晋。"

"可是我在乎……"春颖坐起来。

"怎么，你不愿意？"

"我愿意……"春颖斜倚在皇太极身上说，"爷，我不是看上你是王爷，而是你这个男人……不过现在不行。"

"什么时候才行呢？"

"我们小姐真正归顺你的时候……"

皇太极叹一口气。"我还有……希望吗？"

"王爷，别灰心，那一天快到了！"

"真的吗？"皇太极又把春颖抱起来。

"真的，耐心地等一等吧，"春颖说，"我知道，你要我，只是要一个女人，你要小姐可就不一样了，你要的是一个象征，一个老师，一条通向另一个民族的路……"

皇太极两手把着春颖的肩膀端详着，眼睛里充满着爱慕。"春颖，你也是个才女呀！我爱你们小姐，也爱你。你小姐我会当老师敬着，当花儿看着，你呢，我可要一口一口地吃掉！"

"皇太极，您真是一只虎，东北森林里的虎！"说着春颖跳到地上就要跑，可是被皇太极一把拉住了。

"春颖，帮帮我。"

"还帮你什么呀，我已经成了你的奸细了！"

"帮我把你们小姐俘虏过来！"

春颖没答应什么，只向他挤挤眼睛，跑了。

"小姐，皇太极在这里时间那么长，你们说些什么呀？"春颖问。

容俏又要斥她，但又觉理亏，为了辩白，就详细地把她和皇太极交谈的内容大体上说了一遍。

"呀，原来他是来拜老师呀！"

"死丫头，还在这里嚼舌头，你看什么时候了，还不去弄饭吃！"

"小姐，你不赶我走了？"

容俏笑了，"把你赶走？谁这么尽心尽力地伺候我呀！"

"呀，小姐的良心发现了，谢谢！"春颖喜笑颜开，"但愿你到大汗宫里后，还对我这么好！……"

"啊呀，这丫头要死了！她竟敢对我这么说话！"

她想把春颖揪过来掴上两巴掌，可是春颖跑远了。

第十七章　锐意图改革　排难除险阻

1

努尔哈赤给皇太极留下的并不是一个花团锦簇的后金。民生凋敝、经济日蹙、军事受挫、民族矛盾激化……就是朝廷内部互相倾轧也是很严重的。

皇太极几次地召集贝勒、大臣议事，企图解决这些大事，但都一筹莫展。

权力问题还是没有最终解决。

他虽是兄弟们公推的大汗，但他并不敢独揽大权。议事时，他还是让代善、阿敏、莽古尔泰和他一起坐在主位上。

他说："要说治国之道，如筑室然，基础坚固、用材精良者，必不致速毁，世世子孙可以久居。其或苟且成工者，则不久圮坏，梓材作诰，古人所以谆谆垂诫也！"

在会议上提问题的人很多很多，给办法的人却很少很少。

容俏的话，很合乎他的心意，她的意思是说：他要义无反顾地往前跑，离旧规制越远，他的政权就越巩固。这使他坚定了学习汉制的决心。但要实行起来，仍然困难重重。

在这样的情况下，他必然要向汉臣那里靠了。他把范文程、李永芳叫到家里，和他们日夜议论着。

渐渐地，几个主要的矛盾被他抓住了。

当前最危险的是汉满两族不能融洽，汉族奴隶大量逃亡，满族人不断遭到汉人的袭击，辽东人民在高压下奋起反抗了。

这是努尔哈赤对汉人实行错误政策的严重后果。

在向辽、沈进军的过程中，他不顾皇太极的劝告，对汉人歧视、压榨、屠杀和奴役，无所不用其极！

例如萨尔浒战役后，在占领开原、铁岭等城镇时，见汉人就杀！他要八旗兵把汉人斩尽杀绝！攻占辽阳、沈阳时，他的杀绝抢光政策被皇太极软化了，好了很多，但仍进行了不同程度的屠杀和抢掠，把数以万计的汉人掳去做奴隶。

汉人一听说后金兵来了，一是和明军一起并肩作战、拼命地抵抗。二是闻风而逃，往山里逃，往关内逃。三是奋起反击，或个人或集体地袭击满洲人。

这样酷烈的战争，最受害的还是百姓。他们再也没办法正常地生产和生活了！

"辽、沈之间，畏贼（指后金兵）不能耕者，延袤数百里。"一位明臣给皇帝这样描述。

战争之后，努尔哈赤继续实行歧视、压制、盘剥汉人的政策，那些后金贵族、将、吏，对汉人日日追索不厌，直至敲骨吸髓！汉人不逃、不反抗，是绝无生路了！

他们反抗的形式是多种多样的。有的往水井和食盐中投放毒药，有的把猪毒死出售，声言要把满人全部毒死！有的给他们建房时偷梁换柱，使其很快倒塌，有的给他们的军营边埋放炸药，使他们夜不安枕。还有些妇女、老人没有反抗能力，他们就烧香祷告，祈求上天惩罚这些十恶不赦的人……

努尔哈赤也想出了许多办法进行搜查、搜捕，堵塞各种"漏洞"。如规定各店铺主人，必须将自己的姓名刻在木板或石柱上，立于店前。妇女在购买食物时必须把店主的名字记下来，以便查证。

尽管如此，满人的百姓和军人被打死打伤仍屡屡发生，甚至他们的中下级军官也在野外甚至大街上被汉人揍死！

努尔哈赤下令：后金人不许单人走路，若到远地，必须十人以上结伴而行。他们也成了惊弓之鸟……

在努尔哈赤晚年，震撼后金统治的武装暴动发生了！天命六年（1621年），金州有两个秀才组织群众"作乱"。同年，镇江（今辽宁丹东附近）陈良策率军民起义，活捉了后金守城游击佟养正，送给了明朝。镇江所属的汤站、险山二堡农民也宣布起义响应。

天命八年（1623年），复州（今辽宁复县）一万一千名男丁叛逃，投向明朝。

天命十年（1625年），海州（今辽宁海城）所属张屯的汉人秘密联络明将毛文龙派兵，袭击本屯的满人。就在这一年，镇江、岫岩、长岛、双山、平顶山、鞍山、首山、彰义等十几处地方都掀起了反抗后金的武装斗争……

清太宗皇太极

面对人民的反抗，努尔哈赤从不检讨自己的政策，反而采取更为严酷的镇压手段。

天命十年（1625年）十月，他命令总兵以下、备御以上各将官，严密搜查管辖的村镇，甄别汉人，对那些有异动的汉人，坚决杀掉！特别对于那些在家闲住的明朝旧官、汉族的读书人、秀才、绅士等，一律处死！

他认为就是这些文化人在后面煽动暴乱！

可是，努尔哈赤的民族虐杀政策使矛盾更为激化了！

后金的经济状况也是极为糟糕的。辽沈地区的生产遭到彻底破坏，皇太极即位后，整个后金就遇到了大荒年。

历史记载："国中大饥，粮食奇缺，物价飞涨，斗米价银八两。"

由于他们抢掠了很多银钱，一时银子还不算缺，可是买不到东西。银贱物贵的奇怪现象出现了。一匹好马价值三百两，一头牛能卖到一百两，一匹蟒缎要银一百五十两，老百姓缺不了的棉布一匹也要银九两！……

饥荒越来越严重，有些地方出现了"人相食"的可怕景象！与此同时，盗贼横行，抢劫成风，社会秩序混乱到极点……

皇太极叹息道："民将饿死，是以为盗耳！"

这危机的局面也反映到了军事上。

天命十一年（1626年），在宁远，后金军遭到明军两次重创，是努尔哈赤兴兵以来最大的失败。就在他去世前的三个月，明将毛文龙派兵袭击了距沈阳仅仅一百八九十里的鞍山驿。这使努尔哈赤十分惊慌，连忙令诸王率兵向沈阳进发。数日后，毛文龙又率军袭击了萨尔浒城！此地距沈阳也仅有百余里。

屡次败北的明军敢于深入突袭后金军，充分说明了后金的江山并不巩固。努尔哈赤的统治不是建立在人心拥护和经济雄厚的基础上，而是生存在刀枪的丛林中……

努尔哈赤焦急、疑虑，不知如何是好。最后，带着他的万分遗憾呜呼哀哉了！

矛盾和困难都清楚地摆在面前。

皇太极，这个新上台的大汗怎么办呢？他搓着手在范文程和李永芳面前走来走去，显得既踌躇满志又无处着手。

"两位先生，"皇太极望着他们，"你们过去是我的好友，现在应是我最亲近的谋士。刚才，你们把我朝的症结所在摆得如此清楚，看来想了不止一天两天了。现在，就请你们言无不尽吧！”

皇太极说的是实情。

努尔哈赤把他们收留下来，也曾使用过他们，有的时候还倾听过他们的意见。可是在他的心目中，他们仍是不可信的汉人！用时呼来，不用时喝去。更多日子把他们当作“敝屣”扔在墙角里，有几次还险些把他们的头割下来！是皇太极保护了他们。有皇太极在努尔哈赤身边，范文程他们就有了保护伞。

范文程望望李永芳，意思是说，他要先讲话了。

他说：“大汗，臣下觉得困难不只是坏事，它也是好事。如果一点困难也没有，任何人都可做这个大汗的。上天把大任交付给您，先大汗那么看重您，就是因为您不同于别的贝勒！”

“范先生说得很对，”李永芳也说，“如果大汗把这几件大事解决得好，后金的大业也就更稳固了，您也就成为万众景仰的大汗了！”

两个汉人一唱一和，把皇太极说得十分高兴。他明白往往在历史转折关头、生死存亡之秋，方现出帝王的卓越之才。

他说：“两位先生说得很有道理，可是我们先从哪里着手呢？”

范文程见皇太极这么诚恳，就一口说出：“大汗，在这时候，要么维持现状，守先大汗之成规，要么采取新政，实行改革，力挽危机！”

见范文程讲得这么直接，李永芳也大胆地说：“维持现状是不行的，先大汗的办法再好也行不通了！”

皇太极想起了容俏的话，她的主张和面前这两位先生不谋而合，只是更加清楚和具体。他说：“两位先生，我想首先要做的是改善汉人的地位，使他们在后金安居乐业。那样，生产也就上去了，财力物力会很快地好转。有这做基础，还怕别的大事弄不好吗？”

看到皇太极这么开窍，范文程说：“大汗英明，太英明了！”

“……那也许会受到贝勒、大臣们的激烈反对……”李永芳担心地说。

“当然，”皇太极说，“扬鞭催马在草原上驰骋，不能因为几片蛛网、几根横枝而勒马踟蹰！”皇太极用上了容俏的比喻。

“那么，大汗要跑到哪里去呢？”范文程问。

两位汉人都瞠目望着皇太极，因为这是最最关键的。

“我要跑到一片汪洋中去！”

两位汉人有点傻眼了。

“那片汪洋，就是你们汉人的文化，汉人的制度。而且，我不会像忽必烈那样跑到一半路程又折了回来！"

皇太极究竟是伟大的君主。他说干就干，雷厉风行。

他明白要是和兄弟贝勒们、满族大臣们讨论这个问题，并期望得到他们的赞同，那无异于缘木求鱼。一开始，他必然招致一片反对之声，但他知道绝对不能停步，离开努尔哈赤的陈规越早越快越远就越好！

他把贝勒、大臣召集起来，宣布了他的大政方针。

他说："……如今，灾荒不断、盗贼猖獗，弄得荒田万里，人烟渺无。其根源就是满汉的尖锐对立。看不到这一点，或者不愿改变这一点，那是极其危险的！"

他看了一眼下面的人，他们都静静地听着。这是事实，谁也不会有异议的。

皇太极接着说下去："现在摆在爱新觉罗子孙们面前的有两条路。一是退回那白山黑水中去，退回深山老林中去，过我们祖宗过了几千年的日子。一是改变我们过惯了的生活，把头脑换一换，那样，我们就会不只有一个巩固、强大的后金，还能把父汗的事业发扬光大，拥有整个中国！到那时，在座的每个人都是大中国的王爷！"

皇太极看到下面的人兴奋起来，不过也有人眼睛里透出怀疑的神色，以为他在编造一个引人入胜的神话。

"我想大家谁也不愿再回到老生活中去了，开弓没有回头箭，就是这样！"皇太极不去管那几个摇头的人，继续说下去，"不过，那远大前程不是等来的，而是干出来的！千里之行始于足下，咱们先干什么呢？……古人说'治国之首要，莫大于安民'，我们就从这里开始……"

接着他提出了"满汉不和，即国中肇乱之源"的观点。他说："后金国中多数是汉人，与占多数的汉人不和睦相处，那还能希望天下太平吗？何况，将来我们还要统一华夏！那时，天下十之八九是汉人，朝廷治理的主要是汉人，我们怎么办呢？我想：使满人、汉人、各族人友好团聚，就是爱新觉罗的子孙们永远不能忘怀的大事！"

皇太极只几段话就把当前以及往后面临的头等大事说得简要而明了，说明他的思路已经十分清晰，而且十分成熟了。

没人起来反对，皇太极的论断就像泰山那样屹立在那里。

"治理这些汉人，用什么办法呢？"

皇太极向下面的与会者，向坐在他两边的三大贝勒望望，又等了一等，那意思好像在说："你们有好法子吗？有，就请提出来……"

可是，上下都呆呆地望着他。

"兄弟们，大臣们，办法是有的，那就是现成的，可行的，汉人使用了几千年的老办法。治汉人要用汉法，不这样，怎么能行呢？……"

终于有人说话了，那人就在皇太极的身边，他是莽古尔泰。

"皇太极，不，大汗，你说：治汉人要用汉法，那，我明白。那么治满人呢？你不想把咱们满人的老一套全扔掉吧？"

"那当然不会扔掉的……"皇太极回答。

"好。可我又要问你了，"莽古尔泰有点得意，"照你的意思说：治汉人用汉法，治满人用满法，那么治蒙古人、治回族人、治藏族人……一定要用蒙古法、回法、藏法了？那你的中国不就乱成一团了吗？"

皇太极有点被噎住。

莽古尔泰仰头哈哈大笑，下面的与会者也趁机笑了个"人仰马翻"。

两个人没笑，就是皇太极和代善。

代善在深深忧虑。他觉得皇太极的话是无懈可击的，先父的那一套已经走到了尽头。如果向远处、大处发展，那就必须改革。可是照皇太极的办法去改，乱也是必然的……

可是皇太极又说话了。

他说："五哥（莽古尔泰是努尔哈赤的第五子）说得很对。咱们就是那样办——治不同的民族，用不同的办法。可是我劝五哥别害怕，因为，现在或者将来最主要的就是我们和汉族关系，这件大事做好了，就等于把中国十分之九的事做好了，还会乱到哪里去呢！"

皇太极的话又镇住了全场。莽古尔泰眨巴眨巴眼睛，闭上了嘴。

这时后金的政体，基本上还是努尔哈赤遗留下来的四大贝勒议政。既然连他在内的四大贝勒和别的小贝勒们没有提出反对的意见，这几件大事就算是通过了。

皇太极立刻和他的朝廷制定了一系列的政策和策略。

他抓住安抚汉人的主线，宣布"各族之人，均为一体，凡审拟罪犯、差役公务，毋致异同"。"譬诸五味，调剂贵得其宜。若后金庇护后金，蒙古庇护蒙古，汉官庇护汉人，国将不国，是犹成苦酸辛之不得其和也！"

朝廷采取具体步骤，从多方面来改善汉人的政治、经济状况，调和满汉之间的矛盾。

清太宗皇太极

实行"编户为民"。解放奴隶，使汉人成为"民户"，也就是普通的老百姓。

努尔哈赤时代，把大量汉人变为奴隶，分到满人各户里供其役使，受尽凌辱、压迫。后来他们俘虏的汉人越来越多，就把他们编成村庄，然后再按等级分给满人贵族。使后金国沦落为真正的奴隶社会。

皇太极果断地改变努尔哈赤的编汉为奴的政策，改为备御以上每户只留六至二十个庄丁，其余的汉人分屯别居，编为"民户"，并选择清正的汉官管辖。

这样就恢复了绝大多数汉人的自由身份，使他们成为个体农民。在一定程度上可以安居乐业了。

但是，有相当多的贵族是不肯听皇太极那一套的，他们明顶暗抗，留下了大量的汉族奴隶。于是皇太极颁布了"离主条例"。从法律上给予奴隶、家仆以人身保障。

条例规定，奴隶和家仆可以因非法摧残、奸淫、杀害等事情上告主人。经有关机构审讯属实后，奴隶主会受到法律制裁，奴隶们可得到自由身份，自谋出路。

另外，朝廷还放宽了"逃人法"。由于不堪忍受歧视和奴役，很多被掠来或归降的汉民、汉官，不断地从奴隶主家里出逃。原来在辽东居住的也有许多逃往关内。努尔哈赤规定凡逃亡者捉住后一律处死！

皇太极宣布：从前逃跑的，或者与大明暗中来往的，虽被检举，也一概不究。有逃跑的想法，但未实行的也不论罪。只对那些三次逃亡者才处重刑。

这政策很有效果。实行几个月后，就"汉官、汉民皆大悦，逃者皆止，奸细绝迹"。

皇太极深深懂得"安民"重在"养民"。朝廷宣布对新从明地归降的老百姓不杀、不辱，一律给以妥善安置。包括分配土地和住房，甚至还配以妻室，更不再降为奴隶。

他要范文程等组织几批人下乡到处宣讲大汗的谕旨："归降之地土，即我之地土，归降之民人，即我之民人，其皆吾赤子也！来归之后，自当加以恩养！"……

只要有时间，皇太极就把贝勒们叫到面前，对他们谆谆告诫："……养民好比种树，需日久才能成材。但，必须平时加以养护。岂有养人而得不到益处的呢？我专意爱护那些新旧来归的汉人，每每加以赏赐，目的是招徕更多的汉人投向我国，好处多着呢！如果你们不这样做，就是不想让先大汗的事业发扬光大，那样，我也就灰心丧气，只好闭门独处了！……"

他给贝勒、大臣们定出的纪律是："凡贝勒大臣不遵法令，有掠夺归降地方财物者，杀无赦。擅杀降民者，抵罪。强取民物者，计其所取之数，倍偿其主。"

从不受约束的贝勒怨论纷纷，甚至恨恨地说："这个皇太极还算不算爱新觉罗的子孙呢？也许是汉人的杂种吧？"

皇太极对这些詈骂和怨言毫不理睬，他严厉地警告他们说："我正为了后金的繁荣富强日夜操劳，招徕更多的人民，而你们竟然横行，扰害百姓，形同鬼蜮！这种人不诛杀，还能用什么办法惩办呢？"

他还直言不讳地说："后金八旗向来骚扰辽东人民，因此辽人至今诉苦不息。如今必须改变这一情状！若仍像过去那样肆意侵害，实为作乱的罪魁祸首！一旦罪行属实，必连同其家小一律处死，决不姑息！"

皇太极认识到安抚汉人是重要的，笼络、收买、重用归降的明朝大小官员则更为重要。以后要用汉法治汉民，没有他们的合作与支持是绝对不成的。

努尔哈赤时代，随着战事的发展，归降或俘虏的汉官越来越多，努尔哈赤对他们也就越来越不稀罕了。他只任用了几个将军和文化人，如李永芳和范文程等，而将成百上千的归降官员，都分给了贵族当作奴隶使用，使他们备受歧视和凌辱。

他们的财物、马匹不能使用，得上交主人，他们的供应尚不及最普通的满人，所以他们都穷困难堪到极点，常常出卖自己的仆人、典当衣物糊口。

压迫不止反抗不息，汉官忍不下去了，也常常起而闹事。如复州的汉官就曾率民起义。努尔哈赤派李永芳去镇压，李永芳当然不愿去杀戮他们，就说："大汗，也许是有人造谣吧？可以查清再说。"

后来消息被证实。努尔哈赤对李永芳大加训斥，还罢了他的官。皇太极说："父汗，汉官如在水火，度日艰难，能不叛变吗？您不能全怪李将军。"

后来李永芳的官是恢复了，但努尔哈赤对他不似从前那样信任了。

皇太极即位后，全面地改革了对待汉官的政策。

他以身作则，尊重、礼让汉官，他给李永芳以实际的兵权，叫他统率汉军，地位相当于固山额真。可以和贝勒们一齐起坐了。

他把范文程看成最亲近的幕僚，从不叫他的名字，总是称他先生，或者称他范章京。臣下的议奏如有不当之处，皇太极便说："和范章京商议了吗？

把奏折给他看看就行了！"如果奏事大臣回奏说："范章京已经表示同意了。"皇太极就不再问。

起初，范文程还怕事关重大，不敢擅权，还是跑到皇太极那里去请示，皇太极不高兴地说："范先生，我相信你是不会有差错的，怎么还来烦我？"

有时范文程病了，许多事要等他病好后，皇太极才与他商量裁决……

他对汉臣不仅政治上信任，在生活上也是很体贴的。

他常常邀李永芳和范文程一起进餐，把一些好吃好用的东西送给他们，并经常询问他们家人的生活状况。一次，皇太极请范文程吃饭，桌上摆的是"殊方珍味"，范文程想到自己的父亲不曾享用过，迟迟地不下筷。皇太极一看就摸到了他的心事，当即把这桌菜撤了下来，派人骑马送到范文程家里。

这些很像《三国演义》中刘备和诸葛亮的故事，君臣两方都有些发噱的做作和虚伪，但也反映了皇太极在做着怎样的努力。

他想以李永芳和范文程为例招揽更多的汉官加入后金的政权。这既加强了自己又削弱了对方，是一举两得的大好事！

为此，他还制定了招降的具体政策。如现在任职的明朝官员归降，子孙世袭父职不变；一般百姓杀掉明官吏来归的，根据功劳大小，授予官职；单身一人来降的，由国家恩养；率众来降的，根据人数多少按功授职。汉官来降，不问何种原因，一律接纳。有的汉官被俘后仍不投降，皇太极也不强迫。

如攻取大凌河城后，把监军张春俘虏了，他见了皇太极不参拜，不剃发，也不接受封官。皇太极便将他在三官庙养起来。

有的降将得空儿又逃跑了，皇太极便采取了可来可去的政策。明确地告诉他们："你们想回家看望，探听一下消息，就向我说一声，明明白白地回去，愿意回来的，可以再回来。来去自由，悉听尊便！"

凡是来归的汉官，不分职衔尊卑，不论人数多寡，"无不恩养之"。给饭吃，给衣穿，给房住，愿意在这里成家的，朝廷也给以帮助。对那些在明朝有点影响的人物，都是先宴请，后赏赐，任命官职，安排生活，配给马匹和奴仆。

皇太极的这些政策大大改善了满人和汉人的关系。

2

皇太极所做的一切，对后金、对汉人无疑都是极为正确的。可是他像忽必烈一样，立刻遭到了后金贵族的深深嫉恨。他们在家里，在同伙间咬牙切齿。

看到皇太极“一意孤行”，代善由担心慢慢地变为理解，看到满汉两族比过去融洽多了，经济生活也大为好转，他又像过去那样坚决地支持他了。

可是那个一直跟着皇太极走的莽古尔泰却掉头而去。他觉得皇太极背叛了父汗，糟蹋了从女真时代起就为之奋斗的事业……

一天，下了早朝，皇太极满心思虑地往后宫走去。

他即位后不久，就入住大汗宫了。

“四哥！……”有人叫他。

兄弟们已经好久没人这样称呼他了，他感到很亲切，回头寻找那个喊他的人。

这时，宫廷中的许多章程还没建立起来，贵族们出入大汗宫也不像后来那样看管严紧。他希望看到自己的兄弟。但他没有看到弟兄，却看到了一个身材修长，面目俊秀，二十岁左右的姑娘。

他辨认着她。

“不认识了吗，四哥？我是莽古济呀！”

姑娘这么一说，皇太极才看出她真的有点莽古尔泰的模样。

努尔哈赤有许多子女，只儿子就有十六位，另外还有许多女孩儿，连父汗都认不清楚她们，何况皇太极！

“莽古济格格，是你呀！”

“大汗总算认得我了！”

“原谅我，莽古济妹妹。”皇太极很想和各支搞好关系，更不想伤害任何亲族，“我事情多，整日忙得头昏脑涨。你找我有什么事吗？”

“也没什么大事，想请你到我家看看。”

“莽古尔泰好吗？”

“谁见着他的面了，”莽古济噘着嘴埋怨说，“听嫂嫂说，他整天在校场上忙。再说，我也久已不到他家去了！”

一个同父异母的妹妹，请已经做了大汗的哥哥到她家去，有点异乎寻常。但皇太极考虑到整个家族的团结，也就答应了。

也许能够在其中发觉一些什么呢！——他想。

他知道家族中有人对他不理解、不支持，甚至怀着满腔仇恨，但具体的人和事，他知道得很少。代善是不说的，他像个泥水匠似的，总在努力地弥合着其中的缝隙。

"莽古济，我也很想到你家中去看看，有什么给我吃呢？"

莽古济露出满脸笑容，红唇亮齿、明眸流转，皇太极没想到生得粗陋的莽古尔泰还有这么个俊美的妹妹。她说："那就谢大汗的恩典了！我家里呀，有好酒也有好菜，可是我也叫不出名目来。你去了就知道了！"

皇太极与莽古济约好，第二天晚上到她家去，他只提了一个条件，那就是必须也把莽古尔泰请去。

到了后宫，皇太极把莽古济请他去赴宴的事对大福晋说了。

"是莽古济？"福晋有些吃惊，"是她？"

"是她，"看到福晋如此模样，皇太极问，"她怎么了？她是我的妹妹，请我吃饭，也应该是合理的。再说，也许能够通过这件事，和兄弟姊妹们走动起来……"

福晋好久没说话，她仍在想着这件事。

"这可是非同寻常的事……"

"是有点非同寻常，可是拒绝也不好吧？"

"那么，我说几件她的事给你听，好吗？"

"吃饭还早吗？"

"你看太阳还老高呢……"

"那你就说吧。"

"莽古济是女子中的豪杰，还是女子中的毒妇，随你怎么说吧，她做的事，我可是闻所未闻……"

"她做了什么事？"

福晋说："她的现任丈夫是第三位，前面两个都被她杀了！"

皇太极惊得瞪大了眼睛。

"莽古济有个嗜好，就是喜欢狼。她家里有一间狼舍，里面养着几只凶狼。她的仆人们，有谁犯了错，她便令人把他关进狼舍里，听他的求饶声，欣赏他被狼撕咬得鲜血淋漓！……"

"这还算人吗？"

"可她就是这样的人！"福晋说，"她十五岁就出嫁了，头一个丈夫是个牛录额真。几年后，他又看上邻居的一个小妞儿。莽古济趁他睡着，用铁丝绞住了他的脖子。也许莽古济原来并不想绞死他，只想看他挣扎的样子。可是铁丝勒进了咽喉，他还是死了。第二个丈夫是莽古尔泰给她找的，是叶赫部的一个小军官。我见过那个人，生得很漂亮。那小军官十分讨厌她畜养狼群，声言要把她的狼全部杀死。她对丈夫说：'狼比人好，它们不狡猾，都是直性子。'一天她邀了丈夫去欣赏她的狼。丈夫看了一会儿就要走，没防备被她推进了狼舍，关上了门。几只饿狼立刻把他包围起来。那小军官吓得亲娘老子地叫，向她求饶。可是莽古济笑得喘不过气，等她把笑出的眼泪抹去，她的丈夫已被狼咬死了！……"

"真是匪夷所思！"皇太极叹道，"哲哲，你对我说这些，是什么意思呢？"

"好让你知道你是到谁家里去……"

皇太极笑起来，说道："她不至于也把我关进狼舍里去吧？"

"也说不定。"福晋笑道。

"那就让她看看，大金国的大汗是怎么对付狼的！"

"皇太极……我是不能陪你去的，布木布泰也不会去。"

"那我就随便带个福晋去，不带个女人去，终是不合于礼的，她是女人嘛。"

"皇太极，我想叫春颖陪你去行吗？"

"春颖？她愿去吗？"

"我想，她会愿意的……你就说刚刚娶的小妃，带她前来认亲戚的。"

"也好，只要她愿意我这么说。"

第二天，太阳刚刚落山，皇太极就骑了马，在一队侍卫的护送下到了莽古济家。他的身后有一乘蓝幔小轿，里面坐的是春颖。

皇太极很少到兄弟姐妹家里去串门，他做了大汗后，更是谁家也不去了。他觉得这是不应该的。兄弟是他的臂膀，原应该亲近才是，他决定以后要到各家走走。

莽古济家大门十分高大。这样是不合于规制的，朝廷对贵族家的建筑规制有严格规定，可是没几个人愿意遵守。不过他这时候不想在这方面为难兄弟子侄们——缰绳得慢慢地收紧。

他进了大门，莽古济率领全家人迎接。皇太极把身后的春颖介绍给莽古济。

"这么漂亮呀！四哥，你还要纳几房小妃呢？"莽古济笑着说，"我若不是你的妹妹，我就嫁给你！凭我这模样行吗？"

"我怎么没有看到我的妹夫呀？"皇太极问。

"他呀，还不知在哪里呢！"

他们一边说话一边往后院走。一股浓烈的香味扑面而来。

到了后厅，那里早摆好了一桌酒席。中间是几只细瓷大盆，里面盛着各种大鱼大肉。

游牧民族的酒宴比较粗糙，没有汉民族那么讲究的细碟细碗。皇太极看到几根带肉的腿骨和几片肋条在盆里撑架着。餐桌周围也有几个汉族酒宴上那样的大小盘碟，里面也不是什么细菜，而是切碎的葱韭姜蒜，是拿来做配料的。过去他们是围着汤锅吃喝的，现在已经精细多了。

汉人设宴，客人来了都是先让到客厅，喝几杯清茶，吃点细点，说一会儿不着边际的话，然后才入席。满人却没有那样的慢性子，他们立刻就要开吃，吃完了再喝茶说话。就是后来统一了中国，进了紫禁城，他们也把汤锅搬进宫殿里。

入席后，皇太极问莽古济："我怎么没有看到莽古尔泰五哥呀？"

"我亲自去请他了，他也答应来，可是到现在还没见人！"莽古济说，又招呼来一个家仆，要他骑上马去催一催。"四哥，你们兄弟还在乎什么，要不咱们就先吃喝着？"

皇太极说："就是你一个人陪我呀！"

"莽古尔泰还会带几个人来的。"莽古济说，"是谁，我不清楚，我想可能是你的兄弟们，你想，除了他们，谁还能有资格陪大汗喝酒呀！"

"那，咱们再等等吧……"

"别等了，四哥，趁这会儿，我想求你一件事儿……"莽古济说。

"是了，我说莽古济妹妹怎么有兴致请我吃饭，原来有事要求我呀！"皇太极哈哈一笑，"说吧，求我为你做什么？"

这时，不远处传来几声瘆人的狼嚎。

皇太极想起大福晋给他说的莽古济的故事。

"是狼叫吧？"他问。

"四哥，我养了几只狼，我喜欢那东西。"莽古济说，"过会儿我领你去看看，好玩极了，狼比人好。四哥，你喝酒。你喝了酒，我才好对你提请求呀！"

"再等等吧，你哥……"

"四哥，你别等了！"莽古济有点发急，她站起来，端起一碗酒先干了，又让皇太极喝，"我哥来了，话就不好说了，他总是嘱咐我别对大汗请求什么！——喂，新福晋，你头一次来我家，别不好意思，你陪大汗喝呀！"

"你这丫头!"皇太极端起碗，刚要喝，春颖一起身碰到了皇太极的拐肘，酒碗掉下来，砸在桌上破了，里面的酒淋淋漓漓地淌到桌下……

"这是怎么回事呀?"莽古济慌忙转到皇太极这边来，她用她的衣袖抹着皇太极皮袍上的酒。

春颖也转到那边去站到莽古济的身后。

使人吃惊的是，皇太极的皮袍洒上酒的地方碎了，就像被狗撕咬了似的。莽古济沾酒的衣袖也一块块掉下来……

"格格，这酒里有东西吧?"春颖在她身后问。

莽古济回头看了春颖一眼，那眼神呀，又冷又毒，就像毒蛇的眼睛。可是莽古济没有耽搁，她的手向束腰的带子摸了一把。

"你摸什么呢，格格? 你的东西在这里!"春颖手里多了一把匕首。

皇太极一下子明白了这是怎么一回事，他想从桌旁跳开。

就在这时，一支箭从另一边的厢房里飞了出来。

春颖把皇太极的头按了一下，同时，用手中的匕首把箭打飞了。

皇太极这时也迅速地反应过来，一脚把莽古济踢翻，又拿起桌上的盆碟向两边的厢房的门窗扔去。

听到这边有声响，前院的侍卫们拥到后院来了，他们在周围搜索，同时守住了四门。

当把莽古济从桌下拖出来时，她已经半死了。

原来她自知事情败露，罪不可活，就狠下心把腕上的脉管咬断了。

她张着满是血的口，不住地骂："皇太极，你这个背叛父汗的孽种! 你处处想的是汉人利益，对爱新觉罗家族下毒手……我死了不要紧，还有成千上万的后金人为我报仇……"

春颖跺着脚喊："你们干什么? 还让那个疯婆子胡说八道?"

侍卫仍不敢杀莽古济，等待着皇太极的命令。

可是皇太极气得抖成一团，嘴张了几张，却没说出什么话来。不久，莽古济的血流尽了，她像死蛇一样地倒在地上。

皇太极把这事告诉了大哥代善。代善也很生气，他急令几个办事认真的亲族进行调查，不几天此案已破。原来，这是莽古尔泰之子额必伦兄弟和莽古济几个人的密谋。他们想杀了皇太极后，拥戴多尔衮为大汗，以代善辅政。经过细密策划后，想出了"使女弟莽古济格格置酒宴太宗，而杀之"的办法，而莽古济这个狠毒的女人又愿"锐身自任"，并表示即使事情败露也绝不牵涉别人……

朝臣们隐约猜测，四大贝勒之一的莽古尔泰脱不了干系，或许也是他们的同谋，甚至是其首领。

可是皇太极不愿在亲族中大开杀戒，他只把额必伦送有司治罪，额必伦其他兄弟黜为庶人了事。

3

在莽古济家险遭暗算，这使皇太极很是伤心。

他觉得自己事事为了巩固、发扬父汗的事业，家族人却不理解，甚至还要加害他。他不知自己怎么走出被兄弟们嫉恨的阴影。他闷在后宫，不住地和大福晋絮叨这件事。

福晋尽力劝慰他，激励他，说："皇太极，你面临千军万马都不怕，这件事就把你吓住了？"

"我不是怕，哲哲。"皇太极说，"这就像走进一个迷阵中，怕是不怕的，可就是找不到出路。按父汗那一套办事，是不行了，改用新法，又遭人嫉恨……"

"到容俏那里去吧，"福晋说，"人家春颖救了你，你还没去谢谢人家呢！这礼儿你总要回的吧！"

这样皇太极来到容俏那里。

春颖没在家，容俏自己在看书。见皇太极来了，忙站起身来迎接，态度明显比过去热情多了。这使皇太极有点高兴。

"大汗日理万机，还有时间来这里串门呀！"

"容俏，那天在莽古济家里险遭暗算，幸亏春颖救了我，特来致谢！"

"是这样啊……"容俏说，"是来找春颖的，我把她差出去做事了。您若有礼物就给她留下，我会给您转送的。"

这使皇太极尴尬起来，他下意识地两手摸了一下身上，说："容俏，我真的什么礼物也没带来……"

"那也……不要紧，"容俏笑笑，"有句话叫'大恩不言谢'嘛，救您的命这恩可不小，当然她就什么也得不到了！"

这话把皇太极也说得笑了。

"好了，您还有事吗？要是没有……我就送客了！"容俏说。

"不，不，不，"皇太极忙摇手，"我正是找你有事……"

"哟，也有事找我？"容俏的玩笑继续开下去，"可别让我陪你去吃酒，箭雨刀林，我可应付不了！"

"容俏，我有事请教！"

"那就坐下吧……"

皇太极在桌边坐下。容俏给他沏了一杯清茶，端在他的面前，"大汗，我这里没有什么好东西，就是有也是您家的。乞食者怎敢用人家的东西敬人家呢！"

"容俏，我这就很满足了，过去，你是连一杯水也不伺候我呀！"

容俏笑起来。

喝着茶，皇太极把自己的烦难说了出来。他也奇怪，为什么把心事说给一个并没有归顺后金的汉族女人。

"上次，你给我的指点，几乎我都一一开始做了……"

"结果，招致亲族的反对和杀身之祸，对吗？"

"我没有这样说，"皇太极说，"不改革，后金是没有出路的！"

"主意，我还可以给您出，"容俏说，"但是，你就不怕有人来杀我吗？"

"容俏，有这样的风声吗？"

"在您府里，他们还没敢奈何我，可是出了府门就不好说了，所以我吓得多日没有出门了！"

"容俏，你的胆子就这么小？"

容俏点点头，说："只是比大汗还稍微大一点！"

皇太极看了容俏一眼，说："我明白了，你是说我在改革上胆子还不够大，对吗？"

"小女子怎敢批评大汗呀！"

皇太极见容俏比过去对他亲近多了，连少女的顽皮相也流露了出来，说话也就更直接了。他问道："容俏，说吧，我怎么就可以很快地走出这一困境？"

容俏看了看皇太极，嗷起嘴，像个扭嘴的葫芦。

"不肯说吗？"

"我怕死！"

"他们吓着你了？"

"不是他们，而是您！"

"是我？"

"是您。将来，如果您顶不住他们加给您的压力的时候，会不会把一切归咎于我，拿我开刀以谢天下呢？"

皇太极有点气恼了，他愤愤地说："我是那样的人吗？如果真有你说的那一天，我皇太极即使掉了脑袋，也不会把过错推给一个女子的！"

"蒙您这样知己，我就直言不讳了。"容俏说，"从古至今，有了权力才能服众，才能做事。才说话有人听，做事有人帮……"

"我已是大汗，没有权吗？"

"您有权，您拥有的只是部分权力。有些权力您没有完全握在手里。比方说，权中之权的军权，就不完全属于您。八旗军队，您调得动的，您说了算数的，也只有三旗罢了。那五旗呢？"

容俏一句话说到了要害，——皇太极想。他们所以敢于和他对着干，其最终的原因就是军权不完全在他手里。努尔哈赤时代，大汗只掌握着两黄旗，可是在贝勒手里的各旗，他可以发，也可以收。也就说，最终的指挥权仍然在他手里！

皇太极虽已做了大汗，可是他还没有努尔哈赤那样的权力！

"皇太极，把刀把子攥紧在自己手里！"

"对！太对了！"皇太极说，"可是你刚才叫我什么？"

"皇太极……"容俏立刻醒悟，两手合掌道，"大汗饶命！"

"你的命，什么时候也是你的。"皇太极说，"不是出于情急，你是不会叫我的名字的，我愿意你一直叫我的名字！"

"什么'情急'呀，就是你会说……"容俏的脸红了，她回头向着墙壁。

"容俏，我的福晋们才在无人处叫我的名字呢！"

"越说越不像话了！"容俏急得要哭，"我一个汉人女子，只是寄您篱下，才受您这样欺负……"

"好，好，我错了，我错了……"

皇太极慌忙立起，以汉礼一揖到地。然后悄悄地溜了。

容俏的话使皇太极深受启发。他决心把国家最大的权力抓到自己手里。

他用"明升实降"的策略，把三大贝勒提为"议政王"，和他一起决定国家大事，既是议政王了就不能直接统帅军队。于是，他把自己的心腹派到各旗，任"固山额真"（旗主），从而把八旗大军稳稳地抓到自己手里。这八旗的"总管旗务八大臣"是：

正黄旗　纳穆泰（大臣扬古利之弟）

镶黄旗　达尔汉（额驸）

正红旗　和硕图（额驸）

镶红旗　博尔晋（原是皇太极侍卫）

正蓝旗　托博辉（大将龙敦之子）

镶蓝旗　固三泰（额驸）

正白旗　喀克笃礼（大将）

镶白旗　彻尔格（大将额亦都之子）

另外在各旗中，任命了两位"佐管旗务大臣"（共十六位），和两位"调遣大臣"（也是十六位）。这四十位掌握军权的大臣都可以参与政事。皇太极要想做什么事，还能通不过吗？

事情并不像皇太极想的那样如意，各旗将领都忘不了老旗主，贝勒们对各旗仍有相当的影响。但，比之过去，已经有很大改观了。

这时，范文程见时机已到，就和汉臣宁完我等上书大汗，"改革朝廷典制"。经皇太极批准，"凡事都照大明典行"。也就是说要他们仿照明朝政府的制度，设置国家的各级机构。皇太极久已企盼的"汉制、汉法"，在后金的土地上落地生根了。

第十八章　欲图扩疆域　宁锦败北还

1

皇太极在他的政权初步巩固以后，就开始和众臣讨论对外的大事了。

这时，在后金周围有三大敌人。大明、蒙古（察哈尔）和朝鲜。努尔哈赤时，后金对蒙古和朝鲜都多次用兵，但都没有得到彻底胜利。原因是它们都有着大明的支持。所以三个敌人中，大明仍是后金的最主要最强大的敌人！

在辽东一带，大部分土地都划在了后金的版图中了。无论大明怎样努力，都没有收复失地。可是皇太极不得不承认，大明派到辽东的将军，时有杰出人物。如熊廷弼、袁应泰、孙承宗、袁崇焕……

后金把袁应泰打垮了，但没有打得他变节投降。

至于熊廷弼和孙承宗，要不是明朝内部自毁长城，单凭努尔哈赤、皇太极之才之力，是无法战胜他们的，还是大明的腐败帮了后金的大忙！

袁崇焕又是一座山峰，他屹立在山海关前，使后金所有的将领都莫可奈何！

宁远一役，后金大军受到了从没有过的迎头痛击，使那翱翔草原蓝天的雄鹰努尔哈赤折翅落地，从而结束了那个时代。

袁崇焕和别的明将不同的是，他不仅"刚"，而且"柔"。

天命十一年（1626 年）八月，努尔哈赤去世后，各友好国家纷纷派使节前来吊唁。使皇太极等没想到的是：十月，明宁远巡抚袁崇焕也派了以都司傅有爵、田成及李喇嘛为首的代表团三十四人来沈阳为努尔哈赤吊丧，并祝贺皇太极登基。

这一举动，很使后金的统治集团大慌手脚，他们有的主张扣留，有的主张杀掉，还有的主张轰出去。

自从袁崇焕在宁远击败后金后，深受朝廷信任，在几个月内就累次升迁。朝廷为了使他独揽辽事，把一直设置的经略一职也废除了，将山海关内外防务全部交付给他。他一心想着收复关外失地，而这时在各方面却没有准备好，就想以"和谈"来羁縻后金。当然他也有派人探听虚实的意图。

皇太极的头脑转得也不慢，他这时刚刚上台，很需要时间来巩固政权和调整内部。他就将计就计，对袁崇焕的使团热情接待。"宽宏大度、财用丰盛"。恰好这时，大贝勒代善远征喀尔喀部落凯旋，皇太极便邀请明使团随他出迎十五里，观看后金的"军容之盛"。还赏给了李喇嘛一峰骆驼、五匹马、二十八只羊。

明使团在沈阳住了近一月才走，皇太极派后金官员方吉纳、温塔石带七人随明使去宁远，回访袁崇焕。献上银、貂、人参等礼物，另外还有一封写给袁崇焕的信。

在信中，皇太极说："你停息干戈，遣使来吊丧，并祝我即位，我岂有它意。你既以礼来，我当以礼往。关于两国和好的事，我父汗往宁远时，曾给你一信，请你转给大明皇上，但至今未得答复。你们如对这信回复，并想和好，我才考虑表示态度……"

袁崇焕见和谈已有可能，很想以此赢得更多时间，就把后金遣使来访的事和皇太极的信派急使报告京都。

皇上看后，下旨说："……骄则速遣之，驯则徐间之，无厌之求，慎勿轻许……严婉互用，操纵并施，勿挑其怒，勿堕其狡……"

根据朝廷的意思，袁崇焕很快就打发后金使者走了。

他也没有接受皇太极的信，理由是：信中把"大明"和"后金"并列，亵渎了天朝威严，使他无法转达。让使者原信带回。

这"天朝"的风度还远不如后金呢！

不久，袁崇焕就被魏忠贤拉下台去，罢职了。

知己知彼，百战不殆。皇太极要大臣们讨论当前局势，以决定今后的方略。

被皇太极宠信的汉臣，知道显露才能的机会到了，范文程、李永芳，还有一位青年秀才宁完我，都滔滔不绝地向大汗陈述了对大势的看法。

首先他们给后金大汗及贝勒们分析了三大敌人内部的形势。

"南朝（指明朝）已经历二百六七十年，变得文强武弱、百病丛生。上下欺骗、贿赂公行。到了万历末年，国家的纲纪严重破坏。先皇帝（指努尔哈赤）席卷辽河以东，已成破竹之势。长城以外，明国的领土已经不多了。但南朝幅员辽阔，以全国之力倾注于一隅还是很充裕的。"

清太宗皇太极

"这就是说明朝力量还是很大的。况且，野地浪战，南朝不如我国，而死守城池，则我兵常常攻打不下。因此，我不得长驱直入，令人愤愤不已。"

接着他们论述了后金对明国应采取的策略。

范文程说：夺取南朝的时机还不成熟。目前可采取的唯有"讲和与自固二策而已"。他说："南朝虽然人才济济，但没有一人能够挽狂澜于既倒，党争、腐败、昏庸、贪鄙，谁也无法改变这种颓势，几年后，就病入膏肓了，到那时，我大金可破竹长驱，天下可传檄而定！"

宁完我着重谈了对蒙古的策略。他说：蒙古"素无纲纪、亦无大志"且好"贪图小惠小利"，只要善"为之抚驭可也"！不必对它多用兵。

李永芳陈述了对朝鲜的看法。他说："朝鲜僻处海隅，没有什么财富，君臣之间拘守礼节。后金可先把它放在一边，不时动之以情、晓之以理就行了。只要把明朝打垮，朝鲜必然会倒向后金这面来。"

说来说去，重点还是大明。与过去不同的是一不可盲动，二要提出"和谈"。以求得"自固"的时间。

范文程说："伐明之策，宜先以书议和，俟彼不从，执以为词，乘衅而入，可以得志！"

"和谈"和"自固"两项大事，成为皇太极之后一段时期的大政方针。

关于"自固"，皇太极谈了不少，因为他已认识到：没有充实的后方，没有雄厚的经济实力，没有战斗力强的军队，他们是战胜不了已然赢弱不堪的大明的！

经济积累从何而来呢？努尔哈赤可以抢夺，现在关外已是后金的国土，他们抢谁的呢？如果不靠发展生产、繁荣商贸，钱绝不会从天上掉下来！于是他特命几个有经验的汉官成立了有关的部司，专门负责安定地方、发展农牧、开展境内外贸易事宜。

这次会议，在皇太极掌权后是极为重要的。熹宗后，换上了崇祯。被罢职的袁崇焕又回到了辽东。

皇太极觉得可抓住这一时机向明朝示好，再把过去的和谈提出来。他和三大贝勒商议这事，他们也都同意。

安定的日子过久了，代善等也不愿意打仗。后来，皇太极与明朝重开战事后，在前线领兵的几乎全是新一代的将军了。

代善只说："那袁崇焕狡猾呀！"

皇太极说："狡猾不要紧，我们和他可长期地讨价还价，反正我们真正要的是时间。"

莽古尔泰自从发生了莽古济那事后，自知理亏，虽然皇太极饶过了他，但他知道皇太极不会不防他，说话、做事，再也不像过去那样理直气壮了。他顺着皇太极说："谈就谈嘛，先给他写封信，看他怎么回答。"

只有阿敏坚持要打。他觉得"自固"和"和谈"他都没事可做，只有在战场上他才可抖抖威风。再说他本不是努尔哈赤的正支，再不积点军功，怎么保住自己的地位？

他说："我以为还是得打，只要把仗打好了，什么也就都有了！如果咱们一举把燕京拿下来，整个中国都是咱们的，还怕受穷吗？"

皇太极开导他说："我岂不愿成大业，而专以游畋为乐耶？但图大事，须相机顺时而动，今蒙古尚未归附，而轻于出师，其何以克成大业！"

阿敏也就无话可说了。

天聪元年（1627 年）正月，皇太极令方吉纳、温塔石九人为使，再次去宁远，送上致袁崇焕的一封信。信中说：

"……我们两国之所以打仗，是因为你们当年在辽东、广宁的守臣高视你们的皇帝如在天上，自视其身如在霄汉。天生的诸国君王，都不能自主，备受你们的欺凌和藐视，难以容忍，因此向'天'奏明，兴师致讨。"

"惟有'天'公正，不论国家大小，只论事情是非。我国按理行事，才得到'天'的护佑。而你们国处处违理，非止一端，我可以给你们说清……"

下面，皇太极又把努尔哈赤的所谓的"七大恨"开列上了。

"……以上为我的七大恨，至于小愤小恨，一言难尽！现在你们如以为我对，并愿意两国修好，应拿出黄金十万两、白银百万两、缎百万匹、布千万匹作为和好的礼物。和好之后，两国往来通使，每年我方赠送东珠十颗、貂皮千张、人参千斤。你们再以黄金万两、白银十万两、缎十万匹、布三十万匹回报我方。两国如能建立友好关系，应向天地立誓，永远遵守不变。你即以上述条件转奏你们的皇帝，不然的话，我后金一方就认为你们仍愿意战争，不愿意和平……"

皇太极这封书信，在今天看来，简直是荒唐的玩笑，透露出一派使对方无法容忍的无赖相。努尔哈赤的"七大恨"，几乎处处是莫须有的诡辩，这封信就更是以战胜者自居的盛气凌人了！

在信里，仍坚持努尔哈赤的"七大恨"，重申战争发起之端，责任完全在于明朝。为了表明承认错误和友好的诚意，明朝就必须拿出大量的金银财物给后金。实际上是要明朝赔偿损失。如果明朝不答应他的条件，他就要继续对明发动进攻！

真是岂有此理！

三月，袁崇焕和上次去沈阳的李喇嘛各给皇太极回了一封信。派杜明忠为使随同方吉纳等去沈阳面见皇太极。

袁崇焕的信中说："从来信中，知汗渐渐恭顺天朝，愿息兵戈，使部落百姓得到休养。这一好心，将来一定会得到上天的保佑而使汗强大起来。往事七件，汗家抱为长恨，而我能无动于衷吗？但追思往事，穷究其因，不过是我边境不法之人与汗家的不良部落的口舌之争。作孽之人已遭刑戮，我也不必一一列举，而汗自知。如果要都说得清清楚楚，那只有去问那些长眠地下的人了。这些小事，我希望我大明皇上把它忘掉，也希望大汗同样也把它忘掉。然你们发起的十年战争，致使百姓流离失所、肝脑涂地、血洒辽东、天愁地惨，就是为的以上说的七件事吗？难道我就无一言可说了吗？

"大汗，今南关、北关何在？河东河西的死者就是你说的那十个人吗（努尔哈赤在'七大恨'中开列的一次争执中的死亡人数）？辽沈界内的人命都不保。还说什么田地里的禾苗呀……现在，你们的'仇恨'已雪，正是志得意满的时候，可是我天朝却是难以容忍不平之气！

"如今，大汗想要修好，已占城池如何退出？已获官民怎样送还？这就要看大汗的仁明慈惠、敬天爱人了！然而，天道无私，人情忌满，是非曲直，明明白白。各有良心，偏私不得。我愿大汗再三深思。一念杀机就会给人间带来无穷的灾难！一念生机，也会给自己带来许多好处！

"来信中，大汗开列了许多东西，以中国之大，我皇之恩，并不在乎这些东西的多少，但无此先例，就不能给了！大汗，多要东西会违背天意的！大汗遣使前来议和，又发兵朝鲜，是为什么？我文武将士很怀疑你说的话是言不由衷。兵未撤应立即撤回，撤出来的不要再去，以表明大汗的诚意和盛德。由于这样，大汗的意气用事的信件，我不便向我皇转达。但双方来往，朝廷是知道的……"

两相比较，还是袁崇焕的回信讲道理一些，接近事实一些。

凭公而论，努尔哈赤、皇太极的起事，很难占着"公理"二字。从古以来，如周灭商殷、秦嬴兴兵、汉除暴秦、唐宗代隋、宋赵兵变、明祖代元，都可以"顺天应民"为号召的。唯有努尔哈赤、皇太极不可以。他们兴兵的理由站不住，他们入主中原后，也没有给老百姓（像别的立国者那样）带来暂时的利益，尽管历史家可以因他们个人的才能和魄力不吝篇幅地称颂他们……

　　李喇嘛的信从佛教教义方面请求大汗停止战争，当然他是帮着大明说话的。

　　大明一方的信完全拒绝了皇太极的无理要求，反对其又把努尔哈赤的"七大恨"搬出来作为要挟，还要皇太极把抢到手的土地和人民交还，观点针锋相对。

　　议和暂告停顿。

　　可是时间是有了。皇太极便积极筹备讨伐朝鲜。袁崇焕呢，就忙着备战，乘机修复锦州、中左所、大小凌河一线的防御工事……

2

　　天聪元年（1627年）的正月初八，就在皇太极与袁崇焕信来信往的同时，他开始对朝鲜用兵了。

　　这时派出的领兵主帅是阿敏。

　　皇太极也只有派他了。代善年纪大了，莽古尔泰又难以让他信任。阿敏一直相信战争是可解决所有问题的。

　　皇太极给他配备的大将有济尔哈朗、阿济格、杜度、岳托和硕托。由他们带领三万人马，直驱朝鲜。

　　临行前，皇太极对阿敏等将军说："朝鲜累世得罪我国，理应征讨。然此行非专伐朝鲜，明将军毛文龙驻扎彼岛，纳我叛民，袭我土地，亦应一起讨伐，尔等两图之！"

　　皇太极想一举两得，大有毕其功于一役之势。

　　朝鲜是中国的紧邻，自古就极为友好，数千年间，不管历代王朝如何更迭，都不曾改变这种唇齿相依的关系。

　　有明以来，李氏朝鲜同中国的关系有了进一步的发展，特别在万历年间，中朝联合作战，才打败了日本对朝鲜的侵略。此役发生在壬辰年（1592年）间，故史称壬辰战争。直到努尔哈赤兴起，中朝间都是极为友好的。

　　朝鲜夹在大明、后金之间，它又坚定不移地倾向大明，努尔哈赤当然会把朝鲜视为眼钉肉刺，屡屡地出兵侵犯、骚扰。

　　朝鲜同明朝一样敌视后金，不承认后金人在辽东的地位。努尔哈赤深知朝鲜的立场和态度，因而也把朝鲜列为后金的三大敌国之一。

对朝鲜，努尔哈赤是软硬兼施的。如在萨尔浒战役中，朝鲜将军姜弘立被金俘虏，努尔哈赤不但不杀他，还待之以礼，"五日小宴，十日大宴"，还赠送了许多礼物。一心想拉拢朝鲜脱离大明，归顺后金。

朝鲜国王李倧致信努尔哈赤说："……我两国俱是帝（大明）臣，同事天朝二百余年。不图建州与明朝构衅，兵连祸结，以致生民涂炭，四邻多垒。岂但邻国之不幸，其在贵国亦非好事。天朝之于我国，犹父母之于子也，父之有命，子敢不从乎？大义所在，不得不然。而事在既往，今不及言之。……自今以后，复怀好音，偕至夫道，则天朝宠绥之典不日诞降，两国各守封疆，岂不美哉……"

朝鲜国王的话，说得十分委婉，但和"天朝"的关系是决不动摇的。

不仅这样，如果明朝和后金发生战事，朝鲜总是尽其所能帮助明朝。

朝鲜允许明将毛文龙在它的皮岛、铁山上常年驻军，一年供给粮食达五万石。毛文龙以此为据点，经常掩袭后金，有几次还逼近沈阳的城郊。国王李倧多次向毛文龙表示："寡人与贵镇，事同一家，肝胆相照、唇齿相依……"

这使努尔哈赤非常恼火，他曾恨恨地对皇太极说："有人认为把明朝打败了，朝鲜就会归顺。大明是棵大树，要铲除它是极为困难的。可是朝鲜这棵小树却碍手碍脚，弄得我们前后不能兼顾。我看，要是有机会，先把这棵小树除掉再说！"

皇太极也是这样的看法，他觉得已到完成先父遗愿的时候了！

正月十三日，大军前进到朝鲜的边境地带。

那里有明朝设置的边界哨所，没有怎么战斗，它们就被金军扫除。

第二天，阿敏率军直抵朝鲜的边城义州，接着就竖起云梯攻城。没用半日义州就被攻下，朝鲜守城将士全部被杀。

这天夜里，阿敏派阿济格去进攻盘踞在铁山的明军，守铁山的毛文龙撤退到皮岛。

十五日，阿敏在义州留下小部分守城外，又带领大军沿西朝鲜湾进击，攻陷定州。守城将领不屈而死。

十八日，金军包围郭山。招降不从，立即攻打，利时城破，郡守等地方官被俘，其余被杀。"以上三城逃生者仅十数人"。对待朝鲜人，又像努尔哈赤时代对待汉人一样，实行灭绝政策。

十九日，自定州渡嘉山江，驻营一夜，第二天向平壤进发。

后金的攻打十分凌厉，势如破竹。皇太极给阿敏的进军目标是首先占领朝鲜王的旧居平壤，然后夺取王京汉城，迫使朝鲜投降。

因为每克一城都要留人马守护，这时阿敏已感到兵力不够充裕。他派急使回沈阳报告军情，请求发兵支援前线急需。

皇太极听后，十分高兴，立刻又拨两万兵马前往。同时他写信对阿敏说："尔与诸贝勒所至皆捷，我知晓后，不胜嘉悦。前进事宜，尔等详加审酌，可行则行，慎勿如取广宁，不进山海关，以致后悔。如不可行，亦勿强行。尔等在行间，凡事相机图之……朝鲜事渐有定局，一切事宜，有当请命者，尔行间诸贝勒共同议定，我在都城，何能遥度耶！"

皇太极给了阿敏以"便宜行事"的全权。

阿敏带兵继续深入朝鲜腹地。渡江抵安州城下，并于二十一日黎明一举攻克。安州守军两万，除死伤者外，全部投降。安州牧金浚和其他将士引火药自焚。

在安州整顿四天，二十五日，大军包围了平壤。

平壤是朝鲜的腹心，阿敏估计会在这里有一大战，可是他们的大军还没到，朝鲜守城将士就逃走了，后金兵唾手便得该城。

当天，金兵就过大同江，二十七日驻军中和。

自后金发兵朝鲜以来，没用了半月，就占领了大半个朝鲜！

阿敏派人到处搜索国王李倧，想迫使他投降。

现在，朝鲜实际上已陷绝境。

李倧是个怯懦的人，他承袭王位已几年了，毫无作为。他依靠的就是他们的老宗主大明。他觉得不管怎样，大明会来救他的，何况，毛文龙的部队就在身边。

其实战争一开始，许多有识之士就预见到了危险，建议李倧做好应战的准备。

李倧挤着他那双惺忪的小眼睛说："怕什么？天朝的军队会让他们横行吗？"后金攻克义州的消息，到十七日他才知道。那时，阿敏就快要到达平壤了，朝臣们请他想办法。他在后宫里拥妻抱妾，不予理睬。他才是个中年人，可是已在美人窝里淘得像个老头儿了。

"啊，他们才到义州？就是咱们不去抵抗，他跑到汉城来还不得半年？我觉得不用三月，大明的军队也就该到了！"

清太宗皇太极

直到平壤失守，他才慌了，急忙召见领中枢府事李元翼、判中枢府事郑昌衍、左议政尹昉、右议政吴允谦等二十余名大臣讨论如何应对当前局势。

议论了半天，才决定征兵三万，并遣将士守卫那几个还没有陷落的城市。在确定领兵将帅时，群臣相互推诿，谁也不愿到前线去堵挡后金的骄横之师。

在后金的强大攻势下，这些所谓的措施，不过是螳臂挡车，毫无用处。

垂死之际，他们还是企望着大明救援，希望他们再来个"壬辰之役"。

袁崇焕当然知道朝鲜的重要性。他也曾为此上书朝廷，可是结果是："事过境迁、事势迥异，我朝实无力于此。"作为辽东主帅，袁崇焕只派了少数兵马至江海边，虚张声势、望洋兴叹。

朝鲜王朝也腐朽至极，他们盘剥起老百姓来如附骨之疽，在这民族危亡的紧急关头，却一哄作鸟兽散。他们为了保存身家性命，闻风先逃。

朴东善等几个大臣向李倧哭诉道："王上，您的亲信贵宠之臣如金鎏、李贵、李曙、申景禛、金自点等人，如今在哪里呢？他们或上山城，或入海岛……只留张晚一人守城。张晚这人，能对他抱希望吗？他辞朝七日才到开城，分明是在逗留观望。臣以为贼至时，张晚不降则走也！……"

这些身居显位的达官贵人纷纷逃避，大大地败坏了朝鲜官兵的士气，所以后金军还没到，他们就弃城溃散，使后金八旗"铁骑长驱，一日之内，可行百里之程"！缺乏训练又毫无斗志的朝鲜将士根本无法抵挡后金军疾风般的攻势。

阿敏驻军中和时，国王李倧曾致书质问后金侵略之故。"贵国无故兴兵入我内地，是为什么？我两国原无仇隙，自古以来以强凌弱是为不义，无故杀害人民是为逆天！若果有罪，义当遣使先问，然后声讨，今急兴兵，以议和可也。"

阿敏给他回了信，且在信中给朝鲜开列了七大罪状：一是后金取瓦尔喀时，朝鲜曾出兵威胁过后金；二是乌拉的布占泰侵犯朝鲜时，努尔哈赤曾劝乌拉罢兵，而朝鲜没有感谢；三是己未年，朝鲜曾助明"图我"；四是上天以辽东赐后金，而朝鲜却让明之毛文龙驻兵皮岛，让其"对我不断侵扰"；五是辛酉年，后金派兵来捉拿毛文龙，又没有扰害着朝鲜百姓，朝鲜却没说一个"谢"字；六是毛文龙系明将，朝鲜却给他土地，让他们在朝鲜屯田，还以物资接济；七是努尔哈赤死时，连明朝都派使来吊，朝鲜却无动于衷。末后说："尔结怨多端，决难修好，是以兴兵。今尚自以为是与我为敌耶，抑或将引咎自责重修和好耶？我留师五日以待来使，如违约不到，我必进兵矣！"

　　李倧就像被攥在老虎爪牙中的小兔似的一边哀叫一边讲理。他给阿敏回了一信，对以上几条逐一委婉解释。

　　阿敏进一步提出议和条件，归纳起来就是一条：令朝鲜和大明脱离关系，而与后金"告天盟誓，永为兄弟之国"，"尊后金为兄，朝鲜为弟"。

　　李倧虽是个无用的懦夫，可也知"城下之盟，春秋耻之"，让他和明朝割断关系，他也难以同意，就又派使和阿敏讨价还价。表示愿意和后金、大明都相友好，"并行而不悖"。

　　阿敏会看势头，他认为李倧所以犹犹豫豫，是因为压力还欠火候，于是继续进兵。他率大军占领了黄州，再前进到平山扎营。这里离李倧所在的汉城已经很近了。他对济尔哈朗说："瞧着吧，李倧那小子如再耍滑头，我一把就把他揪过来！"

　　李倧带着王妃、子女逃到了江华岛，他的人马大部溃散。他在无可奈何的情况下，求和的心情更加迫切。他一再地遣使去见阿敏，请求先撤兵再和谈。阿敏派汉将刘兴祚去江华岛，把李倧狠狠地训斥了一顿，并说要是他再犹豫不决，就要把他作为阶下囚来处理了！

　　李倧终于明白：他此时身无一兵一卒是无法提条件的，就接受了阿敏的一切要求。他知道后金的兵将非常看重财帛，就先送了一份厚礼。计有：棉布一万五千匹、白苎布二百五十匹、虎皮六十张、鹿皮四十张、倭刀八门、鞍具一百……

　　三月三日，阿敏遣总兵刘兴祚、巴克什库尔缠为代表，乘船到江华岛，与朝鲜国王李倧及其大臣正式举行会盟仪式。这仪式是按后金人的习俗进行的：杀白马、黑牛，将酒肉牛马骨血各装在器皿里，双方代表焚香后各宣读誓词。誓毕，将誓词烧掉，把盛祭品的器皿埋入土中……

　　五日，阿敏令库尔缠率二十人先回沈阳报捷。

　　六日，阿敏手下的将军们问主帅："怎么，就这样回去吗？"

　　"事情完了，就得回去。"阿敏答。

　　济尔哈朗说："将士跟咱们出来，虽说是胜利了，可是也有不少伤亡。即使没流血的也受苦受累了，就这么让他们空手而回？"

　　"依着我是绝不会这样窝窝囊囊地回去的。"阿敏说，"可是，大汗他不准……"

　　"有什么不准的！"阿济格说，"连大汗也是你们几个拥戴的呢，他能不听你的？"

"好了，这事我做主了！"阿敏笑笑说，"你们就任兄弟们大抢大掠三天吧！"

此令一下，后金兵便如狼似虎对朝鲜人大肆掠夺、凶杀和奸淫。朝鲜的每个村镇都在流血……

在班师回沈阳的路上，阿敏骑着马，看着他的军队人人浑身挂满了大小包袱，一副心满意足的样子，问道："伙计们，跟我出来好不好？"

旗兵们欢呼道："太好了，先大汗的传统又回来了！""二贝勒伟大！""二贝勒万岁！""跟着二贝勒发财了！"……

"好，好，好！"阿敏抹着他的小胡子乐呵呵地又问道，"那么，还跟我出来吗？"

"永远跟二贝勒走！"

"二贝勒是最好的贝勒！"

到了朝鲜边境，阿敏留下一部分人马驻扎在义州，以观察、监视朝鲜动静，其余的就回沈阳了。

皇太极出城十五里迎接凯旋的八旗子弟，他和阿敏并辔进城，满街满巷的沈阳人拥到军队经过的道路两旁，向胜利者呼喊、抛撒彩纸和彩带。一座座的松坊矗立在大汗宫的周围。晚上，全沈阳城灯火辉煌，成千上万的人在大街上翩翩起舞……

皇太极在崇政殿大宴出征群臣。阿敏坐在他的一旁，一副趾高气扬的样子。

在喝了几轮酒后，皇太极悄悄地问他："二哥，听说咱们军队有抢劫的行为？"

"没有……"阿敏说，"咱们的军队都秋毫无犯，不信，你派人去问问朝鲜王李倧。"

"那就好。"皇太极说，"我听说……你放他们抢了三天。"

"这是谁在造谣？"阿敏拉下脸来问，"大汗，他们诬蔑你的大军，你就饶他们吗？"

其实，在这点上皇太极也比阿敏好不到哪里去，只是做法不同而已。他不断下令到朝鲜勒索财物，天聪元年（1627年）四月至十二月，就几次派人到朝鲜向国王李倧要东西。甚至把后金的困难转嫁到朝鲜身上。数目较大的一次是：他派参将英额尔岱、游击霸奇兰去朝鲜，传达他的谕旨，要李倧卖给粮食，以供应蒙古归降的各部落食用。他强调说："能不能答应，是对'敦睦友谊的考验'!"经过一场战争,朝鲜的粮食自己都不够吃,可是李倧惹不起皇太极,还是勉为其难地拿出一千担粮食以平价卖给了后金……

3

袁崇焕没有救得了朝鲜,他作为宗主国的主帅,总要表示一下态度。他写信给皇太极,指责了他的侵略行为,要求他从朝鲜撤回全部的军队,并保证以后不得再加兵朝鲜。

皇太极当然不会照袁崇焕的要求办,但他又想和明朝提起和议的事,就给袁崇焕回了一封信。

皇太极在信中逐条驳斥了袁崇焕的所有论点,坚持以弄清"七大恨"的是非为主要讲和条件,提出明朝必须付给后金所要的礼物。皇太极也做了一定的让步,在政治上,他愿意降格,把自己列在明朝皇帝以下,但不接受与明朝诸臣并列,还将上次索取的礼物减半。

他规定明朝必须交给后金的"初和之礼"是:黄金五万两、银五十万两、缎五十万匹、绫布五百万匹。后金以东珠十颗、黑狐皮两张、元狐皮十张、貂鼠皮二千张、人参一千斤作为回报。

又规定在讲和之后,明朝每年送后金:黄金一万两、银十万两、缎十万匹、绫布三十万匹。后金则报明朝东珠十颗、人参一千斤、貂皮五百张。

抄写这一份"礼"单并非没有意义,从中可以看出后金一方是多么霸道和以非为是!他需要暂时的休战,但要求明朝先跪下一条腿。

这封信刚刚写完,哨探报告说:明军正在抢修塔山、锦州、大凌河等城的防御工事。皇太极非常生气,他立刻又写了一封信,指责袁崇焕借和谈之机积极备战(他自己也是如此!),他向袁崇焕提出:如果真心讲和,就应先划定双方的疆界。为了表示抗议,皇太极决定不派代表到明方去了,只把两封信让明使杜明忠带回去。

袁崇焕看了后金的信,觉得是"无理取闹",便停遣使、罢和议。

皇太极在征朝鲜的战争中取得胜利后,立刻又去试探大明的防线了。

天聪元年(1627年)五月,皇太极做了大汗后的第一次征明开始了。

他的对头仍是袁崇焕。自从努尔哈赤被袁崇焕打败后,在后金朝廷上一提到袁崇焕的名字,人人恨恨不已。但在心里承认了袁崇焕的确是一座不可逾越的高山。

清太宗皇太极

在誓师的大会上，皇太极仍旧说出兵的理由是为了和明朝算那"七大恨"的账。现在又添上一笔，那就是为去世的大汗报仇！

这后面的理由更能激励后金将士勇往直前，因为努尔哈赤已经成了他们的神，为了实现神的意志，他们是不怕刀山火海的！

皇太极为什么突然决定去征明呢？

当他听说袁崇焕正在整修防御工事，就觉得如果现在不把宁远、锦州等城市夺到手中，可能以后就永远没有机会了！

在这举措上，三大贝勒都没有异议，虽然领兵的将军大多换上了新人，但他们还是愿意陪同皇太极临阵指挥。

五月六日，皇太极留下贝勒杜度、阿巴泰守沈阳，就亲率大军出发了！

这时，明朝在辽西有了一道坚固的防线。它以山海关为根本，在关外层层布防。其中以宁远、锦州为中心，而围绕锦州又修复了大、小凌河，右屯诸城。这些据点护卫着锦州，同时，它们又是宁远的前卫，控制着辽、沈通往山海关的大道。

除了在军事上有着严密的布置外，几年来袁崇焕大力鼓励士兵和百姓一起屯田，以屯田养战，招徕四方流民，复兴商旅，以固长远。他的这些策略是很高明的，宁锦一带经济开始复苏，万民生活安定，他们的心又向着大明了。这就是袁崇焕向崇祯帝所上奏的"以辽人守辽土，以辽土养辽人，守为正著，战为奇著"的战略方针。

这正确的方针，当然也不仅仅是他的发明，在他之前，经略过辽东的熊廷弼、孙承宗都有过类似的主张和举措，是他总结得更集中更具体罢了。

皇太极从五月六日发兵，为了打袁崇焕一个措手不及，他命令部队昼夜兼程，于十一日到达锦州城下，立刻四面合围，各旗离城一里安营。

锦州城建于明洪武二十四（1391 年）年，后经成化、弘治时整修，成为辽东和辽西之间的重镇。

在靠近锦州的时候，后金军和锦州周围的明军据点如大小凌河、右屯等城堡的守卫部队打了几仗。明军当然打不过后金的十多万大军，可是他们的战斗力和撤退时的秩序和层次，使后金将领十分吃惊。

他们绝不是一触即溃的败军，袁崇焕把他们收拢进锦州去了。

锦州城坚池深，驻有三万人马。总兵为赵率教，另外有副将左辅、朱梅等率兵坚守。

赵率教是个很灵活、很有谋略的将军。他知道皇太极的十多万人马一齐进攻将是什么情形。为了缓和敌人的攻势，等待袁崇焕的援军，他派两人为使缒下城去，表示要和皇太极谈判。

皇太极信以为真，他也极想锦州不战而降。就亲手给赵率教写了信，劝他投降，并说如一时不便投降，以礼议和也是好的。

赵率教得到皇太极的信后，给后金军复了信，但词意十分含糊。

皇太极为了给明军一点压力，就令济尔哈朗开始攻城，可是皇太极存在和谈的幻想，他们的攻势不是十分强劲，这就给赵率教留下了时间。

代善对皇太极说："我看赵率教是个滑头，他想要的是时间，如果袁崇焕的援兵来了，攻城就难多了！"

皇太极仍不愿放弃，他派人一连向城内放了三封"信箭"，但一直无回音，他才知道上当了，遂下令全面攻城。他分兵两路，从锦州的西、北两个方向，各用攻城车和云梯等工具轮番攻打。

赵率教和他的将士们打得十分顽强。炮火、箭矢、滚石交下如雨。

皇太极令两路军的将军们亲自上前督战，要求他们一鼓而下。他把凶猛的阿敏调上去，并对他说："中国古战书中说：打仗要一鼓作气，再而衰，三而竭。千万不能给明军以喘息的机会！"

阿敏说："大汗，你已经给明军以喘息的机会了！要是你一到锦州就立刻攻打，也许这时已经打下来了！偏要想和他们和谈……"

皇太极很生气，但又没办法，挥挥手催他去了。

后金兵打得很苦，他们冒着枪林弹雨舍生忘死地一再冲锋，除了在城下留下一堆堆的尸体外，没有半点进展。

在锦州城的西南角，中午时后金兵曾攻进城来，并向周围扩展突破口。赵率教带兵及时地赶到那里，硬是把金兵赶了出去，又用麻袋盛土把被大炮轰坏的城墙补上。双方的鲜血把城下的沟池都染红了。赵率教也受了伤，但他仍然坚持指挥。老百姓们看到明军将士如此英勇献身，十分感动。只要拿得动刀枪的都参战了。他们把门板、窗框拆下来，送到城上修补被毁的城墙，妇女就去抢救伤兵……

从早上辰时一直激战到晚上戌时，锦州城顶住了几倍敌人的进攻。皇太极不得不下令退兵，离城五里安营。

他的骑兵只能绕着锦州转来转去，却不敢接近城垣。

皇太极又派了使者来到锦州城下，希望能够进城和赵率教谈判。赵率教站在城头上哈哈大笑，对着后金的使者叫道："你们回去告诉皇太极，他想攻城，就叫他来攻吧，可是别想和我耍嘴皮，我赵率教没那闲工夫！"

皇太极一连三次派出使者，都被赵率教羞辱回来。皇太极对和谈绝望，就又开始对锦州强攻。

半月过去了，锦州城仍屹立在后金军面前。

"这些明军哪来的这股蛮劲儿！"皇太极愁苦地对代善说，"这次进兵是不是个错误呢？"

代善默默地没说话。

阿敏说："皇太极，你如果把进攻的指挥权给我，我就能够破城。"

皇太极摇摇头，说："二哥，你还是歇着吧，用你那死拼的办法得死多少人呀！"

"古语说得好，一将功成万骨枯。"阿敏说，"先大汗起兵以来，死的人、流的血，成山成河，怕死人就什么也干不成了！"

又过了几天，皇太极把锦州交给代善指挥围攻，自己带着两旗去攻宁远。

宁远城的守将是辽东的最高官员袁崇焕，后金在攻打锦州时，他已向朝廷请来了数路援军，还出动水师从海上遥相控制。

人马一多，袁崇焕觉得应付余裕了，就派部将尤世录、祖大寿率精兵四千驰援锦州。他们还没有出发，后金军突然来到。

皇太极列阵于宁远城下，他和阿敏、莽古尔泰跑到城下观察，见宁远城层层设防，壁垒森严，难以用骑兵冲击，就下令退军二里，想吸引明军前来决战。可是明军没有来，依旧围在城边。

他便想立刻发起进攻，先扫清宁远的外围再说。

阿敏和莽古尔泰不同意他的意见，觉得离城仍然太近，无法把军队展开。

皇太极有点气恼，他朝着阿敏等叫道："这样不行，那样不行，什么时候敌人也不会把宁远拱手送给我们！前几年父汗攻不下宁远，怀恨亡去，今天我们再攻不下宁远，怎么给先父报仇？又怎样张扬我大金国威？"

他派阿济格率军进攻。

"四哥，我也去！"说话的是多尔衮，没等皇太极允许，他跳上战马冲进阿济格的队伍。

"奶奶的，你让那小子去，"阿敏瞅着多尔衮的背影说，"他死在战场上也和你皇太极无干，我可以给你做个证人！"

城外的明军呐喊迎战。他们在尤世录、祖大寿的率领下和后金军展开了肉搏战。可以说是剑剑冒血、刀刀死人，非常惨烈。

　　城头上，袁崇焕亲自指挥，他用准备好的火炮轮番向后金军排射，把八旗兵一片片地撂倒在地上，连皇太极的营帐也着了火。侍卫劝皇太极离开，但他坚持不走，最后还是被阿敏和莽古尔泰拖走了。

　　后金军死伤惨重，攻势渐渐地弱了下来。

　　明军城外的部队也受到很大损失。满桂将军身中数箭，袁崇焕缒下绳索把他拉到城上，他还挣扎着要下城决一死战！

　　战斗延续到第二天，后金死伤有数千人。游击党罗拜山、备御巴希等死在炮火下，连贝勒济尔哈朗、萨哈廉、瓦克达、多尔衮都受了伤。这是多尔衮第一次为后金在战场上流血。

　　"别打了，皇太极！"莽古尔泰喊道，"当年，父汗也不是硬打死拼的，该撤兵的时候，他就毫不犹豫地领兵走人！"

　　阿敏没有说话，只是在一边冷笑。

　　皇太极感到满心晦气，他下令撤兵，再回锦州。

　　每天他指挥攻城，昼夜不歇。可是他的八旗军的战斗力逐渐下降，又加天热，部队中暑的人日见增多。

　　就在这时，袁崇焕派祖大寿等将领率军增援锦州，后金军面临腹背受敌，皇太极支持不住了。

　　他下令撤兵。六月五日，他们开始从锦州撤退，整整持续了一夜，次日黎明，他们到了小凌河，把明军修筑的防御工事尽行拆毁，算是这次战斗的一点收获。

　　皇太极这次在锦州、宁远的苦战，无功而返、得不偿失。主要原因是在"攻坚"方面，后金军仍不占优势。另外他把大明朝廷中的抗战派大大地低估了，他们不会把大明的土地拱手相让的，一寸也不行！

　　皇太极回到沈阳后，整天闷闷不乐，饭也吃得很少。

　　他的妻妾都非常着急，可是谁也不敢到皇太极面前去劝他。

　　大福晋把布木布泰找来，对她说："你去劝劝大汗吧，陪他解解闷儿，人哪能整天愁苦，会弄出病来的！"

　　"你们怕惹恼他，我就不怕吗？"布木布泰说。

　　"你是小孩子，就是说错了什么话，他也不会怪你的。"

　　布木布泰没有立即就去，她想了整整一天，然后她就向大福晋打听大汗爱吃什么东西。

　　第二天她备了一桌饭菜，就去请皇太极了。

清太宗皇太极

皇太极好玩围棋，过去他常常和范文程下的，可是，这几天他连范文程也不见，他在和自己下棋。

"大汗……"布木布泰叫了一声。

"我不吃饭！"皇太极喊道，声音很焦躁。

"谁要你吃饭了呀！"布木布泰笑起来。

这几天在他的宫殿内外没听到一声笑，就连脚步声也轻轻的。

是谁这么大胆？皇太极回过头来，他看到了布木布泰。

他想发火，可是当看到布木布泰的一脸憨态时，那"火"就减去了大半。

这孩子，不管外面发生了什么事，她总是快活的，还在过她的平常日子。

"大汗，"布木布泰走到皇太极身边，痴痴地望着他。皇太极看到她那两只大眼里纤尘不染，那样明亮，那样深邃，那样清澈，心里的火气就全消了。

"你在和自己下棋吗？"布木布泰问。

"是的……"

"为什么不和范先生一起下呢？"

"我……不过一个人解闷罢了，范先生很多事，怎好让他陪着呀！"

"原来大汗心里闷呀？您能不能把闷气和我说说呀！"

"小孩子，不该你管的事，就不要管！"皇太极把她揽在怀里，亲了一下她的额角。

"可是，我却知道您的心事呀……"

"那，我的心事是什么呢？"

"我不敢说……"

"有什么不敢说的？"皇太极笑了，"你说，我为什么心里不快活？"

"大汗，您得向我保证不责怪，不追查！"

"好，我答应你！——这小机灵鬼，还知道怎么保护自己！"

"那，我就说了，大汗从宁远回来以后，就生闷气了，大家都很为大汗着急。除了我以外……"

"怎么，你不为我着急吗？"

布木布泰摇摇头。她说："大汗是从古到今伟大的帝王，心胸开阔得大海似的，会把宁远的一场败仗放在心上吗？他们简直是瞎操心！"

"嗬，你竟这样想？"皇太极脸上明朗多了。

"我对他们说：我只要给大汗说几个小故事，大汗就能快活起来！"

"布木布泰说大话了，你以为我是小孩子，一点好吃的、几个小故事就高兴了。你有什么好故事，说给我听听吧！"

布木布泰开始说了。

她说的都是历史故事。从秦皇、汉武到唐宗、宋祖，每个帝王，她都说了他们一个困顿、失败的故事……

皇太极起初没放在心上，后来越听就越受感动，再后来就眉飞色舞了。

"布木布泰，我知道你的心意了，真是用心良苦呀！"

"大汗，中国有史以来，有几百个皇帝，可是受到万世尊仰的就那么几个。即使是他们，一生中也有几件不堪回首的事，和别的帝王不同的是，他们总是能够从困境中站立起来，屹立在天地之间。那些瘰败的日子更折射出他们的满身光辉。要是没有那些困苦、磨难，他们还算得上是英雄吗？还值得后世人顶礼膜拜吗？"

布木布泰说完后，皇太极站起身，用他那鹰隼般的眼睛望着她。一直看得她怕了，一步步地往后倒着。

"大汗……您生气了吗？我惹着您了吗？"

"是的，我生气了……"皇太极大声吼道，震得殿内嗡嗡地响。"我生自己的气！只是在宁、锦的一次败北，就使我像霜打了的苗子似的，皇太极，你还能做什么事呢？告诉我，你还算得上是后金的大汗吗？你还是努尔哈赤的儿子吗？"

布木布泰放心了，她成功了。可是她还是颤动着眼睛，小声地说："大汗……不要这样……我害怕！"

皇太极哈哈大笑，一把搂起布木布泰，把她勒得连气也喘不得了。"你使我苏醒过来，振奋起来，我饿了，我要把你一口一口地吃掉！一点不剩地吃掉！"

"大汗，你别吃我，我给你准备了一桌好菜呢……"

"是吗？在哪里？"

"在我房里，大汗，跟我走吧！"

4

这天，皇太极忽然又想到容俏。

他听大福晋说，容俏已经答应了给爱新觉罗家族的子弟做老师。那些日子皇太极虽然为进攻宁远、锦州做准备，十分忙碌，可是他还是给朝廷中专管教谕的贝勒赫鹿（他是皇太极的近亲）和范文程写了手谕：要他们把书房尽快地办起来，并规定孩子年满六岁不分男女都要到书房读书。已列军籍的不论官职大小，只要没有朝廷要事也都要到书房上课。

他从锦州前线回来后，纵然有点身心交瘁，当范文程来看他的时候，他仍问起书房的事。范文程告诉他：书房已经很正规了……

皇太极想听听具体情况怎样，范文程以大汗此时应该好好休息为由不谈了。

"给容俏什么官职？"

"那得您亲自授予……"

皇太极想：容俏的困难一定不少，因为那些贵族子弟没有几个愿意学习汉文化的，再说容俏又是个女人。皇太极知道她是个不可多得的才女，但他们呢……

他应该先给子弟们定几条纪律才好。

他怀着一颗忐忑不安的心往书房走去。

书房设在雍明宫的后院里，那里有几十间宽敞的房子。

给后金贵族开办一个书房，的确很是不易。赫鹿一家家地拜访，他先给他们宣读了大汗的谕旨，又通知他们哪个孩子该到书房学习……

一开始到的人数还算不少，总有二十几个。他们感到新鲜，想看看那个模样俊俏的女先生。后来就渐渐不去了。宁、锦战事一紧，到书房听课的就只剩几个女孩子了。

容俏对书房的事很认真，她对子弟却采取姜太公钓鱼的办法：愿者上钩。

起初，她为什么接受了这一差事呢？一是觉得皇太极是位有雄才大略的君主，他积极地在朝政中推行汉法，又改革了如歧视汉人等等许多弊端，值得帮他一把。再者，将来很有可能是后金人的天下，爱新觉罗氏的子弟就是天潢贵胄，那么用汉文化教育这些年轻的统治者就很必要了。另外，那是谁也不能说的，她认为后金人如果固守辽东一隅，只能像蒙古人那样跋扈于一时，以后就会退隐到老窝里去，但如果他们将来真的拥有天下，那么，将会淹死在汉文化的海洋里……

于是，她把海洋之水引来了。

她知道把自己头脑里的东西全部教给他们是不可能的，她也无法预测这个皇太极设立的书房能够存在多久。她决定只传授四书五经中的精华。

在宁锦战役结束后，书房里来了几个有名有声的贝勒，他们是萨哈廉、多铎、多尔衮、硕托……

因为他们带头，来听课的人多了起来。

多尔衮很规矩，他听皇太极的大福晋说起过容俏，很想见识一下她的学问。多铎呢，尽管不很想学，但有他哥控制着，也不敢胡闹。

萨哈廉本性有点轻浮，他一见容俏进了书房就怪叫了一声："呀，好漂亮的小妞儿呀！这模样要是让阿敏王爷遇到……还不知发生什么事呢！"

听到他这么说，硕托笑起来。

容俏本想回头就走，但她很想教训一下这几个胸无点墨的家伙。

她走上书房前面的讲台，在至圣先师的画像下面坐下，点着名要新学生给她行拜师礼。多尔衮、多铎的礼行得很恭敬，硕托也还行，不过嘟哝了一句："行礼就行礼，给这么漂亮的小姐行个礼也不枉……"

萨哈廉就不情愿了，他说："你还没教我什么东西，我凭什么先给你行礼呀？"

容俏知道他要找麻烦了，心里有了准备。她说："你敬了老师，老师才可以教你呀。要不，你不认我是老师，我为什么要教你呢？再说你给上面施礼，我身后还有孔子呢！"

"就是那个老头儿呀？先大汗说过'明朝中就是那些孔子的门徒最坏！我如果见了他本人，非把他的头割下来当球踢不可'！"

容俏的脸一下子红了，她责备自己不该答应和这些教化外的小子打交道。

她被气蒙了，没想到萨哈廉那小子已走到她的面前，而且抓起她的手，说："汉小姐，你会骑马吗？走，咱们到校场上玩玩？"

容俏反应非常快，她一翻手抓住了萨哈廉的手腕，只一拖，就把他拖到面前，顺手给了一个大嘴巴，打得萨哈廉转了半圈。

萨哈廉没有当众栽过这跟头，伸手去摸挂在腰间的刀。

可是那里只有一个刀鞘，而腰刀却在容俏手里了！没法，萨哈廉就往外跑，容俏紧紧地追去。到了院子里，萨哈廉绕到马桩后，解下一匹白毛马，容俏一把没揪住他，他跳到马上向外边跑去。

容俏从马桩上解下一匹灰毛马，也不管是谁人的，就骑上追了出去。

这一切发生得突然而又迅速，书房里的人还没反应过来……

"坏事了……"多尔衮说，"要出事了！"

多铎说："出什么事呀，招惹个汉族娘们……"

"你知道个屁呀，大汗可是对那娘们很重视。"

听多尔衮那么说，别的贝勒要走，他们真怕惹出什么事来。一开始他们就觉得事情有些异样，那女师父竟有那样不同凡俗的本领……

就在这时，皇太极进来了。

"大汗好，大汗吉祥！"

书房里所有的学子都向皇太极行礼。

"起来吧，"皇太极招招手，"你们的师父还没来吗？"

"来过了。"多铎说。

"她在哪里？"

十几个孩子都不说话。

皇太极不知道出了什么事，向周围看了一下，硕托嘻嘻地笑。皇太极说："多尔衮，告诉我，出了什么事？"

多尔衮只好把事情从头至尾叙述了一遍。他说："大汗，那女师父也太不像话了，她敢和爱新觉罗的子孙动手！"

"他们到哪里去了？"

"大概是到校场去了吧……这会儿，萨哈廉一定在教训那女人吧，但愿萨哈廉不把她揍死！"

"你们跟我来！"说着，皇太极跑到院子里，骑上马向校场驰去，后面跟了许多人，有多尔衮等学子，还有皇太极带来的侍卫。

萨哈廉在前面骑马猛跑，容俏在他后面纵马穷追，手里还提着从萨哈廉手里缴来的腰刀。

萨哈廉知道自己碰到劲敌了，要不这女人是绝对不敢追他的，一想到自己没了武器就更加着慌。他娘的，别在战场没拼死，在这儿倒死在一个汉族女人的手里，那才窝囊呢！

"师父……"他喘吁吁地说，"你别生气，我不过是跟你开个玩笑……我真的没有恶意……真的……"

"下来，跪下！"容俏喊。

"师父……那不有点过分了吗？"

容俏不再和他说话，纵马追了个平齐，想伸手把他拉下马来，萨哈廉连忙躲闪。就在这时，他们进了校场。

萨哈廉跑上马道，想和容俏沿着马道绕圈，容俏才不和他按规矩来呢，她打马从斜刺里冲了过去，直冲萨哈廉的马头。

萨哈廉的马吓得咴咴乱叫，并且站立起来，他被摔到地上。

"跪下！"

萨哈廉忙说："师父息怒，我跪，我跪……"容俏勒住马，等他求饶。

萨哈廉刚要弯腰，见容俏仍在马上，就猫着腰向一旁的树林跑去。他想：树林茂密，你可不敢纵马追我，如果下马再追，我早跑没影儿了。

"站住！"容俏喝道，接着把手里的腰刀甩了出去，那刀嗖一声，啄到萨哈廉前面的一棵大树上，刀尖啄进了几寸深。萨哈廉见一道白光从鼻子前掠过，猛地止步，那刀就在离他几寸远的树干上颤动着……

"啊，我的妈呀！"他吓得一屁股蹲到地上。

容俏下了马，一手从树干上拔下腰刀，一手抓着萨哈廉的衣领回到了校场上。

"跪下！"容俏命令。

"是，我跪，我跪……"

萨哈廉只这么说，可还不想跪。"师父，我只是开个玩笑，你就往死整我呀？要是早知道你有这么高的本领，我才不惹你哩……"

"你跪不跪？"

"你饶了我吧，师父！要是被人瞧见，多丢人呀，我孬好还是个贝勒呢！"

"知道要脸面，为什么不遵守规矩？跪下！"

容俏见他还想要赖，用刀背在他腿肚上砍了一下，萨哈廉大叫一声，跪在地上，疼得眼泪都出来了。"师父，你容貌美得天仙似的，心肠却狠得像马蜂的屁股……"

"你再给我胡说？"容俏举起了刀。

忽然，身后传来冰雹般的马蹄声，容俏回头一看，见皇太极带领着一彪人马来了。

萨哈廉见自己的人来了，就连忙站了起来，要去夺容俏手里的刀，容俏飞起一脚把他踢了个趔趄。

皇太极勒住马，对萨哈廉喊："萨哈廉，跪下！"

萨哈廉只得跪下。

皇太极又对多尔衮等学子叫道："你们也到萨哈廉那儿跪下！"

多尔衮去跪了，多铎却辩解道："我们没惹事，为什么要跪？"

"你没惹事，就有理了？你见萨哈廉欺负老师，你有怎样的态度？你是制止呢还是幸灾乐祸？"

多铎不说话了。

萨哈廉恨不得多几个人和他一齐下跪，就说："我……和老师开玩笑时，多尔衮、多铎他们都很高兴，在一旁嘻嘻地笑……"

"听到了吗，多铎？跪下！"皇太极又叫道。

多铎犹豫了一刹那，也就排在多尔衮一旁跪下了。

本来，容俏想对皇太极说声"这差事，我不干了！"扭头就走，可是见皇太极对这事这么认真，她就不好说什么了。

皇太极看着跪在地上的那长长的一溜，伤心地对她说："容俏，你看到了吗？爱新觉罗的这帮子弟就是这么野蛮，就是这么需要教育！将来，我还要依靠他们来治理国家呢！你想他们直到现在还不努力学习汉族的文化，还不明白自己的责任，后金还有将来吗？"

萨哈廉仍不服气，他说："大汗，咱们给她钱，她教就好了，为什么这么厉害？她是不是想在书房里向我们报仇？"

皇太极骂道："糊涂东西，将来不会有出息的！——你们的容俏师父不仅学问渊博，而且武艺高强，她答应教授你们已经使我喜不自禁了！——多尔衮，你领会了我的话了吗？"

多尔衮赶忙说："大汗教导的是，臣弟完全领会了！"

"那你就讲给萨哈廉听。"

"是。"

多尔衮站起来走到萨哈廉面前说："萨哈廉听着：大汗把后金的将来付托给咱们，咱们就应该好好地学习才对。后金国中还是汉人居多，整个中华汉人占十之八九，若是不懂汉人的文化，将来怎么跟随大汗治国平天下呢？萨哈廉，你上课胡闹，不尊重师父，根本没领会到大汗的良苦用心，真是该罚，现在你明白了吗？"

萨哈廉被多尔衮训得头昏脑涨，连忙说："明白，明白了！"

皇太极当着多尔衮等人的面规定：不管是什么人，只要在规定的范围内，都要到书房读书，完成师父教给的功课，违者要受处罚。"你们在老师面前要循规蹈矩，犯了错要虚心听取老师的训斥，对老师说话要肃立。一次犯规，要报告朝廷教谕，二次犯规，要上报给我，按照朝廷规定给以责罚！"

接着就宣布了这次事件的处理结果：萨哈廉，削去贝勒爵位，改为贝子。多尔衮、多铎等人，罚俸一月。

多铎说："大汗，我又没胡闹，只附和着笑了笑，一个月的薪俸就没了，冤不冤呀？"

多尔衮说："你冤什么？以后见了这样的事，绝不能袖手旁观，要挺身向前制止才对！"

多铎瞪了哥哥一眼，说："就是你会见风转舵！"

皇太极问："容俏，你看还要怎样？"

"就这样吧……"容俏见皇太极当着她的面处理贝勒们，真是给足了面子，便又说，"以后，他们只要好好地来书房上学就行了。"

皇太极又对学子们说："在大明国内，天地君师是上下皆要遵从的。不尊重老师的人，他就不懂得为臣，不懂得事君，也就不会敬重天地。这种人必然犯上作乱，成为国家的祸害，是非除掉不可的！他们连老百姓也知道'一日为师，终身为父'，以后你们和老师的关系就这么定下来了，一辈子也不能改！什么时候违犯了，你就是大逆不道，为天下人所不齿！咱们后金也要通过你们把这样的道德树立起来！"

他讲完后，就令学子回家了。

"容俏，子弟们不懂规矩，惹你生气，皇太极向你道歉！"皇太极向容俏躬下身去。

"大汗，您对他们的处置也太厉害了点……"

"容俏，那不要紧，你若看到他们转变好了，也可以为他们请求取消处分，或者奖励。好人留给你去做，不好吗？"

他们并辔往沈阳城走去。

路上容俏说起自己给学子们制订的学习计划，皇太极点头称赞。他说："满人学习汉族文化，朝廷推行汉族制度，这是定下来的国策。要一丝不苟、坚定不移地执行。即使是这样，路途上还会有许多困难……你要帮我呀，容俏。我不会忘记你的功劳，国家也不会的……"

"我哪里求什么功劳！……"

"容俏，你说，我给你个什么官儿为好呢？"

"我不要官……"

"我知道你不愿做官，可是没有官衔，你就不好便宜行事。"皇太极说，"明朝在朝廷下有个国子监，掌管国子监的官儿叫祭酒。那国子监是专门给全国的贡生们开的，咱们却要教育满族的贵族子弟……要不就叫内书房吧。你就是内书房的太傅，正一品，怎样？你们汉族朝廷中教太子的才叫太傅，那，咱不管了……"

"大汗，我真的不要官，你今天把他们吓唬了一下也就行了，以后他们会听话的！"

　　皇太极不再谈这件事。他和容俏说起令她伤心的最近的宁、锦之役。

　　容俏用心地听着，可是她没说一句话。

　　这几日，她也被痛苦缠绕着……半月前，容俏在书房上课完毕，看看天色还早，放开缰绳，让马信步走了。不觉来到郊外，见满山满谷一片绿色。今年雨水多，那绿分外地深，分外地浓。近处是望不到边的苞谷，有一人高了，小风一吹，绿叶纷纷扬扬，起了一阵嗦嗦声。这时，太阳已落到了青山后面，可是夏日的余威仍然炙人，走不多远，她的薄衫下面已汗水淋漓了。

　　前几天就听说，进攻宁锦的部队中暑的很多，心里就揪揪的。她从史书中知道：中国几千年的历史就是战争的历史，她没法统计，从周秦以来有多少没有战争的日子。即使没有大规模的战争，局部的战争也从没断过。

　　在后金两三年来，满人在她心目中已不再是虎狼。她接触的大多是其中的贵族，像皇太极、代善等，他们大多也是通情达理的人，有些已经成了她所崇仰的英雄。

　　天下本无主，唯有德者居之，历史事实这样告诉她。明朝的腐败令她厌恶，朝廷的倾轧使她寒心，英雄的末路使她悲伤，像他父亲那样的投降者又使她感到羞赧……她觉得难以自处。真不知以后她将怎样安置自己的灵魂。

　　她这样想着，已经走出十多里地了。

　　许多人告诉她，沈阳郊外盗贼很多。她自己就落草为寇过，她知道所谓盗贼是怎么一回事，因此也并不害怕。

　　忽然，有人唱起了歌，那歌声在山间缭绕回荡，声调婉转而苍凉。

> 秦时明月汉时关，
> 万里长征人未还。
> 但使龙城飞将在，
> 不教胡马度阴山！

　　容俏想：这唱歌的人一定不是一般的山樵野夫，他读过一些唐诗，又在关心着天下的大势，他的心呀，容俏一下子就摸到了，他在为明朝的凋零而感叹。他不知道明朝的飞将军是有的，可是，那样的朝廷，能让他们有所作为吗？

　　就在这时，一个人从曲曲折折的山路上走下来了。他戴了一只竹笠，背了一捆干柴，手提一把柴刀，看样子是一个砍柴的樵夫。

容俏警惕地望着他。

她骑了一匹马，又是个女人，对那些图谋不轨的人来说，是很招眼的。

那人来到她的面前，容俏勒马闪在一边，把手搭在挂在马鞍旁的刀柄上。

这时，他们相距有七八步远。要是那人真是一个樵夫的话，最多看她一眼也就过去了。但那人站住了，站在路边端详着容俏。

容俏也在看着他。

那人上身穿一件这里人夏天常穿的汗衫，敞着怀，露出伤痕累累的胸膛。下身是一条半截裤，两条腿上满是蜷曲的黑毛。鞋子不知拿桐油泡了几遍，比铁制的还要结实。

"李掌柜……"那人拱手叫道，声音有点嘶哑，有点让她感到熟悉。

容俏和两个丫头在山上落草为寇时，喽啰们按山林中的规矩称她为"李掌柜"。

"你是谁？"容俏沉着嗓子问。

"哈哈……"那人把他的竹笠向后一推，露出了一张被络腮胡子围绕着的脸和一双突出来的大眼睛。

容俏认出来了，他是她过去的喽啰张强。

"张强，是你吗？"

"是小人张强……"

"你怎么在这儿？"

"专为等候掌柜！"

容俏不说话了，她又打量着面前的人。

在山上落草不久，她就认识了这个身强力壮、粗腿大脚、面目像用斧子砍出来似的"粗人"，他虽生得粗率，却有个外号叫"糙秀才"。据山上的人介绍：他家里穷，从小没读上书，但很羡慕那些读书人。只要遇到识文解字的人，他就追着拜老师。容俏成了他们的首领后，糙秀才见她有空儿就读书，十分仰慕。一天晚上，他冲进山寨的"行义堂"，给容俏跪下，求她教他写字读书。容俏好奇怪，问他道："小喽啰识字干什么？"糙秀才回答道："不识字不知礼，不识字不知义，一辈子不知自己是谁！"他的话使容俏很感动，只要有时间，就每天教他识字读书。后来容俏带领山寨的喽啰投靠了川军秦良玉，他跟随容俏左右，作战十分勇敢。在撤退突围时就没再见到他。容俏想："糙秀才"牺牲了。她还为他掉了几滴泪呢……

"张强，你怎么知道我在沈阳城里呀？"

"沈阳城里到处有咱们大明的人，"他说，"后金占领了咱们的地，却没占领了咱们的心！我打听到掌柜被贼人俘虏后，在敌人面前大义凛然，宁死不屈，大节上胜过咱们男子汉！皇太极看在您父亲的面上把您软禁着，可是您硬的不怕，软的也没有销蚀了您的铮铮铁骨……"

容俏听着不由得红了脸。虽然，她已从过去的认识、立场中解脱了出来，但是在心灵的某个角落，自古以来的忠孝节义观念仍在起着作用，像锥子一样刺着她的心。

"别说了，张强。这一向你在哪里？"容俏想把张强谈的问题引开。

"突围后，我受了一点轻伤，就避到一家汉人家中，"张强说，"汉人听说我是明朝的兵，待我那个热情呀，真是恨不得把心挖出来煮煮给我吃了！伤好以后，我就到处打听您的消息，知道您已获得了自由，就在沈阳周围转来转去，想见到您，再跟您干点事儿……"

"张强，我已经没了自己的人马，还能做什么呀？"

"掌柜的，不能这么说，"张强摇摇头，"表面看这是后金的腹地，可是大部分汉人还是不死心，他们等待着明军打过来。要是有像您这样的人领头，立在山头上喊一声，这苞米地里立刻就能站出成千上万的人！"

容俏明白张强寻找她的原因了。要是在两年前，她会照张强说的那样做的。现在她已经向前走去了，但她无法向张强这个热血汉子解释。

"张强，谢谢你对我的信任，可是我不能像你说的那样去做……"

"为什么？您不会心灰意冷了吧？"

"我没有灰心……"容俏在心里斟酌着字句，"可是又……不能一两句话和你说明白。"

"是的。"张强说，"有道是大路上说话，草窠里听，这里也不是说话的地方。在山上有一所小茅屋，那里便是我的家。只我一个人，日子本来过得像闲云野鹤，可是就是忘记不了山下的大千世界。李掌柜要是有空，何不上山到我家中一叙？我有自己采制的山茶，那味道不是一般可比……"

容俏很想现在就跟"糙秀才"到山上去，可是她仰头望望天空，几颗星星已在天边闪烁了。"张强，今天已晚，以后，我有空一定去。——有句话我想说给你……"

"请李掌柜指教。"

"千万不要做傻事、错事、莽撞事！没和我商量什么也不要做！"

"知道！"张强又向容俏拱起两手，"过去我是李掌柜的喽啰，今后我还是您的小兵！"

直到看着张强消失在山林中，容俏才勒转马头向黑黝黝的沈阳城走去。路上碰到了来迎接她的春颖。

第十九章　庄妃献良策　大汗茅塞开

1

后金和大明的和谈中断了一段时间。

在宁锦战役后，皇太极觉得在军事上一时无计可施，又想把和谈拾起来，通过谈判看看有什么缝隙可乘。

这是皇太极和努尔哈赤的不同之处。

他再次给袁崇焕写了一封长长的信。对袁崇焕所指责的讨伐朝鲜的事作了详细的解释，希望两国不要因朝鲜而误了和谈大事。这一次，皇太极又作了很大的让步：去掉天聪年号，奉大明为正朔。在书信下面落了"大明崇祯二年"。

到了这年四月，袁崇焕才给皇太极复信，而且信写得十分简单。

政治和谈就是这样，彼此的消长全看当时的形势。皇太极因为在战场上没有打赢，重开和谈，袁崇焕因为在战场上得胜，就端起了架子。

他在信中不提和谈的条件，只含糊声称和亦有"道"，"非一言可定也"！即和谈中的"道理"不是一句话可以说明白的。

只要袁崇焕回信，皇太极就觉得有希望，就立刻给袁崇焕回信说："我知道和谈得讲'道理'。他提出了四项条件：一是无论满人汉人因战争离散的，可令其团聚；二是划定国界，明以大凌河为界，金以三岔河为界；三是明朝承认大金汗国，给铸一方大印；四是过去定的明朝应给金国的讲和礼物可以另行商议。"

皇太极派了个姓白的喇嘛持书前往宁远。

两个月过去了，不见白喇嘛回来，皇太极得到消息说袁崇焕把白喇嘛扣留了，很是着急。他又一连给袁崇焕写了两封信，要求他放人，并说：如果七月十五不见白喇嘛回来，就认为明方是有意破坏和谈。

袁崇焕不是有意怠慢后金，只是他得和他的幕僚们仔细地斟酌。

七月十五前，后金的特使回到了沈阳，还带着袁崇焕的两封信。

信中说道：原辽东的许多人逃到辽西，其先人坟墓均在你方的土地上，他们能不思念吗？你的想法脱离实际，我不敢向朝廷报告。礼物的事，我们地大物博不在乎那点东西，如果以后真能修好的话，可以答应你们的请求。至于承认你们的国家，给你们铸印等事，那更不是一时半刻能够解决的事了……

另一封是解释后金使者迟归的原因，没有任何实质性的内容。

皇太极看信后十分生气，但他绝不放弃和谈，他回信说：辽东人坟墓的事，是袁崇焕的借口，本意是想图谋辽东。更让皇太极按捺不住怒火的是，二三年来，他们信来信往，洽商的许多事，袁崇焕都没有向朝廷报告！他写道：你这做法"较大辽之欺金，殆有甚焉"！最后，他愤怒地表示："事情既如此，我岂能强令和好乎！"

袁崇焕和皇太极一样，认为和谈只是一种手段，没有一点诚意。但是他还是不愿中断和谈。

他给皇太极复信说："……你如诚心，我岂能骗人，你如实心，我岂能虚伪？一代兴亡，都是天意所定，岂是欺骗、虚伪所能为？但是十年战争（从萨尔浒战到当时正是十年），今日想一时解决，即使能力再大，也非几人所能奏效，又两三句话所能结束的！总之都取决于皇上明断罢了……"

谈了这么久，袁崇焕又把责任推到皇上那里去了！

其实，袁崇焕怎敢私自和皇太极议和？在这事儿上无论巨细，他都几次派人上奏皇上了。他对皇上说："……关外四城虽延袤二百里，但北负山，南阻海，广仅四十里尔！今屯兵六万，商民数十万，地隘人稠，安得所食？锦州、中左、大凌三城，修城必不可已，倘城不完而贼至，势必撤退，是弃垂成之功也！故乘敌有事江东，姑以和谈缓之，敌知，则三城已完，战守又在关门四百里外，金汤益固矣！"

可是袁崇焕的以和谈争取时间的策略，没有得到朝廷上下的认可。许多大臣认为这是重蹈宋金议和的覆辙，有人甚至说：后金所以敢于侵略朝鲜，就是"和议所致"。

因为袁崇焕离京时，曾向崇祯帝再三说明了自己守辽的策略，其中就有必要时可以使用"和议"的办法，所以崇祯并不一概反对谈判。但他说："朕思讲和不过是羁縻之术，质不是长策。如需，要严兵固守，不然即与他战！"几句话，就露出他的真实意图了。

又过了些日子，崇祯连这"手段"也不要了。他指示说："逆奴罪在必歼，屡谕严拒，不许接（谈）片字！"

皇太极却仍不放弃。他想通过和谈来稳定局势，取得足够的时间，以巩固和积蓄自己的力量。如达成协议，明朝就会承认后金这一政治实体，他就有和明朝分庭抗礼的基础了。等一切皆备后，他就撕毁协议，立刻发动进攻。谈了三年虽无任何效果，但皇太极仍高高举着"和谈"的旗帜，就是这个原因……

趁着不战不和的间隙，皇太极和代善、范文程、李永芳诸大臣对汉族的军队、民众进行了整顿。在一年前，他就令李永芳把归顺的汉军另立一军，由李永芳带领，给他的官衔是都统，相当于固山额真。如今人数更多，他想和他们商议成立汉军旗。

在后金，大多数的汉人已经有地可耕，有事可做，他用后金人的办法统治汉人，仍由李永芳负责。

有了眉目之后，他像努尔哈赤一样，总是不放心西边的蒙古。

这年（天聪二年，即 1628 年）四月，他带领正黄、正蓝、正白、镶白四旗出征察哈尔了。

他令代善留守沈阳。除了阿敏、莽古尔泰等老的战将外，他特地带了几员小将，如他的长子豪格、十六岁的多尔衮……

在宁锦战役中，多尔衮有上好的表现，敢于猛打猛冲。回到沈阳后，皇太极和代善商议了一下便把正白旗交给他主政。这是对多尔衮极大的恩宠。

在朝廷上，多尔衮向大汗谢恩后，特地跑到后宫去见大福晋。自从他母亲殉葬后，在亲族中皇太极的大福晋是待他最好的人了。他把对母亲的感情多少移给了她。

"四嫂，报告您一个好消息！"他一进门就喊。

福晋当然知道那好消息是什么事，可是她还是佯装不知地问："多尔衮，有了什么好事呀？快对嫂嫂说说！"

"四哥把正白旗给了我！"

"是吗？"福晋满面是笑，"多尔衮，我真为你高兴！十六岁独领一旗，在你们兄弟中还没有一人呢！"

"四哥呢？"

"他主旗时，已经二十几岁了。"

"四哥还要带我去征察哈尔……"

"那好呀，他是让人家看看他没有选错人！"

"福晋，我会立功的。"

"我相信。"她说，"不过我还是盼望你和大汗安全地回来！"

"福晋，您放心，上天和我娘会保佑我的！"

福晋不愿在这时候提起他死去的额娘，就赶紧说："多尔衮，你等一等，我去给你做点好吃的。"

"那，我到布木布泰那里看看。"

去年，大福晋就觉察到，多尔衮和布木布泰走得有点太近，自己还曾利用这一点让布木布泰拉拢多尔衮呢。直到前些日子皇太极对她说："哲哲，当初如果把布木布泰嫁给多尔衮也许更好，你看他们亲亲热热的样子……"大福晋就警惕起来，可是也不好说什么。

多尔衮在花园里遇到了布木布泰，刚要开口，布木布泰就向他贺喜了："恭喜十四贝勒，不，应该称你为将军了！"

"你知道了？"

"这事儿还不传得像风一样快！大汗从前线回来后，整日闷闷不乐，但说到你时，他就高兴地说：'多尔衮那孩子呀，就像我当年那样！'"

"他真是那样说的吗？"

"没有。是我编出来使你高兴的！"

多尔衮望着布木布泰的眼睛，看出了她在开玩笑，就猛地扑上去咯吱她。"再让你耍我！"

布木布泰连忙躲开，说："谁叫你不信我的话的？以后，我说什么你就得听什么！"

"好，我听，我听。"

"你四哥说：'要是多尔衮真的有本领，我就把两白旗都给他。'多尔衮，在战场上你可要好好表现呀！"

"我会的，布木布泰。"多尔衮摇摇拳头说，"我要叫四哥看到他没有选错人！"

"不过我也不愿意你蛮干，那不是将才，真正的将才得有勇有谋。"

"我知道。"多尔衮说，"我已经把《三国演义》看了三遍了，你还要我读什么书？"

"要认真读的书还有很多很多，你这时最需要看的是《孙子兵法》，那上边领兵用兵的策略都有的。自古以来，常打胜仗的将军没有不熟读这本书的。"

"布木布泰，你读过这本书吗？"

"读过，而且不止一遍。"

"你想当女将军吗？"

布木布泰笑着说："多尔衮，你真是个傻瓜，好的书谁读了也会有益的。那虽是兵书，可是各朝各代的文人、商人没有不读的。"

"快快拿来，让我在作战的空隙中读。"

"好的，过一会儿我拿给你。"

多尔衮看着布木布泰，连眼睛也不眨一眨。

布木布泰有点臊了，她低下头嗔他道："怎么好这样看人家呀……"

"布木布泰，我来是想跟你讨个东西的……"

"什么东西呀？只要我有。"

"你有……亲我一下。"

布木布泰的脸红了，她说："多尔衮，不要想别的。"

"我没法不想……"

"我是皇太极的侧福晋了。"

"可是，我爱上你的时候……比皇太极早两年。"

"你说什么呀，多尔衮？那时，我十岁，你才十一，都是孩子，懂什么呀！"

"你忘了吗？那年夏天，大福晋回娘家省亲，她要带我去看一看美丽的科尔沁。我去了。科尔沁草原真辽阔真漂亮呀！可是更让我流连忘返的是你。咱们在湖边捕鱼，咱们在草原上骑马。你那俏丽的面容，你那会说话的眼睛把我迷住了，一时看不到你，我就心慌……分别的那天，咱们在马棚里相拥着哭。你额娘笑着把咱们分开，她对我说：'多尔衮，看上我家的小妹了？别着急，将来，我把她给你做媳妇'……"

这些事，布木布泰怎么会忘记呢？只要在童年、少年经历过这些事儿的，谁也不会忘。只是，那种朦胧的恋情，就像轻烟一样，一会儿就被风吹散了。

后来她的哥哥受父亲的委托把她送到沈阳，和皇太极完婚，她心里就几乎忘干净那个曾给他留下印象的美少年了。

布木布泰深情地看着多尔衮，打趣他说："谁叫你的家人不快派人到科尔沁去提亲呀！"

"你知道，那时，我的额娘还关在冷宫里呢！"

遇到多尔衮伤心，布木布泰有一法宝，那就是笑。她笑着说："别伤心了。好在如今咱们是叔嫂了！"

多尔衮呆了好一会儿。

忽然传来大福晋宫里丫头们的喊声："十四爷，十四贝勒！……"

"多尔衮，大福晋要咱们过去了，走呀……"

多尔衮仍不动。"给我……"

"给你什么呀？"

"给我！"多尔衮噘着嘴固执地说。

布木布泰想了想，突然她搂过多尔衮，在他脸上亲了几下，接着就衣裙窸窣地跑了。

2

满蒙贵族间的联姻，是有清一代的传统政策。

比起朝鲜、大明来，满族还是和蒙古关系近一些。这不仅体现在地域位置上，也在风俗习惯上。感情上联姻、政治上优待、物质上收买。后金想用这些办法，使蒙古贵族和其保持一致。可是蒙古几百年来一直是大明的属国，它受明朝的保护，也得到明朝的援助。努尔哈赤用尽各种手段，它也是不情愿和明朝割断关系的。与此同时，蒙古人也没有忘记自己是成吉思汗的后裔，他们时时想着重温几百年前的旧梦，称雄北方，进而统一中华。

这样，努尔哈赤就不得不对它兵戎相向了！

科尔沁，是最早臣服努尔哈赤的蒙古部落之一。它的许多女儿都嫁给了努尔哈赤和他的儿孙，同时，努尔哈赤的好些女儿、孙女也送到了科尔沁。

蒙古察哈尔部几次企图入侵科尔沁，在危急关头，努尔哈赤没一次坐视不管，总是派大军相援，使其转危为安。两国的关系越来越紧密，终于形同一国了。

这次征讨蒙古察哈尔，科尔沁的土谢图汗、后金额驸奥巴从征，又是一合作的表示。

后金大军突入察哈尔后，所向披靡。蒙古的林丹汗还是使用过去的策略，"打不过你，我就逃。你离开，我就再回来"。在接战几次后，他就带领他的家人和军队向西逃远了。

皇太极派人寻找他，希望和他讲和通好。林丹汗回信说："你想通好吗？

也不是不可以，那就要答应我几个条件：不要糟蹋我的人民，不要掠去我的财物。等你们退回后金去之后，我就派使节到你们的沈阳去。"

这样的回答不止一次了，几乎没有一次兑现过。

皇太极像努尔哈赤一样奉行：你虽一次次地背信弃义，可是我却一次次地相信你，终有一天你会感动的！

皇太极立刻答应了林丹汗的条件，一方面严禁部队骚扰蒙古部落，一方面陆续地撤出察哈尔。

后金军打得十分骁勇，特别是多尔衮，他总是冲锋在前，像一把利剑直插敌人之后，然后把他们包围起来，有两次连林丹汗也险些落到他的手里。可是，当他令旗兵把敌人分割消灭时，就会接到大汗的手谕："敞开一面，令蒙古人'出水'。"

"四哥。这是为什么呀？"

"十四弟，你记得《三国演义》中，诸葛亮七擒孟获的故事吗？"

多尔衮的脑子转得快，他一下子理解了皇太极的做法，点点头说："四哥，我明白了。"

"那就好。蒙古对咱们后金是很重要的。"皇太极说，"父汗一再地教导咱们：要千方百计地使蒙古人成为后金的盟友，他们比起汉人来总是好些的！"

"四哥的话我记住了。"

可是阿敏、莽古尔泰却怪话连篇，不听皇太极的解释。

阿敏说："咱们老远地跑到这蒙古来，又费钱又劳累，为的什么呀？你说的那些我不服。把林丹汗彻底消灭不是一劳永逸吗？"

"是呀，是呀！"莽古尔泰也说，"父汗说的不一定都对，多少政策你都改变了，还差这一点？"

多尔衮见两个大哥哥在为难皇太极，就说："我觉得四哥说得很对，咱们既然希望将来蒙古成为盟友，那就不能打出仇来，一旦有了仇恨，就不好再和好了！"

"滚滚滚！"阿敏朝着多尔衮咆哮道，"小孩子，你懂什么？老子跟随父汗打天下的时候，你还在屎窝里玩哩！以后，大人们说话，你不要插嘴！"

皇太极连忙说："二位兄长，咱们既然令多尔衮执掌大旗，就应把他当作大将来看！"

"什么大将，才几天不尿裤裆！"莽古尔泰嗤之以鼻，"你不该叫他掌大旗，瞧吧，他以为可以和咱们平起平坐了！"

"兄长，早让兄弟、子侄们历练一下也很有必要，要知道咱们也会老的……"

阿敏、莽古尔泰不听皇太极啰唆，走开了。

皇太极为难地向多尔衮摆摆手，说："你瞧……"

多尔衮激动地说："四哥，如今，您是后金的大汗，就该拿出大汗的样儿来，绝不能让他们像对待普通兄弟那样对待您！要不，令不行禁不止，早晚要出事的！"

"多尔衮，他们自以为拥戴有功……"

"四哥，原本您就该做大汗，"多尔衮说，"代善大哥自觉不如您，谦让了，阿敏、莽古尔泰就更不行！还有谁呢？"

"多尔衮，可不能乱说呀！"

"四哥，我没乱说，谁不知道呢！"

"还讲下去！"皇太极把脚一跺，斥道。

多尔衮在皇太极的怒斥声中听出了他的心音，他还是很爱听这些话的。过了些时候，他改了个话题又问道："四哥……我听说我额娘不是自己吊死的……"

皇太极把脸转向多尔衮，蹙起了眉问道："你说什么？"

"有人说：我额娘本想吊死的，可是……可是……她舍不得我们兄弟，又把头从绳扣里缩回来，提出要见一见我们……就在这时，阿敏拿钢丝套在额娘的脖子上……"

多尔衮哭了。

皇太极呆了会儿，把手帕拿出来塞给多尔衮。

大福晋殉身那天的事，他们都记得很清楚。这种事，任何人只要见过，一辈子也忘不了。

四大贝勒在另一房间里正在议事，有人报告说："大福晋跟大汗去了！"他们都觉得有点轻松，因为无论如何，这件叫人为难的事，算是过去了。

他们赶到大福晋的住处，见从绳索中放下来的大福晋又活了过来，她说：大汗不要她去了，因为孩子还小……

周围的气氛立刻变得惶恐、诡异和惊骇。大家只好跪在地上一遍遍地喊："请大福晋及早归天！……"

代善说："既然大汗要福晋回到阳世来了，就不必……"

他的话立刻被阿敏截住："大哥，你就听那婆娘胡说！她要是说大汗要多尔衮即位呢，你听不听？如果那样，咱们这些为后金拼命流血的人还不得气死！既然她说死后见过先父，今后还不是她说什么算什么，大金的朝廷岂不乱了？"

皇太极也不愿意大福晋活着，因为她的身份在那里，只要她在，嗣位大事就得听她的……

"那怎么办呢？"皇太极问阿敏。

阿敏说："我是有办法的，可是……皇太极，你得保我！"

"我？"

"是。因为，父汗之后继位的是你，我是为了你！"

"你要怎么做呢？"

阿敏没说什么，他跑到大福晋躺着的床后，一会儿，她就断气了。几乎谁也没看到阿敏是怎样动的手脚，可是，在她的喉咙那儿有道血印，接着就被人抹去了。

"二哥，你怎么……"

不等皇太极说完，阿敏就说："一个人该死不死，别人就得帮她一下。"

每逢想起这事，皇太极就觉得自己是阿敏的同谋似的。

他不愿有人再提起这事。

"多尔衮，你额娘跟父汗去，那是父汗的遗言。"皇太极把多尔衮拉到身边，搂着他的肩膀说，"父汗生前和你额娘的感情太好了，这是人人知道的事。"

"那么，父汗为什么曾经把额娘赶出宫去呢？"

"兄弟，是有那么一段事，父汗虽功高盖世，但他也是人，有时一冲动，往往做出一些连自己也不愿意做的事来。——就是那几年，父汗也是惦念着大福晋，所以最后还是和大福晋重归于好了。多尔衮，你只要想着这主要的事实就行了。至于那些细枝末节，就别听别人的闲言碎语了！"

"四哥，我想额娘！"

"想，当然要想。可是你要知道有些事该弄个清楚，有些事只该大体上弄清楚，有些事压根就不该弄清楚，还有些事永远弄不清楚了！这就是历史，懂吗？"

多尔衮不懂，可是他知道不该问了。

3

在出征蒙古的路上，发生了一件令皇太极很不愉快的事。从征的科尔沁额驸奥巴是个不受约束的、不知天高地厚的年轻人。皇太极要科尔沁参战，不过只是个象征，就把奥巴和他的部队安排在左翼，并要莽古尔泰掩护他们。可是从战争一开始，奥巴和他的军队就落在后面了。

"皇太极，奥巴那小子临阵退缩，我是不是把他军法处置?"莽古尔泰问。

皇太极说："算了吧。叫他们来，不过是充充样子，他们的军队能打什么仗!"

不能打仗不要紧，可是，当后金军走远后，奥巴竟纵容士兵对察哈尔人大肆抢掠。等他们把大车小车装得满满的，就回头向科尔沁开拔了，连招呼也不打。

皇太极十分生气，派遣索尼、阿朱户两人带着他的信赴科尔沁问罪。

信中严厉地谴责他们违约，并历数科尔沁过去的一系列的罪状：如帮助叶赫进攻后金，努尔哈赤死后迟迟不来吊丧，等等。

皇太极指示索尼、阿朱户说："你们见了科尔沁汗，不必行礼，也不吃他的饭，不给他好脸色看，还要做出立刻要走的样子，看他们如何动作。"

索尼等到了科尔沁，直接去见了公主（她是努尔哈赤的侄女，嫁给了奥巴），送上了礼物。

此时，奥巴正患足疾，听说来了后金的使者，连忙叫人扶着去见索尼两人。

索尼按照皇太极的指示对他冷冷地说："我们是大汗派来的使臣，你们有罪，特来与你们断交。因为有公主在，才只去问候她。"

"有罪?"奥巴说，但他很快就反应过来，"有话好好说。咱们先吃饭，吃饭。"

他立刻命令在大政殿为后金的特使摆宴。

索尼、阿朱户不理奥巴，仰首拂袖而去。

奥巴吓坏了，就让公主出面讲情。

公主赶到驿馆，赔笑说道："奥巴要我来问候各位……"

"公主，这儿没有您的事。奥巴对后金做了什么，他自己知道!"

公主说："他很担心。他说：'大汗的使臣来，一向对我是恭敬的，如今他们不给我行礼，也不赴我为他们设的宴。是不是大汗责备我了？'到底是怎么回事呢？"

阿朱户说："公主，我们不是为他来的，给他行的什么礼，更用不着吃他的饭了！大汗要我们给他带来一封信，公主拿回去让他看看吧。"

公主见后金使臣们对她也不够热情，就带了信回宫了。

"奥巴，你对后金汗做了什么事呀，弄得我也没脸面见娘家人！"她把皇太极的信捧给奥巴说，"这是他们带给你的信，自己看看吧！"

奥巴两手捧起皇太极的信，认真地看了一遍，吓得魂不附体，他说："坏事了，我真的惹恼了后金大汗了！"

"到底为了什么事呢？"公主问。

"大概是为了我不听他的命令吧？在察哈尔我抢了些东西，怕他责备，没有告诉他一声就偷偷地溜回来了……"

"你真是贼性不改！"公主说，"你带兵去不是去帮助后金打仗吗，怎么去做匪寇呢？"公主哭了，"这样弄得我也没脸面回娘家了！"

"……福晋，我是想，察哈尔多次抢劫咱们科尔沁，就不许咱们也拿他们点东西？……"奥巴为自己辩解。

"奥巴，你真是死脑筋，"公主说，"后金的策略是想和蒙古的各部落都友好相处，和咱们科尔沁好，也想和察哈尔好。对察哈尔出兵，实际上也是为了交好。目的是满蒙一致，共同对付大明。你对察哈尔大肆抢劫，把大汗的谋略全破坏了！"

"啊，我明白了，明白了！"奥巴拍着自己的脑瓜，一副痛心疾首的样子。现在他才知道自己头脑里的政治还没有公主多哩！"我的好福晋，你说我该怎么办呢？"

"到沈阳去，给大汗赔礼道歉，请求他的宽恕！"

"他……能够饶恕我吗？"

"我想……没事儿的。"公主说，"比起察哈尔来，后金和咱们更亲哩，皇太极的两房最亲密的福晋都是咱们科尔沁人，她们会替科尔沁说话的！再说皇太极也绝不会丢弃科尔沁这个盟友呀，你就大胆地去吧！"

"福晋，你到底是老大汗的侄女，肚子里真有东西！"奥巴放了心。

就在这时，他的侍卫来报告说："后金的使臣要回去了！"

公主急忙说："快，快，我给你收拾一下，你快随他们一同到沈阳去吧！"

奥巴赶到驿馆时，索尼等已经备好了马，准备动身。

奥巴向前拉住了索尼坐骑的缰绳，痛心地说："两位都不能走，请再留一天，我好备好礼物，随你们一齐回沈阳，向大汗当面悔罪！"

索尼对他仍然爱理不理的。"你不是有足疾吗？"

"我看了大汗的信后，知道自己有罪，十分惶恐。足疾算什么？就是爬，我也要爬到沈阳去！"

阿朱户说："大汗没授意我们同你一齐回去，也没授意我们阻止你到沈阳，去与不去，你自己考虑吧！"

"我非去不可！"奥巴坚决地说，"如果大汗不见我怎么办？"

索尼说："你若真心实意地悔罪，大汗怎能不见呢？"

第二年正月，奥巴来到沈阳。皇太极亲自迎出十里，并设盛宴招待。宴会后，皇太极派出大臣，对奥巴重申信中切责之意。

奥巴十分痛悔，愿以骆驼十峰、马一百匹、铁甲一副谢罪。

皇太极见他诚心改过，就一概宽免，还赏给了他很多贵重礼物！

从此，奥巴就十分顺从了，再也没有发生类似的事。

皇太极就是用这样软硬兼施、打拉结合怀柔蒙古各部落的。努尔哈赤和皇太极都知道没有一个稳定的后方，是无法倾全力对付大明的。

4

与东面的朝鲜、西面的蒙古虽没有彻底地解决问题，但一两年内不会有干扰了，皇太极明白要想一劳永逸地使它们臣服于后金，那只有在把大明打垮之后。

他和代善、阿敏、莽古尔泰等贝勒、大将以及范文程、李永芳、宁完我等主要谋臣商量多次，都想不出上好的办法越过袁崇焕那座高山。

他觉得被烦闷包围着。在花园中转了一圈后，他又回到了内庭。占据他身心的是后金的事业，花红柳绿、明月清风对他几乎没有什么意义。在路过永福宫时，他瞥见庄妃在摇着折扇读书。

皇太极咳嗽了一声，希望引起她的注意，可是她连头也没抬。

庄妃嫁过来时，他对她迷恋了好一阵子。不过，那就像忽然得到了一个心爱的玩物，事情一忙也就丢下了。后来，渐渐地从她的一言一行中看出了她的不凡，于是就在与大妃商量国事时也叫上她。她循规蹈矩地坐在一旁不大说话，可是偶尔说上一句，常常令人有石破天惊之感。他就对她更另眼相看了。

不过，皇太极像那些事业辉煌的男子一样，不太喜欢智慧超凡的女人。他回到家中，喜欢看到妻妾柔情似水、小鸟依人般围绕着他。也就是说：他需要的是妻妾而不是同僚。因为他面前已经是强将如林、谋臣如云了！

但庄妃仍吸引着他。她那俊俏的面容，她那智慧的谈吐，仍使他如沐春风，如临甘霖，使他五脏六腑都感到清新。

他走进门去。

"啊，布木布泰……"

布木布泰抬头看见了大汗，赶忙起身迎接，她行了个屈膝礼就站在一旁。她拿不定大汗是说几句话就走呢，还是要在这里做点什么。

皇太极在靠墙的软椅上坐了下来。

布木布泰就吩咐侍女苏末儿备茶。

皇太极看到布木布泰手里仍抓着书，就问："还看《三国演义》吗？"

庄妃摇摇头，说："都看过五六遍了，不看了！"

皇太极说："五六遍算多吗？这是一个人一辈子都要看的书！"

布木布泰知道《三国演义》对女真人来说，那是"圣书"。努尔哈赤常常手不释卷，还一再地教导他的子侄、将军们好好阅读。皇太极也是把它当作"兵书"来读的。她不敢在这书上和皇太极争论什么，就连忙说："大汗说得极是，但我想一个劲地光读《三国演义》，也许就把头脑读蒙了，换读点别的，回头再来读三国，或者理解得就更深些。"

"是的，你说得也对——来，你坐呀！"

布木布泰坐在了大汗的对面。

"说一说，你正看着什么书？"

"我读的是《史记》，是西汉的一个叫司马迁的人撰写的。"

"我听说过这本书，可是没有读过。"

布木布泰见皇太极伸着手，就把书递给了他。

"大汗，汉人的典籍太多了，一个人倾其毕生之力也读不完的，其实也用不着读完。"

"你说得对。"皇太极把书放在桌上。

这时侍女苏末儿把茶送来了，庄妃接过，亲手把一杯茶送到皇太极面前。顺便说："大汗，这是下面贡上来的新茶，名叫碧螺春，沏出来淡绿色，有一股香味，很解渴的。还有人说它清热解火，那倒不必听……"

皇太极捧起茶盏啜了一口，就放下了，眉头皱着望院中石榴树上几只家雀。

"大汗有什么心事？"

"布木布泰，想知道吗？"

"不，不，"布木布泰笑起来，"我只是看着大汗有点心不在焉……"

皇太极抬起头望着布木布泰那灵慧的眼睛，说："是呀，我是后金的大汗，怎么会没有心事呢！"

"让我猜一猜，行吗？"

皇太极高兴了，他喜欢布木布泰的孩子气，便说："你猜，你猜……"

"我猜对了呢？"

"你猜对了嘛……今晚，我就在你这里留下来！"

"不猜了，不猜了……"庄妃摇着手帕说，"大汗欺负人！"

"怎么，你不愿意我住下来吗？"

"愿意，可是不愿大汗把它当作奖赏！"庄妃捂起羞脸。

"好吧——你不是要猜我的心事吗？"

"大汗，还用我猜吗，整个后宫里都知道，您是为了那袁崇焕，一时不知怎么对付他……这些日子大家都谨慎小心的，连说话、走路都不敢有什么动静。"

皇太极点点头，说："想不到我的心情给全家带来这么大的麻烦……好了，不说了，我到你这里来，是为了寻找快乐的，就别谈那些事了——告诉我《史记》里有些什么好东西？"

"大汗想听吗？"布木布泰看着皇太极，想知道他是不是真的想听，他的耐心有多久，然后再决定自己是详讲还是略说，"这里面的东西可多了，字里行间都是智慧……"

"真的吗？说一两件我听听。"

"大汗，秦统一中国之前，那还算战国时代，天下群雄并起，战火燃遍华夏。老百姓当然是遭殃的了，可是也给了英雄豪杰以表现才能的机会，那时可真出了些人物呀！……"

"我知道，秦嬴政、吕不韦、白起、赵高、李斯、王翦、蒙恬……这些人。"

"这些自然是叱咤风云的大人物，还有些人物是依靠自己的智谋吃饭的，也很有趣。"

"你说，布木布泰……"皇太极的兴趣渐渐上来了。

"比如说：苏秦、张仪、韩非、茅焦、尉缭、顿弱……"

"给我说几个他们的故事。"

"大汗，我读了他们的故事后忽然明白了一个重要的道理，那就是在战场得不到的东西，可以通过别的途径得到，比方说'用间'……"

"……'用间'是什么呢？"

"就是挑拨离间呀！在战争的间隙或者就在战争同时，那些谋士、说客就坐了车、骑了马，来往于各国之间。用他们的如簧巧舌调整着国与国之间的关系，于是，旧的盟约解体了，新的联合形成了。英雄含恨死去了，枭奸扶摇直上了……"

"这些人的舌头有那么厉害？"

"那也是千军万马！"布木布泰看到大汗认真地听着，很是高兴，便接着说，"尉缭是位很有才能的政治家，军事家，曾经写过一部书，叫《尉缭子》。也有人说这部书，是后人给他整理出来的，那就不去考究了——他投到秦国去时，是很有气派的，一点也没有卑躬屈节的样子。他见了威严的秦王不行礼，不献媚，还指责嬴政的许多错误。秦王很有度量，留他谈了整整一夜。给了他个比李斯还高的官。"

"这个尉缭做了些什么事呢？"

"您别急呀，大汗！"布木布泰说，"给您提点小意见，您做起事来，有时往往过急，您该知道欲速则不达的道理呀！"

"小鬼头！——好，您提得很对，我以后注意。说下去呀！"

"当时，阻挡秦王东侵的主要障碍是赵国。从嬴政的爷爷时起，秦国几次地打到赵国的腹地，还两次包围了赵的都城邯郸，可是终于没有灭了赵国。为什么呢？就是因为赵国有一员大将李牧。他几次地领兵大破秦军！"

"他是那个时候的袁崇焕！"

"大汗愿意那样比吗？"布木布泰继续说下去，"秦王曾向李斯说：看来有李牧在，寡人是没办法拿下赵国了！这话被站在一边的尉缭听到了，他说：'大王，可以把李牧除掉呀！'秦王很注意尉缭的话，和他商量了很久，就给他置备了礼物，派他到赵国去'用间'……"

"他成功了吗？"

"大汗，又心急！"布木布泰点点皇太极的鼻子说，"尉缭到了赵国，找到了过去的老朋友、赵国的宰相郭开。向他分析了天下大势，指出秦国的土地已经是六国的总和，且兵精粮足，统一寰宇是早晚的事，劝他为自己打算，悄悄地为秦王做事。看看郭开的言语间已露出缝隙，就把带去的金银珠宝拿出来，另外还有一张秦王任命郭开为廷尉的敕令。郭开被尉缭征服了，他连忙跪下，向咸阳方向叩头不止，以谢秦王知遇之恩，因为他已是秦国的臣子了。这时，尉缭才向他提出谋杀李牧的事……”

“郭开答应了？”

“凡是这样的奸佞，往往是忠臣的对头，郭开早就与李牧有仇恨了。他便利用李牧和赵太后的嫌隙挑拨离间，不上半年，李牧就被赵王和赵太后杀掉了，于是，秦国大军长驱直入，几个月后，赵国就划入秦国的版图！”

皇太极长久沉吟着，他被这故事深深地触动了。

“大汗，这样的例子还有几个呢，比如说秦对燕用间，挑拨燕王和他的大臣之间的关系，秦对齐用间，收买它的宰相……”

皇太极没说话，依旧愣愣地望着前面。

“大汗……”

忽然，皇太极站起身，两手捧着庄妃的脸说：“太好了，我的小谋士，你的一席话使我‘柳暗花明又一村’呀！”

“大汗，我只是给您说了个故事呀！”

“小鬼头，你自己知道你做了什么！——如果你不是我的福晋，我要……”

“您要怎样呀，大汗？”

“我要你进我的谋士团，或者坐在我的身边，反正不让你深藏在这后宫里！”

庄妃还想对皇太极说些战国时“用间”的故事，可是他急急地跑了。

回到书房，皇太极给袁崇焕写了一封“十分恳切”的信，又把已经停顿了半年的和谈提了出来。

他在信中说：“……大帅，我在过去一连给你写了几封信，在信中我一退再退，取消了天聪的年号，奉明朝为正朔，一心与大明交好，只想保留后金的这一片土地。几个月了，你却没有给我回信，至今，我的使者还在宁远。

“大帅，我所以一封连一封地给你写信，不只是为了两国的利益，也是想和你交个朋友，因为我敬重大帅的才能和为人。为朋友计，这是我给你写的最后一封信了！我在京师的人已得到确信，毛文龙正上书朝廷，对你我的通信大做文章，他污蔑你和我‘勾结’，图谋引兵入关！你在离京时，曾经向皇

清太宗皇太极

上披肝沥胆地说了做边将的难处，皇上也曾向你信誓旦旦，可是他天生是个多疑多虑的人，他如今已经用另一种眼光看着你了！我是没事儿的，我担心的是你……最能证明你对大明忠心耿耿的是我，可是，大明皇帝会相信我吗？这个毛文龙呀，只为这件事就该千刀万剐！……

　　"小心呀，我的朋友……"

第二十章　巧施离间计　股肱柱臣殁

1

毛文龙原是万历中期明朝辽东主帅李成梁的部下，后又投靠广宁巡抚王化贞，升为游击。他作战勇敢并很有韬略，在后金占领辽东后，他不像某些明将连忙往后逃往关内。他占领了后金不容易进兵的岛屿，招收逃散的辽民数十万，从中选出青壮为兵，加以训练，不断地骚扰后金，牵制他们使其不能放手西进，为明朝建立了大功。在那艰窘的年代，他却有捷报屡屡传到京师，这也很是难得，于是朝廷给了他许多封赏，一直提升到左都督，挂将军印，并赐尚方宝剑。

他把中军大帐设在皮岛，串联周围各岛，成为能攻能守且能退走的阵地。

这些岛都属于朝鲜。朝鲜王为了自己安全也很欢迎毛文龙，每年供应他大量的粮食和物资，使毛文龙也过得很富足。

毛文龙的势力并不算大，却使皇太极十分恼火。后金曾对他多次用兵，可是不但消灭不了他，反而弄得自己损兵折将。皇太极曾对代善说："这个毛文龙呀，虽不算什么，却是我的一块心病。这就像人身上的蚤虱，捕捉它很费工夫，放任它又使人不得安宁！"

是的，皮岛那边有了个毛文龙，皇太极就不能放手地进攻朝鲜，也不得不一步一回头地去对付袁崇焕。

皇太极早就想把毛文龙打扫干净了，可是后金兵不熟悉海战，又没有足够的船只，急切不能取胜，只能在隆冬封海时，出兵进剿一番，可是旗兵刚一离开，毛文龙就依然如故了！

对大明朝廷来说，如果他没有一些令人头痛的毛病的话，也许就没人反对他了。

毛文龙生得身高八尺，用起一杆长枪来几十个人到不了他跟前，可是他本质上是个流氓。他孤居一隅，只是为了做个土皇帝。他利用手中的军队大肆搜刮海岛和朝鲜的老百姓，无满足地聚敛钱财。还在皮岛和另外的几个岛子上大兴土木，据说，他的住宅和别宅修造得有如宫殿。

每年，他从朝鲜得到的，加上屯田获得的，就能自足了，可是他还是不住地向朝廷伸手。据说，户部主事多次上书皇上抱怨：毛文龙几乎把辽饷拿去了一半！

他的顶头上司应该是辽东经略和巡抚，可是他谁的将令也不听，全由着自己的性子干。对袁崇焕也是这样，虚编故事、阳奉阴违、我行我素。

朝廷上对毛文龙早就议论纷纷了。

他过去曾经得到过魏忠贤的大力扶持，他也曾给其歌功颂德。许多人视他为魏氏党羽。更主要的是前后各任辽东经臣都认为他是个刺儿头。"孤悬海外，不听任遣"。"所上多浮事，索饷又过多。他自报驻军二十万，每年的饷银一百二十万！朝议多疑而厌之"！

崇祯即位后，"诸文臣视东江为赘瘤"，"深忧毛文龙难驭"，大学士钱龙锡还主张除掉毛文龙。

崇祯元年（1628年）七月，袁崇焕应召回京时，钱龙锡曾悄悄地到袁崇焕的寓所，和他商量除掉毛文龙的事。袁崇焕也表示：文龙，"可用，用之；不可用，杀之"。

其实，袁崇焕早就对毛文龙动了杀机。任何一个主帅都愿意自己所部是一统天下，像毛文龙这样的顽劣部属无不欲尽早除去。

他在与后金搞和谈时，大帐内并不是没有反对派的，反对最厉害的就是这个毛文龙。因此袁崇焕看了皇太极的信后，立刻就相信了。

袁崇焕虽敢作敢为，和谈的事，他却是很小心的，朝廷中没有几个重要人物做后盾，他也不敢自主断事。这些支持他的人中，就有当时的兵部尚书王洽。他在给王洽的信中说："建虏屡欲求款，庙堂之上，主张已有其人。文龙能协心一意，自当无嫌无猜，否则，斩其首，崇焕愿效提刀之力！"

接到皇太极的信后，袁崇焕怒火冲天，他认为毛文龙非杀不可！

崇祯二年（1629年）六月，戊午，蓟辽总督袁崇焕到了毛文龙所在的东江。对毛文龙说：要派人检查他的兵饷账目。毛文龙讨厌文臣对他牵制，派一游击回袁崇焕说："这些军饷是我向朝廷要来的，主帅用不着检查我！"

袁崇焕很生气，就令毛文龙来见他。

毛文龙来了，态度极为傲慢。袁崇焕以礼接见他，他竟不理不睬。

崇焕杀他的主意更加坚决了。

过了几天，袁崇焕以阅兵为名来到双岛。

毛文龙不得不来见主帅了。他说："大帅，何必要亲自来呢？我替您看一看就行了！"

"文龙，哪能这么说，"袁崇焕忍住气，仍以笑脸迎着他，"这是职责所在呀！——你令所属军队在本帅面前走一趟就可以了。"

毛文龙借口天热，要等太阳西落时再演习。

袁崇焕允许了，两人在校场的树下喝茶聊天。毛文龙谈到辽事，对袁崇焕大夸自己的功劳。袁崇焕为了羁縻他便点头称许。毛文龙见袁崇焕也不过尔尔，就又吹嘘自己的枪功，说自己拜过名师，有万夫不当之勇。

"文龙，不知你的骑射怎样？过几天让我见识一下。我那里也有几人有此特长，何不到宁远一观呢？"

"不知主帅拿什么招待我？"

"我虽从小受苦，生性尚俭，但绝不会慢待客人的！"

到了日落，见毛文龙还不把自己的队伍拉出来让他检阅，就知道这个毛文龙有意轻慢他。但他也不显露山水，就起身说："毛大人，看来今日见不上你的军容了，等方便时候再说吧。"

"以后一定请袁大人指教！"

第二天，袁崇焕突然派人请毛文龙前去宁远观将士骑射。

毛文龙去了，还带了一大帮子护卫。

袁崇焕早有布置，令参将谢尚政带强兵埋伏在周围。他陪毛文龙到校场一旁的小山去，那里临时设一帐，居高临下，正好观阅。

袁崇焕请毛文龙坐，并令侍卫献上香茶。

"毛大人，本帅有几件事要问你，"袁崇焕突然说，接着就提出毛文龙历年来冒领军饷的事，说出了一大串数字，"你的军队据我所知，不过七八万人，为什么对朝廷说足有二十万呢？"

毛文龙火了，把桌案一拍，站了起来。他吼叫道："大帅，我的事，你不用管！我在海外岛屿上，自成一体，各任督抚都没有管过我，你怎么这么爱管闲事呢？"

袁崇焕看他一眼，对门外叫道："把这逆贼拿下！"

谢尚政立刻带着几个孔武有力的兵丁进来，把毛文龙按在地上，揪去冠带，绑了。

毛文龙朝校场上大喊，要他带来的人马过来。他的部卒想有行动，可是，被袁崇焕预先埋伏的精兵包围起来，只一会儿就被缴了械。

毛文龙知道坏了事，可是他还是叫嚷不止，说什么袁崇焕这样做是违犯朝廷令规，他要上告等，谢尚政给了他几个重重的耳光，两颗牙齿和着血流了出来，他才老实一些。

袁崇焕问毛文龙道："你有十二斩罪，知道吗？"

"文龙不知，请大人指明。"他的态度软了下来。

袁崇焕说："大将在外，必有文臣监督，你专制一方，军马钱粮不受核查，一当斩。人臣之罪，莫大欺君。你对朝廷的奏报都是欺妄，甚至杀濒海难民冒功，二当斩。人臣无将，将则必诛。你奏称牧马登州，取南京如反掌，大逆不道，三当斩。你每岁饷银数十万，不以给兵，月止散米三斗有半，你侵吞军粮，四当斩。擅开马市于皮岛，私通海外诸国，五当斩。滥设官吏无数，走卒舆夫尽金绯，六当斩。在宁远剿掠商船，自为盗贼，七当斩。强取民间女子，不知纪极，部下效尤，人不安室，八当斩。驱难民远窃人参，不从则幽之岛上，僵卧死者，白骨如莽，九当斩。辇金京师，拜魏忠贤为父，塑冕旒像于岛中，十当斩。铁山之败，丧军无算，掩败为功，十一当斩。开镇八年，拥兵观望，不能恢复寸土，十二当斩！有这十二大罪，毛文龙，你不该碎尸万段吗？"

毛文龙知道死在当前，不敢置辩，只是不住地磕头求饶，连头都磕破了。

袁崇焕大声问毛文龙的部将："毛文龙有此十二大罪，该不该杀？"

那些人不敢看袁崇焕，低头惶怖唯唯。

有一个人站出来为毛文龙说了几句好话，说什么毛文龙数年来一直保护朝鲜、牵制后金，也有一些功劳，云云。可是没等说完，就被袁崇焕斥退了。

接着，袁崇焕召集各部将领于前，又把毛文龙的罪状重述了一遍，然后请出尚方宝剑，供在主位，带领众将行礼后，下令把毛文龙斩杀于帐前！

毛文龙被拉出去时，自知不免一死，就不再求饶，破口大骂袁崇焕"借机报复，罗织罪名，不得好死"等等，谢尚政抓一把泥给他塞在嘴里，他就只能瞪眼睛了。

《明史》中说：时文龙专阃海外，有跋扈声，崇焕一旦除之，自谓可弭后患。然东江屹然巨镇，文龙死，势日衰弱。且岛弁失主帅，心渐携，益不可用。其后致有叛去者。

毫无疑问，袁大帅杀毛文龙是个很大的错误，是干了件亲者痛仇者快的坏事。"天下闻之诧为奇举"。他用自己的手为皇太极消灭了一个劲敌，对明朝是不可弥补的损失。

岛上失去了主帅，人心立刻涣散，不少将领如孔有德、尚可喜等带其所部逃归后金，有的投向山东登、莱，从此，这个坚持多年的抗金根据地便不复存在了！

人们不能理解袁崇焕的意图，明末史家谈迁评论说："袁氏身膺不当之罚，则杀岛帅，适所以自杀也！"是很中肯的。

毛文龙本身的确不是个东西，但他抗金数年，立有大功、奇功。袁崇焕给他开列的十二大罪状，有许多是不符合事实的。可见英明如袁崇焕者，有时候也"不免过为已甚"，令人慨叹不已。

2

袁崇焕杀了毛文龙后，皇太极十分高兴。但他不动声色，装作若无其事。只范文程向他祝贺："大汗，不仅战功盖世，也有着苏秦、张仪之才，凭一支笔就把明朝的一员大将捅死了！"

袁崇焕杀毛文龙，是与皇太极的插手有关的，但根本原因是明将领内部矛盾所致。这点，范文程不可能不知道，但他却故意这么说。

"范先生，此事你知我知，可不能说出去呀！"皇太极微笑着说。

"大汗放心。"范文程点头表示领会，"现在挡在前面的就只有一个袁崇焕了，我看也可以给他来这一手……"

"看看大明朝廷对毛文龙的被杀怎么说吧！"

朝廷大臣对毛文龙的被诛，反应是很强烈的。

毛文龙活着时，大部分人厌恶他，上本参劾他。但一旦被杀，又感到袁崇焕做得太过，许多人这时才意识到在抗金的棋局上，毛文龙那颗棋子是少不得的。接着，就有人上奏本弹劾袁崇焕擅杀大将了。

几天后，崇祯帝才得到这一消息。他有点气恼，对身边的太监说："那袁崇焕是怎么搞的？杀了毛文龙，连向朕奏报一声也不！"

这时在崇祯帝身边的是太监总管李顺成，他倾着身子说："是呀，臣听说毛文龙将军有很多功劳，袁大人怎么就把他杀了呢？"

崇祯望着李顺成那面团似的脸，问他道："外面大臣如何说道？"

"议论可多了！"李顺成立刻到一边的桌案上去翻弄近一两天上奏的本章。

正如朝廷内外所评论的那样，朱由检是个生性多疑的人，他觉得无论哪个大臣都有可疑的地方。他读了许多史书，读的结果是认为历史上没有绝对的忠臣，他们的所谓忠贞不过是为了个人的名节，无怪乎韩非劝秦王别相信任何人，甚至自己的儿女也不要对他们吐露真情。他执政才两年，可是他常常叹息说："比起那些饱读诗书的大臣来，还是身边的太监们更可靠些！"

大明刚刚经历了一场火难性的宦官专政，而那个魏忠贤和他的同伙又是他亲手下令杀掉的，他却又忘记信任阉臣的危险了！一次，他对李顺成几个内臣说："要是你们个个能行的话，我何必要依靠外面那些家伙呢！"

他没有深切地接受教训，他又倒在另一批宦官怀抱里了！

这个李顺成原也是魏忠贤一党，因为他不是核心人物，潜伏下来了。如今他已是崇祯最信任的内臣之一，给他掌管着收发奏章，是个不是宰相的宰相。

李顺成把朝臣们弹劾袁崇焕的奏章拿给了皇上，几本为袁崇焕辩解的奏本却被他扣下了。

崇祯看了好久，再三地重复着一句话："这个袁崇焕要干什么呀！"

"是不是把他召回京来问一问，皇上？"

"那是不是大惊小怪了。朕给他尚方宝剑，原是让他便宜行事的呀！"

"是的，皇上。"李顺成忘不了魏忠贤对他说的话，"越是能臣、骁将越是咱们的敌人，他们没一个不对咱们虎视眈眈的！"这个袁崇焕也曾被魏公公拉下马过……他躬腰站了一会儿，又说："话是那样说，过去的经略、主帅，也曾用尚方宝剑杀过人，不过最大的官也不过是游击、备御之类，谁也没有胆量把个大将一刀剁了呀！宁远离京师这么近，他派个人一夜间就跑来了呀！"

崇祯心动了，又看了几份奏章后，就站起来了。"袁崇焕在过去屡立大功，是难求的帅才，古人云：疑人勿用，用人勿疑……"

其实，他已经开始怀疑了。

这消息立刻传到了沈阳。

皇太极把代善、阿敏、莽古尔泰、范文程等召集起来研究情况。

皇太极说："崇祯和袁崇焕君臣之间肯定有了嫌隙，我的判断对吗？"

范文程也认为是这样。"崇祯生性多疑，他才即位两年就换了三个首辅，十几个近臣也是调来调去。听京师来人说，现在他谁也信不过，围绕在他身边的还是那几个阉臣。他也像他的哥哥一样，派阉臣出宫担任重要职务了！"

代善说："既然这样，就想法扩大他们之间的矛盾……再用杀毛文龙的办法怎样？"

范文程摇头，皇太极却笑了。他说："这种办法只能用一次，第二次就不灵了！"

代善说："那就等以后再说吧，当前有件重要的事情要考虑解决。那就是军队的供应和饷银。现在是大热天了，可是我们无钱给旗兵换夏装，你们看，他们有的把棉衣拆了，只穿表里，有的直接就光着膀子。棉衣没了，到了冬天怎么办呢？"

这是很实际的事，一时也无办法可想。八旗兵大多是骑兵，除了兵的衣食外还要供应马匹草料，那费用是很多的。另外，他们的家人也要靠战士养活，军队穷了也就等于整个后金穷了。

过去，他们是靠战争抢掠来的物资生活的，其他的收入很少。李永芳、范文程等汉族谋僚虽一再提倡屯垦，好使后金将来靠农牧为生。那只是将来，现在怎么办呢？

问题十分尖锐。

"我有一个想法，可以一举几得！"皇太极说。

这个"一举几得"的想法，他却没有立刻说出来，只是望着大家。

范文程知道皇太极所以那么郑重，一定是因为那想法十分异乎寻常，所以没有急着问他。

代善却等着皇太极说出来，连他从不离手的水烟也停吸了。

阿敏说："我替大汗说出来吧，那就是和大明打仗……大炮一响，黄金万两嘛！"

皇太极说："二哥猜着了！"他望着代善和莽古尔泰。

"我怕重复宁锦之役……"代善说。

"大哥忧虑得是，"莽古尔泰说，"只要那个袁崇焕在这儿，我们就会损兵折将！"

有了阿敏同意，皇太极就觉得可以把自己的计划说出来了。

他的计划是避开明朝的宁锦防线，绕道蒙古，突袭京师。

这计划是很大胆的，连好打仗的阿敏也不说话了。

皇太极跟他们解释说："现在明朝的军队大部集中在三处地方，一是在咱们辽西，二是在中原，三是在云贵。在辽西的是为了挡住咱们后金，别的两处都是为了对付揭竿而起的农民军，只陕西的闯王高迎祥就让他们忙得不可开交。要是咱们出其不意地打过长城去，抢它个满载而归，如何？等明朝调集军队迎战时，我们就回来了！"

"我看可以。"阿敏说。

代善、莽古尔泰却说"不行",他们都反对"劳师远袭"。

代善说:"那是极其危险的,你带着八旗兵走了,袁崇焕立刻就趁咱们后方空虚发兵来袭,可别弄得连老本也丢了!"

莽古尔泰说:"等这机会的仅仅是袁崇焕吗?八旗兵一走,怕是蒙古和朝鲜也会反叛的。我看还是先保老窝要紧!"

"不不不,"皇太极说,"依我看袁崇焕不会来袭沈阳,他会'听从我们调遣'驰援京师。像他这样的人,一听到他们的皇帝老子有危险,是连命都不要的!"

经皇太极这样一分析,一直在一旁听着的范文程说:"大汗这一着棋是险棋,也是高棋。只要咱们的大军一逼近京师,袁崇焕会倾全力援救,他顾不得想后金的事……"

"好呀!"阿敏眼睛亮亮的,接着说,"那他就变成了下山的虎,我们就好收拾他了!"

这的确是个诱人的前景,代善和莽古尔泰不说话了。

天聪三年(1629年)十月,距毛文龙被杀后三个月,皇太极亲领十万大军绕道进关。做向导的是蒙古喀拉沁部台吉布尔噶都。大军出沈阳,西北行,经都尔鼻(今辽宁彰武),进入今科尔沁地,至青城扎营。

到了这里,皇太极和代善、莽古尔泰之间又发生了激烈的争论。

他们忽又觉得"此举十分危险",劝皇太极立即班师。阿敏不再听他们啰唆,领起人马先走了。

皇太极十分伤心,他说:"我谋既隳,又何待为?"意思是说:我的计谋实现不了,我还能做点什么呢!

到了夜半,代善、莽古尔泰终于又附和了皇太极。于是大军深夜开拔,二十四日到达老河,从喜峰口进入长城。

明朝虽在宁锦一线布有重兵,而在山海关以西"城垣颓落,军武废弛,几乎毫无设防"。所以后金军在第二天就连下马兰峪、汉儿庄、潘家口、洪山口几处边城,包围了重镇遵化……

3

这天,李容俏到书房上课时,她的学生只到了几个毛孩子。多尔衮、多铎、硕托几个有点名声的贝勒都不见影儿了。

自从萨哈廉闹学并受到惩罚后，书房的纪律严谨了，贝勒、贝子和格格们都能按时上课，有病、有事也能按规矩请假。

"怎么，他们呢？"容俏问面前的几个孩子。

"贝勒们去干大事去了……"一个七岁的刚扎两把头的格格说。

她一开口，就受到几个孩子挤眉弄眼的责备。"安达不是来招呼过吗，谁也不准走漏消息！""真是多嘴！""不说就能憋死你！"……

安达，是满、蒙语中"老师"的意思，在朝廷教谕机构中仅是个办事员。不过有安达专门来布置，可见是很重要的。

女孩儿受到他们呵斥，并不服气，反唇相诘道："安达说不要乱说，告诉老师是乱说吗？"

那几个孩子拿不定主意了。

后来终于意见统一：把事情告诉老师，不算走漏消息。

一个大些的孩子站起来说："老师是大汗信赖的人，她当然不算外人。应当把实话说给她……"

他说："那几个贝勒打仗去了。不过这次不是和袁军打，是绕道喜峰口进塞内去了。如果干得好，就能够把汉人的皇帝老儿提了来！"

这消息使容俏大吃一惊，几乎连教鞭也握不住了。她不相信这是真的，因为这实在有点疯狂。后金如今内外交困，怎敢深入内地作战呢？他们还打算回来吗？他们走了，沈阳空虚，要是袁崇焕袭来怎么办呢？

她尽量地把持着自己，对学生们说："好了，好了，别说闲话了，咱们上课！"

可是这惊人的消息占据了她整个心胸，实在无心给他们讲那些"子曰诗云"了，她就从《资治通鉴》中找了几个故事说给他们听，好歹地敷衍到了下课。

在回家的路上，这事仍使她心神不安，她出了城特地到校场去看了看，那里的确连一个士兵也见不到了，又拍马跑上一座小山，俯瞰周围的几个营房，往常这时候它们像一个个的蜂房熙熙攘攘、成团成队，炊房里也升起袅袅炊烟。可是这时冷冷清清、索漠寂静，只几个老兵在清扫着营帐。

走了，他们是走了……

回到家，春颖没在房里——大概又到哪个福晋处说话去了。

她从炕桌底下那一大摞书、纸中找出了一张地图，抖了抖上面的细尘，在炕上铺开来。

首先，她找到了沈阳，又找到了喜峰口。

从沈阳到喜峰口，直线是由东北到西南，必然要经过他们越不过去的大明的宁锦一线。十多万人的大队人马贴着宁锦走，能不被发觉吗？——她想。

袁崇焕知道这个消息后，一定会欣喜若狂，他不率兵来袭沈阳才怪呢！

她的心里有如翻江倒海，激动得像躁动的马。

这时，她才惊奇地发现：在她内心里和大明的血脉并没有断，她的火热的心仍在向着大明翕动着……

两年多来她觉得自己已经看透了历史，看透了人生，站在云影的高处，审视着大千世界。大明和后金在她心胸的天平上是平等的了。谁吃了谁也无所谓，只要他是个有道明君，只要上符天意，下称民心！还有，她已在这乱世中找到了自己的位置。那就是爱新觉罗的子孙正披坚执锐地一步步地攫取中华大地，而她呢，也正以数千年的汉族文化改造着他们的魂魄！

她觉得自己不是弱者而是强者，将来的天下，到底谁主沉浮还说不定呢！

可是只一刹那，她从云霄上跌下来了！

她像个无助的小姑娘，正在抹着眼泪哭泣……

她明白了一个严酷的事实：在满洲人夺得了天下之后，她、那些和她具有同样想法的人，在做着一样天大的蠢事，又把几千年的中华文化双手捧给了敌人，使他们手中又多了一种文化武器！

那他们不是如虎添翼吗！

"啊，小姐，你怎么啦？"回来的春颖慌忙跑到容俏面前。

"没有事……"容俏急忙把脸上的泪水抹净，"春颖，你别大惊小怪。"

"小姐，我看见你脸上有泪水……"春颖跑到炕前，抱着容俏的肩膀。"是不是那些小孩欺负你了？我原说不该答应教他们的子弟呢！"

春颖忽然看到炕上的地图，脑筋一转就明白了，她问道："小姐，你也知道那事儿了？"

"什么事呀，春颖？"

"你不知道，为什么把地图找出来呀？"春颖说，"皇太极又带领八旗出征了，这一次，他们要绕道蒙古进喜峰口，直逼大明的京师了！"

一听春颖这样说，容俏又扑到地图上。

她忽然明白了，皇太极并不想惊动袁崇焕，他想悄悄地从科尔沁那边绕个大弯儿进喜峰口。喜峰口离京师是很近的……

"小妮子，知道了这么大的事，怎么不告诉我？"容俏心想春颖知道的一定更多。

"小姐，我也是刚刚知道呢！"春颖分辩说，"我知道小姐爱听这些事，才在福晋那儿多待了一会儿！"

"是哪个福晋？"

"当然不会是大福晋和侧福晋，她们这会儿嘴上都派了把门的了，什么信儿也不会从她们那里露出来。我是在叶赫那拉福晋那儿才打听到的……"

叶赫那拉也是侧福晋，她比布木布泰年龄大得多，在大福晋之后不久就嫁过来了。她嘴不严紧，宫中的许多风浪都是她搅起来的。她看到皇太极很看重李容俏，就也巴结起她们主仆来了。

"她怎么说的？"容俏问。

"是这样的……"春颖说。

她说：皇太极被后金的内忧外困逼急了，就想出了这一绝招，想偷袭大明的京师，把袁崇焕调到京师去，然后或回师夺取宁锦，或截断他的后路，把他圈在关内……

"皇太极的大军走了几天了？"

"听说已有四天或者五天吧？那福晋是个糊涂人，她哪能说得明白呀！"

"来，你来看……"容俏把春颖叫到地图前。

可是她又从地图上抬起头来，愣愣地望着春颖。

春颖被小姐看得心里没有着落了，慌着问小姐道："小姐，别这么看着我呀，你有什么话就说！"

"春颖，听到这消息，你心里怎么想呢？"

"小姐怎么想，春颖心里就怎么想……"

"真的吗？"

"那还会错吗？我从小跟小姐一齐长大，又在战争中滚进滚出，我的心思小姐还不知道吗？"

容俏突然把春颖搂起来，哭了。

"春颖，听到这一消息后，起初，我心乱如麻……后来我才知道，我的心里还有个大明……这几年来，我以为自己忘了大明呢……"

"你没有忘，小姐，你没有忘……"春颖也抽泣起来。

"是的，我没有忘！"

"几年来，你坚持不回老爷府里，你始终抗拒着皇太极……我就知道你心里还有个大明……"

"不，春颖，我差一点就被他们软化了，就像太阳下的一块冰……"

"是的，我们差点儿就被融化掉……小姐，别责备自己，咱们是人，是两个女人……在国破家亡的时候，咱们还有什么办法……小姐，你说，以后怎么办吧？"

"别以后了，春颖，现在咱们就可以为大明做一件事！"

"你说，小姐！"

"你来看……"容俏叫春颖上炕，和她一同看地图。

她指给春颖沈阳和喜峰口的位置，又指着锦州和宁远对春颖说："若是袁崇焕知道后金的后方空虚，发兵来袭击的话，只需两天的时间……等皇太极折返回来，他什么都晚了。"

春颖也很兴奋，她急切地说："是呀，小姐，你是说咱们去给锦州的守军送信？……"

"如果咱们骑快马立刻就走？"

"最多大半天的时间！"

"好，咱们就这么办！"

她们究竟是打过仗、当过绿林响马的人，行动是快的。两人一齐动手，一会儿就打点起两件行李，又找出了弓箭和腰刀。

这时天已经黑下来了，贝勒府里到处是灯火。

"小姐，咱们这一出门就再也回不来了！"

春颖的一句话，使容俏又站了下来，是呀，她们已经在这里住了两年多。在这房间里发生过许多事，有些使她们忧愁，有些使她们欢乐，有些还使她们留恋……

可容俏摇摇头说："无论怎样，这里毕竟是咱们的囚笼，走吧！"

皇太极已经带着他最亲近的人搬到大汗宫去了。这里还剩下两三个失宠的福晋和一些家人，人数少多了。所以她们很顺当地就出了府。

"春颖，到西山去，咱们先去看一个朋友……"

"什么朋友，我怎么不知道呀？"

"我偶然结识的。你见面就会认识他。"

"小姐还有事瞒着春颖……"春颖语气里有点埋怨。

容俏低头笑了。"谁叫你和皇太极及其家人走得太近了呢？有时，我怀疑你和皇太极做过什么事……"

春颖气得一下子勒住马，赌气说："好呀，小姐。你既然这样说，我就没理由随你走了！"

"那你怎么样？"

"我要去告发你，说你私通明军！"

"好吧，我等着城卫派人来抓我，到时候我会交出同谋春颖！"

"小姐，你把我气死了！"春颖对容俏扬了扬马鞭，"前几个月是谁给我讲史，说什么'天下有德者居之'呀，'皇太极有帝王之才'呀，'异族坐天下也不乏其例'呀……看样子你要效法老爷归顺后金了，仆随主转，我怎能不给主人把路铺一铺……"说着冤屈得要哭了。

"好了，春颖！都怨我，有时间我给你赔罪，行了吧！"

"说一说，你那个男人是谁？"春颖拿起架子来了。

"春颖，你怎么知道他是男人呢？"

"不是男人，你能在这一刻千金的时候去会他吗？给我交代！"

"好，交代，"容俏说，"他就是外号叫'糙秀才'的张强！"

"是他？小姐怎么会看上他的呀？"春颖知道其中有原因，却故意这么说，"快从头招来！"

"春颖，走着说吧。"她们又急急地往山上赶。

容俏一边走一边把见到张强的事对春颖说了。

下弦月藏在莽莽苍苍的山林中，这里那里到处是暗影，一条蜿蜒的小路像条蛇在山间环绕着。夜晚的山林并不安静，枭鸟时远时近地哀叫着，令人想起一些久远的伤心事……

她们小心地往山上走，希望看到张强那小茅屋。几只野兔从她们的马蹄下蹿出来，吓得战马嘟嘟地喷着响鼻。

"'糙秀才'说不定已经离开这里了……"春颖说。

"对。那有可能，"容俏说，"他也是东躲西藏的——找到他，咱们就有个伴儿；找不到，咱们就立刻赶往锦州。"

"小姐，咱们两人闯过多少关卡，为什么还要找那个'糙秀才'？"

"春颖，我是这样想的：到了锦州，可让张强去扣城门，咱们不耽搁工夫，一直赶往京师！"

"赶往京师？"

"春颖，你不是说皇太极已经走了几天了吗？说不定现在已经接近了喜峰口。如果皇太极逼近了京师，袁崇焕怎么会有心思去袭击后金的沈阳呢，他会倾全力先去保卫京师的！你说，我的判断对吗？"

"有道理。"春颖说，"京师那儿就没有军队了吗？"

"当然会有，但是很少，朝廷把几乎所有的军队都派往辽西阻遏后金和到中原剿贼去了——他们想不到皇太极这一着！"

"我们赶往京师有什么用呢？"

"及早给朝廷个信儿，使他们有所准备！"

她们正小声地谈论着，忽然一个沉稳的声音传来："是李掌柜吧？"

她们勒住了马，但没看到人，四周是黑黢黢的山林。

"是张强吗？"容俏问。

"是我……"从树后转出一个人来。

"掌柜的，那是谁？"

"你认得的，她是春颖。"

"啊，是春颖姑娘！你好，小妮儿？"

"是你小姑妈。"春颖嘻嘻地笑起来，"糙秀才，你还做山贼呀？"

"别说废话了，"容俏说，"把我们领到你的小茅屋去，有紧急的事要和你商议！"

"哪里还有什么茅屋？"张强说，"前几天，后金的军队来搜山，我的茅屋被他们一把火烧光了……"

"你就在山上游荡？"

"是呀，我本想换个地方，"张强说，"又一想，没和李掌柜说一说，怎好走开呢？如果您有什么事要我做，找不到我怎么办？"

"张强，还真让你等着了……那么，找块隐秘的地方吧。"

"跟我来……"

张强带领她们拐进一片树林，走没多远，就来到一片林中的空地上。这时，月亮从云缝中钻出来，虽只是半块，也是很亮的，透过树梢在地上洒下斑驳的树影。

他们在一棵倒在地上的大树上坐下来。

"说吧，掌柜的，我听着。"

容俏把皇太极从蒙古绕道喜峰口入内地奔袭京师的事说了一遍，又说了她的看法和打算。

"掌柜的要我到京师去呢，还是要我直奔锦州？说吧！"

"你到锦州跑一趟怎样？我和春颖到京师去，看看能做些什么。"

"好的，我张强也只能做通风报信的事！"他站了起来。

"张强，你别急呀！"容俏拉住他的衣袖。

"要走，总得吃点东西吧，我去给你们做一点饭！"

"张强，在这地方你用什么招待我们呀？"春颖问，也站起来。

"在树林深处我有一套锅灶，那里我还放着半只肥羊……"

4

山海关总兵、著名将领赵率教，最先知道了皇太极率军过喜峰口连下数城的消息，十分着急，一边派急使报告袁崇焕，一边带领五千人马驰援遵化。

皇太极知道宁锦方面不会没有动静，就派阿济格、多尔衮兄弟在遵化城外设下伏兵。赵率教急于解遵化之围，几千人完全落入后金军布下的伏击圈。不上半天，他们就全部被歼，赵率教被阿济格用大刀劈于马下。

遵化城陷。巡抚王元雅上吊。

皇太极留下参将英额尔岱、游击李恩忠、章京范文程统八百兵守遵化，给他们的任务是把住喜峰口的通道。然后自率大军直趋北京。

这时，京师也得到了消息，那情形就像从天上下来了天兵天将，吓得乱了章法。在一天中就召开了几次御前会议，最后决定一方面派兵部尚书出京动员各路军队集结、驰往北京，一方面令城防戒严。

大学士成基命上书召还故辅孙承宗任以兵事，皇上批准。立即下诏起复前大学士孙承宗为中极殿大学士兼兵部尚书，视师通州。

袁崇焕得报后，头脑中也曾掠过偷袭后金老巢的想法，但他立刻就否定了，因为，他已得到皇太极直奔北京的消息，权衡轻重缓急，他立刻从宁远赶到山海关，调集所部扼守各处要地，然后亲自率军回关内应援。

他昼夜兼程，于十一月初九抢先进驻蓟州。

三天后，皇太极才率军来到这里。他叹息道："这个袁崇焕总是高我一筹，他竟如此神速！"

但皇太极另有打算，他避开袁崇焕，迅速离蓟城而西进。

袁崇焕知道皇太极要去哪里，一面惊讶于皇太极的疯狂，一面带兵尾随急追。

后金大部是骑军，风驰电掣，一路连下玉田、三河、香河诸城，于十五日抵达通州。

袁崇焕也跑得不慢，这时也到达运河西岸，距皇太极的大军只有半日的路程。

北京城里乱作一团。到各处调集军队的急使没有消息送回，而城防部队寥寥无几。一些有钱有势的人家开始想法逃难了。一些流言像八面来风似的传播着。

"北京城里没有什么兵，实际上是一座空城！"

"朝廷要唱'空城计'吗？可是这一窝朝臣谁也没诸葛亮的本领！"

"那皇太极的八旗兵都是杀人不眨眼的魔鬼，他们要血洗京师！"

"他们远在辽东，怎么一转眼的工夫就来到北京了？"

"有人给他们开路，那还不容易吗？"

"那是谁？是谁这么没气节，没良心？"

"还有谁？是那袁崇焕呗！"

"是他？全国一半的兵在他手里呀！"

"为什么呀？朝廷待他恩同天高，听说崇祯帝送他去辽东时，设御宴给他送行，还和他抱头痛哭呢！"

"袁崇焕的手段多高呀，那崇祯帝在他眼里不过是个小孩子罢了！"

"是呀，他早有打算了，一年前他就和皇太极谈来谈去，想是达成什么密约了！"

京城里就没有人好好想想，这些流言是怎么产生的。

这日晚上，在乾清宫刚召集过御前会议，朱由检回到了东暖阁。掌玺太监李顺成来了，见崇祯帝坐在黑影里，就招呼小太监把灯烛点起来，并大声地骂他们懒惰。

"算了吧，是朕不让他们点烛的……"

"皇上，心烦了吧？"

"我好像听到大炮声……"

"不会的，皇上，金兵离京师还有二百里哪！"

"调兵的事有消息吗？"

"还没有，陛下。"李顺成说，"街上流言很多……"

"流言？不是戒严了吗？"

"是戒严了，可是流言就像挡不住的风，还是传开了。"

"他们说些什么？"

"臣下派人在外面搜集了些，抄下来给皇上看一看。"李顺成把右手插进左手的袖筒里，等着皇上吩咐。

崇祯沉思了一会儿对李顺成说："拿来，让朕看看……"

他不愿意看那些扰乱心神的东西。即位以来，朝廷的大小事情就没有断过，弄得他身心交瘁，他那神经已经脆弱得经不起什么了。

"是……"李顺成把一叠纸双手颤抖地捧到皇帝面前。

朱由检接了，一张张地翻看，越看他的眉头就皱得越紧。

"李顺成……"

"臣在。"

"派人抓几个流言制造者，看看他们是些什么人！"

"是，皇上。"李顺成说，"流言这东西就是这样，左耳进右耳出，你要是认真追查起来，还真弄不出个所以然来。"

李顺成是撒谎，就在昨天，城卫还抓住了几个造谣惑众的人，经审讯，招出他们是受后金唆使的，还在沈阳城受过特殊的训练。还说：那根据的稿本是后金一个人人尊敬的范先生拟就的。城卫官不敢隐瞒，赶紧报进宫里。

他们见不到别人，只能见到李顺成。李顺成听了后，说："别管那些无聊的事了，谁管得住那些如风似的流言呀！"

"抓住的那几个人呢？"

"宰了算了，难道还让他们活着出去？"

皇上从那一大叠纸上抬起头来，问道："李顺成，你说那袁崇焕真的有异心吗？"

"臣不敢说……"

"有什么不敢说的？"皇帝怒道，"朕不罚你就是了！"

"是。我看那袁崇焕是有异心的。平生，他最崇仰的是熊廷弼，常说：熊经略一生没有负朝廷，而是朝廷负经略。他陛辞时，不是也曾对陛下讲过'做廷臣难，做边将更难'，他最怕朝廷对他不信任，言语间怨怼甚深。另外，他为什么不与朝廷打招呼就把毛文龙杀了呢？还不是为背叛朝廷扫清道路？

要是毛文龙将军还在，皇太极能够统兵前来北京吗？"

崇祯点点头。

"大将拥兵，不奉诏不得至京，自古如此，他却借机杀到京师来了。"

崇祯又点头。

但他又提出了疑问："如果他真的要引金兵入京，那为什么跟在金兵后面亦步亦趋呢？"

"那是他的策略，瞧着吧，等他临近京师时，他就前来为金兵打开京师之门了！"

李顺成的话，使崇祯毛骨悚然。

"还有，几年前他就不顾朝廷的反对和贼首开始谈判，说不定他们之间早有密议了！"李顺成继续说。

崇祯帝眼睛瞅着面前摇曳的红烛，好久没有说话。

"要不，我服侍皇上先歇着。"

"不，不。"皇上摇摇头，依旧像是聆听着什么，但又接着说道，"我看还是找成基命来商议一下。"

"皇上，成大人已到通州督师去了。"

皇上不说话了，又在冥想。

这时，小黄门来报告，说是孙承宗到京了，正在午门外候见。

皇上像是有了一线希望，他连声说："让他进来，让他快进来！"

一会儿，孙承宗来到皇帝面前，给皇上行了大礼。皇上瞅着他，才几年，他就老了不少，行礼都颤巍巍的。

"老元戎，这一向可好吗？"皇上问。

"好，托皇上洪福，还好。"孙承宗连忙说，又要下跪谢恩，被皇上扶住了。

皇上令李顺成给孙承宗看座。

等孙承宗坐下后，皇上迫不及待地问起他对形势的看法。

孙承宗说："皇上勿虑，贼兵很快就会退走的！"

皇上看着承宗，心里有点宽解。看样子这位老臣不是只为了安慰他，在那一捧白胡子后面甚至有些笑意。语调也是轻松的。

"孙大人，何以见得呢？"

孙承宗说："皇上，敌军从喜峰口突入京畿，不过是偶然得手，其志在骚扰，抢劫。辽西宁、锦一带，有袁帅扼守，敌军便如鼠入瓶，他们能不提心吊胆而赶紧逃走吗？"

"可是袁崇焕已经入关来了。"

"噢……"这是孙承宗所没有想到的，"那也无妨。袁帅做事应变快，且深谋远虑。他入关前一定有着周严的布置，可谓万无一失！"

这时，皇上真的放下心来了，但他还是有点担心袁崇焕，就把桌上的一摞纸交给了孙承宗说："孙大人，看看这些东西。"

孙承宗欠身接过，只看了几张，脊梁上就汗水淋漓了。他在埋怨袁崇焕：在关外好好的，为什么要跟到关内来？既然要入关捍卫京师，就该上书请皇上核准……从古到今这是惹祸的举措呀！——但他不露声色。

他看完后，就把那摞纸放在桌上。

"爱卿怎么看呢？"

"回皇上，这是贼人的小术，目的是瓦解士气、挑拨离间，可笑得很！"

"那袁崇焕真的没有贰心吗？"

崇祯帝竟问出这样的话来，使孙承宗很是吃惊，他本来以为平淡地说几句就能把这事消解了的。可是，皇上心里已经结下了黑漆漆的疑团。

孙承宗立刻给皇帝跌跪在地上，碰了几下头后，说："皇上，在这时刻，可不能疑心戍边重臣呀，那是亲痛仇快的事！老臣和袁帅共事过几年，他为皇上勤勉忠贞，任劳任怨，其心可昭日月……"

他又简略地叙述了袁崇焕的功绩，并说愿以自己的身家性命担保！也许是太激动了，他说得慷慨激昂、老泪纵横。

崇祯帝起身把孙承宗扶起来，对他说："爱卿何必这样，朕不过是过问了一下，并没有对袁帅疑心呀！"

"老臣多虑，求皇上原谅老臣无状！"

孙承宗从地上爬起来，就请皇上派他到通州去监军。

皇上说："卿无须往通州，你就留在京师，总督京城内外守御事务，朕随时召你进宫参与帷幄。"并叫他赶紧到首辅处请草敕，并通知有司铸造关防。

孙承宗从宫里出来后，已是半夜多了，他来不及休息，即查阅都城防务，天亮时，他吃了点饭，又出城视察军事设施……

到了这天的夜半，忽然接到皇上旨谕，要他奔赴通州接防。

孙承宗想，这朝令夕改绝不是好兆头，怀着一颗惴惴的心，只带了二十多个护卫就驰往通州去了，因为夜色漆黑，好几次迷了路……

也许是孙承宗对皇上说的话起了作用，也许是皇上改变了策略，他觉得这时对袁崇焕拒斥不如笼络。

当然，替袁崇焕说话的不止孙承宗一人，几个朝臣都上书崇祯，赞扬袁崇焕及时赶到了京师，为京师设了一道屏障。

在这种情况下，皇上派人带了大量物资到蓟州劳师，还下诏嘉奖、慰勉，犒军士。并令袁崇焕尽统诸路援军。

袁崇焕先前还怕自己带兵贸然前来违犯了朝廷规章，有点忐忑，现在终于放下心来，便遣总兵祖大寿、都督何可纲为前锋，率兵入援京师。

皇太极继续向明京师进发，竟逼近德胜门，设营于城北土城之东。

守德胜门的是急忙赶来京师的总兵满桂、总兵侯世禄，侯部与旗兵接战，一触即溃。满桂孤军独战，戎政尚书令城上发大炮支援满桂军，由于平时很少练习，炮弹竟在明军中开花，炸伤炸死多人，满桂也受了伤。朝廷下诏褒奖满桂，令其入瓮城休整。

崇祯帝召袁崇焕、满桂入宫，在文华殿接见他们，见礼后给他们赐座。

皇上对满桂慰劳备至，却对袁崇焕有些冷淡。

"将军的伤势怎样？"崇祯看着满桂用布带吊在脖子上的手臂问。

"谢皇上垂问、关怀，轻伤，没什么的。"满桂挣扎着要下跪行礼。

"将军不要多礼。"皇上招手要一旁的太监把满桂扶到座上。

崇祯见满桂的胳膊上血水已浸出绷带，欠身看了看，并问满桂痛不痛？

"不痛，不痛。皇上请放心。"说着，满桂已激动得满脸泪水。

直到这时，崇祯才向袁崇焕回过头来。

"袁大人，"他说，"后金军所入的隘口乃蓟辽总督刘策所辖，你带兵入关时，和他招呼过吗？"

"皇上，臣下得到后金军从喜峰口突入塞内，已是三天以后了，"袁崇焕说，"从喜峰口至京师，不过一两天的路程，而京师又没有多少军队。臣下怕京师有所闪失，就急忙带兵赶来了！"

"是这样……"崇祯沉吟了一下，"有人参你未奉诏而擅自将兵入京……"

"请皇上原谅臣下鲁莽。"

"那没有什么，"崇祯说，"你虽未奉王诏，但朕以为你千里赴援有功无罪。说一说你的破敌之策吧。"

"皇上，"袁崇焕说，"皇太极在辽西已是臣下的败将，他无法突破宁锦一线。几年来他们物资匮乏，坐吃山空，已临内外交困之境。于是他们趁我京畿一带空虚之时，冒险前来，为的是抢掠窃夺，现在我大兵已至，贼人已无可施其技，只要我们与他们打几仗，狠狠地教训他们一下，他们就会仓促退走的！"

听了他的话，崇祯已有些眉开眼笑了。

他又问了些破兵的具体问题，就让太监在平台设膳，并赐崇焕和满桂貂裘各一袭。

趁此机会，袁崇焕求皇帝批准他的部队分批轮换入城休整。

"那不行，"皇上说，脸上立刻罩上了一层乌云，"你突来京师，使京城内外颇遭惊扰，你再入城，老百姓还受得了吗？"

袁崇焕低头想了一会儿，又说："皇上，那么我们屯兵外城，总可以了吧？"

"那也不行！"皇上有点发怒了，"你的军士不能离开蓟城半步！"

袁崇焕想问问为什么，可是他不敢了。

御宴上，皇上也没有出席，只让几个大太监照应一下，他和满桂只动了动玉箸，就跪下谢恩去了。

"他们走了吗？"皇上问回到东暖阁的大太监李顺成。

"皇上，他们走了。"

"那袁崇焕怎么样？"

"面色很不高兴。"

"噢，他不高兴？"皇上想着李顺成的回答。

"皇上没有满足他的要求，他会高兴吗？"李顺成说，"——另外，他的狐狸尾巴已经被皇上揭露出来了。"

"他一提出要入城休整，就看出他心怀叵测，那时，朕真想喊锦衣卫把他捕起来！"

锦衣卫是明末朝廷特设的侦讯机关，专门监督朝廷命官的一行一动，被认为有罪的人，一抓到锦衣卫，就只能九死一生了！

5

袁崇焕再三请求入城而没获准后，也没在蓟州停留，而是带兵进驻京师城东南结营，与皇太极的旗营对峙。他向死亡又迈了一步。

部将中也不是没人看到进兵京师的危险，总兵周文郁就向袁崇焕建议说："……不宜入京，后金兵在通州，已到的勤王兵屯张家湾，咱们与其相距十五里，就食河西务，寻机进兵，易攻则战，如敌人防守严密，则可乘隙进攻，这是万全之策。"

袁崇焕不听，他说："君臣间全赖一个'信'字，若相互防范，什么大事也不成！"

他起兵入关已是一个错误，在这里，他又犯了一个难以挽回的错误。

他不该让后金军毫无阻挡地直趋北京。如果他调集大量兵力在通州与京师间构筑一道防线是毫不困难的，这样做至少可以大挫皇太极的锐气。但他却令人奇怪地尾随后金兵之后，一直到通州了还不与敌接战，瞪着眼看着皇太极的大军逼近北京。

至今，许多史家也不明白袁崇焕当时的心思，争论延续了几百年。

他给流言、怨谤留下了空隙，这却怨不得别人。

十一月十六日，袁崇焕抵左安门，后金的前哨也达到城下。京师满巷满街谣言如旋风到处窜腾，都说"崇焕招敌来京，欲逼明朝与后金缔结城下之盟"！

二十日，皇太极的大军蜂拥而来，在京郊各处与明军展开激战，互有杀伤。袁崇焕与其部将祖大寿在广渠门与金兵力战，双方死伤惨重。至晚，金兵稍却。

二十二日，金兵徙营于南海子。

此时，勤王的各路军马已次第来到京师，皇太极要在这里夺取胜利已是不可能了。

袁崇焕已成了众矢之的。他应该明白这个道理：在北京吃败仗当然是罪该万死，就是在这里取得胜利，也是招人怨恨的。因为京师之地只能安宁祥和、歌舞升平，绝不能受到惊扰。吓着了真龙天子，吓着了衮衮诸公，哪怕吓着了平头百姓，也是罪莫大焉的！

第二十章　巧施离间计　股肱柱臣殁

有两个太监衔皇上之命到城郊，向前来勤王的将领传达圣谕，可是出城不多远，就误撞着了后金的巡逻兵被捉去，弄清了他们的身份后，他们就被一级级地递送到皇太极那里。

这时，皇太极在审问他们时，忽然心生一计，就把副将高鸿中、谋臣宁完我、参将达海等召来一齐商量。

他们听后都觉可行。

宁完我分析道："如今北京城里已经谣言四起，几万人的唾沫快要把袁崇焕淹死了，咱们再给他扔几块石头，他就沉底了！"

"崇祯能够相信吗？"皇太极问。

"有道是疑心生暗鬼，崇祯心里早已经有鬼了！"高鸿中说。

于是，皇太极便派他们对那两个太监审讯、行计。

不用说，两个太监都是怂包，一吓唬，就连屎带尿地冒出来了。他们跪在地上磕头如捣蒜，求满洲军爷饶命。

高鸿中、达海唱完白脸后，宁完我又出来唱红脸了，他说："你们别害怕，阉人是受苦之人，大汗是知道的。"

"是的，我们从小入宫，受气、挨打，没一天好日子过！"说着，太监们哭起来。

"因此，你们放心，我们是绝不会杀你们的！"

"谢军爷不杀之恩！军爷要把我们怎么样呢？"

"不怎么样，像你们这样的人，我们留下也没什么用处，我们想放你们走，你们爱到哪里去就到哪里去吧！"

他们又给后金军爷磕了一阵子头，刚要爬起来走，却又被宁完我叫住了。

"我们不能这样放你们回去！"宁完我说，"你瞧你们那腌臜的样子，你们出去后，人家还不知说我们怎样虐待你们呢！——来人哪！"

从外面进来两个军士。

"带这两个人找块什么地方，让他们洗洗澡，换一身干净的衣服！"

虽然两个太监不住口地谢绝，他们还是被带走了。

过了会儿，他们洗去满身污秽，换上了汉人普通的衣着，被重新带回来后，在他们面前已摆上了一桌酒席。

他们感到惊奇和手足无措。

宁完我说："别愣着，快吃吧！"

两个太监又跪下问道："不知军爷这又是何意？"

"别疑心，什么害你们的心思也没有！"在一旁的高鸿中、达海都帮着说，"要说用意也有一点。那就是希望你们回去后，记着我们的好，我们绝不像有些人说的那样，是些红眼绿鼻子的杀人魔鬼！"

"哪能呢！"太监们说，"今天算是亲眼见了，大汗的兵全是上天降下来的活菩萨！"

喝酒吃饭时，宁完我等也不管那两个太监，各人大吃大喝，等吃喝完了后，就一个个抹抹嘴走了。只有宁完我嘱咐几句："两个朋友，你们吃饱喝足就自己走吧，我们还有事情！"

"好说，好说……"两个太监欠身谢了。

这时，他们才感到真正的轻松，放开胆吃喝起来。不想，几杯酒下肚，竟然醉了，一时挪不动步，就伏在桌上小憩。

不知过了多少时候，他们听得外面有人说话，就侧耳谛听起来。

"……袁大帅那里来人了，"一个哑嗓子说，"咱们得赶紧去伺候！"

"那件事有成吗？"

"当然，已经约定好了，明天夜里子时他带兵杀进城去，我们随后……"

"看样子，已经布置严密了？"

"那还有错，我们就只等着杀敌立功吧！"

"我想带兵直上金銮殿去捉皇帝老儿！"

他们小声笑着走了。

两个太监吓得魂飞胆丧，好久才站立起来。听听外面寂静无声，探头看看又漆黑一片，就悄悄地出门了。

他们逃出后金大营，竟没有碰到阻拦，心里有些高兴。

年轻些的太监问："咱们到哪里去呢？还能回宫吗？"

"怎么不能呀？"年老点儿的回答说。

"李公公如果怪罪起来……"

"他怪罪什么？"老太监说，"咱们听到的那消息可是重要得很哪，咱对李总管一说，他不碰破头磕掉牙地立时上奏皇上才怪哩……小子，是咱们拯救了大明社稷，功劳大得没法说，以后，你就只管等着享福吧！"

从袁崇焕擅杀毛文龙时起，崇祯就开始对他起疑了。这次没有奉诏就起兵入京，加深了对他的疑忌，在后金军逼近京师后，袁竟尾随其后，不与接战，皇上就疑愤交加了，还有北京城里翻滚不息的流言呢！

当李顺成把两个从后金军营中逃回的太监听到的消息上奏后，崇祯简直是怒不可遏了。他拍着御案咆哮如雷："袁崇焕哪，朕和大明差点儿被你献给后金！是上天开眼，才有这样出人意料的布置，朕不杀你，更待何时！"

第二天（十二月一日）一早，皇上下诏召袁崇焕、满桂、祖大寿等人入见，名义是"议饷"和犒军。

三位将军到了乾清宫以后，侍卫就把他们分开，把满桂和祖大寿领到另一殿中候着，只让袁崇焕一人进宫。

袁崇焕向皇上恭行大礼，皇上竟没有理睬，只背着手在他面前急急地走来走去。那油光光的宫中特有的地砖上晃动着他的影子。

"皇上……"袁崇焕小心地说。

皇上站住了，侧着脸问："袁崇焕，告诉朕，你为什么杀毛文龙？"

"因为他不听号令，侵吞军饷，杀民冒功，追随逆贼魏忠贤……"袁崇焕知道皇上要跟他算账了。

"杀这样大的朝廷命官，你为什么不上报给朕？"

"皇上赐臣下尚方宝剑，就是为了便宜行事……"

"胡说！你该知道尚方剑的权限，那只让你依法对总兵以下的罪官先斩后奏，而毛文龙的官职在总兵以上！"

袁崇焕没话说了。

"朕再问你：你说起兵入关是为了紧急情形，但你为什么不与辽贼接战呢？"

袁崇焕又语塞。

"朕替你说了吧，你引敌入京，不过是迫使朝廷与其订城下之盟，是为了把朕与大明一起卖给辽贼！回答朕，是与不是？"

袁崇焕蒙了，眼睛瞪得像鸡蛋大，满脸涨红。

"来人！"崇祯喊道。

十几个锦衣卫士从宫外窜进来，把一条铁索套在袁崇焕脖子上，连推带拽地拉了出去。直到下了几道玉阶，袁崇焕才大喊道："皇上，冤枉呀！"

他本想多喊几声，锦衣卫把一块早已准备好的布巾塞进他的嘴里了。

袁崇焕被下诏狱后，魏忠贤余党王永光、高捷等人交章上奏，揭露他的"通敌""叛国"大罪，并乘机谋兴大狱，株连朝廷官员及边将几十人。

孙承宗曾想为袁崇焕说话，连夜赶回京师，可是递了几次奏本，皇上也不见他。别的大员都以为袁崇焕通敌大罪确凿无疑，谁也不替他辩护。

袁崇焕的被捕，使其部将十分惊惧骇异，祖大寿立刻率军东走山海关。一路上，走散了近两万人。

崇祯急令满桂总督入卫京师的各路援军。

满桂是蒙古人，十分骁勇善战。他亲率步骑五千人与金军大战于永定门外，终因寡不敌众，被金军击溃，他也战死在军中。总兵黑云龙、麻登云兵败被俘，投降了金军。

这时，京师周围虽还有几支勤王军队，但见满桂军溃败，畏葸不敢向前。如果此时皇太极挥师杀入城内的话，那崇祯帝就只好蒙尘流亡，或者束手就擒了。

后金诸将斗志昂扬，纷纷向大汗请战。

可是，皇太极十分清醒，他笑笑说："城中痴儿，取之若反掌耳！但其疆域尚强，非旦夕可溃者，得之易，守之难，不若简兵练旅，以待天命可也！"

6

十二月末，皇太极给崇祯留下了一封请和的信后，便率军离京东归。

在回程中一连下遵化，永平，滦州，迁安四城。留下阿敏率军固守，就领其余的旗军回沈阳了。

皇太极率军绕道突袭明朝京师，应该说大获全胜，其意义是十分深远的。

这是后金八旗第一次对明朝的大进军。长驱直入、所向披靡，增强了他们夺取全国胜利的信心。另外，利用这次进兵，施行反间计，巧妙地借崇祯之手除掉了他最最嫉恨的袁崇焕！也使他知道了那崇祯是个什么货色！无怪乎他对将领们训话时称崇祯为"城中痴儿"呢！

皇太极率军东归后，崇祯令兵部尚书、大学士孙承宗总理军务，他重新组织力量，趁后金军在永平等城立足未稳，只用了十多天的时间，就把后金占领的四城收复了。

阿敏不是孙承宗的对手，他的旗兵也不善于守城，明朝的大军一到，他就拉开了逃跑的架势，令士兵大肆抢掠，最后发展到屠城。把四城糟蹋得到处血腥，到处火光……

皇太极两年来费尽心思塑造的八旗军的形象，被阿敏毁于一旦。

阿敏一回到沈阳，皇太极就令代善去和阿敏谈话，要他认罪。

"没有得到大汗的允许，你怎么逃回来了呢？"代善问他。

"那四城不是满人待的地方！"阿敏说，"固守城市，咱们的骑兵根本用不上！"

"你应先派人回来向大汗请示呀！"

"向谁请示？向皇太极那小子吗？"阿敏的火气不打一处来，"大哥，你觉察到了吗？皇太极是咱们三个人拥戴他当上大汗的，现在他却在咱们面前摆起谱儿来，他没想到我们可以把他拥上大位，也可以把他拉下来！……"

代善是个顾大局的人，见他这样不懂规矩，连忙截住他："二弟，咱们是兄弟，可也是君臣，你得听大汗吩咐，尊重他的威权！"

"我不听，臭小子！"

代善回到大汗宫，当然不会把阿敏的态度和他说的话原封不动地报告皇太极，只说："他还没有认识到有罪，只好再等一等……"

阿敏在家里越想越觉得受不了皇太极的"欺侮"，就赶到大汗宫，想对皇太极撒一撒闷气。

"皇太极！"他吼道，"你想把我怎样吧，说！"

代善劝阿敏冷静，可是阿敏却像发怒的狮子，怎么也不坐在椅子上。

皇太极望着阿敏那怒不可遏的样子，倒很能自制。

可是，一个残酷的计划在他心中形成了。

在努尔哈赤时代，四大贝勒中，阿敏一直就是桀骜不驯的。他始终忘不了一件事：他的父亲是被努尔哈赤杀害的。在他心中，敬仰的是自己的父亲舒尔哈齐而不是努尔哈赤。他没有翻天覆地的能力，却怀揣着满腔仇恨。努尔哈赤死后，他自知没有继位的资格，就想拥戴皇太极。因为在努尔哈赤想把舒尔哈齐一家斩草除根时，是皇太极跪在父亲面前为他求得了一条命……他拥戴皇太极，但并不服皇太极。

另外，他对兄弟，对士兵，对子侄都表现得心狠手辣。

皇太极已经感觉到这一点，早就想把他削爵或者置于死地。留着他是祸根，是后金安定的祸根，是八旗的祸根……

现在是机会了。

"二哥，我不想把你怎样，可是，你到底想怎样呢？"皇太极问。

"我不想怎样，是你要对我问罪的！"

"你丢了永平等四城，难道没罪吗？你撤退时大肆抢掠、屠城，难道没罪吗？回来时，你不好好地组织军队，一路上丢失了一万多士兵。难道没罪吗？"

阿敏被噎着了，他的脖子涨得粗粗的，几根大筋在不住地跳。"永平四城孤悬在后金之外，你把我安排在那里，本就想要我死在那里的，我为什么要听你的！你知道打我的是谁？是孙承宗！皇太极，你也做过孙承宗的手下败将！至于抢掠、屠城，那是我们的传统，是你把咱们的传统丢掉了，所以咱们才吃不上饭、穿不上衣！说到走散了一万多人马，那更不是罪过，你带领八旗攻宁锦，一次就搭进去两万多！……"

代善看出了皇太极脸上的杀气，不住地向阿敏吼叫："阿敏，住口！你在对谁说话？你忘记规矩了？"

"我没忘，一点也没忘！"阿敏望着皇太极的眼睛，一字一顿，像要把每个字敲进皇太极的脑壳里，"皇太极，你给我听着，现在，我算把你认识清楚了，你是个善用阴谋诡计的小人。你利用大哥的一点子小事儿，上蹿下跳，把他的太子位弄没了，以后，你又用察言观色的小伎俩，取得了先大汗的宠爱，可是先大汗看出了你的狼子野心，还是不放心你，临了也不愿把汗位传给你，而属意于多尔衮，是我和莽古尔泰不甘心让那寸功未立的小子骑在头上，才帮你除掉阿巴亥拥戴了你！皇太极，不是我们看不出是你伪造了那份'大汗遗言'，是我们将计就计……皇太极，现在倒好，你竟转过头来对我们磨刀霍霍了……"

代善已不想劝说他们两个了，因为在这些事儿上，他也有许多委屈要说。

"阿敏！"皇太极终于又开口了，"别的不说了，我只提醒你记起你的誓言：违背誓言要怎么样？"

"那吓不着谁，"阿敏发泄够了，竟大咧咧地伸腿摊脚坐在了皇太极的对面说，"那上面写着：兄弟们拥护你，你也得善待兄弟……"

"照你说，我不能治你的罪？"

"嘿，你能把我怎样？"

"你罪恶深重，按律当杀！"

"怎么，你要杀我？"阿敏又跳起来。

"你早就该杀了！"

"我看你小子不敢！"

"来人哪！"皇太极喊道，"给我把这个乱臣贼子抓起来！"

皇太极早就安排好的侍卫冲进来，一齐把阿敏攥住，用绳索把他捆了个结实，接着就拖走了。阿敏竟一声没吭，他是被皇太极"胆大妄为"惊住了。

代善在阿敏被拉走后说："把阿敏教训一下也好，他那个性子呀，是得整整了。"

皇太极一时还杀不了阿敏。因为家族中有权力的人中，谁也不会同意杀他。代善不同意，和阿敏意气相投的莽古尔泰更不会同意，另外还有别的兄弟们呢。杀了阿敏，就等于说皇太极可以对不中意的亲族开刀了，那他们是绝对接受不了的！

杀了阿敏会导致爱新觉罗家族的分崩离析，现在皇太极的地位还不稳固，他不会做那样的傻事的。

但怎么处理这样的事，是有先例可循的，努尔哈赤创造了经验。那就是先把罪犯关起来，等待合适的时候再把他处死。处置他的亲弟舒尔哈齐、儿子褚英、大将阿敦等，都用的这样的办法。

当阿敏被带到狱室时，他喊开了。

"我不进去！这是关押我父亲的监狱，你们还想用处置我父亲的办法处置我！"

在舒尔哈齐被关押的时间里，阿敏常去看望他，给他送衣服，给他送吃的。要是管监的狱卒看得不紧，他还能靠着石墙，凭着铁窗，看着父亲那长发遮盖得所剩无几的脸，听父亲说他那重复了多次的故事……

"孩子，咱们家就依靠你了。"父亲用冒火的眼睛望着他。

"阿玛，没有你，我还能怎么样呀！"

"别灰心，孩子，只要有志气，就会有办法，努尔哈赤、我，不都是白手起家的吗？"

"孩儿记住你的话了。"

"阿敏，当你成功了的时候……别学我，要学努尔哈赤，想法儿把有点本领的兄弟全杀净，一个也不留！"

"阿玛，为什么那样呀？"

"因为最最可怕的敌人就在你的亲属中！"

"这么说……大伯是不想放你出去了？"

"绝对不会，要是他让我活下去，他就不是努尔哈赤了！"

父亲的这些话，他竟在以后的年月里忘记了，直到现在才完全想起来。可是晚了，实在太晚了！

"二贝勒，你说错了……"狱卒一面当啷当啷地开着锁，一面给阿敏解释，"关押您父亲的那监狱是在赫图阿拉。是的，这狱室和那狱室很相像，一样用石头造的，一样的铁门，一样的结实……"

"我不进去！"大概是想起了父亲的遭遇，他的态度软多了，"你们回去对大汗说，我错了，我认罪，怎么处罚我都行，就是别把我关起来！"

侍卫说："二贝勒，您可别为难我们，就是我们敢把您的话转给大汗。您也得先进去再说！"

阿敏还要啰唆，却被侍卫们推进狱室去了。

阿敏把着铁窗喊叫道："你们快把我的话向大汗禀告，在这小黑屋里，我一天也受不了！要关，他就把我圈禁在家里吧！"

7

这年（1629 年、崇祯二年）八月，袁崇焕的大罪已成，崇祯帝批准对他处以最残酷的磔刑，就是把他千刀万剐。

当袁崇焕的囚车从大街上慢慢地走向刑场时，北京城万人空巷，观者如堵。他们激愤地奋臂高呼："袁崇焕该死！该千刀万剐！"

"杀死袁崇焕，百姓才心安！"

"求皇上把袁崇焕满门抄斩，方解百姓心头大恨！"

"灭袁崇焕九族，老人、小孩也不留！"

"查出朝廷上的袁党，斩尽杀绝！"

"给毛文龙将军报仇！"

人们不时地拥到囚车周围，用石子、土块掷向袁崇焕，还有人把准备好的刀剪等利器捅进去，还没到设在市中心的刑场，袁崇焕已经鲜血淋漓了！

押送、护卫的兵丁用尽所有力气，也赶不开那成千上万嗡嗡蝇聚的群众。

袁崇焕疼痛得浑身颤抖。他不是肉体的疼痛，那，他一点感觉也没有，他是心痛，痛得似万箭穿心……

"我袁崇焕真的犯下了滔天大罪了吗？真的是十恶不赦了吗？惹得天下百

姓这么恨我，咒我，恨不得一口一口地吃了我！"

到了刑场，袁崇焕被从囚车里拉出来，平放在一张血迹斑斑的木桌上，这木桌叫刑案，真不知有多少人在这厚重的刑案上，哭天叫地，直到慢慢死去……

监斩官是一位刑部主事，他来之前就得到过敕谕：要他不用等待皇上最后的旨意了。他也不愿意在这里多耽误时间，更不愿意过久地折磨那姓袁的同僚，便立刻下达了执行的命令。

三声炮响后，开始行刑。

袁崇焕被剥光了，缚在刑案上。两个刽子手身穿红衣，手持利刃走到刑案前。

周围的喧嚷声停止了，大概是担心看不仔细。

据史书上记载，磔刑也是有规格的，从脚上割起，得割二百零九刀，才准许犯人毙命，要是让犯人早早死了，便是失职，得受重罚，观刑的看客也不会饶恕他们。周围的人要看犯人痛苦抽搐，要听犯人疯狂哀叫，你让他早早死了，看客没捞着看得尽兴，那怎么成呢！

历史没有记载，那天袁崇焕到底挨了多少刀才死的，反正是剁碎了。

朝廷本来有令将袁崇焕暴尸十日，还要把他的头割下，传观九边的。可是，这敕谕是执行不了了，因为刽子手一离开，群众就一拥而上，把本来就割碎的尸体撕扯得更碎，有的抓得了一把血肉，有的抢得了一根骨头，有的夺得了一块脏腑，还有的当场就把污血碎肉塞进嘴里……

啊，被欺骗的人民呀！他们竟将自己的忠诚守护者生吞活剥！

早在宁远第一次被围的时候，老百姓对袁崇焕的看法就有了微妙的变化。在众寡悬殊的情况下，袁崇焕苦撑着，眼看就要城破遭屠，民众们便开始抱怨袁崇焕为了"一己之利荼毒全城百姓"。后来他杀毛文龙、一再地和后金议和，一次次地让人起疑，终因他和金兵一起来到京师城下，使朝廷、百姓对他的态度彻底转变，站在北京城头的士兵、百姓发昏了，一下子看到了"一个卖国巨盗"！

这是百姓在自己切身利益遭受严重危害的情况下的特殊反应。北京百姓在磔刑后，对袁崇焕的碎尸"群起抢之，得其一节者，和烧酒生啗，血流齿颊间，犹唾地詈骂不已。拾得其骨者，以刀斧碎磔之，骨肉俱尽"。

袁崇焕被杀后，他的家产没收入官，兄弟、妻、子流徙三千里。

那惨烈的一天，抢得袁崇焕尸骨最多的是两个年轻女人。她们带着一只巨大的布袋，她们抢得了袁崇焕的头颅、手脚，还有他的血衣。北京的民众当然不会让她们所得过多，就围拢过去，想和她们动手动脚，没想到两个面目清秀的女人竟向他们擎出了三尺长剑！……

这两个女人，就是容俏和春颖。

她们赶到京城时，金军已和明军在北京城下殊死搏斗了，她们的消息已经毫无用处。在袁崇焕被下狱后，她们曾想法子在明军进军的路上见到了孙承宗大人，哀告他想法挽救袁崇焕，情感至真至切。

孙承宗被感动了。但他叹口气说："……那是一口巨大的陷阱，许多人正在陷进去，如今正有人在往里面推我呢！我不是可惜我这条老命，只是不敢放弃自己的责任，我看在袁公之后，除下官外，还有谁人能够阻挡住后金的侵袭呀……"

容俏不敢再说什么了，拉着春颖给孙大人磕了个头就往外走。

孙承宗恭敬地站起身。

走到大帐门口，容俏又站下，回头对孙大人说："大人，您竟不问我们是什么人？"

"问什么，"孙承宗说，"在这时候，能够为袁公来找我的还会是什么人！"

容俏、春颖把袁崇焕的一部分尸骨和他的衣服安葬在京师西郊，当然不会给他立什么碑碣。

"小姐，咱们到哪里去呢？"春颖问道。

"就在关内找个落脚的地方吧！"容俏叹口气说。

"咱们不辞而别，那后金朝廷还不知怎么找咱们呢！"

"春颖，咱们是不踏进后金一步了。他们竟这样借崇祯杀害了袁大帅……"

8

阿敏没有理解父亲临死时对他说的话，所以他还希望出去。当然，他已经降格以求了：不做贝勒就是做贝子也行，不给自由，就是圈禁在家里也行！

可是他没想到皇太极是要他死！

他在监狱里不吃饭，不睡觉，喊了几天，后来实在没力气了，才蜷缩在角落里昏睡起来。醒来就呜呜地哭。

到大汗宫给阿敏求情的人并不多，代善不来，他觉得过几天皇太极就会把阿敏放出来的。莽古尔泰不会来，他在家里生气，以为皇太极做得太过分，正无法"落楼"，去说情正好给皇太极一道梯子。别的亲贵也大多是这样的态度。

他们都不懂这时的皇太极。

阿敏的福晋、家人却差点儿踏碎了皇太极家的门槛，他们见不着大汗，就对大福晋哲哲下跪、哭叫。

大福晋对阿敏的福晋说："大汗不会怎么样二贝勒，他们是兄弟，又是一起从枪林弹雨中杀出来的，那份深情厚谊是什么事也冲淡不了的！大汗不过是管束他几天……"

真正懂得大汗心意的是一个少年，他就是多尔衮。

这天他带了个小铁炉来到监狱。狱卒见是正在大汗面前当红的十四贝勒，就没问什么，又怕碍他的事，就一个个地躲开了。

多尔衮把小火炉调弄得旺旺的，在上面放了个小铁勺儿，里面有一两锭锡块。

一会儿，锡块化成的锡汁在铁勺里亮得像白银一样。他一手提了铁钳，一手端了小勺，慢慢地走到阿敏狱室的门口。

阿敏听到了动静，就伏在铁窗上问："是谁？"

"是我，二哥……"

"你要干什么？"

"没事儿……"

多尔衮的嘴和阿敏说着话，手却忙得很。他左手用铁钳夹住大锁，让它锁口朝上，右手就把小勺里的锡汁小心地灌进了铁锁里……

等这一切做完，他来到了铁窗前。

"多尔衮，你来看我吗？"

"不，我给你的锁灌进了一勺锡汁……"

阿敏看了看多尔衮，又看到了放在走廊上的小火炉和在地上的小铁勺，那里面还有半勺慢慢凝固的锡汁。他忽然明白了……

"是皇太极让你干的吗？"

"不，"多尔衮摇摇头，"是我自己想这样干……"

"多尔衮！"阿敏叫起来，"你把铁锁灌上锡，那锁还能够打开吗？"

"我就要它打不开！"

"那，我怎么出去？"

"二哥，你以为还能出来吗？"

"多尔衮，你这个狗崽子，我和你往日无仇，近日无冤，你怎么这样对待我！"阿敏的眼睛在暗影里闪闪发光。

"二哥，你真的和我没有怨仇吗？"

"有什么怨仇，你说！"

"二哥，我额娘是怎么死的？有人看见是你用铁丝把她勒死的！"

"不错，是我。"阿敏没有多少心计，他承认了，"你额娘上吊没有吊死，我看她那难过的样子就帮了她一把！"

"这么说，我们兄弟还要谢谢你呢！"

"多尔衮，你可别记我的仇，那不是我的主意！"

"谁让你这样做的呢？"

"多尔衮，二哥可以对你说实话，条件是你帮我出去！"

"我能够帮你吗？"

"你能。皇太极愿意听你的话，你没看到他正在向你买好吗？这么小小年纪，他就给了你正白旗，因为他心里觉着欠你的。你要是给我求情，他一定答应你！"

"你是这样看的？……好吧，你把实话说出来吧。"

"是这样……这四大贝勒中，代善大哥是被废的太子，他根本就没希望继承汗位了，我呢，是舒尔哈齐一支，更是没有希望。那个莽古尔泰，只知拼命沙场，有勇无谋，老大汗怎会把国家交给他呢！最有希望的是皇太极，他战功卓著，心思又多，在老大汗看来是智勇双全。可是，他用尽了诡计，老大汗就是不开口让他嗣位。原来，老大汗看透了他的德行，怕的是他比褚英更不可靠……"

"那么，继承的事，老大汗至死也没露口风吗？"

"当然说过了。他对你额娘说过，也当着我们的面说过，他说：'多尔衮是我心上的孩子，如果不是太小，我现在就立他为嗣！'他病倒后，曾当着围绕着他的一群福晋恢复了你额娘大福晋的头衔，他对你额娘说：'大福晋还是你的，好好抚养孩子，我看上了多尔衮，将来我要把大位传给他！'……"

"他真是这样说的？"

"我不骗你。咱爱新觉罗家族中知道的人很多。你大概也听说过吧？"

"是的，我听说过，你再往下说，二哥。"

"后来大汗病了，要到温泉去疗养。本来要莽古尔泰去的，可是皇太极对大汗说：他要随大汗去，好商量下一步怎样对大明用兵。他陪大汗去了。他在清河的事，无人知晓，大汗回来时，忽然要召你的额娘去——大汗等不得回沈阳，就叫你额娘去迎接他，大家猜想大汗命在旦夕，要大福晋去就是为了交代后事，想想过去大汗说的话，大汗所交代的大事中一定有立多尔衮为太子的这一桩……"

阿敏见多尔衮听得十分认真，就停下了。

"二哥，你怎么不说了？"

"多尔衮，你答应救我吗？"

"我答应，你说呀！"

"你只要答应救我，我什么都说给你！"

"……还没到沈阳，大汗就归天了。在大汗船上的就只有大福晋和皇太极两人，可是他们说的话很不一样。大福晋说：大汗临死的时候交代，要多尔衮继承汗位，头三年由大贝勒代善辅政。但大福晋又说：她曾求大汗把汗位交给皇太极，大汗还没应允就咽气了。皇太极拿出了一张纸，上面只有一句话，他说是临死的大汗说着，由他记下来的。那一句话是：我死后，令大福晋殉葬……"

"只这一句话吗？"

"只这一句……"

"那是皇太极自己写的，他什么事都做得出来！"多尔衮叫道。

听到叫声，几个狱卒跑了来，跪下问十四贝勒有什么事。

"没事，没事，"多尔衮叱他们道，"走开，没经传唤，不准过来！"狱卒们跑开了。

"再说下去，二哥！"

"……我和莽古尔泰也这样想。代善把那纸条拿在手里左看右看，我想他不怀疑才怪哩！大福晋也把大汗的遗言告诉我们了，可是我们感到愤怒，感到委屈，感到很不公平！十几年来我们跟随大汗出生入死，拼命流血，到后来却把大位传给一个寸功未立的毛孩子！打死我们也不会心服！"

"当时，我心里想：我们得赶紧把大福晋除掉！"阿敏的话让多尔衮心惊肉跳，"留着她，她就忘不了大汗的话，留着她，她就会左右朝政，立嗣的事，她的话就有千斤重量！"

"皇太极也是这样想？"

"我们谁也没有把话说得那么直接，但我的感觉是没有错的。皇太极一定也是这个主意。就算是大福晋愿意把你的汗位让给他，他还是觉得她死去的好！他不愿感大福晋的恩，更不愿意朝野上下知道他的汗位是人家让给的！——只有代善大哥不愿置大福晋于死地，可是他拗不过我们，更否定不了皇太极带回的那张字条……"

"于是……你们就……"

"于是，我们就带领爱新觉罗的子弟们一齐跪在大福晋面前，求她立即升天！"

"而我们兄弟被圈禁在后宫……"

"是的，这事哪能让你们看到呀！"

"我额娘呢，她该是多么痛心呀！"

"那是自然的——不过就我来看，她还是冷静的。房梁上已经用一丈白绫结了缳。她指着皇太极，要他对上天和死去大汗宣誓，要他答应善待你们兄弟！要不，他就绝不跟大汗去！"

"皇太极呢？"

"他跪在大福晋面前宣誓了，就照大福晋要求的……"

"可是，他没有让你去勒死我额娘呀！"

"……当大福晋没有吊死，躺在床上慢慢地苏醒时，皇太极张皇失措，代善却说：'大福晋不该死，这是上天的意旨，就让她活下去吧！'这时，我把藏在袖筒中的铁丝拿了出来，给皇太极看了看……"

"他怎么样呢？"

"他好像没表示什么，只瞪大眼睛看着我，可我懂得他的心思。"

"你就有现成的铁丝？"

"我早就备下了……我估摸着大福晋不会那么痛快。趁屋里的人忙乱着，我转到大福晋躺着的床头那儿，把铁丝套在大福晋脖子上，只一勒，细细的铁丝就勒进她的喉头里……她没有受罪，也没有破了她的相……"

"额娘呀……"多尔衮哭起来。

阿敏有些慌，他敲着铁窗，叫着："多尔衮，我什么都对你说了，你可要救我呀！"

"额娘……你是被他们害死的呀……"

"多尔衮……"

多尔衮扑到铁窗上，一拳打进去，正中阿敏的面门。骂道："你就死在这监狱里吧，你本来就不该活着……"

"多尔衮！……多尔衮！……我活着对你有好处呀，只要我活着，那个皇太极就不敢张牙舞爪……"

可是，多尔衮走了。

阿敏绝望了，他明白皇太极是绝不会让他活着出去的。

9

孙承宗率兵肃清了关内的后金兵后，在崇祯四年（天聪五年，1631 年）四月东出巡关，准备重新整备关外的防务。

辽东巡抚丘禾嘉提出应修复广宁、义州、右屯三城。孙承宗说："广宁离海一百八十里，距辽河一百六十里，陆路运输困难。义州地方偏居一隅，离广宁又远。先后的步骤应是一定先占领右屯，聚兵积粟，才能逐渐地逼近广宁。但右屯已被摧毁，修筑后才能守。筑此城时，敌人一定前来骚扰，所以又必须先恢复大、小凌河，以接连松山、杏山、锦州等城。"

这计划经皇帝批准后，便开始由巡抚丘禾嘉逐步执行。

大凌河的全名为大凌河中左千户所。位于锦州东三十多里，属锦州守备管辖。它建于宣德年间，周长三里，嘉靖时又有所增修，是锦州的前哨阵地。

孙承宗令总兵祖大寿、何可纲率十余名副将进驻，要他们迅速修复大凌河。

皇太极得知明军正在修复大凌河的消息后，立刻就做出反应。他毫不迟疑地昼夜催调各路军马（包括部分蒙古兵），由他亲自率领前往攻打大凌河，不给明军修筑、加固防线的任何机会。

他对贝勒、将领们说："明朝精兵尽在此城，他处无有，攻下此城，意义重大。如果坐视汉人开拓疆土、修建城郭、缮治甲兵，使得完备，我等岂能安处耶?"

七月二十七日，皇太极率军离沈阳西行，第二天渡过辽河，召集众将领宣布纪律：凡俘虏之人，勿离散其父子、夫妇，勿掠取其衣服，当加以抚恤。他说：为将帅之道，在于申明法令，抚驭得宜，就会使人人奋进，争立功业。

八月一日，大军至旧辽阳河。蒙古各部率军来会，皇太极举行大宴慰劳。

皇太极把军队分成两路。一路由贝勒德格类、岳托、阿济格等率兵两万经由义州，屯驻于锦州、大凌河之间。一路由皇太极亲自率领经由白土场，趋广宁大道，约定六日两军会于大凌河。

祖大寿、何可纲等明将进驻大凌河才半个多月，修复城池的工程还没有完全展开，后金大军就到了。他们不得不闭门迎战。

糟糕的是在这个过程中，那个不懂军事的辽东巡抚丘禾嘉竟自作主张，令将士同时修复右屯城，这就大大地分散了人力、物力。

这时，城中原有官兵一万六千多人，后派出购买战马及守宁远的约两千二百余人，实际上不过一万三千多人。连上夫役商贾也仅有三万余人。

六日夜，后金两路大军会合，开始把大凌河团团围住。

如果皇太极立刻下令攻城，也许一两天内，大凌河就溃败了。可是皇太极这次十分小心，他怕重蹈宁锦之役的覆辙，他令军队只围不攻，想使祖大寿粮尽援绝而投降。他说："若强攻一定会有死伤，不若掘壕筑墙以困之。彼兵若出，我则与战，外援若至，我则迎击。"在他的心里金军攻坚仍不是强项。

他的兵力部署是：正黄旗固山额真冷格里围北面之西侧；镶黄旗固山额真达尔汉围北面之东侧，阿巴泰居后策应。

正蓝旗固山额真觉罗塞勒围正南面，莽古尔泰、德格类在其后策应；镶蓝旗固山额真篇古围南面之西，济尔哈朗在后面策应；蒙古固山额真吴内格围南面之东侧。

正白旗固山额真伊尔登围城堡之东侧，多尔衮居后策应。

正红旗固山额真和硕图围西之北侧，代善居后策应；蒙古固山额真鄂本兑围正西面；镶红旗固山额真叶臣围西面之南侧，岳托居后策应。

其余部队围其缝隙处。

这样的部署是很有特点的。其一是用了许多年轻的小将，代善、莽古尔泰等老旗主往往处于在后策应的地位。其二是安置了两重兵力，进攻有了纵深，力量可保源源不断。再者，他们有了足够多的大炮，改变了过去只能挨轰挨炸的情况。

后金的大炮有些是从明军手中夺来的，有些是降军带过来的，还有些是自己制造的。他们已经掌握了造炮的技术，还训练了数以千计熟练的炮手，各旗中都有了自己的炮兵营，各配备红衣炮、大将军炮四十门。旗兵的战斗力已大大地增强了。

皇太极知道孙承宗不会看着大凌河被围不管，一定会派兵来援，便令额驸佟养性、李永芳率汉兵堵在通往锦州的大路两旁，并配发给更多的大炮。

祖大寿等明将看到城外的金军日以继夜地营造着防地，知道敌人要困死他们，就派兵出城袭击，可是小股部队根本不是金军的对手，派出多少就被吃掉多少，因此就闭门不出，等待援兵了。

皇太极的布置十分严整。围绕着大凌河，共建了大小营盘四十五座，周围绵延五十里。每个防区向着城墙挖掘了四条壕堑，一道深宽各丈许，一道环前道壕再挖一条宽五尺、深七尺五寸的壕，铺上秫秸，覆盖土层。距此壕五丈远的地方筑墙，高丈余，墙上加垛口，远看如一道长城。各旗还在自己的营地周围挖掘一道拦马沟，深宽各五尺。

皇太极命令各部严守阵地，不许放一个人出城。他自己则坐在城南山岗上时刻注意着大凌河城内的动静……

这一套严密的围困工事可以说是风雨不透、水泄不通，表明了他此次势在必得的决心。明史记载说："'逆奴'围凌，连挖四壕，弯曲难行，器具全备，计最狡矣！故虽善战如祖大寿，无怪其不能透其围。""此围封豕长蛇，其毒螫乃至如此！"一次，皇太极派人假扮成援军诱骗守军出城，祖大寿不知是计，果然率兵出城，结果被杀得大败。

现在祖大寿唯一的希望就是朝廷派大军来救他们了。

明军没有忘记他们，大凌河被围后，孙承宗及丘禾嘉便飞速赶到锦州，八月十六日孙承宗令松山两千军来援，二十六日巡抚丘嘉禾与总兵吴襄、宋伟率兵六千，与后金兵大战于长山、小凌河间，损失惨重，三日后被逐回锦州。九月十六日，皇太极亲率一部军队进击锦州，从此，锦州自顾不暇，更无法支援大凌河了！

孙承宗极不甘心，他派人回京上书搬兵，极言大凌河安危的利害。二十四日，朝廷派监军张春会同吴襄、宋伟率战将百员马步军四万来解大凌河之围。

过了小凌河东进五里筑垒列车营。

后金兵扼守长山，明军不得进，形成对峙的态势。

二十七日黎明，明军拔营向大凌河推进。在离大凌河仅十五里的长山与后金兵接战。

皇太极亲率两翼骑兵直冲明营，明军发矢如雨，也没阻挡住皇太极的冲锋。与此同时，后金佟养性、李永芳指挥汉兵发射排炮、火箭，明军也以大炮还击，一时枪炮声、呐喊声交织在一起，声震山野、火光烛天。

两军短兵相接，呈胶着状态，但明军终于抵不住后金军的凌厉攻击，吴襄军先行溃败，紧接着别营军队也乱作一团，不成阵势，各路明军只求逃命。

皇太极在周围路口都设了伏兵，逃出的明军几乎完全被消灭。

在这次战役中，张春、张洪谟、杨华征等三十多名将官被活捉，副将张吉甫等阵亡，吴襄、宋伟等一小批将领侥幸逃掉。

从此以后，明朝再也没派援军来。

大凌河中的明军知道覆亡的日子不远了。从七月到现在，已困守了两个多月，城里储备的粮食眼看就要吃光，兵士不经长官允许就宰杀战马充饥，马无草料，也大批倒毙。老百姓的生活就更惨了，成百上千的饿殍枕藉在路上，臭不可闻。勉强活着的人抢食死者身上的肉，用人骨当柴烧……

有些侥幸逃出的人对后金人说城里就要撑不住了，粮食已经吃光，先杀工役而食，现又杀兵丁食之，唯大官还有米数升而已！

皇太极觉得"火候"到了，他一连给祖大寿写了几封信，劝他投降。

祖大寿在辽东有一个大家族，人口众多，家业豪富，权势显赫，名闻四方，因而不想投降。他对来使说："转告你们的大汗，我祖大寿城破人亡，决不降金！"后金使臣回去后对皇太极说："祖大寿是怕后金杀戮他的人马、百姓，另外还顾虑他的身家性命。"

皇太极立刻又给祖大寿写信，对他就后金的政策详加解释。

他说："从前杀辽东人实有其事，为此，我十分痛悔，发誓再也不妄杀一人，一律加以收养。二贝勒阿敏在永平屠戮汉官民，是他个人的罪行，已将他幽禁惩处，我愿与你及诸将共事，故以肝膈之言屡次相告……"

拖到十月中旬，"城内粮绝薪尽，兵民相食，大寿等力竭计穷"，才下了投降的决心。

二十五日，祖大寿派出他的儿子祖可法到后金营中为人质，开始谈判。

一见面，后金将领济尔哈朗、岳托都起立迎接，并扶住祖可法，不让他下拜。济尔哈朗说："我们过去是仇敌，现在已经讲和，就是兄弟，何必拜！"

他们相互拥抱为礼。

岳托问："你们死守空城是何意？"

可法答道："因为你们屠杀降民，所以迟疑。"

岳托说："屠杀辽民，那是老大汗时的事，我们也不胜追悔，杀永平军民，那是二贝勒干的，他已经受到了严惩。这些事与现在的大汗无干。"

经过信使往来几次，祖大寿没有顾虑了。可是副将何可纲坚持不降，并暗地里组织一帮人和祖大寿对抗。祖大寿将其逮捕，押至城外当着后金人把他处斩。

何可纲脸色不变，也不说一句话，含笑而死。

见何可纲死得这样从容壮烈，祖大寿十分惭愧，他哭着对儿子说："那本来该是咱们父子做的……倒让他占了先……咱们那诗礼传家的门第，怎会出咱们这样的逆子贰臣……"

"可是，已经是这样了……"祖可法也哭了。

真是无可挽回了，只得把事情继续做下去。

二十九日，祖大寿派副将四员、游击两员代表他和副将张存仁等三十九名将官与皇太极及诸贝勒盟誓。

当晚，祖大寿亲自到后金大汗的御帐与皇太极见面。

皇太极极为高兴，派诸贝勒出迎一里，他则出帐迎接。

后金朝廷中，只有莽古尔泰反对以这样隆重的仪式迎接一个手下败将，因此他拒绝参加。皇太极想说服他，莽古尔泰朝着皇太极的脸吐了一口唾沫说："皇太极，你把老大汗的脸都丢尽了……我才不跟着你做那些鸟事呢！"

皇太极对莽古尔泰始终是忍让的，可是他也受不了这样无端的侮辱，想和他理论一下，可是代善把莽古尔泰拉走了，他对皇太极说："别管他，他的牛脾气又上来了！"

皇太极想了想，实在想不出莽古尔泰发脾气的理由。他问代善的儿子岳托，岳托说："这次战役中，是三贝勒的正蓝旗死伤最多吧？……"

正蓝旗的老旗主是莽古尔泰。

"那也不算什么呀？以后我给你们补偿就是了！"

因为祖大寿立刻就到，皇太极就不再想这件事。

后金传统是谁领哪个旗，就把它看成是自家的私家军，人马资产都看成是私家物。这制度，皇太极已经进行了许多改革，可是，他们对老旗主仍有深深的感情，直到他儿子顺治时代也没有完全改得了。

祖大寿来了，军营里锣鼓喧天。皇太极走出大帐迎接。祖大寿仍然穿着明军武将的官服，见了皇太极后就要下跪行礼。皇太极赶紧抢前一步扶住他，两人像兄弟那样拥抱。

在大帐门口，皇太极伸手请祖大寿先行，祖大寿连说"不敢"，侧着身子怎么也不肯。两人谦让了好久，最后皇太极携了祖大寿的手，并肩而入。

大帐里已摆好盛宴，落座后，皇太极亲手捧金卮为祖大寿斟酒。

祖大寿连忙站起来逊谢。他说："败军之将，大汗竟待之以礼，使在下不胜感愧！"

皇太极又把他按在椅子上，说："大将军请宽座，今后咱们就是一家人了。我后金起兵至今，所向披靡，但现在遇到了困难。这天下究竟不是只骑在马上厮杀就可以得到的！所以我和我的兄弟很愿意师事先生，诚心希望先生不吝指教！"

他说的倒是实话，把自己的目的全说出来了。

陪他们喝酒的十多个人都是皇太极的兄弟和大将，他们今天也显得文质彬彬，不说什么话，只知闷头喝酒。

酒后，皇太极拉着祖大寿送他还城，让他带着黑狐帽、貂裘、缎靴、雕鞍、白马等一大堆珍贵的东西。

不等祖大寿推辞，皇太极就派人装在大车上头先走了。

"先生，这些东西都是我用的，我把它送给将军，以表示我的真诚！"

又走了一段路，祖大寿忽然站住，欲语还休，显出很为难的样子。

"先生，咱们是一家人了，有话你就说吧！"

祖大寿踌躇再三终于说了："大汗，您待我恩重如山，在下感激涕零，不过拙荆尚在锦州。如果大汗能够放在下回锦，几天后，我将双手捧个锦州城献给大汗！"

"这个……"皇太极明白他这一去怕是不回来了，但强把他留下也留不住他的心，对明朝别的官吏反而影响不好，倒不如宽容一些，让他带着感恩的心情走吧。于是皇太极欣然应允道："先生，那是人之常情，有什么犹豫的呢？您就去吧，到了锦州一定要见机行事，万不可莽撞。我看咱们兄弟是有缘的，一定后会有期！”

祖大寿千恩万谢地回到大凌河。

当夜，祖大寿和儿子只带二十六个护卫，渡小凌河徒步前往锦州，路上，他几次遇到后金的岗哨和巡逻队，都没盘查他们。

皇太极为了配合，还故意枪炮声、喊杀声连绵不绝，做出交战的声势。

守锦州的丘禾嘉、宋襄，中官高起潜等听到枪炮声还以为祖大寿仍在战斗，就发兵试探、牵制。他们在离锦州不远处遇到了祖大寿。他假称是突围而逃，锦州守将竟信以为真。

这时，孙承宗已被调回京去。他听到这消息后，认定祖大寿曾向后金纳款投降，上书朝廷揭露之。可是皇上极欲羁縻大寿，置不问。

再说孙承宗已失去了皇上的宠信，几天后就被罢免了。理由是“长山之败，丧权辱国”。

祖大寿走后，皇太极便领兵进驻大凌河。第二天出榜安民，并大宴投降的明官，宴后令他们较射，借此对他们大加赏赐。

在这宴会上，皇太极喝得多了一点，是被侍卫扶回他的住处的。他没想到莽古尔泰正等在那里。

这几天，莽古尔泰一直没有参加皇太极的一切活动，有时连例行的军事会议也不出席。他的突然出现，使皇太极警惕起来。

“啊，三哥！”

莽古尔泰在太师椅上大咧咧地坐着，一把腰刀放在他的手边。见皇太极进门，他也没有起身。

“三哥……”见他没应声，皇太极又搭讪着问，“你有事吗？”

“我来，是向你报告好消息的！”

“好消息？……”

“阿敏死了！”

“阿敏，他死了？”皇太极问。

“这是好消息吧？”

“三哥，你胡说什么？”皇太极装作哀痛，高声叫道，“阿敏是我们后金声名赫赫的大将，从年轻时，他就跟随先大汗和我们一起南征北战，立下了卓绝的战功。后金能有今天，与他的英勇善战是分不开的！后金人永远忘不了他们的大将阿敏！——他是怎么死的？"

"他是在监狱里吊死的！"

皇太极哭起来。"……回沈阳我一定要追查这事！"他说，"本来，我只想惩戒他一下，以后放他出来，还是咱们的好兄弟……"

"别装了，我的大汗……"莽古尔泰冷笑一声说，"自从你登上汗位后，你就千方百计地挤对我和阿敏——代善你是看不在眼里的，他老实、憨厚，什么事也让着你。现在好了，只剩下我自己了！"

"三哥，你血口喷人！"皇太极再也不想让步了，"你再这样胡说八道，你就出去！回沈阳后，咱们就在家族会议上让大家评评理！"

莽古尔泰忽地站起来，喊道："你说，皇太极，如果你没有杀他的心思，为什么派人去把他狱门上的铁锁灌上锡？"

这件事，皇太极是听说过的，但他没有责问多尔衮，只回家时对大福晋说过："那多尔衮，我还没有看透他，他的心竟那么狠毒！"

大福晋说："谁的娘被人作践死，也不会忘记的，以后对他小心些就是……"

"向铁锁里灌锡这事儿呢？"

"你就权当不知道！"

……

"竟有这事？"皇太极叫道，"我要追查，连你今天对我的态度也要追究！"

"追究？皇太极，你忘了你是怎么上台的了？若没有我们三大贝勒拥戴，若不是阴谋害死大福晋，今天在汗位上的还说不定是谁呢！"

"莽古尔泰！"皇太极气疯了，他拍着腰带，可腰带上没有挂着刀，他又向墙上看，他的佩刀正挂在太师椅的上面，他三步并作两步地向那儿走去，可他只听"哗朗"一声响，一把雪亮的腰刀横在他的面前……

他望着莽古尔泰那恶狠狠的眼睛。

两人四目相对了不知有多久。

正在这时，代善慌慌张张地跑进来，不顾一切地侧身于他们中间。他用肩膀把莽古尔泰和他的刀顶向一边。

"作死呀，莽古尔泰！"代善激切地叫道，唾沫喷了莽古尔泰满脸，"你这是干什么？你竟敢对大汗这样！——把刀给我收起来！"

这时，莽古尔泰清醒了些，知道自己惹下了大祸。但他有股拼命劲儿，就是死也不会认输的。他梗着脖子对代善说："大哥，阿敏死了。他整日关在大狱里，铁锁又被人灌了锡，他绝望了才死的……"

"阿敏自杀，是他自绝于后金，不干别人的事！你身为贝勒，一言千金，更不能胡说！"

"我也活不成了……"莽古尔泰像个受了冤的孩子似的哭起来，"现在家里剩我一个人了，皇太极还时时处处地挤对我……这次在大凌河，我的正蓝旗几乎死伤了一半……这是皇太极别有用心……"

"莽古尔泰，你越说越不像话！八旗兵是后金的，不是哪个人的私产！在大汗看来都是一样的，哪个旗损失，他也看在眼里疼在心上！你这话让外面人知道了，人家不笑话你吗？"

"大汗，"代善又回头对皇太极说，"莽古尔泰是个没有脑子的昏种，看在是亲兄弟的分上，你就饶恕他吧！"

皇太极知道在这里是没办法对付莽古尔泰的，就对代善说："我什么都不说了，大哥反正看在眼里。这样下去，我也不想当这个大汗了！"

这就是说，皇太极不想这样算完。

代善在房里转了几圈，末后还是跑到莽古尔泰面前，按着他的脖子要他给大汗赔礼认错。可是直到把莽古尔泰推出门去，莽古尔泰的脖子还是直直的。

几天后，皇太极下令班师。撤军前，他令军士把大凌河城完全摧毁，炸倒城垣，又放火大烧了几天，在他们背后的是一片废墟，谁也没法再把它修复起来了。

回到沈阳后，他召集了家族和大臣会议，把莽古尔泰的事公布于众。大家照大汗的意思从轻处理，免去莽古尔泰死罪，以"御前露刃罪"被革除大贝勒爵位，降为一般贵族。

至此，在后金朝廷上皇太极再也没有政敌了！

第二十一章　金汗再进塞　古刹遇故人

1

大凌河战役以后，皇太极把注意力再次转向了蒙古的察哈尔，率军亲征，暂时放松了对大明的进攻。李永芳、范文程、宁完我等休养生息的建议取得了很大效果，汉人的地位虽说还不能和满蒙相平等，也有了很大改善，他们大体上能够安心从业了，后金出现了过去从没有过的繁荣景象。

在军事上虽没有对明大动干戈，可也有长足发展，那就是有许多明官来降。他们带来了大批物资和部队，使后金在军事实力上也大大增强了。

这时最有意义的要算孔有德、耿仲明率众自山东登州航海来归。

孔有德、耿仲明都是辽东盖州人，原为明朝登莱巡抚的部将。崇祯四年（1631年）朝廷令他们出援辽西。他们过去曾在海上做过许多犯法的勾当，明廷曾派人多次调查过他们。所以，他们怕在行军途中出事。耿仲明的弟弟曾在毛文龙部干过，向孔、耿各述毛文龙被害的经过。他们怕也遭遇那样的下场，走到吴桥，他们不想为明廷卖命了，就举旗反叛，又回头杀到他们的老窝登州。在东海上招兵买马，独树一帜，成为不受当地官员统辖的王国，并自称都元帅。

这时，明廷才把他们看作肘腋之患，屡次派大兵征讨，这一讨，就把他们挤到后金那里去了。

他们的投降，皇太极认为是件大事，他率领贝勒大臣一直到浑河岸边迎接，隆礼厚待，赠送了许多礼物。

汉人投来的越来越多，皇太极建立汉军旗的想法也成熟了。他令分隶满洲各部所属的汉人壮丁，每十丁抽一丁组成一旗兵。

皇太极封孔有德为汉军正红旗总兵，耿仲明为汉军正黄旗总兵。

来投的明将大多比李永芳的职衔高得多，就显不着他了。他趁机退下来，躲到沈阳当他的额驸老爷。

皇太极体谅他，也就随他去了。从此，李永芳就再也不参加后金的政事。

天聪八年（1634年）五月十一日，后金大汗召集诸贝勒、大臣征求他们对征明的想法。

皇太极先把国内外的形势说了一遍。他说："现在后金国内物阜民丰，蒸蒸日上，是建国以来的最兴旺的时候。我们不仅有后金八旗，还开始建立汉军八旗，实力不是从前可比。而大明正日渐衰颓，皇帝虽曾想励精图治，可是他被贪官庸吏所围绕，已无所施其技，变成一个卑微多疑的昏君，渐渐地，他像死去的那个熹宗一样，倒进了宦官的怀抱。有点见识的臣子看看大势远去，或离朝或隐去或另做打算。遥望中原大地，处于绝境的百姓纷纷揭竿而起，已形成群雄并起的局面。在这样的时候，我想再次入塞内征明……"

听到大汗这样决定，与会者都面露喜色、摩拳擦掌。

他们想起两年前那次逼近大明京师，吓得明朝廷手足无措，还匆忙间把自己最得力的大将袁崇焕也杀了，掠得的财宝和物资到现在也没用完。特别是经过那次入塞，初露锋芒的年轻将军们更是欢呼雀跃……

看到臣下积极响应，皇太极更为高兴。他问："大家看，我们从哪里进兵为好呢？上一次我们是从喜峰口进塞的，我们还从那里吗？"

现在已自领一旗的德格类喊道："大汗，这一次咱们可别从小路偷偷地溜进去了，要光明正大地和他们干，我看就从山海关吧！"

德格类一开头，别的年轻将军也站起来纷纷建言，他们都同意德格类的提议。

"对，要干，就别像小偷似的，干脆把山海关拿过来，以后进出也方便！"

"大明已经成了一个大粪堆，就是几只鸡也能够把它刨平！"

"这次进塞是不是可以把政策放宽些呢，让咱们后金人也放开脚丫地乐一乐！"

"下令吧，大汗，要走明天就走！"

将军们被自己的话逗乐了，全场一片笑声。

皇太极一面听一面琢磨着：这些年轻人仍对大明估计不够，有道是百足之虫死而不僵，何况大明还有十几省的土地，上百万的军队呢！国难出忠臣，受儒教熏陶了几千年的臣子们还会有许多人勇于为大明殉葬的。进攻的路或许比过去平坦些，但仍会是一步一个血印的……

他看见大哥代善正托着他那须臾离不开的大铜水烟袋，低头沉思。

皇太极把桌案拍了拍，与会者静了下来。

"大家冷静些，还是听一听大贝勒的意见吧！"

代善这年刚刚五十岁，大概因经过的事情太多，已经须发皤然。但他身体还是好的，每次大的行动，都没有落下他。

没有人比皇太极更了解这位大哥了。有人觉得代善有点颠顸，甚至觉得他无用，但皇太极知道这位不大说话的老哥是个小事"糊涂"、大事精明的人。他什么都看得明白，什么都知道。但他该行则行，该止就止，从不越矩一步。老一辈中只有他在真诚地帮着自己……

"大汗觉得我该说说，我就讲一讲……"他把铜烟袋放在面前的桌上说，"也许我年纪大了，没有年轻人的锐气了……我觉得还是绕道蒙古为好……"

代善是很有威信的，大家都盼望他说出独出心裁的话，听他这么说，有人便轻轻地叹了一口气。

"我为什么这么说呢？也是有理由的。大明现在的情形是如大汗分析的那样，可是，整个大明还没有伤筋动骨呢！咱们想一口吞下它，还是很难很难的。你们瞧，山海关守备得十分严紧，我们去打，怕是会重蹈几年前宁锦的覆辙。那事儿，我们再也不能去干了！比起山海关来，大明的宣府、大同一带关口就等于没人防守了！我们何不从那里到大明的腹心里去搅上一搅呢？年轻人听了我的话，一定很不过瘾，但意义是很大的。想想两年前从喜峰口逼近北京吧，我们虽没在那里站下脚，可是大明朝廷至今还感到痛……"

大家想着大贝勒的话。

"大哥说得好呀！要是大家都像大哥这样老成持重、这样深谋远虑的话，咱们的事业就更发达了。"皇太极眼睛灼灼发亮，他继续说，"我完全同意大贝勒的意见。咱们走察哈尔还有另一个意义在，察哈尔前不久为我所败，举国骚然，其贝勒、大臣将来归我。我们可以趁机收拢他们，一举两得。我希望大家好好地想一想大贝勒的话……下面请范章京为我们讲一讲宣府、大同那边的情况。"

范文程已经是后金的第一谋臣。后金的文臣、武将都十分佩服他。现时他蓄起了五绺长髯，飘飘然似有仙风道骨。

他站起来，走到前面，几个侍者帮着把一张他自绘的大地图挂到墙上。在说了方位后，他就一边指着地图，一边开始讲了。

宣府本是秦汉时的上谷郡。明初，在此设开平卫，与辽左互为呼应，该地形势十分险要。"紫荆关控其南，长城枕其北；居庸左峙，云中右屏；内拱陵京，外制外族，乃西北一重镇也！"

大同是秦汉时云中郡。明初设大同府，明太祖封其一子为代王居于此。自古这里就是"用武之地"，所谓"互争疆场所必守者也"！

这两处重镇都因可防御、控制北方民族而为历代兵家所重。明朝为阻止蒙古南下，筑城堡设重兵，自称"固若金汤"。

"……但到了今天，这一地区的守备就大不如过去了。一方面，蒙古不断入侵、破坏，另一方面，明朝廷已把这里的军队大部调到辽东对付咱们了，致使宣、大一带塞垣空虚，岌岌可危。"说到这里，范文程笑笑，"大汗选择这里为这次出兵的突破口是十分英明的，从战略上说：这就是避实击虚，攻其不备。大同离明京师稍远，宣府距京师三百余里，大汗率军突袭这两个重镇，不仅可给京城造成直接的军事威胁，而且足以产生动摇明朝根本的长远影响。"

范文程说完，诸贝勒、大臣都对皇太极和代善的计划有了深刻的认识。别的汉臣都就自己在明朝时的体验，分析了明朝的军队情况。他们说明军大多很注意保存自己的实力，很少主动前来迎击或者支援友军，所以很利于各个击破。

战略很快就定了下来，各旗开始了紧张的准备。

五月二十二日，皇太极率大军离开沈阳西行。当天就渡辽河到达都尔鼻，迎上了带兵来会的蒙古军。

在这里，皇太极对部队做了进一步的调整。为便于长途奔袭，令各旗以骑兵为主。

行军途中，他又陆续地把八旗人马分成四路。

六月二十日，命德格类率军一支进独石口，会大军于朔州。

六月二十三日，遣代善率他的儿子萨哈廉、硕托入得胜堡。

七月五日，令阿济格、多尔衮、多铎兄弟率军入龙门口。皇太极自率一支从尚方堡入塞，经宣府趋应州（今山西应县）至大同。

到了七月八日，后金的军队已经全部突入内地了。

在大同附近，他又召开各路军主将会议，再次指明这次进兵，仍不在于得城池、占土地，主要目的是抢掠明朝财富，消耗明朝的经济和军事实力。

对城镇能取则取之，一时攻不下也不恋战，绕开转攻别处。他还令各旗组织了运输大队，把抢掠得到的大量财物陆续地运回后金。

任务明确了，他们的行动便更为灵活。

皇太极逼近宣府，被明军的大炮轰退，他就转攻应州，夺取后抢掠两天又自动放弃。

阿济格一路，从龙口一入边就攻龙门，受阻后就转攻保安州（今河北涿鹿）。

西路代善父子入边后，即攻怀仁县，没攻下，立刻转向井坪（今山西平鲁）。两天没攻下，皇太极就指示他们攻打朔州附近的马邑。

东路的德格类入边后攻陷了长安岭，抢掠后又攻赤城，在那里被阻，便奔安州，转赴应州和皇太极会合。

因为是长途奔袭，后金军不可能带着很多大炮和攻城器械，所以一见明军的城坚炮利就赶紧绕开。

2

六月上旬，当皇太极行经察哈尔西进时，明廷就得到了急报。

崇祯立刻把有关廷臣找来，但没有商量出应对的好办法，因为这时全国到处是农民起义，犹如烈火熊熊。特别是云南、两广、山西等地更为炽烈。高迎祥、李自成、张献忠等部已经使明朝剿不胜剿，势如搏牛。他们实在抽不出更多的兵力去堵挡皇太极的大军，只能指示地方部队严防死守。

几天内，崇祯就发了十几道敕书。如指示宣、云等处"尤宜严备、固守"，如被逆贼攻破守官将"立置重典"。旨令虽严，但地方官只能就其力而为之。这几年他们已被起义军弄得身疲力竭，根本无力应付大的事变。后金军一到，他们能守则守，不能守则跑。当然，为明朝死节的也很不少。如保安州知州阎生斗城陷，不降，死之。吏目王本立、训导张文魁、生员姚时中俱死。守备徐国泰、妻妾及全家十三口皆殉……

又如在灵丘，知县蒋秉采募兵坚守，力屈、众溃，投缳而死，阖门殉之！

他们正如宋文天祥所说："读圣贤书所学何事？而今而后庶几无愧！"在国破家亡时，中国的士大夫是不太吝惜自己的生命的！这一点，皇太极曾多次领教过的！

第二十一章　金汗再进塞　古刹遇故人

兵部尚书张凤翼在给皇帝的上书中提出了一连串的质问："敌人至边墙才发觉，那么侦探者干什么去了？""任（后金）游骑之抄掠，无能设伏歼除，所谓训练者安在？无事则日缺饷，有警又自处无兵，组练无闻，只动呼吁，所谓精锋者又安在……"

他的上书给崇祯的震动很大，他把这些问题，又转问身边的阁僚们。

阁臣们看到皇上那着急的样子，不得不说实话。有的说："地方官并无多少兵权，多少有点保土安民的部队，也很少训练。"有的说："后金兵如狼似虎，每到一地就烧杀抢掠，无所不用其极，所以，官民都闻风丧胆，哪里还谈得上抵抗？"

这些话说得崇祯灰心丧气。

大学士王应熊还给皇帝举了个例子。他说：八月初，后金一支只有二十来个人的小部队，竟掳掠了山西崞县妇女小孩千余人。在经过代州城下时，被掳的人望见城上自己的亲人，相继悲啼，惨不忍闻。城上的守军竟不发一矢，任后金军从容而过……

崇祯帝听到这里，气得面色发白，跺着脚对阁臣们叫道："这是真的？大明的官兵竟让逆贼如入无人之境？你说，你敢说这是真的？"

王应熊赶紧给皇上跪下，一边叩头一边说："皇上，臣下不敢有半句虚言！还有比这更令人发指的呢！"

"说，说，你给朕说！"

王应熊说："崞县陷落后，后金兵将城中财物搁载三百余车而去。过了几天，地方官却向朝廷报告说：'经军民浴血奋战，歼敌无算，现已收复此城！'……"

崇祯帝腾地站了起来，瞪圆眼睛想说些什么，可是张了几次口，终于张口结舌，一句话也没吐出来。只浑身颤抖得像风中的树叶。

太监上前扶住皇帝，慢慢地回宫去了。

大臣们不敢走散，只好呆呆地等在乾清宫里。等了好久，大太监李顺成回来对他们说："皇上好些了——你们这些大人，真是不知存事，那些消息怎能对皇上说起？"

王应熊说："公公，边塞大事，臣下怎敢隐瞒？"

"那算什么大事呀，"李顺成撇撇嘴说，"那些金兵也不过就是抢点东西，抢得拿不动了，自然就会回去，有什么大不了，值得你们烦扰皇上！"

阁臣不敢说什么了，就问他们是不是退下？

"你们惹了事，就想一走了之？皇上有谕：像崞县那样的事还有多少？凡类似的文官武将一律治罪，由兵部核实上闻！"

崇祯帝被气病了，他躺在寝宫中，几天不上朝理事。可是，他究竟还是个想做事的皇帝，就叫身边的悦妃到乾清宫，把这几天的奏章拿给他看。

悦妃原是个小宫女，一次，崇祯闷闷地独步宫苑，听到假山那边有女孩子的嬉戏声，就急步走了过去。他想：如今山河破碎，硝烟弥漫，竟有人如此张狂，而管宫苑的敬事房干什么去了。

转过假山，他大喝道："你们闹腾什么？早晚把国家闹腾完了，看你们到哪里去！"

一看皇上来了，一群十多岁的宫女吓得要死，齐刷刷地跪倒在皇帝面前，瑟瑟发抖。

"你们是哪个宫里的？竟这么不懂事！"

她们没一个敢说话，只是嘤嘤嘤嘤地哭。

崇祯想：这些女孩儿一定是新选来的，要是早一两年进宫的女孩，即使是遇到再怕的事也绝不敢在皇上面前落泪——他有点可怜她们了，令她们起来……

听说这里出了事，李顺成慌忙赶来。

"他们是新选来的吗？"皇上问。

"是，皇上。"李顺成答道。

"她们进宫多久了？"

"回皇上，她们进宫半年多了，经过训练已经懂得宫廷礼仪。"

"朕不是说过多次吗，"崇祯皱起眉头，"如果不是急用，不要再选民女进来，你们怎么不听？"

"回皇上，"李顺成有一套伺候皇上的经验，那就是他越发怒，你就越笑脸相迎，他越觉得事关重大，你就越轻描淡写。"这不是宫中的女人不够用嘛——三朝先帝那里的几位太妃都还年轻，她们可都不愿省事，总想铺排一些。前些日子跟我要人，我哪有的给她们呀，迫不得已就又招了几个……"

"她们的仆妇、侍女已经够多了。在这国难当头的时候，要注意遇事俭省……"

"是，皇上……"

"这事，你不用管了，朕去对她们说。"

"谢皇上体谅臣下……"

"这些女孩就发点盘缠，送她们回家——谁家的孩子都是心头肉，选进这深宫大院，人家能不牵挂吗？"

"是的，是的。恕臣下做事不周，没有很好地领会皇上博大宽仁的胸怀。臣下这就按皇上的旨意办——可是她们如果有人不愿意离开这儿呢？"

崇祯想了想说："朕亲自来问她们……"

李顺成令十几个女孩儿排成一行，等待皇上询问。

"朕的臣仆把你们选进宫来，实非朕的本意。"崇祯说，"现在朕问你们，是愿意留在宫里呢，还是愿意回到你们父母姊妹身边？"

女孩儿都垂着头，没一个人说话。

"你们不敢说话吗？那就这样……"崇祯回头看了看李顺成等几个太监，"你们走开，别妨碍她们说自己意愿！"

"是。"李顺成等走开了。

"好了，他们走开了，朕等待着你们回答。"崇祯温和地说，"不要害怕，要是不敢说话，就……这样，愿意留下的就点点头，不愿意留下的就摇摇头……现在开始吧。"

崇祯等了好一会儿，她们陆续地点了头。

"你们都愿意留下吗？"崇祯问，"你们不想念自己的父母吗？"

女孩儿们都哭了。

崇祯感到很困惑，不知怎么办好。

这时一个女孩儿说话了。"回陛下，我们家里大多很穷，吃不上饭，穿不上衣。有的父母都饿死了，亲人们都以为我们找到了活路。再说，家里人都是收了朝廷的钱的。"

原来是这样！崇祯摇头叹息。

"是朕不好，没有给你们一个温暖富裕的家。这样吧……为你们花的钱，朕就不准他们要了。谁愿意回家就回家，有想好了的就对朕说……"

崇祯觉得在这里耽搁的时间太多了，就想往回走。

忽然，刚才说话的那个女孩儿向前走了几步说："皇上，要是有话说，到哪里去找皇上呀？"

崇祯又停住脚步，回头看了那个女孩儿一眼，就这一眼，使崇祯心里震了一下。于是他又端详起那个女孩儿来。

她面容姣好，有点不同凡俗，选进宫里来的妃嫔大多模样儿不错，可是这女孩叫他心动的好像是别的什么，他一时说不出。皇上望着她那一尘不染的澄澈的大眼睛问："又是你说话，你不怕朕吗？"

"还没见到皇上时，说起来就怕，可是今天见了皇上，就不怕了！"

崇祯觉得她说得有意思，就不再想那些堆积在御案上的奏章和那些没完没了的烦心的事了。

"说一说，你是怎么想的？"

"臣妾……"

"不要说'臣妾'，就说你……"

"好吧，皇上，自从见了皇上后，我就觉得皇上是个好人，善良的人，是个一心要把国家治理好的人！只是皇上太累了！"

不知怎的，朱由检抑制不住，一下子就落了满脸泪！

看到皇帝哭了，女孩儿们吓得魂飞胆丧，又一起跪了下去。

面前的女孩儿也要跪，却被朱由检一把拉住了。

"来，给朕擦擦泪！……"

女孩儿犹豫了一下，用手里握着的纱帕轻轻地给皇上抹着脸。

"你……给朕说，你叫什么名字？"

"回皇上的话……"

"不要这样对朕说话，就直接说你的名字！"

"是！……我姓柳，叫柳眉儿，要是皇上嫌不好，就给我另起一个……"

"不，不，这名字很好，很好！"崇祯说，"自从朕登基以来，为了大明江山殚精竭虑、宵旰难宁，还没有人对朕说过你说的那些话！怎么一个从未谋面的女孩会这样理解朕呢，莫非是上天把你送来安慰朕的吗？"说着，他的泪水又下来了。

朱由检的心里是多么孤寂呀！

"皇上，别哭了。"柳眉儿对着崇祯的耳朵小声地说，"叫她们看见会笑话您的……"

"是，不哭，朕不哭了！"皇上抬起头，对那些仍然跪着的女孩儿说，"你们都起来吧，朕把你们的伙伴领走了。你们有事就去找她，找到她，也就找到了朕！"

他携着柳眉儿的手回宫去了。

朱由检才二十多岁，可是已因操劳军国大事身心交瘁。过去见过他的人都说他变了相。那曾经风姿英发的身材、面貌已大大改变。肩背有点佝偻，两腮松弛，两个眼袋垂在无神的眼下。登上乾清宫的十几道台阶就气喘吁吁。他早就对房事没丝毫兴趣了，几个想亲近他的后妃都被他赶走……

可是，这个柳眉儿竟然使他有了久违了的欲望，一连几夜，他都把她留在身边。

"您别老这样……"

"怎么，你不愿意侍奉朕吗？"

"绝不是，我是怕您身子垮了……"

"柳眉儿，再……只一夜。"

半年后，崇祯下诏把柳眉儿封为悦妃，要她整日陪在他的身边。

悦妃来了，她到乾清宫给皇上捧回来许多奏章。崇祯翻看着。这些奏章有的是云贵地方剿贼的捷音，有的是江南稻谷丰收的喜讯，还有的是某处地方出现的祥瑞……

"悦妃，这些奏章是你自己拿的吗？"

"不是，是李公公给拣出来的……"

"你去把李顺成拣剩的给朕拿来！"

"……是。"柳眉儿迟疑地走了。

她到乾清宫时，李公公已经离开，她就把御案上所有的奏章都抱来了。

崇祯歪在御榻上只看了几份，就一跃而起，抱着悦妃嚷着："不得了啦，后金贼如入无人之境，在州府台堡之间往来穿梭，大明的将帅竟无一人能够堵挡他们！"说着他就往外走。

"陛下……"柳眉儿上前抱住皇上，"去哪里？"

"朕要去部署退敌，要和大臣们商议国事……"

"皇上，可不要急躁，大明江山千万里，什么样的人才没有呀？只要把他们找出来，依靠他们，大明就有希望了！"

"朕会像你说的那样做的，朕有能力识人，就像一眼看出你一样！"

崇祯和廷臣议论了半日，结论是宣、大地区的军队不顶用，连下几道敕令，调宁远总兵官吴襄、山海关总兵官尤世威率军两万分道驰援大同。

同时，京师宣布戒严。

3

后金各路大军陆续会于应州。

在代州攻克后，皇太极令在这儿稍做整顿，然后分路出击。东路至繁峙，中路至八角，西路至三岔。

八月十三日，皇太极也离开应州向大同挺进。在这里他遇到了崇祯调来的吴襄和尤世威的部队，展开激战。相持五天后，吴襄部败北，可是尤世威守住了北门。皇太极始终未能完全占领大同。三天后，他率军转攻西安堡。攻克后大抢一番，又奔阳和……

其他诸路军马先后攻克灵丘、崞县等城。在忻州，后金军遇挫，他们就撤兵至保定竹帛口，城破，守军千总张修战死，后金的将军巴都礼也身殁，双方互有胜负。由此看来，只要明军奋勇迎战，后金军人马再多也会淹死在明军的汪洋大海中。

在大同时，皇太极曾向明总兵曹文诏提出议和的建议，在这里的明朝代王的母亲杨氏也有意与后金方面和谈，于是双方的代表往来于途。

皇太极认为与袁崇焕谈判虽无成果，但赢得了时间，从全盘来看，还是很有利的。在这儿他又想使用这一手。

可是，曹文诏也想用和谈来保一方平安。当吴襄、尤世威的大军一到，他就变卦了，他发了公开信，策动后金军中的汉人、蒙古人起来造反投明。

皇太极十分生气，但在明大军面前一时不能取胜，就到阳和去了。

在阳和，他又举起议和的旗帜，要明将张宗衡出城谈判。张宗衡不理他，但也没有公开拒绝。皇太极一连给他写了几封信。信中说："我后金大军入境几近两月，蹂躏禾稼，攻城略地，大明竟无一将出而对垒，或敢发一矢者！"

他的这话实在是自吹自擂。自入境以来，后金军虽无很大的损失，但也绝不是所向无敌。大小战争也打了几十次，有许多城镇未下，也有许多明将捐躯。

皇太极很有耐心，他在阳和等了几天，希望张宗衡献城投降。

这天，随军的汉官宁完我看他一时无事，就对他说："大汗到周围看看吧，这里的风景还是很不错的。"

皇太极问："有什么可看的吗？"

第二十一章　金汗再进塞　古刹遇故人

"城南有一小山，山不高，但峻嶒峻奇，很是可观。"宁完我说，"大汗何不去游览半日呢？"

皇太极想想竟同意了。

下午，公事完竣后，皇太极就在宁完我等几个幕宾的陪同下，带了一小队护卫进山了。

时节正是八月稍晚，暑热已过，秋风乍起，碧空无垠。人间的腥膻竟无碍自然的美艳。遥望山上的树木，红的如火，黄的似金，掩映于清泉怪石间，在西沉的阳光中犹如神仙境界。

他们离开了殊死的争战，顿感心旷神怡。也许都在默默想着心事，谁也没有说话，只听得马蹄哒哒，秋叶飒飒。

到了山前，皇太极勒住马缰说："宁先生，这样清静、圣洁的所在，咱们不该来打扰的……"

"大汗，既然已经来到了，进山看看也无妨。"

"不知咱们的军队进来过没有？应该下一道命令，不准军队践踏山林！"

"大汗，过几天，我们就要走了。"宁完我说，"——大汗爱山林，爱民众，足见宅心仁厚。可是，这么美好的江山，已被明朝的昏君贪官作践了个千疮百孔。等咱们大金统一寰宇，再来重整山河吧！"

皇太极点点头。

宁完我有点才能，但他更大的才华是媚上嫉能，在皇太极时代因为有范文程等老谋臣的压制，他还没有充分显露出来。

进山后，只有一条羊肠小道。因为战争，周围村庄里的人大多逃散，大概很久没人进山来了。荒草蔓延，林莽纠缠，那小道不多远，也就淹没不见了。

这时几个近侍怕在这荒僻的山中出事，就劝大汗回营。

正踌躇间，忽闻钟磬声袅袅传来，他们驻足倾听起来。

"附近大概有座庙宇……"皇太极小声说，好像怕打扰了什么人似的。

宁完我看出皇太极的意思，就说："大汗可在这里稍等，我转过前面的山角看看。"

皇太极说："天色还早，咱们就一齐再走几步吧！"

在草莽葛藤中又行走了二里许，那钟磬的泠泠声更为清晰，像细细的泉水，洗濯着人们的脏腑。转过山角，他们果然就看到了一座宝刹。在树木的掩映中，只看得到几道青灰色的瓦脊。

"咱们还去搅扰庙宇中的世外之人吗？"皇太极勒住马，目不转睛地望着那块有点神秘的清修之地。

"我劝大汗到那儿看看，那小刹就近在咫尺。"

他们又往前走，来到了庙门前面。门拱不甚高大，却给人一种轩敞的感觉，上面有一蓝地金字的匾额，三个隶书大字是：青梅庵。

回头望望小庵周围，的确是梅树簇拥，遥想冬日来临时，这里白雪红梅，当是另一番引人入胜的景象。

"宁先生，庵庙，大概是尼姑静修的处所吧？"

"大汗，一点不错。"

"那样，咱们就更不能进去了！"

可是宁完我这个浮浪子弟，却很想进去看看那些削发为尼的女人，他说："大汗，不然。在凡世间，男女间要严守礼法，授受不能亲，但出家人就可不遵这些俗念了。当今战乱频仍，她们出家人一定有许多不同常人的看法，听听她们的说法也是有趣的！"

他们正踌躇间，庙门开了，一个十多岁的小尼走出来。她手里拿着竹帚，想是出来清扫的，可是，一见门口拥堵着这许多军士，吓得叫了一声，就扔了竹帚跑回去了。

皇太极说："咱们无端惊扰了出家人，真是太不应该！——我看，咱们还是快快离开吧！"

"大汗，这时越发不能走开了！"

"为什么呢？"

"得给人家解释一下呀，不然，她们还以为咱们是些图谋不轨的人呢！"

"说得也是，"皇太极说，"那就烦先生进去说几句吧！"

"那就不如一同进庵观光一下了。"

他们正说着。一个年龄稍大些的尼姑出来了。她看了一下面前的几十个后金军人，就挺着右掌，低眉顺眼地说道："阿弥陀佛，本处乃静修圣地，与凡世无涉，施主们还是尽早离开吧！"

皇太极听她的声音有些耳熟，就端详起面前的尼姑来，虽说时过三年，但他还是认了出来。"春颖，是你吗？"

"施主，这里没有什么春颖，小尼法号颖悟……"

第二十一章　金汗再进塞　古刹遇故人

"春颖，你竟然在这里出家了？你看不出我是谁吗？"皇太极下马走近尼姑，着急地叫道。

"施主，您认错人了！"说着尼姑就要回头走进山门。

可是皇太极不顾一切地把她拉住，说："我才不管你是什么颖悟呢，春颖，抬头看看我，我是皇太极呀！"

这时，春颖实在无法装下去了，把她的法帽一摘，立刻从她的头上泻下几股青丝。她笑着说："大汗，你还是追到这里来了！"

"冤枉，冤枉，今天偶遇，实在是巧缘！"

宁完我走上前去，把后金第二次发兵征明，他劝大汗游山的事说了一遍。拊掌笑道："大汗说是巧缘，一点也不错。这全然是上天的安排！"

"春颖，遇到了你，就等于遇到了容俏小姐，你得领我去见她。"

"那可不行，"春颖说，"小姐现在是容越师太，她是绝不会见你的！"

"那我自己进庵去找她！"说着皇太极把马缰扔给身边的侍卫，就要往里跑。春颖赶忙拦住他。

"大汗，虽说您英勇善战，如入无人之境，但我佛圣地，您还是不能擅入的！别进来，阿弥陀佛！"

"别给我来这一套！"皇太极有点急了，"你连头发也没落，还算佛门弟子吗？你呀，只能算是个假尼姑！闪开，让我进去！"

"好了，算您强梁，大明的十几万军队都没挡住您，我，一个小女子能挡住您吗？进来就进来吧！"说着，她头前带路，让皇太极一行人进山门。

皇太极把几十个护卫留在庵外，他和宁完我只带了几个近侍进庵。

走进山门，是一个宽敞的院子。迎面是一座正殿，比起大刹的殿堂来规制当然要小得多，但仍巍巍然有逼人之感。就在正殿的对面，有一巨大的铜香炉，周围有灿烂的鲜花。不像他们见过的尼庵那般被清冷、寂寥所笼罩。

皇太极想：容俏呀容俏，你不过是找了一处避难之所，哪里是出家呀！——你只要还恋着浮华的俗世，就一切好办了！

沿着西厢房的砖砌小径，过了一窄门，就到了后院。

春颖先把他们送到两间净室中，并给他们沏了茶水。把食指堵在嘴上嘱咐道："我去请师太来，你们可不要大声喧嚷呀！"

她轻手轻脚地走了。

师太的清修室在更后一间房子里，春颖走进时，师太正穿了一身劲装练她的梅花刀。这两年，她的功力更有大进，两把刀使起来滴水不漏，就像两条银练把人包裹起来，离她十丈，就感到寒气逼人，远远一看有如雪花飞扬。

春颖咳嗽了一声，表示她有事要找她了，那团银练才慢慢地松懈，终于变成两把冰锋。

"小姐……"

"又是小姐！"容俏斥她道。

春颖伸手把自己的脸庞打了一下，说："你看我这记性……啊，师太，外面来人了。"

"来了什么人？这兵荒马乱的！"

"我也没问清楚，"春颖在编着谎话，"他只说认得你！"

"男人还是女人？"

"是男的……他在客堂里等你呢。"

"死妮子，什么臭男人你也敢往庵里领！——快给我拿百衲衣来！"

春颖从墙上拿下一件灰袍扔给她，说："师太，你可得快点呀，弄不好，客人会闯进后堂来的！"

"是哪个大胆的狂徒敢这样放肆！"

正说着，有两个男人进来了。

"容小姐，不速之客闯进来了！"

春颖故意地嗔他们道："你们真不懂佛家规矩，竟拖着一身污秽踏进我佛净土！"

容俏认出面前是皇太极和他的谋臣宁完我，大吃一惊。但仍装出僧尼的样子施礼道："施主，有何要事，竟闯进贫尼的后堂来？"

春颖忍不住要笑，可是看到小姐仍一本正经，就连忙说："这是我家师太容越师父！"

"容越师父，别来无恙？"皇太极对她行礼，已是满脸笑意。

"阿弥陀佛，贫尼从来不认识施主……"

皇太极哈哈大笑，说："容俏，别再装下去了，上天让我们再次相遇，这是巧缘，让咱们好好地说说……"

"大汗，我已经出家为尼，法号容越。世上已经没有那个容俏了！"

"可是在我心里容俏还活着！"

"不，她死了。在您面前的是尼姑容越！"容俏背过脸去。

"不，她没有死，她就在我面前站着。"皇太极说，"她就是穿上十重法衣，她还是那个容俏！"

"那个世界已不是我的了……"

"你又在说假话，容俏！"皇太极高声说，"你的法衣下面是锁子甲，你墙上挂的从沈阳带回的宝刀，你桌上铺着只有将军才使用的地图，我不用过去细看，就知道那用红黑两色标出的是我军和明军的阵线图……容俏，你一刻也没有放弃那个尘世，你仍在密切地关注着它……"

容俏浑身软了下来，她脱下了百衲衣，把它扔在床上，自己也在床上坐下来。

"大汗，你是来捉我的吧？"

"不是！容俏，绝不是！"

"我不告而逃……"

"那不算错，你要是告诉了我，我还让你走吗？"

"我心里还有个大明……"

"我知道你心里还向着大明，"皇太极说着，向容俏走了几步，"你从小在那里生，在那里长，你如果把大明完全忘了，那还是你吗？那样的人，我皇太极也不会爱惜的！"

"大汗，我逃跑是为了给大明送信，要他们防范您，要他们知道您的意图……我们这样做了，尽管没有起什么作用，在后金的法律上也是通敌大逆之罪，那样，您还放过我吗？"

"是的，那是通敌大逆之罪，"皇太极说，"可是，你还不是后金的子民，我始终没有使你归顺，因此那法律也就不适用于你！谁也不能用这条法律对你治罪！"

"皇太极，我不要您饶恕，我不要您法外开恩！"

"容俏，我懂得你的心情。"皇太极说，"你一直在心里和自己打仗。归顺后金吧，你不情愿，你看不起我们这些化外之人；回大明吧，大明的昏君贪官又使你失望。天地之大，你竟没有存身的地方，于是你就想皈依佛门了。可是，你又不甘心一辈子面对黄卷青灯，内心深处仍眷恋着外面的喧嚣世界……容俏，我说得对不对？"

容俏不说话，可是她脸上的泪水替她把心事说了！

"小姐，你承认吧，承认大汗猜透了你的心。"春颖说，"是上天把大汗引到这里来的……"

"猜透了又能怎样？"容俏说，仍吞咽着眼泪。

"怎样？愿听我的话吗？"皇太极回头看看，那个精明的宁完我不知什么时候早就溜出去了，"跟我回沈阳去吧……容俏，我求你了。"

"回去？做你的俘虏吗？"

"不，是我愿意做你的俘虏！"

"这还差不多！"春颖说，还拍了两下掌，"我们小姐早就想用汉文化征服你们了！"

"春颖！"容俏喊了一声，意思是叫她闭嘴。

"我情愿被征服，所以我才把后金的贵族子弟送到你面前听你教诲。可是后来你还是走了……"

"你知道为什么吗？"春颖忍不住又插嘴了。

"我知道。"皇太极说，"你小姐又落入她自己织的网里了。她是这样想的：我把博大精深的汉文化送给这些满人，不是让他们如虎添翼吗？倒不如让他们仍在混沌愚昧中好！容俏，你读的是圣贤之书，却没圣贤的胸怀。孔子提倡'有教无类'，就是说不管什么人，只要肯跟他学习，他就热心教导，可是你呢，容俏？"

容俏脸上终于有了笑影。

"好了，大汗，您不要再絮叨个没完了，"春颖说，"我们小姐已经信服了您的话，可是……小姐，咱们怎么办呢？"

容俏好久没说话。

"好啦，我也不硬逼你们。"皇太极说，"我在阳和等你三天，如果你们想好了，就下山找我，如果三天内见不着你们，那就……后会有期了！"

容俏仍沉默着。

皇太极又站了一会儿，就出门去了。

4

容俏把袁崇焕的衣冠和部分肢体安葬后，就离开了京师，一路含着热泪向西走去。春颖一遍又一遍地问她："小姐，该想想到哪里安身了，不能老是走，老是走……"容俏说："走吧，什么时候脚下无路了，咱们就死在那里！"

"好吧，"春颖说，"反正我这一辈子就交给你了，你要死，我也不可惜这条小命！"

那时节，真像皇太极所说的：天下虽大，却找不到一处容身的地方。

后来她们走到大同，见到了一处很大的寺院，她们在山门下蹲到晚上，不见一人出来。春颖摸进去，遇见了几个尼姑，春颖说，她和主人是逃难来的，想找点东西吃。她们便领她去见一位老尼。

老尼法号清严，有八十多岁了，羸弱得已经走不动路，两条白眉盖到眼下。她用细细的长指甲把眉毛拨开望着春颖。当春颖给她磕了头，向她说明了来意后，老尼说："叫你的主人来吧，你们来到小刹，就是有缘，饭有你们吃的！"

容俏、春颖在庙里住了几天，听老尼慢言慢语地对她们讲解佛学大义，容俏便产生了出家的念头。她把自己的愿望对老尼说了，求她给她们落发。

老尼说："阿弥陀佛，我佛讲究的就是慈航普度，只要虔心礼佛，谁来我们也不会拒绝。但，我现在不会给你们落发……"

"为什么呢？"容俏连忙给清严师太跪下，她说，"大师是怀疑弟子的诚心吗？——我观大千世界，无一处不是污秽，只有这里还算是一片净土。我们想把自己的灵魂安放在大师的坛下……"

师太笑笑说："佛门给一切人敞开着，怎会拒绝你们呢？我从来不怀疑任何人诚心，就是一点诚意也没有的人，只要和我们一起礼佛，又有什么要紧？——在不远的山中，我们有一处小庵，十分清静安宁，我请两位施主到那里去住着，替我清扫看管，如果三年下来，你们仍然一心皈依佛门，那时，我将令徒儿给你们落发……"

于是她们来到了青梅庵。

两天后，容俏和春颖下山了。

山下有一小队人马，见了她们就躬腰礼敬。春颖问他们是什么人，他们答道："大汗要我们在这儿等候，三天后再撤走。"

"你们的大营还远吗？"

"不远了，只走一个时辰就到。"

八月二十七日，皇太极率军离开阳和，闰八月四日，攻下了万全左卫。杀守备常汝忠，歼灭明军千余。七日皇太极下令班师。后金大军从尚方堡出塞。因为接收、处理察哈尔的余众耽搁了一些日子。直到九月十九日，已经是初冬了，他们才回到沈阳。

皇太极率军第二次远行数千里入塞，"历五十天，杀掠无算，大获全胜"。在大肆抢掠之后，满载而归，给大明以极大的震撼。虽然，皇太极"严令军士烧杀"，可是他们的目的既然是抢掠财物，怎么会不给当地人民造成巨大的灾难呢！

明朝军队的纪律也很坏，从各地来援大同的人马，也趁机搜刮百姓，弄得周围的村镇十室九空。王应熊上书说："……彼（后金）利金银玉帛耳。田禾未损。援兵屯城西，刈禾牧马，民甚苦之……"

第二十二章　纳妃听谏言　兄弟免阋墙

1

天聪八年（1634 年）深冬，塞外奇冷。几尺厚的大雪把山河、城镇都封住了。在这样的天气里，宁锦一线是没有战事的，大明的军队绝不敢出来袭扰。通往蒙古科尔沁以及漠南的道路也杳无人迹。一切都停顿下来。

后金人藏在温暖的家里正在过着一个心满意足的冬天，尽情地享用着刚从塞内抢掠来的大量财富。热烘烘的火墙，烧得正炽的火炉，一家人一边拉着家常，一边展望着明年更好的日子。他们都盼望着大汗带他们再次深入中原……

后金贵族中只有两弟兄在叹气垂泪，那就是多尔衮和他的弟弟多铎。

他们都住在他们的哥哥、十三贝勒阿济格的贝勒府中。

多尔衮这年二十三岁，多铎也二十一岁了，他们跟随皇太极几次出征大明和蒙古，都立下了卓越的功勋，受到了大汗的多次夸奖和赏赐。可是因为都没有结婚，按年龄来说也没有到分门立户的时候，大汗要他们和哥哥阿济格一起过。

阿济格把最后面的大院分给了他们。

多尔衮在临大街的墙上开了门，安了栅栏，出入很方便，就像另立了门户似的。

他们三人虽是一母生的亲兄弟，可是在感情上多尔衮和多铎似乎更亲近些。阿济格年纪大几岁，他萨尔浒战役时就跟定了皇太极，成了他的亲信。母亲的殉葬，皇太极的夺位，其中的似有若无的内情，好像对他没有多少影响，多尔衮、多铎和他说起来，他连听都不耐烦，几句话就把他们的嘴封住。

"我的兄弟，我劝你们别听那些有影无踪的事，"阿济格说，"现在的大汗是皇太极，咱们就忠心于他，好好地为后金建立功勋吧！"

听了他的话，多尔衮就不想再说什么了，可是多铎还是忍不住，他叫道："哥，连自己的亲额娘都不知怎么死的，不窝囊吗？"

阿济格说："哪朝哪代也有许多这样的事，谁追究谁就倒霉，聪明的办法就是承认当前的一切，咱们可不能再惹事呀！"

可是多尔衮和多铎还是满怀怨恨地常常谈起心中的愤懑。他们心里有许多"如果……"，要是那些"如果"实现了，后金的今天就绝不是这样！

几年前，当多尔衮从阿敏的嘴里知道额娘殉葬的真相后，回家告诉了多铎，从那时起，他们就常常相对而泣。

随着年龄的增长，他们也就更怨恨。

"哥，看到了吗？皇太极已经把四贝勒共同执政，逐渐改成他唯我独尊了！"

"那有什么办法……"多尔衮叹口气，"那个阿敏本来就该死，莽古尔泰呢，和阿敏是一丘之貉。他也不会有所作为的。"

"代善只是一个劲地顺着皇太极，是个颟顸无用的人！"

"他才不是个颟顸人呢！"多尔衮说，"他知道怎样保护自己。另外，皇太极也需要他。代善是族长，是统领爱新觉罗一族的人，大汗也离不了他！"

"那，皇太极为什么还整他呢？"

多铎是指最近代善被皇太极训斥的事。

代善对人对事，都没有坏心思，在亲族间还做了许多好事。但他有点自私，曾经为和儿子争夺财产，受到父汗努尔哈赤的责罚，也曾因接受大福晋的一点东西，闹得连太子位也丢掉了。他的老毛病却还是改不了。皇太极虽是他拥立的，他也尽心地辅佐大汗，可是他事事想和皇太极攀比。一天他自己牵着马，腋下挟着马鞍去见大汗，皇太极问他："你的正红旗就没有卫从之人？为什么窘迫到这个地步？"代善反唇相讥道："我哪有像你那么多的卫从！！"皇太极听出他的意思，是嫌分的护卫少了。皇太极就把自己的卫队拉出来叫代善数一数。

代善数来数去，大汗的卫队人数还没有自己的多，就低下了头。

皇太极很生气，当众训斥他说："我每想起先大汗的子侄时，心里就难过。他们都没了，只有大哥还在，就礼数周全地敬着你，可是你也得自爱呀，给小一辈的人做个榜样呀！"为了这件事，皇太极把代善的侍卫由二十人降为十八人，还罚了他一部分薪俸。

多尔衮说："代善犯的过错越多，皇太极就越高兴，他可以借机降低代善的威信，以后代善就更听他摆布了！"

多铎说："可是你也很听皇太极摆布，我看你在他面前毕恭毕敬的样子，就替你害羞！"

"你这就错了，多铎！"多尔衮说，"当山鹰的翅膀还没硬的时候，你就得慢慢地积蓄力量。其实，我恨不得现在就宰了他，把汗位夺过来！现在咱们两人才有正白和镶白旗，而他一人就拥有两黄旗，除代善的正红旗外，别的三旗都是他的亲信掌握着。多铎，咱们得耐心地等待呀！"

"是得等待……"

"另外。咱们努力立功，努力提高威望，也是为自己的将来着想呀！——我听布木布泰说：皇太极就要派兵到蒙古去追剿林丹汗的余众，我想把这件差事争到手。"

"我听说豪格也想领兵前去。"多铎说。

豪格是皇太极的大儿子，比多尔衮还大三岁。从小跟着皇太极出入战火纷飞的战场，立了许多功勋，现在，他已经自领镶黄旗了。可是这人沉不住气，老是欺负小兄弟，俨然以太子自居，多尔衮早已暗暗地把他当作敌人了。

"你放心，皇太极很听布木布泰的话，她会为我争取到的。"

"哥，你和布木布泰的事怎样了？"

"别问了，这也是我的一块心病……"

"怎么啦？"多铎还是问了一句。

这类事情就是这样，别人问起来他会伤心，要是没人问，他却恨不得对人说说。

"布木布泰是我的！"多尔衮恨恨地说，"一想到她在皇太极的床上，我就想发疯，这也是我和皇太极难解的仇恨之一！"

"哥，那可不干皇太极的事，是科尔沁的贝勒派吴克善将布木布泰送来的，又是父汗主婚的……"

"是那样……"

"布木布泰对你怎样？"

"她也是为我活着，多铎，要不是有布木布泰在皇太极家，我是绝不登他家的台阶的。"

"哥，以后我听你的，你说怎么干，我就怎么干！"

"好呀，我的亲兄弟！"多尔衮拥抱多铎，脸贴着脸，让热泪流在一起。"后金，我要！汗位，我要！布木布泰，我也要！"

2

从大明内地回沈阳后，皇太极的身体老是不太舒爽，肩背部觉得又硬又痛。召太医看过，他们说是劳累过度所致，开了几服药，吃了也没有见好。他把太医都叫来，把他们训斥了一顿，说他们是一群废物，白吃国家的俸禄。

太医们跪在地上一声不吭。

这时有个年轻医生抬起头来，说道："大汗的病没什么要紧，只是脊背那儿血肉僵成一块了……"

"那怎么办呢？"

"如果找一个十多岁的孩子，在大汗的背上踩一踩，也许就好了！"

听了年轻太医的奇怪疗法，皇太极气坏了，他厉声斥道："滚，滚！"立刻下令敬事房把他革职赶走。

他的肩背还是疼痛不止。这天，批阅奏章时，连笔也握不住了，在宫里焦躁地走了几圈后，忽然想起那年轻太医的"处方"，就走出宫去……

"那小子出的方子虽然奇怪，何不试一试？——那么，找哪个孩子呢？"

他一边想一边溜达，就走到布木布泰的永福宫去了。

"大汗吉祥！"在门外迎接的侍女苏末儿喊道。

接着，布木布泰笑脸迎出来说道："奴才迎接大汗……"

皇太极一手揉着肩膀，一边在靠墙的椅子上坐下。

苏末儿奉上香茶，布木布泰把一盘新鲜的水果摆在大汗面前。

皇太极说："别忙了，我什么也不想吃！肩背的疼痛就搅得我坐卧不宁了！"

"找太医看过吗？"

"别说那些狗东西了！"皇太极气呼呼地说，"光知道拿国家的俸禄，到时候没一点主意。"接着他就把太医的诊断说了一遍……

没想到苏末儿连忙说："大汗，那小太医说的也许能行呢，我们那地方就有这样的治法，大汗何不试一试！"

布木布泰连忙给苏末儿递眼色，嫌她多说话。

可是皇太极说："是呀，我也想试一试，可是几个小孩子都不在。"

布木布泰说："哪个孩子有那么大的胆量，敢在大汗的背上乱踩呀？"

皇太极打量着布木布泰，忽然说："布木布泰就你来吧……"

"呀，我可不敢……"

"你怕什么？你是我的妻子，身材细巧，手脚轻盈，你来，比谁也合适！"

布木布泰不敢推辞，可也有些作难。

"苏末儿，你出去吧，从外面把门关上，你没看见侧福晋害羞吗！"皇太极吩咐道。

苏末儿走后，皇太极把上衣脱掉，卧在床上。"喂，布木布泰，上来吧！"

"一个女人在大汗背上踩来踩去，多不好看呀！"

"有什么不好看的？快来吧……"

布木布泰想想，只好依他。

她把外衣脱了，又脱去了鞋袜，光着脚丫上了床。

"大汗，我要踩啦？"

"你犹豫什么？踩，快踩！"

布木布泰抬起她那粉嫩、小巧的脚踏到皇太极的背上。为了身体平衡，她扶着床后的墙。"大汗，您受得了吗？……"

"没事，你踩呀，用脚跟，用劲儿踩！"

布木布泰只好照皇太极说的做。

皇太极指挥着她："往左一点，再往左，好，就是那里，最好再往上，往上，对了……踩，猛踩！……"

布木布泰踩了一会儿，皇太极一声也没吭，她有点怕了，就问："大汗，怎么样？这样行吗？"

"布木布泰，好舒服呀！"

"大汗，您竟觉得舒服？"

"是呀，缠绕我多日的病没了，一点也不痛了！"

"大汗，看来您错怪了那位年轻的太医。"

"不，不，——不是他的方子好，是你的小脚好！——把你的小脚伸到我眼前让我看看，快……"

"大汗……"

"你快点！"

布木布泰停住脚，用右脚站着，把左脚伸到皇太极的眼前。

"布木布泰，你的脚真漂亮呀！"皇太极把玩着布木布泰的小脚说，"我只以为把你抚摸遍了，看遍了，可是我却忽略了你的脚！"

"大汗，……你别呀，……你把我弄痒了……痒得站不住了……"

皇太极却不管她怎样，抓住她的脚踝，搔起她的脚心来。

"大汗，你真坏……"她叫了一声，就倒在皇太极身上了。

自那天后，皇太极的肩背病好了很多。于是他就常到布木布泰这里来，找她给踩背，或者给按摩，他们间的感情又增进了不少。

一天，皇太极和布木布泰说起察哈尔的事。他高兴地说："咱们一连三次对蒙古出兵，把那个不想被驯服的林丹汗赶到吐蕃那边去了。过去他对蒙古各部落压榨、掠夺，无所不用其极，现在见林丹汗垮了，各部落纷纷归顺到咱们这方面了。他这叫自作孽不可活！"

"这么说，蒙古那一方算是平定了？"

"也不能那么说，还要去一趟，抚慰一下那些大大小小的部落王爷，给他们分一下主次。这样才有秩序，才可真正把蒙古划入后金的版图。"

"大汗，您的病刚刚好，可不能亲自带兵呀！"

"是呀，我正在考虑这件事。"皇太极说，"那里没有很多的战事了，找几个兄弟子侄去也可以。"

"豪格行吗？"

"他不行！"皇太极断然说，"他只能为将，不能为帅。性情急躁，勇多谋少。我怕他把蒙古的事给我弄坏了！"

"济尔哈朗呢？"

"他就从来没行过……"皇太极摇摇头。

"多尔衮呢？"

"他是把好手，有勇有谋。可贵的是他做事公正、允当。他要是我的儿子该多好呀！"

"他从小失去父母，是在您的栽培下长大的，他比豪格的年龄还小，你就把他当成儿子好了……"

皇太极把布木布泰搂在怀里，皱皱眉头说："如果他不是死去的大福晋的儿子就好了，那样，也许我会真的把他当成自己的儿子……他的心里对我有疙瘩，对阿敏有疙瘩，对莽古尔泰也有疙瘩——他相信了一些传言，怀疑父汗要他额娘殉葬的遗言有假，怀疑是我们几个大贝勒在其中玩了阴谋……"

"是吗？……"布木布泰惊异地从皇太极的怀里坐起来说，"那，是谁这样嚼舌根的？"

"爱新觉罗是个大家族，这里边即使无风也会起三尺浪的！"

"我却从没听多尔衮说起过……"

"他怎么会对你说这样的事？——最糟糕的是，有人传说父汗临死时，曾想把汗位留给多尔衮，并要代善辅政。说得有枝有叶……"

"多尔衮相信了吗？"

"谁知道呢？"皇太极说，"不知心疑了还是怎的，我总感觉多尔衮心怀异端。代善是头大象，有力、沉稳，你不惹他，他总是和善的；阿敏、莽古尔泰是虎，威猛、暴烈，可是他们没有多少心术，只要稍微动点心思就可驾驭他们；可多尔衮是只狼，凶狠、狡猾，不管你怎么喂养他，他都不会驯顺的！"

"大汗想得有点过分了吧？"

"有时，我也对自己那样说，"皇太极说，"布木布泰，你是个聪明的女人，你说我该对多尔衮怎么办呢？"

"这主意我可不敢给您拿……"

"你说说看嘛！"

"如果我有这样的一个兄弟，我就用权力和封号收买他……"

"用权力和封号？"

"是的，像他这样的人，他不稀罕别的，只稀罕权力和荣耀，那就给他，多多地给，同时把他拴在自己的手腕上。大汗，自古以来，有才识的皇帝，骑的是烈马，用的是能臣。烈马能把人摔死，能臣常常图谋不轨，可是他们都能以一当十……我的意思是说，道高一尺，魔高一丈！"

"好一个道高一尺，魔高一丈！布木布泰，我，深受启发！"

"那可不敢！"布木布泰连忙说，"大汗，您只当我胡说八道好了！"

3

天聪九年（1635 年）二月底，林丹汗死在吐蕃边境的消息传来，皇太极在崇政殿召集所有贝勒、大臣，宣布要派遣军队前往察哈尔最终统一那里的事。一、平定蒙古各部落的纠纷，在适当的时候，请他们的王爷到沈阳来朝觐；二、如果有可能把林丹汗的王后、儿子接到后金，给他们封号；三、对那些仍不降顺的军队、部落施以武力……

当他宣布册封贝勒多尔衮为定远大将军统率全军时，整个大厅响起了嗡嗡声。多尔衮喜出望外，激动得脸色发红，他泪汪汪地看着坐在大汗位上的皇太极。

"怎么？"皇太极问，"有人要说话吗？"

下面的嗡嗡声戛然而止。

现在已不是前几年了，那时，坐在大汗旁边的是三大贝勒，他们各有党羽，议事时总是有人说出不同意见。现在，阿敏死了。莽古尔泰被削夺了爵位，没有出席这样会议的权利了。前排只坐着个代善，可是他也被一出出的尴尬事把自己弄得灰头土脸，再说，在这样的场合，他总是顾全大局站在皇太极一边的。另外就是小兄弟和子侄了，他们中的绝大多数是皇太极提拔起来的，他们对皇太极的指示，只有俯首帖耳聆听照办的份儿。

接着，皇太极指定了随征的将军，他们是兄弟多铎，侄儿岳托、萨哈廉，还有他的长子豪格。

散会后，豪格说话了："父汗，我是您的长子……我为什么不能做主将呢？"

"你不能。"皇太极说，"多尔衮是你的叔父。他虽然没有你大，可是他是你的长辈。你要尊敬他，听从他的号令。在这里，我要对你多说几句，你如果做出违犯军令、侮辱长辈的事来，我可不愿要你这个儿子！"

豪格愤愤不平地走了。

准备了几天后，一万名精骑在多尔衮的率领下，向察哈尔进发。

明清之际，蒙古族活动于长城以北东起黑龙江、西抵阿尔泰山的辽阔土地上。

林丹汗是漠南蒙古察哈尔部的首领。他是元朝宗室的后裔，按血统是成吉思汗的嫡系子孙。元顺帝被逐出中原远遁大漠以北后，一个统一的蒙古帝国就分裂成各不相属的许多部落。到了明朝万历后期，林丹汗兴起，他发誓要建立统一的蒙古政权，辽阔的漠南成了察哈尔的天下。

可是，林丹汗的努力终归徒劳。后金起来了，使他无法逞志于东北。另外，各蒙古部落都不愿意臣服于他。他们有的投靠大明，有的归顺后金。蒙古仍然是四分五裂……

努尔哈赤几次派使节去和林丹汗联系，希望联合起来共同对付大明，可是林丹汗不听，还帮助明朝干扰后金与明朝的战争。

皇太极即位后，曾经两次远征察哈尔。

天聪元年（1627 年），受到林丹汗侵犯的蒙古喀尔喀部派使向后金求援，皇太极抓住这一时机，和反对林丹汗的蒙古部落建立了友好关系，然后亲率精骑大破察哈尔军，又联合诸部落连夜进军，一直把林丹汗追到兴安岭。

天聪六年（1632 年）三月，皇太极下令征集各路的蒙古兵再次率师远征林丹汗。十万大军直趋林丹汗的巢穴。不想，林丹汗早得到消息，远逃到西藏去了。皇太极率军穷追，想毕其功于一役。可是他们一直追到遥远的归化（今呼和浩特），也没看到林丹汗军的人影。历时近三个月，才回到沈阳。这次进军，虽然没有捉住林丹汗，可是一度强大的察哈尔已经土崩瓦解，它已经无法危害后金和其他的蒙古部落了。

皇太极亲自到沈阳西门外，给远征军送行。

他拉着多尔衮的手说："我的好兄弟，蒙古的事，我就托付给你了！你要去做什么，心里明确吗？"

"我忘不了大汗的嘱托，我到察哈尔去的任务是：一要解决蒙古各部落的纠纷，尽量请他们的首领到沈阳来晋见大汗；二是找到林丹汗的王后和她的家人，安抚他们，把他们接到沈阳；三是对那些仍然自立山头的人坚决镇压，直到他们归顺！"

"好，好！"皇太极小声说，"多尔衮，我让只有二十多岁的你担当如此重任，是很有压力的，有些人很不服……"

多尔衮眼泪汪汪，这是真诚的泪水。他挺着腰板说："大汗，您放心，我要以自己的功勋让那些不服的人知道大汗没有选错人！"

"有志气！让我们兄弟把父汗留下的后金大业发扬光大吧！"

皇太极和多尔衮紧紧拥抱。

这是极为荣耀的一幕，这天前来送行的有后金的贝勒和大臣，还有沈阳的万千居民。沈阳城外，锣鼓喧天、鞭炮齐鸣，各种旗帜遮没了蓝天。

出征人的妻妾家属按照习俗也来了，他们站在最里面的一圈，眼含着热泪送亲人上路。

多尔衮上马后，放眼四顾，他在寻找一个人。他很快就找到了，她躲在大福晋哲哲的身后，那双黑黑的湿润的大眼睛在看着他。

就在昨天晚上，他们在校场附近的密林里见过面。他们第一次像情人那样紧紧地搂抱在一起。

"谢谢你，布木布泰，我知道没有你，皇太极是不会把这么重要的任务交给我的!"

"你也有能力担当这样的重任呀!"

"我会为你，为后金建立功勋……"布木布泰敏感地听出他没有说"为大汗"三个字。

"多尔衮，我会天天等你，为你祈祷。"

"我也会天天想念你。"

"多尔衮，你瞧皇太极多么看重你这个兄弟呀!"

"是的，他指望我为他建立功勋，"多尔衮说，"不过如若我死在察哈尔，他会更高兴的!……"

布木布泰想反驳他，可是多尔衮把她用力地搂在胸前，使她没法说话。她只能喃喃地重复着三个字："多尔衮，多尔衮。不是……"

忽然，多尔衮把她推开，紧紧地抓着她的肩膀，那样用力，她都感到痛了。

"布木布泰，你告诉我：你是我的，还是皇太极的?"

这问话十分尖锐。在她心里，皇太极是上天降下的大王，他雍容大度，浩气直冲牛斗，而多尔衮是勇冠三军的大将，他只有依附着大王才能建立功勋。可是，皇太极即使是和她相拥相抱，她也觉得他高不可攀；而多尔衮是他的同龄人，是可亲可爱的伴侣……但她已经属于皇太极了! 唉! 多尔衮，只差了一步……

"多尔衮，那还用说吗!"

"那就是说，你是我的? 你虽然和皇太极同床共枕，但你是我的，对吧?"

布木布泰把一只小荷包塞进多尔衮手里，跑了。

多尔衮看了布木布泰一眼，放马走了。

布木布泰，好好地在家里等着我。你的荷包就在我贴身的衣袋里，它贴着我的胸膛。它带着你的祝福，是我的护身符……

4

多尔衮率大军到蒙古去了，也带走了皇太极的心。

他第一次没有参加这样的军事行动，不免有些失落，从而对他在心理上也有些影响：我老了吗？我该坐在宫里指挥别人去干了吗？

察哈尔那边，每天都有战报传来，那短短的几句话，并不能慰藉他的寂寥。

大汗宫后面的花园是他常去的地方。这时正是阳春三月，园子里有苍翠欲滴的草木，也有万紫千红的花朵，可都不能把他从沉思默想中吸引出来。

这天，他又在花园中踌躇。

忽然他听到一声深深的叹息。是谁在附近？按规矩他在踏进宫苑之前，这里的闲杂人等就被宫侍清除干净了，除非她们是福晋和宫女……

又是一声长叹……

他不仅听到了那人的叹息，而且还闻到一种淡淡的女人身上的脂粉香，皇太极悄悄地去寻找了。

没走几步，他就看到了一位少女，婀娜的身材，穿了一袭淡蓝色的衣裙，只在袖口和胸前才装饰了一点鲜艳的丝绦和金钿，显得素雅不俗。

她是谁？在他的福晋、宫女中没有这么个人。

他转到她的面前，把自己的手帕递给了她。

那少女一愣怔，从自己的伤心中醒来，她望了面前的男人一眼，似有若无地惊叫一声，就像被惊吓的小兔一样逃走了。

就在她仓皇四顾、抽身而走的刹那间，她那哀怨的眼睛，她那俊美的面容，她那袅娜的身姿把皇太极的心勾去了。

"她是谁？"皇太极回头问跟随着他的内侍。

"她是科尔沁王爷吴克善的另一个妹妹，永福宫侧福晋的姐姐。"内侍回答。

"啊……"

吴克善一年一次来沈阳省亲，这已成了定例，前天皇太极刚刚接见了他。科尔沁的女人有许多嫁给了爱新觉罗家族，成了联结两大民族的筋脉，仅在他身边就有哲哲和布木布泰。

可是，吴克善并没有提起他还带了个妹妹来呀！

皇太极到大福晋哲哲那里去了。

"哲哲，吴克善还带了你的一个侄女来？"

"是呀，你见过她了？"哲哲端详着皇太极，见他眼睛里有一种异样的光彩。

"见过。吴克善竟没有对我说。"

"说什么，那是个苦人儿。"哲哲说，"她叫海兰珠，原先嫁给了蒙古察哈尔的一个小王爷，可那是个不成才的东西，吃喝嫖赌样样毛病都有，在外面疯够了，就回家打骂海兰珠……"

"现在呢？"

"现在，那坏东西死了，天聪六年（1632年）的那场战争中，他死在战场上。海兰珠回到科尔沁后，就一直唉声叹气的。"

"她自由了，还难过什么吗？"

"在我们那一家里，她比起姊妹来样样不如人呀！今后，她当然还可嫁人，可是找不到像样的主儿了……"

"哲哲，让海兰珠留在沈阳吧……"

"怎么，你又打她的主意了？"

"她，人怎么样？"

"她倒是个知书知礼的贤惠女孩儿，比布木布泰大四岁……"

"那时，你们科尔沁为什么不把她送给我？"

"贪心鬼，那时，海兰珠早就出嫁了，"哲哲笑起来，"要不要我把她叫来见见你？"

"不，不，可别吓着她！"

皇太极当然想见她，可是他不愿按那一套烦琐的礼仪见她，经过那样的礼仪就不好说话了。

几天后，皇太极又在宫苑中见到她了。

这一次是在小湖的旁边。她坐在一块光溜溜的山石上愣愣地看着波光潋滟的湖水。一只小小的水鸟在水面上漫游，它周围的水纹向远处一圈圈地扩散着……

皇太极走过去，坐在她的身旁。

海兰珠回头看了看他。皇太极以为她要站起来向他施礼，如果那样的话，他就按住她。

可是她没有动，就像是对她的同辈似的，只淡淡地说："大汗……"

"我知道你是谁。"

"那还会不知道吗？"

"你竟不给我行礼。"

"你要那一套吗？如果你要……"

"不，不！"皇太极忙把手按在她的肩上，"我不要……"

"我知道你不要，才不费事的。"

"兰儿，"皇太极竟这样称呼她，"你一个人在这里不感到寂寞吗？"

"不。"海兰珠望了皇太极一眼，"一个人如果心里寂寞，她越在人群中就越感到寂寞。"

"你说得对，但，若是改变一下环境呢……"

"我哥哥带我来沈阳，就是想给我改变环境，医治我的心病的。可是你看那鸟儿，它无论游到哪儿，也逃不出那层层的圈儿。"

皇太极听到她的声音有些呜咽，就把一只手臂搭在她的肩上。

"大汗，你想使我更不幸吗？"她没有表示拒绝，却哀哀地说，"你这大汗宫里到处都是眼睛……"

"别怕，兰儿。"皇太极捧着她的脸，转到自己面前。望着她长长的睫毛下面那梦一样的眼睛，"你好美呀，兰儿！"

"不，我不如我的姑姑，也不如我的妹妹！"

"你姑姑哲哲是我的大福晋，她端严方正，雍容大度，我是当作老师敬着她的。你的小妹布木布泰是我的侧福晋，她伶俐乖巧，谨遵礼仪，我是当作珍宝爱着她的。……"

"你还有好几位妻妾呢……"

"是的，我还有几位，她们都头发长见识短，除了对我阿谀邀宠外，她们还知道什么呢，唉……"

皇太极觉得他的手被海兰珠抓住了。

"正如你所说的，一个人如果心里寂寞，即使是他妻妾成群，他也会感到孤独的。"

"大汗，你怎么知道我不是那样的女人呢？"

"我知道。"皇太极把她拥进怀里，"我相信我自己的眼睛，我自己的心！"

"那些福晋也是经你自己看过的。"

"是呀……可是我们爱新觉罗家族在婚姻上首先考虑的是政治，而不是爱。多年来，我在寻找着我心爱的那个她，可是一直没有寻到……"

"现在，你寻到了吗？"

"寻到了，她就是你！"

"大汗，您怎么知道就是我呢？"

"我的心告诉我……"

海兰珠哭了。

"兰儿，你哭什么？"

"大汗……我也觉得你就是我找的那个人，一见面就好似认识了千年，百年……"

就在这天晚上，皇太极向哲哲提出要娶海兰珠为福晋……

"可不得了！"哲哲说，"大汗看不上我这老太婆了！可是你还有布木布泰呀！"

"我很爱布木布泰，可是海兰珠给我的是另一种感觉。你愿意吗？"

"我有什么不愿意的呢？"哲哲说，"她是我的侄女，在后宫里又多了我家的一个人，那不是好事儿吗？"

皇太极又去问布木布泰。

布木布泰像过去一样，对大汗的事总是不温不火，她说："好呀，我姐姐来了，我又多了一个伴儿。"

"你真的乐意？"皇太极看着布木布泰的眼睛，那眼睛里连一丝阴影也没有。

"当然愿意，"布木布泰说，"这样我家就有三个人了，你就不怕我们三个吃了你吗？"

皇太极和布木布泰相拥着笑了。

可是，哲哲最后还是没有同意皇太极现在就娶海兰珠。她说："你们先在一起相处几天，急什么？我还得和吴克善商量呢！"

皇太极明白哲哲的意思。那就是说：你们认识的时间还短，应该再相互了解一下。

吴克善听姑姑说皇太极看上了海兰珠，并要娶她为福晋，喜出望外。"竟有这样的事？不可能吧？要知道海兰珠是曾经嫁过人的呀！"

"你不要大惊小怪的了，那不是障碍。"哲哲说，"这件事是确实的，就不知老王爷怎么想的？"

哲哲指的是她的父亲、科尔沁的老贝勒。

"他还有什么意见呢！"吴克善说，"自从海兰珠回到了科尔沁，全家人就为她犯愁。小户人家，咱们是不屑于理他们的，可是别的部落中也没有一位王爷愿意娶她呀！现在好了，伟大的后金大汗皇太极竟看上了她，这不是上天的意旨吗？"

两个月后，皇太极又向哲哲提出了迎娶海兰珠的事。大福晋同意了。

"大汗，你觉得她和别的女人有什么不同呢？"哲哲问他。

"要我说实话吗？"

"谁愿意听你的假话呢？"

"她和别的女人不同的是，她从不把我当作大汗，只把我当作男人，她心爱的男人。因此我们没有隔阂，两颗心紧紧地贴在一起……"

"有那么好？"哲哲说，"你说的也对，海兰珠在家也是这样，从不囿于俗礼，实心实意地对待别人，就这样，她在婆家才不受待见。"

皇太极派人到科尔沁接来了老王爷莽古思，在清宁宫举行了盛大的婚礼，那规模超过了任何一房福晋。只牛羊就用了上千头，酒水用了上万桶，全沈阳备御以上的官儿都出席了婚宴，据说，那几日沈阳大街上躺满了醉汉。

"皇太极，你有些过分了吧？"哲哲事先就劝皇太极，"这样铺张，别的福晋会怎么想？再者，你把兰兰宠坏了也不好呀！"

"哲哲，兰儿的心中有一团愁云，我要使她感到比初嫁更为风光，把她心里的愁云赶出去！"

可是，兰兰的名分一直没有定下来。

在兰兰来之前，皇太极已经有了六位妻子，皇太极不愿把她排在最末一位，使她感到委屈。可是兰儿又不愿意排在任何一位福晋之前。她说："我不在乎名分，更不愿我来了，让姐姐们感到压抑。皇太极，只要咱们能够在一起，我就心满意足了！"

"你这样想，那名分的事就先放一放，——我先给你的宫殿起个好名字。"

"我不在乎名字，只要你常来……"

皇太极想了想，说："我看就叫'关雎宫'吧！"

"诗云'关关雎鸠,在河之洲',很好,不同凡俗。"

"兰儿,你能理解我的心意就好,我希望无论我在哪里,都能听到你呼唤我的'关关'之声!——那么我给你起个什么名字呢?"

"大汗,你就随便吧,或者叫我兰妃。"

"兰是很清雅高贵的,但不够大气。——我给你个'宸'字怎样?"

"'宸'是指的北辰,即北极星,宸居,那是皇帝居住的地方,我可担当不起!"

"别推辞了,你就是我的宸妃!"

5

进入蒙古后,大军秋毫无犯。途经的各个部落的酋长,都亲自率领臣子及亲属前来迎接,他们盛赞后金大汗的王者之德,表示愿意永远臣服后金,还送给大军许多礼物。多尔衮把礼物全部退还,婉言谢绝了他们的宴请,并说大汗想念他们,希望他们在适当的时候,到沈阳去做客。他们激动得满面喜泪,连声表示接受大汗的邀请。

三月中旬,多尔衮率军过了黄河,那里是一片荒漠。

带着的粮食已经吃完,遥望远处,满眼滚滚黄沙。军队受不了热风的袭击,鼻口发干,起了许多燎泡,每个人的嘴上都血淋淋的。

豪格不想走了,他说:"十四叔,还要往前走吗?"

"走。"多尔衮坚决地说,"大汗给咱们的任务还没完成呢!"

"十四叔,没有粮草,没有水喝,这是一片绝地!"豪格吐一口血说,"昨天又有十几个弟兄死了,还有马呢,它们也受不了这难耐的酷热和干燥,倒毙了不少。再走下去,恐怕连回去也不可能了!"

"豪格,再走一段看看,"多尔衮说,"我就不信这大漠永无尽头。"

"我听当地人说:走进这沙漠的就没几个再走得出去。要不,林丹汗怎么会死在这里呢!咱们可不要步他的后尘呀!"

"豪格,大汗交给咱们三件大事,咱们才完成了两件,还有最重要的一件没有完成,我们怎能回后金呢?"多尔衮耐心地对豪格解释,"对后金来说,蒙古是很重要的,只有一劳永逸地征服了蒙古,咱们才可以放手对付大明。现在,咱们也许离林丹汗的家属只有一步之遥了,是绝不能功亏一篑的!"

豪格不说话了，悻悻而去。

又向大漠深处走了几天，人马减少了近四分之一，不仅豪格不愿意走了，就是岳托、萨哈廉也对多尔衮十分不满，他们暗地里商议把多尔衮捉起来，强制他往回返。幸亏多铎日夜守护在多尔衮的身旁。这时，救星来了。

忽然大漠中出现了几万只黄羊，它们迎着大军的阵线跑来，企图寻找空隙突围。起初，这种罕见的现象使几千后金军呆若木鸡，接着，多尔衮就紧急命令"打黄羊充饥"！

于是，全军一齐动手向黄羊发起攻击，不到半个时辰，他们就捕获了上万只黄羊，多尔衮也得了十几只，一次，他一箭就贯穿了三只！

围捕黄羊，振奋了全军。后金人很早就有生喝鹿血的习惯，羊血虽比不上鹿血好喝，但对他们这些渴得嗓子冒烟的人来说，羊血就是难得的上好饮料了！还有滋味鲜美的羊肉呢。他们收集了干枯的红柳和苔藓，开始烧烤黄羊。大漠上到处飘荡着堆堆烟火和朗朗笑声。

只有豪格的脸色仍是阴沉的。

他说："黄羊不是经常有的。"

多尔衮说："可是你想过吗，豪格，黄羊为什么迎着咱们拼命地冲来？那就是说它们的后面有人，很多很多的人。他们或许就是咱们要找的人！"

豪格冷笑说："但愿如此！"

多尔衮下令把吃剩的黄羊肉带走。沙漠里气候燠热干燥，三天五日羊肉不会变坏。

两天后，他们在一大片绿洲上遇到了正慢慢前行的林丹汗一家。

他们有近两千人，已处于进退维谷的困境。

多尔衮派多铎、岳托等将领前去联系，并动员他们向后金投降。

他们见到了林丹汗的妻子囊囊太后，太后说，他们早就想归顺后金了，只是对横在面前的这一大片沙漠很是踌躇。

当多铎问起他的儿子额哲时，她说："额哲还在黄河那边，额哲也早有降意，只是他身边有几个臣子对他掣肘，使他一时不能做出决定。"

多尔衮迅速做出决定，派忠诚的将领温泰带足口粮和甜水护送囊囊太后一行回沈阳，他和他的兄弟侄儿们率兵继续前进。

四月二十日，他们渡过黄河，星夜疾驰，至托里图，终于找到了额哲。没有交战，这个林丹汗的继承人就率领部民一千余户投降了！

在举行了简单的受降仪式后，就设宴庆贺。晚上，大宴后，额哲请求单独会见后金大将军多尔衮。多铎便把他引到多尔衮的大帐里。

他捧着一个半尺见方的锦盒来到多尔衮面前，他先把锦盒放在脚边，然后就想跪下向多尔衮行大礼，多尔衮忙令多铎把他扶住。对他说："小王爷，不必这样，察哈尔归顺后，咱们就是自家人了，你我都是兄弟。我大汗一定对你大加封赏，说不定你还在我之上哩！"

额哲又把他的锦盒紧紧地抱在胸前。

多尔衮在灯影中端详着这个已届中年的林丹汗的后裔，他有着一张圆圆的脸，嘴上留两撇浓黑的小胡子，不住挤着的两只小眼睛，透露出几分精明。

"小王爷，有话您就说吧。"

"大将军，我和我的国家诚心诚意地归顺后金大汗……"

"王爷，我也诚心诚意地相信您。"

"要归顺总得有件信物，因此，我把镇国之宝献出来，请您转送给大汗。"

说着，他站起身，捧着自己的锦盒。

多铎接过来，又捧给坐在上面的多尔衮。

"王爷，这是什么宝物？"多尔衮问。

"这是中国历代的传国玉玺，谁家得了它，谁就可以号令天下，为天下之王！"

"噢，是这样？"多尔衮说。他把锦盒端详了一会儿，但他没有打开。他知道这样的东西，不是他可以随便打开的。"它，原不是你们家的东西吧？"

"是的。它原不是我家的，上天曾赐予我家。可是我家无福消受，只能献给大汗了！"

接着，他就说起这方玉玺的故事。

他说：玉玺原为始皇所造，把它作为一统天下的象征。秦末群雄并立，都想得到这方珍贵的玉玺。项羽入咸阳后穷搜咸阳宫、兰池宫、太极殿，就是为了这方玉玺。可是天不属意于他。后来汉高祖获得了它，于是奄有天下。从汉传到元，元顺帝逃跑时，曾携带在身，他死后，玉玺就不知去向了……

二百余年后，有一小子在山岗下牧羊，见一羊三天不吃青草，只是闷头不响地用前蹄不住地刨地。小子甚是奇怪，就用铁铲把地刨开，发现了这件国宝。那小子是个懂事的人，他知道这么宝贵的东西，是不会属于他的，留下反被其祸，就跑了数百里，把它献给了元裔博硕克图汗。后来，偏安的博硕克图被林丹汗所攻破，于是，宝印就落到了林丹汗的手里。

林丹汗惊喜万分，他把全家召集起来说："这是历代传国玉玺，就是大明皇帝也没有此物。有了它，咱们将来就会拥有天下！这是咱们的镇国之宝，全家都要像保护眼珠一样保护它！"

林丹汗是出痘死的，在弥留之际，他把额哲叫到面前，把玉玺交代给他："儿子，你老子虽拥有玉玺，但命薄福浅，无缘成就帝业。孩子，你或许能成，你就好好地珍藏着它吧……"

"现在真命天子已经出了，"额哲说，"那就是后金大汗皇太极！请将军代我把玉玺献给大汗，并转达我的衷心祝愿！"

多尔衮下位代大汗谢了额哲，并和他拥抱为礼。

额哲走后，多铎把大帐里的一支几只胳膊粗的大烛灭了，只留将军台大案上的一支。

"多铎，这是干什么？"

"咱们看一看这件宝物。"

"多铎，这不是咱们应该看的东西……"

"哥，它从咱们手里经过，难道就不能看一眼吗？"多铎不由哥哥分说，就拆开锦盒上的纽扣，把锦盒打开了。

随着锦盒的开启，一捧金光喷薄而出。

那是一方金印，印纽是一条栩栩如生的盘龙，两只翡翠绿眼睛熠熠生辉。多尔衮两只手才把那方沉重的金印搬出。翻过一看，印文是四个秦篆大字："制诰之宝"。

多尔衮不由得叹道："这的确是镇国至宝，无怪传说拥有它就拥有天下！"

他们知道这东西是不能让它久久地暴露着的，就又把它藏进锦盒了。

多铎走到帐外，绕着大帐转了一圈，回到帐里后，他把锦盒藏进他们装衣物的木柜里，并且上了锁。

多尔衮说："明天要专找几个亲信看守。"

"是呀，一刻也疏忽不得！"多铎也说。

多铎没有走，仍坐在多尔衮的对面，愣愣地看着哥哥。

"多铎，该去睡了。"多尔衮站起身，打了个哈欠。

多铎又把他按在椅子上，问他："哥，你得到了这方印就没有想法吗？"

"我想过，等皇太极看到它，该是多么高兴呀！"

"哥，你真的要把它送给我们的仇敌皇太极吗？"

"多铎……"多尔衮向黑黑的远处望了一眼。

"放心，哥，外面没有人。"多铎说，"现在，我们有几千精骑，沈阳周围有我们的两旗强兵，他们都是忠于我们的！如果我们与皇太极干起来，莽古尔泰正蓝旗和济尔哈朗的镶蓝旗未必就不帮着咱们，至少会保持中立。因为他们早就对皇太极心怀不满了……"

多尔衮像一下子变成了木人，一动不动，他在思考着多铎的话。

努尔哈赤把八旗分给了自己的子弟，他的子弟们便把属于自己的旗看成私产。因为旗的最小单位不是一个个的兵丁而是一个个的家庭，旗人的身家性命都是和旗主休戚相关的。日久天长，他们最效忠的是自己的旗主，对大汗反而敬而远之了。这种情况极大地削弱了大汗的权威。

皇太极即位后很想改变这种无形的割据状态，慢慢地把原先的老旗主架空，派去忠于他的青少年人，可是他们一时没有老旗主的威望，而那些旗人对老旗主仍怀着深深的感情。后金的军队远没有统一。

这一点很像成吉思汗死后的蒙古，他的子弟大多形成了独立的王国，甚至相互征战。忽必烈立国号为元，当了皇帝，虽拥有了中原，可是毕其一生，他也没有成为蒙古唯一的领袖，他的死敌都是他的兄弟子侄……

多尔衮有点心动。

看多尔衮一声不吭，多铎着急了。

"哥，想想他们对咱们做了什么吧，他们当着咱们兄弟的面把额娘害死，还想把咱们兄弟斩草除根！他们把本属于你的大汗位夺去，还有你的布木布泰……"

"多铎，这一切，我都没有忘，一时一刻也没有忘！我只是想……"

"你还想什么？他们在做这些违背天理的事情时想过吗？犹豫过吗？"

"如果……"

"没有什么如果！"多铎叫道，"我想和皇太极摊牌，绝不是从今日始！与其在皇太极手下受气受辱远不如和他拼个死活！"

"多铎，你吵什么？"

"我着急，哥！"

"我在想……多铎，你能不能平静些，听我把话说完。"多尔衮说，"古人说小不忍则乱大谋，我觉得时机还不成熟，你不要让这颗大印弄得昏了头！

玉玺的确是一件重要的有号召力的信物，但，真正取得天下还要靠纵横捭阖的实力。大明并没有什么传国玉玺，却统驭天下二百几十年了，那个元裔博硕克图汗和林丹汗都曾经拥有过玉玺，怎么样呢？还不是都国破家亡，做了人家的俘虏！多铎，我们还得等……"

"哥……"多铎哭了，"我们还要把这样的日子过下去吗？"

"是的，多铎。我们要一点点地积蓄力量！"多尔衮把手搭在多铎肩膀上，"那个皇太极比咱们大二十几岁，咱们的时间多着呢！"

"他利用我们为他打天下……"

"不，天下不是他的，是我们的，我们是在为自己打天下！"

6

忽然，守在门外的侍卫喊道："大贝勒到！"

大贝勒是豪格。

侍卫的声音没落，豪格就冲进大帐了。

"为什么只点着一支烛？"他问。

多尔衮没回答豪格的问话，反问道："豪格，进大将军帐，为什么不先行求报？"

豪格自以为是大汗的长子，根本瞧不起比自己小几岁的叔父。另外，上一辈的恩怨他也知道许多，他认为多尔衮兄弟根本不可能忠于大汗。这使他养成了一种窥探监督癖，这一点多尔衮也时时地感觉到，因此两人常常吵嘴。

豪格笑笑说："都是自家人，何必如此认真？"

多铎说："在军中自家人可多了，不是兄弟就是子侄，沾亲带故的满眼都是！如果不严行军规，那还能打仗吗？"

"好了，好了！"豪格摇摇手，"我来想问一件事。听说额哲小王爷献了一件宝物，我想看一看。"

多尔衮讨厌豪格遇事就要先知道的脾气，故意不说："额哲是送了一件东西，那是要我转给大汗的，你有权先知道吗？"

"那么，多铎有什么资格先知道呢？"

多铎两手一摊："我知道什么呀，我什么也不知道！"

豪格没办法了，扭头走出去，把腰刀甩得哗啦哗啦地响。

多尔衮瞅着他的背影说："这家伙，我早晚要宰了他！"

八月中旬，皇太极收到了多尔衮即将班师的信，很是高兴。接着他又接到了豪格派快马送回的急信，这封信使他疑惑了。

信中写道：蒙古小王额哲投降后献给大汗一件宝物，多尔衮把它私藏起来了。我不放心，就对额哲说我是大汗的长子，你应该让我知道那是什么东西。额哲说：那是中国历代的传国玉玺，谁得了它，就可号令天下！那天晚上，多尔衮兄弟灭了烛火，在大帐里窃窃私语，我只听到了一两句。其中有"我们不能忘记额娘的深仇大恨，这是个难得的机会！"云云，接着，多铎就出帐巡视，并派了岗哨……我怀疑他们要图谋不轨，所以派急使回朝禀报父汗……

宸妃见他直着眼在玩弄着手里的一张纸，就说："是什么事弄得你神不守舍的？能说给我听吗？要是国家大事，你就留在肚里。"

皇太极笑了。他向宸妃看了一眼，摇摇手中的那张纸说："这的确是国家大事，可是我偏要叫你给我拿个主意。"

"那可不敢。老大汗有规矩，后宫嫔妃不准干政！"虽这样说，宸妃端了一杯茶来到皇太极的对面坐下。

"你们博尔济吉特氏的女人都特别聪慧，你没有来时，我有什么大事，我总要和你的姑姑、妹妹商量。我不一定要照她们说的去做，可是她们的见解常常对我很有启发。今天我就听听你怎么说。"

"你说吧，可是我哪有姑姑和布木布泰的智慧呀！"

皇太极把信递给海兰珠，她认真地看了。看完后就抬起头一言不发。

"兰儿，我等着你的话呢！"皇太极说。

海兰珠忽然把信往桌上一丢，站起来就跑。"你们兄弟的事，我不说，一句话也不说！"

"小婢子，你敢耍我！"皇太极跳起来就追打宸妃。

可是宸妃灵捷得就像山里的野羊，在桌椅床帐中间穿来穿去，使皇太极这个驰骋于战场的大帅疲于奔命。再加几个丫头给宸妃出着主意，叫她这样藏，那样躲，皇太极更没办法了。最后，他佯装崴了脚，叫着跌倒在床上。

海兰珠怕了，急忙跑过去，抱起皇太极的脚，要给他脱靴察看，皇太极却趁势把她紧紧地搂在怀里，哈哈大笑着说："山羊再刁，也斗不过好猎手呀！"

"你耍赖，我不来了，不来了！"

"答应我，好好说话！"

"好，我听你的，你要把我勒死了！"

宸妃让皇太极心醉神迷的本领之一，就是她的天籁和纯真。皇太极只在她这儿才能够像个普通人那样放浪形骸，全身心得到休息。

皇太极放开她，但仍握着她的一只手。

"说！快说！"

海兰珠不再耍闹了，她敛容说："大汗，你心里怎么想的？"

"你先问我吗？我告诉你，我巴不得多尔衮兄弟造反……"

"为什么呢？"

"那样，我就可以趁早把他们除掉，就像先大汗除掉舒尔哈齐那样！留着他们总是后患……"

"大汗，是的。那是一个办法，但不是上好的办法。"

"你说，怎样才是上上之策呢？"

"留着他们，防着他们，养着他们，用着他们，使他们无所施其技，直到他们心悦诚服！在这样的事情上一定要宽容大度，后发制人！"

"兰儿，你真像你的姑姑、妹妹。上天不该把你们生成女人，若为男儿，你们真是封侯拜相的大才。"

"谢大汗谬奖。"海兰珠向皇太极俏皮地拱拱手，"我不敢批评先大汗，但我可知道，他对亲弟弟和亲儿子施以绝情后，在他的心上终生留下了伤痕，那是永远不会痊愈的。皇太极，除非万不得已，你千万别那样做！"

"可是，如果他们像豪格说的那样呢？"

"我不敢断定多尔衮会怎样做，但我估计他们不会如此之傻。"海兰珠说，"多尔衮正受到你的宠信，少年得志，傲视群雄，他会再三掂量其中的得失的——那玉玺当然是历代宝贵的信物，但也仅此而已。难道建朝立国者都是因为有了那件东西吗？如果那样想，真是荒谬至极了！"

"你说他们不敢？"

"我是那样想……对这样的人，你就得把他们脖子上的圈儿放得宽松一些，让他们恣意地干，同时，又暗地里盯紧他们……"

"就像对一只狗……"

"我没那么说。可是自古明君都是那么做的！"

"兰儿,我就照你说的做,可是,如果出了事,我可要拿你是问!"

"大汗,我可什么也没说!一个男子汉出了事怨老婆可没出息!"

"好,你竟敢说我没出息?"皇太极又要把兰儿搂起来,可是她又跑了,躲在帐子后面嘿嘿地笑。

半个月后,后金朝廷得到多尔衮的奏报,他们已经离沈阳百里了。

皇太极十分高兴,他带了诸贝勒、大臣出沈阳远迎凯旋大军。

九月五日,他渡过辽河,当晚抵阳石木河岸驻营。

第二天,多尔衮大军的前哨已到。皇太极下令多尔衮原地扎营,让他和多铎、岳托、豪格只带护卫几十人前来大营觐见。

欢迎仪式是隆重而盛大的。皇太极带来的军队,人人都穿着簇新的军衣,旌旗绵亘几十里。战马啸鸣、刀枪生辉,锣鼓声、礼炮声惊天动地。

多铎走在多尔衮身边,小声地问:"皇太极这是干什么?是欢迎还是示威?"

"两者都有吧……"

"狗娘养的!"

这时,赞礼官先乘快马跑到多尔衮面前,把欢迎仪式的程序对他讲了。要他们依礼而行。多尔衮说:"一切听从朝廷安排。"

他们来到用黄绸装饰的高大坛台上,向大汗跪拜致礼,皇太极把他们扶起,从多尔衮开始,和他们一一拥抱。

多尔衮向皇太极说了许多话,皇太极都没回答,只再三地说:"你们为国家立了功,你们辛苦了!"

然后,大汗率领诸贝勒、大臣与凯旋的将领,在坛上焚香祭天。礼毕,皇太极回到高高的大汗位上,正式接受多尔衮等的参见。

多尔衮率领多铎、岳托、萨哈廉、豪格等跪拜在大汗面前,对出征察哈尔做了简短的汇报。他说:托皇天之佑护及大汗之洪福,大军到处,无不箪食壶浆以迎。察哈尔全境已平,各部落将前来朝贡。林丹汗王后及其子额哲献国宝归降,从此,漠南蒙古归一,可划为后金版图,可慰我先祖在天之灵,可壮我后金之国威,我大汗已是白山黑水的帝王!愿我江山繁荣昌盛,愿我大汗万岁万岁万万岁!

多尔衮这个桀骜不驯的人竟当着全朝文武的面,说出如此使人闻所未闻的谀词,使皇太极听了十分舒服。一个从未有过的想法,刹那间在他头脑中诞生了。

——是的，我该做皇帝了，我可不能像父汗那样，拼搏一生，只弄个满洲大汗了事！

接着，多尔衮两手捧着传国玉玺举过头顶，献给大汗。

正黄旗大臣纳穆泰、镶黄旗大臣图尔格接过，回过身和全体大小臣僚一齐跪下，再献给大汗。

皇太极双手接了，又率臣僚们再次向天行礼。礼炮、锣鼓又一次震动天地。

参与仪式的群臣都明白，皇太极为这一块玉玺大做文章，有两个目的，一是他已经不满足于拥有后金，他要奄有天下；二是他觉得大汗的称号对他已经不合适了，他要做天下的帝王！

这一套大有深意的仪式完毕后，继之是蒙古额哲小王爷向大汗行投降礼。

额哲率领察哈尔诸大臣先在百尺远处对大汗跪下叩头，起身后向前走三十步，再跪叩一次，如是者三，才来到大汗面前。

皇太极赶忙走下坛台，将额哲扶起，和他行满族的抱见礼。然后携着他的手上马并辔向沈阳进发。

到了沈阳后，已是夜晚。沈阳全城锣鼓喧天、鞭炮齐鸣，大街小巷，灯火辉煌。一座座庆祝胜利的彩坊把街道装点得喜气盈盈。

庆祝宴会开始了，花天酒地、轻歌曼舞。皇太极对额哲大加赏赐，各种珍宝传递了半个时辰。大汗又把自己的女儿领出来，把她的手塞进额哲手里，意思是给他为妻。

当贝勒和大臣们沉醉于酒池肉林中时，多尔衮却悄悄地离开了。他知道在哪里可以找到布木布泰。

大汗宫不远处有一片小小的树林。秋后的树叶稀了，九月初的月亮弯弯的像一张咧开的嘴巴，把它微弱的光洒在林间空地上。小风吹着，正好把在宴会上被酒烧热的脸儿凉一凉。他们手牵手地走着，踏着窸窣作响的枯叶。

"想我吗，布木布泰？"

"怎能不想呢？"

"我也天天想你。布木布泰，看不到你的日子真难过呀！"

多尔衮向她张开两臂，布木布泰迟疑了一会儿，也就依顺了。她偎依在他结实的胸膛上。他亲吻着她的头发，她的额头，她的眼睛……

从她开得很低的领口里冒出诱人的热烘烘的气味。多尔衮忍不住了，他想解她的纽扣，布木布泰抓住了他的手，他想把手伸进她的领口里，也被她婉拒了。

"别，多尔衮，我说，别……"

"布木布泰，你本是我的。"

"以后再说吧……"布木布泰说，"我替你担心呀，怕你过不了那个坎儿……"

"你指的是什么？"

"那方传国玉玺呀。你一得到它，豪格就从那边来信了……"

"那个坏蛋！"

"我怕你真的把持不住。"布木布泰搂着他的肩膀，"你跟我说实话，你曾经想过要造反吗？"

"是的，我想过。不过那只是一小会儿。"

"那就好。为了那方没有实际意义的东西，把后金搞得四分五裂。那才是千古罪人呢！"

"布木布泰，你说我不该反吗？"

"不该。"布木布泰断然地说，"多尔衮，你会得到你的一切的。"

"是吗？你给我说一说……"

他们搂在一起，像一株树。

习习的风把他们的话音遮没了。

第二天，大汗又邀请额哲参加后金的朝会，皇太极当众宣布封额哲为外藩亲王，"位在四十五旗贝勒之上"。

跟随额哲一起归附的大小首领数百人，也给予了各种不同的封赏。

7

在朝廷上下欢庆胜利的大合唱中，一种不和谐的声音老在皇太极耳边震响着，使他的愉悦达不到最高潮。

这不和谐的声音来自大贝勒代善。

迎接凯旋的征察哈尔大军的典礼，他没有参加。皇太极派人去请，他的家人说：贝勒爷进山打猎去了。晚上的大宴，代善也没有出席。皇太极又派人去请，他的家人说：贝勒爷正与大公主吃饭……

这么重要的朝廷大典，身居要津的大贝勒没有到场，是十分引人瞩目的。皇太极没有对客人和臣僚们解释，但他时时碰到向他投来的疑惑的目光。

皇太极很明白代善此时的心情。

他是个有德行的兄长，可是他的心里也是很不平衡的，皇太极现在的汗位本来应是他的。后金的欣欣向荣不能不引起他许多考虑，从察哈尔得到的传国玉玺，也会在他心里引起深深的嫉恨……

他不愿看到使他难忍难耐的那一切，于是，他离开了。

到山中射猎，大概也难以宽解他那嫉妒、艳羡的心，也无法发泄他久积于心的怨怼。于是在回城的时候，他把固伦公主哈达请到家里来了。

哈达是皇太极的姐姐，他们的关系很不好。哈达常常在皇太极周围造谣生事，败坏他的威信。听说，她在代善家里待到很晚。他们谈些什么，那是不言而喻的。临走，代善还送给她许多礼物。他们本没有什么关系的，这时竟出乎寻常地亲密起来……

皇太极十分生气，他知道如果不给代善点颜色看看，这个老实人也会滋生事端的。

他派人把代善叫到崇政殿，当着几位大臣的面斥责他道："……自古以来，有强力而为君的，有幼小而为君的，也有为众所拥戴而为君的，不管哪种情况，他们都称为君主。既为君主，则政令悉统于他，岂可分出轻重？今正红旗固山贝勒等轻视之处甚多。大贝勒以前随我征明，违众欲返；征察哈尔时，又固执欲回。所俘人民，令他加意恩养，他反而埋怨我。在赏功罚罪时，他偏袒本旗；我喜欢的人，他厌恶；我厌恶的人，他喜欢，这岂不是有意离间上下关系吗？我今年借巡游出去探听出征将领音信，而代善却大肆渔猎，以致战马疲瘦。倘有缓急，将何以应援？代善诸子借名放鹰，擅杀民间牲畜，贫民何以聊生？济尔哈朗妻亡，请求娶林丹汗的苏泰太后为妻，而代善明知我已批准，却屡次申言，欲自强娶，有此理吗？我曾派人告知代善，可以娶囊囊王后，他却因其贫穷而不娶，竟拒绝我的命令，类似事件言不能尽！至于哈达公主，父汗在时，她就专以暴戾谗潜为能事，代善本与她不睦，但由于她怨恨我，代善却把她请到家中，优礼相待，何所用心，不是昭然若揭吗？……"

皇太极把几年来的"芝麻绿豆"都给代善抖出来了，也都是那么点儿事。

清太宗皇太极

可见皇太极在心里对代善是有本账的。

可是再小的事，从大汗的嘴里说出来，样样都是大事。皇太极没有系统地读过"子曰诗云"，没有学习写文章，当然不会工于辞藻。但他那些啰唆的话却极具威慑力，使代善和在座的大臣们心惊肉跳。

散朝后，皇太极便在后宫里憋着几天不出来视事。他的这一手，更使满朝惊惧。于是八旗旗主和六部承政一齐商量给代善定罪。根据皇太极训斥代善的话，拟成几条罪状，处分是：革去代善大贝勒爵位，并削和硕贝勒职；从正红旗中剥夺十牛录；罚雕鞍马十匹、甲胄十副、银万两……

然后，满朝文武一齐跪在皇太极所居的内殿，求他出朝听政。

皇太极觉得够意思了，就走出殿来接见群臣。看了他们所拟的代善罪状，佯装哭了，他悲悲切切地说："代善是我的大哥，几十年和我出生入死，战功卓著，后金怎能没有大贝勒！"于是他下令对代善从宽处理：免革代善贝勒职，免除所有责罚。

经过这一折腾，代善的官爵、财产虽一仍其旧，但他的威信没了，他铁定地成了皇太极的臣属，再也无资格和皇太极争斗什么了！

从此，曾和皇太极南面执政的三大贝勒全垮下去了，皇太极成了"唯我独尊"！

第二十三章　终临皇帝位　难俘故人心

1

现在后金的周边形势是：曾经强大的蒙古察哈尔部已经灭亡，与明交好的朝鲜亦被征服，对后金"称弟纳贡"。三大敌国中只剩下一个大明了。

后金变得光彩夺目、前程似锦。

还有一件使举国上下欣喜若狂的事，就是意外地获得了历代的传国玉玺。照他们解释，这意味着天命"归金"，上天已经允许皇太极为君了！从九月直到十二月，群臣上表恭贺欢呼，不绝于朝。

于是，一个新的意念产生了：给大汗上尊号，推举他"顺天应民"即皇帝位！

这年年底，诸贝勒大臣做出决议，命文馆儒臣希福、刚林、罗硕、礼部启心郎祁充格代表全体臣僚上奏大汗：今察哈尔投降，朝鲜归服，又得传国玉玺，天助象征已呈，恭请大汗应天命以践大位为后金皇帝！

皇太极对匍匐在他面前的群臣说："现在，察哈尔、朝鲜诸国虽已臣服，但大业未成。成大业前先受尊号，有违天意。比如我考虑要晋升某一贤者，若这人不等晋升就先妄自尊大起来，那么，我就认为不对……"

诸贝勒大臣知道这种事，哪有臣僚们一推举就即位的，都是"谦逊"地来个推三阻四。于是他们就再三恳求、上书。

一直磨了半日，皇太极仍旧不允。

有的大臣认为大汗是真的不同意，就不再强其所难了。

可是代善的儿子萨哈廉看破了其中的机关。他和希福、刚林等商量一会儿，如此这般地指点了一番，就叫他们再去恳求。

他们对皇太极说："大汗不受尊号，过错全在我们诸贝勒，因为我们不修养各自的身心，不为汗主尽忠信，不行仁义，所以大汗拒绝不受。如果说贝勒全是忠信，那么莽古尔泰、德格类为什么犯上作乱呢？现在，诸贝勒都表示愿意立誓做出保证，修身谨慎，以尽臣道，也请大汗接受群臣所请。如果一再拒绝尊号，恐怕上天会不高兴的！"

莽古尔泰几年前以"御前露刃"罪被黜革，前面已经说到过。一年前，德格类又犯了罪。莽古济格格阴谋杀害皇太极的大罪发生后，经过调查，其罪魁中有德格类。因为事情已经过去，而德格类在之后的征明战役中又立有大功，皇太极就不想追究了。可是，德格类贼心不死，又煽风点火，以图帮助多尔衮谋位，这件事被揭发后，皇太极不饶他了，立即把他投进了监狱……

萨哈廉看透了皇太极想让贝勒们用誓言的绳索把自己缚起来他才肯干，尽管誓言也不可能使贵族子弟们每个人都循规蹈矩，但到时候杀、罚他们就有理可据了！

皇太极听了希福等人的话后，果然高兴了，他说："你们的话，对我深有启发。你们的心意我明白，一是为了我，二是为了后金的事业。我一定重新考虑群臣的建议！"

当晚，他就召集在朝的汉官，征求他们的意见。

在这种事情上谁也不敢落后，往往是积极拥戴有功，犹豫怠慢获罪。那些汉臣更是紧紧抓住这关键时刻，表明自己的态度。

范文程、宁完我、鲍承先、梁正大、齐国儒、杨方兴、李永芳等上奏力劝皇太极"随从天象行事，获得玉玺，各处归服，这本就是天意。在这时，顺民心、受尊号、定国政，是非常恰当的"！

第二天，萨哈廉立刻召集诸贝勒说："大汗已同意上尊号了，只是担心大家的操守和德行，望大家快写个誓言呈上！"

到了这节骨眼上，谁也愿跑到前边，都答应立刻写好送到萨哈廉这里来。

多铎对多尔衮说："愿意当皇帝就当吧，何必忸怩作态？"

"你才不懂哩！"多尔衮把他拉到一边，"他希望咱们把自己卖给他……"

"我偏不写！"

"那你就是傻瓜！你不写，你就是冒天下之大不韪，不仅会惹着皇太极，还会惹着大家，你就死有余辜了！"

"我们怎么这么倒霉！"

"少说话吧，多铎！"

又隔了一天，萨哈廉把贝勒大臣们的誓言收齐了，上交皇太极。

皇太极仔细地看了，指示说："大贝勒（代善）年纪大了，可免立誓，萨哈廉正在病中，他拖着病身为朝廷东奔西走，太劳累了，可在病好后，再立誓。"又说："诸贝勒的誓词中，不要写以前没有悖逆的话，要立誓今后以忠信为生，勤于政事，保证不向闲散无权大臣、自己的部属、妻子谈论国家机密政事，如心怀恶意，言不由衷，将来触犯所立誓言，难免招致死罪，那会使我很痛惜的！"

皇太极还嫌他们把自己捆绑得不够结实，"卖身契"写得还不够狠绝！

前不久，代善刚被大汗宽赦，现在大汗又给留足了面子，他也不敢托大，赶紧向皇太极表示："大汗考虑我年纪大了，怕我触犯誓言而死，这是对我的恩爱。但我若不和诸贝勒一齐立誓，会吃不安睡不宁的！我请求大汗允许我和大家一同立誓。虽然我愚笨、健忘，但我立了誓言，就会严于律己，就会把国家大事记在心上！"

皇太极表示感动，他说："大哥，你放心，我离不开你！需要你参加的国家大事，是绝不会把你放在一边的！你的忠心是无可置疑的，还立什么誓呢！如果你非立誓不成，想给子侄们做个榜样，那就随你吧！"

那就是说：还是立了誓的好。

十二月二十八日，诸贝勒都将自己的誓言重新改了几遍，然后一齐焚香下跪对天发誓。

仍是代善领头。他拉着长声喊道：上天呀，我代善从今往后，若不公正为生，像莽古尔泰、德格类那样做坏事，天地为证，我代善将遭殃死去！

如果对大汗不尽忠竭力，心口不一，天地知道，我代善将遭殃死去！

平时，无论哪个子侄做出像莽古尔泰、德格类那样的坏事，我代善知道后而不报告给大汗，我代善将遭殃死去！

如果把与大汗共议的秘密向自己的妻子和其他闲人透露，我代善将遭殃死去！

如果我代善对当皇帝的弟弟竭力尽忠为生，那么天地眷顾，寿命延长！

在代善之后，贝勒阿巴泰、济尔哈朗、阿济格、多尔衮、多铎、杜度、岳托、硕托、豪格……都宣读了类似的誓词。然后对天礼拜，把誓词焚毁。

立誓的这些人都是皇太极的兄弟、子侄。他们人都手握重兵，且能征惯战，把持着全国的军政大权。这不能不使皇太极有所顾虑，存有戒心。宣誓的目的就是让他们进一步束缚自己，忠于皇帝。

誓词中都明确了是与非，当然，标准是以皇帝的利益为准的！

正好这天外藩的诸贝勒也赶到盛京来了，他们觉得躬逢盛事，也赶紧凑热闹，也请求皇太极上皇帝尊号。皇太极说："好呀，既然你们也都愿我定尊号，可见天下同心。不过朝鲜王是我的兄弟，也该通知他知道。"于是派使节骑快马到朝鲜下敕令去了。

天聪十年（1636 年）三月二十二日，在后金的盛京沈阳，举行了请求大汗上皇帝尊号的仪式。仪式的规制虽不太大，但十分隆重。

先是蒙古十六部四十九贝勒一齐朝见大汗，联合请上皇帝尊号。

接着，都元帅孔有德，总兵官耿仲明、尚可喜等各率属官请求大汗上皇帝尊号。

然后满洲、蒙古、汉官内外文武群臣联合请大汗上皇帝尊号，这形象地表明皇太极即皇帝位是天下众望所归。

这时，皇太极才以"顺天应民"的姿态，堂堂正正地坐上了皇帝的宝座。

他说："尔诸贝勒大臣等，以朕安内攘外，大业浑臻，宜受尊号，两年以来，合辞劝进，至再至三，朕唯恐上无以当天心，下无以孚民志，故未俞允。今重违尔等意，勉从众议。朕思既受尊号，当益加乾惕，忧国勤民，有所不逮，惟天佑助之！"

这几句古色古香的艰涩文句，当然是某位汉文人的手笔。

朝廷上下为皇帝的即位大典忙碌着……

2

从天聪十年（1636 年）四月开始，皇太极正式即皇帝位，改元崇德，定国号大清。他死后，庙号为太宗。

为什么要以"清"字为国号呢？至今仍为许多专家争论着、研究着。

满洲源出于建州女真，前代的女真人曾建立过金国，努尔哈赤便沿用历史上与大宋对峙的金国名号，称"大金"或"后金"。但明末清初，从太宗开始，特别到了康、雍、乾三朝，对先世曾属于大明管辖的建州女真坚决否认，原因令人猜疑。从宋至明，汉族对女真积怨极深，是因为避讳民族矛盾这一点吗？

第二十三章　终临皇帝位　难俘故人心

太宗给自己的父亲修《武皇帝实录》捏造了个"满洲"为国名，连女真也不承认了。居然说："诸申（女真）与我国无涉。"但又改得很不彻底，许多文件和碑碣、匾额上都留下了"金"或"大金"的字迹。

那么为什么定国号为"清"呢？清朝实录和各种官书上都没有任何说明。有的从文义上解释，有的从宗教上解释，还有的从"清"与"金"字音相近上解释……

但，是不是有着更深的意义呢？意味着旧的过去已经结束，新的时代已经开始？

皇太极在努尔哈赤时代，许多主张就与他的父汗不同，在他主政时更多有所改革。现在他已是大清的皇帝，夺取全国政权，建立一个多民族共同繁荣的国家已是他矢志不渝的理想了！"清"字是否意味着继往开来呢？

纵观努尔哈赤的一生，他更多的是作为一个民族领袖来活动的。他的业绩以及他所建立的金国，在整个清朝历史中，不过是一出序幕。

皇太极在位十七年，特别是他建元崇德到去世，全面地创造性地继承发展了父汗的未竟事业。他统一了东北，降服了朝鲜，征服和统一了蒙古各部，其疆域近于半个中国。在满洲八旗基础上扩展蒙古八旗和汉军八旗。把一个民族的政权，变为几个民族的联合政权。在文化思想上，他在坚守满族文化的同时，敢于全盘接受汉族文化，并以其为主，这是何等伟大的勇敢和包容精神！

他的国号和政权以及基本国策一直为后代子孙所奉行……

天聪十年（1936 年）四月十一日，皇太极把这一天作为他即大清皇帝位的吉日。在这天前，他就认真地斋戒三日了。

按照议程规定，天刚黎明，他就身穿皇袍头戴皇冠骑上骏马率领族人、群臣登坛祭告天地。

天坛设在德胜门外。在离坛台几十步的地方，他就下马恭立。

祭坛是一个高高的长方形的石台，四面筑有石阶。周围用黄缎扎制了棚帐，长长的香案设在正中，上面铺有黄绫，设了"天帝"的神位。案前摆了巨大的香炉。

这时，几百名内外臣僚按秩序排列在祭坛两侧。

为首的是皇太极的哥哥大贝勒代善，在他之下，是济尔哈朗、多尔衮、多铎、岳托、阿济格、阿巴泰、豪格、杜度等兄弟子侄。

清太宗皇太极

接着是皇室亲属了，如额驸扬古利，八旗固山额真，宗室拜尹图、叶克舒、叶臣、阿山、伊尔登、达尔汉等。

在他们之后，便是蒙古八固山额真、六部大臣。明降将都元帅孔有德、总兵尚可喜、耿仲明、石廷柱、马光远等。站在他们一旁的是外藩蒙古十六部四十九名贝勒。

在这些朝廷重臣之后，还有满洲、蒙古、汉人的文武百官，都按照所属各旗排列。

朝鲜来的人不多，只有两名使臣。所以他们排在了后面。

在大典场内，依次遍插满洲八旗、蒙古八旗、汉军八旗的各色旗帜，沿场地四周排列着数层旗兵，铠甲和刀枪相映生辉，富丽堂皇，使气氛庄严肃穆。

当东升的太阳吐露万丈光芒时，满蒙汉各一名导引官来到皇帝面前，慢慢地引导他来到坛前，拾级而上，面向"天帝"的神位站立。

这时赞礼官高呼："致——礼——始！"

皇太极在案前跪下，从导引官手中接过三炷天香，恭敬地插在香炉内。

"献——礼！"赞礼官又喊。

两边的礼兵把帛、酒、三牲……依次递到皇帝手里，再由他放在祭台上。皇帝带领群臣向"天帝"恭行三拜九叩礼。

"读——祝——文！"

这时宣读官范文程两手捧祝文登坛，他面向西北跪下，高声诵读。

惟丙子年四月十一日，满洲国皇帝、臣皇太极敢昭告于皇天后土之神曰：臣以眇躬，嗣位以来，常思置器之重，时深履薄之虞，夜寐夙兴，兢兢业业，十年于此。幸赖皇穹降佑，克兴祖、父基业，征服朝鲜，统一蒙古，更获玉玺，远拓疆土。今内外臣民，谬推臣功，合称尊号，以副天心。臣以明人尚为敌国，尊号不可遽称，固辞弗获，勉徇群情，践天子位，建国号曰大清，改元为崇德元年。窃思恩泽未布，生民未安，凉德怀惭，益深乾惕。优惟帝心昭鉴，永佑家邦，臣不胜惶悚之至，谨以奏闻。

"礼——成！"

读祝文毕，祭天的仪式便算结束。

皇帝和百官依次入座，皇上先饮酒，大家随他干杯。他领头吃祭品，然后把祭品分给参与大祭的所有人，并令他们当场吃掉，表示把上天所赐的福祉全部接受了。

根据古礼，祭天的三牲都应是生的，祭毕就令群臣吞吃。皇太极认为人类早已吃熟食了，而还让天地神灵享用血淋淋的生肉有点不恭，因此，他便改革了这一旧俗，用熟肉上祭。

天大亮后，皇帝回到皇宫的崇政殿，举行隆重的"受尊号礼"。

这时殿内正中放着一把宽大到足够三个人并坐的椅子。椅子为金色，周围雕刻着繁复的张牙舞爪的龙形。在椅子周围摆放着刚制作成的仪仗：仙鹤、瑞兽、银枪、金瓜……装饰得威严华贵。

仪式开始后，导引官引皇太极经大殿正面拾级登殿，在御椅上落座。

此时，礼乐大作，赞礼官喊道："跪，叩！"

代善带领百官向皇帝行三拜九叩大礼。

"献——宝！"赞礼官又喊。

这时，多尔衮与科尔沁贝勒巴达礼、多铎与豪格从左边班列中走出。与此同时，岳托与察哈尔林丹汗之子额哲、杜度与孔有德从右边的班列中走出。他们每两人合捧一方皇帝御用之宝向前跪献给皇帝。这表示全国各民族都把统治的最高权力献给他，承认他是至高无上的统治者。

"礼——赞！"

随着赞礼官的又一声喊，满汉蒙各族都有一名代表出班，依次用本民族的语言对皇太极大加颂扬，并表示永远接受他的统驭。

礼赞之后，群臣再次对他三拜九叩。

"射——鹄！"

这时，殿前的院子里设了个用草扎的大鹄。早已安排好的九名射手便走出来，张弓搭箭向"鹄"射去，当然是箭箭命中。这大概象征着"一切顺利，事事中的"的意思。

即位仪式到此算是最后完成。皇太极在鼓乐声中含笑步出崇政殿，排列仪仗，乘舆回宫。当天，皇帝在崇政殿等几座宫殿中举行盛大宴会，招待内外宾客和百官群臣。

次日，皇帝又率群臣来到太庙拜祭祖先。

清太宗皇太极

从始祖到高祖、曾祖、祖父都封为王。而奉父亲努尔哈赤为皇帝，给他上了一大串尊号。庙号太祖，其陵园称福陵。尊母亲为太后。还给许多已故的功臣追封美称。

四月二十三日，皇太极大封他的臣属。先封他的诸兄弟子侄。

大贝勒代善名列第一，封为和硕礼亲王。

贝勒济尔哈朗为和硕郑亲王。

多尔衮为和硕睿亲王。

多铎为和硕豫亲王。

豪格为和硕肃亲王。

岳托为和硕成亲王。

阿济格低了一级，封为多罗武英郡王。

杜度以下再低一级，他为多罗安平贝勒，阿巴泰为多罗饶余贝勒……

册封完毕，又按品级分赐银两和礼物。

外藩蒙古贝勒也按亲王、郡王、贝勒分别敕封并发给赏赐。

投降的明将孔有德封为恭顺王，耿仲明封为怀顺王，尚可喜封为智顺王。他们得的是汉官中最高的封号。他们的部下也论功行赏。

皇太极的即位典礼，从形式上看，毫无疑问是仿照了汉制礼仪（当然也有满洲人的特点）。其中最突出的是他始终坚持了满、汉、蒙一体的原则。这是很重要的。在这一体中，他也有主有次。满洲人为主，次之为蒙古人，再次之为汉人。这一顺序贯彻了清朝的始终。

中国人从古代起，就很讲究"礼"和"名"，因为它关系着权力的分配。因此，那些繁复的礼仪绝不是可有可无的。从奴隶社会刚刚走过来的满洲人很快地学会并接受了这一套，可见它是统治者须臾不能离开的命根子！同时，人民群众也可从这一点来检验一个政权的性质，不管它宣称自己的主张是什么。

在这一切之后，皇太极对十五位福晋也进行了册封，依次是：

皇后博尔济吉特氏（哲哲）。

关雎宫宸妃博尔济吉特氏（海兰珠）。

麟趾宫贵妃博尔济吉特氏。

衍庆宫淑妃博尔济吉特氏。

永福宫庄妃博尔济吉特氏（布木布泰）。

除了这五宫后妃之外，还有元妃、继妃、侧妃、庶妃等十人。

豪格的母亲便是继妃乌拉纳拉氏。

3

在即皇帝位前后，皇太极做了很多事，表现了很高的政治手腕运用水平。在外藩他下大力气恩服了蒙古各部落，给他们官职和奖赏，对投降的明朝将领如孔有德等也给予了很高的地位，其影响都是很深远的。

但他知道最重要的还是统治集团的内部，也就是其兄弟子侄间的权力分配。

对老一代以代善为代表的贵族，采取抑制和拉拢相结合的手段。前一阶段，已经给代善颜色看了，现在又对他加以优隆，使他既感恩戴德，又不敢轻举妄动。他重点扶持的是年轻一代长远起作用的兄弟子侄。多尔衮、多铎、岳托、豪格、阿济格、杜度等都给予了亲王、郡王的爵位。

特别是多尔衮、多铎兄弟，皇太极并不是不知道他们心怀异志，但他一方面以高官厚禄来收服他们，另一方面又以豪格、阿济格来抑制他们。就像是驯服野马，既把它们套在辕里，让它们没命地为他拉车，又不放松手里的缰绳。

对后宫后妃的安排也是用尽了心思。他知道曾经为他所爱的庄妃会有不满，因为她的地位被她的姐姐代替了。这工作皇太极要有威望有德行的哲哲为他去做。

哲哲把布木布泰叫到面前，对她说："孩子，皇上要我来说情了……"

聪明的布木布泰立刻就知道姑姑要说什么。这几天，她贴心的丫头苏末儿一直在唠叨，说什么"皇上安的什么心呀，娘娘一进爱新觉罗家的门，就受到皇上的宠爱，怎么一来了个宸娘娘，一切就都变了"？

是的，布木布泰娶进门时，虽然前面已经有了四位福晋了，可是皇太极立刻就把她封为侧福晋，位置仅在大福晋之下。现在就算是皇上珍爱宸娘娘，也不该把她置于麟趾宫和衍庆宫两位娘娘之下呀！

可是，布木布泰并不计较，似乎一下子就想通了。

她对苏末儿说："你说这话，就是忘了自己是在什么地方，来到帝王家，你就别把得宠和失宠放在心上。要是连这点也破解不开，那就非把自己作践死不可！"

"皇上也得为此说几句话呀！"苏末儿说。

现在，姑姑来代替皇上说话了。

"姑姑，别说了……"

"怎么能不说呢？"姑姑说，"皇上也是男人，也会像俗人一样，有对自己的所爱如痴如狂的时候。咱们都是为了两国的交好而娶进门的，唯有海兰珠是他自己选中的……咱们得体谅他这一点。"

"姑姑，我知道。"

"至于那两宫妃子，她们的娘家人早就嘀嘀咕咕了，为了平复那两家的怨愤，趁着这次皇帝即位，就把她们放在了你前头——这就得委屈你了！"

"姑姑，皇上这样安排是很英明的。海兰珠是我的姐姐，要是她在我之下，我心里能过得去吗？那两位姐姐进门比我早，年纪也比我大，她们正该在我之上！姑姑，我一点也不感到委屈……"

"真的吗，布木布泰？"

"姑姑是我最亲的人，难道在姑姑面前，我还说假话吗？"

皇后把布木布泰搂在怀里，亲着她的脸说："真是个乖孩子！你到爱新觉罗家来实际上是我的主意，你要是想不通，闹出些什么来，我真是害了你了！——你得明白咱们是在哪儿，娶进帝王家，心里就只能装着皇帝和国家……"

"我明白，姑姑！"

"你和多尔衮的事怎样了？"

姑姑问出这样的话，布木布泰真的怕了。她赶紧从姑姑怀里挣出来，抬头望着姑姑的脸，说道："姑姑，怎么这样问？"

"我还看不出来吗？"皇后说，"我过去是大福晋，现在是皇后，我的责任就是统驭后宫。要是我不谨小慎微、洞察一切就是失职呀！"

"姑姑，我和您说实话，来沈阳之前的一年夏天，您曾经带多尔衮去科尔沁探亲。在那里，我和多尔衮见了面。一起骑马，一起射猎，玩得很开心。临分别时竟有些舍不得。我额娘对多尔衮说：'小爷，等你长大，我就让布木布泰和你做夫妻！'那只是句玩笑话。后来，我来沈阳了，在婚宴上见到了多尔衮，两年不见，他长成一个叫姑娘动心的小伙子。他直直地看着我，两眼泪汪汪的。我这才感到几年来我并没有忘了他，恨不得跑过去和他相拥着痛哭一顿……"

皇后又把布木布泰抱起来，小声地责备着自己："我这是干什么呀？我这是干什么呀……"

"姑姑，这能怨您吗？"布木布泰说，"谁也怨不得，因为一切都在无影无踪中。我来后不久，老大汗就去世了，接着发生了一连串的大事，多尔衮兄弟成了孤儿，我和您一样，对他们有着撕心裂肺的痛……于是我和多尔衮的关系复杂起来，有怜有痛也有爱，谁能分清……"

"我知道，孩子，我知道……"

"姑姑，我知道自己的身份，也知道身在何处。如果单单是感情上的事，我也能狠下心来，一刀斩断的！可是，我又觉察到了别的！"

"孩子，你说……"

"多尔衮对皇太极的恨！那是一种刻骨铭心……"

"我也觉察到了这一点，"皇后说，"可是，不管怎样，我们得为国家着想，为皇上着想……"

"那是自然，姑姑，要是我不这样想，您就是白疼我了！"布木布泰说，"不管过去那些事谁是谁非，皇太极做了大汗是天应该地应该的！除了他，谁也不能把老大汗的事业继承并发扬光大，国家不能没有皇太极！但，多尔衮是一个真正的英雄，他不愿久居人下，他不会忘记仇恨！……"

"是呀，是呀……"

"皇太极何等英明，他也看透了多尔衮兄弟！他在犹豫着。他在想：要么，像努尔哈赤杀舒尔哈齐那样把他们杀掉，要么，把他们放在刀刃上，要他们为国家建立功勋，流尽最后一滴血……"

"天爷呀，可别让这人间惨剧发生呀！"

"是呀，我也是这样祈祷着。……姑姑，像多尔衮这样的英雄，是国家的支柱，同样也是少不了的！"

"布木布泰，你有两全的办法吗？"

"我似乎能够驾驭多尔衮那匹烈马……不过那是玩火呀，姑姑！"

"孩子，你真是为国家操碎了心！"皇后哭了，"布木布泰，你就凭着对皇上对大清的一颗忠心去做吧，只要你们不逾矩，姑姑会保护你的……"

4

回到沈阳后，容俏离开了大汗宫，在内务府的书房居住。经过修缮，这里成为一个安静幽雅、花园般的院落。在后院有一溜十几间的房屋，那就是她的书房了。

经常来这儿上课的都是一些六七岁以上，十一二岁以下的贵族娃娃。他们都来自亲王、郡王家。容俏依男女各分了一个班，共十多人。还有一个班，就是王侯的福晋们了。她们来这儿不仅是为了读几本汉文书，主要的还是听容俏讲些汉族的风俗礼仪，好跟上日益发展的时代。另外，像多尔衮、多铎、岳托等年轻的王爷有时还要过来请教……

皇室上下都极为尊敬她，称呼她师傅。

皇太极给她送来十多个侍女和侍卫，容俏起初不想要，可是皇太极说："你还要春颖伺候你一辈子吗？人家总不能做老姑娘呀！"

容俏想想也对，她们都是快三十的人了，得想想以后的日子了。

这天她和春颖刚要接待前来学功课的格格们，忽然听到侍卫们从前院一迭声地喊了进来："皇上有旨，容俏师傅接旨！"

她正愣怔，在她身后的格格们却齐刷刷地跪下去了。

皇宫里的一位老公公手捧一份黄卷走了进来。

"李容俏师傅接旨！"

容俏只好跪下。

"奉天承运，皇帝诏曰：女师李容俏，文武兼备、贤淑端严、自任皇室师傅以来，殚精竭虑，勋绩斐然。特敕封为内务府大臣，内书房都堂，赐爵一品。钦此！"

容俏觉得莫名其妙，又觉得皇太极有点强加于人。

她正愣着，公公叫道："李容俏师傅谢恩呀！"

容俏没法，她如不说谢恩，一家人都要跪下去。"容俏谢皇上恩典！"她说。

站起身后，她对公公说："老公公，我这里没有什么东西好招待您的，就请您喝一杯清茶吧！"

春颖把一个盖碗捧过去。

"老公公，'都堂'是什么官儿呀？"容俏问。

公公连忙摇手，说："新朝新政伊始，花样翻新，我怎么知道呢！"

容俏还想问些什么，可是格格们和侍者们都上来祝贺，她也就放老公公走了。

隔了几天，内务府送来了一品大臣的行头，容俏看了看，很像是宫中后妃的衣裙，又像王爷的袍褂，不伦不类，就放在了一边。

春颖说："小姐，人家既然送来了，那就穿穿看看呀！"说着，她就穿戴起来，在房里走来走去。容俏看看觉得还算雅致大方，凛凛然有点朝廷女官的模样。就说："难为他们想得出来……"

"怎么样，还好看吧？"一个人走进来问道。

容俏和春颖抬头一看，见是皇太极。她们有些慌，一时手足无措。

在这种时候，春颖是有法儿的，那就是说笑上几句，把紧张气氛缓和下来再说。

"呀，吓死人了！"她说，"您自己不令人通告一声，可怨不得我们有失远迎！"

"是我不让他们通报的！"皇太极说。

容俏觉得皇太极究竟是皇帝了，可不能让他在这里受怠慢。就说："虽然事情是这样，但礼是不能缺的。"说着，就拉着春颖跪下去："谢皇上光临，皇上吉祥！"

皇太极扶起容俏，把她按在椅子上。

春颖给皇上沏了一壶新茶，又把几味时新的点心摆上了几碟。"我知道皇上未必就愿吃我们的东西，就在这里供一供吧！"

皇太极笑了，他说："这妮儿的嘴还是这么贫，过些日子我给你找个厉害的丈夫管一管你，叫你耍嘴去！"

春颖刚要还嘴，皇太极给她挤了挤眼睛，她会意了，就说："皇上又要作践我这小丫头了！好，我走，我走！我可不愿在这儿被你们嚼舌根！"

容俏问："你要到哪里去呀？"

"我要到书房那边去，我想，学生们的字该写完了吧！"

春颖出去后，把走廊上的几个丫头都遣走了。

房里只剩他们两人后，容俏觉得有点局促不安，皇太极也似乎感到异样，在房里来回走了几趟，还是坐在椅子上。

"容俏，给你的诰封还好吗？"

"亏您想得出来，给我个内务府的官，还叫我做什么都堂！"

"容俏，你明白我的心意……那只是为了使你便宜行事。没有爵衔，你在朝廷上是没法立足的，即使只在书房里也不行。"

皇太极说得对。

"皇上，您在臣子面前该称'朕'了。"

"在你面前也要这样吗？"皇太极眼睛湿润润的。

"也要这样。我也是您的臣仆嘛！"

"不，你是我的朋友！"皇太极忽然抓住了容俏的手，容俏心里火热起来，可是她只看了看皇太极，没有把手抽回来。"做了皇帝，面前全是自己的臣民，就连自己的妻妾也是……容俏，那是多么叫人难受的事呀！"

"我明白……"

"这就是我爱宸妃的缘故，在整个皇宫里，就她只把我当作一个男人看待！"

"是的，我理解……"

"可是，她虽然乖巧伶俐，但她不是汉人，更没有学问，因此，她只能做我的爱妻，而不能做我的朋友！"

容俏觉得手上有汗了，就想把手慢慢地抽回来。

可就在这时，皇太极向她扑过来了，他把她抱在怀里。容俏只挣扎了一两下就静下来。她头一次搂着一个男人的脖子，而这男人竟是皇太极！

"皇太极，你要干什么……"她喃喃地说。

皇太极没有说什么，只是亲她，亲她……

容俏的身子变得柔软了，眼睛眯起来了，皇太极才把她放在床上。

"皇太极，你要毁了我？"

"是的，我要把你揉碎，然后，再让你新生……"

容俏躺在床上，竟一点也不感到羞臊，只觉得欲火烧得全身发烫，这点她自己也感到奇怪。大概这是上天的意旨吧，她该把自己献给他……

皇太极站在床前，并不急于上去，好像要她好好地看看自己。

春颖觉得好像要发生什么事。

她后悔回来得太早，可是她竟回来了。走到门前，她站住，听到里面有小声说话的声音。皇上在说，小姐也在说，声音都很急促、激动。

她心跳起来，知道那件事终于发生了。她把窗纸戳了个小洞，她知道自己不该看的，但她竟看了。只看了一眼，就捂着臊红的脸走下了台阶……

他们穿好衣服，皇太极把容俏搂在怀里。

她哭了，像个丢了什么东西的小孩子。

"容俏，我不会这样算了，不会是个你们汉族人说的负心汉！"皇太极凑在她耳边说，"我要把你娶进家门……我就差个汉族的妃子！"

"别说些没用的了，皇太极！"容俏说，"你们爱新觉罗家有这规矩吗？"

"我才不管什么祖宗家法呢？"皇太极说，"我要让那些维护老传统的人看一看，什么叫真正的满汉蒙一体！"

容俏不哭了，那阵激动已经过去。"皇太极，你有这样的决心很好，但是我是不会进你们家门的！"

"为什么？我家辱没你吗，还有别的原因？"

容俏捂住皇太极的嘴，"……别问了，皇太极，你还记得咱们头一次见面的那一天吗？"

"怎么不记得？"

"那是在哪里？"

"在抚顺城的集市上，从那时起，我就忘不了你……"

"我也是，皇太极。直到你把我俘虏到你家里来。"

"容俏，不是俘虏……"

"是俘虏，你真的是把我的身心都俘虏来了。我曾想抵抗，找一切理由挣扎，可是都无济于事。后来我出走了，甚至要皈依佛门，可是，我的心留在这里了……"

"那么，这是天意。"皇太极又亲着她，"我们为什么要违背天意呢？"

"皇太极，你还想要什么？我已经偿了咱们之间的凤缘。"

"不，不，不！"皇太极使劲地摇着头，"上天让后金壮大崛起，上天让后金统一白山黑水，上天还要我统一全国，建立繁荣昌盛的国家！满蒙汉的缘分刚刚开始，咱们的缘分也是刚刚开始！容俏，在完成这一切的时候，我身边需要有你！"

"皇太极，我相信你会实现你的理想的！你有决心，也有力量。我不担心什么了！"

这时外面传来吵嚷声，尽管声音是压抑的，但却清晰地传了进来。

"不准去打扰皇上和师傅！"这是春颖在说。

"不，你挡不住我，蒙古贵宾要回去了，在这时候，皇上不到场是不行的！"这是宫侍的话。

"多么要紧的事，也不差这点时候，你再稍等一等！"

"一刻也不能等，误了差事，我可担待不起！闪开，让我去见皇上！"

容俏从皇太极怀里挣脱开来，说道："走吧，皇上，您的国家大事等着您呢！"

皇太极只得下床。他说："容俏，晚上，我会再来的！"

容俏正色说道："您来干什么？我可不敢接待您！"

"容俏，在咱们发生了……之后。"

"发生了什么呀？咱们什么也没有发生，您走呀，皇上！"

5

皇太极即大汗位后，曾经想改革他的一整套国家机器，实行他倾心的大明体制。可是，他面前的障碍很多，他还没有做到唯我独尊，在那样的情况下，只能修修补补。

努尔哈赤的军民合一的八旗制度，在战争中发挥了很大的作用，但用它来管理社会就不行了。特别是在拥有辽沈广大地区之后，就更是捉襟见肘。再者，国家大事是八旗旗主议政，然后由四大贝勒裁决，与日益发展的君权独揽是很不适应的。这大大阻碍了后金的发展壮大。

现在行了，皇太极已是统领一切的皇帝，他可以放开手脚地改革了。

他首先建立新的政府机构。在过去内三院的基础上，仿照中国历代皇朝设立了六部，即吏部、户部、礼部、兵部、刑部和工部。每部以一名贝勒总理部务。其下设满承政员二人，蒙、汉各一人。国家机构趋于合理、完善，办事效率也大大地提高了。

在六部之外，皇太极又设立了都察院。独立行使监督各部的职权。

他给了都察院极大的权力。上自皇帝，诸王贝勒，下至各部官员，他们都可以劝谏、弹劾、纠察。

皇太极对他们说："朕如奢侈无度，误杀功臣，或者逸乐酒色，荒废政事，或者抛弃忠良，任用奸诈，升迁不当，你们要直说，不必隐瞒。诸贝勒如果废弃事业，偷安为乐，或朝会时轻慢懈怠，部臣隐瞒不报，你们要指名参奏！六部如断事不公及审狱迟缓，你们也要查明向朕报告！明朝弊政，在你们这样的衙门，往往成为贿赂之所，你们务须互相防备检查。除了挟私仇诬赖好人者外，凡你们所奏，说得对的，朕立即批准照办，说得不对的，朕也不怪罪你们！"

一个月后，皇太极又听从范文程的意见，设了理藩院，用来专门负责蒙古方面的事务。

这些部院都用了许多汉人。这是极大的改革。

皇太极以极大的热忱投入他的改革，一直到这年十月以后，才大体有个眉目。在这期间，除了皇后、宸妃那里，他哪里都没顾得去……

他又想起容俏来了。

一想起来，他就痛心疾首地责备自己：我真的是忙昏了头，怎么竟怠慢了她！

他一边往容俏那里走，一边拍着自己的脑瓜。

但他又想：我在朝廷里干了什么事，容俏是看在眼里的，这些事都是使她高兴的事呀！对，我要一样一样地对她说！我要听到她的称赞，我要看见她眉开眼笑！

他来到容俏住的小院落。

"容俏，容俏……"

他想看到紧急在走廊上躲避的侍卫和丫头，他希望看到春颖那顽皮的模样。

一直走到容俏所住的房门，他才看到春颖。

见了皇帝，春颖跪下。

"给皇上请安，皇上吉祥……"

皇太极听到她的声音哀哀的，不由得心跳起来。

"春颖，你起来！"

春颖没有起身，只是仰起来脸。她的脸消瘦了，且满面泪痕。

皇太极一把把她拉起来，大声叫道："告诉我，发生了什么事？"

"皇上，小姐不见了！……"

"不见了？说，'不见了'是怎么回事？"

"她离开我们，一个人走了……"

皇太极呆了，他抬头望着容俏曾经住了近一年的房子。它台阶的石缝里生出了绿绿的草，一种苍凉之感笼罩了他的心头。

他慢慢地往房里走去，上了台阶，又迈进门槛。

"春颖，那是什么时候的事？"

"有两个月了吧。"

"为什么不告诉我？"皇太极回头问。

"皇上，我去报告过，可是范先生说：'容俏姑娘去意已决，谁也找不回来了！皇上这几日正忙着国家大事，你跟他说了，徒然扰乱他的心神！'……"

"春颖，你去找过吗？"

"怎么会不找呢？我心急火燎地找了几十趟……"

"事先，她就什么也没对你说？你也没看出什么征兆？"

"皇上，小姐给我留了一张字条……"

"拿来，快拿给我看！"

春颖从抽屉里的脂粉盒里把字条拿出来两手捧给皇上。

皇太极看了一遍又一遍。

　　春颖，我的好妹妹。我走了，你不要找我。我就像山外飞来的天鹅，尽管这里水草丰美，尽管他对我百般呵护，我在这里也感到形单影只。我找不到家，我的血融不进这里的土地。就是死，我的骨殖也不能埋在这里……春颖，你就自己照顾自己吧，让我们来生再做姊妹……

"是的，是的。"皇太极慨叹着，"范先生说得对。容俏是决心去了。她并不厌弃我们，也看到了我为她做的一切，可是她仍难以和我们在一起。在她心里，就像水和油一样永难相融……春颖，你说，你们汉人有多少像容俏这样的呢？"

"皇上，我看不得那么深……"

"春颖，你留下来吧……我们会好好地待你的！"皇太极把春颖搂在怀里，"你先在这里看着这个家，这里的一切，谁也不准动……"

一年后，皇太极把春颖收为义妹，给她改名为爱新觉罗·春颖。

又过了一年，又把她指嫁给一位汉族将军。

第二十四章　逼明京畿时　爱妃添阿哥

1

崇德元年（1636 年）五月，皇太极又发兵远征大明。

这次他没有亲自率兵，国家体制的改革正忙得他抽不出身来。

近两三年，虽然国事纷繁，但皇太极一点也没有忘记他的主要敌人。他几次地向大明朝廷发出和谈倡议，侦察明朝动静。他倡议和谈，但没有任何诚意。不过表明他发动战争是不得已的，借此得到中原人民对他的理解和同情。

这次出征前，他给大明写了两封信。一是写给长城防线上的将军的，信中说："我每欲请和，以各享太平。几年来派人送信不下数次，你们朝廷竟无一言答复！因此，你国人民的忧苦、死亡，我没有任何责任，而是你们君臣的过错。今后，凡我大军所至，有敢逆我对抗者，杀之！逃避山林者，俘之！如安居不动，投降者，秋毫无犯！此次进兵，决不似从前那样，轻易撤退……"

另一信是直接写给崇祯帝的，信中说："我见黎民百姓涂炭，常以和睦为念，致书遣使不下数次，不知是下边的臣属欺骗蒙蔽而没有报告朝廷呢，还是朝廷明知黎民涂炭、人民死亡而漫不在意、不愿和平呢？我一再讲和，而你们明朝大臣竟无一言回答，这是有意招惹祸乱！各城大小官员得我之书，若隐瞒不上奏者，即是不忠于君、不慈于民、专图个人之私的奸诡之人……"

从表面看，这是求和的信，但谁都闻出其中火药味十足。——你想和，我要打你消灭你，你不想和，我更要打你，消灭你！他们刚从山林中走出来，记住的就只有"丛林规则"，弱肉强食。

像以往的信件一样，仍是石沉大海、杳无音信。皇太极也不想等待明朝的什么答复，他不过是为自己的进兵制造舆论罢了！

清太宗皇太极

五月二十七日，皇太极在翔凤楼召见出征的统帅和将领。

他们是：多罗武英郡王阿济格、多罗饶余贝勒阿巴泰、超品公额驸扬古利、固山额真拜尹图、谭泰、叶克舒、阿山、图尔格、篇古、额驸达尔哈。

未出征的和硕睿亲王多尔衮、和硕豫亲王多铎、和硕肃亲王豪格、和硕成亲王岳托等多人也出席了。

从皇太极的部署来看，他起用的多是年轻将领，因此这次出兵有着练兵的性质。他们有着两次大举侵明的经验，知道一入大明内地，就所向披靡。

但皇太极仍谨慎地对他们说：

> 尔出征王、贝勒大臣，凡师行所至，宜共同计议而行，切勿妄动。尔诸大臣遇残破城池及我兵前所攻克良乡、固安等城，如欲进攻，度可取则取，不可取则勿取，各以所见，明确言之。倘不明言，恐日后追怨，则私相议曰：我曾如此言之，但言而不听耳！夫初未明言，及事后而谓曾有是说，其谁信之！今若各抒所见，明确言之，而众人犹有争论不决之处，宜听武英郡王剖断，毋得违背，朕视凡人进兵时，多始慎终怠，所以有疏虞之处，能于此处念之不忘，庶乎其可矣！

这些指示，毫无疑问是经过他的汉官整理的，不是他的原话。但充满着皇太极的说话的语气和做事的精神。

他强调凡事都要商量着办，以发挥集体智慧。另外他针对这些初出茅庐的青年人说：有话说在当面，不要做事后诸葛亮。又说：你们办事，往往虎头蛇尾，开始时谨慎结束时懈怠。如果这样，难免不出大错！战争关系到千万人的生命，稍一疏忽就会造成大错！

他的话看似啰唆，但很有针对性，很有哲理性，句句语重心长。

三十日，是大军启行的日子。皇太极带领文武百官出城送行。

他身着皇帝袍褂，带领将领们在堂子（祭坛）祭天。

堂子里外排列着护军八纛，仪仗队吹起螺号和蒙古大号，同时礼炮轰隆作响，传出几十里外。皇太极从堂子里出来，向天行三拜九叩大礼。

然后，他来到城西的演武场接见出征的将士。他说："将士们，你们带着上天的意志，朕的意志，勇敢地出征吧！上天会保佑你们！"

将士们高声回答："皇帝万岁！万万岁！"

这时，阿济格和诸将向皇帝请行。

皇太极拉着阿济格的手，问他道："我的十三弟，你记住朕的话了吗？"

"牢记在心，永远不忘！"

"那就好，凯旋时，朕在这里迎接你们！"

这时响起三声大炮，大军出发。

皇太极估计阿济格快要到达长城脚下时，为了牵制明军，他又派出一支劲旅，佯攻山海关。他说："多罗武英郡王的大军快要出边了，为了他顺利进入明境，朕想别遣大军向山海关袭扰。明国知我兵至，恐山海关有失，必攒集大军救援，阿济格郡王就可以从容入塞了！"

大臣们都觉得这样才万无一失，欢呼皇上英明。

于是他派出了他的强将，任命和硕睿亲王多尔衮为主帅，和硕豫亲王多铎、和硕成亲王岳托、和硕肃亲王豪格等参加，率各部军马执行牵制明军的任务。

他们相继出兵。

阿济格奉命率领清主力远征，目标直指明朝京畿地区。七月十九日，他给皇太极的报告军情的信中说："大军于六月二十七日分作三路入独石口，八天后，会合于京畿延庆州。先攻取近处的长安岭堡、雕鹗堡两处据点，败明军七次，俘获人畜一万五千二百三十。"

2

就在大军离开沈阳不久，宸妃给他生下了一个儿子。

在整个怀孕期间，她就被许多太医和产婆围绕呵护着，他自己更是不时前来询问，弄得宸妃哭笑不得。

"姑姑，"宸妃对皇后说，"这样不好，别的宫妃生孩子都这样过吗？这无端地叫她们说我娇贵，使我无法做人！"

"兰儿，皇上是怕你有闪失。"

"怎么会呢？我很好，如果有事，我会派丫头去请人的。"

姑姑只好把那些太医婆子遣走。

宸妃是十分贤正的，尽管皇上对她分外恩爱，但她自知分寸，对后妃姊妹总是礼让有加，绝不托大。当她被封为位居皇后之下的贵妃时，她曾几次地拒辞不受，又向妹妹布木布泰致歉。弄得皇上十分恼火，幸亏皇后各方说话才得安宁。

临盆前，皇太极又闹了一回。他为此竟不到朝堂视事了，整天守在关雎宫里。

"皇上，这样做，人家会笑话你的！"皇后说。

"朕不管，"皇太极说，"朕要看着兰儿把孩子生下来！"

"有我在这儿不行吗？"

"朕怕出事……"

"皇上这样关切，这孩子福大命大，怎会出事呢！"

"话虽这样说，可是朕不放心！"

皇后正色说："你若再这样呀，我可要说话了。我生两个孩子时，你在哪里呢？你守在我面前一次过吗？你这样对待兰儿，我可要嫉妒了！"

皇太极没话说了，赶紧给皇后行礼，说道："很对不住，那时我年轻，全身心都在事业上了。再说，我也不敢违拗大汗，从前线私自跑回来！"

"我倒不怪你。"皇后笑了，"我只觉得皇上有点乖张，不合常理，要知道你才刚刚即位呀！"

"那么，哲哲，你给我守着！"

"好，我寸步不离，给你立军令状！"

这样，皇太极才离开了。

及至宸妃分娩，就谁也赶不走他了。接生婆给他下跪说："皇上，请您离开这儿，您在这儿，小的们不敢动手。"

"怎么，朕在这里，你们就不好下手？你们要把宸娘娘怎样？"皇太极横鼻竖眼地叫道。

看他这样地不讲道理，皇后硬是把他推到门外去了。

幸好还有皇后能够左右他。

在门外的走廊上，他背着手走来走去。一个太监把椅子搬到他面前，请他坐下，被他一脚踢到阶下。

宸妃知道他在外面，就尽量地不出声，可是阵痛难忍，她还是叫了起来。

"兰兰，她们把你怎样？"皇太极喊，"你说，我把这些狗东西一个个地宰了！"

哲哲把他拉到院中的藤萝架下，抓着他的手说："皇上，你对下人一直是宽容仁厚的，怎么遇到这事就变了呢？"

"朕为兰儿着急呀！"

"你急，我就不急吗？她是我的侄女呀！"

"哲哲，我觉得心痛！"

"可是，生孩子都是这样呀！"

"你生孩子也是这样吗？"

"我真羡慕兰儿，她受到你这样的关注。我生孩子那时，吼下天来，也看不到你的人影呀！"

"哲哲，原谅我……"忽然，他看到门口有个小太监在鬼鬼祟祟地伸头探脑，就呼唤他们过来，"你们干什么？不懂规矩吗？"

"回皇上，刚才，见您和皇后说话，不敢过来……"

"有什么事，快说！"

"回皇上，早上，带着诏令去通知钦天监……"

"他们说什么？"

"回皇上，他们说：直到如今也没见什么异兆！"

"怎么可能呢？朕的爱妃将要分娩，上天怎会没有天象呢！"

"天象一定有，皇上，"皇后安慰皇太极说，"自古天象总是显示给应该知道的人，他们未必能够测到，你就静心地等吧！"

这时，房里又传出宸妃的哀叫。皇太极一步三级地跑上台阶，用手咚咚地捶门。

一个小丫头出来说："皇上，宸娘娘有点难产……"

"难产？难产是什么意思？"他回头问皇后。

皇后说："就是有点不太顺利……分娩时，这也是难免的事！"

"怎么会不顺利？"皇太极喊道，"是不是这几个接生婆不中用？来人哪，把这几个婆子拉出去给我打，另去找一批来！"

皇后见他失去理智，就小声对他说："皇上，在这样的情况下，就得祈祷上苍了！来，跟我到神堂去……"

宫院里有几个供奉着各样神仙的神堂（小庙宇）。他们刚刚走出关雎宫，一个小丫头就气喘吁吁地追上来说："皇上，皇后，宸娘娘生了小阿哥！"

"谢大谢地！"皇太极立刻拉了皇后回头就跑。

跑到宫门，他倒立刻冷静了，叫宫女拿来了竹帚，给他们两个浑身扫了几遍。他说:"小阿哥刚到世上来,别把腌臜的东西带给他!"

然后,他轻轻地推开门,走了进去。

几个仆妇和接生婆一齐向他跪下来,贺道:"皇上大喜,宸娘娘生下了皇阿哥!"

皇太极从她们中间跳过去,跑到宸妃床前,弯下腰说:"兰儿,怎么样,还好吗?"

"皇上,托你的福!"

"朕听到你在喊,心都要跳出来了!"

"嗨,你呀!"宸妃费力地抽出手,在皇太极脸上搔了一下,"又弄得鸡飞狗跳了,是吧?"

"鸡飞狗跳算什么? 皇子诞生,应该雷霆万钧!"

"皇上,千万别这样!"

皇太极望望在床边的那个蠕动着的小布包,说:"朕敢看看他吗?"

"你的儿子,怎么不敢呢?"

皇太极轻轻地把襁褓掀开一角,那里面有个小小的满面皱纹的人儿在挤眼睛摇头。他有点怕,赶紧把襁褓盖上了。

"兰儿,他怎么愁眉苦脸的?"

"他刚来到这世上,也许发觉并不如他想的那么好……"兰兰说。

"那他是多虑了! 大清是咱们的,是他的!"皇太极说,"朕会把一个太平盛世交给他的,你让他放心!"

"皇上,我是和你开玩笑,他,一个才生下的孩子懂什么!"

皇后把皇太极拉开,她说:"你也该去歇歇了,半天老是跑着站着的!"

"朕高兴,不累,一点也不累!"皇太极还想在这里磨蹭。

"你不累,兰儿还累呢,你该让她休息了!"

走了几步,皇太极又跑回床边,对宸妃说:"兰儿,朕立刻就回来!"

"别,皇上,我要睡觉了!"

"想睡,你就睡吧,朕就守在你的床前!"

3

清军刚入边,七月三日,北京就全城戒严了。

崇祯帝是距今较近的皇帝，历史家早就把他研究得纤毫毕现了。谁也不能说他是个昏庸的不想有所作为的君主，他很想振兴家国，很想改革弊政，很想平定四方，很想使百姓安居乐业，可是他没有什么治国平天下的本领。

没有本领也不要紧，你能知人善任也行，可是他也没有这能力。

你不能识人、不能用人也不要紧，你可令几位能干的大臣来干。那时朝廷上还真有几把好手，除了奸佞温体仁外，几个大学士都有能力改变现状、力挽狂澜，他们都愿意为他竭尽忠诚。可是他小肚鸡肠，心里盛不了芝麻绿豆大的事儿，且又生性多疑，对谁也信不着。于是今天把这个大臣削籍、下诏狱，明日又把那个大臣免职、交给锦衣卫。弄得大臣们一边给他干着活儿，一边忐忑不安，惶惶不可终日。

最后，他信得着的就只剩身边的几个中官（太监）了。

他的哥哥朱由校一朝，就是因为魏忠贤等中官乱政，搞得朝廷乱七八糟。他即位后，曾下绝大的力气拨乱反正，并痛心疾首地说："从兹而后，万勿重蹈覆辙！"可是仅隔几日，他就"旧病复发"了！

既然他以为外臣谁也不可信，他也只好信任那几个中官了。

他要亲自指挥这一场反击战。

他急令中军李国辅守紫荆关，许进忠守倒马关，张元亨守龙泉关，崔良用守固关。这四个关口都在京师的西南，与山西交界的地方。

可是他估计错了，清军没有走山西，而是经延庆入居庸关，取昌平，直逼京师！

昌平是北京的门户，那里是有重兵把守的。

阿济格用了几乎稍一留意就可识破的小计，就把昌平取得了。

一路上，他收降了许多明兵，经过训练后，他令二千人诈称逃归。巡关御史王肇坤不知是计，想开门收纳。总兵巢丕昌劝他说："看那些兵并不蓬首垢面，脸上也无忧虑之色，怕是有诈！"

王肇坤说："不管怎么说，他们是汉人，哪有汉人甘心做贼的道理！"就令放下吊桥，尽行收进。

第二天，阿济格的大军一到，那二千兵立刻反叛，内外夹击。他们砍断拉绳，放桥开门，清兵势如洪水，一泻而入。巢丕昌投降，正在城内的户部主事王桂、赵悦，判官王禹佐、胡惟宏，提督内监王希忠都被杀！

夺得昌平，又烧了明德陵。清军自西山以南趋良乡。

两天后，阿济格移兵沙河、清河镇，昌平的降军也到了北京的西直门。

崇祯帝十分惊慌。"命文武大臣分守都门"，令兵部传檄山东、山西、大同、保定及关外五万人入援京师。

时任兵部尚书的张凤翼自请总督各路援军，得到崇祯的批准，并赐给他尚方宝剑，还发给万金和奖牌五百。任命太监高起潜为总监，辽东前锋祖大寿为提督。

崇祯的战术是固守城池、伺机出击，实际上是谁也不敢和清军对垒。

他重用太监，凡边防督兵都让那些根本不懂军事的太监充任，使有能力的将军没有自主的权力，既不能主动接战，又怕动辄得咎，整个形势岌岌可危。

有个叫金光宸的河南道御史看出了这一点，冒死给崇祯上书，参劾为太监歌功颂德的兵部侍郎仇维祯是别有用心，并提出罢免内臣督兵。

这一下子戳到了皇帝的心眼子，再加辅臣温体仁极力地诋毁金光宸，皇上便立刻把金光宸传来，在乾清宫的平台接见。

金光宸是个矮矮的黑汉子，他上书时就已把生死置之度外了，因此他很坦然。皇上说："知道为什么叫你来吗？"

"知道。臣下进宫时，已经看到排列在阶下的锦衣卫了！"

"你不怕吗？"

金光宸说："在国难当头的时候，要是每个臣子都畏首畏尾，国家还有救吗？"

听了他的话，崇祯气得脸都黄了，吁吁直喘地说道："金光宸，你攻击朕滥用内臣，纯是胡说八道！正因为你们这些外臣不忠不勇，朕才不得不派出身边的人……"

"皇上错了！"金光宸截住崇祯的话说，"事情相反，正因为皇上不信任外臣，外臣才不能发挥自己的忠勇才智。中官大多不懂军亦不知政，只知擅作威福，有百害而无一利！实际上……"

这时站在阶下的锦衣卫冲上玉阶，高喊道："金光宸大胆，竟敢顶撞皇上！""让我们把他带走！"……

可是金光宸面无惧色地依旧把话说完："实际上，朝臣中不乏忠诚义勇之士，他们有才有德，时刻准备为我大明肝脑涂地……"

"别说了……"崇祯大喝一声，站了起来。他用颤抖的手指戳着金光宸的额头吼道："你……你……仇惟祯刚到通州，尔就借题沽名，真……真……真是乱臣贼子！来人哪，褫夺他的冠服，押进诏狱！"

就在这时，狂风暴雨突然而至，闪电雷鸣环绕宫阙。崇祯跌坐在御座里，惶然四顾。侍者也手足无措，只好用衣袖给皇上挡雨……

锦衣卫呆了一会儿，才趋前要捉拿金光宸。

皇帝向他们摆摆手说："朕想明白了，金光宸所以这样犯颜直谏，不过是为国情急耳！"

金光宸说："皇上知我。明天我就回河南去了。如果在那里，臣能听到皇上敕撤内臣的消息，会望阙谢恩的！"

皇上说："你不要说了……"

第二天，皇上有旨云："诏光宸镌三级调外。"可见顶撞了皇帝总是不行，处分是免不了的。

时人都说："光宸忠直，有天幸云。"

崇祯不仅心细多疑，而且很不担事。几天后，勤王兵未到，他就有点绝望，常常彻夜地对灯叹息。大太监李顺成嘴巧，也只能对他说些安慰宽解的话，听得多了，崇祯也十分厌烦。只有悦妃能使他安静些。

"悦妃，如果清兵打进宫来，你说怎么办呢？"

要是李顺成，他就会说"皇上，不会的。皇上是上天之子，神灵会保佑的！"如此之类的话。

可是悦妃不这样说。她望着皇上，眼睛里充满晶莹的泪水，咽了一口气说："我听皇上的……"

"朕听他们说：清兵都是食人的人，是些奸淫掳掠的野兽，他们如果看到你们，那不兽性大发吗？因此，朕想把大多数的嫔妃都放走，只留下几个朕爱过的……"

"皇上，留下我吗？"

"当然……"

"皇上领我们出逃吗？"

"不，咱们能逃到哪里去呢？"崇祯说，"虽说天高地阔，也没有咱们的立足之地。朕想把你们亲手杀了！……"

"那太好了，皇上！"悦妃偎在崇祯怀里，"到时候，我就把脖子伸得长长的等着。皇上，死是容易的，可是，我牵挂的是皇上，皇上怎么办呢？"

"是呀，我怎么办呢？"崇祯自语道，"我也要死，就死在你们身边。"

"那，咱们拉着手……"

他们相拥着哭起来，还像小猫儿似的伸出舌头互相舔着泪水。

"悦妃，为什么上天不让咱们早几年相识呢？"崇祯说，端详着她。她是美的，大大的眼睛，小巧的鼻子。那嘴呀，唇呀，就好像精巧的匠人一刀刀地雕出来的。额头上有一条细细的蓝色的血管横向发际，这使她有一种仙人般的灵气。

"悦妃，朕不能杀你，你是仙人，你从哪里来的，就回哪里去吧，你能陪伴朕许多日子，也就很够了！"

"皇上，我不是仙人，我是凡人！"悦妃说，"我能做皇上的妃子，就是神仙也不艳羡。我愿随皇上去……"

"悦妃……"崇祯把她紧紧地搂在怀里，亲着她，"朕看你眼睛里连一丝尘垢也没有，心灵里连一点俗念也没有，这样的人说话是灵验的，你说，清兵能够打进城吗？"

"我不想说些无用的安慰你的话……"

"那样的话，我听够了！"

"我说心里的话……"

"悦妃，我爱听实话。"

"清兵打不进来！"

"真的吗？"

"我不愿骗皇上。"

"能够说点道理给朕听么？"

"好的。"悦妃说，"那个'大清'真的很强大，它占去的地面快要有半个中国了，但它还是打不过咱们。咱们的人比它多几倍，咱们的臣民都瞧不起那些无知无识的人。咱们有许多有勇有谋愿意效忠皇上的将士。就是普通的老百姓也有许多愿意和清军拼命的。所以，他们就是把京师包围起来，我们也不用怕……"

皇帝看着她那小嘴一张一合地说着，她说不出高深的道理，也没有激切的言语，可就是那样令人可信。他的心亮了许多，也镇静了许多。

"可是他们为什么一次次地来呢？"

"为了抢掠呀，为了试探呀，为了消耗咱们的力量呀，为了震慑咱们的人心呀……就为了这……"

"那么，他们还会走吗？"

"就要走的。"悦妃说，"几天后，他们就要走了，他们知道这里没有他们待的地方。就像一群狼，它们来了，在人家的家里糟蹋了一顿，吃喝了一顿，末了还得走，因为，它们知道这不是狼的窝。"

"那么，咱们就在深宫里，等着他们走吗？"

"正是，咱们什么也不用管，就在宫里玩，一切让大臣们去干。我在这里给皇上说故事，给皇上做好吃的东西，我还会唱家乡的小调，一唱，皇上准听得入迷……"

"好的，朕就听你的话……"

正如悦妃所说的，清军根本无意攻打京师，也不想在这里久久地围困。就连皇太极也知道他胃口再大，现在也一口吞不下中原大地。以后的事实也充分证明，如果没有李自成等农民军把国家掏空，如果没有像吴三桂那样的人开关迎敌，多尔衮就只好永远在山海关外伸头探脑了。中国的那段历史就得另写……

阿济格依照皇太极规定的作战方针，机动灵活地在京畿一带转了一圈。可是也不像他对皇太极汇报的那样"如入无人之境"，他杀了很多人，掳掠了无以计数的百姓和财物。末了，留下了几千具血淋淋的死尸，走了。

七月十五日，清军攻克宝坻，杀知县赵国鼎。二十一日入定兴，下房山，占涿州，攻固安，克文安、永清（均在北京南），分兵攻漷县、逐安、雄县、安州、定州，趋郑州口，不下，转攻香河，破顺义，知县上官荩自尽，其余将领被杀。

紧接着转向东北，至怀柔，陷西和，占领河西务（香河南，大运河西岸）。

八月十九日，清兵分屯密云、平谷……

在一个多月的时间里，清军紧紧地围绕京师，"徧蹂畿内"。凡城池堡镇无不攻击、抢掠。阿济格向皇太极报告说：共克十二城，五十六战皆捷，获人畜十七万九千八百二十。

阿济格所说的连战皆捷是不确实的，可见清军将领也沾染了虚夸的毛病。明统治集团虽然腐朽透顶，但对清兵，大多能够同仇敌忾。

清军刚入居庸关时，便立刻遭到激烈的抵抗。明大同总兵王朴昼夜带兵驰援，只一战，清兵就被斩杀一千一百零四人，又有一百四十三人被俘。

激战涿州时，明军以少胜多，清军虽立刻撤走，也损失了二百多人。

清军围攻定兴时，辞官居家、六十多岁的前光禄寺少卿鹿善继毅然地离家进城，和知州薛一鹗共同守城。他们坚持了六天，终因寡不敌众而城破。此时，他正守在城南门，敌兵围绕着他高喊："投降不杀！"鹿善继抖着一捧雪白的胡子，激昂地说："我乃堂堂明臣，岂能在清军面前低头！"

被激怒的清兵把大刀压在他的脖子上，说："鹿老头，只要你说一个'降'字便可放你回家！"

鹿善继笑道："为大明而死，就是回家！"

清兵砍了他三刀，他倒地后仍然大骂不止，又被射一箭才绝命。

像鹿善继这样的英烈几乎每个城镇都有，但"犹捧一篑以塞溃川，挽杯水以浇烈焰"。他们挽救不了大明迅速崩溃的颓势。

八月三十日，阿济格率军经雄县北去，奔冷口东归。

一见"强盗"出门，明军的那些懦弱的将领们有精神了。兵部尚书张凤翼立刻率师出京，从后面赶来；总督宣、大兵马的梁廷栋也挥师北上，尾随清军。他们都不敢发动攻击，怕把清军引回来。张军行至五重安停下来"固垒自守"。

当清军就要出冷口时，守关的明将崔秉德请求力守关口，堵住清军的归路。可是督军的太监高起潜骗他说："都留下他们，怕是吃不下，等他们出关一半时再说吧！"

可是直到清军完全走个干净，高起潜也没下封关的命令。就那么瞪着眼看着清军押解着俘虏的十八万人畜，赶着装满财物的大小车辆，吹着喇叭欢快地从他们面前走了过去。史书《国榷》上说：清军"俱艳饰乘骑，奏乐凯归"。

连续四天，清军才过完关。照理说，撤退的军队应以精兵殿后，可是阿济格却把没有什么抵抗力的辎重车放在最后，他自己带兵前走而不顾。要是明军想出手袭击的话，他们有的是时间和机会，但明将谁也不想"招惹是非"。出了冷口后，阿济格令人把路旁的树皮剥光，上写"谢大明各官相送"，以戏谑明朝将吏。

回到沈阳后，皇太极曾对阿济格大加批评，骂他粗心大意，侥幸没受到袭击。阿济格笑嘻嘻地说："他们敢吗？咱们不在那里住下来，他们就谢天谢地了！"

明廷每次都是这样，敌人来了，大臣们畏首畏尾，敌人走了，他们开始追究责任了。许多廷臣连续上书弹劾张凤翼、梁廷栋等人的罪责，说他们"恇怯不敢战，近畿地多残破"，把一切罪过都归到他们身上。他们极为恐惧，知道皇帝绝对饶不了他们。于是他们每天服用大黄麻求死。九月二日，张凤翼先死于军营，十天后梁廷栋也死了。

几天后，法司拟出了他们的罪状：将张凤翼罢官，梁廷栋论死。

4

皇太极乐呵呵地走进关雎宫。

"来，让朕看一看小宝贝！"近一两月来，皇太极每天都要来几趟，就是阿济格凯旋，他也只离开了半天时间，就回来了。

"算了吧，"宸妃抱着孩子不给他，笑着说，"你就不能到别的宫里去转转吗？"

"你要朕到哪里去呢？"皇太极仍搭讪着来到宸妃身边，在她额头上亲了一下。

"到我妹妹那里去，到皇后那里去……"

"朕去过了嘛！——你听到她们说什么了？"

"我倒没听到她们说什么，可是自从我来了后，你就没到别的妃嫔那里去过几回。你是皇帝，不怕别人说话，我可怕哩！"

"皇后、布木布泰都是有德行的人……"

"那就更不能亏了她们！"

"好了，让朕看看孩子就走。"

宸妃不愧是博尔济吉特氏家的人，总是那样礼让贤淑。纵然自己很得皇上的恩宠，但绝不恃宠而骄，更不凌越别人。只要有时间，她就到各宫里串一串，赚得了个好人缘，就是这样，她也十分小心谨慎。

宸妃把孩子抱给皇上。皇太极瞅着孩子的眉眼问宸妃："你瞧，他像朕吗？"

"多像呀！"宸妃说，"是爱新觉罗家的龙种！眉，细长而浓，鼻窄而隆正，都像是从你脸上拓出来的。"

"那倒是。不过，他好像更像你一些，比朕漂亮多了！"

"皇帝又要转着弯儿卖弄我了！——有这工夫，快给孩子起个名字吧。他已经出生好几个月了，连个名字也没有！"

"朕也曾让范文程等汉臣起了几十个名字，可是挑来挑去，朕一个也没看上！"

"皇上，何必这样认真呢？名字嘛，不过是个记号罢了。"

"那可不行，咱们的孩子是要做皇帝的呀！"

宸妃赶紧捂住皇太极的嘴说："皇上金口玉言，可不能乱说！"

"兰儿，朕绝不乱说，朕真要把天下交给他！"

宸妃郑重起来，她说："皇上，孩子才这么小，您何必多说话呢？论班辈，他不是您的长子，若子以母贵，我又不是皇后。再说，孩子长大后，其才与德又不知怎样了……"

他们的谈话严肃起来。

皇太极却不想这样，他到这里来，是为的找乐子的。

正巧，孩子把眼一眯笑了，张开没牙的小口，呵呵有声，还用小手摸着皇上。

"听到没有，兰兰？他在叫阿玛呢，他认出朕来了！"皇太极乐不可支。

宸妃和房里的几个丫头都围过来看，那孩子圆圆胖胖的脸是很叫人待见的。

忽然皇太极觉得腿上有点热，接着就听到水流声。

"啊呀！"侍女叫道，"小阿哥撒尿撒到皇上身上了！"

也许小阿哥感到事情的严重性，把嘴一咧，哭起来了。宸妃想把孩子接过来，要皇上到内间换衣服。

"你们忙什么呀！"皇上说，"看把他惊的，都哭了！不被孩子尿上几场，还有资格当阿玛么？"宸妃把孩子接过，又交给一旁的嬷嬷，她拉着皇上到内间去，要给他换下衣服晾晾。

到了内间，皇太极就把宸妃抱起来，亲了又亲。

"晚上，朕还要到你这里来……"

"不行，你还是到妹妹那里去吧。"

"她有孕了。"

"真的？那真得感谢天地！她进门几年了竟还没有孩子，这回好了！我得把小阿哥的衣物好好留着，准备给她的孩子。科尔沁有个风俗，拾别家孩子的衣物，孩子会长命百岁！"

"你们真是姐妹情深！"

"快把外面的袍褂脱下来吧。"

"不用，不用！"皇太极说，"带着儿子的尿去主持军国大事才好哩！"

"皇上，别狂！"

"朕就要狂，朕要把大明的天下抓过来，不狂行吗？"

"阿济格立了大功吗？"

"他只在大明的京城周围转了一遭，算不得大功。"皇太极说，"朕知道他会顺利地回来的，所以，这次出征，没有派出朕的一流将军。接着朕就要派多尔衮去了，令他在大明的肚子上多捅几个窟窿！"

"还要去吗？"

"要去。朕一直要打得大明愿意讲和……"

"皇上，您真要和大明讲和？"

"世界上哪有真讲和的人——朕一口吃不了个大明，如果讲和成功，咱们就有时间壮大自己了。就像传说中的英雄那样，歇一歇，长长力气，然后一鼓作气地把敌人打死！"

第二十五章　遣师四征明　屠殁英雄汉

1

崇德三年（1638年），八月二十三日，皇太极发布了第四次征明命令。

这一次，他派出了大清第一流的将领。

他任命睿亲王多尔衮为奉命大将军，肃亲王豪格、贝勒阿巴泰为副，统率左翼军。

任命成亲王岳托为扬威大将军，贝勒杜度为副，统率右翼军。分两路伐明。

出兵前，皇太极像以往一样，详细地指示了作战方略：

> 凡王、贝勒、贝子临阵时，七旗败走，而一旗拒战者，七旗之牛录人员俱给予拒战之一旗；一旗败走，而七旗拒战者，败走之一旗即行革黜其所属人员给战者。勿见利轻进，勿临阵败缩，勿扰乱队伍，违者按军律治之！军士离伍者、酗酒者、喧哗者，罪之。一切军器俱书姓名，马必印烙。勿毁寺庙，勿杀平人，勿褫其衣服，勿离其夫妇。

又说：

> 征伐非朕所乐，朕常欲和而明不从，是以兴师。慎勿妄行杀戮，勿贪掠财物。尔等主帅，众所观瞻，若能自处以礼济之以和，则归附各国必以为吾国强而有德，勇而有礼，益加悦服矣！

八月二十七日，岳托率右翼军先行。九月四日，多尔衮率左翼军离沈。

皇太极像往常一样，率领文武百官送行。

为了保证远征的胜利，皇太极亲率大军前往锦州、宁远等处牵制明军，"使其东西疲于奔命，首尾不能相顾"。

两路清军于九月底先后由墙子岭和青山关毁边墙而入。

这两处关口在燕山脚下，地势十分险要。尤其是墙子岭，山高路狭，有"一夫当关万夫莫开"之险。可是明军在这里并没有严密的守备。清军在夜里趁明军不察，爬到山顶没有墙的地方，突然冲入。

天亮后，明军才发觉。密云总督吴阿衡率军仓促迎战，战败而死。

两路人马越迁安，过丰润，会合于通州河西。又从北边绕过北京至涿州，分兵八道向西进攻。一路沿太行山下，一路沿运河前进。其余六道布于山河之间，纵兵并进。

北京以西，至山西地界，千里之内多为旷野平川，善于突击的满蒙骑兵，放马飞驰，犹如狂风卷地。箭锋指处，明军纷纷披靡，沿途经过的州府城镇，皆被攻掠。

2

送走多尔衮的大军后，皇太极就在宫里期盼着胜利。为了使自己等得不是太寂寞，就想带一支人数不多的部队去平定最近反叛的蒙古喀尔喀部。

可是使他揪心的事来了。

宸妃的孩子突然得病。

事先几乎没有任何预兆，他知道时，那个还没来得及起名的孩子就昏迷不醒了！

皇太极赶到关雎宫，那里围着许多太医。皇后和几宫贵妃也都在。

"怎么回事？"他问，语气中有着急躁。

皇后把他拉到一边说："皇上，别着急，太医正在诊治。"

"怎么回事？"皇太极又问了一句，"早上朕来时，孩子还好好的，他还朝朕笑呢！"

"有道是'病来如山倒'，"皇后给他解释，尽量地稳住他，"病来得快，去得也必然快。你别着急，等着太医的诊断，一旦弄清了病因，对症下药，就好办了！"

皇太极稍微安静了些。

忽然人散了，一位花白胡子的老太医跪着爬到皇太极面前，也不说话，只是往地上碰头。

"你是干什么？小阿哥是什么病？"皇太极问。

"皇上，小阿哥突患惊疯之症，邪气扼住命门……"

"别说那些，"皇太极踢他一脚，"一句话，他的病怎么样？"

"皇上……"老太医哭了，"阿哥的命太贵重，怕是上天要召他去了！"

"你说什么？你们这些无用的狗东西！"皇太极又要抬脚踢他，皇后极力地抱着皇太极，挥手要太医到一边去。"皇上，俗话说：生死有命，富贵在天，凡人是强求不得的！不过咱们还是要想办法……"

这时，宸妃把孩子交给嬷嬷，跑到皇上面前跪下说："皇上，臣妾没有把阿哥照管好，死有余辜……"

皇太极把宸妃拉起来，紧紧地抱住她："兰儿，没有你的事！咱们还要想办法，儿子会好起来的！"

皇后把太医叫到门外，问他："说实话，还有办法吗？"

"皇后……"老太医还要下跪，被皇后一把拉住，"你别怕担责任，只要你说了实话，我会护着你的！"

"皇后，这是一种'时症'，病来得急，一下子就堵住了命门，滴水不进，是无药可医的……"

"我听说'时症'是上吐下泻……"

"是的，那是轻症，他能吐出来、拉下来还好呢。"

皇后说："老先生，你再想想，宫外是不是有人能够治了这病？只要他还在世上，咱们就能找到他！"

"皇后，我有个师祖叫孟繁宾，他在山东枣庄以东的两狼崮上隐居，如果他还在世的话，也许他能够治了这病……"

又是"如果"，又是"或许"，皇后没敢对皇上说。要是被他知道了，他一定下令驰骋中原的多尔衮，要他派铁骑冲到山东枣庄去……那非闹个翻天覆地不可。

皇后让太医回去商量，争取一线希望。

她跑到床前，见孩子躺在那里，面色煞白，只一张小嘴还翕动着。

有的婆子提出叫萨满巫太来驱邪，还有的嬷嬷提出到园子里去挂红布条儿消灾。皇后知道这都是胡扯，但她都同意了，令赶紧找人去办！因为在这里无计可施地等着，就不如去做点什么……

"皇上……"宸妃倒比任何人都冷静，她劝皇上说，"千万别怨这怨那，谁也没有责任。就是臣妾没有早发现孩子有病……太医说：要是早一个时辰……"

"兰儿……"皇太极用衣袖给宸妃抹着泪水，"如果孩子有什么不测，朕就把那些百无一用的太医全杀掉！"

"皇上，你是个好皇帝，怎么能办那样的事呢？"宸妃忍住眼泪说，"咱们的孩子是龙种，决定他生死的是上天，几个太医能做什么呢？就是咱们也难以拗过天！——孩子要走，也只好让他去了……"

"不，不！……"皇太极叫了两声，就跑出去了。

皇后怕他有什么事，正要跟出去，皇太极又风风火火地跑回来。他冲到床前，把围在床边的嬷嬷、婆子都推开，把孩子抱在怀里。"朕是真龙天子，看谁能够从朕的怀里把孩子夺走！"

到了晚上，孩子死在皇太极的怀里。

宸妃好容易从他怀里把孩子抱出来，她说："皇上，孩子已经去了，您还搂着他，使他的灵魂不能安心地走……"

哭得最痛心的是皇太极，他悲痛地说："什么皇帝，什么真龙天子……竟连自己的孩子也留不住！朕真是无用呀……无用呀……"

宸妃还没顾得自己伤心，就去劝皇太极，可是皇后向她摆摆手，意思是让他哭上一场好把心中的郁闷发散出来。

哭着哭着，皇太极忽然叫道："叫他们都来，宫中所有的人都来！都来给朕的儿子送行！……庄妃在哪里？她为什么不在这里？"

皇后说："是我不让她来的，——布木布泰这几天就要临盆了，没出生的孩子怕阴气冲撞……"

"朕的孩子死了，她的孩子却要生了，不行，叫她来，叫她来！"

"皇上，"宸妃说，"您痛糊涂了吧？布木布泰的孩子，也是您的孩子呀！"

"朕不要，不要！"皇太极有点疯狂，"朕只要你的孩子——去给朕把布木布泰叫来！"

在门口的一个宫女刚要去，被宸妃一把拉住，"谁也不准去打扰庄妃！她是我的妹妹，要是她再有个好歹，还让我活不活呀！"说着大哭起来。

几天后，小阿哥安葬了。这时的宸妃才真正明白发生了什么事，她谁也不见，只是在关雎宫里抱着一个枕头哭着。要不就让宫女陪着，一天几次地往孩子的坟茔跑。在那旷野上对着上天喊叫："孩子呀，你为什么不管额娘了？……在这世上，你是我最宝贵的呀！是的，我还有你的阿玛，可那不是额娘自己的呀……"或者"孩子，你真命苦，活了一两年，连个名字也没赚到，你的阿玛虽是帝王，可是他连名字也没赐给你……"

皇太极每天都去看她，可是他们没什么话说，只是相拥着哭……

一次，他们竟吵了起来。

"皇上，孩子嫌家里穷才走掉的……"

"家里穷？咱们是帝王之家，天下都是咱们的！"

"您也就是个天下了，别的还有什么呢？"

"他还小……"

"人是小，他还不懂得要东西，可是您连个名字也没给他呀！"

"朕是想给一个好名字，才……"

"乡下人'阿狗''阿猫'地叫，才长命百岁呢！"

宸妃的情形每况愈下，两三个月后，她就有些神志不清了，只是见了皇上还好些。

谁也说不出具体的原因，皇上对庄妃的态度越来越冷淡了。永福宫他是不去的，有时在甬道上对面遇见，庄妃给他请安，他却连头也不抬。

是因为宸妃的孩子死了，庄妃的孩子却要生了呢，还是因为姐姐日渐枯萎而妹妹却还娇艳呢？

3

当清军从北京掠过直下中原的时候，明朝统治集团内部却上下意见分歧、党派明争暗斗。以兵部尚书杨嗣昌和太监高起潜为首的大臣，认为难以抵挡清军的大举进攻，主张议和，以求得喘息的时间。

这几年明朝日渐衰颓。清军的连续进攻和掠夺，使得人心惶惶。各地农民起义更如燎原烈火，烧红了大半个中国。洪承畴、左良玉、卢象升与各省督抚被义军弄得左支右绌、焦头烂额。由于连年战争，绝大部分老百姓不能安居乐业，生产力大大地衰退。成千上万的饥民、灾民，在走投无路时迅速地变为"贼寇"，所以明军实在无法应对凶悍清军的凌厉进攻了。

这就是主和派的理由。

从心里说，崇祯是不愿意议和的。哪个皇帝愿意和敌人低声下气地谈判呢？可是杨嗣昌等人的理由太难反驳了。

没法，崇祯帝愁眉苦脸地说："等等看吧，朕想听一听前线回来的将领们的意见。"

于是，把卢象升叫来了。

卢象升，常州宜兴人，字建斗。天启进士。出仕后历任大名知府、右参政、按察使。清兵第一次入关时，曾募兵入卫京师，后总理江北、河南等省军务。这几年和洪承畴一起镇压农民义军，打出了声威。皇上下诏要他进京时，正巧他父亲刚去世，在家丁忧。

这时，他才三十八岁，是一位锋芒毕露的盛年将军。

他身穿麻衣草履的孝服，见了皇上，把按制应该在家丁忧的事说了一遍。

"是呀，朕不该在这时候去打扰你，"在安慰了几句后，皇帝说，"现在清兵再次袭来，其势汹汹。朝廷上战和不定，很想听听你的意见，这样就只好夺情了。"

卢象升问："皇上的主意拿定了吗？"

"许多人认为内忧外患交迫，国家实力难支，主张议和……"

"这是谁的主张？"

"兵部杨嗣昌大人……"

皇上的话还没说完，卢象升就站起来了。他激动地对皇上说："臣只知有战，而不知有和！"

听到他的话，皇上的脸色变了。好大一会儿才说："你的主张是这样……那就到外面和他们议论一下吧！"意思是要他和杨嗣昌等人面对面议论。

卢象升还想对皇上多说几句。"皇上，满洲本是我朝的属地，他们举旗造反，便是叛贼，哪有和叛贼谈判的道理？他们几次深入内地，攻城略地，又再三提出议和，为的什么？这是我们应该考虑的！逼陵寝以震人心，可虑也，趋神京以撼根本，可虑也；分出畿南，剽掠旁郡，扼我粮道，可虑也！集中兵力，则局限一处而多处丢失；分兵四应，则兵力分散而不会获得成效。兵少无法防备，粮饷少就会生乱……这都是防御艰难所在。但我们地大物丰，一切困难都是可以克服的！"

皇上说："作为一国之主，朕实不愿与叛贼和，无奈主和的人也是有道理的。将军壮志可嘉，唯愿再持重些为好！"

卢象升顶了一句："再持重也不能拿着国家利益与敌交易！"

"好啦，去和杨大人他们谈一谈吧！"

到了朝房，见有两个人在那里等他，一位是身穿绿袍的人，他黑瘦面孔，下颏有一捧疏朗朗黑胡，已近五十岁，他就是兵部尚书杨嗣昌。另外还有一位身着黄袍，上面缀满团花的人，他有一张长长的白脸，鼓鼓的眼睛和两片薄薄的嘴唇。不用说那就是大太监高起潜了。

卢象升讨厌中官，是绝不主动和太监打交道的。他眼睛只看着杨嗣昌。

杨嗣昌见他进来，站起身拱拱手，向前搭讪着说："建斗，皇上对你说了？说实的，我不是真的与清贼议和，而是缓兵之计……"

"杨大人，"杨嗣昌比象升大十几岁，又是皇上身边的近臣，象升对他客气些，"您身为宰辅，就该处处以朝廷为念，万不该出此下策！"

可只这一句话，就惹着了他。

杨嗣昌瞪起眼睛叫道："卢大人，你是怎么说话？照你这样说，嗣昌是在误国了？"

"你到底在干什么，你心里有数，朝廷上也自有公论！"

卢象升说得激动了些，几点唾沫溅到了杨大人的袍上，杨嗣昌厌恶地拂了一下，向前要拉卢象升的孝服，却被他胳膊一甩，拨开了。

"两位大人，"高起潜赶紧站起来相劝，"言辞何必这样激切？皇上让咱们商量战和大计，万不可意气用事！坐下！你们都坐下！……"

卢象升却直绷绷地向门口走去。在门口，他给他们甩下了这么几句："你们两人谈吧，看看什么时候可把大明江山割一半出去。我卢象升心里没个'和'字，和你们没什么好谈的！"

朝廷有了卢象升挺住了腰，主战派又抬起了头。崇祯帝也不和大臣们讨论战与和的问题了，于是抗清前线上又活跃起来。

第二天一早，卢象升到文华殿陛辞。皇上对他慰安有加，并说了许多鼓励的话。

过了几天，象升军至昌平，皇上派遣中官带着四万金前去犒军。又赐"御马百、太仆马千、铁鞭五百"。

象升决心扼住昌平，对清军来一次决战，以阻止清军南下。

但"清军锋甚锐，不可遏"。他决定挑选精锐，于十月十五日月夜，分四路袭击清营，并跟将士约法：刃必见血，人必带伤，马必喘汗，违者斩！

总督太监高起潜听说后，给他写一信讥讽之：我只听说"雪夜下蔡州"的典故，还没听说"月夜袭清军"一说……

由于高起潜的从中阻挠，卢象升的袭击很不成功，损失很大。

象升看出已无法和杨嗣昌、高起潜共事，就上书要求和他们分兵。

皇上交兵部议拟。兵部在杨嗣昌的手里，他当然不会给卢象升"好果子吃"。他把宣府、大同及山西兵两万划归卢象升指挥，把山海关、宁远的重兵留给自己和高起潜。

卢象升点兵马数，实际上远不到两万！他对部下慨叹道："皇上要我总督天下兵马，这就是天下兵马吗？"可是在奸臣当道的环境下，他也只有忍气吞声了。

过了几天，杨嗣昌以兵部尚书的身份到卢象升部巡视，对卢象升横加指责，最后，他劝卢象升说："大人力主战役，那只有把大明的老本打掉，看似爱国，实则害国也！"

卢象升忍无可忍，反唇相讥道："公等坚主和议，独不思城下之盟，《春秋》所耻！长安口舌如锋，恐袁崇焕之祸立见！"

"长安"通指京师，卢象升警告杨嗣昌说："你们阴谋和清军订城下之盟，这种事，是历史上最可耻的事，京师中尚有朝臣清流，舆论像刀子一样，你们就不怕遭遇袁崇焕那样的下场吗？"

听了卢象升的话，杨嗣昌的脸立刻红了。竟然不顾身份地对卢象升大耍"泼皮"，他说："大人手中不是有皇上赐的尚方宝剑吗？你就拿我军法从事好了！"

象升冷笑说："杨大人，您圣眷正隆，有什么罪呀，相反，有罪的是我。父亲去世不能奔丧，大敌当前又不能与战，那承受利剑似的舆论的是我，我怎能处置别人呢！"

杨嗣昌气得满嘴喷沫，指着卢象升叫道："你别拿着京师的舆论压人！"

"不是我拿京师舆论压大人，"象升不想和他争论下去，"你们偷偷地派人前往清营议和，又不是一天的事了，京城里谁人不晓呀？这岂是瞒得过的！……"

杨嗣昌呆了一会儿，悻悻而去。卢象升也没有送他。十一月初，清军陷良乡、涿州，十二日，围高阳城。

原兵部尚书、蓟辽总督、东阁大学士孙承宗，年事已高，但精神矍铄。一听清兵来了，立刻率家人及全城军民守城。

他激励军民说："在辽东，我和袁崇焕一齐与满洲人交手多年，他们长于野战，只要据城死守，他们就没法可施，久之必退。大家不要怕他们！"

见老元戎这么说，军民有了信心。大人、小孩只要拿得起武器的都上了城，那欢跃的样子犹如过节。

可是高阳城多年未修，城矮土圮。清军围着转了几圈，并不离去，却反复攻夺。三天后，城破，清军潮水般涌入。

孙承宗对家人说："我曾是朝廷命官，当死在城里，为国家守节尽忠。你们就不必了，赶紧逃走吧！"

可是，他的家人无一人潜逃。

孙承宗走上大街叫道："你们认识我孙承宗吧？想当年，你们的皇帝也是我的手下败将！"

清军见这个白胡子干老头儿有些来历，就把他一直送到多尔衮那里。

当孙承宗知道面前的年轻王爷是努尔哈赤的十四子时。又呵呵大笑："原来是个娃娃！当年我和你们父兄打仗时，你还尿裤裆呢！"

多尔衮终于弄明白他的身份，心想：皇太极也许喜欢这个老东西，因为他究竟是个大人物，就劝他投降。老人破口大骂，从大清的现今皇帝一直骂到他们的"太祖"努尔哈赤。多尔衮不是皇太极，他才不在乎这个糟老头子呢！

"他既然想死，就成全他好了！"

几个卫士围上来。举刀要砍。

"别，别！"多尔衮摇摇手说，"人家曾是大学士，不能弄得他鲜血淋漓……"

"那，怎么办呢，王爷？"

"用绳子勒死他呀！"

侍卫们找来绳子，只一会儿，大名鼎鼎的孙承宗就被他们勒住脖子，啊啊叫了两声，张口瞪眼地死去了。

他的子孙十九人也力战从死。

这时，清军连陷衡水、武邑、枣强、鸡泽、文安、霸州、阜城、威县。十二月初，破平乡、南和、沙河、元氏、赞皇、临城、高邑、献县诸城镇。

接着，他们分三路出师：一路由涞水攻易州，一路由新城攻雄县，一路由定兴攻安肃。

卢象升提兵从涿州进据保定。

他的万余人马，又被杨嗣昌分去一半给了陈新甲。他到保定后，想趁清军立足未稳，令各线出击，大战庆都，又损失了不少。

十二月十一日，卢象升率师进至钜鹿、贾庄，所部兵又溃去一半。这时，他手头只剩五千残卒了！

其时，高起潜率领的宁远军驻在鸡泽，和卢军只相距五十里。

面对重重围困的清军，卢象升无法，只好派人向高起潜求救。

高起潜对他派去的人说："卢大帅兵强马壮，还用得着我这点老弱残兵吗？"

卢象升气得发昏，可是为了救国，为了他跟前的这几千将士，他还是低首下心地派人去见高起潜，说："高大人不给人马，给一点粮饷该行吧？"

高起潜笑道："卢大人曾对皇上说：中国地大物博，怎么会连一点薪饷也筹不到呢？我可是穷得很，快无隔宿粮了，哪能匀出来给他呀！"

卢象升这才终于明白，和他们商量事情犹如与虎谋皮，也就绝望了。但他想：作为一个大明臣子，死要死出个样子来。

清军知道被他们围在核心的是个什么人物，就接二连三地给卢象升写信劝他投降，所以迟迟地没有对他发动进攻。

卢象升一概置之不理。

在求援遭到拒绝后的第二天一早，卢象升把军队集合起来，向四面深深施礼。他说："吾与尔等将士共受朝廷深恩，患不得死，勿患不得生。今清军重重围困，突围已难。这正是吾辈为国报效的机会。过会儿，吾将率领大家与清军决战，咱们比一比，看谁杀敌多，看谁死得痛快淋漓！"

听了他的话，将士们无不失声痛哭。

卢象升下令拔寨进军，至蒿水桥，遭遇清军，双方展开大战。由于明军抱定必死的决心，打得十分勇猛，清军的几万人马，竟被他们冲开了很大一个缺口。象升正要组织突围，清援兵又至，把只剩三千人马的明军包围得水泄不通。

这一夜，卢象升走遍了狭小的阵地，对战士鼓励再三，并和他们相拥而别。当有人向他哭泣时，他说："哭什么？到了那边，咱们还在一起！你说你才二十多岁，可我也不老，还不到四十岁呢！"

次日一早，清骑兵涌至，象升挺刀而起，大呼血战。明军人人奋勇，团团围在象升周围。可是象升从人群中跃出，和清军杀成一团。一刹那，他就中了四剑三刀，仍然往来冲杀。清军见他浑身鲜血喷涌，纷纷躲避。

这时岳托来了，他高叫道："哪个是卢象升，不要杀他，皇上等着要他呢！"

这样，卢象升又多活了些时候，直到他砍杀了几十人后，岳托才下令射杀了这个不死的人！

象升的仆人怕清军糟蹋象升的尸体，扑在他身上，一会儿，仆人就满身箭镞了！

卢象升全军覆没后，把高起潜吓坏了，赶紧拔营逃跑，本来应向西跑，可是他吓昏了头，竟向东跑了二十里，正好落入了清军的包围，也弄了个全军溃散，几百人为他奋战，他才保住了性命。

卢象升战殁后，高起潜怕担负责任，隐不上报。

可是皇上还是知道了。他向杨嗣昌问起这事，杨嗣昌竟瞒报说象升没死。皇上便另外派人前往验视。兵部主事杨廷麟亲赴战场，一兵卒认出了卢象升的尸体，指着哭道："这就是我们的卢大帅呀！……"

杨廷麟见卢象升仍麻衣被体，遍身刀伤箭镞。三郡之民闻之，痛哭失声，竞相立祠祀之。

可是在朝廷上，象升的死却没引起震动。

顺德知府核其状以闻，人们才知道真相。可是奸臣杨嗣昌故意地掩盖事实，两个月后，象升的尸体才得大殓。第二年，卢象升的妻子进京请求抚恤，又明年，他的两个弟弟又为此事进京，朝廷不许。直到杨嗣昌完蛋了，朝臣们才敢为卢象升说话。皇上乃赠太子少师、兵部尚书，赐祭葬，予世荫。

4

清军继续深入内地。

这年年底，进攻的矛头直指河北南部，入侵广平、顺德、大名等地。

然后，转入山东。

杨嗣昌这个庸才又来了一次致命的失误。他估计清兵进山东必然要经过德州，于是他把济南的守军几乎全部调往德州护守。

多尔衮知道后对豪格笑笑说："真是傻蛋，脚下千条路，为什么一定要走德州呢？"

于是他命令绕开德州，从东昌、临清等处渡运河，突然插向济南。

这一来糟了，济南几乎就是个空城。没经过什么战斗，这个中原的大城市就落入清军之手。

崇德四年（1639年）正月，八旗两翼大军就相会于济南城下。

明朝吏卒纷纷窜逃，巡按御史宋学朱刚乘上轿出院，轿夫们一听说城陷，扔下他就逃。这个官儿正在懵懂中就被清军砍掉了脑袋。

有的将军请示多尔衮："进城后杀不杀？抢不抢？"

"不杀不抢，来这儿干什么？"

于是，清军在济南城大杀大抢。

豪格连忙跑来质问多尔衮："你忘了出征前，皇帝怎么对咱们说的吗？"

"怎么会忘呢？"多尔衮笑嘻嘻地说，"你又怎么啦？"

"为什么又乱杀乱抢的？"

"济南这么富庶的地方，不抢不杀，给大明留着呀？"

"十四叔，皇上可不准咱们……"

"放心吧，一切由我来承担……"多尔衮说，"连大明的将领都懂得'将在外，君命有所不受'。在沈阳，咱们低眉顺眼地听皇上的，出来后，谁是大将军就要听谁的！你也快去抢点什么吧，回去好分给自己的妻子儿女！"

多尔衮当然是个英雄，没有他，大清国也许就不能征服中原，可是，他到死也只是个横行霸道、杀人如麻的将军，也没有到达皇太极的境界！

由于他的纵容，清兵开始肆意地大抢大杀。明朝布政使以下的官员当然全部杀掉了，就是明朝在济南的宗室诸郡王也几乎全被杀死，只留了个朱由枢。他是崇祯封的德王，多尔衮把他送到了盛京。

济南人遭遇了天塌地陷般的灾难。整个城里财物被抢一空，稍遇抵抗，敌人就大杀大砍，战后，清理城内外尸体，竟达十三万具之多！

就在这时，他们的将军岳托、马瞻病死了，算是上天对这伙匪徒的报应！

可是多尔衮才不相信上天示警呢，他在济南饱掠一阵后，转攻山东其他城镇十六处，给山东人民造成极大的破坏，至今还留下了许多血淋淋的传说故事。

在山东，多尔衮没有遇到什么抵抗，他对豪格说："你回去对皇上说：'我多尔衮想留下来，只称大王，不称皇帝！'"

豪格被多尔衮给气坏了，他大声问道："你怎么啦？即使父皇同意，大明也不答应，朝廷会调集大兵来剿你的！"

多尔衮说："我算是把大明看透了，他们那些将士就像是一群蚂蚁，我一泡尿就把他们全呛死了！"

豪格听了他的话，只能附和着笑。

多尔衮说的也有几分是对的，明朝的大学士、督军刘字亮，总兵陈新甲带领着几万人马老是在多尔衮的后面跟随着，却不敢进攻。

二月，多尔衮率大军至天津卫，渡过运河东归。三月，经青山口出塞，安返辽东。

5

像前几次一样，皇太极亲自率文武大臣迎接大军凯旋。不过这次规制更大、气氛更热烈。

皇太极下令全国县级以上的城镇都要举办庆祝活动。沈阳城半个月前，大军刚过天津卫时，就准备起来，各家各户门前都插了彩旗，烧了挂香。大街小巷清扫得干干净净，街头巷口都扎了高大的牌楼，上面挂了一对对的大红灯笼……

朝臣们也极力地为这事铺张。一来，这次征明的确取得了巨大的胜利，二来他们都知道皇上因为丧亡爱子而心绪不佳，很想借这件大事使他高兴起来。

多尔衮来到沈阳近郊，奉命离城十里扎营。只带各亲王、各将军前来觐见皇帝。

皇太极登上城外高高的巨大凯旋台，率百官等待着。

多尔衮携众将到达后，大礼炮隆隆地响了十下，皇太极便下阶逐个和多尔衮及诸将们拥抱。

"我的好兄弟，辛苦你了！你带兵打了胜仗，给大清壮了国威，给朕增了光，给爱新觉罗家族增加了荣耀！"

多尔衮说："四哥，我好想你呀！"他知道这时候只说这样一句话就行。

果然，皇太极流泪了。

接着，皇帝归了位，多尔衮率领出征众将向皇帝行大礼。并由多尔衮对皇帝上凯旋书。

凯旋书上说奉大清国皇帝之命，大将军多尔衮率领大军出征大明。越过明朝京师，闯进河北、山东，"旌旗所指，无不如意"，入关达半年，"转掠两千里"，极大地扩展了清军的活动范围，消耗了明朝大量的有生力量。

其次，这次远征，获得的战果也是最显著的。两翼兵共败明军大小五十七阵，攻克山东济南府、三州、五十五县、两关，杀总督两名、守备以上百余人。生擒明朝德王朱由枢，俘获人畜四十六万两千三百有奇、黄金四千零三十九两、白银九十七万七千四百六十两……

多尔衮每说一句，大臣们就发出一阵赞叹声。

凯旋仪式结束后，皇太极和多尔衮上马并辔进城。

下午至夜里举行盛大的庆祝宴会，结果像往常宴会后一样，沈阳的街头遍地是枕藉的醉汉。

唯一缺憾就是岳托等几个亲王、贝勒病死了。事先，皇太极就令把他们的棺木运回家去停灵，以后举行公祭。别的将士莫不兴高采烈。他们怎不高兴呢？他们获得的财物虽然大部归入国库，小部分归了他们，但数额仍是很大的，因而他们个个都是暴发户。

在这场战争中，最倒霉的是中原的老百姓。他们经受了一场空前的浩劫，清军俘获了数十万人畜，而被杀害、致残的更远远超出了这个数目。河北、山东一带民生凋敝、荒野千里，老百姓失去了生计，只好投奔义军，于是，内战愈演愈烈……

皇太极在每次出征前，都谆谆教导他的将军们不要随意杀伐。将军们很明白他的意思，那就是不准个人乱抢乱夺，但鼓励集体有组织地抢劫。从明朝统治下的地区抢夺财富和人口，是皇太极发动对明战争的动力之一。

只要抢劫一开动，那就分不清个人和集体了，整个军队变成一帮匪徒！

豪格不仅是一员带兵的将军，还有为皇太极监督诸将领的任务。在给父皇汇报时，他把自己对多尔衮的嫉恨全部发泄了出来。

在济南的纵兵抢劫是他汇报的内容之一。

"多尔衮说：在沈阳咱们听皇上的，在外面就得听我大将军的……"

"哼。"

"他还说：你回去对皇上说吧，我想在这里当个关内皇帝！"

"他真是这么说的吗？"

"儿子不敢对父皇撒谎……"

皇太极气得发抖，他拧着两手，骨节咔叽咔叽地响。

"豪格呀豪格，你要多长些见识，多长些本领呀！将来，与我家争权争位的就是那个多尔衮呀！"

"父皇，您如果要我做大将军，我干得也不会比他差！"

皇太极呼地转过身来，对豪格吼道："你若有多尔衮那本领，我还用得着他吗？"

第二天，皇太极率领文武百官祭天、祭祖，第三天才轮到祭奠岳托和殉国的将士。一入夜，宴会就又开始了。皇太极令大宴十天。

就在满朝上下喝得醉醺醺的时候，多尔衮见到了他心爱的布木布泰。

他把她邀到家里去。

多尔衮给她看他抢劫来的金银财宝，一箱一箱金碧辉煌。

布木布泰拿起一枚金镯端详着，那光泽在她脸上辉耀着。

"来，我给你戴上。"

布木布泰摇摇头，说："我还没看好哪一样呢！"

"看好什么你就拿什么，全拿去也行，反正我都是为你抢来的！"

"多尔衮，你们出征半年多，有哪些新的体会呢？"

"有，有！"多尔衮说，"布木布泰，我真不愿意回来了！"

"留在那儿吗？"

"是呀，我的大军横扫中原，像摧枯拉朽一样！再有半年，我就把整个明朝全部消灭掉了！"

"然后呢？"

"然后，我就在那里做皇帝！我知道皇太极是不许的，可是，他的话算个屁！他要兴兵打我，他打得过我吗？等我坐稳了皇帝，我就把你接去……"

"多尔衮，你想过吗？人家大明恨不得你和皇太极打起来呢！他们会……"

"你说大明会一个个地吃掉我们？他们吃掉皇太极是有可能的，可是想吃掉我，那我非把他们的牙硌掉不可……"

看到多尔衮那兴奋的样子，布木布泰沉思起来。

"布木布泰，我有一箱东西想给你看一看……"

"什么好东西？"

"算了吧，你未必敢看！"

"吓人吗？"

"有点吓人，不过，我是常常拿出来把玩的。"

"多尔衮，你知道我的胆子也不比你小。"

"那就好。我现在就拿给你看。"

说着，多尔衮从床下搬出一只雕刻得很精细的木箱，放在布木布泰面前，看着她的脸色慢慢地打了开来。

箱内用红绸衬里，上下有十个格子，每个格子里都盛着一只苍白、干枯的略呈三角形的东西。

"这是什么宝贝呀？"布木布泰问。

多尔衮不说破，要她好好看。

"实在看不出……似乎像佛手……"她拿起一只，想翻来覆去地仔细看，忽然，她一阵头晕，赶紧把那东西扔进箱子里。"啊啊呀……"

多尔衮看着布木布泰那变得蜡黄的脸，笑着问："你怎么啦？还说不害怕哩！"

布木布泰终于认出那是五对汉族女人的小脚！

"多尔衮，这几个女人都是你杀的吗？"

"是的！"多尔衮承认道，"我恨汉人，更恨汉族女人，一切坏蛋都是她们生出来的！不过我很喜欢她们的那一双小脚，你知道他们称那些美丽的脚叫什么吗？他们叫'三寸金莲'。哈哈，他们竟想得出！"

布木布泰久久地没有说话，那一盒小脚把她惊住了。她想：多尔衮是从生下来就带着这样的残忍性格呢，还是血腥的战争把他培养成了一头嗜血的野兽？

"多尔衮，你的心真狠！"

"布木布泰，你可别指责我。我来到这个世界上，除了我的额娘和亲兄弟以外，别人就没个对我好的。我的王国被哥哥夺去了！我的女人被人抢去了！我本来可以做大汗做皇帝的，却做了仇人的臣子！我的心里充满着仇恨、仇恨、仇恨、仇恨……"

布木布泰有点理解，可是她打心里厌恶这个人了。

但她不允许自己的情绪有一点表现出来，他对她还是一往情深的，要是连这根情线也断了，谁来驾驭这匹野兽呢！

6

"恭喜皇上！"一个身边的小太监跑进崇政殿叫道，"恭喜皇上又添了一位小阿哥！听说小阿哥出生时，永福宫上空红光触天！"

"知道了。"皇太极说，依旧批他面前的那一摞奏章。

看到皇上不为他的"恭喜"所动，小太监赶紧低头耷脑地出去了。

不一会儿，皇后进来了。

"皇上，向您恭喜呀！"她说。

"知道了。"皇太极还是这么说，头也没抬。

"您知道什么呀？"

"不就是布木布泰生了孩子吗？"

"看您这样子！"皇后把他的笔从他手里夺下来，扔在桌上，"好像这是无足轻重的事似的！您总得过去一趟才行呀！"

皇太极站起身，在周围走来走去。"人家的孩子生了，自己的孩子却死了！"

"皇上，您越来越不像话了！"皇后说，"要是这话让布木布泰听到，你还让她活吗？"

"我是说兰儿会这样想。"

皇后眼睛里充满了泪水，她说："是的，布木布泰生孩子会对兰儿造成刺激，可那是另一码事，我会去劝解她的。"

"哲哲，你说，要我怎么办？"

"还用我教您吗，您面前已经有了十几个孩子了呢！别的孩子怎么来着，您还怎么办好了，首先跑过去看看，然后，说几句安慰的话。要是来得及的话，你就给孩子起个名字！"

"还下旨礼部，让他们安排庆祝吗？"

"想想兰儿生孩子的时候吧，您让礼部设宴庆祝了三天！"

"……好吧，也按例这样做。"

"还有呢，孩子出生时，是寅时末刻，忽然永福宫上红光满天，算是异兆了。我虽然不太在乎这些事情，可是现在传开了，一定有大臣为这事上奏，您得有准备。"

"好吧，朕照你说的办。"

来到永福宫。丫头、婆子都拥向前来向皇上道喜。皇上让有身份的侍女苏末儿发给她们赏钱。布木布泰连忙起身向皇上问好，皇太极连忙上前伸手把她按住，问道："布木布泰，还好吧？"

布木布泰看到的是皇上的一副笑脸，积存在心里的疑虑没有了。她对皇上说："托您的福，一切都好。劳您来看我！"

皇太极要嬷嬷把孩子抱给他看。

皇上在手里掂了掂，觉得比起兰儿生的那孩子来，又重又大。难道那孩子先天不足吗？可怜的兰儿！

这时，一个嬷嬷指着孩子头顶上蓬松浓密的头发说："皇上，您看，阿哥的头发也异于常人，像顶着个皇冠似的！"

布木布泰赶紧向嬷嬷努嘴，不让她乱说。但，晚了，她还是说出来了。好在皇上没有生气。

接着，就有人向皇上提起异兆的事。

皇后连忙说："皇上已经知道了。"

皇太极抱着孩子心想：这终究是自己的骨血，将来的事谁也无法说，也许他真的能有一番作为呢。不如就异兆的事，先给他起个名字吧！

"布木布泰，朕给他想好了一个名字。"

"谢皇上赐名，"布木布泰高兴得眼睛光闪闪的，"这孩子有福了，一生下来就有了名字……"

"布木布泰，他降生时不是有异兆吗？那就叫他'福临'吧！"

"爱新觉罗·福临，真是好极了！"皇后说。

布木布泰又要跪起来向皇上谢恩，皇上忙扶住她的肩膀，说："布木布泰，你好好地歇着，过几天，朕让礼部给安排庆典。"

"皇上，千万不要这样！"庄妃附在皇太极的耳边说，"姐姐的孩子刚刚去世，可不要刺激着她呀！只要皇上心里有着福临，庆不庆祝有什么呢！"

正在这时，一个人被两个丫头扶着，一步一挪地走进来了。

她是宸妃。

"宸娘娘！"

"兰儿！"

"姐姐！"她的出现，惊得永福宫里一片喧嚷。

皇上赶紧跑过去扶住她，看着她那单薄的身子，心疼地说："兰儿，你来这里做什么？外面天冷。"

"我听说妹妹添了大喜，就忍不住来看看！"宸妃喘吁吁地说，"皇上，向您贺喜！皇后，向您贺喜！妹妹，向你贺喜！"

"嗨，我的孩子！"皇后赶紧抱住兰儿，"你就是要来，也要等天暖和了再说！早晚还差这一会儿吗？要是被冷风吹着，又要受不了啦！"

布木布泰探过身子，把姐姐抱在怀里，亲着，把泪水抹了她一脸。"姐姐，我的孩子就是你的孩子！"

宸妃也哭了。"那是自然，无论叫姨还是叫娘，都是从骨血里亲！"她又对皇太极说："皇上，我给你丢了个，如今，妹妹又给你补上了！"

一句话，把皇太极也激动得落了泪。

"啊，上天待我实在恩厚，他把人世间的好女子都给我了！"

"来，把孩子给我抱抱……"宸妃从布木布泰怀里挣扎出来说，"这也许就是我的儿子，他嫌我这个额娘不好，跑到妹妹这里来下生了！"

第二十六章　带病破明军　逾制送爱妃

1

崇德四年（1639 年）年底，在辽松山、锦州一带，明清双方摆出决战的态势。

锦州是明朝在辽的重镇之一。

在这里设有两个卫所。一是广宁中屯卫，一是广宁左屯卫。

自从明清争战以来，随着形势的发展，锦州的战略地位日益重要。孙承宗、袁崇焕都曾在这里派重兵固守，积年累月地加固城池，增设堡寨。力图使锦州成为阻止清（后金）兵西进的坚强堡垒。

自努尔哈赤挫败于宁远城下，到皇太极即位后的十几年间，大清（后金）向辽西多次进兵，但都没有取得什么大的进展。他仅仅得到了大凌河城，几次围攻锦州，结果无功而返。因而形成了明清两家在宁、锦一线长期对峙的局面。

大凌河失守后，锦州在清兵面前就毫无屏障了，真正成了明朝在辽西的前沿阵地。

但锦州也不是孤立的。在它的正南面十八里处是松山城，松山西南十八里处是杏山城，在杏山西南是塔山城。这三城明军都设有重兵，且经过多年的经营，它们像卫星一样拱卫着锦州。更有经过多次战火考验的宁远做锦州的坚强后盾，使这一线成为阻挡清军前进的铜墙铁壁。

所以十多年来，清军只能绕道进关骚扰，抢掠一阵就赶紧回到塞外，一直成就不了大事。大清的皇帝、将领无不看着锦州一线咬牙切齿。

皇太极曾多次地对他的大臣们说："咱们的大军，为什么屡次入塞而得不到尺寸土地？都是因为有山海关的阻隔啊！而想取得山海关，那就非拔去这三城不可！"

于是，他的臣子们也在这方面动起了脑筋。

满洲大臣领兵打仗，那是汉臣比不上的，可是论起动脑筋夺取汉地、整治汉人，那满臣就弗如远甚了！这就是从古到今外族外敌入侵时，都是先找几个忠心汉奸的缘故！

崇德五年（1940年）正月，都察院汉官参政祖可法、张存仁向皇上提交了一份奏章，讲到进取大计，他们献了三计：一攻燕京，此刺心之计也；二直抵关门，此断喉之计也；三先得宁锦门户，此剪重枝伐美树之计也！皇太极很赞赏这后一计。

但他想得更实际，更具体。

他想把义州选为屯兵和攻打锦州的桥头堡。

义州位于锦州与广宁之间，大凌河畔，地势开阔、土地肥沃，虽说这里比较荒凉，又无险可守，但它比广宁更接近锦州，自然条件也很适合垦荒屯种。

无险可守不算缺陷，只要建起堡寨、驻上军队，就可以了。

三月，皇太极任命和硕郑亲王济尔哈朗、和硕豫亲王多铎为左右翼主帅，率军往修义州城，并屯田耕种。

仅用了一个多月的时间，数万将士就"修城筑室，俱已完备，义州东西四十里的土地皆已开垦"。

有了立足的地方，下一步就是谋取锦州的具体措施了。是攻打呢，还是围困呢？——皇太极思索着。

这时，汉臣张存仁又献计了。

> 臣观今日情势，围困锦州之计，实出万全。但略地易以得利，而围城难以见功，必须旷日持久，将士不无苦难懈怠之心。愿皇上鼓励三军之气，坚持围困之策。截彼侦探，禁我逃亡，远不过一岁近不过数月，自有可乘之机……伏愿皇上以屯种为本，时率精锐，直抵锦城，布令于蒙古，以为间谍之计，再多擒土人兵卒，广布招抚敕谕，探祖帅（祖大寿）心事以招之，体义士性情以安之……此攻心之策，得人得地之术也！……

降将张存仁为皇太极想得十分周到。攻城和围城，当然攻城易见成效，但旷日持久难免将士们有懈怠之情。皇太极在天聪元年（1627年）曾对锦州采取了硬打硬拼的战术，攻不下后，又仓促撤退，这就是教训。可是他怎敢揭露皇上的错误，只再三地劝皇太极鼓励士气，坚持围困战术，并预计最多一年就拿下锦州。

另外，他还给皇太极出了两个点子，一是策反明军中的蒙古兵，二是再做祖大寿的工作。一个投降过一次的人了，还有什么气节！

得到张存仁的献计，皇太极坚定了围困的信心，他立即传令济尔哈朗和多铎在屯田、筑城的同时，还要带领将士前往锦州等处实行围城。

四月二十九日，皇太极离开盛京亲临义州巡视筑城、屯田情况，跑到锦州，绕城转了一圈，直到天黑才回营。

了解情况后，皇太极越觉得围困之策是上策。他指示济尔哈朗、多铎派兵把锦州周围的庄稼抢割干净，扫荡锦州周围的军队台哨，并由远及近断绝外面与锦州的一切通道。使明军彻底地孤立起来。

又指示济尔哈朗、多铎对军队将士实行轮换更戍，三个月为一期，使将士不致十分疲劳，免生懈怠之心。

到了崇德六年（1641年）三月，皇太极又去察看锦州周围情况。他采取了进一步的围困措施。他指示在锦州四面设八营，绕营挖一圈深壕，沿壕筑垛口，在两旗之间再挖长壕，便于军队间相互交通。近城一侧，要多布逻卒哨探……

锦州城已完全处于清军的严密包围之中！

2

锦州城内守将是祖大寿。天聪五年（1631年），他曾经投降过后金。当时，他利用了皇太极的宽大政策，诡称要到锦州搬妻小，并愿当内应帮后金智取锦州。皇太极明明知道祖大寿不老实，但他想学诸葛亮七擒孟获，放他去了。

结果，他真的一去不返，至今已十余年了！

明廷对祖大寿也实行了宽大政策，把那次战役逃跑的将领全杀了，就是留下了他，还给了他许多奖赏。当时，就有言官揭发他投降的事实，并讥讽说：没投降的被杀了，真投降的受到封赏！皇上却不理，依旧让祖大寿守辽西。

这一次，他不想再玩假投降的花招了，很早就开始了守城的准备。加固城池、积存粮草，当清兵一接近锦州，他就几次地向皇上奏请援军，打算在坚守中纠正过去人们对他的议论。

可是有一件事他忽视了，就是他的部队中有许多蒙古人。前辽东大帅袁应泰吃过蒙古人哗变的亏，他应该吸取教训，把蒙古兵分散到汉人的部队中去，可是现在他想补救也来不及了。

果然，一种要不得的情绪在蒙古部队中潜滋暗长。当他们看到清兵在郊外安家屯田、修筑堡寨，就明白清军对锦州是势在必得了。有时，清军的巡逻兵走得很近，他们就对城下喊道："你们不打算走了？"

"不走了，早晚把你们困死！"

"咱们有的是粮草，两三年也够用的！"

"我们要永远地围困下去！"清兵说，"你们的粮草够用两三年，到四五年上，你们怎么办？"

"那时，朝廷就调大军来了！"

"哼，明朝哪里还有什么大军！我们跟皇上、跟多尔衮王爷到塞内去了几趟，明军见了我们就抱头鼠窜……他们还顾得了你们！"

蒙古兵不说话了。

可是清兵还想对他们多说几句："伙计们，是蒙古人吧？你们的王爷都归顺我们了，你们还在明军中干个什么劲儿呀？炮一响，就赶紧投过来吧！"

这些蒙古兵多是在林丹汗时期，受明朝之约来到汉地的。如今，林丹汗死了，林丹汗的妻、子都归顺了清国，而且受了封赏，整个察哈尔都列入了大清国的版图。他们是不愿为明朝卖命的。

于是他们首先动摇了。

如果，祖大寿及时地把他们从外城调到内城，或者坚决地捕杀他们的首领，也许就能制止他们的叛变。

蒙古将领诺木齐和吴巴什从城上把人缒下去，和清军亲王济尔哈朗取得了联系，约定在三月二十七日夜行动。

此时，祖大寿才发觉蒙古部队有叛变的迹象，他想在二十日以"合议守城"为借口，逮捕诺木齐和吴巴什。

诺木齐等知道了这是圈套，立刻提前起事，率兵向明军发动了进攻，激战声传扬城外。

济尔哈朗、多铎闻讯后，率军扑到城下，在这千钧一发之际，蒙古兵从城头缒下绳子，清兵便攀缘而上。上了城的清军打开城门、放下吊桥，清军便涌入外城。在清军和蒙古军的夹击下，明军抵挡不住，只好退入了内城，这样，锦州等于丧失了一半！

蒙古将士自都司、守备以下官员八十六人，蒙古军男女家小六千二百多人全部投降，他们携带着所有先进的武器出城，济尔哈朗暂时把他们安置在义州。

捷报飞马送到沈阳，皇太极兴奋异常，他令八面击鼓，鼓声如雷，震荡着盛京。

在京的大臣、贝勒急趋笃政殿。皇太极身穿吉服登上御座，向满朝文武宣布了来自锦州的胜利消息。群臣齐呼："万岁万岁，万万岁！"

锦州外城一破，明守军全线动摇。祖大寿派急使去向山海关总督和京师求援。

明廷深知锦州的安危关系重大，立刻分几批派兵支援锦州。

一路从宁远沿海岸进兵，几天后便逼近了锦州，在城郊和清军展开激战。

皇太极也积极地调兵遣将派去锦州，以和明军决战。他知道对付明军最厉害的莫过于投降过来的明军，因为他们急于向主子邀功，不惜用同胞的血染红自己的顶子，另外，他们立刻就能做到"知己知彼"，打击最为准确无误。再者，他们死伤再怎么惨重，满洲人也不会心疼……

于是皇太极把三顺王孔有德、尚可喜和耿仲明所部汉军全都投入锦州前线。

汉军旗固山额真石廷柱向皇太极进破锦州的方略曰：

> 锦州系辽左首镇也，蜂屯蚁聚，与我国相持，皇上发兵围困，凿重壕、筑高垒，轮番更换，防御严密，誓灭此叛贼，乃可席卷中原，诚皇上之神机妙算也。明国京都倚祖大寿保障，遭此困顿之急，日发兵救援。近值八九月间，天气凉爽，度彼必与我国并力一战。乘此时现在围城者不必更换挈回，仍将应援之兵，挑选精壮，分值各旗屯田之处，秣马驻防，一旦有变，乘夜潜进。各营侦探虚实，如敌人驻定营寨，我兵四面环列，用红衣炮攻击，彼纵有百万之众，

安能当我四十炮位之威也！敌营稍动，我军奋力突入，绕过锦州城，直抵松山杏山等处，敌人谅不能当，况松、杏环城有壕，彼兵一败，岂能遽入其城？即城上安放火器，彼此混杂，恐其误伤己兵，必不敢施放。我军纵横驰击，彼必零落逃窜，如此大创一番，敌人寒心丧胆，锦州从此失恃，不能固守矣！倘蒙上天垂念，锦州一破，则关外八城闻风震动，安知我当年沈阳得而辽沈随破、沙岭捷而广宁随之一大机会也哉！

我国兵马大败锦州援兵一阵，则各处援辽之局破矣！局一破，一二年难以再举，我皇上无西顾之忧矣！

……

明援军从宁远至松山，带行粮不过六七日，若稍挫其锋，势必速退，或犹豫数日，亦必托言讨行粮而去。我军可伺其回时，添兵暗伏高桥，择狭隘之处，凿壕截击，仍拨锦州劲旅尾其后，如此前后夹攻，敌人糗粮不给，进退无路，安知彼之援兵，不为我之降众也！

……

明国气运渐衰，旱潦虫灾，种种迭见，流贼叛民，处处啸聚。我皇上乘运奋兴，王、贝勒同心协力，定鼎之谟，在此一举，时不容缓，机不可失……

这份上书写得何等详细、透彻而得当！石廷柱把这场战役提高到战略地位来考察，将它的重大意义及其作战方略阐述得一清二楚。以后，战局的发展证明了他分析、建议的正确性。

八月，当明朝派总督洪承畴率领十三万大军赶来时，在锦州战场上，清军还没有完全掌握主动权，于是，济尔哈朗和多铎赶紧向皇太极求援。

皇太极意识到局势的严重性，他把济尔哈朗调回沈阳留守，自己"御驾亲征"。

这时，他正患一种鼻病，当时叫作鼻衄，常常流血不止。其实，这病关联着他的内腑，如果他知道这病将要送他到另一世界去的话，他就不那么野心勃勃了！

可是他没有在意，鼻子出血嘛，小事一桩。

他"传檄各路兵马，星集京师"，原定十一日从盛京出发，因为鼻子仍在流血，不得已推迟到十四日。

他召集跟他出征的诸王、贝勒共议攻围之策，谈笑风生，觉得世界将要因他发生翻天覆地的变化。

他出血的鼻子塞着一块白棉，使他说话嗡嗡响。他说："朕不怕敌人来得多，就怕敌人听到朕御驾亲征，吓得跑掉，那就太使人失望了！"

亲王、贝勒、将领们见皇上高兴，也随着乐呵呵地笑。

"上天保佑吧，"皇太极望望上空，"保佑洪承畴和他的一大帮军队别逃跑……"

皇太极带头大笑，诸将笑得更欢。

"到那时呀，朕必让你们轻松破敌，如同纵狗逐兽，容易得就像从地上拾取东西一样，一点也用不着你们劳累！"

虽然皇太极把众将比成他的猎狗，大家仍欢欣鼓舞，激动得泪汪汪地望着他。

"但有一件事，是朕令你们必须遵从的，就是你们一定要听朕指挥，朕所定的攻战机宜，你们要好好遵守，同心协力！"

"谨遵皇上教诲，同心协力，共破敌军！"

他们的喊声，差点把房顶冲破。

阿济格等将领见皇太极身体不好，劝他让将领们领兵先行，等身体好些再走。可是，皇太极说："行军制胜，贵在神速，朕如有翼可飞，早就飞到前线去了！"

到了十四日，皇太极的鼻子仍在流血，可是他不想再耽误时间了，下令立刻起行，一出盛京，他就带领将士昼夜飞奔。

近几年，皇太极一再地尝试攻打锦州，都没有成功。他觉得这一次能够稳操胜券，是绝不愿失去这一机会的。

行程至一半时，他的鼻子又开始流血，到了第三天才止住。他怕再耽误时间，就只带三千精骑先行驰去，于十九日到达松山附近的戚家堡。

3

明朝援锦大军的统帅是蓟辽总督洪承畴。

清太宗皇太极

洪承畴，福建南安人，字彦演，号亨九，万历进士。曾经总督过山陕川湖军务，后任兵部尚书。他在镇压农民起义中打出了声威，立下了大功。他是明廷中屈指可数的大将之一。现在，锦州告急，崇祯给了他个蓟辽总督之职，便派他到前线抵御清兵了。

他手下有十三万人马，除了他原先的兵马外，其余的都是凑起来的。其中有宣府总兵杨国柱、大同总兵王朴、密云总兵唐通、蓟州总兵白广恩、玉田总兵曹变蛟、山海关总兵马科、前屯卫总兵王廷臣、宁远总兵吴三桂八镇大军。

洪承畴令他们集结宁远待命。

洪承畴到了宁远，和众将分析了形势，察看了清军的布阵态势。明白皇太极亲率大军到前方来，为的是夺取锦州，和明军展开决战。

他和八镇大将谁也没有明说，但心里都认为在锦州周围和清军大战，是没有取胜的把握的。

这年，洪承畴四十八岁，是个结实、壮硕的中年人。他那饱经风霜的方脸上有一双迎风流泪的眼睛和一道横过左腮的伤痕。那是在陕西前线和李自成军大战时，被飞箭射伤的。这道伤疤没让他破相，反而使他的相貌平添了几分威严。

积多年战争的经验，他十分谨慎小心。他想：从萨尔浒至现今，明与清（后金）军的十多场大战中，真正能够挡住努尔哈赤、皇太极的也只是熊廷弼、袁崇焕、孙承宗三人。他们都避免和清（后金）军在山野间决战，而是掘壕筑垒、凭坚而守，以谋持久之策。

他把自己的想法向诸将谈了，他们也十分同意，一致认为这是上上之策。

可是朝廷不让他们摆开阵势和清军对峙，而是要他们迅速给锦州解围。

新任兵部尚书陈新甲派他的亲信、兵部职方司郎中张若麒赶到宁远，催促洪承畴火速趋锦州与清军决战。理由是拖延进兵会贻误战机，且靡费粮饷。由于几十年来战事频仍，国力日弱。粮饷的确是件头等重要的事。

粮饷对熊廷弼、袁崇焕不成问题，因为他们总是一边缮城筑垒，一边令战士开荒屯田，"以辽东之地养辽东之军"，收入几能自给。可是，那个形势已经失去好久了。

洪承畴的大军只带着十几天的粮草……

陈新甲的命令可以不理睬，可是皇上的敕令来了。

第二十六章　带病破明军　逾制送爱妃

敕令一方面对过去洪承畴的功绩大加赞扬，"国之干城，朕深倚望"，另一方面又催促他立即进军，"以解锦围，以慰朕念"。

洪承畴没法，他只能硬着头皮到锦州去了。

他和诸将商量后，将粮草留在宁远、杏山和离锦州七十里的笔架山上，先发六万兵马前行，诸军后继，在松山城北结营。又令步兵于乳峰山、松山之间掘壕筑垒，立大营七座，其骑兵驻西北东三面。

松山城的地位十分重要，它处于锦、杏两城之间，为宁锦咽喉。如果松山一破，必然全线动摇，因此松山成为双方争夺的焦点。

明军在松、杏间的布阵，皇太极立刻就知道了，他和新近调来统领全局的多尔衮说："好呀，洪承畴总算被崇祯赶到战场上来了！"

多尔衮说："是呀，就怕蛇躲在洞里。"

皇太极和多尔衮带领参战的众将，用两天的时间巡视了前线，回来后，令汉将张存仁画了一张双方的态势图。

张存仁是在大凌河战役中被俘投降的汉将，他对这一带十分熟悉。

有了大地图，皇太极就开始与将领们研究怎样歼灭这一大帮明军了。

皇太极激动地对将领们说："……明军的全部精锐都在咱们面前了。要是像过去那样，可能要用十年八年才能消灭这一大摊子明军，现在好了，崇祯皇帝把他的家底都送到这里来了！只要咱们布置得宜，坚决勇敢地打它几天，就可得到大明的半壁江山了！"

众将听了他的话，个个摩拳擦掌，向皇太极请战。

接着，多尔衮就把自己的想法说出来。

他说："这是一大块肉，肉太大了，一口吃不下去……"

多铎喊道："咱们不会把这大块肉切碎了吃吗？！"

"是呀，要切碎了吃！"多尔衮说，"首先，咱们把军队横在松、杏之间扎营，也就是说把洪承畴的一字长蛇阵拦腰斩断……"

阿巴泰说："洪承畴就让咱们斩吗？"

"好哥哥，听我说完好吗？"

"对，"皇太极向参加会议的诸将挥挥手说，"多尔衮的意见就是朕的意见，我们一齐商量过。大家先听完，有不同的看法，你们再尽情地说！"

于是大家都静心听着。

多尔衮继续说："……另外，咱们从锦州至南海（渤海湾）开掘三道大壕，各深八尺、宽丈余，里面可以调动军队。这样咱们就把松山的明军分成了几块，并一块一块地包围起来。如果我们能够在几天内完成这一任务，明军松、杏间的联络就被切断，他们粮饷的供应也被断绝，他们十三万人马就成了瓮中之鳖，等待着我们下手去捉了！"

"这计划好，"多铎又忍不住叫起来，"我首先打头阵，领兵拦腰切断敌人！"

见多铎欲抢头功，别的将领也不沉默了。

"我去捉一只鳖！"

"我也来一个！"

"我把剩下的鳖全捉了！"

"那不行，咱们得听皇上和王爷的！"

将领们的议论变得十分活跃和兴奋，皇太极看着呵呵笑个不停。

最后，他只说了几句话："大清国的将领们，爱新觉罗的子孙们，创建事业的时刻到了，给子孙后代树立丰碑的时候到了，让我们努力吧！"

也许他有点太激动，他的鼻子又开始流血，可是他一手捂着鼻子，一手挥动着，仍然把他的话说完。

鼻血从他的指缝里滴下来了。

4

八月三日，多铎带领镶白旗打头阵，自乌欣河往海边打，别的部队跟进，第二天就到了海边。清军沿这一带绵亘扎营，一举就把明军拦腰斩断了！

洪承畴当然不愿看着自己的阵线被人冲破，曾经派兵阻挡多铎的冲击，可是满洲铁骑似一股飓风，派去的兵将都倒在清军的马蹄下了。

洪承畴把派去的副将孙兆叫来，骂他无用。可是孙兆心有余悸地说："大帅，您是没见呀，那是一股神兵，任谁也没办法的！"

"胡说！"洪承畴截住他，"你的兵没了，你却逃了回来，知道是什么罪吗？"

"知道，知道……"孙兆仍然黄鼻子黄脸地说道，"大帅杀了我吧，反正我的魂儿已被吓丢了，早晚也是死的！"

洪承畴以临阵脱逃罪杀了孙兆，还把他的头传各军示众。

第二十六章　带病破明军　逾制送爱妃

八月二十日，清军完成了从锦州至南海挖掘三条大壕的任务，把洪承畴的十三万大军切成了几块，并加以包围。

洪承畴下令各军与清军展开激战，一定阻挡清军用战壕来圈禁他们的计划实现。各军曾经出兵和清军争夺过，可是刚一交手，就被打回去了，然后他们就瞪眼看着敌人把他们"绳捆锁绑"起来。

洪承畴不敢展望前景，他又派人冲出重围到京师乞援，可是崇祯哪里还有兵给他呀！

见明军已被缚住手足，皇太极派阿济格攻打塔山附近的笔架山，把明军的十二大堆粮食约十几万斤全部夺得，至此，明军的吃食就剩随身带着的那一点了。

洪承畴明白，他们已经是皇太极网里的鱼了，若不赶紧冲破罗网，他们就彻底完蛋，谁也救不了他们！

他把各总兵找来，给他们分析了目前形势，然后对他们说："……大家都看到了，我们已经处于被围状态，虽然包围的网还不紧，如果这时不采取紧急措施，不但不能解锦州之围，连我们也会全军覆没的！"

总兵王朴说："这时候我们还管什么锦州，自己还顾不得呢！"

王朴是大同来的，留了一圈络腮胡，看起来像个老鼠。洪承畴厌恶地看了他一眼，就望向别的将军。

密云总兵唐通走到洪承畴面前说："大帅，您和李贼（李自成）较量多年，号称用兵如神，您一定会想出办法，带领我们杀出重围的！"

唐通挤着一双小眼睛看着洪承畴。

在座的将军都附和他的话。

唐通只说了几句话，但其中是大有深意的，一是他们都不想解救锦州了，希望他带领他们逃走。另外，还给他烧了一把火：你不是平贼的名将吗？有本领赶紧拿出来呀！

洪承畴很生气，他说："各位身受朝廷隆恩，理应为国出力，为皇上分忧。皇上为什么派我和大家来这里呢？不是为了解锦州之围吗？现在锦州的围没解，大家倒想着跑了，这还是大明的臣子吗？还是人吗？"

总兵们低下了头，谁也不说话了。

洪承畴向供在正面的尚方宝剑拱拱手，又激昂地说下去："事已至此，大家只有和衷共济、同心同德，与敌人拼个你死我活，才能上对得起皇上祖宗，下对得起黎民百姓。本帅把话说明白：各位将领，临阵脱逃者，杀！失落阵地者，杀！溃散部队者，杀！弃队逃生者，杀！……"

洪承畴一连喊了几个"杀"字，然后说："在这时候，在包围圈中坐以待毙是下策，我们应当主动进攻！"

接着，他部署了反击清军的计划。

二十一日，明军开始向清军发起全面进攻。

论人数，明军并不少于清军，可缺少的是顽强斗志。虽然各总兵都对清军出了兵，可是大多是试探性的，若是清军阻击得不甚激烈，他们就多走几步，若是清军堵挡得十分强硬，他们就缩回自己的阵地了。密云总兵唐通对蓟州总兵白广恩说："决不能把兵打光呀，到时候，没有兵保护，连命也逃不出去！"

这时，明军看到清军的阵地上出现了一柄黄伞，在伞下，有一骑白马的人，被一群健卒簇拥着往来指挥，他走到哪里，哪里就腾起一阵欢呼。"皇帝万岁！""请皇帝放心，不活捉洪承畴绝不收兵！""消灭洪承畴，全歼明朝兵！"……

明军将士知道皇太极亲自来了，那呼喊声使他们心惊肉跳。

那的确是皇太极。他的出现，使战场上的清军欢声雷动，围歼明军成了他们的节目。各旗大军对明军加强了反击，这一天下来，明军不仅没有开拓出一点新局面，原来的阵地反而更小了。人人知道灭亡的命运在等待着他们……

皇太极在战场上一直指挥到夜晚。入夜，他又通知各旗：今夜敌兵必逃，各旗准备兵力截杀。

果然不出皇太极所料，士气降到最低点的明军准备逃窜了。

在清军挖壕筑垒对他们实行分割包围的时候，就引起他们一片恐慌，突围、逃窜的想法在明军之中悄悄地蔓延。他们反击时，已不是志在与清军打仗，而是在窥测逃路。

这天晚上，洪承畴又把诸将召集到他的大帐内（清军虽把他们切割成几块，但他们的将领还可从间道凑在一起），要求他们和清军决战。

他鼓励将军们说："我军的人数和清军相当，手里的武器超过清军，另外我们还有杀伤力极强的西洋大炮。如果我们奋力背水一战，至少可拼个鱼死网破！那样的话，清军的精锐尽失，锦州之围可解，即使我们血洒疆场，死亦瞑目矣！"

可是，将士们却不愿"死亦瞑目矣"！

在这生死攸关的时候，他们都说话了。

他们的意见很不一致。有的主张今晚战，有的主张明日战，有的主张缓战，向锦州靠拢。有的主张突围，得到粮食后再和清军决战。陈新甲派来的张若麒就是这个意见。

洪承畴明白他们的心思：就是不愿意和清军决一死战。

他身为主将，可不愿意或把十三万人马抛给敌人，或一逃了事。那样，他即使侥幸逃出，也免不了朝廷的严厉处罚！

洪承畴力排众议，他说："虽然粮尽被围，已处险境，但兵法云：置之死地而后生。我们可以明确地告诉吏卒，战亦死，不战亦死，如战或可死中求生。我决心孤注一掷，希望诸位同心协力以为国捐躯励志，与清军决一死战！"

他说完后，没人再说话了，于是洪承畴与诸将约定黎明时向清军发动进攻。

可是半个时辰后，中军就来报告，大同总兵王朴已领兵逃亡了。

他的逃跑影响极坏，明军的阵脚立刻大乱，各级将领都争相驰逃。他们沿海岸直奔杏山，马步兵相互践踏，尸体、弓甲狼藉遍野。

早已严阵以待的清军从后面掩杀，事先埋伏在塔山、杏山等地的清军又在前面迎头痛击，使明逃兵在旷野中团团转，相互杀死的也不在少数。

皇太极派出数支清军，扼住小凌河口至海岸这一段，绝其归路。

第二天黎明，只见"明兵窜走者弥山遍野，自杏山以南，沿海至塔山一路，赴海死者，不可胜计。海中浮尸漂荡，多如雁鹜"。

吴三桂、王朴、白广恩、唐通、马科等及六镇残兵大部被杀被捉，小部溃入杏山城。

兵部派员张若麒从小凌河口乘船由海上逃到宁远。

曹变蛟、王廷臣、辽东巡抚丘民仰没有逃，他们和洪承畴撤入松山，同守孤城。

明军的十三万人马，并没有和清军打一场像样的仗就自溃了，剩下的不到七万人。

5

皇太极料定杏山兵必奔宁远；他又遣精兵分别埋伏在高桥大路和桑噶尔寨堡一带，这是明溃军的必经之地，杀伤了大量的路过的逃亡明兵。

他又来到高桥，指示多铎继续在这儿设伏。

多铎问："在这里设过伏了，敌人还能上钩吗？"

皇太极笑道："他们不从这里走，别处还有路吗？你就在这里等着，他们还会来的。"

果然，二十六日一早，吴三桂、王朴等率残军来了，他们成队成帮地向宁远逃窜。

多铎率兵掩杀过去，已成惊弓之鸟的明兵没有任何战斗力，他们各自逃生，大部做了俘虏，小部分被杀。王朴和吴三桂两人仅带着几个随从逃了出来。

短短几天，清军歼灭明军五万三千七百八十三人，获战马七千四百四十四匹，骆驼六十六峰，甲胄九千三百四十六副。

但这场战争还没有结束，洪承畴还有几万人和他同守松山。

皇太极派人给他送信，劝他投降，被他拒绝了。

"真是好样的！"皇太极对多尔衮说，"朕想要的不仅是个松山城，还想要洪承畴这个人！他对咱们可大有用处呀……"

多尔衮说："放心吧，洪承畴会跪到您面前的！"

皇太极移营于松山近前，缩小包围圈，沿城又掘了深壕，打算长久地围困。

松山周围的地势是：周围高，中间低，很像一口大锅，松山就建在锅底上。皇太极令人筑一高台，在台上就可把松山看得一清二楚。松山城不算大，是个长宽各一里多的方城。要是清军发起进攻，也许不用费多大的力量就攻下来了。

可是，皇太极仍不想强攻，他想静等城内粮尽援绝。

就在这时，一件要紧的事发生了。

九月十二日早上，一匹马疾驰而至，跑到大将军的营帐前停了下来。

将领们都认出他是皇后的护卫巴鲁，就赶紧领他去见多尔衮。

多尔衮见他跑得汗透甲衣、马吐白沫，就想让他喝几口水再说。

可是巴鲁把水碗推开，说："王爷，宫里发生大事了……"

"皇后让你对我说，还是对皇上说？"多尔衮问。

"王爷，皇后嘱咐我最好先对您说，让您定夺怎样和皇上说，这不，正好先遇见了您！"

"那你就说吧，巴鲁！"

"宸娘娘病重，太医已经开不出方子了！"

多尔衮望着巴鲁，又问："皇后要我怎么做？"

"皇后知道前线军情紧急，但宸妃娘娘是皇上最爱的贵妃，谁也不敢担这责任。皇后要您考虑这时候对皇上讲是不是合适。如果皇上知道了，是否要回盛京。要是他不回来，他有些什么圣谕。"

多尔衮愣了，皇后要把这事先告诉他，这是皇后对他的信任，可是，这样，他担负的责任就大了。

他让人领巴鲁到外面进餐、休息，并嘱咐他对谁也不要讲这件事。多尔衮想了好久，决定还是悄悄地告诉皇上，让他自己拿主意为好。他走进皇太极的御帐，见他伏在地图上又描又画，聚精会神得连他进来都没察觉。

"皇上……"多尔衮说。

皇太极猛一抬头，两道浓眉紧蹙，见是多尔衮又松弛下来。"是你，十四弟？昨夜一夜未眠，为什么不多睡会儿？"

"皇上，我想告诉您一件事……"

见多尔衮有点吞吞吐吐，皇太极有点火，就说："十四弟，有话就说嘛！"

"皇上，宸娘娘病重了……"

皇太极一下子呆住。

多尔衮又说："是皇后派巴鲁来送信的，皇后怕直接对您说惊着您，就让他先对我说了！"

皇太极仍没说一句话，在地上匆匆地走来走去，带起的风，把桌上的地图、纸张卷了起来散落在地上。接着，他就在御榻上躺下了。

多尔衮赶紧跑过去，只见他鼻孔里又流血了。这一次流得极多，紫黑色的血淌到脸上，流到脖子上、枕头上……

"四哥，您千万别着急。我这就把随军御医叫来！"

"……兰儿，朕临来的时候，不是跟你说好了吗？"皇太极直直地看着帐顶，喃喃地说，"朕打完仗就回去，你要在家安安静静地等着朕……你怎么这样性急呢……你还对我说，你的身体还好，还要陪伴我几十年！"

他的这种状态把多尔衮吓坏了，他连忙问："四哥，您是怎么了？"

皇太极愣怔了一下，从榻上坐起来说："朕没事……可是，朕觉得兰儿就要离朕而去了，十四弟，你说朕该怎么办呢？"

多尔衮没有说话，只是怔怔地看着他。

"多尔衮，你还没有恋上过女人吧？你还没有体会过那撕心裂肺的滋味吧？"

我怎么没有体会过呢，皇太极？我早就尝到那滋味儿了，我的心早就为爱流过血了！我心爱的人就在你的身边呀！——多尔衮在心里说。

"多尔衮，如果你爱过，你就知道朕该怎么办了！"

"四哥，回盛京去吧，立刻就走！"

"多尔衮，你要朕走？可是这里的事呢？"皇太极问他。

"这里的事，我们会按您预定的计划逐步实现的！"多尔衮说，"不就是个小小的松山城嘛！"

"可是朕不仅要松山，还要洪承畴！"

"我明白，皇上，您就放心地去吧！"

"你快把主要的将领召集到这儿来！"

"是！"

多尔衮刚要走，皇太极又叫住了他。

"多尔衮，吩咐给朕备马，让朕的侍卫做好准备！"

不多时，多铎、豪格等主要将领都齐集到皇太极的御帐里。

"朕有急事要回盛京一趟，这里的事，朕全部交给睿亲王多尔衮。你们要一切听他的指挥，不得违犯！"

"谨遵皇上敕令！"众将应道。

豪格端详着皇太极的脸，想从他脸上看出什么来，可是从那张冷冷的脸上，他什么也没看出。

皇太极把自己的佩刀从腰带上解下来交给多尔衮，说："睿亲王，这宝刀赏给你，谁若不听你的将令，可先斩后奏！"

多尔衮跪下，两手把宝刀接过。

接着，皇太极就出帐上马了。他的侍卫跟过来。

多尔衮和豪格陪皇太极到了义州。一路上，皇太极没说一句话，豪格想问点什么，可也一直没敢开口。

一出了义州，皇太极就打马直奔沈阳了。

6

在马背上颠了一天一夜，皇太极的鼻子大出血，连衣襟都染红了，他，人也有点恍惚，几次差点儿从马上倒下来。幸亏两个贴身侍卫一直跑在他的身边。

休息了半日，皇太极又要赶路，大学士希福劝皇上换乘马车，得到批准。他也觉得身体十分困乏。

十七日傍晚。他们到了旧边。

希福见皇上身体不支，就下令驻跸。

皇上吃了点东西，就休息了。

希福刚要离开，又被皇太极叫住。

"希福，你是满洲人中最有学问的人了，"皇太极说，"你说宸妃能够渡过这一难关吗？"

希福不敢在这时候说什么"吉言"骗他，皇后派人到前线送信，宸妃的病一定是无药可医了！因此，他站在皇上床前一声也不出。

"希福，你回答朕呀！"

"皇上，臣下有几句话，很不想在这时候说给您……"

"你说就是。"皇太极招招手叫希福上前来，"你是满族人，跟朕也多年了，你怕什么呢？"

"皇上，上天派您到人间来可不是只为了宸娘娘呀！"希福说，"先大汗把国家交给了您，天下苍生仰望着您，您可不能辜负他们呀！"

皇太极想了想，一个字也没说，就伏下身痛哭起来。

希福走出门，守在门外，直到皇上睡着，他才离开。

……宸妃走进来。

她还是过去的样子，不，比过去更年轻更娇艳。只是有点戚容，两条长眉紧蹙着。

"兰儿，你来了。"

"我来和你说几句话。"

"来，到朕怀里来！"

"我跑了一夜，身上满是冷露……"

"不要紧，朕不怕凉。"

宸妃在床边坐下来，皇太极搂着她。"兰儿，有话说吗？你就说吧，朕爱听你说话。"

"皇上，从我懂事时起，我就在寻找一个人，一个和我认识了几千年的人，意气相投的人，一个可以托付终身的人。找啊找啊，我累得要死也没有找到，找到的却是苦难和泪水。后来我想，今生今世是找不到了……哥哥见我日渐憔悴，就带我来沈阳探亲，没想到在这里找到了我想找的人！"

"兰儿，你说得真对！"皇太极说，"朕也有这样的感觉，你来沈阳时，朕已经有了六位妃子了。每娶一个，尽管她千娇百媚，朕也很喜欢她，但心儿却在告诉朕：你等待的不是她，不是她，她还没有来！自从见到你后，朕的心才告诉朕：她来了，你等的就是她！你刚才说你要找那个认识了几千年的人，是的，我们已经认识了很久很久，久到地老天荒……"

"从那时起，我就是天底下最最幸福的人了！真像传说中说的'粉黛三千，宠爱一身'！可是我又天天胆战心惊……"

"为什么，兰儿？"

"像咱们这样恩爱，上天也会嫉妒的！所以，我不敢专擅，不敢独享，总是把您推到姐妹那里去……"

"兰儿，别怕……"

"皇上，您看，上天先夺去了咱们的孩子……"

"兰儿，你别吓朕！"

"现在又轮到我……"

她的声音很低很低，以致皇太极没有听清。"你说得怪神秘的，兰儿？"

"我是想说：您在世上也就是做这些事了，可不能太贪、太强。太贪太强的人会损折阳寿的……"

"朕想着你的话。"

"还有……我不说了。说多了，上天是不允许的，好在我们很快就会相见的……"

说着，宸妃站起身，向外走去。

"兰儿，你要到哪里去？离盛京不远了，咱们一齐走！"

宸妃凄然地望着他："皇太极，我在前面等你……"

皇太极想伸手拉她，可她像影子似的飘走了……

皇太极忽地坐起身，大声喊着："她走了，走了！"

希福、太医等几个人冲了进来。

"皇上，您怎么啦？"希福问。

"她走了！"皇太极哭着说，用手指着门口，"宸妃走了……"

"皇上，您是做了一个梦……"希福说。

正在这时，外面有人报告："盛京来人了！"

皇太极令传进来。

来人仍是皇后身边的人，他来报告说："宸娘娘病危……"

希福借机说："皇上听到了吗？宸娘娘还在，说不定会转危为安的！"

"快走，快走！"皇太极说着从床上下来。

他们又在路上跑了两天，已经接近沈阳城。

皇太极心急如火，令大学士希福先乘快马进城问候。

希福一进皇宫，就看见宫里到处张挂着黑旗白幡，知道宸妃已逝，赶紧去见皇后。皇后把希福领进宸妃的灵堂，行礼祭奠后，对他说：她派巴鲁到松山送信时，宸妃已处于弥留。前天，派人迎在路上告知病危时，宸妃已经驾薨，只是为了让皇上有个准备，才那样做的。

希福很体谅皇后的用心，他把皇上现在的状况说了一遍，大家都为皇上担心。

正说着，侍卫们一声递一声地喊着从宫院传进来："皇上驾到！皇上驾到……"

大家连忙跪倒在地迎接。

皇上急急地跑进来，也不看看跪倒面前的一片白衣，一直跑进了关雎宫。

"兰儿，兰儿！"

他抱着宸妃哭着说道："兰儿呀！你好狠心呀！你说要等朕回来，可是为什么先走了？兰儿呀！没有你，朕可怎么活呀……"

有的宫妃想进去劝皇上，可是皇后堵在门口，不准任何人进去。她说："让他哭，不让他哭个够，他会憋坏的！"

可是皇太极久久地不住声，越哭越哀痛。

皇后走到他面前，把他从宸妃的灵床边拉开。

皇太极哭着叫嚷着还想靠过去。皇后大声喊道："皇上，宸妃去了，你哭她一场也就是了，为什么哭个不止？"

"朕想她，朕心痛呀！"

"你没了宸妃，可是还有我们，还有你的国家呀！"

"兰儿走了，朕就什么也没有了！"

皇后哭着嚷道："皇太极，你说这话多让我们寒心，多让天下人寒心呀！如果让前线的将士知道，他们还有士气打仗吗？"

"怎么？"皇太极茫然地望着皇后。

"他们会想：原来皇上除了他的爱妃，心里谁也没有呀，我们还打个什么劲儿呢！"

皇太极不说话了，只默默地望着前面。

他在宸妃宫里守了整整一天，直到傍晚，皇后才把他从关雎宫里拉走。

夜里，皇太极处于昏迷状态。太医给他诊断后对皇后说："皇上的身体尚无大碍，只是劳累乏身、伤感攻心，一时昏睡罢了。"

这样，大家稍稍放心。

第二天，皇太极的精神好了些，在京的大臣和诸王都前来祭奠宸妃，并劝皇上珍重节哀。皇后觉得宸妃的灵柩不宜在宫里放得太久，打算三日后出殡。皇太极不同意，要把灵柩暂厝在别院里。可是皇后断然不准。

她说："祖上没有这样的先例，人死了，再尊贵也得出殡！"

"哲哲，朕想她呀！"

"那更不行！"皇后知道是不能和皇太极慢慢讲的，治他的心病就得下猛药，"你成天守在她的灵前，哭鼻抹泪的还像个皇帝吗？"

"那，你得答应我一切丧殓之礼得从厚！"

"不，只能按贵妃的规格！"

"哲哲，你竟这么心狠！"

"不，皇上。皇上行事，一切得有度，失去制约，怎能驾驭群臣百姓？"

三天后，宸妃的灵柩出盛京地载门行到五里，点吉穴暂殡。

在这方面，皇太极仍然逾了制。按说皇上是不能到贵妃的陵寝致哀的，可是他跟在灵柩后面去了。在那里他亲手奠酒三爵，又痛哭失声。

回到宫里，他不吃不喝不睡，一直在榻上呼唤着兰儿的名字。

皇后去找布木布泰，问她有什么办法使皇上从哀痛中恢复过来。

"姑姑，我不大敢到他面前去，"布木布泰说，"也不知怎的，只要说到姐姐的事，皇上就生我的气……"

"那也得想法子劝一劝他呀，"皇后说，"这样下去可怎么得了！"

布木布泰去了。

没想到皇上并没有对她疾言厉色，只是态度冷淡地说："布木布泰，过来！"

布木布泰走到皇太极面前。

"你坐在朕的旁边。"布木布泰依他的话做了。

皇太极目不转睛地看着她。他不说话，只是看着，看着……

"皇上，为什么这样看着臣妾呀？"

"朕要看看你有多少像你的姐姐！"

啊，原来如此！

"很像，太像了，太像了！"

"皇上，她是我的姐姐嘛，怎么会不像。"

"你比过去更像你的姐姐了！"说着，皇太极把布木布泰抱起来，紧紧地抱着，亲着。还不住地喃喃着："兰儿，朕的兰儿……"

这时，一个计划在布木布泰心中产生了。

她轻轻地推开皇太极，欲言又止。"皇上……"

"布木布泰，有话说呀！"

"皇上，我想对您说一件事……不过，您可别怕……"

"朕不怕，不怕……"由于皇太极发现布木布泰很像他热爱的兰儿，他还是盯着她看，"你说，你说呀……"

"姐姐走的那天夜里，我正歪在榻上迷糊着，"布木布泰说，"姐姐走进来了，那样子就像她没病的样子。'妹妹，我要走了！'我问她到哪里去？她说：'我要到很远很远的地方去。'我说：'你的身体呢？'她说：'我的病好了，你们再也不用为我担心了！'看到她那轻松欢快的样子，我真为她高兴。就说：'皇上还在前方打仗，你要出门，也得等他回来呀！'她说：'上天催得很急，我怎么能等呢？——可是我最不放心的就是皇上！好在这里还有你，你要照顾好皇上！'我说：'姐姐，我怎么能代替你呢？'她说：'今后，你会越来越像我……'说着她就往外走。皇上，你想我会让她这样走了吗？就急忙追出去，'姐，你别走，你还有什么话要我捎给皇上吗?'她听了一下，回头说：'布木布泰，有句话，你要常对皇上说着点，那就是人不能太贪太强……'我向前去拉她，可是她像影子似的飘走了。我一下子吓醒，回想着梦中的情景，出了一身冷汗……"

"以后呢?"

"以后，就从关雎宫里传来了哭声。我知道出了什么事，爬起来就往外跑，跑到门口就摔倒了……"布木布泰把袖子捋起来，皇上看到她的肘头那儿有铜钱大的一块伤痕，已经结了黑黑的痂。

皇太极又把布木布泰搂起来哀哀地哭着说："布木布泰，那是兰儿向你告别呀！那一夜，她也去找过朕，对朕说了同样的话……"

皇太极一把鼻涕一把泪地对布木布泰说了在旧边的梦境。

"皇上。"布木布泰倒在皇太极怀里，"我想姐姐……"

"朕想宸妃……"

"姐姐，你把皇上托付给我了，可是皇上怎会听妹妹的话呀！"

"布木布泰，朕听你的话就是了……"

从那日晚起，皇上就开始进餐，精神也好了许多，只是他要布木布泰一步不离地陪伴着他。

第二十七章　恩威兼施用　设法笼人心

1

宸妃死后，皇太极在精神上受到很大刺激，很久很久都恢复不过来。虽然有长得很像海兰珠的布木布泰整日陪伴着他，仍然难忍对宸妃的思念。一说起他的兰儿，他就眼泪汪汪。一次，他率领侍卫去野外游猎，路过海兰珠的墓地时，他又跪在荒草里痛哭起来，侍卫们把皇后叫去，才把他劝说回来。

他是不能回到前线去了。

锦州一线仍然在和明军相持着。

那里的主帅是多尔衮，他的将领有豪格、多铎、阿巴泰、杜度、罗托、屯济、硕托等兄弟子侄。日子一久，他们的斗志懈怠了，开始想家。将士中也有人偷偷地溜回盛京去。

多尔衮发牢骚说："皇上不回来，攻城又不准，整天躲在深壕里。身上都长出青苔了。怎么不叫人想家呢？"

他说得有点道理。八旗军打仗，大多是速战速决，猛冲猛打一阵，大抢大夺一番，然后就带着丰厚的战利品回家和亲人团聚，哪里熬得了旷日持久地围而不打呢！

多尔衮把诸将集合起来，对他们说："我有一个想法，说出来大家议一议。"

他说在松锦一线这样久久地耗着，不知何日是个结束，倒不如让将士们轮番地回家与亲人团聚。

大家正在前线熬得受不了，所以多尔衮一说，将领们立刻就同意了。

只有豪格提出不同意见，他说："皇上要我们守城，没有让我们轮换回家！"

多尔衮说："咱们这样做也没有违背皇上的意思呀！城还是照样围着，只是每次让少数人回家，兵力是没减少的！"

"我觉得还是派人请示皇上为好……"豪格咕哝着。

"那，豪格，你就回去见皇上，为大家跑一趟吧。"

豪格知道父皇的脾气，不经允许离开前线，是会受到严厉责罚的。"好吧……"豪格最终同意了，"有你十四叔做主，想那样做就做吧。"

多尔衮规定：每牛录一次可让三至五人回去。怕让城中的明军看出清军中有人回家，乘机反击，就下令撤退三十里扎营。

多尔衮的轮换休兵，给明军带来了一线生机，他们迅速派人出城和外界联系，弄到了不少粮草，招募了许多附近村镇的壮丁，增强了守城的实力。

很快，皇太极就知道了这件事，他大发雷霆，怒不可遏，气得好了多日的鼻子又开始流血。

他像只老虎般咆哮："这个多尔衮，只要朕不在场，他就肆意胡来！谁知他安的什么心肠？朕明明告诉他围困松锦要由远渐近，逐步缩小包围圈，最后直逼城下，以威慑城内的明军！他倒好，竟退兵三十里，这不等于给明军解了围吗？"

布木布泰说："皇上，那就赶紧派人到前线去，纠正多尔衮的错误呀！"

"多尔衮仅仅是个错误吗？"

皇太极回头面对着布木布泰说道："他这不是错误，是天大的罪行！皇后和你不知中了什么邪，遇事总是护着多尔衮那只狼！这一次，朕绝不饶他！"

"皇上，您……身体刚刚恢复，可不要为多尔衮生气！"

"他一直瞧不起朕，"皇太极咬着牙根说，"他一直胆大妄为！你没看到吗？他一直怨恨朕！不除了这一祸害，他会做出弑君的事来的！"

皇上的话不是没有道理，自从上次和多尔衮见面后，布木布泰对他是绝望了。他的确是只死不悔改的狼！是只怎么也喂不熟的狼！她所以没有拒绝他的感情，是因为那是一条拴在他脖子上的绳索。断了这条绳索，连她也不能驾驭他了！

那样，爱新觉罗家族就会有可怕的事发生！

得了个空儿，布木布泰去找皇后。

她把事情从头到尾说了一遍。"姑姑，看样子皇上要决心杀多尔衮了！"

"从皇上那面说，杀了他也不为过。"皇后说，"舒尔哈齐、褚英还没有像多尔衮那样悖逆，就被太祖杀了！为了国家的安全，那是必要的。可是，我总是见不得血肉相残的事……"

"再说，多尔衮还是大清谁也代替不了的勇将呀……"

"布木布泰，我知道你和多尔衮的感情。但面对国家大义，感情就不重要了。难道说太祖和舒尔哈齐没有兄弟情吗？和褚英没有父子情吗？"

"姑姑说得很是。"布木布泰不敢说什么了，但她一想到多尔衮可能被杀，就心痛得不能自抑。

这时，皇太极把在京的大臣召集起来，向他们宣布了多尔衮的忤逆，他派甲喇章京车尔布等人带着他的敕谕到锦州前线训斥多尔衮。

车尔布星夜到了多尔衮的大帐，令多尔衮把将领都召集到帐内。

多尔衮给皇上的钦差准备了饭菜，可是车尔布等人说：身负皇上敕谕，未宣布前不敢叨扰。大家知道要坏事了，一个个吓得胆战心惊。

"多尔衮听谕！"甲喇章京车尔布叫道。

多尔衮跪了下来。

车尔布代表皇上说话了："多尔衮，你们围困松山、锦州，真的能使敌人内不得出、外不得入、布防无缝吗？如果布防无缝，为什么城里的汉人可以出城行猎、牛车挽运军粮、任意往来呢？如此行猎、挽运不止一人一次，你觉察到了吗？"

"是，是。是臣下不对。"多尔衮说。

"还有，你们按每牛录五人回家，这与以前扎沁巴彦田猎时假称每牛录死了三匹马有什么不同？朕离开松锦前线时，你们的粮草装备十分充足，你却让他们回家。是什么意思？这是你一个人的意见呢？还是你们共议的？如果也有别的将领的意见。就把你和他们的名字一并写出报来！"

车尔布把皇上的训示宣布完之后，就出帐上马走了。

将领知道惹下了大祸，都闷声不响。

见他们谁也不想承担责任，多尔衮挥挥手让他们走了。

临出帐时，豪格说："原先我就觉得不对，可是，你们不听我的话……"

2

多铎仍在多尔衮跟前。他小声地问："哥，你说皇太极会对咱们怎样？"

"这一回，我是完了，你可别掺和进来。"

"哥，你说皇太极要杀你？"

"他想杀咱们不止一天了，这一次可让他逮着了！"

"哥，主意是你出的，可是他们也都同意的。"

"大丈夫死就死，我一个人顶着，就别连累别人了！"

等了好一会儿，多铎又小声说："哥，你觉得皇太极真的要对咱们下手吗？"

"多铎，你怎么这么糊涂呀？想想当年太祖杀亲弟舒尔哈齐、亲子褚英的事吧。如果是老百姓，兄弟、父子之间还有个原谅、饶恕，帝王家就没这事儿了！"

"那是……"

"反过来，如果我当了皇帝，我会饶恕皇太极、阿敏这样的人吗？他们就是有十个头，也早被我砍光了！"

多铎点点头。

两人沉默了好久，多铎忽地转身嚷道："造反是死，不造反也是死，就不如和他拼了呢！"

多尔衮跳起来堵起多铎的嘴，拉他坐下，咬着牙说："你找死呀？我要是像你一样毛毛躁躁，早死了八次了！"

"哥……"多铎哭起来，"哥如果被他杀了，我还活什么！"

多尔衮把手搭在多铎肩上说："多铎，我的好兄弟，现在要谨慎行事。你看我手里有正白旗，你手里有镶白旗，可是别的旗都在豪格、硕托、阿巴泰等人手里，就是咱们的两白旗里边也有皇太极的不少人。要造反，是反不出好结果来的……"

"哥，那我们就伸出脖子等着？"

"不，不……"多尔衮摇摇头说，"上天正在帮助咱们呢！我看皇太极快要死了，就在这一两年。那鼻子流血，绝不是像他想的那样，是一般的病。我听太医说，那是脏腑病的外显。从京里回来的人告诉我，宸妃死后，皇太极的精神就大不如前了，整天哭哭啼啼像个婆娘。人老了就怕性情改变，一改了性情，他的死期就不远了！"

"哥，你说的也许对，可是你得活着才行！"

"是的，我要争取活着，"多尔衮说，"不过，万一皇太极把我杀了，也不要紧，只要他死了，你就有机会把皇位夺过来。多铎，你要对付的只有一个豪格呀，难道你连豪格也对付不了吗？"

车尔布回到盛京复命后，皇太极担心多尔衮有异动，就立刻派兵部参政超哈尔、谭拜率部到松锦前线把多尔衮部替换下来。并派范文程一同前往，要多尔衮写出认罪书。

"叫多尔衮自己说说该当何罪!"皇太极指示说。

范文程觉得这差事十分困难,就去请教皇后。

在院子里他遇见了布木布泰。

"臣下给娘娘请安!"

"范大人好。"布木布泰让在一边,她对大臣们都是十分谦恭的,"听说您要到锦州去?"

"是的,娘娘。"范文程踌躇了一会儿,对布木布泰说,"想法子救救多尔衮吧,在现在和将来大清都离不了睿亲王呀!"

布木布泰想了一会儿,就说:"范先生,您真是一心为国,没有您,大清国也许还是后金时的那样子呢!"

范文程头一次听到对他这样直露的褒奖,慌得不知如何是好。

"范先生,多尔衮的罪过是不轻,可是如果锦州那边的将领都分担一点呢?……"

范文程怔了一会儿,连忙给布木布泰一揖到地,说:"啊,我一直听说娘娘智慧超群。今日才得领教,真是有用的话不在多呀!"

"范先生见笑了。您到皇后那里去吧,我走了。"

范文程说:"有您这一妙计,我就不去打扰皇后了。"

范文程到了锦州前线,根据他对将领们的了解,知道阿巴泰、硕托等人和多尔衮交情很深,就先见了他们。悄悄地对他们说:"只有你们能够救睿亲王!"然后把计策说了一遍。他们都应承依计而行。

他第二天才去见多尔衮,要他把将领们召集起来。

范文程是钦差,他也像车尔布一样,把多尔衮数落了一顿。

"睿亲王,你知罪吗?"

"臣下知罪。"多尔衮说。

"那么,写好认罪书了吗?"

"已经写好……"多尔衮把认罪书两手递给范文程。

范文程看了一遍,又把认罪书放在桌子上,说道:"睿亲王,你认罪态度尚好,你就给自己定个罪吧!"

多尔衮握住笔,想了想在认罪书下面写了四个字:臣罪当死。就把笔摔在桌子上。

多铎跑过去一看,叫道:"哥,你这样写,皇上会借机杀了你的!"

多尔衮说:"死罪就是死罪嘛,杀就杀!"

多铎愤激地说："我是多尔衮的同谋，也是该死的！"他拾起笔，在多尔衮的认罪书后面就要写……

范文程连忙止住他，说道："豫王爷，您如果自觉有罪，就另写一份认罪书算了。"

就在这时，阿巴泰、硕托等几个将领都嚷道："那日睿亲王和我们商议时，我们都同意他轮番回家的提议，如果他有死罪，我们便是他同谋，也该和他一块死！我们也要写认罪书……"说着他们跑出帐去。

范文程对豪格说："您呢，肃亲王？"

"我也有罪，也有罪，我也去写认罪书！"

第二天，范文程带着六位将军的认罪书往回赶了，那些认罪书上都写着"臣罪当死"四个大字。

回到盛京，范文程把他们的认罪书交给皇上。皇上仔细地阅读了，只气得七窍生烟。他下令把六个亲王贝勒都调回盛京！六个将军都回来了。可是皇太极没让他们进城，叫他们驻扎在舍利塔，等候处分。

可是一等就是十几天。

一天，皇太极在永福宫，布木布泰问他："皇上，还把他们放在那儿呀？"

皇太极顿了半晌说："朕本来想把那个一直忤逆朕的多尔衮杀了，可是这样一来，朕就没法下手了！"

"是怎么回事呀，皇上？"

"多尔衮、多铎、阿巴泰、豪格、杜度、硕托都请死，难道朕还能把他们都杀了？"

"那可是杀不得的呀！"布木布泰说，"杀了他们，您手底下就没几个能打仗的将军了！您还指望他们进取中原呢！"

"是呀……你说怎么办呢？"

"皇上，本来臣妾不敢议论国事，您既然问我了，我就说上几句——您不如训斥他们几句，每个人给他们个处分，有个处分压着，他们谁也就不敢动了！"

"看来也只好这样啦！"

又隔了几天，皇太极派内大臣图尔格，旗主英俄尔岱，内院大学士范文程、希福、刚林来到多尔衮等的住处，对多尔衮等分别讯问。

由范文程代表皇上讯问多尔衮："多尔衮，我要传达皇上的口谕！"

多尔衮跪下，低下头，做出虔诚认罪的样子。

"多尔衮，你们遣兵回家，撤兵远驻，到底是为了什么？"

"回皇上，"多尔衮说，"让军士轮番回家，主要是认为围困松锦用不了这么多的兵力，再者，由于在那里驻军久了，军士们有的已生厌倦、思家之心。至于撤离三十里，一是不想让敌人发觉我军轮换休息的事，二是咱们的马由于长期吃不上好的草料都消瘦多了，想找一块草肥水美的地方牧马……当然，臣下说的这些都不是正当理由，臣忘记了皇上托付之重，罪该万死！"

"多尔衮，朕给予你特别的恩惠，已超过众子弟。好马、鲜亮的衣服、最美的肴馔等，唯有你得到的最多而且优厚。你知道吗？"

"臣下知道。"

"朕所以格外优待你，为了什么？就是因为朕特别赏识你勤劳国政、恪守朕的命令！目前正是围困敌人最要紧的时候，你们却离城远驻、遣兵回家，你这样违背朕的教导，以后，朕怎样信任你呢？"

"臣辜负了皇上，臣罪该万死！"

在另外几个房间里，钦差们讯问、训斥了另外几个将领。

图尔格代表皇上责问豪格："你是朕的长子，和多尔衮同在军营，明知睿亲王做得不对，你为什么不劝阻？为什么沉默静听，还听从他的话？"

到了这时候，豪格明白再说当时的情况已经晚了，如果声辩说："当时我就劝阻过，可是主将不听，我有什么办法！"那就和自己认罪书上写的不符，会招致更大的罪过，没法，他只好硬着头皮说："皇上责备得对，儿臣罪该万死！"

杜度、多铎、阿巴泰都受到同样的训斥。

"多尔衮所为，你们为什么漠视？把这样大的事，看作与己无关，听任睿亲王胡行。他说是你们以为是，他说非你们就认为非，就像对待路人一样，无动于衷。军国大事，无论如何也要义同一体。就是新近归服的蒙古人也知道出力报效，而你们却不尽心为国忧虑，这么大的事，竟听之任之，上天和皇考太祖能允许你们吗？"

他们也像多尔衮、豪格一样，都不申辩，只跪请处分。

希福是分管训斥硕托的，那小子有点桀骜不驯，当希福说到"你曾犯过罪，朕屡次地宽赦你，可是你每次认错后，都不认真改悔，如果再这样，朕一定把你交给法司治罪！"时，硕托忍不住了，他挺着身子说："皇上，你就杀了我算了！何必一次次地揉搓我！"

希福赶紧向他摇摇手，小声对他说："我的小爷，可不能对皇上使犟，你认个错不就得了！"

"皇上真是小题大做，我们又没给他耽误事，何必揪着不放！"

希福严厉起来，喝道："硕托，你再这样，就不仅是你的事了，还会连累你的阿玛代善王爷！——你只需认罪磕头，就没事儿了！"

"好吧！"硕托用衣袖抹着屈辱的泪说，"我认罪，我该死……"

图尔格、希福、范文程等回到盛京向皇上做了汇报，说亲王、贝勒们都认了罪，个个痛哭流涕，请求皇上给他们严厉处分。

皇太极仍然很愤怒，他说："这都是巧辩掩饰之语！他们这次离城远驻，已经使敌人将粮草运入了锦州，其恶果是十分严重的！他们说什么为了叫士兵轮番探亲呀，是为了让军马吃草呀，全是胡说八道！你们再回去，让他们各自议罪！"

钦差们又回到舍利塔，把皇上的话说了一遍。

多尔衮说："我们不是都自领死罪了吗？"

范文程说："你们是在认罪书上写过了，可是再写一遍又有何妨？"

多铎哭起来，他对多尔衮说："哥，看样子皇上真的想杀咱们了！"

范文程说："王爷、贝勒们先别伤心，皇上是宽厚仁慈的！"

于是他们又写了自议罪。

多尔衮认了死罪。

豪格说："睿亲王是王，我也是王，他是我的叔父才让他掌兵权。他既然失计，我随他而行，当然也该死罪！"

豪格一这样说，别的人也都给自己议了死罪。

皇太极看了他们的自议罪后，心里稍微平和了些。他根据他们各自的罪行，做出了决定：凡自拟死罪的都一律免死。多尔衮由亲王改为郡王，罚银一万两，夺去一牛录户口；降豪格、多铎为郡王，各罚银八千两，夺去一牛录户口；阿巴泰、杜度各罚银两千两；硕托等各罚银一千两。最轻的处罚是申斥。

又规定诸贝勒、将领必须交上罚银后才准许进城。

多尔衮等进城后，跑到皇宫大门，请求进宫谢恩。皇太极不准。他们只好在宫门外磕头。

几天后，皇太极又向从前线回来的将校调查，他们不敢撒谎，详细地回答了皇上的垂问，结果比原先了解的情况更为严重。他愤怒极了，又派大学士范文程、希福等到议政衙门训斥多尔衮、多铎、阿巴泰等人。"你们在外，只图安逸睡觉，离锦州远驻，只求休息，疾速回家，那就回家去睡觉吧！"下令将他们驱逐出衙门，不准他们上朝理事。

多尔衮、多铎、阿巴泰等将领见事情还没完，又见不到皇上解释，只好去求范文程、希福等大臣代他们上奏皇上："臣等身获大罪，由于圣恩重罪轻判，臣等很想戴罪立功，听说锦州方面传来捷报，不由欢欣鼓舞，因为是罪人，不敢求皇上批准臣等率军参战。我们愿意速赴前线用心效力，以赎自己的罪恶！"

前线传来好消息，这使皇太极十分高兴，但断然拒绝了多尔衮等人的请求。

范文程、刚林、希福等大臣觉得这样下去终不是个了局，就又去请求皇太极。他们说："对多尔衮等人的罪行已经处分过了，就该给他们一个赎罪自新的机会。现在诸王贝勒中几乎有一半背着处分，这对战备和换防都有很大影响，望皇上稍息天怒，让他们入署理事。"

第二天，皇太极在清宁宫召见范文程、希福、刚林等大臣，他说："你们召集获罪的诸王、贝勒到笃恭殿前，传达朕的敕谕：叫他们入衙理事，但不准怠惰，不准入大清门，如遇朕出行，也不准跟随。这并非是厌恶他们，而是与他们没话可说。要是问起事情来，他们又要编谎话欺瞒朕了！真是太没意思……"

说起来皇太极一阵伤感。

范文程等大臣向诸王、贝勒传达了皇上的敕令，多尔衮等乖乖地说："一切听从皇上命令，臣等还有什么话说！"

经过这一番折腾，多尔衮等威风扫尽，他们再也没有本领和皇太极较量了！

3

松山、锦州前线。

崇德六年（1641 年）的年底，皇太极处分了多尔衮等获罪的大臣后，前线传来喜讯。

由于围困，两城内已经断粮，炮火也已减弱，显露出不支的样子。松山的一位明军副将夏成德派出他的密使联系投降，愿做内应。

皇太极觉得战役快有结果了，便派出杜度、多铎、阿济格等将领支援前线，计划破城。

第二年二月十八日夜，清军开始攻打松山城。

多铎发令大炮轰击，半个时辰后，松山周围的城墙多处崩塌。阿济格、杜度、阿巴泰诸贝勒率军带云梯等工具上城。

这时，已降的夏成德在城内率军呼应，向洪承畴的总督府发起进攻。

一见夏成德反叛，明军已无斗志，无人再去保卫洪承畴，各自逃命。将领曹变蛟、丘民仰、王廷臣等力召各部，想挽危局，可是，大部已经逃窜，他们周围没剩几个人，难以组成阵线，挡不住潮水般涌来的清兵。他们仗刀出战，但没几个回合就个个做了俘虏。

洪承畴带了几个卫士想突出重围，随乱军出城后，没走了几里，就被人认出来，报告了清军，他想放马驰逃，可是，马失前蹄，他从马上摔下，还没等爬起来，就被清军擒了！

得到松山城破的捷报后，皇太极下令将松山夷为平地。并令他们移师锦州。

松山的陷落，使锦州军心瓦解。守城的主将祖大寿和诸将商量的不是守城的问题，而是准备献城投降。

皇太极知道已经投降过一次的祖大寿会有顾虑，就派人入城，向祖大寿交了一封亲笔信。信中说："……前次降后，已经十几年了，很想念将军。现我大清军又兵临城下了，将军怎么打算呢？朕想将军也很思念老朋友吧？那么就请打消顾虑过来吧！朕认为像您这样的大将有顾虑、有反复是不奇怪的，朕十分理解。只要您过来，您就是大清的功臣，朕和大清朝廷会像过去那样欢迎您！……"

皇太极的这信来得及时，祖大寿坚定了投降的决心。

三月八日，祖大寿率诸将献城投降。

清兵的秉性难改，入城后，他们大肆抢掠，并大杀大砍，用明朝军民的鲜血把城涂得腥膻遍地，各家财物被清兵收取一空。

破了松山、锦州二城后，剩下的塔山、杏山二小城，对清军来说，更如探囊取物了。

四月九日清军用红衣大炮轰开了塔山，歼明军七千。二十一日，炮轰杏山城，明将开城门率六千八百余人请降。不到一月，关外四城就全部落入清军之手了！

皇太极指令多铎，要他把明将祖大寿、洪承畴安全地送到盛京，要做到

"毛发无伤"。多铎派了两个牛录护送他们。

到了盛京，已是深夜，可是皇太极等不得，立刻在崇政殿接见了祖大寿。

他抱着祖大寿说："祖将军，可想死朕了！"

祖大寿要下跪，可是皇太极不许，要他坐在自己对面，握着他的手。

祖大寿痛哭失声，愧悔交加。他哽哽咽咽地说："皇上……臣下无德，竟背弃了在大凌河的誓言……实无颜再见陛下……"

这时，豪格、阿济格等将军闯进崇政殿，请求皇上处死祖大寿！理由是祖大寿出尔反尔，无足凭信。

"给朕滚出去！"皇太极喝道，"朕得祖将军如获至宝，谁若再言杀字，一定重谴！"

豪格等唯唯地出去了。

此时，祖大寿早吓得魂飞天外，抖抖地跪到地下。

皇太极又把他拉起来按到椅子上，说："将军，不要介意，几个张狂的孩子，您不理他们就是了！

可是洪承畴却不愿和祖大寿一齐跪在皇太极的面前。

从被俘那时起，洪承畴就倔强得像一头牛。见了下级将士，他一声不吭，见了亲王贝勒他就大骂不止。几天下来，竟滴水未进。

看管他的清军怕担责任，几个人一齐向前，有的捏着鼻子，有的掰着嘴巴，硬是给他填上半碗饭，灌进一碗水。

"你想死吗？偏不让你死！"他们哄笑着说。

"士可杀不可辱！"洪承畴喊道。

起初，皇太极派大学士希福、刚林去劝降，许诺洪承畴归降后，给以亲王的爵位，并举出孔有德、尚可喜等降将为例。可是洪承畴丝毫不为所动。他说："我生为明将，死为明鬼，此为至理！如果你们还看得起我，请让我速死，以全大节！"说完，他就不再说话了。

皇太极派范文程去劝说洪承畴。

范文程带了好酒好菜去了。他先在监室的外间摆了一个丰盛的席面，然后把洪承畴请出来。

范文程自诩是饱学之士，觉得和洪承畴有共同语言。可是洪承畴一不吃饭，二不和他共语，只是愣愣地坐着。

既然来了，话就得说。范文程先从人明朝廷的腐败污秽说起，又说到熊廷弼、袁崇焕、孙承宗等人的遭遇，慢慢地归入正题，给皇太极歌功颂德……

这时，洪承畴说话了。"我听说范先生的先祖是宋朝名臣，对吗？"

范文程连忙喜笑颜开地说："然也……"

"可是我从范先生身上没闻到一丝贵先祖的气味！范仲淹不仅是宋之名臣，也是抗敌的名将。他的'先天下之忧而忧，后天下之乐而乐'的名言，至今仍是文人学士的座右铭，为什么就一点没影响到先生呢？您别是冒牌货吧？"

洪承畴以为这样把范文程羞辱一顿，范文程就会以袖遮面而去。

可是洪承畴不知范文程是什么人，他蒙努尔哈赤不杀之恩，已铁了心报效爱新觉罗一家。几十年来他的两耳灌满了谩骂之语，早已过了羞愧这一关，脸皮比象皮还要厚，他哪里把洪承畴的几句难听的话当回事呢！

"我知道洪将军会这样说，不过，事已至此，就得实际点，如果将军还想听兄弟说几句，咱们就一边喝酒一边畅谈，好吗？"

洪承畴是大明的名将，在来辽东前，一直和农民义军较量，足迹遍全国，声威震天下。他怎么看得起眼前这么个无名无姓的书生呢？可是他不明白世界上有许多大事是些无名之辈做成的。

他怒气冲冲地站起来，回监室去了。

范文程把劝说洪承畴的经过对皇太极说了一遍。皇太极叹一口气说："这么好的将军，大清军中是没有的，难道上天就不把他赐予朕吗？"

范文程安慰皇上说："这样威逼利诱都不行，是没有找到他的缝隙……"

"唉，也许你说得对，可是他的缝隙在哪里呢？等找到他的缝隙也许他就想办法自戕了！"

"皇上放心，我虽没有劝动洪承畴，可是看出他是不想死的！"

"范先生，何以见得？"

"臣下到了他的监室后，看到他头梳得齐整，连一根发丝也不马虎，床铺也很整齐。他走出监室时，房顶上正巧有一块灰尘落到他的身上，他站下来轻轻地用手指弹去。这是个求死的人的样子吗？您想，他对衣服尚且如此爱护，更不用说自己的生命了！"

皇太极点点头，有些放心了。

"范先生，还是请你多多留意，他是汉人，还是你了解他多些，看看他的缝隙究竟在哪里。"

和洪承畴一齐被俘的还有他的贴身仆人洪福。对他，清兵就不客气了，揍得他体无完肤，把他关在一座山神庙里。范文程找到了他，下令给他洗澡、换衣，还请医生给他的伤口涂了药，嘱咐看守的士兵不要再折磨他。

几天后，洪福的伤完全好了。

范文程把洪福叫出来，找了个僻静的地方和他谈话。

"洪福，跟着你的大帅几年了？"

"十年了吧。"洪福是个还不到三十岁的汉子，虽是个仆人，可也并不委琐。他有一张长脸和一双会察言观色的眼睛。他望着范文程，猜测着这位大清的官员要对他干什么。

"想回到福建老家吗？"范文程问他。

"怎么不想呢？做梦都想！"

"可是你回不去了！"

"怎么？要杀我吗？"洪福吓得离开座椅直想跪下。

"老实地坐好！"范文程喝道。

"是，老爷！"洪福回到座位上，可是，他的屁股不敢坐实，欠着腰望着范文程。

"洪福，你听着，摆在你面前的有两条路：一是活路，你的主人如果归顺大清朝廷，你就和你的主人一齐享福。一条是死路，如果你的主人顽固不化，你就给他陪葬了！"

"啊，是这样！"洪福急得搔耳挠头，"我主人如果不投降，我还要跟着他死呀？"

"所以，你要帮助我们。"

"我怎么帮你们呢，老爷？"

"我问你：你的主人喜好什么？"

"他呀，好读兵书……"

"还有呢？"

"喜好美衣美食。"

"再说，他最喜欢什么？"

"嘿嘿，我不敢说。"

"你不想说吗？你就随他死吧！"范文程站起来要走。

"老爷，老爷！我说，我说！"

洪福忙着要扯范文程的衣服，被一把推开。"说！"

"我说，他最喜欢的是美人！他在进剿李自成的前线还带着两个漂亮的娘们儿呢!"

"你不说谎?"

"小的怎么敢呢!"

"那好,你在监狱里好好等着,等你的主子归顺了,他自然会想起你的!"

范文程令跟随的清兵把他送回山神庙。

范文程把洪承畴的仆人洪福所供对皇太极讲了,他说:"用美人计大概能够奏效。"

正在一旁的皇后笑着说:"咱们大清国人口上千万,还怕找不出几个像样的美人儿吗?"

"是呀,是呀!"皇太极呵呵地笑着,"可以试一试这个办法。"

范文程捋着胡须沉吟道:"洪承畴对一般的女人怕是看不上眼……"

皇太极说:"你说吧,范先生,说出个标准来朕好派人去找。"

范文程说:"好吧,我说。首先得美丽端庄,一出场就得使洪承畴见所未见;其次……不仅秀外,还要慧中,也就是说,她得有智慧,有学问,一般俊俏的女人是不行的;再者,她的气度、她的风韵得和洪承畴比肩,也就是说她能够把洪承畴玩弄于股掌之上。臣下觉得适合这三个条件才可派她去完成这件大事!"

皇太极摇摇头说:"这就太难了!"

皇后说:"有这么好的女子,还不早就收进宫里来了?"

范文程拊掌说:"可不是,她早已被收进宫里来了!"

皇太极问道:"她是谁?"

范文程离座下跪道:"皇上、皇后饶恕臣下口出狂言,才好说话!"

皇太极把范文程拉起来,说:"范先生,你是大学士,是我大清朝廷的师傅。你功高日月,说的做的都是为了大清,你还有什么不可说的呢?"

"那我就斗胆说真话了!"范文程站起来,他说:"那位能够完成这件大事的人就在眼前,她就是庄娘娘!"

范文程说完,皇上和皇后都愣怔了好久,但只一会儿,他们都叹服范文程的选择。

但他们都没有说话。

范文程说:"微臣知道皇上、皇后顾虑什么。一是怕洪承畴无礼,二是怕走漏风声,一国的娘娘是不能做这事的。如果安排得当,这都是无须考虑的。"

"还有呢，"皇后说，"布木布泰若是坚决不愿做这事呢？"

是呀，这也是值得考虑的。

大家又沉默了好一会儿。

最后，皇太极说："朕看……可以让布木布泰去试试。不过一定要安排得万无一失！"

"这，臣下可以做到……"范文程说。

范文程退下后，皇上、皇后又商量了好久。

皇后问皇太极："皇上真的很想得到洪承畴吗？"

"太想了！"皇太极说，"哲哲，你想，我们栉风沐雨为了什么？"

"为了得到中原呀！"

"是呀，打个不太确当的比方，咱们都是盲人，现在来了个领路的人，咱们能放过吗？"

皇后点点头。

"咱们是有许多英勇善战的亲王、贝勒，但一旦踏入中原，和明朝对起阵来，他们都远不如洪承畴！另外，他还是咱们的一面金字招牌，可以用他吸引更多的洪承畴一类的明臣过来。这样整个战局会就打开一个新局面！"

"我明白了，皇上。"皇后说，"那我就为你跑一趟。"

到了永福宫，皇后和布木布泰说了一会儿闲话，又把小福临叫来，和孩子玩了个痛快。

福临已经五岁了，生得十分帅气，阔脸大腮，两眼炯炯有神。听书房里的师傅说，他读书十分用功，现在已经读完了《大学》《中庸》《论语》，正在学着"布局谋篇"。皇后问了几句书房里的事，就让苏末儿领他出去玩了。

"有件事……我难说出口。"皇后说，望着布木布泰。

"姑姑，你怎么对布木布泰这样说话？发生什么事了吧？"

"什么事也没有发生……事情是这样的。"

皇后从头到尾说了一遍。布木布泰低着头听着。皇后一说完，她就哭起来了。

"姑姑，皇上是不要我了吧？"

"布木布泰，绝对不是！"皇后说，"你是我的亲侄女，要是对你不利的事，你想姑姑还会给你答应下来吗？"

"姑姑，你不为我想想？从古到今，哪个贵妃做过这样的事？"布木布泰倒在姑姑怀里，哭得很伤心。

"是的，我没听说过。"皇后说，"可是历史上有几个名媛，在国家需要她的时候，她也做出了几件震烁古今的事，像西施、貂蝉……布木布泰，我和皇上、范先生合计了很久，才想到了你。唯有你才能为国家做这件事……"

布木布泰不说话了，她只是哭。

后来，皇后也被她哭软了心，她说："布木布泰，你实在不愿意，也就算了。那洪承畴再要紧，难道比自己的亲人还重要吗！"

皇后把和布木布泰的谈话对皇太极说了。

"是呀……"皇太极点点头，"这是难为她了，朕再去对她讲一讲，如果她不想为朕做这件事，也只好另想办法。"

皇太极低着头，一边走一边想，进了永福宫。外面的太监、里面的侍女跪着。庄妃的眼睛仍红红的，她给皇上施礼、问安。

皇太极把伺候的人屏退后，坐了下来。

"布木布泰，"他说，"朕决定了一件事，想和你商量商量。"

"皇上，皇后已经来过了，布木布泰不想做那件事，即使皇上不要臣妾了！"

"是什么呀！"皇太极摇摇手，"你还没有听朕说是什么事，就连忙拒绝……"

"皇上，臣妾听着。"

"是这样……历史上许多帝王由于生前没有册立自己的继承人，给后人留下了许多麻烦。父汗也是这样……因此，朕想现在就决定这件大事。"

"皇上，这件大事，可急不得，何况如今皇上春秋正盛……"

"布木布泰，可不能那么说，有道是天有不测风云……朕决定把福临册封为太子！"

"皇上！这可使不得……"

"有什么使不得的？"皇太极说，"朕看好哪个儿子，就把大位传给他！"

布木布泰跪下来，抱着皇太极的腿说道："皇上，您想福临上有几个哥哥，肃亲王豪格已经三十多岁，为大清立下了卓绝的战功，我不敢说他就是您心中的继承人。但，怎么也轮不到福临呀！再说子以母贵，臣妾是您的第五个妃子，让福临做太子也不合情理……另外，福临才五岁，从他身上一点没看出有什么出众的德才……"

"布木布泰，朕来与你商量这事，只是因为你是福临的母亲，本来这事该是和爱新觉罗家的尊长以及大臣们决定的。"

"皇上，万万不可！"

皇太极把布木布泰扶上椅子，起身走到桌前，那里有现成的文房四宝，他提了笔，在一张黄卷上写道："敕谕：立朕九子福临为大清太子。钦此。"写完，布木布泰已来到他的身后。

"好了，整个大清天下朕已经交给你和福临了……"说着就要出宫。

可是他被布木布泰拉住了。

"皇上……"

皇太极回头看着庄妃，见她表情冷峻端凝，眼睛中一丝泪痕也没有了。

"皇上，臣妾答应了，答应去为您说服洪承畴。"

"那……太好了！还是朕的布木布泰懂事！"

"不过，皇上也得答应臣妾一件事。"

"好呀，你说。"

"把您写的这敕谕收回去！"

"怎么？你是福临的母亲呀！"

"是的，正因为我是福临的母亲。才为他的将来着想呢。他才五岁，将来如何出息，谁也没法说，如果他是个普通人，我就和他回科尔沁去……说实在的，臣妾也不艳羡那些帝王将相！"

"好吧。"皇太极看了看桌上那张黄卷，伸伸手又缩回来。"布木布泰。你先给收着……朕看你的德才已经足以母仪天下了！"说完，皇太极匆匆地走了。

布木布泰又把那张黄卷看了一下，心想：没有用过玉玺的敕令也就是一张废纸吧。就收了起来。

4

洪承畴正靠在他那卷被褥上打盹儿。

他梦见自己的第三个小姜来看望他。这第三小姜名叫许绿裙，是他在京师娶的。在那里他们有个香巢，没几个人知道。绿裙生得小巧玲珑，嘴角左上有一点小紫痣，使她的小模样更加撩人心窍。

洪承畴没和她过几天恩爱的日子，因为崇祯皇帝总是把他派到最紧急的地方。他本想把她带在身边的，许多常年在外的将领都那么做。可是，洪承畴一怕将领们仿效，二怕有什么闪失。烽火连天，什么事也可能发生的。

"绿裙，你怎么知道我在这里？"

"我的心告诉了我。"

"这么远的路途，你不怕迷路吗？"

"我的心指引我。"

"外面有清兵看守……"

"谁能阻挡怀着一颗痴心的女人呢？"

"绿裙，你……到这地方干什么呀！"

"我来领你走……"

"走得了吗？"

"我是绿裙的魂儿，你如今也只剩魂儿了。咱们哪里也能去……"

他们正说话间，忽见外面进来几个持着雪亮大刀的红衣人。

"你们……是什么人？"

"刽子手，是来送你上西天的！"

"不，不，不！"他大叫。

接着，他醒来了，惊得浑身汗水。

就在这时，传来丁零当啷的锁钥响。铁栅门一开，进来了两个人。

洪承畴还沉浸在梦境中。心想：是几个看守吧？就没有抬头。

忽然，他闻到一股异香，凭他的经验知道，那是只有美人身上才有的。他慢慢地抬起头，站在他面前的是一位天仙般的丽人。洪承畴出身豪门，从小就是个花花公子，不知有多少二八佳丽从他面前走过。所以他一眼就可看出女人的品位。

面前是位满洲女子，最多二十许，穿一身旗装，勾画出了她那曼妙婀娜的身材。她梳着两把头，横在头顶的乌发上堆着几朵灿烂的鲜花，使她有着汉族女人没有的风韵。她是美的，但不是汉族女人的那种美，清奇绝伦、超凡脱俗。那一双眼睛晶亮深邃，有如草原上的湖水。那长长的睫毛，翕动起来似塞窣有声，直戳人的心窍……

她身后还有一位女子，比她更年轻些，也生得十分美艳，大概是她的侍女吧？

洪承畴心有点醉了。

但他还是急忙坐起，把衣服拉拽得整齐些。

这些，布木布泰都看在了心里。她想：范大人说得很对，这人对自己的衣着都这么在意，哪里会想死呢！

"你……是谁?"洪承畴问。

"我是……清宫里的宫女,特来看望洪大人的。"

"我是个将死之人……"洪承畴觉得初次谋面,不好问一个女人的名字,但他想起旗人的贵族年轻女子往往称为格格,就说,"还值得格格关注吗?"

"不然,"布木布泰说,"大人是明朝名将,我虽是女子,也早敬慕将军的威名了。几天前,听人说将军已决心死节,从来盛京后就水粒不进,就想,如果再不来拜见将军,今生今世就再也没有机会了!"

"格格,您一个深宫妃嫔怎能允许抛头露面呢?"

"大人,您大概是拿汉人女子的清规来看待满洲女子吧?"布木布泰向身后的苏末儿笑笑,"我们满族女人可不讲那些规矩,她们也像男人那样骑马射箭、拼杀疆场,更不用说到这里来了!"

"格格来到这囚笼里,难道只是为了看望一个囚犯吗?"

"错了,大人,我是来帮助您的。"

"帮助我?您怎么帮助我呢?"

"我先问大人,您是否真的下了必死的决心?"

"我洪承畴生为明臣,死为明鬼,已经多活了这许多日子了!"

"那么,你就不想念自己的父母妻妾儿女了吗?"

这一句话像刀子一样戳着了洪承畴的心窍,他抖了一下,不禁发出了一声抽泣。但他咬着牙说:"不想他们了!他们也是希望有一个为国尽忠的亲人的!"

"那,很好。"布木布泰回头说:"苏末儿,把酒菜摆上来。"

"是。"

苏末儿把一只竹篮放在桌上,从里面拿出菜肴,虽只有几碟,但都色香味俱好。她又放好了酒具、象箸和匙勺。

布木布泰躬身肃客:"洪大人,请!"

"我已经对你们的大学士希福大人和范文程大人讲过,承畴只求一死,因此几天前就绝粒了!"

布木布泰说:"大人的决心,我怎能不知道呢?只是觉得大人这样饥肠辘辘地煎熬着,度日如年,于心难忍,因此特在这壶美酒里下了鸩毒,大人喝了后,可在半个时辰内归天,岂不快哉!"

洪承畴看了看面前的女子,犹豫了。

布木布泰挽起衣袖，露出雪白的莲藕似的一段手臂，提了酒壶给洪承畴斟满酒杯。

"洪大人，那就入座吧！你们的文丞相曾慷慨言道：人生自古谁无死，留取丹心照汗青！您为大明殉国，毫无疑问会青史留名的……请！"

"格格，你的这酒，里面果然放了毒？"

"是的。"

"果然死得没有痛苦？"

"从现在到您归天，我会一步不离地守在您身边的！"

"好，好！"洪承畴坐下来，"有你这样的美女相伴，饮鸩而去，我洪承畴一生的最后，也算是一段奇缘、奇遇、奇生、奇死了！"

说罢，他端起酒杯一饮而尽。"真是好酒！"

布木布泰又给他斟满。

"怎么，一杯还不能致命吗？"

布木布泰笑笑说："一杯已经很够，可是既然是美酒何不多饮几杯呢？"

"说的也是……"洪承畴又端起了酒杯，这时，他已流了满脸泪水。

"大人，您是英雄，至此也舍不得人生吗？"

"唉！……"洪承畴叹口气说，"看到了格格这样的美人，使我又贪恋起人生来了……唉，不说了，不说了！"说着，他伸手要抓布木布泰的衣袖，可是她躲开了。

"大人，本来……您若是归顺大清，大富大贵皇帝都给您预备好了，就是我，您也会常常见到的！可是您偏偏要死！"

"唉……"洪承畴又连连摇头。

"我不是来劝您归顺的，所以我在您饮了毒酒后才跟您说。"布木布泰向苏末儿挤挤眼睛，苏末儿把下唇伸得长长的。

布木布泰又说道："以您的才智还看不出来吗？大明的气数已终，灭亡是早晚的事。我大清如东方旭日正冉冉升起，上应天命下顺人望，统一华夏已无人怀疑了。我皇上正是一代英主，他思贤若渴，才一次又一次地派人来劝说您。可是您却冥顽不灵……"

"悔之晚矣，悔之晚矣……"洪承畴哭得连鼻涕也下来了。

但他临死了，还顾自己的脸面，他怕自己的窝囊样让布木布泰笑话，就伏在桌子上，连杯盘酒壶都挤到地下去了。

5

布木布泰走到外间，苏末儿忍不住咕咕地笑起来。

在那里的皇太极赶紧接着他的庄妃，把她搂在怀里。"好呀，好呀！布木布泰！千军万马都没使洪承畴折服，你却让他说出心里话！朕得给你记一大功！"

苏末儿说："皇上，娘娘把洪承畴的灵魂都挤出来了！"

可是，布木布泰却哭了。

皇太极知道她的心思，拍着她的脊背说："布木布泰，朕在周围布了岗哨，几里之内没有人踪，谁也不会知道这件事，更别说看到你了！"

"谢谢皇上……"可是她还是哭。

"是的，你感到委屈。可是你这是为朕，为国呀！在朕心目中，只有历史上那些伟大的女子才可与你相比。好了，接你的车就在外面，让苏末儿陪你回去吧！"

酒和愁苦，使洪承畴隐隐睡去，他梦见自己真的死了。他在那晦暗、凄凉的冥路上走着，一步一回头地望着那他还留恋的世界，可是，远了远了，那里只有一线闪烁的亮光……

就在这时，他感到一阵寒风袭来，打了个冷战，醒来了。

他看到自己仍然坐在酒桌旁，而那美人却没有了。

这时，他才发觉房子里不止他一个人。

他揉揉眼睛，看到面前站着范文程。

"范先生，我洪承畴没有死吗？"

"您怎么会死呢？"

"刚才，一位佳丽陪我喝了酒，她说已在酒里下了鸩毒……"

"她那是骗您，皇上怎会让她药死您呢！"说罢，向外一望，大声说："皇上来看望您了！"

这时，皇太极走进来，见洪承畴穿得单薄，赶忙把自己的貂裘脱了下来，一边将貂裘给洪承畴披在身上一边说，"洪将军刚睡起来，一定会感到冷的……"

洪承畴茫然地望着皇太极，望了好一会儿才一头扑到地上，向皇太极磕头："皇上，罪臣蒙您不杀之恩，正应舍生报效，承畴却在这里顽固不化，真是罪该万死!"

皇太极把他扶起来拥抱他,恳切地说:"洪将军,当年刘皇叔三顾茅庐得到了诸葛孔明,曾说'吾得孔明,如鱼得水也',朕今犹是!"

于是他携着洪承畴的手走了出来。外面,一字儿排开十多辆大车,每一辆都金碧辉煌。

皇太极俯耳对洪承畴说:"将军身体虚弱,咱们就坐车回宫吧!"

几天后,在崇政殿举行了大宴,欢庆洪承畴的归顺。参加的有文武百官,还有亲王、贝勒,连他们的娘娘也来了。这使洪承畴想起那位"格格"的话:"满洲女人和汉族女人是不同的,男人能做的事,女人也能做!"为此他叹惋再四,只这一点满洲也该得天下,因为他们把占人口一半的女人的潜力也发挥出来了!他从小就是个护花公子才有这样的想法,别的汉官未必做如是想。

第二十八章　基业初稳固　英皇突驾崩

1

松锦决战，大清取得了极其伟大的胜利。它标志着明、清战略相持阶段的结束，从此，清军可以对中原大举进攻了。

明朝的山海关和宁远更加孤立，整个国家处于岌岌可危之中。

清朝的上层集团欣喜若狂，以为大业成功就在眼前。

努尔哈赤、皇太极常常把大明比作一棵大树，他们几次地派兵深入内地，用他们的话说："是为了不住地砍伐这棵大树。"可是真正蚀空这棵大树的不是他们，而是风起云涌的农民起义。如果大明仍如几十年前那样，没有农民军，只有几条贪官蛀虫，那努尔哈赤的子孙大概至今仍在高山密林中啸聚呢！

大树怕从内部蛀空，堡垒怕从内部攻破。

由于松锦战役巨大胜利的鼓舞，清朝"诸王将帅，争请直取燕京"！而汉官们的心情更是迫切。原因有三：一是他们急切地想为大清立功；二是他们想家了，很想荣耀还乡；三是想摘掉逆子贰臣的帽子。等天下统一，谁也不会另眼看他们了。

崇德七年（1642 年）九月，松锦战役刚刚结束，归顺的汉臣李国翰、佟图赖、祖泽润、祖可法、张存仁等便一齐向皇太极奏言：

> ……今讨伐意归于皇上，大统攸属。锦州、松山、杏山、塔山，一时俱为我有，明国人心摇动，燕京震骇。惟当因天时，顺人事，大兵前行，炮火继后，直抵燕京而攻破之，是皇上万世鸿基，自此而定。四方贡篚，自此而输，上下无不同享其利矣！倘迁延时日，窃虑天时不可长待，机会不可坐失。况山东之行，燕京一带空虚，我军所行无不收服。若再缓行，其地已为流贼劫掠殆尽，地方残破，所关岂浅鲜哉！臣等以为不如率大军直取燕京，控扼山海，大业克

成，而我军之饶裕，不待言矣！

皇太极看了他们的上书后，却提出了相反的意见，他说：

> 尔等建议，直取燕京，朕意以为不可。取燕京如伐大树，须先从两旁砍削，则大树自扑。朕今不取关外四城岂能即克山海？今明国精兵已尽，我兵四围纵略，彼国势日衰，我兵力日强，从此燕京可得矣！

皇太极的头脑比他那些急于事功的汉臣还清醒得多，他正确地认为明朝这棵大树还不能很快地倒下。他说：明朝"虽兵马屡挫，城池屡失，而国势屹然未倾"，其原因是"明初规模详备，基础牢固"。他认识到，自己的历史使命不过是为建造一座大厦打下牢固基础。他不急躁，不轻进，始终把自己的脚步迈得扎实。

到了这年十月，皇太极根据他"砍大树"的战略思想，第五次派大军进关。

这次进军他派多罗饶余贝勒阿巴泰为统帅，内大臣图尔格辅之。

在清宁宫召见出兵的将领，皇太极向他们说：他一次次地征明"非好黩武穷兵"，只是因为明朝不愿修好，不得已而为之的。

同往次一样，皇太极还重申了纪律，规定了"几不"：入明境，遇老弱闲散之人，不得妄杀，不俘虏他们，不夺其衣服，不离人妻子，不焚毁财物，不糟蹋粮谷。

他这些规定几乎是空话。因为他又说：但不能毫无所获，绝不能空手而归！要有所获，就得抢掠，要抢掠就会遇到抵抗，有抵抗，就得举起屠刀。

十月十五日，皇太极在郊外送别出征将士，他又交代了一项新的政策，那就是如何对待农民军的问题。他说：要尽量不和农民军冲突，更不要和他们结成冤仇。

三声炮响后，皇太极把一方大将军印授给阿巴泰。

皇太极的几次对明朝的进击，沉重地打击了明王朝，可也给老百姓带来破天荒的灾难。明朝给事中李永茂奉命到京畿调查，他在写给明帝的报告中，如泣如诉地说："……一望荆榛，四郊瓦砾，六十里荒草寒林，上有道路微迹，并无人踪行走。"平乡"受患极惨，至今城内只余焦赤残垣及堆积瓦砾"。

整个"畿南郡邑曾经戊寅之惨，惊魂未定，兼以五载荒瘟，民亡十之九"。清军每次攻掠，"隳我名城，残我赤子，饱掠我玉帛金珠，不可胜数"。从清军每次"饱掠"的"盛况"，即可知李永茂报告所说皆是实情。

阿巴泰率军进关，来去达八个多月，共攻克三府、十八州、六十七县，破十八座城镇。获黄金一万二千二百五十两、白银二百二十五万五千二百七十两、珍珠四千四百四十颗、各色绸缎五万二千二百三十匹、缎衣裘衣一万三千八百四十领、貂狐豹虎皮五百余张。俘获人口三十六万九千人，驼、马、骡、牛、驴、羊共三十二万一千余头。兵士及王贝勒将官私带的家丁所掠取的金银财物尚且未计算在内。这许多财物大部交公，相当多的数目犒赏了出征将士。只阿巴泰就得到了白银一万两！至于多少人家妻离子散、家破人亡，多少百姓血洒大地就无人统计了！

2

可是这是皇太极最后的喜悦。

因为，他的生命已走到了尽头。

崇德八年（1643 年）八月初的一天，他带领几个小贝勒和家人到郊外游猎，到了傍晚，他带了猎物兴高采烈地回家，路过宸妃的墓地时，忽然勒马停住，遥望坟丘，见草木葱茏，烟尘氤氲，心里一阵阵地难过。他责备自己这些日子竟对宸妃有些忘记了。

皇太极屏退跟随的众人，一人一骑下了土岗向坟丘走去。

在接近坟丘时，见一女人从坟后转出来，向他低头含笑。眉目俊俏，身形婀娜，样子极像他的兰儿。

皇太极有些心动，不觉叫了一声："兰儿……"

那女人并不躲避，反而向他走来，路上还顺手摘了几朵素雅的鲜花。

"是她，就是她！"

她没有身着她死后的华丽殓衣，反而穿得像科尔沁草原上的普通姑娘。使她显得像一朵盛开的野花，有种说不出的天然美丽。

"兰儿，是你吗？"皇太极问，下了马。

"怎么才分别了几年，就不认得了？"宸妃话里有些责备的意思。

"兰儿，怎么会呢？我老远就看出是你了。"

皇太极想走近她，可是不管他的脚怎么迈步，就是到不了她的身边。

"皇上，还是那么忙呀？"

"是呀，这几年大清更强大了！"

"皇上，你就没有些许的觉悟吗？"

"兰儿，请你指点……"

"想想吧，你从十几岁始，就跟随父汗转战白山黑水，后来你继承了汗位，做了皇帝，可是，你看到面前大河一样的鲜血和高山一样的枯骨了吗？"

皇太极哆嗦了一下，不觉惊出一身冷汗。他无话可答。

这时，宸妃像影子似的向他靠近了。他已经感觉到她清冷的气息，犹如迎面的秋风。她把一枝素白的花簪到他的鬓角，笑着说："皇太极，你该好好地想想了，看，已有了多少白发了……"

"兰儿，你寂寞吗？"

"很寂寞，好在你就要来陪伴我了！"

皇太极刚要伸出两臂搂抱她，她回头走了，似有若无地隐没于草丛间了……

"兰儿！"皇太极大声叫道。

两个侍卫走到他的面前，小心地说："皇上，该回去了……"

"回去？"

"是的，"侍卫指着一轮将落的红日说，"天晚了……"

皇太极这才似乎回过神来。

"你们看见……宸妃了吗？"他直着眼睛问。

"回皇上，臣下什么也没有看到，"侍卫们说，吓得觳觫着，"只看到皇上在这儿站着……"

皇太极知道发生了什么事，一种从来没有经受过的灰心丧气袭上心头。

"是呀，回去……该回去了。"

回到宫中后，当夜鼻血就流个不止。太医忙到夜半，才有好转。

面前只有皇后和布木布泰。她们你一句我一句地安慰他。

他一声也不回应。

"朕回城时见到兰儿了……"

两个女人呆了。

这种事还是皇后反应快，最好让他把事情说出来。就问："皇上说故事吧？"

皇太极靠着身后的一卷锦被说："不，那是真的，朕一点也不编诳……"

他慢言细语地把在宸妃墓前所见说了一遍。

皇后笑了。她知道破解这种事的有效办法就是笑声。"皇上，您一定又想兰儿了吧？"

"不，朕好久没想过她了。"

"那是您自己那么认为，实际上您一直在想念着她。"皇后说，"比如我的母亲，她已经去世多年了，当时心痛得死去活来，后来也就淡忘了。我自己也认为她是个离我远去的人了。可是我还经常梦到她，那么真切，那么亲热……当离别时，我哭呀哭呀……醒来时，连枕头都湿了一片。"

布木布泰也给皇上编了个类似的故事，说是几天前的一个夜里，姐姐忽然走进了永福宫，和她亲热地一直谈到天亮，是报晨的更鼓把她惊醒的……

"你们谈什么呢？"

"谈的都是小时候在科尔沁时的事……那些事早就忘到九霄云外去了，谁知在梦中竟又翻腾出来……"

皇太极的情绪好了一点。

可是皇后却不放过这件事，第二天，她带了香烛和祭品，和几个妃嫔一起乘车来到宸妃的墓前，郑重地祭奠一番后，又把死去的侄女大骂了一顿。"你怎么啦？在那边感到寂寞了？想扰乱一下阳间人啦……听着，你老老实实地在那边待着，或者到你该去的地方！你要是再这样不遵规矩，我就不认你这个侄女了！你本是个知书达理的明白人，怎么这样不懂事……"

几天后，皇太极的情绪好了很多。他又开始到崇政殿视事了。

几个月前，正好西藏达赖五世罗卜藏嘉木错派遣伊拉古克三胡土克图和厄鲁特蒙古戴青绰尔济等，万里迢迢，来到沈阳，向大清通好，现在还没有回去。皇太极一直认为这是一件大事，就想带他们在兴京、盛京一带转一转。

皇上"圣躬违和"，也使他的亲近大臣很是担心。他们上书请求皇太极减少政事活动，以颐养身体。最活跃的汉官张存仁、祖可法等就上奏："皇上天纵神武，德被遐方，以仁心爱万民，以仁政治宇内，凡养民恤民，无不周挚，虽当大业创兴，实万世之圣主，当代之明君也！臣闻有道者，天赐纯嘏，福履者，景运灵长。今皇上道德醇备，福禄兼隆，虽偶尔不豫，辄获康吉，天之眷我皇躬也昭昭矣，举国臣民不胜欢怀。伏愿皇上保护圣躬，上答天心，下慰人望。近见政事纷繁，动劳睿虑，各旗、六部诸大臣虚设何裨？凡心劳则气动，更愿皇上清心定志，一切细务，付部臣分理，至军国大事，方许奏闻。况大业垂成，外国来归，正圣心慰悦之时。亦可稍辍忧劳。且时当食足兵强，皇上宜暂出游猎，以适上心。臣等谬任言官，惟以圣躬为重，伏望息虑养神，幸甚！"

范文程等把这份奏书转给皇太极后，立刻得到允许，他说"所奏良是，朕之亲理万机，非好劳也，因部臣不能分理，是用躬自裁断。今后诸务可令和硕郑亲王、和硕睿亲王、和硕肃亲王、多罗武英郡王等和议完结"。

以后又有许多大臣上书请求皇上爱护自己的身体。

这也就是说，朝廷诸臣已看出皇太极的身体不支了。

3

八月九日，皇太极仍忙碌了一天。

早上，蒙古的土默特部落派他们的甲喇章京大诺尔布、小诺尔布等十五人前来盛京贡马。皇太极接见了他们，并赏赐了银两和缎匹。

嫁给蒙古察哈尔、科尔沁的固伦公主偕同福妃、贤妃前来朝见，皇太极和皇后及其他贵妃在崇政殿召见了她们，从阿巴泰最近征明缴获的缎匹中，拣最好的赏赐给她们。还说了许多友好、鼓励的话。

对于蒙古，皇太极像他的父汗那样，一直看作最最亲近的民族。极为重视和他们的关系。他觉得无论怎样优待他们都是不为过的。

下午，他稍微休息了一会儿，仍到崇政殿去了，那里还有许多大事等待着他。

头一件事是：他和大学士希福、范文程等册封他的女儿及女婿固伦额驸奇塔特、弼尔塔哈尔诰命和仪仗。

接近傍晚，为他的第五个女儿下嫁内大臣和硕额驸恩格德尔之子索尔哈举行了盛大的仪式。从和硕亲王以下，甲喇章京以上以及外藩来朝的蒙古王公、朝鲜国王都参加庆贺。

深夜他回到寝宫，样子有点疲倦。为了照顾他，皇后把庄妃叫来。她们给他熬了一碗清淡些的莲子汤喝了，就服侍他睡下。

"把炕前的几支烛熄了吧。"他说。

可是熄了烛后，他竟清醒起来，要庄妃在炕桌上铺了件狐皮褥子，他靠在上面坐着。

"皇上，怎么又精神了？"皇后笑着问他。

"想和你们说说话儿！"

庄妃说："皇上，您忙了一天了，还是早早歇息好。"

"别劝朕，也许错过今日，就再也捞不着和你们说话了！"

皇后在他肩上拍了一下，叱他道："皇太极，不许胡说！"

"好好，你终于又喊我的名字了！"

皇太极规定，在家里时，不要称他皇上或皇帝。可是他的后妃没几个遵守的。

"要说话，你就好好地说……"皇后拉着庄妃在他面前坐下来。

"哲哲，布木布泰，朕最近心里总是空落落的，你们说，这是为什么？"

皇后说："您哪有安生的时候，大概又想派大将出征了吧？"

皇太极摇摇头："不，不。有时候朕想：撇了那些庸碌无能的不说，即使是那些屈指可数的帝王，他们的赫赫一生又有什么呢？死后和老百姓又有什么不同呢？"

姑侄两人互相看了看，她们被他问住了，可是她们必须做出回答。

庄妃说："皇上，天下像个大家庭，帝王就是这个大家庭的家长，若是没有帝王管着，这个家庭岂不乱了吗？"

"对呀。对呀！"皇后说，"还是布木布泰的心数来得快，即使有帝王管着，还有坏人作乱呢，像中原的李自成、张献忠那样的！"

皇上笑了，他说："也许李自成、张献忠就是由于皇帝不好，他们才成了贼的呢！"

"皇上，您说得对极了！"庄妃说，"正因为这样，老百姓才盼望有个好皇帝呢！就像您吧，顺天应人，天下苍生都仰望着您！"

皇太极不说话了，他眯上眼睛，微笑着。

过了些时候，他仍不吭声，皇后就以为他睡着了，就对庄妃使个眼色，想扳着他，让他平躺到炕上舒服地休息。

可是，她们刚一动他，他的鼻孔里、口腔里就涌出大量的血来。

"皇上，皇上……"她们惊恐地叫起来。

叫了几声，皇太极没有反应。皇后知道那可怕的事情发生了，就哭起来。

庄妃冷静些，她立刻派人飞速去传太医……

一会儿，太医来了一群，他们在皇帝身边忙了一阵后，就一起跪在皇后面前哭道："皇帝龙驭上宾了！"

崇德八年（1643 年）八月九日皇太极去世后，第二天，诸王大臣把他的梓宫安放在崇政殿，并为他举哀三天。九月二十一日，为他准备的昭陵虽还没有完全建成，就把他安葬进去了。众臣给他上的庙号是"太宗"。

葬得是有些匆忙，可是人们已经顾不得他了，他们有更大更重要的事情要办。

皇太极死后五天，人们从皇帝驾崩的震动中清醒过来，就连对他最想念的人也赶忙地把眼泪抹干，瞪起眼睛关注那件天大的事。

就在这一天，掌握实权而又觊觎皇位的多尔衮急忙赶到三官庙，把内大臣索尼找来，和他议论由谁来继承皇位。索尼是太宗亲手提拔起来的，他不顾多尔衮的威逼大胆地说："先帝有皇子在，必立其一，别的道理我不听！"这就是说，他不同意多尔衮做皇帝。

同一天晚上，皇太极的另一亲信牙喇纛章京图赖也赶了来，他表示不但反对多尔衮嗣位，而且指名要立皇长子豪格。

第二天，斗争达到白热化。天刚亮，曾是皇太极直接统属的两黄旗大臣们带兵赶到大清门，拥护豪格继位。

多尔衮一派的人也不示弱，他的亲兄弟英亲王阿济格、豫亲王多铎也带两白旗陈兵郊外，表示多尔衮不上台绝不干休……

皇宫里面，皇后、贵妃们慌作一团，她们找来了爱新觉罗家的族长代善，要他想办法，控制局面……

尽管皇太极刚刚死去几天，可是他的时代结束了，大清的另一个更加辉煌的时代开始了！

历史学家常常把大清的皇帝从顺治算起，因为他是清兵入关后的头一个皇帝。可是，谁也无法忽视皇太极。努尔哈赤只能算是伟大的民族领袖，皇太极才是伟大的政治家、军事家，才是开创一个时代的英明皇帝！